UMA SENSAÇÃO ESTRANHA

As aventuras e sonhos de Mevlut Karataş, vendedor de boza, e de seus amigos, e um retrato da vida em Istambul entre 1969 e 2012, descrito de muitos pontos de vista diferentes.

ORHAN PAMUK

Uma sensação estranha

Tradução
Luciano Vieira Machado

Copyright © 2015 by Orhan Pamuk

Grafia atualizada segundo o Acordo Ortográfico da Língua Portuguesa de 1990, que entrou em vigor no Brasil em 2009.

Título original
Kafamda Bir Tuhaflık
A presente tradução foi feita com base na tradução inglesa A *Strangeness in My Mind*, de Ekin Oklap, e na tradução espanhola *Una sensación extraña*, de Pablo Moreno González

Capa
Raul Loureiro

Foto de capa
Old Bridge Galata ao meio-dia, 1954, Turquia.
Ana Güler/ Magnum Photos/ Fotoarena

Crédito das imagens
pp. 15 e 394, ilustrações do autor
p. 574, foto de Ana Güler

Preparação
Erika Nakahata

Índice de personagens
Luciano Marchiori

Revisão
Carmen T. S. Costa
Adriana Bairrada

Dados Internacionais de Catalogação na Publicação (CIP)
(Câmara Brasileira do Livro, SP, Brasil)

Pamuk, Orhan
 Uma sensação estranha / Orhan Pamuk ; tradução Luciano Vieira Machado. — 1ª ed. — São Paulo : Companhia das Letras, 2017.

 Título original: Kafamda Bir Tuhaflık
 ISBN: 978-85-359-2869-3

 1. Ficção turca 2. Istambul (Turquia) – Condições sociais – Ficção 3. Istanbul (Turkey) – Vida social e costumes – Ficção I. Título.

17-00838   CDD-894.35

Índice para catálogo sistemático:
1. Ficção : Literatura turca   894.35

[2017]
Todos os direitos desta edição reservados à
EDITORA SCHWARCZ S.A.
Rua Bandeira Paulista, 702, cj. 32
04532-002 — São Paulo — SP
Telefone: (11) 3707-3500
www.companhiadasletras.com.br
www.blogdacompanhia.com.br
facebook.com/companhiadasletras
instagram.com/companhiadasletras
twitter.com/cialetras

Para Aslı

Tenho pensamentos melancólicos...
uma sensação estranha,
Sinto como se eu não fosse para esta hora
nem para este lugar.

William Wordsworth, O *prelúdio*

O primeiro homem que, tendo cercado um terreno, pensou em dizer "Isto aqui é meu" e encontrou gente ingênua o bastante para acreditar nele foi o verdadeiro fundador da sociedade civil.

Jean-Jacques Rousseau,
Discurso sobre a origem da desigualdade entre os homens

O abismo que existe entre os pontos de vista públicos e privados de nossos compatriotas é uma prova do poder do Estado.

Celâl Salik, *Milliyet*

Sumário

As famílias dos irmãos Hasan Aktaş e Mustafa Karataş, vendedores
ambulantes de iogurte e de boza 14

PARTE I — QUINTA-FEIRA, 17 DE JUNHO DE 1982
Mevlut e Rayiha 19
Fugir com uma garota é um troço complicado

PARTE II — QUARTA-FEIRA, 30 DE MARÇO DE 1994
Mevlut, todas as noites de inverno nos últimos vinte e cinco anos 33
Deixem em paz o vendedor de boza!

PARTE III — SETEMBRO DE 1968-JUNHO DE 1982
1. Mevlut na aldeia 53
   Se este mundo pudesse falar, diria o quê?
2. Lar 62
   As colinas nos confins da cidade
3. O indivíduo empreendedor que constrói uma casa num terreno
   baldio 68
   Oh, meu rapaz, Istambul dá um pouco de medo, não?

4. Mevlut começa a trabalhar como vendedor ambulante 77
   Você não tem de se comportar como se fosse uma pessoa superior
5. Escola Secundária Masculina Atatürk 86
   Uma boa educação elimina as barreiras entre ricos e pobres
6. Ginásio e política 94
   Amanhã não tem aula
7. O Cine Elyazar 106
   Uma questão de vida ou morte
8. A altura da mesquita de Duttepe 114
   É verdade que mora gente lá?
9. Neriman 119
   O que faz uma cidade ser uma cidade
10. As consequências de colar cartazes comunistas em mesquitas ... 125
    Deus salve os turcos
11. A guerra entre Duttepe e Kültepe 136
    Nós não tomamos partido
12. Como casar com uma garota da aldeia 151
    Minha filha não está à venda
13. O bigode de Mevlut 158
    O dono de um terreno sem escritura
14. Mevlut se apaixona 167
    Só Deus poderia ter determinado aquele encontro casual
15. Mevlut sai de casa 175
    Se amanhã você a visse na rua, será que a reconheceria?
16. Como escrever uma carta de amor 185
    Seus olhos são como flechas enfeitiçadas
17. Temporada de Mevlut no Exército 192
    Você pensa que está em casa?
18. O golpe militar 202
    O cemitério do bairro industrial
19. Mevlut e Rayiha 209
    Fugir com uma garota é um troço complicado

PARTE IV — JUNHO DE 1982-MARÇO DE 1994
1. Mevlut e Rayiha se casam 221
   Só a morte poderá nos separar

2. Mevlut vende sorvetes 230
Os dias mais felizes de sua vida

3. O casamento de Mevlut e Rayiha 238
Só vendedores de iogurte desesperados se importam com boza

4. Arroz com grão-de-bico 248
A comida meio suja é sempre mais saborosa

5. Mevlut se torna pai 254
Não saia da caminhonete

6. Samiha foge 259
Por causa disso haverá de correr sangue

7. Uma segunda filha 268
Era como se sua vida estivesse sendo vivida por outra pessoa

8. Capitalismo e tradição 272
A ditosa vida familiar de Mevlut

9. O bairro de Ghaazi 285
Vamos nos esconder aqui

10. Livrar-se da poeira da cidade 295
Meu Deus, de onde vem tanta sujeira?

11. Garotas que se recusam a conhecer seus pretendentes 307
Estávamos apenas de passagem

12. Em Tarlabaşı 319
O homem mais feliz do mundo

13. Süleyman semeia a discórdia 329
Não foi isso que aconteceu?

14. Mevlut encontra um outro ponto 341
Vou buscá-lo amanhã bem cedinho

15. O Sagrado Guia 350
Fui vítima de uma grave injustiça

16. O Café Binbom 361
Mostre quanto você vale

17. A grande trapaça dos empregados do café 368
Fique fora disso

18. Os últimos dias do Café Binbom 373
Vinte mil carneiros

PARTE V — MARÇO DE 1994-SETEMBRO DE 2002

1. A Loja de Boza dos Cunhados 383
   Fazendo a nação sentir-se orgulhosa
2. Na lojinha com duas mulheres 395
   Outros medidores de consumo e outras famílias
3. A paixão elétrica de Ferhat 403
   Vamos fugir daqui
4. Um filho é uma coisa sagrada 413
   Talvez você fosse mais feliz se eu morresse e você pudesse se casar com Samiha
5. Mevlut se torna guarda de estacionamento 425
   Culpa e espanto
6. Depois de Rayiha 430
   As pessoas não podem se indispor com quem está chorando
7. Uma história do consumo de eletricidade 437
   Süleyman se vê em apuros
8. Mevlut nos bairros mais distantes 446
   Os cães latem para os forasteiros
9. Arruinar um clube noturno 456
   É justo?
10. Mevlut na delegacia de polícia 466
    Passei toda a minha vida nessas ruas
11. O que nossos corações desejam e o que nossas palavras expressam 477
    Fatma continua seus estudos
12. Fevziye foge 491
    Quero que os dois me beijem a mão
13. Mevlut sozinho 501
    Vocês foram feitos um para o outro
14. Bairros novos, velhos conhecidos 509
    É igual a isto aqui?
15. Mevlut e Samiha 520
    Eu escrevi as cartas para você
16. Lar 525
    Estávamos fazendo as coisas com cuidado

PARTE VI — QUARTA-FEIRA, 15 DE ABRIL DE 2009
O edifício de doze andares 533
Você tem direito ao que foi conquistado na cidade

PARTE VII — QUINTA-FEIRA, 25 DE OUTUBRO DE 2012
A forma de uma cidade 553
Só posso meditar caminhando

Índice de personagens 575
Cronologia 581

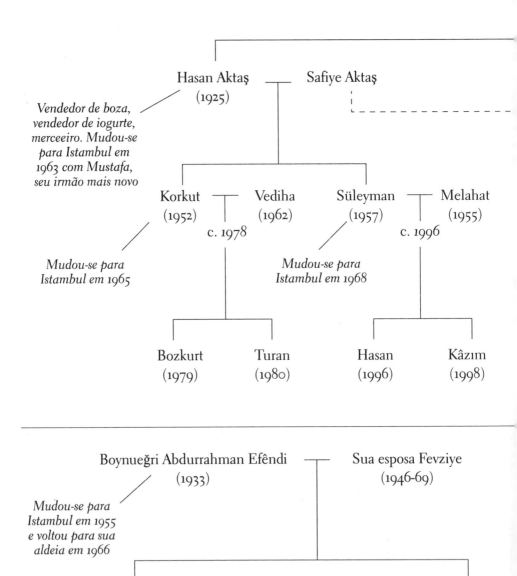

As famílias dos irmãos Hasan Aktaş e Mustafa Karataş,
vendedores ambulantes de iogurte e de boza
(*Casados com duas irmãs, Safiye e Atiye*)

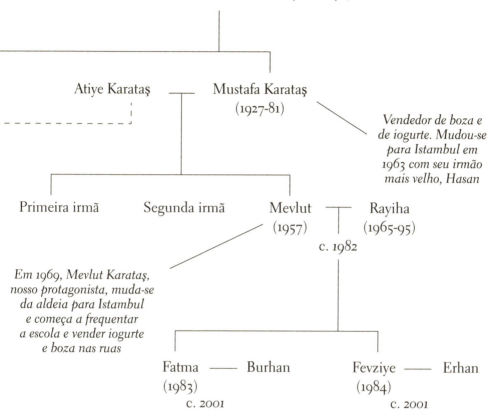

PARTE I

QUINTA-FEIRA, 17 DE JUNHO DE 1982

Não é costume casar a filha mais nova antes da mais velha.
İbrahim Şinasi, *Şair Evlenmesi* [O casamento de um poeta]

Não fica na boca a mentira que se há de contar, nem nas veias o sangue que hão de derramar, nem em casa a filha que há de escapar.
Provérbio de Beyşehir (da região de İmrenler)

Mevlut e Rayiha

Fugir com uma garota é um troço complicado

Esta é a história da vida e dos sonhos de Mevlut Karataş, vendedor de boza e de iogurte. Nascido em 1957 na fronteira ocidental da Ásia, numa aldeia pobre que dava para um lago enevoado da Anatólia Central, aos doze anos foi para Istambul, a capital do mundo, onde passou o resto da vida. Quando tinha vinte e cinco anos, voltou para a província natal e de lá fugiu com uma jovem, num estranho episódio que determinou o curso de seus dias. Voltou para Istambul, casou-se, teve duas filhas e se pôs a trabalhar sem descanso — vendeu iogurte, sorvete e arroz como ambulante, e exerceu o ofício de garçom. Mas à noite nunca deixou de perambular pelas ruas de Istambul, vendendo boza e sonhando sonhos estranhos.

Nosso herói Mevlut era bem-apessoado, alto, forte mas esbelto. Tinha um rosto pueril, cabelos castanho-claros, olhos vivazes e inteligentes, uma combinação que despertava sentimentos ternos nas mulheres. O espírito de menino, que Mevlut manteve mesmo depois dos quarenta, e o efeito que produzia nas mulheres eram dois de seus traços fundamentais, e será útil vez por outra lembrá-los aos leitores, para ajudar a explicar alguns aspectos da história. Quanto ao otimismo e à cordialidade, que alguns chamariam ingenuidade, não será preciso evocá-los, pois que evidentes. Se, como eu, meus leitores tivessem conhecido Mevlut, iriam entender por que as mulheres nele admiravam a beleza de menino, e veriam que não exagero só para impressionar. Com efeito, aproveito a oportunidade para ressaltar que não há exagero em parte alguma deste livro, que é totalmente baseado numa história real; vou contar alguns acontecimentos insólitos que ocorreram, limitando-me a organizá-los de modo a permitir que meus leitores os acompanhem e os entendam com mais facilidade.

Assim, para melhor narrar a história e os sonhos do nosso protagonista, vou começar pelo meio, a partir do dia em que Mevlut fugiu com uma garota da aldeia de Gümüşdere (ligada ao distrito de Beyşehir, na província de Konya e vizinha da aldeia dele), em junho de 1982. A primeira vez que Mevlut viu a moça com quem mais tarde fugiria foi em 1978, no casamento de Korkut, o filho mais velho de seu tio, celebrado no bairro de Mecidiyeköy, em Istambul. Ele mal podia acreditar que aquela jovem, então com treze anos — ainda uma menina —, poderia corresponder a seus sentimentos. Ela era a irmã caçula da noiva de seu primo Korkut, e até então nunca havia pisado em Istambul. Depois disso, por três anos Mevlut lhe escreveu cartas de amor. A jovem nunca respondeu, mas Süleyman — o irmão caçula de Korkut —, que era o portador das cartas, enchia Mevlut de esperança e o estimulava a insistir.

Agora Süleyman ajudava de novo seu primo Mevlut, dessa vez a raptar a jovem. Ao volante de sua caminhonete Ford, Süleyman levou Mevlut à aldeia de sua infância. Os primos haviam bolado um plano de fuga para despistar as pessoas: Süleyman os esperaria num lugar que ficava a uma hora de Gümüşdere, e todos iriam imaginar que os dois pombinhos haviam fugido para Beyşehir. Süleyman, porém, os levaria para o norte, além das montanhas, e os deixaria na estação ferroviária de Akşehir.

Mevlut repassou o plano mentalmente inúmeras vezes e fez duas incursões secretas de reconhecimento a lugares importantes como a fonte fria, o riacho estreito, a colina coberta de matas e o quintal da casa da jovem. Meia hora antes do combinado, ele passou pelo cemitério da aldeia, que ficava no caminho, contemplou as lápides e rezou a Deus para que tudo desse certo. Embora relutasse em admitir, não confiava muito no primo. E se Süleyman não levasse a caminhonete até o local combinado, perto da fonte? Mevlut procurava não pensar muito nisso — aqueles temores em nada o ajudariam.

Mevlut vestia a calça social e a camisa azul que comprara numa loja de Beyoğlu na época em que ainda frequentava o ginásio e vendia iogurte com o pai. Seus sapatos, da fábrica estatal Sümerbank, haviam sido adquiridos antes de ele fazer o serviço militar.

Ao anoitecer, Mevlut aproximou-se do muro caindo aos pedaços vizinho à casa branca de Abdurrahman Pescoço-Torto, o pai da jovem. Não se via luz na janela dos fundos. Ele estava dez minutos adiantado e ansiava por partir. Pensou nos velhos tempos em que os rapazes que tentavam fugir com uma moça se viam enredados em rixas sangrentas e terminavam abatidos a tiros, ou, ao fugir na calada da noite, se perdiam no caminho e eram apanhados. Pensou no quanto era embaraçoso quando a moça mudava de ideia e resolvia não fugir mais — e isso o deixou apreensivo. Falou consigo mesmo que Deus o protegeria.

Os cães se puseram a latir. A janela se iluminou por um instante, depois a luz se apagou. O coração de Mevlut disparou. Ele se dirigiu à casa, ouviu um rumor entre as árvores e então a voz da jovem, num sussurro:

"Mev-lut!"

Era uma voz cheia de amor, a voz de alguém que lera as cartas que ele enviara durante o serviço militar, uma voz confiante. Então o rapaz se lembrou das cartas, centenas delas, cada uma escrita com amor e desejo sinceros; lembrou-se de ter se dedicado inteiramente à conquista daquela bela jovem e das cenas de felicidade que imaginara. Agora, por fim, ele a ganhara. Mevlut não estava enxergando muito bem, mas naquela noite mágica ele se moveu como um sonâmbulo em direção ao som da voz da jovem.

Os dois se encontraram na escuridão, tomaram-se pelas mãos espontaneamente e começaram a correr. Mal deram dez passos e os cães voltaram a latir. Sobressaltado, Mevlut perdeu o rumo. Tentou se orientar pelo instinto, mas sua cabeça estava um caos. Na escuridão da noite, as árvores pareciam muralhas de concreto que surgiam e desapareciam, todas elas se confundindo, como num sonho.

Quando chegaram ao fim da trilha, Mevlut avançou para a colina, como combinado. A certa altura, a trilha estreita, serpenteando por entre as rochas colina acima, tornava-se tão íngreme que parecia terminar no céu nublado e negro como breu. Eles andaram de mãos dadas por cerca de meia hora, subindo sem descanso até atingir o cume. De lá avistaram as luzes de Gümüşdere e, bem mais além, a aldeia de Cennetpınar, onde Mevlut nasceu e cresceu. Mevlut escolhera um caminho sinuoso, em parte para evitar que eventuais perseguidores os seguissem até sua aldeia, em parte por instinto, para frustrar qualquer esquema traiçoeiro de Süleyman.

Os cães continuavam latindo, furiosos. Mevlut se deu conta de que agora era um estranho em sua aldeia, nem os cães o reconheciam. Então ouviu um tiro vindo da direção de Gümüşdere. Os dois pararam um instante e recomeçaram a andar no mesmo passo, mas quando os cães, que haviam silenciado por um momento, voltaram a latir, eles dispararam a correr colina abaixo. Folhas e galhos os arranhavam, urtigas grudavam em suas roupas. Mevlut não enxergava nada na escuridão e temia que a qualquer momento tropeçassem numa pedra e caíssem, mas não aconteceu nada disso. Os cães o aterrorizavam, mas ele sabia que Deus estava zelando por ele e por Rayiha e que os dois viveriam muito felizes em Istambul.

Chegaram ofegantes à estrada para Akşehir. Mevlut tinha certeza de que não haviam se atrasado. Agora só era preciso que Süleyman aparecesse com a caminhonete, e então ninguém poderia lhe tirar Rayiha. Todas as cartas de amor que escrevera começavam evocando o adorável rosto da jovem, seus olhos inesquecíveis. No cabeçalho, traçava seu belo nome, Rayiha, com extremo capricho e desesperado abandono. Agora, feliz ao pensar nesses sentimentos, ele apertava o passo.

No escuro, o rapaz mal podia ver o rosto da jovem com quem estava fugindo. Pensou que devia tomá-la nos braços e beijá-la, mas Rayiha o afastou delicadamente com a trouxa que estava carregando. Mevlut apreciou o gesto e decidiu que só depois do casamento encostaria naquela com quem passaria o resto da vida.

De mãos dadas, cruzaram a pequena ponte sobre o rio Sarp. A mão de Rayiha, aninhada na dele, era leve e delicada como um passarinho. Das águas murmurantes do arroio vinha uma brisa fresca que cheirava a louro e tomilho.

O céu noturno tingiu-se de um matiz arroxeado e eles então ouviram o som de um trovão. Mevlut temeu ser pego pela chuva antes da chegada do trem, mas não acelerou o passo.

Dez minutos depois eles avistaram os faróis traseiros da caminhonete de Süleyman ao lado da fonte gorgolejante. Mevlut se sentiu tomado de felicidade e com remorso por ter duvidado do primo. Começara a chover, e eles dispararam a correr alegremente, mas se sentiam exaustos e os faróis do veículo estavam mais longe do que tinham pensado. Quando o alcançaram, estavam encharcados.

Rayiha pegou sua trouxa e entrou na cabine de trás da caminhonete, mergulhada na escuridão. Mevlut e Süleyman tinham combinado assim, para o caso de ter corrido a notícia de que ela havia fugido e os policiais estivessem dando uma batida nas estradas. E também para garantir que Rayiha não reconhecesse Süleyman.

Quando os dois rapazes se sentaram na cabine, Mevlut voltou-se para seu cúmplice e disse: "Süleyman, enquanto eu viver, vou me sentir grato a você por isso, por sua amizade e lealdade!". E abraçava o primo com toda a força.

Vendo que Süleyman não mostrava tanto entusiasmo, Mevlut se recriminou: o primo talvez se sentisse magoado por sua desconfiança.

"Você tem de jurar que não vai contar a ninguém que eu o ajudei", disse Süleyman.

Mevlut jurou.

"Ela não fechou direito a porta de trás da caminhonete", disse Süleyman. Mevlut desceu na escuridão e foi até lá. Quando estava fechando a porta, houve um clarão de relâmpago e, por um instante, o céu, as montanhas, as pedras, as árvores, tudo a seu redor se acendeu como uma lembrança longínqua. Pela primeira vez Mevlut pôde ver direito o rosto da mulher com quem iria viver para sempre.

Ele haveria de lembrar a total estranheza daquele momento pelo resto da vida.

Quando o veículo se pôs em movimento, Süleyman tirou uma toalha do porta-luvas e a passou a Mevlut: "Enxugue-se". Mevlut cheirou a toalha para se certificar de que não estava suja e através de uma abertura passou-a à jovem na cabine de trás da caminhonete.

Pouco depois, Süleyman lhe disse: "Você ainda está molhado e não tenho outra toalha".

A chuva martelava o capô do veículo, os limpadores de para-brisa gemiam, mas Mevlut sabia que adentravam um lugar de silêncio absoluto. A floresta, parcamente iluminada pelos fracos faróis alaranjados da caminhonete, estava imersa em denso negror. Mevlut tinha ouvido dizer que lobos, chacais e ursos se reuniam aos espíritos do inferno depois da meia-noite; muitas vezes, à noite, nas ruas de Istambul, ele ficara frente a frente com as sombras de criaturas míticas e demônios. Aquela era a treva por onde vagavam demônios com cauda e chifres, gigantes de pés descomunais e ciclopes com cornos em busca de todos os pecadores desesperados e daqueles que tinham perdido o rumo, para pegá-los e os levar para as profundezas do inferno.

"O gato comeu sua língua?", brincou Süleyman.

Mevlut se deu conta de que aquele estranho silêncio em que estava mergulhando iria acompanhá-lo durante os anos vindouros.

Procurando descobrir como pudera ter caído naquela armadilha que a vida lhe preparara, Mevlut entregava-se a conjecturas. Foi porque os cães latiram e me perdi na escuridão, ele pensava. E mesmo sabendo que aquele raciocínio não fazia sentido, aferrava-se a ele, porque pelo menos lhe trazia algum consolo.

"Algum problema?", disse Süleyman.

"Não."

Quando a caminhonete reduzia a marcha para fazer curvas na estrada estreita e lamacenta, e os faróis iluminavam as rochas, as árvores fantasmagóricas, as sombras indistintas e todas as coisas misteriosas a sua volta, Mevlut olhava todas essas maravilhas como um homem ciente de que, enquanto vivesse, nunca iria esquecer tudo aquilo. Eles seguiram pela pequena estrada, às vezes subindo uma colina num trajeto serpeante, depois descendo, atravessando sorrateiramente uma aldeia imersa na lama. Eram recebidos por cães que ladravam furiosos toda vez que passavam por uma aldeia, e logo em seguida mergulhavam outra vez num silêncio tão profundo que Mevlut não sabia ao certo se a estranheza estava em sua mente ou no mundo. Na escuridão, ele vislumbrava sombras de pássaros míticos, via inscrições incompreensíveis e as ruínas dos exércitos do demônio que cruzaram aquelas terras remotas centenas de anos atrás. Via as sombras de pessoas que haviam sido transformadas em pedra por causa de seus pecados.

"Nada de arrependimento, certo?", disse Süleyman. "Não há nada a temer. Duvido que estejam nos seguindo. Tenho certeza de que todos sabiam que a garota ia fugir, exceto talvez o pai de pescoço torto, e com ele vai ser fácil entrar num acordo. Você vai ver: dentro de um mês ou dois, todos irão visitá-los e antes do fim do verão vocês poderão retornar e receber a bênção de todo mundo. Só não diga a ninguém que eu o ajudei."

Ao entrarem numa curva fechada num trecho íngreme da estrada, os pneus traseiros da caminhonete atolaram na lama. Por um instante, Mevlut pensou que tudo estava acabado, que Rayiha iria retornar à sua aldeia e ele voltaria para Istambul, sem maiores problemas.

Mas então a caminhonete pôs-se em movimento.

Uma hora depois, uma ou duas casas solitárias e as ruas estreitas da cidadezinha de Akşehir surgiram à luz dos faróis. A estação de trem ficava do outro lado da cidade, na periferia.

"Aconteça o que acontecer, não se separem", disse Süleyman ao deixá-los na estação ferroviária de Akşehir. Ele olhou para trás e viu a jovem com sua trouxa esperando na escuridão. "Não posso sair, não quero que ela me reconheça. Eu lhes dei uma mãozinha, claro. Você deve fazer Rayiha feliz, Mevlut, entende? Agora ela é sua esposa, a sorte está lançada. Quando chegarem a Istambul, procurem se manter fora de circulação por um tempinho."

Mevlut e Rayiha ficaram olhando Süleyman se afastar até que não viram mais a luz vermelha dos faróis traseiros da caminhonete. Entraram na velha estação de trem sem se darem as mãos.

Dentro da estação profusamente iluminada, resplandecendo sob as luzes fluorescentes, Mevlut tornou a olhar o rosto da jovem com quem tinha fugido, dessa vez perto o bastante para confirmar o que vira de relance, sem chegar a acreditar, ao fechar a porta de trás da caminhonete. Ele desviou o olhar.

Aquela não era a jovem que ele conhecera em Istambul, no casamento de Korkut, o filho mais velho de seu tio. Era sua irmã mais velha. Eles tinham lhe mostrado a irmã bonita, depois lhe deram a irmã feia. Mevlut percebeu que fora enganado, ficou envergonhado e nem conseguia olhar para a moça cujo nome podia muito bem não ser Rayiha.

Quem o trapaceara daquela forma, e como? Andando em direção à bilheteria na estação ferroviária, ele ouviu os ecos longínquos de seus próprios passos, como se fossem de outra pessoa. Pelo resto da vida, as velhas estações ferroviárias lembrariam a Mevlut aquele momento.

Atordoado, comprou duas passagens para Istambul.

O homem da bilheteria havia dito: "O trem vai chegar logo", mas não se via nem sinal de trem. Os dois sentaram na ponta de um banco numa minúscula sala de espera atulhada de cestos, pacotes, malas, passageiros cansados, e não trocaram palavra.

Mevlut lembrou-se de que Rayiha tinha uma irmã mais velha — ou melhor, a linda garota que ele pensava ser Rayiha, porque a Rayiha verdadeira devia ser esta. Era com esse nome que Süleyman se referia a ela. Mevlut enviara cartas a Rayiha, mas tendo em mente outra pessoa, outro rosto. Ele nem ao menos sabia o nome da irmã cujo semblante sempre evocava. Não compreendia como fora enganado, não tinha lembrança de como chegara àquele momento, portanto a sensação estranha tornou-se parte da armadilha em que ele caíra.

Enquanto estavam sentados no banco, ele só olhou para a mão de Rayiha. Aquela era a mão que ele segurara amorosamente havia pouco; como ele escrevera em suas cartas de amor, era aquela mão que ele ansiara por segurar, aquela mão bem formada e bonita. Ela descansava serena no regaço, e de vez em quando alisava cuidadosamente as dobras da saia e do tecido que envolvia seus pertences.

Mevlut se levantou e foi até o café da estação. Quando voltava para junto de Rayiha com dois pãezinhos amanhecidos, tornou a observar, de longe, sua cabeça e seu rosto cobertos. Aquela com certeza não era a jovem que vira no casamento de Korkut, casamento a que ele comparecera, embora seu pai lhe tivesse dito para não ir. Mais uma vez, Mevlut se certificou de que nunca vira aquela jovem, a verdadeira Rayiha. Como chegaram àquela situação? Será que Rayiha percebera que na verdade as cartas eram dirigidas à irmã?

"Quer um pãozinho?"

Rayiha estendeu a mão delicada e o pegou. Em seu rosto, Mevlut viu gratidão — não a excitação de amantes em fuga.

Tendo Mevlut a seu lado, Rayiha se pôs a comer o pãozinho como se estivesse cometendo um crime. Ele comeu o outro pão amanhecido, não por gosto, mas por desfastio.

Os dois ficaram calados. Mevlut se sentia como um menino esperando a aula terminar, pensando que o tempo não passava nunca. Sua mente divagava, tentando descobrir que erro cometera para se encontrar naquela situação.

Seus pensamentos sempre voltavam ao casamento em que pela primeira vez vira a bela irmã a quem havia escrito todas aquelas cartas; ao pai, Mustafa Efêndi — agora falecido —, dizendo-lhe que não fosse; e à partida sorrateira da aldeia, com destino a Istambul, apesar do que lhe dissera o pai. Será que aquele ato teria mesmo causado tudo aquilo? Como os faróis da caminhonete que os levara à estação, seus pensamentos vagavam por uma paisagem sombria, as tristes lembranças e sombras de seus vinte e cinco anos, tentando lançar alguma luz sobre a situação atual.

O trem não chegava. Mevlut se levantou para ir de novo ao café, mas o café já tinha fechado. Dois carros de aluguel puxados por cavalos esperavam os passageiros para conduzi-los ao centro da cidade. Um dos cocheiros fumava um cigarro em meio ao silêncio absoluto. Mevlut andou em direção a um velho plátano próximo dali.

À fraca luz da estação ele conseguiu ler a tabuleta a meia altura da árvore.

O FUNDADOR DE NOSSA REPÚBLICA,
MUSTAFA KEMAL ATATÜRK,
TOMOU CAFÉ À SOMBRA DESTE VELHO
PLÁTANO QUANDO VISITOU AKŞEHIR NO
ANO DE 1922

Mevlut se lembrava de Akşehir de suas aulas de história na escola, aquela aldeia tivera um importante papel na trajetória da Turquia, mas agora não conseguia se lembrar de nada, e se recriminou. Ele não tinha se aplicado o bastante para ser o bom aluno que seus professores desejariam. Talvez aquele fosse seu maior defeito. Mas, pensou com otimismo, tinha apenas vinte e cinco anos, havia muito tempo para se instruir.

Quando voltava para o banco, olhou para Rayiha mais uma vez. Não, ele não conseguia se lembrar de modo algum de tê-la visto no casamento, quatro anos antes.

O trem enferrujado de Istambul entrou rugindo na estação com quatro horas de atraso, e eles conseguiram encontrar um vagão vazio. Não havia ninguém na cabine deles, mas ainda assim Mevlut se sentou ao lado de Rayiha, e não de frente para ela. Toda vez que passavam sobre uma chave de desvio ou por um trecho avariado da ferrovia, o trem balançava e o braço e o ombro de Mevlut roçavam os de Rayiha. Mesmo isso parecia estranho a Mevlut.

Ele foi ao banheiro e ouviu o clic-clac que vinha do buraco no piso, igualzinho ao barulho que costumava ouvir durante a infância. Quando voltou ao banco, a jovem tinha adormecido. Como podia dormir tão serena na noite em que fugira de casa? "Rayiha! Rayiha!", ele sussurrou ao seu ouvido. A jovem acordou tão naturalmente como alguém cujo nome fosse de fato

Rayiha e lhe deu um sorriso doce. Mevlut sentou-se junto dela sem dizer palavra.

Eles não conversavam enquanto olhavam pela janela do trem, pareciam um casal que estivesse casado havia muitos anos e não tivesse nada a dizer um ao outro. De vez em quando viam a luz de postes de uma pequena aldeia, os faróis traseiros de um carro ou as luzes vermelhas e verdes dos semáforos da ferrovia, mas na maior parte do tempo o mundo lá fora era escuro feito breu, e eles só enxergavam as próprias imagens refletidas na janela.

Duas horas depois, ao amanhecer, Mevlut viu lágrimas nos olhos de Rayiha. A cabine ainda estava vazia e o trem avançava ruidosamente pela paisagem de tons arroxeados, com penhascos em toda parte.

"Você quer voltar para casa?", Mevlut lhe perguntou. "Mudou de ideia?"

Ela se pôs a chorar ainda mais alto. Meio sem jeito, Mevlut pôs o braço nos ombros dela, mas como a posição era muito desconfortável, ele o retirou. Rayiha chorou por muito tempo. Mevlut sentia culpa e remorso.

"Você não me ama", ela disse, finalmente.

"Por que você diz isso?"

"Suas cartas eram tão carinhosas, mas você me enganou. Foi você mesmo quem as escreveu?"

"Eu escrevi todas elas", disse Mevlut.

Rayiha continuou a chorar.

Uma hora depois, quando o trem parou na estação de Afyonkarahisar, Mevlut saltou do vagão e trouxe pão, dois triângulos de queijo cremoso e um pacote de biscoitos. Eles compraram chá de um menino que percorria os vagões com uma bandeja e fizeram o desjejum enquanto o trem avançava ao longo do rio Aksu. Mevlut ficou contente ao observar Rayiha olhando, pela janela da cabine, as cidades pelas quais passavam, os choupos, os tratores, as carroças puxadas por cavalos, a criançada jogando futebol e os rios correndo sob pontes de aço. Tudo era interessante, o mundo inteiro era novo.

Entre as estações de Alayurt e Uluköy, Rayiha adormeceu com a cabeça no ombro de Mevlut. Ele não pôde negar que aquilo o alegrou e lhe trouxe um sentimento de responsabilidade. Dois policiais e um velho se acomodaram na cabine deles. Mevlut olhou os postes, os caminhões nas estradas asfaltadas, as novas pontes de concreto, vendo nelas indícios de que o país estava crescendo e se desenvolvendo. Não aprovou os slogans políticos rabiscados em muros de fábricas e nas cercanias de bairros pobres.

Mevlut adormeceu, surpreso por conciliar o sono.

Os dois acordaram ao mesmo tempo quando o trem parou em Eskişehir, e por um instante se apavoraram, pensando terem sido flagrados por policiais, mas então relaxaram e trocaram um sorriso.

Rayiha tinha um sorriso muito natural, era difícil acreditar que podia estar escondendo alguma coisa ou que estivesse envolvida em alguma trama escusa. Tinha um rosto franco, honesto, luminoso. Embora convencido de que ela havia sido cúmplice das pessoas que o enganaram, quando Mevlut olhava seu rosto, nele só via inocência.

À medida que o trem se aproximava de Istambul, eles se puseram a conversar sobre as enormes fábricas pelas quais passavam ao longo da ferrovia, sobre as chamas que saíam das altas chaminés da refinaria de petróleo de Izmit, e se perguntaram para que canto do mundo partiriam aqueles imensos navios cargueiros. Tal qual suas irmãs, Rayiha frequentara a escola primária e sabia recitar, sem muita dificuldade, os nomes dos países distantes de além-mar. Mevlut sentiu orgulho dela.

Rayiha estivera em Istambul quatro anos atrás, por ocasião do casamento da irmã mais velha, mas ainda assim ela perguntou, humilde: "Chegamos a Istambul?".

"Acho que Kartal já pode ser considerada Istambul", disse Mevlut, com a segurança de quem conhece bem o assunto. "Mas ainda tem chão pela frente", acrescentou, apontando para as ilhas dos Príncipes mais adiante, e prometeu levá-la até lá algum dia.

Mas nunca chegariam a fazê-lo no decurso da breve vida de Rayiha.

PARTE II

QUARTA-FEIRA, 30 DE MARÇO DE 1994

Os asiáticos... basta deixá-los festejar e fartar-se de boza num casamento ou num funeral, e logo eles estarão sacando suas facas.
Lermontov, *Um herói do nosso tempo*

Mevlut, todas as noites de inverno nos últimos vinte e cinco anos
Deixem em paz o vendedor de boza!

Em março de 1994, doze anos depois que ele e Rayiha haviam fugido para Istambul, Mevlut vendia boza numa noite muito escura quando se viu diante de um cesto que descera rápida mas silenciosamente do alto de um edifício.

"Vendedor de boza, vendedor de boza, boza para dois, por favor", gritou uma voz de criança.

Como um anjo, o cesto tinha descido na escuridão até Mevlut. Ele se admirou ao vê-lo, porque havia muito desaparecera em Istambul o costume de comprar mercadorias de ambulantes por meio de um cesto que, amarrado a uma corda, era lançado de um andar alto. Lembrou-se da época do ginásio, vinte e cinco anos antes, quando ajudava o pai a vender iogurte e boza. Encheu o vasilhame esmaltado com muito mais boza do que a criança lá de cima tinha pedido — não foram dois copos, mas praticamente um quilo. Ele se sentiu bem, como que tocado por um anjo. Nos últimos anos, seus pensamentos e devaneios muitas vezes derivavam para questões espirituais.

A essa altura, para garantir que nossa história seja bem compreendida, talvez eu deva explicar aos leitores estrangeiros (que nunca ouviram falar disso) e às gerações futuras de leitores turcos (que, receio, terão esquecido tudo isso nos próximos vinte ou trinta anos) que boza é uma tradicional bebida asiática espessa, feita de trigo fermentado, de um amarelo-escuro, com aroma agradável e baixo teor alcoólico. Esta história já está tão cheia de coisas estranhas que não quero que as pessoas a julguem bizarra demais.

Como a boza estraga com facilidade e azeda com o calor, antigamente, na época dos otomanos, ela era comercializada sobretudo durante o inverno, em bodegas. Quando da fundação da República da Turquia, em 1923, os locais que vendiam boza em Istambul já tinham fechado havia muito, desbancados por cervejarias alemãs. Mas os ambulantes que ofereciam essa bebida tradicional continuaram em atividade. A partir da década de 1950, o comércio de boza se tornou patrimônio exclusivo de pessoas como Mevlut, que nas noites de inverno percorriam as pobres e descuradas ruas pavimentadas de pedras, gritando "Bozaaa", a nos lembrar de séculos passados e dos bons e velhos tempos que se foram.

Notando certa impaciência nas crianças lá do quinto andar, Mevlut pegou as cédulas que elas haviam posto no cesto e depositou o troco junto ao vasilhame. Em seguida deu um leve puxão na corda, exatamente como fazia quando o pai e ele vendiam suas mercadorias na rua — e lá se foi a encomenda.

O cesto de vime subiu depressa, mas deu certo trabalho às crianças, pois ficou balançando de um lado para outro, batendo no peitoril das janelas e nas calhas dos apartamentos dos andares inferiores. Quando chegou ao quinto andar, pairou por um instante, qual gaivota feliz a planar numa corrente de ar favorável. Então, como uma aparição misteriosa e proibida, desapareceu na noite. Mevlut seguiu seu caminho.

"Booo-zaaaa", gritava ele na rua mal iluminada. "Boozaaaa boooooaaa."

Usar um cesto para o transporte de coisas compradas de ambulantes era um costume da época em que os prédios de Istambul não dispunham de elevador nem de porteiros eletrônicos, e poucos tinham mais de cinco ou seis andares. Em 1969, quando Mevlut começou a trabalhar com o pai, as mulheres que preferiam não sair de casa recorriam ao cesto para comprar não apenas boza, mas também o iogurte de todo dia e até produtos vendidos pelo menino da mercearia. Como não tinham telefone, amarravam um sininho no cesto para avisar o garoto da venda ou o ambulante que precisavam de alguma coisa. Por sua vez, o vendedor tocava a sineta para avisar que o iogurte ou a boza já estava no cesto. Mevlut sempre gostara de observar os cestos subindo: alguns balançavam na brisa, batendo contra janelas, galhos, fios elétricos, cabos telefônicos, varais estendidos entre um prédio e outro, e a cada colisão a sineta reagia com um agradável tilintar. Os clientes mais assíduos botavam no cesto suas cadernetas de fiado, para que Mevlut anotasse a compra do iogurte do dia e mandasse o cesto de volta. O pai de Mevlut não sabia ler nem escrever, e antes de o filho vir da aldeia para acompanhá-lo, costumava marcar as compras com entalhes (um entalhe era um quilo; meio entalhe, meio quilo, e assim por diante). Ele se enchia de orgulho ao ver o filho anotando números e informações mais detalhadas como "Iogurte com creme; segunda e sexta", no caso de alguns clientes.

Mas aqueles eram vestígios de tempos muito remotos. Istambul se transformara tanto nos últimos vinte e cinco anos que agora Mevlut se lembrava disso como se fosse uma história da carochinha. Quando ele se mudou para lá, a maioria das ruas era pavimentada com pedras; agora, era asfaltada. Em quase toda a cidade, os prediozinhos de três andares em meio a jardins compartilhados foram demolidos e substituídos por espigões, nos quais os moradores dos andares mais altos provavelmente não conseguiam ouvir os gritos de um ambulante que passava na rua lá embaixo. Em vez de rádios, agora havia aparelhos de TV que, ligados durante toda a noite, abafavam a voz do vendedor de boza. Multidões turbulentas, dinâmicas e mais decididas haviam substituído as pessoas pacatas e temerosas, com roupas cinzentas e sem graça, que outrora povoavam as ruas. Mevlut não sentiu as alterações como um choque súbito. Assim, à diferença de muitas outras pessoas, não lamentava: procurava acompanhar as transformações e sempre dava preferência aos bairros onde sabia que teria boa acolhida.

Um lugar como Beyoğlu, por exemplo. O bairro mais populoso e o mais perto de sua casa. Quinze anos antes, lá pelo fim da década de 1970, quando ainda existiam os cabarés, clubes noturnos e bordéis decadentes e meio escondidos, Mevlut vendia nas ruas transversais até meia-noite. Mulheres que cantavam ou trabalhavam como *hostesses* em boates de subsolo com aquecimento; os fãs devotados dessas senhoras; homens de meia-idade, bigodudos que vinham da Anatólia para fazer compras em Istambul e, ao final de um dia exaustivo, gostavam de pagar drinques para as *hostesses*; miseráveis chegados mais recentemente e turistas árabes e paquistaneses excitados por se sentarem à mesa com algumas mulheres; garçons, leões de chácara e porteiros — todos compravam boza de Mevlut, mesmo à meia-noite. Por volta da última década, porém, o espírito demoníaco da mudança lançou seu feitiço sobre o bairro, como fizera no resto da cidade, e o tecido daquele passado se esgarçou — os estrangeiros naturalizados se foram e os clubes de música otomana e estilo europeu fecharam, dando lugar a estabelecimentos novos e barulhentos que serviam kebabs de Adana e chiche-kebabs grelhados e regados a *rakı*. Os milhares de jovens que gostavam de dançar não se interessavam por boza, por isso Mevlut nem se aproximava da avenida İstiklal.

Todas as noites, ao longo de vinte e cinco anos, por volta das oito e meia, quando já se encerrava o noticiário noturno, Mevlut se preparava para sair de sua casa alugada no bairro de Tarlabaşı. Vestia o suéter marrom tricotado por sua mulher, botava o gorro de lã e o avental azul que tanto impressionava os clientes, pegava a jarra de plástico com a boza adoçada e temperada com condimentos especiais por sua esposa ou pelas filhas, sopesava o volume (às vezes, em noites frias, dizia que elas não tinham preparado o suficiente), punha o casaco preto e se despedia do pessoal de casa. Quando as meninas eram pequenas, ele costumava lhes dizer que não o esperassem, mas agora dizia apenas: "Não vou demorar", e os olhos delas continuavam grudados na tv.

A primeira coisa que fazia ao sair de casa e mergulhar no frio era ajeitar sobre o ombro a grossa vara de carvalho que estava com ele havia vinte e cinco anos, na qual amarrava um vasilhame com boza a cada extremidade; como um soldado prestes a entrar no campo de batalha, conferia a munição uma última vez, as algibeiras do cinturão e os bolsos internos do casaco repletos de pacotinhos com grão-de-bico e canela (preparados em casa pela mulher e as filhas, cada dia mais irritadiças e impacientes, ou pelo próprio Mevlut), e enfim partia para sua interminável caminhada noturna.

"Booozaaaa booaaaa..."

Logo ele alcançava os bairros mais altos e então, ao chegar a Taksim, se dirigia ao local escolhido para aquele noite e se punha a vender, só fazendo uma pausa para fumar um cigarro.

Naquela noite, eram cerca de nove e meia quando o cesto desceu até Mevlut como um anjo, no bairro de Pangaltı. Lá pelas dez e meia, de volta às transversais de Gümüşsuyu, numa viela escura que levava a uma pequena mesquita, avistou um bando de cães vadios que vira pela primeira vez algumas semanas antes. Vira-latas nunca incomodavam ambulantes, por isso até pouco tempo atrás Mevlut não tinha medo deles. Mas naquele momento seu coração bateu forte com um estranho pressentimento, e ele se inquietou. Como sabia que vira-latas atacam ao farejar o medo, tentou pensar em outra coisa.

Tentou pensar nas filhas rindo diante da TV; nos ciprestes do cemitério; em sua casa para onde logo voltaria e conversaria com a mulher; em seu Guia Espiritual, que dizia que devemos manter o coração puro; no anjo que vira em sonho na noite anterior. Mas isso não bastou para afugentar seu medo dos cães.

Um deles latiu, aproximando-se de Mevlut.

Outro seguiu o primeiro. Era difícil enxergá-los na escuridão, tinham o pelo cor de barro. A certa distância, avistou um cão preto.

Os três cães, mais um quarto que ele não conseguia ver, começaram a latir ao mesmo tempo. Mevlut foi dominado por um pavor que sentira apenas uma ou duas vezes em sua vida de ambulante, e só quando menino. Não conseguiu se lembrar de nenhum verso ou oração para afugentar cães. Não moveu um músculo. Mas os cães continuaram a latir.

Mevlut olhou em volta procurando uma porta aberta por onde pudesse fugir, um vestíbulo onde pudesse se refugiar. Será que devia se defender com a vara que trazia às costas?

Uma janela se abriu. "Xô!", alguém gritou. "Deixem em paz o vendedor de boza! Xô, xô!"

Os cães pararam de latir e foram embora.

Mevlut se sentiu grato ao vulto da janela do terceiro andar.

"Não deixe que eles percebam que você está com medo, vendedor de boza", disse o homem. "Esses cães são uns bichos ruins, sabem quando alguém está com medo."

"Obrigado", disse Mevlut, pronto para seguir seu caminho.

"Bem, suba e assim eu compro um pouco da sua boza." Mevlut não gostou muito do jeito paternalista do homem, mas de todo modo se dirigiu à entrada.

O portão se abriu com um *bzzzz* do porteiro eletrônico. No vestíbulo, havia um cheiro de gás, óleo de cozinha e tinta. Mevlut subiu lentamente as escadas até o terceiro andar. Na porta do apartamento, em vez de permanecer do lado de fora, foi convidado a entrar, como nos velhos tempos faziam as pessoas gentis:

"Entre, vendedor de boza, você deve estar com frio."

À porta de entrada, viu muitos sapatos alinhados. Quando se inclinou para desamarrar os cadarços, lembrou-se de seu velho amigo Ferhat. "Existem três tipos de prédio em Istambul", ele costumava dizer: "1) aqueles com famílias piedosas, que fazem suas orações diárias e deixam os sapatos do lado de fora; 2) lares ricos e ocidentalizados, nos quais se pode entrar de sapatos; 3) edifícios novos, onde a gente encontra uma mistura dos dois outros tipos".

Aquele prédio ficava num bairro de gente abastada. Pessoas abastadas não costumavam tirar os sapatos na entrada. Sem saber bem por quê, Mevlut sentiu estar num daqueles grandes e novos conjuntos de apartamentos onde moravam pessoas tradicionalmente religiosas e outras mais ocidentalizadas. De todo modo, numa das raras ocasiões em que era convidado a entrar em salas ou cozinhas, ele sempre tinha o cuidado de tirar os sapatos, independentemente de ser um lar comum ou o apartamento de uma família abastada. "Não se preocupe com os sapatos, vendedor de boza!", às vezes gritavam lá de dentro, mas ele os ignorava.

Sentiu um forte cheiro de *rakı* no ambiente. Pôde ouvir a conversa animada de pessoas já bêbadas antes mesmo de acabado o jantar. Um grupo de seis ou sete homens e mulheres estava sentado a uma mesa que tomava quase todo o comprimento da sala, bebendo e rindo diante de um aparelho de TV que, como em todas as casas, estava a todo volume.

A mesa silenciou quando percebeu que Mevlut estava na cozinha.

Na cozinha, havia um homem completamente bêbado. "Vamos lá, dê-nos um pouco de boza, vendedor de boza", ele disse. Aquele não era o homem que Mevlut vira à janela. "Você tem grão-de-bico torrado e canela?"

"Tenho."

Mevlut era experiente o bastante para não perguntar quantos pacotes eles queriam.

"Quantos vocês são?"

"Quantos vocês são?", o homem gritou para a sala em tom zombeteiro. Em resposta, ouviram-se gargalhadas e discussões, e o grupo à mesa se pôs a contar quantas pessoas havia.

"Vendedor, se a boza estiver azeda, não vou querer", disse uma mulher à mesa.

"Minha boza é doce", respondeu Mevlut.

"Então eu não quero", disse uma voz masculina. "Boza boa é boza azeda." Eles começaram a discutir entre si.

"Venha aqui, vendedor de boza", gritou outra voz de bêbado.

Mevlut foi até a sala, sentindo-se pobre e deslocado. Por um instante, todos ficaram quietos, em silêncio. Sorriam para ele, lançando-lhe olhares curiosos. Provavelmente estavam surpresos ao deparar com uma relíquia viva do passado, agora fora de moda. Nos últimos anos, Mevlut se acostumara a ser alvo daquele tipo de olhar.

"Vendedor de boza, a boza verdadeira deve ser doce ou azeda?", perguntou um homem de bigode.

As três mulheres tinham o cabelo tingido de loiro. Na cabeceira da mesa, diante de duas das três mulheres, Mevlut reconheceu o homem que abrira a janela e o livrara dos cães. "A boza tanto pode ser doce como azeda", disse Mevlut. Aquela era uma resposta que ele tinha memorizado havia mais de vinte e cinco anos.

"Vendedor de boza, você consegue ganhar a vida com isso?"

"Sim, graças a Deus."

"Quer dizer então que esse trabalho dá um bom dinheiro? Há quanto tempo você faz isso?"

"Faz vinte e cinco anos. Antigamente eu também vendia iogurte de manhã."

"Se você já faz isso há vinte e cinco anos, e se ganha um bom dinheiro, agora deve estar rico, certo?"

"Não posso dizer que esteja", disse Mevlut.

"Por quê?"

"Todos os parentes que vieram da aldeia estão ricos, mas acho que minha sina não era essa."

"Por que não?"

"Porque sou honesto", disse Mevlut. "Não vou mentir, vender comida estragada nem enganar ninguém só para comprar uma casa ou dar à minha filha um casamento digno."

"Você é um homem religioso?"

Àquela altura da vida, Mevlut sabia que, vinda de famílias mais abastadas, a pergunta tinha conotações políticas. O Partido Islâmico, apoiado sobretudo pelos pobres, ganhara as eleições municipais três dias antes. Mevlut também votara no candidato do partido — o qual, inesperadamente, acabou eleito prefeito de Istambul —, porque era religioso e frequentara a escola Piyale Paşa em Kasımpaşa, onde agora suas filhas estudavam.

"Sou um vendedor", respondeu Mevlut, esperto. "Como um vendedor poderia ser religioso?"

"Por que não?"

"Trabalho o tempo todo. Quem fica na rua o tempo todo não pode orar cinco vezes por dia..."

"E o que você faz de manhã?"

"Tenho feito todo tipo de coisa... Já vendi arroz com grão-de-bico, trabalhei como garçom, vendi sorvete, trabalhei como gerente... eu faço de tudo."

"Gerente de quê?"

"Do Café Binbom. Ficava em Beyoğlu, mas fechou. Conheceram?"

"E agora o que você faz de manhã?", disse o homem que estava à janela.

"Por estes dias estou desocupado."

"Você tem mulher, tem família?", perguntou uma loira com expressão suave.

"Tenho. Temos duas belas garotas. Elas são como anjos, graças a Deus."

"Estão matriculadas na escola, não estão? Você vai obrigá-las a cobrir a cabeça quando ficarem mais velhas?"

"Sua mulher cobre a cabeça com véu?"

"Somos apenas uma pobre gente da aldeia", disse Mevlut. "Prezamos nossas tradições."

"É por isso que você vende boza?"

"Quase toda nossa gente vem para Istambul para vender iogurte e boza, mas na verdade essa bebida não é muito conhecida na minha aldeia."

"Quer dizer que você conheceu a boza na cidade?"

"Sim."

"E onde aprendeu a gritar o pregão como um verdadeiro vendedor de boza da cidade?"

"Você tem uma voz muito bonita, parece um muezim."

"O que vende a boza é a emoção da voz do vendedor", disse Mevlut.

"Mas, vendedor de boza, à noite você não fica com medo nas ruas, ou pelo menos entediado?"

"O Deus Todo-Poderoso zela pelo pobre vendedor de boza. Sempre penso em coisas boas quando estou fora de casa."

"Mesmo quando está numa rua escura e deserta, mesmo quando passa por cemitérios e por vira-latas, mesmo quando vê demônios e fadas?"

Mevlut não respondeu.

"Qual é seu nome?"

"Mevlut Karataş."

"Então vamos lá, Mevlut Efêndi, mostre-nos como você diz 'bozaaaa'."

Aquela não era a primeira mesa de bêbados que Mevlut enfrentava. Quando começou a trabalhar como ambulante, muitos bêbados lhe perguntavam se tinha energia elétrica na sua aldeia (quando ele se mudou para Istambul não tinha, mas agora, em 1994, tinha) e se algum dia frequentara a escola, e logo vinham com perguntas do tipo: "O que você sentiu na primeira vez que entrou num elevador?", "Quando você foi ao cinema pela primeira vez?". No começo, Mevlut se saía com respostas divertidas para agradar aos clientes que o recebiam em suas salas, não se importava que o julgassem mais inocente, ignorante e menos esperto do que de fato era — esperteza aprendida nas ruas —, e seus fregueses mais assíduos e afetuosos não precisavam insistir para fazê-lo gritar o "Boozaaaa" que ele em geral reservava para as ruas.

Mas aquilo tinha sido nos velhos tempos. Hoje em dia Mevlut experimentava um rancor que não sabia explicar. Se não fosse a gratidão pelo homem que o livrara dos cães, teria encerrado a conversa por ali, entregado sua boza e ido embora.

"Então, quantas pessoas vão querer boza?", ele perguntou.

"Oh, quer dizer que você ainda não entregou a boza ao homem que está na cozinha? E nós aqui, pensando que o negócio estivesse concluído!"

"Onde você arranja essa boza?"

"Eu mesmo faço."

"Não! É mesmo? Sempre pensei que os vendedores de boza comprassem a bebida pronta."

"Há quinze anos existe uma fábrica em Eskişehir", disse Mevlut. "Mas eu compro boza crua no melhor lugar e mais antigo, na Vefa. Então misturo com meus próprios ingredientes e transformo em algo mais palatável."

"Quer dizer que você acrescenta açúcar em casa?"

"Tanto a boza doce como a azeda são naturais."

"Ora, vamos! Boza tem de ser azeda. É o processo de fermentação que a torna azeda, é o álcool, como o vinho."

"Boza contém álcool?", perguntou uma mulher, arqueando as sobrancelhas.

"Querida, você não sabe de nada, não é?", disse um dos homens. "Boza era a bebida preferida à época dos otomanos, quando o álcool e o vinho eram proibidos. Quando Murad IV saía disfarçado à noite, ele fechava não apenas tabernas e cafés, mas também casas de boza."

"Por que ele proibiu os cafés?"

Começou uma daquelas discussões de bêbados que Mevlut tinha testemunhado muitas vezes em bares e em mesas de beberrões inveterados. E por um instante todos se esqueceram dele.

"Vendedor de boza, nos diga só uma coisa: boza contém álcool?"

"Não", disse Mevlut, sabendo muito bem que não era verdade. O pai dele também mentia quanto a isso.

"Ora, vendedor de boza... Na boza tem álcool, se bem que talvez não muito. Por isso na época do Império otomano todos aqueles religiosos ficavam bêbados. 'Claro que não há álcool na boza', eles diziam, então entornavam com alegria dez copos e ficavam totalmente borrachos. Depois que a República foi fundada e Atatürk legalizou o *rakı* e o vinho, já não havia razão para tomar boza; e foi então que isso acabou, setenta anos atrás."

"A boza talvez volte, caso sejam retomadas as proibições religiosas...", disse um bêbado de nariz fino, lançando um olhar de desafio a Mevlut. "O que você acha do resultado das eleições?"

"Não", disse Mevlut, sem piscar. "Não tem álcool na boza. Se tivesse, eu não estaria vendendo."

"Está vendo? O sujeito não é como você, ele respeita as próprias crenças", disse um dos homens.

"Fale por si. Sou um homem de religião, mas também aprecio meu *rakı*", disse o homem de nariz fino. "Vendedor de boza, você diz que a boza não contém álcool porque tem medo?"

"Eu só temo a Deus", disse Mevlut.

"Ooh, essa é sua resposta, hein?"

"Mas você não teme os vira-latas e os assaltantes que atacam à noite?"

"Ninguém faria mal a um pobre vendedor de boza", disse Mevlut com um sorriso. Aquela também era uma de suas respostas-padrão. "Bandidos e ladrões não incomodam vendedores de boza. Trabalho nisso há vinte e cinco anos. Nunca fui atacado. Todos respeitam o vendedor de boza."

"Por quê?"

"Porque a boza existe há muito tempo, foi uma herança dos nossos ancestrais. Deve haver, se tanto, quarenta vendedores de boza nas ruas de Istambul esta noite. Tem gente, como vocês, que realmente compra boza. Mas a maioria se contenta em ouvir o pregão do ambulante e lembrar o passado. E essa paixão alegra o vendedor de boza — é isso que nos faz seguir em frente."

"Você é um homem de religião?"

"Sim, sou temente a Deus", disse Mevlut, sabendo que aquelas palavras iriam assustá-los um pouco.

"E você também gosta de Atatürk?"

"Sua Excelência o Marechal de Campo Paxá Mustafa Kemal passou por Akşehir, perto da minha aldeia, no ano de 1922", disse-lhes Mevlut. "Então fundou a República em Ancara, seguiu depois para Istambul, onde se hospedou no Park Hotel do bairro de Taksim… Certo dia ele estava à janela de seu quarto quando notou que não havia na cidade a alegria e a animação costumeiras. Perguntou a seu assistente o porquê, e este lhe respondeu: 'Excelência, proibimos a entrada de ambulantes na cidade, porque eles não existem na Europa, e achamos que eles irritariam Vossa Excelência'. Mas foi justamente isso que irritou Atatürk. 'Os ambulantes são os pássaros canoros das ruas, são a vida e a alma de Istambul', disse. Em nenhuma circunstância devem ser banidos. Daquele dia em diante, os ambulantes ficaram livres para percorrer as ruas de Istambul."

"Viva Atatürk!", exclamou uma das mulheres.

Alguns outros convidados também deram vivas. Mevlut fez o mesmo.

"Tudo bem, ótimo, mas o que será de Atatürk, do secularismo, se os partidos islâmicos tomarem o poder? Será que a Turquia vai ficar como o Irã?"

"Não se preocupe, o Exército não vai deixar que se faça uma coisa dessas. Eles vão planejar um golpe, acabar com o partido e prender todos eles. Não acha, vendedor de boza?"

"Eu só trato de vender boza", disse Mevlut. "Não me envolvo com alta política. Deixo isso para os que são melhores que eu."

Mesmo bêbados, eles sentiram a alfinetada na observação de Mevlut.

"Eu sou igualzinho a você, vendedor de boza. Só temo a Deus e à minha sogra."

"Vendedor de boza, você tem sogra?"

"Infelizmente não cheguei a conhecê-la", disse Mevlut.

"Como vocês se casaram?"

"Nós nos apaixonamos e fugimos juntos. Nem todo mundo pode dizer isso."

"Como vocês se conheceram?"

"Nós nos vimos no casamento de um parente, e foi amor à primeira vista. Escrevi-lhe cartas durante três anos."

"Bem, vendedor de boza, você é um sujeito surpreendente!"

"E o que sua mulher faz agora?"

"Trabalhos de agulha em casa. Nem todo mundo é capaz de fazer o que ela faz."

"Vendedor de boza, se nós tomarmos sua boza, será que ficaremos mais bêbados do que estamos?"

"Minha boza não vai embriagá-los", disse Mevlut. "Como vocês são oito, vou lhes dar dois quilos."

Ele voltou à cozinha, mas levou algum tempo para acondicionar a boza, os grãos-de-bico torrados e a canela, e mais algum tempo para receber o dinheiro. Depois calçou os sapatos com a mesma alegria da época em que os fregueses faziam fila e ele tinha de se apressar o tempo todo.

"Vendedor de boza, lá fora tem muita umidade e lama, tenha cuidado", gritaram-lhe da sala. "Não deixe que ninguém o ataque, não deixe que os cães o estraçalhem!"

"Vendedor de boza, volte outra vez!", disse uma das mulheres.

Mevlut sabia muito bem que eles não iam querer boza novamente, só o chamaram porque ouviram sua voz e queriam se divertir enquanto estavam bêbados. O ar frio lá fora estava agradável.

"Booo-zaaaa."

Em vinte e cinco anos, ele conhecera inúmeras casas como aquela, inúmeras pessoas e famílias — e ouvira aquelas perguntas milhares de vezes. Lá pelo fim da década de 1970, nas mal iluminadas ruelas de Beyoğlu e Dolapdere, andando por entre gerentes de boates, jogadores, bandidos, proxenetas e prostitutas, topara com muitos grupos de bêbados à mesa de jantar. Aprendeu a não se envolver com eles, a falar "sem olhar nos olhos de ninguém", como diziam certos malandros no serviço militar, e logo voltar para a rua sem perder tempo.

Vinte e cinco anos antes, quase todo mundo o convidava a entrar na cozinha, e então lhe perguntavam se o tempo estava frio, se ele ia à escola de manhã, se queria uma xícara de chá. Alguns o convidavam a entrar na sala, e mesmo sentar-se à mesa. Eram os bons e velhos tempos em que ele vivia tão apressado entregando a mercadoria que não podia apreciar devidamente a hospitalidade e o carinho das pessoas. Mevlut ficou especialmente tocado naquela noite, porque fazia bastante tempo que ninguém mostrava tanto interesse por ele. Além do mais, aquele grupo era muito estranho; nos velhos tempos, era raro encontrar homens e mulheres tomando *rakı*, conversando embriagados numa casa de família de bem, com cozinha e tudo mais. Seu amigo Ferhat gostava de implicar com ele, dizendo-lhe, meio à brinca, meio à vera: "Por que alguém iria querer teor alcoólico de 3 por cento quando todos podem se embebedar em família com os 45 por cento do *rakı* da estatal Tekel? Esse negócio não tem futuro, Mevlut. Pelo amor de Deus, abandone isso! O país não precisa mais da sua boza para se embebedar".

Ele pegou uma das transversais que levam a Fındıklı, onde entregou meio quilo a um freguês, e quando estava saindo do prédio viu duas sombras suspeitas no vestíbulo. Se ficasse pensando muito naqueles "suspeitos", eles iriam perceber (como num sonho) e tentar lhe fazer mal. Mas Mevlut não conseguiu se conter: não tirava as sombras da cabeça.

Quando se voltou instintivamente para ver se estava sendo seguido por algum cão, teve certeza, por um segundo, de que as sombras estavam na sua cola. Mal podia acreditar. Tocou a sineta duas vezes bem forte, e três sem muito ânimo, mas com insistência. "Bo-zaa", gritou. Resolveu evitar Taksim e pegar um atalho para casa, descendo as escadas para a passagem entre as colinas e em seguida tomando o rumo de Cihangir.

Quando descia as escadas, uma das sombras gritou: "Ei, vendedor de boza, espere um minuto".

Mevlut fingiu não ter escutado. Desceu prudentemente alguns degraus, com a vara às costas. Mas quando a iluminação ficou escassa teve de diminuir a marcha.

"Ei, vendedor de boza, eu disse para esperar! Nós não mordemos, só queremos um pouco de boza."

Mevlut parou, um pouco envergonhado por sentir medo. Uma figueira tapava a luz de um dos postes, por isso o patamar do pé da escadaria estava mais escuro. No verão em que fugiu com Rayiha, costumava estacionar seu carrinho de três rodas naquele local, nas primeiras horas da noite.

"Quanto custa sua boza?", disse um deles, descendo as escadas com ar ameaçador.

Agora os três homens estavam debaixo da figueira, no escuro. Pessoas sedentas de um copo de boza também perguntavam quanto custava, mas em geral o faziam num tom suave e mesmo tímido — de forma educada, e não agressiva. Tinha alguma coisa estranha ali. Mevlut deu um preço que era a metade do que costumava cobrar.

"É meio caro", disse o mais forte dos dois. "Tudo bem, queremos dois copos. Aposto como você ganha um montão de dinheiro."

Mevlut abaixou seus vasilhames e tirou do bolso do avental um copo de plástico grande. Ele o encheu de boza e o passou ao homem mais jovem e mais baixo.

"Aí está."

"Obrigado."

Enquanto enchia o segundo copo, sentiu-se quase culpado pelo silêncio constrangedor que se instalara entre eles. O homem mais alto percebeu seu embaraço.

"Você está com pressa, vendedor de boza. Está com tanto trabalho assim?"

"Não, não", disse Mevlut. "O movimento está meio devagar. A boza acabou, já não ganhamos tanto quanto antes. Ninguém mais compra boza. Eu não pretendia sair hoje de jeito nenhum, mas estou com um doente em casa e precisamos de um dinheiro extra para uma sopa quente."

"Quanto você ganha num dia?"

"Você conhece o ditado: nunca pergunte a uma mulher sua idade nem a um homem seu salário", disse Mevlut. "Mas, como você perguntou, vou responder", disse ele, enquanto entregava o copo de boza ao vulto mais alto. "Quando as vendas estão boas, ganhamos o bastante para viver por um dia. Mas num dia fraco como hoje, vamos para casa com fome."

"Você não parece estar com fome. De onde você é?"

"De Beyşehir."

"Onde diabos fica isso?"

Mevlut não respondeu.

"Há quanto tempo vive em Istambul?"

"Há cerca de vinte e cinco anos."

"Você está aqui há vinte e cinco anos e ainda diz que é de Beyşehir?"

"Não... só disse porque você perguntou."

"Você deve ter ganhado um bom dinheiro durante todo esse tempo."

"Que dinheiro? Olhe para mim, ainda estou trabalhando à meia-noite. De onde vocês são?"

Os homens não responderam, e Mevlut ficou com medo. "Querem que ponha um pouco de canela na boza?", ele perguntou.

"Pode pôr. Quanto custa a canela?"

Mevlut tirou do avental seu misturador de canela de latão. "O grão-de-bico e a canela são por minha conta", ele disse enquanto punha canela nos copos. Tirou dois saquinhos de grão-de-bico do bolso. Em vez de entregá-los aos fregueses, como costumava fazer, rasgou os saquinhos e verteu os grãos-de-bico nos copos na escuridão da noite, como um garçom solícito.

"A boza cai melhor com grão-de-bico torrado", disse.

Os homens se entreolharam e esvaziaram os copos.

"Bem, agora nos faça um favor neste dia ruim", disse o homem mais velho e mais parrudo quando terminou de beber.

Mevlut sabia o que estava por vir e tentou se adiantar.

"Se você está sem dinheiro, pode me pagar outro dia, amigo. Se nós, os pobres desta cidade grande, não nos ajudarmos na hora da necessidade, quem o fará? Pode deixar por minha conta, por favor." Fez menção de levantar a vara para a pôr nos ombros, como para ir embora.

"Nada de pressa, vendedor de boza", disse o homem corpulento. "Nós dissemos faça-nos um favor hoje, não foi? Passe o dinheiro."

"Mas estou sem dinheiro nenhum aqui", disse Mevlut. "Só os trocados de um ou dois copos para uns poucos fregueses, só isso. E preciso comprar remédio para o doente que tenho em casa e não..."

De repente, o homem mais baixo puxou do bolso um canivete automático. Apertou o botão, a lâmina se abriu com um estalo em meio ao silêncio, e ele encostou a ponta na barriga de Mevlut. Enquanto isso, o homem mais corpulento foi para trás dele e lhe imobilizou os braços. Mevlut ficou quieto.

O homem mais baixo apertou a lâmina contra a barriga de Mevlut com uma mão e, com a outra, fez uma busca rápida mas completa nos bolsos do avental e do casaco de Mevlut. E embolsou tudo o que conseguiu achar: cédulas e moedas. Mevlut percebeu que ele era muito jovem e muito feio.

"Não fique olhando para ele, vendedor de boza", disse o homem mais alto e mais forte ao notar que Mevlut estava olhando para o rosto do rapaz. "Quer dizer então que você está cheio do dinheiro, não é? Não é de estranhar que quisesse fugir de nós."

"Agora chega", disse Mevlut, desvencilhando-se.

"Chega?", disse o homem atrás dele. "Não acho. Não chega, não. Você vem para a cidade, está aqui há vinte e cinco anos, saqueando, e quando finalmente se depara com a sua vez você decide fechar a loja? Nós viemos bem depois, por acaso a culpa é nossa?"

"De jeito nenhum, de jeito nenhum, não é culpa de ninguém", disse Mevlut.

"O que você tem em Istambul? Uma casa, um apartamento?"

"Não tenho absolutamente nada em meu nome", mentiu Mevlut. "Nada de nada."

"Por quê? Você é burro ou o quê?"

"É que não tinha de ser, só isso."

"Ora, todo mundo que chegou a Istambul há vinte e cinco anos tem agora um barraco por aí, nos arredores. E agora estão erguendo edifícios nesses terrenos."

Irritado, Mevlut contorceu-se, mas isso só fez com que a lâmina ferisse mais sua barriga ("Deus!", ele exclamou) e ele fosse revistado novamente da cabeça aos pés.

"Diga-nos, você é bobo mesmo ou está se fazendo de bobo?"

Mevlut não respondeu. O homem que estava atrás dele torceu habilmente seu braço esquerdo e puxou sua mão esquerda para trás das costas em câmera lenta. "Veja só o que temos! Não é em casas nem em terrenos que você gosta de gastar dinheiro. Prefere relógios de pulso, não é, meu amigo de Beyşehir? Agora estou vendo como é que são as coisas."

O relógio suíço que Mevlut tinha ganhado doze anos antes de presente de casamento logo desapareceu de seu pulso.

"Que tipo de gente rouba um vendedor de boza?", perguntou Mevlut.

"Para tudo sempre existe uma primeira vez", disse o homem que o imobilizava. "Agora fique quietinho e não olhe para trás."

Mevlut olhou em silêncio os dois que se afastavam, um velho e um jovem. De repente percebeu que eram pai e filho. Ele e seu falecido pai nunca haviam sido cúmplices num crime. Seu pai vivia recriminando Mevlut por alguma coisa. Mevlut desceu os degraus e se viu numa das transversais que levavam à colina Kazancı. Estava tudo tranquilo. Não se via ninguém. O que Rayiha ia dizer quando ele chegasse em casa? Será que ele seria capaz de não contar a ninguém o que se passara?

Por um instante, Mevlut imaginou que o roubo tinha sido um sonho e que tudo estava como sempre esteve. Afinal, ele não fora espancado. Mergulhou naquela ilusão por alguns segundos e se sentiu melhor. Tocou a sineta.

"Booozaaaa", quis gritar, pela força do hábito, e então notou que de sua garganta não saía nem um fiapo de som, como num sonho.

Nos bons e velhos tempos, quando acontecia nas ruas alguma coisa que o sobressaltava, sempre que se sentia humilhado e abatido podia contar com Rayiha para animá-lo quando chegava em casa.

Pela primeira vez em vinte e cinco anos como vendedor de boza, Mevlut apressou-se em voltar para casa sem gritar "Booozaaaa", ainda que tivesse sobrado um pouco da bebida.

Ao entrar em sua casa de um cômodo, vendo que tudo estava em silêncio, concluiu que as duas filhas já tinham ido dormir.

Rayiha estava sentada na beira da cama, entretida com um trabalho manual na frente da TV sem som, como fazia toda noite à espera do regresso de Mevlut.

"Não vou mais vender boza", ele disse.

"De onde você tirou isso?", disse Rayiha. "Você não pode parar de vender boza. Mas entendo, você precisa de outro trabalho. Minhas atividades de agulha não bastam."

"Estou dizendo, já estou cheio de boza."

"Ouvi dizer que Ferhat ganha um bom dinheiro no escritório da companhia de energia", disse Rayiha. "Ele pode arrumar um emprego para você se ligar para ele."

"Prefiro morrer a ligar para Ferhat", disse Mevlut.

PARTE III

SETEMBRO DE 1968-JUNHO DE 1982

Fui rejeitado por meu pai desde o berço.
Stendhal, *O vermelho e o negro*

1. Mevlut na aldeia
Se este mundo pudesse falar, diria o quê?

Para entender a decisão de Mevlut, sua devoção a Rayiha e seu medo de cães, temos de voltar à infância dele. Mevlut nasceu em 1957, na aldeia de Cennetpınar, no distrito de Beyşehir de Konya, e nunca pôs os pés fora da aldeia até completar doze anos. No outono de 1968, tendo terminado o curso primário, ele esperava ir a Istambul trabalhar com o pai e ao mesmo tempo prosseguir os estudos, como todas as outras crianças em situação semelhante à sua. O pai, porém, não quis o filho junto a ele, e Mevlut teve de continuar na aldeia, onde por algum tempo cuidou de um rebanho. Pelo resto da vida, Mevlut se perguntaria por que o pai insistira para que ele continuasse na aldeia, mas nunca atinou com uma explicação satisfatória. Uma vez que seus primos e amigos, os filhos de seu tio, Korkut e Süleyman, já tinham ido morar em Istambul, aquele viria a ser um inverno triste e solitário para o garoto. Mevlut cuidava de menos de uma dúzia de ovelhas, que pastoreava ao longo do rio. Ficava dias inteiros contemplando o lago ao longe, os ônibus e caminhões que passavam, os pássaros e os choupos.

Às vezes, ao ver as folhas de um choupo balançando na brisa, pensava que a árvore estava lhe mandando uma mensagem. Algumas folhas mostravam seu lado mais escuro; outras, o lado mais seco e descorado, até que, de repente, vinha um vento suave que as virava para exibir as superfícies inferiores amarelas e também a face mais escura das folhas amareladas.

Seu passatempo preferido era recolher ramos, secá-los e com eles fazer fogueiras. Quando a fogueira se acendia de verdade, Kâmil, o cão de Mevlut, pulava à sua volta umas duas vezes, e quando via o dono sentado, aquecendo as mãos sobre as chamas, também parava quieto perto dele e ficava olhando a fogueira, como Mevlut.

Todos os cães da aldeia conheciam Mevlut e não latiam para ele nem mesmo se ele surgia de repente no meio da mais escura e silenciosa noite, e isso o fazia sentir que aquela aldeia era sua verdadeira terra. Os cães latiam apenas para quem vinha de fora, para os que representavam uma ameaça ou eram forasteiros. Mas às vezes um cão implicava com alguém de lá, como Süleyman, primo de Mevlut, seu melhor amigo. "Você deve estar pensando coisas muito sujas, Süleyman", os outros caçoavam.

SÜLEYMAN. Na verdade, os cães da aldeia nunca latiam para mim. Nós nos mudamos para Istambul, e estou triste porque Mevlut teve de ficar na aldeia, tenho saudade dele... Mas os cães da aldeia me tratavam da mesma forma como tratavam Mevlut. E achei que devia deixar isso claro.

De vez em quando Mevlut e seu cão Kâmil subiam numa das colinas, deixando o rebanho no pasto, lá embaixo. De seu ponto de vista privilegiado, admirando os campos que se estendiam à sua frente, Mevlut sonhava viver, ser feliz, ser alguém no universo. Em algumas ocasiões sonhava que o pai chegava de ônibus para levá-lo a Istambul. As campinas lá embaixo, onde os animais pastavam, terminavam numa rocha escarpada numa curva do rio. Por vezes se via a fumaça de uma fogueira no outro extremo da campina. Mevlut sabia que a fogueira fora acesa por pequenos pastores da aldeia vizinha de Gümüşdere, os quais, como ele, não puderam ir a Istambul para continuar os estudos. Lá do alto da colina de Mevlut e de Kâmil se podiam ver, quando ventava e o céu estava claro, sobretudo de manhã, as casinhas de Gümüşdere e a pequenina e bela mesquita branca com seu minarete pontudo e elegante.

* * *

ABDURRAHMAN EFÊNDI. Vou tomar a liberdade de fazer uma rápida interrupção, pois vivo na supracitada aldeia de Gümüşdere. Na década de 1950, a maioria de nós vivia em Cennetpınar, em Gümüşdere e nas outras três aldeias vizinhas, todas muito pobres. Durante o inverno, contraíamos dívidas na mercearia e mal podíamos nos aguentar até a próxima estação. Chegada a primavera, alguns homens iam para Istambul trabalhar em canteiros de obras. Alguns de nós nem tínhamos o dinheiro da passagem para Istambul, então o Cegueta da mercearia comprava para nós e registrava a despesa no caderno em que anotava as nossas dívidas. Em 1954, um homenzarrão de ombros largos da nossa aldeia de Gümüşdere chamado Yusuf foi para Istambul para trabalhar na construção civil. Então, *por puro acaso*, se tornou vendedor de iogurte e ganhou um monte de dinheiro como ambulante. Primeiro ele levou seus irmãos e primos para ajudá-lo em Istambul, onde todos eles viviam em alojamentos para solteiros. Até então, as pessoas de Gümüşdere não entendiam nada de iogurte. Mas logo a maioria de nós passou a ir para Istambul para aproveitar a oportunidade. Eu fui para lá pela primeira vez aos vinte e dois anos, depois de prestar o serviço militar obrigatório. (Devido a vários problemas de disciplina, fiquei quatro anos no Exército; vivia sendo preso ao tentar fugir, levava muitas surras e passava um bocado de tempo entre as grades, mas é bom que se saiba que ninguém ama nosso Exército e nossos honrados oficiais mais que eu!) Naquela época, nossos soldados ainda não tinham resolvido enforcar o primeiro-ministro Adnan Menderes — ele ainda vivia rodando por Istambul em seu Cadillac, e toda vez que topava com casas e mansões históricas ordenava que fossem demolidas para dar lugar a avenidas largas. Os negócios eram bons para os ambulantes que mantinham suas atividades em meio ao entulho das obras, mas eu simplesmente não conseguia me acertar com aquela coisa de vender iogurte. O povo daqui é em geral resistente e forte, de ossos robustos e ombros largos. Já eu sou mais para o magro, como você vai notar caso, se Deus quiser, algum dia nos encontrarmos. Eu ficava esmagado sob aquela vara o dia inteiro, com uma bandeja de trinta quilos de iogurte amarrada em cada ponta. E ainda por cima, como a maioria dos ambulantes de iogurte, saía também à noite para ganhar um pouco mais de dinheiro vendendo boza. Pode-se tentar de tudo para atenuar o peso da vara, mas um vendedor de iogurte novato fatalmente criará calos no pescoço e nos ombros. No começo fiquei contente ao ver que não estava com nenhum calo (minha pele é macia como veludo), mas aí me dei conta de que o diacho da vara estava fazendo muito pior: estava arruinando minha coluna, tive de ir para o hospital. Amarguei um mês em filas antes que o médico me dissesse que eu tinha de parar de carregar peso imediatamente. Mas como eu precisava ganhar a vida, em vez de largar a vara, larguei o médico. E foi assim que entre os amigos fiquei conhecido não mais como a Abby Mulherzinha, e sim como Abdurrahman Pescoço-Torto, o que me magoava muito. Em Istambul eu procurava evitar as pessoas da aldeia, mas encontrava o tempo todo o pai de Mevlut, Mustafa, aquele esquentado, e seu tio Hasan vendendo iogurte. Foi aí que me viciei em *rakı*, que me ajudava a esquecer do pescoço. Depois de algum tempo abandonei o sonho de comprar uma casa, um lugarzinho na periferia, uma propriedade de verdade. Parei de tentar economizar e, em vez disso, só procurei me divertir. Comprei um terreno em Gümüşdere com o dinheiro de Istambul e me casei com a órfã mais pobre da aldeia. A lição que aprendi durante minha passagem pela cidade foi que para se firmar lá você precisa ter pelo menos três filhos que possa levar da aldeia para trabalharem como escravos para você. Pensei que deveria ter três rapazes fortes antes de retornar a Istambul, e então poderia construir uma casa na primeira colina vazia com que topasse e depois sair dali para conquistar a cidade. Tive três filhas e nenhum filho. Então, dois anos atrás voltei à aldeia para sempre, e gosto muito das minhas meninas. Agora, deixe-me apresentá-las a você:

vediha. Eu queria que meu primeiro filho fosse forte, sério e trabalhador, e resolvi chamá-lo Vedii. Infelizmente, tive uma filha. Então dei o nome de Vediha, o feminino de Vedii.

rayiha. Ela gosta de sentar no colo do pai e tem um cheiro muito bom, como o nome sugere.

samiha. Ela é uma diabinha, esperta que só, sempre fazendo manha; não tem nem três anos e já fica aprontando pela casa.

À noite, em Cennetpınar, Mevlut sentava com sua mãe, Atiye, e suas irmãs mais velhas, que insistiam para que ele escrevesse ao pai, Mustafa Efêndi, em Istambul, pedindo-lhe, entre outras coisas, sapatos, pilhas, prendedores de roupa de plástico e sabonetes. O pai era analfabeto, por isso raramente respondia, ignorando a maior parte de seus pedidos ou então dizendo "Vocês podem comprar essas coisas por melhor preço no Cegueta da aldeia". Às vezes ouviam a mãe responder com uma queixa: "Pedimos que você traga essas coisas não porque não tenha no Cegueta, Mustafa, pedimos porque não temos em casa!". As cartas que Mevlut escrevia ao pai acabaram lhe ensinando de um modo particular o que significava pedir alguma coisa no papel. Havia três elementos a considerar ao ESCREVER UMA CARTA PEDINDO ALGUMA COISA A ALGUÉM QUE ESTÁ MUITO LONGE:

1. O que você realmente quer, coisa que, de todo modo, você nunca vai saber.
2. O que você está preparado para dizer claramente, o que em geral ajuda a entender um pouco melhor o que você de fato quer.
3. A própria carta, a qual, embora imbuída do espírito dos itens 1 e 2, é na verdade um texto sedutor com um significado muito mais amplo.

MUSTAFA EFÊNDI. Quando voltei de Istambul no fim de maio, trouxe para as meninas cortes vermelho-escuros e verdes com estampas floridas; para a mãe delas, um par de sandálias fechadas e colônia da Pe-Re-Ja Cosméticos, que Mevlut solicitara em sua carta; e para Mevlut, o brinquedo que ele pedira. Fiquei um pouco magoado com os agradecimentos chochos dele pelo presente. "Ele queria uma pistola de água como a do filho do líder da aldeia...", a mãe dele disse enquanto as irmãs davam risinhos. No dia seguinte fui à venda com Mevlut e verifiquei cada item da nossa conta. De vez em quando eu perdia a paciência: "Que diabos é isso de chiclete Çamlıca?", berrei, e Mevlut abaixou os olhos porque ele é que tinha comprado. "Nada de chiclete para este garoto", eu disse ao vendedor. "Seja como for, Mevlut deveria ir para a escola em Istambul no próximo inverno!", disse o Cegueta, que está por dentro de tudo. "Ele tem uma boa cabeça para números e contas. Talvez seja a pessoa que finalmente vai cursar uma faculdade, entre todos da aldeia."

* * *

A notícia de que o pai de Mevlut havia se desentendido com tio Hasan em Istambul no inverno anterior logo chegou à aldeia... Em dezembro passado, nos dias mais frios do mês, tio Hasan e seus dois filhos, Korkut e Süleyman, saíram da casa em que moravam com o pai de Mevlut em Kültepe e mudaram-se para outra que tinham comprado juntos em Duttepe, a colina que faz fronteira com Kültepe, deixando o pai de Mevlut para trás. A mulher do tio Hasan, Safiye, que era tia materna de Mevlut e também mulher de seu tio paterno, logo saiu da aldeia e foi cuidar do marido e dos filhos na nova casa em Istambul. Com tudo isso, agora Mevlut podia ir morar com o pai no outono, para que Mustafa Efêndi não ficasse sozinho em Istambul.

SÜLEYMAN. Meu pai e tio Mustafa são irmãos, mas nossos sobrenomes são diferentes. Quando Atatürk determinou que todos deviam adotar um sobrenome, o funcionário do censo de Beyşehir veio à nossa aldeia no lombo de um burro, com suas folhas de registro para anotar os sobrenomes que cada um tinha escolhido para si. No último dia, chegou a vez do nosso avô. Era um homem muito religioso e piedoso que nunca havia saído de Beyşehir. Levou um bom tempo pensando e finalmente escolheu "Aktaş". Seus dois filhos, como sempre, estavam discutindo na presença do pai. "Registre-me como Karataş", pediu tio Mustafa, que naquela época era um menino, mas nem meu avô nem o funcionário do censo lhe deram a menor atenção. Mesmo assim, vários anos depois, mas antes de Mevlut entrar no ginásio, tio Mustafa, rebelde e implicante que só ele, procurou o juiz para mudar seu sobrenome e conseguiu se chamar Karataş (Pedra Negra), ao passo que nós continuamos Aktaş (Pedra Branca). Meu primo Mevlut Karataş está muito ansioso para começar seus estudos em Istambul neste outono. Mas, dos meninos da aldeia que foram mandados a Istambul para isso, por enquanto nenhum conseguiu cursar uma faculdade. Existem quase cem aldeias e cidadezinhas perto do lugar de onde viemos, e até agora só um rapaz terminou a faculdade. Era um sujeitinho de óculos, que parecia um rato, e acabou indo para os Estados Unidos e nunca mais ninguém ouviu falar dele. Muitos anos depois, alguém viu uma fotografia dele nos jornais, mas como ele tinha mudado de nome não soubemos ao certo se aquele era mesmo o nosso roedor de óculos ou não. Se quer saber o que acho, a esta altura aquele canalha deve ter se convertido ao cristianismo.

Uma noite, lá pelo fim daquele verão, o pai de Mevlut apareceu com uma serra enferrujada que Mevlut se lembrava de ter visto na infância. Pediu que o filho o acompanhasse até um velho carvalho. Devagar e de forma compenetrada, eles serraram um galho grosso como um braço. Era um galho comprido e ligeiramente curvo. Usando uma faca de pão, depois um canivete, o pai de Mevlut aparou cada um dos ramos.

"Esta vai ser a sua vara quando trabalhar de vendedor ambulante!", disse. Ele havia trazido alguns fósforos da cozinha e pediu que Mevlut acendesse uma fogueira. Chamuscou e escureceu os nós da vara, girando-a lentamente sobre a fogueira até ela secar. "Não basta fazer isso uma vez. É preciso deixá-la ao sol por todo o verão e secá-la ao fogo mais uma vez. Ela vai acabar ficando dura feito pedra e lisa como seda. Vamos, veja se se ajeita bem em seus ombros."

Mevlut pôs a vara nos ombros. Sentiu a dureza e o calor e estremeceu.

No fim do verão foram para Istambul levando repolhos, algumas pimentas vermelhas secas, trigo bulgur, pão chato de centeio e nozes. O trigo e as nozes eram presente para alguns porteiros de edifícios importantes, para que assim eles tratassem bem o pai de Mevlut e permitissem que ele usasse o elevador. Os dois também levavam uma lanterna quebrada para ser consertada em Istambul, uma chaleira de que o pai gostava muito e que sempre o acompanhava, algumas esteiras de palha para forrar o chão de terra batida da casa e mais uma parafernália de objetos diversos. Durante a viagem de trem, que durava um dia e meio, as sacolas plásticas e os cestos abarrotados ficavam saltando dos cantos em que eles os tinham enfiado. Mevlut mergulhou no mundo que via pela janela do vagão, ainda que pensasse na mãe e nas irmãs, de quem já sentia saudade, e muitas vezes tinha de correr para recuperar os ovos cozidos que escapavam das bolsas e rolavam pelo vagão.

O mundo para além da janela do trem tinha mais pessoas, mais plantações de trigo, choupos, bois, pontes, jumentos, casas, mesquitas, tratores, tabuletas, letreiros, estrelas e postes do que Mevlut vira ao longo dos doze primeiros anos de sua vida. Os postes pareciam vir reto em sua direção, o que às vezes lhe provocava tonturas, até que ele adormeceu com a cabeça no ombro do pai e quando acordou descobriu que os campos amarelos e a radiosa abundância de trigo haviam sido substituídos por rochas violáceas, tanto que mais tarde, em seus sonhos, ele veria Istambul como uma cidade construída com aquelas pedras roxas.

Então seus olhos mergulhavam num rio verde e em árvores verdes, e ele sentia sua alma mudando de cor. Se este mundo pudesse falar, diria o quê? Às vezes Mevlut achava que o trem não estava em movimento, mas que um universo inteiro desfilava rente à janela. Sempre que passavam por uma estação ele ficava alvoroçado e gritava o nome dela para o pai — "Hamam... İhsaniye... Döğer..." — e quando a densa fumaça azul-escura de cigarro dentro da cabine fazia marejar seus olhos, ele ia ao banheiro, cambaleava feito um bêbado antes de conseguir abrir a porta com certa dificuldade e ficava olhando os trilhos da ferrovia e o cascalho pelo buraco da latrina. Quando voltava para seu banco, Mevlut primeiro andava até o fim do trem, olhando para dentro de cada cabine para observar a legião de viajantes, as mulheres dormindo, as crianças chorando, as pessoas que jogavam cartas, comiam linguiças condimentadas (que enchiam cabines inteiras de cheiro de alho) e faziam suas orações de todos os dias.

"O que você quer? Por que fica indo o tempo todo ao banheiro?", o pai perguntou. "Tem água na torneira?"

"Não."

Em algumas estações entravam crianças oferecendo lanches, e enquanto Mevlut comia o alimento que sua mãe embrulhara zelosamente, ele observava as passas, os grãos-de-bico torrados, os biscoitos, pães, queijos, amêndoas e chicletes que os meninos vendiam até o trem chegar à cidade seguinte. Às vezes pastores avistavam o trem de longe, corriam com seus cães em direção a ele e quando o trem passava a toda velocidade pediam aos gritos "jornaaaiisss", com os quais enrolariam cigarros com fumo contrabandeado, e ouvindo isso Mevlut experimentava uma estranha sensação de superioridade. De vez em quando o trem de Istambul parava no meio dos campos e Mevlut se lembrava de que na realidade o mundo era tranquilo. Naqueles momentos de serenidade, durante aquelas pausas que pareciam não ter fim, Mevlut olhava pela janela e via mulheres colhendo tomates numa pequena horta de uma casa de aldeia, galinhas andando ao longo dos trilhos, dois jumentos se coçando perto de uma bomba d'água e, um pouco mais adiante, um homem barbudo cochilando no pasto.

"Quando a gente vai continuar a viagem?", ele perguntou numa daquelas paradas intermináveis.

"Tenha paciência, filho, Istambul não vai sair do lugar."

"Oooh, olhe, estamos andando novamente!"

"Não somos nós, é só o trem ao lado do nosso", disse o pai, rindo.

Na escola da aldeia que Mevlut frequentou por cinco anos, havia um mapa da Turquia com uma bandeira e um retrato de Atatürk logo atrás do lugar onde o professor ficava, e durante toda a viagem Mevlut ficou tentando descobrir em que ponto do mapa eles se encontravam. Adormeceu antes de o trem entrar em Izmit e só acordou quando chegaram à estação Haydarpaşa, em Istambul.

As muitas trouxas, bolsas e cestos que levavam eram tão pesados que lhes custou uma hora para descer as escadarias da estação Haydarpaşa e pegar uma balsa para Karaköy. Ali, no lusco-fusco do anoitecer, era a primeira vez que Mevlut via o mar. O mar era escuro como os sonhos e profundo como o sono. A brisa fresca trazia um doce aroma de alga marinha. O setor europeu da cidade cintilava com as luzes. Não foi a primeira visão do mar, e sim aquelas luzes, que Mevlut nunca haveria de esquecer pelo resto da vida. Quando chegaram ao outro lado, os ônibus urbanos não permitiram que eles entrassem com toda aquela bagagem, por isso caminharam quatro horas até chegar em casa, na periferia de Zincirlikuyu.

2. Lar
As colinas nos confins da cidade

A casa era uma *gecekondu*, um barraco de periferia. Era essa a palavra que o pai de Mevlut empregava ao se referir àquele lugar toda vez que se revoltava contra sua precariedade e pobreza, mas, nas raras ocasiões em que não estava com raiva, preferia a palavra "lar", dita com uma ternura semelhante à que Mevlut sentia pela casa. Essa ternura alimentava a ilusão de que aquele lugar tinha algo do lar eterno que um dia seria deles neste mundo, mas era difícil acreditar nisso de verdade. A *gecekondu* consistia num único cômodo razoavelmente grande. Havia um banheiro anexo, um buraco no chão. À noite, podia-se ouvir, através da pequena janela sem vidraça do banheiro, o som de cães brigando e latindo em bairros distantes.

Na noite em que chegaram, encontraram um homem e uma mulher na casa, e por um instante Mevlut pensou que haviam errado de porta. Então compreendeu que eram os inquilinos que o pai arrumara para o período do verão. Mustafa começou a discutir com eles, mas desistiu e arrumou uma cama em outro canto escuro da sala, onde pai e filho dormiram lado a lado.

Quando, no dia seguinte, Mevlut acordou perto do meio-dia, não havia ninguém. Ele ficou pensando como o pai, o tio e os dois primos podiam ter morado naquela casa até pouco tempo atrás. Relembrando as histórias que Korkut e Süleyman lhe contaram sobre o verão, Mevlut tentou imaginá-los naquele cômodo, mas o local parecia estranhamente abandonado. Uma mesa velha, quatro cadeiras, duas camas (uma com estrado de molas, outra sem), dois armários, duas janelas e um fogão. Seis invernos de trabalho na cidade, e aquilo era tudo o que o pai possuía. Depois de discutir com seu pai no ano anterior, o tio e os primos de Mevlut mudaram para outra casa, levando suas camas, móveis e o resto de seus pertences. Mevlut não encontrou nada que pudesse ter sido deles. Ao espiar dentro do armário, ficou contente ao ver uma ou duas coisas que o pai trouxera da aldeia, as meias de lã que sua mãe fizera para ele, sua ceroula e uma tesoura — não enferrujada — que Mevlut tinha visto com as irmãs.

O piso era de terra batida. Mevlut notou que, antes de sair para o trabalho, o pai estendera no chão uma das esteiras de palha que eles haviam trazido da aldeia. Seu tio e os primos com certeza levaram embora a antiga quando se mudaram, no ano anterior.

A mesa velha e tosca, sobre a qual naquela manhã seu pai deixara um pão fresco, era de madeira de lei e de compensado. Com caixas de fósforo vazias e lascas de madeira, Mevlut escorou um pé mais curto que os demais, mas de vez em quando a mesa balançava e derramava sopa ou chá sobre eles, o que enfurecia o pai. Ele se enfurecia com muitas coisas. Com frequência, durante os anos que viveram juntos naquela casa a partir de 1969, o pai jurava que ia "consertar a mesa", mas nunca levou adiante sua intenção.

Mesmo quando estavam com pressa, Mevlut ficava contente ao sentar e jantar com o pai no final da tarde, sobretudo em seus primeiros anos em Istambul. Mas como logo depois eles teriam de sair para vender boza — o pai sozinho ou acompanhado de Mevlut —, aqueles jantares não eram nem um pouco animados e alegres como as refeições na aldeia, em que ele sentava no chão com as irmãs e a mãe. Nos gestos do pai, Mevlut sempre detectava a impaciência para ir trabalhar o mais rápido possível. Mustafa Efêndi engolia o último bocado, acendia um cigarro e, mal tinha chegado à metade, dizia "Vamos".

Ao voltar da escola e antes de tornar a sair para vender boza, Mevlut gostava de preparar sopa no fogão à lenha ou, se ele não estivesse aceso, no pequeno fogareiro a gás. Botava água para ferver numa caçarola, jogava uma colher de margarina e acrescentava o que quer que achasse na geladeira, como cenoura, aipo e batata, mais um punhado de pimenta e trigo bulgur trazidos da aldeia. Então se afastava um pouco e ficava ouvindo a panela borbulhar e observando o tumulto infernal que ocorria dentro dela. Os pedacinhos de batata e de cenoura giravam loucamente como criaturas ardendo no fogo do inferno — quase se podiam ouvir seus gemidos de agonia —, então ocorriam efervescências súbitas, como larvas de vulcão, e a cenoura e o aipo subiam até o nariz de Mevlut. Ele gostava de ver as batatas ficando mais amarelas à medida que cozinhavam, as cenouras tingindo o caldo, gostava de ouvir os sons que a sopa fazia enquanto borbulhava. Comparava o movimento contínuo dentro da panela às órbitas dos planetas, que estudara na aula de geografia em sua nova escola, a Escola Secundária Masculina Atatürk, e isso o fazia imaginar que também ele girava no universo, como aquelas partículas na sopa. O vapor quente cheirava bem, e era gostoso se aquecer nele.

"A sopa está deliciosa, garoto!", o pai sempre dizia. "Quem sabe você não entra de aprendiz de cozinheiro?" Nas noites em que ele não ia vender boza com o pai e ficava em casa para fazer suas tarefas escolares, logo que Mustafa saía Mevlut desocupava a mesa, pegava seu livro de geografia e começava a memorizar os nomes de cidades e de países, perdendo-se em devaneios sonolentos enquanto olhava as fotos da Torre Eiffel e dos templos budistas da China. Nos dias em que ia à escola de manhã e à tarde ajudava o pai a carregar as pesadas bandejas de iogurte, ele caía na cama e adormecia logo depois do jantar. O pai o acordava antes de tornar a sair.

"Vista o pijama e se cubra antes de dormir, filho. Senão você congela quando o fogo apagar."

"Me espere, papai, vou com você", Mevlut dizia, mas sem acordar de verdade, como se estivesse falando num sonho.

Quando Mevlut ficava em casa sozinho à noite e se punha a fazer a tarefa de geografia, por mais que tentasse não conseguia ignorar o uivo do vento através da janela, a interminável correria de ratos e diabretes, os sons de passos e os cães ganindo lá fora. Os cães da cidade eram mais inquietos e desesperados que os cães da aldeia. Muitas vezes faltava luz, e então Mevlut não podia aprontar as tarefas escolares — na escuridão, as chamas e os estalos do fogo pareciam mais altos, e ele se convenceu de que das sombras de um canto do quarto um olho o observava atentamente. Se tirasse os olhos do livro de geografia, o dono do olho perceberia que Mevlut o vira e com certeza o censuraria por isso; assim, às vezes Mevlut não tinha coragem para levantar da cadeira e ir para a cama, e terminava dormindo com a cabeça apoiada nos livros.

"Por que não apagou o fogo e deitou, filho?", o pai dizia ao voltar no meio da noite, exausto e irritado.

As ruas estavam geladas, por isso o pai não se incomodava em entrar na casa aquecida, mas ao mesmo tempo não aprovava o desperdício de tanta madeira. Como não reconhecia que por um lado gostava disso, e por outro reprovava, em geral só dizia: "Apague o fogo se você for dormir".

Mustafa comprava na lojinha do tio Hasan lenha já cortada, ou cortava alguma tora por conta própria, com o machado emprestado de um vizinho. Antes que o inverno começasse, o pai de Mevlut o ensinou a acender o fogo com gravetos secos e jornal, e a procurar gravetos e jornais nas colinas próximas.

Nos primeiros meses logo depois que chegaram, ao voltar de suas incursões para vender iogurte, o pai de Mevlut o levava ao cume de Kültepe, a colina na qual moravam. A casa deles ficava na periferia, na parte mais baixa de uma colina meio descalvada e lamacenta, com amoreiras e figueiras aqui e ali. No sopé, o filete de água de um regato serpenteava por entre as outras colinas, correndo de Ortaköy em direção ao Bósforo. As mulheres das famílias que em meados da década de 1950 haviam migrado para cá, vindas de aldeias empobrecidas nas cercanias de Ordu, Gümüşhane, Kastamonu e Erzincan, costumavam cultivar milho e lavar roupa às margens do regato, como faziam nas aldeias — e no verão seus filhos nadavam em suas águas rasas. Naquela época, o rio era conhecido por seu antigo nome otomano, Buzludere (regato Gelado), mas o lixo gerado ao longo de mais de quinze anos por mais de oitenta mil assentados vindos da Anatólia — e por inúmeras fábricas, pequenas e grandes — logo o rebatizou de Bokludere (regato do Estrume). Quando Mevlut chegou a Istambul, já não se usava nenhum dos dois nomes, pois o córrego havia muito fora esquecido, absorvido pela cidade que se expandia, e quase todo coberto por camadas de concreto, da nascente até a foz.

Do alto de Kültepe (colina das Cinzas), o pai de Mevlut lhe mostrava as ruínas de uma velha usina de incineração de rejeitos cujas cinzas deram o nome ao lugar. Dali se podiam ver as favelas que avançavam rapidamente sobre as colinas ao redor (Duttepe, Kuştepe, Esentepe, Gültepe, Harmantepe, Seyrantepe, Oktepe etc.), o maior cemitério da cidade (Zincirlikuyu), fábricas de todos os formatos e tamanhos, garagens, oficinas, depósitos, fabriquetas de remédios e de lâmpadas e, ao longe, a silhueta fantasmagórica de Istambul, com seus espigões e minaretes. A própria cidade e seus arredores — onde Mevlut e o pai vendiam iogurte de manhã e boza à noite, e onde ficava a escola de Mevlut — não eram mais do que borrões no horizonte.

Se recuassem um pouco mais, viam as colinas azuis do setor asiático da cidade. O Bósforo se aninhava entre elas, e, embora não fosse possível avistá-lo de Kültepe, em seus primeiros meses na cidade, toda vez que subia a colina Mevlut achava que seria possível vislumbrar suas águas azuis entre as montanhas. No alto de cada uma das colinas que desciam em direção ao mar, postava-se uma dessas enormes torres que levavam até a cidade a eletricidade de que ela precisava. O vento produzia ruídos estranhos ao soprar contra aquelas construções de aço gigantescas, e nos dias úmidos o zumbido dos cabos assustava Mevlut e seus amigos. No arame farpado que cercava a torre via-se uma tabuleta varada de balas com o desenho de uma caveira anunciando PERIGO DE MORTE.

Logo que começou a apanhar gravetos e papel por ali, Mevlut admirava a paisagem e imaginava que o perigo não vinha da energia elétrica, mas da própria cidade. As pessoas diziam que era proibido e que dava azar se aproximar das enormes torres, mas quase toda a eletricidade das redondezas provinha de fios ilícitos habilmente conectados àquela linha principal.

MUSTAFA EFÊNDI. Para que meu filho entendesse a dureza que tivemos de suportar, eu lhe contei que nenhuma daquelas colinas ali em volta, exceto a nossa e Duttepe, dispunha de eletricidade. Contei que quando seu tio e eu chegamos, seis anos atrás, não havia eletricidade em parte alguma, nem água encanada, nem rede de esgotos. Mostrei-lhe os lugares, nas outras colinas, onde os sultões otomanos caçavam e soldados praticavam tiro ao alvo, mostrei-lhe as estufas onde os albaneses cultivavam morangos e flores, a fazenda que produzia laticínios onde trabalhavam moradores de Kâğıthane, e o cemitério branco, onde os corpos dos soldados que morreram na epidemia de tifo durante a Guerra Balcânica de 1912 jaziam cobertos de cal; contei tudo isso para que ele não se deixasse enganar pelo brilho das luzes de Istambul e julgasse que, de certo modo, a vida era fácil. Como não quis desanimá-lo por completo, mostrei-lhe também a Escola Secundária Masculina Atatürk, onde ele logo seria matriculado; indiquei-lhe o campo de terra para uso do time de futebol de Duttepe, e o Cine Derya, com seu projetor fraco, que acabara de ser inaugurado entre as amoreiras neste verão, e o local onde se ergue a Mesquita de Duttepe, que há quatro anos está em construção, patrocinada pelo proprietário de padaria e empreiteiro Hadji Hamit Vural e seus homens, todos de Rize, todos com queixos enormes, como que para provar sua procedência. Nas encostas à direita da mesquita, apontei a casa que seu tio Hasan terminara de construir no terreno que demarcamos juntos quatro anos atrás com um muro e pedras caiadas. "Quando seu tio e eu chegamos aqui há seis anos, todas essas colinas eram desertas", eu disse. Expliquei que, para as pobres almas que vieram de longe, a prioridade era encontrar emprego e se estabelecer na cidade — e, para poder chegar ao centro de manhã antes de todo mundo, todos tentavam construir suas casas o mais perto possível das estradas ao pé das colinas, de forma que era quase possível ver os bairros erguendo-se desde o sopé de cada colina até o cume.

3. O indivíduo empreendedor que constrói uma casa num terreno baldio

Oh, meu rapaz, Istambul dá um pouco de medo, não?

Deitado na cama em seus primeiros meses em Istambul, Mevlut ouvia atentamente os sons da cidade que chegavam de longe. Em certas noites tranquilas, acordava sobressaltado com os cães latindo à distância, e quando percebia que o pai ainda não tinha voltado, escondia a cabeça sob o cobertor e tentava retomar o sono. Quando o pai de Mevlut compreendeu que o medo de cães do filho estava saindo de controle, levou-o a um santarrão numa casa de madeira em Kasımpaşa, e ele fez algumas orações e o abençoou. Muitos anos depois, Mevlut ainda haveria de se lembrar disso.

Num sonho, Mevlut deu-se conta de que o vice-diretor da Escola Secundária Masculina Atatürk, conhecido como Esqueleto, era muito parecido com a caveira que anunciava "PERIGO DE MORTE" na torre de transmissão de energia elétrica. (Mevlut e o pai conheceram o Esqueleto quando foram apresentar o certificado de conclusão do curso primário de Mevlut, para que ele pudesse ser matriculado.) Mevlut não ousava levantar os olhos do dever de casa de matemática, com medo de se ver cara a cara com o demônio, que ele supunha estar o tempo todo a vigiá-lo, da escuridão, no outro lado da janela. Era por isso que, às vezes, quando queria dormir, nem ao menos conseguia arrumar coragem para levantar e ir para a cama.

Mevlut conheceu Kültepe, Duttepe e os bairros das colinas vizinhas por meio de Süleyman, familiarizado com toda aquela região no ano que passara lá. Mevlut viu muitas *gecekondu*, algumas ainda nos alicerces, outras com as paredes pela metade e outras tantas esperando acabamento. Eram ocupadas predominantemente por homens. A maioria deles chegara a Kültepe e Duttepe nos últimos cinco anos, vindos de Konya, Kastamonu e Gümüşhane, e deixando esposa e filhos na aldeia, como fizera o pai de Mevlut; ou então eram solteiros que não pensavam em casar, não tinham bons salários nem propriedades de nenhuma espécie em sua aldeia. Às vezes não trancavam as portas, e Mevlut via seis ou sete homens solteiros num cômodo, todos dormindo a sono solto, e naquelas ocasiões ele sentia efetivamente a presença hostil dos cães que espreitavam escondidos. Os cães eram capazes de detectar o cheiro denso do hálito podre, do suor de corpos adormecidos. Homens solteiros eram agressivos, intratáveis, sempre de cara feia, por isso Mevlut tinha muito medo deles.

Na rua principal do centro de Duttepe, numa baixada onde um dia se localizaria o ponto final das linhas de ônibus, havia um dono de mercearia que o pai de Mevlut dizia ser um trapaceiro; uma loja que vendia sacos de cimento, portas de carro usadas, telhas velhas, canos de aquecedor, restos de folhas de flandres e encerados; e um café onde desempregados passavam o dia inteiro sem fazer nada. O tio Hasan também tinha uma lojinha na trilha que levava à colina. Quando estava de folga, Mevlut costumava ir lá para fazer sacos de papel com jornais velhos, em companhia dos primos Korkut e Süleyman.

SÜLEYMAN. Mevlut perdeu um ano de escola na aldeia por causa do mau gênio do tio Mustafa, por isso ficou uma série atrás de mim na Escola Secundária Masculina Atatürk. Quando chegou a Istambul, ele era um peixe fora d'água, e toda vez que eu o via sozinho no pátio da escola durante o recreio, tratava de lhe fazer companhia. Todos gostamos muito de Mevlut e não deixamos que o comportamento de seu pai interfira no modo como o tratamos. Certa noite, antes do começo do ano letivo, eles vieram à nossa casa em Duttepe. Tão logo viu minha mãe, Mevlut deu-lhe um abraço que de certa forma mostrava a saudade que sentia da mãe e das irmãs.

"Oh, meu rapaz, Istambul dá um pouco de medo, não?", disse minha mãe, abraçando-o também. "Mas fique tranquilo, estamos sempre aqui a seu dispor, sabe?" Ela lhe beijou os cabelos, como sua mãe costumava fazer. "Agora me diga uma coisa: aqui em Istambul vou ser sua Safiye Yenge ou sua Safiye Teyze?"

Minha mãe era ao mesmo tempo esposa do tio de Mevlut — sua *yenge* — e irmã mais velha de sua mãe, sua *teyze*. Durante o verão, quando Mevlut se deixava influenciar pelos constantes desentendimentos entre nossos pais, tendia a chamá-la de sua Yenge. No inverno, porém, quando o tio Mustafa estava em Istambul, Mevlut chamava minha mãe de Teyze, com toda doçura e encanto que ele tinha em comum com sua mãe e irmãs.

"Para mim, você é sempre Teyze", respondeu Mevlut, carinhoso.

"Seu pai não vai gostar disso", disse minha mãe.

"Safiye, por favor, cuide dele com muito carinho", disse tio Mustafa. "Aqui ele é como um órfão, chora toda noite."

Mevlut ficou sem jeito.

"Vamos mandá-lo para a escola", continuou tio Mustafa. "Mas é um pouco caro, com todos os livros, cadernos de exercícios e assim por diante. E ele precisa de um casaco."

"Qual é seu número na escola?", perguntou meu irmão, Korkut.

"Mil e dezenove."

Meu irmão foi à sala vizinha para vasculhar o baú e trouxe o velho casaco do uniforme que ambos tínhamos usado no passado. Ele sacudiu a poeira, alisou os amassados e ajudou Mevlut a vesti-lo, como um alfaiate que atendia um cliente.

"Ele serve em você, mil e dezenove", disse Korkut.

"É mesmo! Acho que não vamos precisar de um casaco novo", disse tio Mustafa.

"Está um pouco grande, mas é melhor assim", disse Korkut. "Um casaco apertado pode atrapalhar quando você for brigar."

"Mevlut não vai à escola para se meter em brigas", disse tio Mustafa.

"Isso se ele puder evitar", disse Korkut. "Às vezes você pega uns professores, verdadeiros monstros com cara de jumento, que te atormentam tanto que é difícil se segurar."

KORKUT. Não gostei do jeito como o tio Mustafa falou: "Mevlut não vai à escola para se meter em brigas"; ele estava me tratando com certa arrogância, sem dúvida. Parei de ir à escola três anos atrás, quando tio Mustafa e meu pai ainda moravam na casa que os dois construíram em Kültepe. Num dos meus últimos dias de escola, para garantir que nunca mais voltaria, dei a Fevzi, o professor de química metido a besta com cara de jumento, a lição que ele merecia: duas bofetadas e três murros, na frente de toda a classe. Ele estava merecendo a surra desde o ano anterior, quando me perguntou o que significava $Pb_2(SO_4)$, e eu disse "Passo", e ele começou a zombar de mim como se pudesse me humilhar na frente de todo mundo; e também me fez perder o ano sem nenhum motivo. Ele pode até ter "Atatürk" no nome, mas não tenho nenhum respeito por uma escola em que você vai à sala de aula e surra o professor à vontade.

SÜLEYMAN. "Tem um furo no forro do bolso esquerdo do casaco, mas não conserte", eu disse a Mevlut, que não entendeu nada. "Serve para esconder colas", acrescentei. "Esse casaco não foi muito útil na escola, mas vai ser bom para quando você estiver na rua de noite vendendo boza. Ninguém resiste a um menino nas ruas frias à noite, com o uniforme da escola. 'Filho, não me diga que você ainda estuda', eles falam, e aí começam a encher seus bolsos de chocolate, meias e dinheiro. Quando você chega em casa, basta virar os bolsos pelo avesso, e é tudo seu. Nunca diga que largou a escola. Diga que quer ser médico."

"Mas Mevlut não vai largar a escola!", disse seu pai. "Ele vai mesmo ser médico, não vai?"

Mevlut percebeu na amabilidade deles uma mescla de piedade — e por isso não conseguia desfrutar plenamente do que lhe davam. A casa em Duttepe, para a qual a família do tio se mudara no ano anterior e que fora construída com a ajuda de seu pai, era muito mais limpa e iluminada que a *gecekondu* em que Mevlut e Mustafa viviam em Kültepe. Seu tio e sua tia, que na aldeia comiam no chão, agora sentavam a uma mesa coberta com uma toalha de plástico florida. O piso não era de terra batida, mas de cimento. A casa cheirava a colônia, e as cortinas limpas, passadas a ferro, pareciam convidar Mevlut a morar com eles. Dispunham de três cômodos, e Mevlut tinha certeza de que a família Aktaş, que vendera tudo o que possuía na aldeia — inclusive gado, casa e horta —, ia viver feliz ali, um progresso que, Mevlut se envergonhava em ter de reconhecer, seu pai ainda não alcançara nem parecia disposto a buscar.

MUSTAFA EFÊNDI. Sei que você vai escondido visitar a família de seu tio, eu dizia a Mevlut, vai à loja de seu tio Hasan para dobrar jornais, senta-se à mesa deles, brinca com Süleyman, mas não se esqueça que eles nos passaram a perna. É terrível para um homem saber que o filho prefere a companhia de trapaceiros que tentaram enganar seu pai e tomar o que era seu por direito! E não se anime tanto com esse casaco. Você tem todo o direito a ele! Nunca se esqueça de que, se você se mantiver próximo das pessoas que sem o menor pudor se apossaram da terra que seu pai as ajudou a conseguir, elas perderão todo respeito por você, está entendendo, Mevlut?

Seis anos atrás e três anos depois do golpe militar de 27 de maio de 1960, quando Mevlut estava na aldeia aprendendo a ler e escrever, seu pai e seu tio Hasan foram para Istambul procurar emprego e ganhar dinheiro, e se instalaram numa casa alugada em Duttepe. O pai e o tio de Mevlut moraram juntos por dois anos, mas quando o senhorio aumentou o aluguel eles saíram e foram para Kültepe (que estava começando a se encher de gente). Juntaram tijolos ocos, cimento e restos de folhas de flandres para construir a casa onde Mevlut e seu pai agora moravam. Nos primeiros tempos em Istambul, seu pai e o tio Hasan se entendiam muito bem. Aprenderam juntos os segredos do comércio de iogurte, e no começo — como mais tarde haveriam de lembrar, rindo — aqueles dois homens altos saíam a vender iogurte juntos. Por fim eles constataram que o melhor era cada um agir por conta própria para cobrir uma área maior; para evitar, porém, que algum deles invejasse a féria do outro, eles sempre juntavam num bolo só todo o dinheiro dos dois. Essa intimidade natural era reforçada pelo fato de suas mulheres, que continuavam na aldeia, serem irmãs. Mevlut sorria ao se lembrar de como sua mãe e sua tia ficavam felizes quando iam à agência do correio da aldeia receber a ordem de pagamento. Naqueles anos, o pai de Mevlut e o tio Hasan costumavam passar os domingos flanando pelos parques, casas de chá e praias de Istambul; eles se barbeavam duas vezes por semana, compartilhando a mesma navalha; voltavam à aldeia no começo do verão e levavam para suas mulheres e filhos os mesmos presentes.

Em 1965, quando se mudaram para a casa em Kültepe, que haviam construído sem licença, com a ajuda do filho mais velho de Hasan, Korkut — que acabara de chegar da aldeia para morar com eles —, os irmãos reivindicaram a posse de dois lotes vazios, um em Kültepe mesmo e outro em Duttepe. As eleições de 1965 se aproximavam e havia um clima de leniência, com boatos de que depois das eleições o Partido da Justiça iria regularizar as propriedades não cadastradas, e com isso em mente eles se puseram a levantar uma nova casa no terreno de Duttepe.

Naquela época, ninguém em Duttepe ou Kültepe tinha título de propriedade dos terrenos. Os indivíduos que construíam uma casa num lote desocupado plantavam alguns choupos e salgueiros e assentavam os primeiros tijolos de uma parede para marcar a propriedade, em seguida procuravam o *muhtar*, o intendente municipal local, davam-lhe algum dinheiro para em troca receber um documento certificando que tal pessoa construíra a casa em questão e plantara aquelas árvores. Assim como os títulos de propriedade legítimos emitidos pelo Cadastro Nacional de Imóveis, esses documentos traziam uma planta da casa, só que nesse caso a planta era tosca, desenhada pelo próprio intendente com caneta e régua. Ele rabiscava algumas informações adicionais — os terrenos adjacentes pertencentes a tal ou qual pessoa, uma fonte próxima, a localização da parede (que na verdade não passava de uma pedra ou duas aqui e ali) e os choupos — e, se lhe dessem uma soma extra, acrescentava algumas palavras para ampliar os limites imaginários do terreno, antes de apor seu selo legitimando o documento.

Na realidade, a terra pertencia ao Tesouro Nacional ou ao Departamento Florestal. Portanto, os documentos emitidos pelo *muhtar* não garantiam de forma alguma a propriedade. Uma casa construída num terreno não cadastrado podia ser demolida pelas autoridades a qualquer momento. Quando dormiam pela primeira vez nas casas construídas com as próprias mãos, as pessoas muitas vezes tinham pesadelos com esse desastre potencial. Mas o valor do documento do *muhtar* passou a ser reconhecido quando o governo resolveu, como pretendera fazer a cada dez anos ou em períodos eleitorais, emitir escrituras para casas construídas na calada da noite — os títulos de propriedade seriam entregues em conformidade com os documentos emitidos pelo *muhtar*. Além disso, quem conseguisse do *muhtar* um documento certificando a propriedade de um terreno poderia vendê-lo a outra pessoa. Nos períodos em que o fluxo de desempregados e sem-teto era especialmente intenso, o preço desses documentos subia, terrenos cada vez mais valorizados eram divididos e loteados em pouco tempo, e a influência política do *muhtar*, nem é preciso dizer, aumentava em função do fluxo dos migrantes.

Em meio a toda essa atividade febril, as autoridades ainda podiam enviar policiais a uma casa que estivesse sendo construída às pressas para derrubá-la sempre que quisessem ou julgassem conveniente do ponto de vista político. A manha, então, era se mudar para a casa assim que ela estivesse habitável, pois a presença de moradores impedia que ela fosse demolida sem autorização judicial, ordem que poderia levar muito tempo para ser emitida. Logo que tinha uma chance, quem quer que tivesse reivindicado a posse de um terreno, se tivesse algum senso prático, reunia amigos e familiares para levantar quatro paredes da noite para o dia e então se mudava imediatamente, para que no dia seguinte a equipe de demolição não pudesse tocar em nenhum tijolo. Mevlut gostava de ouvir as histórias de mães e filhos que dormiram pela primeira vez em Istambul, tendo as estrelas como cobertor e o céu como teto, em casas sem telhado e com paredes e janelas ainda não terminadas. Dizia-se que o termo *gecekondu* — "assentada da noite para o dia" — fora cunhado por um pedreiro de Erzincan que certa noite levantou uma dúzia de casas para que seus moradores logo as habitassem; quando ele morreu, em idade avançada, recebeu homenagens de milhares de pessoas no cemitério de Duttepe.

O projeto de construção desenvolvido pelo pai e pelo tio de Mevlut, inspirado pelo clima pré-eleitoral de permissividade, foi abandonado quando esse mesmo clima provocou um aumento considerável no preço dos materiais de construção e refugos de metal. Os boatos de regularização das propriedades causaram uma febre de construções sem licença em terras e áreas florestais de propriedade do Estado. Mesmo quem nunca havia cogitado possuir uma casa ilegal procurou uma colina em algum ponto da periferia e, com a ajuda do *muhtar*, comprou um terreno de uma organização qualquer que controlava a área (na verdade, gangues, algumas das quais munidas de cacetes, outras armadas com pistolas, outras ainda com filiações políticas) e construiu casas nos lugares mais isolados e absurdamente remotos. Quanto aos edifícios no centro da cidade, muitos ganharam novos andares por essa época, sem a devida autorização. As grandes extensões de terra devoluta por onde Istambul se espraiou logo se transformaram num vasto canteiro de obras. Os jornais da burguesia proprietária de imóveis condenaram a expansão urbana sem planejamento, enquanto o resto da cidade se entregava à euforia da construção de casas. As pequenas fábricas que produziam os tijolos ocos fora do padrão, usados para construir as casas *gecekondu*, e as lojas que vendiam outros materiais de construção estavam todas funcionando além do expediente normal, e em todas as horas do dia se podiam ver carroças puxadas a cavalo, caminhonetes e micro-ônibus transportando tijolos, cimento, areia, madeira, metal e vidro pelas poeirentas estradas das cercanias e pelos caminhos colina acima, tocando sinos e buzinas alegremente. "Dei duro dias a fio para construir a casa de seu tio Hasan", dizia o pai de Mevlut toda vez que havia um feriado religioso e os dois iam visitar os parentes em Duttepe. "Só quero que você se lembre disso. Não é que eu deseje que você se torne inimigo de seu tio e de seus primos."

SÜLEYMAN. Isso não é verdade: Mevlut sabe muito bem que a construção da casa em Kültepe foi interrompida porque o tio Mustafa mandava para a aldeia todo o dinheiro ganho em Istambul. Quanto ao que aconteceu no ano passado, meu irmão e eu de fato queríamos trabalhar com o tio Mustafa na construção da casa, mas meu pai, compreensivelmente, já estava cheio das variações de humor do meu tio, das brigas contínuas e da forma como maltratava os sobrinhos.

Mevlut ficava muito perturbado toda vez que o pai lhe dizia que seus primos Korkut e Süleyman "iriam apunhalá-lo pelas costas". Agora ele nem podia desfrutar as visitas à família Aktaş em feriados e em outras ocasiões especiais, como no dia em que o time de futebol de Duttepe fez sua estreia ou quando a família Vural convidou a todos para comemorar a construção da mesquita. Ele sempre apreciara aquelas visitas porque sua tia Safiye lhe dava pastéis, ele via Süleyman e Korkut, e desfrutava dos confortos de uma casa limpa e bem-arrumada. Ao mesmo tempo temia as violentas altercações entre o pai e seu tio Hasan, que sempre o deixavam com uma sensação de desastre iminente.

Nas primeiras vezes em que foram visitar a família Aktaş, o pai de Mevlut examinava demoradamente as janelas da casa de três cômodos e dizia "Esta parte devia ter sido pintada de verde, a parede deste lado precisa de novo reboco", para lembrar a Mevlut da injustiça que eles sofreram e para que todos soubessem que Mustafa Efêndi e seu filho Mevlut tinham certos direitos sobre aquela casa.

Mais tarde Mevlut ouviu seu pai dizer ao tio Hasan: "Todo dinheiro que você arruma é enterrado aqui nessa pocilga ou algo do tipo?!". "O quê? Como assim, esta pocilga?", o tio Hasan respondeu. "Já estão me oferecendo uma vez e meia o valor inicial, mas não vou vender." Em vez de irem morrendo devagarinho, aquelas discussões aumentavam de tom. Antes que Mevlut tivesse tempo de saborear a compota de fruta e tomar a laranjada depois do jantar, seu pai levantava da mesa, pegava sua mão e dizia: "Vamos, filho, vamos embora!". Quando se viam lá fora, na escuridão, ele acrescentava: "Não falei que não devíamos ter vindo? Está decidido, nunca mais voltaremos aqui".

No caminho de volta da casa do tio Hasan, em Duttepe, para a deles, em Kültepe, Mevlut via as luzes da cidade cintilando ao longe, a noite aveludada, as lâmpadas de neon de Istambul. Às vezes, quando andava com suas mãos pequenas aninhadas nas mãos do pai, bem maiores, uma única estrela no constelado céu azul-escuro chamava a atenção de Mevlut, e ainda que seu pai continuasse remoendo mágoas e resmungando consigo mesmo, Mevlut imaginava que eles estavam andando em direção à estrela. Às vezes era impossível ver a cidade, mas as fracas luzes alaranjadas de dezenas de milhares de casas minúsculas nas colinas circundantes faziam com que aquela paisagem, que agora já lhe era bem familiar, parecesse mais resplandecente do que de fato era. Às vezes as luzes das colinas próximas desapareciam na bruma, e de dentro da névoa cada vez mais densa Mevlut ouvia o latido dos cães.

4. Mevlut começa a trabalhar como vendedor ambulante

Você não tem de se comportar como se fosse uma pessoa superior

"Estou fazendo a barba em homenagem ao seu primeiro dia de trabalho, filho", disse seu pai certa manhã logo que Mevlut acordou. "Primeira lição: se estiver vendendo iogurte, e principalmente se estiver vendendo boza, precisa estar limpo. Alguns clientes vão examinar suas mãos e suas unhas. Alguns vão examinar seus sapatos, a calça e a camisa. Se for entrar numa casa, tire os sapatos imediatamente e cuide para que suas meias não tenham buracos nem que seus pés cheirem mal. Mas você é um bom menino, tem bom coração, está sempre cheiroso e limpo, não é?"

De início desajeitado, Mevlut imitava o pai e logo aprendeu a pendurar as bandejas de iogurte nas extremidades da vara para equilibrar os dois lados, a deslizar tabuinhas entre as bandejas para mantê-las separadas e a cobrir cada recipiente com uma tampa de madeira.

A princípio o iogurte não parecia tão pesado, porque o pai se incumbia de um pouco de sua carga, mas, à medida que avançavam na estrada enlameada que vai de Kültepe à cidade, o garoto ia se dando conta de que o vendedor de iogurte é antes de tudo um carregador. Eles andavam por meia hora numa estrada de terra cheia de caminhões, carroças puxadas a cavalo e ônibus. Quando chegavam à estrada pavimentada, Mevlut se punha a ler os cartazes de propaganda, as manchetes dos jornais expostos nas mercearias e as tabuletas afixadas em postes anunciando serviços de circuncisão e cursos pré-vestibulares. Conforme entravam na cidade, avistavam velhas mansões de madeira que ainda não haviam sido queimadas, quartéis militares da era otomana, lotações com pintura axadrezada e lataria amassada, minivans soando suas buzinas musicais e deixando uma nuvem de poeira, colunas de soldados marchando, meninos jogando futebol no pavimento de pedras, mães empurrando carrinhos de bebê, vitrines repletas de sapatos e botas de todas as cores e guardas soprando raivosamente seus apitos, controlando o trânsito com suas enormes luvas brancas.

Alguns carros, como o Dodge 1956, com seus faróis enormes e perfeitamente circulares, pareciam homens velhos de olhos arregalados; a grade do radiador do Plymouth 1957 lembrava um homem com seu grosso lábio superior encimado por um bigode guidão; outros carros (como o Opel Rekord de 1961, por exemplo) pareciam mulheres más cujas bocas tinham se transformado em pedra no meio de uma gargalhada maldosa, de forma que agora se vislumbravam seus inúmeros dentinhos. Mevlut via grandes cães-lobo nos caminhões de nariz comprido, e ursos nos ônibus de transporte público modelo Skoda, que passavam soprando e bufando.

Na empena de um edifício de seis ou sete andares havia cartazes enormes com imagens de belas mulheres oferecendo ketchup Tamek ou sabonete Lux — as mulheres, como nos filmes europeus ou nos livros didáticos de Mevlut, não traziam a cabeça coberta e ficavam olhando para ele até seu pai sair da praça e entrar numa viela escura à direita, gritando "Vendedor de iogurrrrte". Na rua estreita, Mevlut tinha a impressão de que todos os observavam. Seu pai tornava a gritar sem nem ao menos diminuir a marcha, tocando sua sineta ao longo do caminho (e, embora Mustafa nunca se voltasse para Mevlut, o garoto tinha certeza, pela expressão resoluta do pai, que ele estava pensando no filho), e logo uma janela se abria em algum andar de um edifício alto. "Aqui, vendedor de iogurte, suba as escadas", gritava um homem ou uma mulher de meia-idade com véu. Pai e filho entravam, subiam as escadas em meio a vapores de óleo de cozinha até chegarem à porta.

Nas centenas e centenas de cozinhas que haveria de ver em sua carreira de ambulante, Mevlut conheceu inúmeras donas de casa, mulheres de meia-idade, crianças, velhinhas, avôs, aposentados, domésticas, filhos adotivos e órfãos:

"Seja bem-vindo, Mustafa Efêndi, meio quilo aqui, por favor." "Ah, Mustafa Efêndi! O que você andou fazendo na aldeia durante todo o verão?" "Tomara que seu iogurte não esteja azedo, vendedor de iogurte. Vamos, ponha um pouco aqui. Sua balança não é viciada, é?" "Quem é esse rapaz bonito, Mustafa Efêndi, é seu filho? Deus o abençoe!" "Meu Deus, vendedor de iogurte, acho que chamaram você por engano, já temos iogurte comprado na loja, uma tigela enorme na geladeira." "Não tem ninguém em casa. Por favor, anote o valor que a gente paga da próxima vez." "Sem creme, Mustafa Efêndi, as crianças não gostam." "Mustafa, quando minha caçula crescer, podemos casá-la com esse rapaz?" "Por que tanta demora, vendedor de iogurte? Você levou mais de meia hora para subir dois lanços de escada." "Você vai pôr na tigela, vendedor de iogurte, ou prefere este prato?" "Outro dia estava mais barato, vendedor de iogurte…" "O síndico disse que ambulantes não podem entrar no elevador, vendedor de iogurte. Entendeu?" "De onde é seu iogurte?" "Mustafa Efêndi, feche o portão quando sair do edifício, nosso porteiro se mandou." "Mustafa Efêndi, você não vai arrastar esse menino pelas ruas servindo de carregador, não? Deve mandá-lo para a escola, está bem? Do contrário não compro mais seu iogurte." "Vendedor de iogurte, por favor, traga meio quilo a cada dois dias. Mande o menino subir até aqui." "Não tenha medo, filho, o cachorro não morde. Ele só quer cheirar você. Está vendo? Ele gostou de você." "Sente-se, Mustafa, a senhora e as crianças saíram, não tem ninguém em casa, na geladeira tem um pouco de arroz com molho de tomate, quer que eu esquente para você?" "Vendedor de iogurte, mal conseguimos ouvir sua voz por causa do rádio, da próxima vez grite um pouco mais alto, está bem?" "Estes sapatos não cabem mais no meu filho. Veja se lhe servem, menino." "Mustafa Efêndi, não deixe esse menino crescer como órfão. Traga sua mulher da aldeia para cuidar de vocês dois."

MUSTAFA EFÊNDI. "Deus a abençoe, senhora", eu dizia ao sair da casa, inclinando até o chão. "Que Deus abençoe tudo o que a senhora toca, irmã", eu dizia para que Mevlut aprendesse que, para sobreviver nessa selva, é preciso fazer certas concessões, e para que ele entendesse que, para ser rico, é preciso estar preparado para se rebaixar. "Obrigado, senhor", eu dizia com estudada submissão. "Mevlut vai usar essas luvas durante todo o inverno…

Que Deus o abençoe. Vá beijar a mão do homem, filho..." Mas Mevlut não quis beijá-la, limitando-se a ficar olhando para a frente. De volta à rua, eu disse: "Olhe, filho, você não deve ser orgulhoso, não deve torcer o nariz para uma tigela de sopa ou um par de meias. Essa é a nossa recompensa pelo trabalho que fazemos. Nós trazemos para a porta deles o melhor iogurte do mundo. E eles nos dão algo em troca. Só isso". Passou-se um mês, e dessa vez ele certamente ficou aborrecido, porque uma bela senhora tentou lhe dar um gorro de lã, e então, temendo minha reação, ele fez menção de beijar-lhe a mão, mas na última hora não conseguiu. "Escute aqui, você não tem de se comportar como se fosse uma pessoa superior", eu disse. "Quando eu lhe disser para beijar a mão de um cliente, você tem de beijar a mão do cliente. Essa senhora não é só uma velha cliente, ela é uma pessoa muito bondosa. Nem todo mundo tem a generosidade dela. Há uma gentalha nesta cidade que compra iogurte fiado, muda de casa sem avisar e simplesmente desaparece sem pagar. Se você se mostra arrogante quando uma pessoa boa manifesta um pouco de bondade, nunca vai ficar rico. Você devia ver como seu tio puxa o saco de Hadji Hamit Vural. Não se envergonhe diante de gente rica. A única diferença entre nós é que eles chegaram a Istambul primeiro e começaram a ganhar dinheiro antes de nós."

Todos os dias de semana, entre oito e cinco da manhã e uma da tarde, Mevlut frequentava a Escola Secundária Masculina Atatürk. Ao último toque do sino, ele corria para encontrar o pai e vender iogurte, passando entre a multidão de ambulantes aglomerados nos portões de entrada da escola e os rapazes que haviam se desentendido durante a aula e agora tiravam os casacos para resolver as disputas trocando socos. Mevlut deixava a pasta escolar cheia de livros e cadernos no Restaurante Fidan, onde seu pai o esperava, e os dois saíam para vender iogurte até o anoitecer.

Havia na cidade muitos outros estabelecimentos como o Fidan, onde seu pai fazia entregas regularmente duas ou três vezes por semana. Por vezes acontecia de ele discutir com os proprietários, que viviam tentando forçar os preços para baixo, e aí Mustafa desistia de um restaurante e o substituía por outro. Fazer entregas nesses lugares era um trabalho duro sem muito retorno, mas seu pai não podia negligenciá-los, pois dependia de suas cozinhas, suas enormes geladeiras e seus terraços ou quintais, que lhe serviam de depósito para as bandejas de iogurte e vasilhas de boza. Havia restaurantes que não trabalhavam com bebidas alcoólicas e atendiam os lojistas locais, servindo comida feita em casa, *döner* kebabs e compotas de frutas — todos eles, proprietários e maîtres, com muito boas relações com o pai de Mevlut. Às vezes conduziam pai e filho a uma mesa nos fundos, davam-lhes um pouco de carne e ensopado de legumes ou arroz com grão-de-bico, um pedaço de pão, um pouco de iogurte, e sentavam com os dois para um dedo de prosa. Mevlut ficava fascinado com aquelas conversas — um vendedor de loteria e de cigarros Marlboro, um policial aposentado que sabia tudo o que acontecia em Beyoğlu e o aprendiz de um estúdio fotográfico vizinho se juntavam a eles na mesa — e então falavam sobre o aumento dos preços, apostas, a ação da polícia contra quem vendia cigarros e bebidas alcoólicas estrangeiras no mercado negro, as últimas intrigas políticas em Ancara e as inspeções que a guarda municipal estava fazendo nas ruas de Istambul. Ouvindo as histórias daqueles bigodudos que fumavam sem parar, Mevlut sentia penetrar no mundo secreto da cidade. Ouviu dizer que um bairro de carpinteiros na periferia de Tarlabaşı estava aos poucos sendo constituído por um ramo do clã curdo de Ağrı; que as autoridades queriam expulsar as bancas de vendedores que tomaram conta da praça Taksim, porque ligadas a organizações esquerdistas; que a gangue que controlava um estacionamento ilegal nas ruas baixas da região entrou em luta por território, munida de porretes e correntes, contra a gangue dos imigrantes da costa do mar Negro que operava em Tarlabaşı.

Toda vez que topavam com brigas de rua, trombadas, batedores de carteira ou ocorrências de abuso sexual, gente gritando, ameaçando, xingando e sacando facas, o pai de Mevlut tratava de se afastar o mais rápido possível.

MUSTAFA EFÊNDI. Tenha cuidado senão vão pegar você para testemunha, eu dizia a Mevlut. Se for fichado, você está perdido. Pior ainda: se der seu endereço, eles mandam uma intimação. Caso não compareça ao tribunal, a polícia vai bater à sua porta. Eles não se limitam a perguntar por que você não compareceu, eles perguntam o que você faz, quanto paga de imposto, onde está registrado, quanto ganha e se você é de esquerda ou de direita.

* * *

Nem sempre Mevlut entendia por que o pai de repente entrava numa transversal e mergulhava num longo silêncio pouco depois de ter gritado "Vendedor de iogurte" a todo volume; por que ele fingia não ouvir um cliente gritando "Vendedor de iogurte, vendedor de iogurte, aqui, estou falando com você"; por que saudava e abraçava o pessoal de Erzurum tão calorosamente e por trás os chamava de canalhas; nem por que às vezes ele vendia a um cliente dois quilos de iogurte pela metade do preço que costumava cobrar. Às vezes, também, quando ainda esperavam por sua passagem muitos clientes e muitas outras casas, seu pai entrava num café, depositava a vara e sua preciosa carga de iogurte do lado de fora e se deixava cair numa cadeira, e então pedia uma xícara de chá e ficava sentado sem mover um músculo. Mevlut não conseguia entender aquilo.

MUSTAFA EFÊNDI. O vendedor de iogurte passa o dia batendo perna. Nenhum ônibus das viações municipais nem das empresas privadas admite passageiros com bandejas de iogurte, e o vendedor de iogurte não tem condições de pagar um táxi. Assim, você caminha trinta quilômetros todos os dias, com trinta ou quarenta quilos no lombo. Boa parte do nosso trabalho é carregar peso.

Duas ou três vezes por semana o pai de Mevlut ia de Duttepe a Eminönü. Levava duas horas. O caminhão de uma fazenda trácia descarregava uma remessa de iogurte num terreno baldio perto da estação ferroviária de Sirkeci, em Eminönü. O descarregamento do caminhão, o empurra-empurra entre os vendedores de iogurte e gerentes de restaurante esperando pela mercadoria, os pagamentos e a devolução para o depósito das bandejas de alumínio, que então eram alojadas entre baldes de azeitonas e queijo (Mevlut gostava do cheiro daquele lugar), o acerto de contas — tudo era feito de afogadilho, exatamente como a eterna confusão na ponte de Gálata, o apito das balsas e dos trens e o ronco dos ônibus. Em meio àquele caos organizado, o pai de Mevlut lhe pedia para acompanhar de perto as transações. O trabalho era tão simples que Mevlut desconfiava que seu pai analfabeto o levava consigo só para familiarizá-lo com o negócio e apresentá-lo às pessoas.

Tão logo pegavam a mercadoria, seu pai punha nos ombros, com toda determinação, pouco menos de sessenta quilos de iogurte, andava sem parar por quarenta minutos, quando então, gotejante de suor, deixava parte da carga num restaurante atrás de Beyoğlu, o resto em outro restaurante em Pangaltı, depois voltava a Sirkeci para pegar uma segunda carga, que depositava num desses dois estabelecimentos ou num terceiro; aqueles locais lhe serviam de base a partir da qual distribuía seu iogurte em vários bairros, ruas e lares que conhecia como a palma da mão. Nos primeiros dias de outubro, quando a temperatura caía, Mustafa Efêndi se punha a percorrer o mesmo caminho duas vezes por semana oferecendo boza. Amarrava à vara os recipientes de boza crua, envasada na loja de boza Vefa, deixando-os em seguida num dos restaurantes com que mantinha relações de amizade; pegava-os depois e os levava para casa para adoçar a boza com açúcar, acrescentar especiarias para dar sabor, de modo que ficasse pronta para ser vendida nas ruas todos os dias a partir das sete da manhã. Para economizar tempo, às vezes Mevlut e o pai misturavam açúcar e especiarias na boza crua nas cozinhas e nos quintais desses restaurantes. Mevlut se admirava ao ver que o pai sempre sabia exatamente onde tinha deixado as bandejas de iogurte e os recipientes de boza vazios, meio vazios e cheios, e também ao ver que ele sempre intuía o caminho que lhes permitiria vender mais, percorrendo a menor distância possível.

Mustafa Efêndi tinha relações bem próximas com muitos de seus clientes, a quem tratava e era tratado pelo primeiro nome: ele se lembrava de como preferiam o iogurte (com ou sem creme) e a boza (azeda ou doce). Quando, certo dia, foram surpreendidos pela chuva e se abrigaram numa casa de chá cheirando a mofo, Mevlut ficou admirado ao ver que o pai conhecia o proprietário e seu filho; e sentiu a mesma admiração quando, certo dia, andando numa rua perdido em seus pensamentos, ele cruzou com um negociante de ferro-velho numa carroça e o homem o abraçou como se fosse um amigo havia muito perdido; ou quando seu pai mostrou ser unha e carne com o guarda local, para depois chamá-lo de "pedaço de bosta". Considerando-se o número de ruas, edifícios e apartamentos que visitavam — tantas portas, campainhas, portões de jardim, escadas e elevadores —, de que forma seu pai podia se lembrar de como tudo funcionava, como abrir e fechar as coisas, que botões apertar, de que maneira aferrolhar cada portão? Mustafa Efêndi lhe dava dicas o tempo todo: "Aqui é o cemitério judeu. Passe por ele sem fazer barulho". "Uma pessoa da aldeia de Gümüşdere trabalha como zelador nesse banco; ele é um homem bom, não se esqueça." "Não atravesse aqui, tente mais adiante, no fim dos *guardrails* de metal — o trânsito é menos perigoso, e você não vai ter de esperar tanto."

"Vou lhe mostrar uma coisa", seu pai dizia enquanto os dois avançavam a duras penas por um poço de escada escuro e úmido num bloco de apartamentos. "Ah, lá está! Vamos, abra-o." Na penumbra, Mevlut encontrava um pequeno compartimento ao lado da porta de um apartamento, abria-o com cuidado, como se estivesse levantando a tampa da lâmpada maravilhosa de Aladim. Na escuridão havia uma tigela com uma folha de papel arrancada de um caderno escolar. "Leia o que está escrito!" Mevlut levava o papel para debaixo da fraca lâmpada do poço da escada e, segurando-o com delicadeza, como se se tratasse de um mapa de tesouro, lia a mensagem num sussurro: "Meio quilo, com creme".

Ver que o filho o olhava como um homem sábio capaz de falar a língua da cidade e que o rapaz mal podia esperar para aprender seus segredos bastava para que o pai de Mevlut andasse com orgulho e altivez. "Logo você vai aprender tudo isso... Vai ver tudo sem ser visto. Vai ouvir tudo, mas fingir que não ouviu... Vai andar dez horas por dia, mas sentir como se não tivesse andado quase nada. Você está cansado, filho, quer sentar um pouco?"

"Sim, vamos sentar."

Antes de se completarem dois meses de sua chegada à cidade, o tempo esfriou tanto que eles passaram a vender boza à noite, e Mevlut começou a sentir que o trabalho pesava. Depois de ir à escola de manhã e, à tarde, percorrer quinze quilômetros em quatro horas para vender iogurte com o pai, ele caía no sono logo que chegava em casa. Às vezes eles paravam para descansar em lanchonetes ou casas de chá e ele encostava a cabeça na mesa para cochilar um pouco, mas o pai o cutucava, pois o gerente podia não aprovar aquele tipo de comportamento, mais comum em cafés de fama duvidosa, abertos vinte e quatro horas.

O pai de Mevlut também o acordava à noite, antes de sair para vender boza. ("Pai, tenho prova de história amanhã, preciso estudar", Mevlut falava.) Vez ou outra, quando não queria levantar muito cedo, Mevlut dizia ao pai:

"Hoje não tem aula", e seu pai ficava feliz por eles poderem vender iogurte juntos naquele dia e ganhar um pouco mais de dinheiro. Em algumas noites, sem coragem de despertar o filho, Mustafa pegava os recipientes de boza e saía depois de fechar a porta com cuidado. Mais tarde, quando Mevlut acordava e se via sozinho na casa, escutava os costumeiros barulhos estranhos que vinham de fora e se sentia mal, não só por estar com medo, mas também porque sentia falta da companhia do pai e de sua mão na mão dele. Com esses pensamentos a lhe pesar na mente, não conseguia estudar, e isso o fazia se sentir ainda mais culpado.

5. Escola Secundária Masculina Atatürk
Uma boa educação elimina as barreiras entre ricos e pobres

Edificada numa vasta planura baixa num dos extremos da estrada que liga Duttepe e suas colinas a Istambul, a Escola Secundária Masculina Atatürk de Duttepe, dada sua localização, permitia às mães que punham nos varais roupas para secar, às velhas senhoras que faziam massa de pastel, aos desempregados em casas de chá que jogavam *rummikub* e jogos de cartas nos bairros ao longo do regato do Estrume e nas inúmeras *gecekondu* nas colinas das cercanias ver — como manchas multicoloridas à distância — o edifício cor de laranja da escola, seu busto de Atatürk e os estudantes dedicados à prática de intermináveis exercícios de ginástica (com calças, camisas de manga comprida e sapatos de sola de borracha) no grande pátio da escola, sob a supervisão do Cegueta Kerim, professor de religião e de educação física. A cada quarenta e cinco minutos, centenas de estudantes invadiam o pátio, graças a um sino que não se ouvia nas colinas distantes, até que outro toque tampouco audível os fazia desaparecer com a mesma rapidez. Mas a cada segunda-feira de manhã, todos os mil e duzentos estudantes, tanto do ginásio quanto do colegial, reuniam-se em torno do busto de Atatürk e cantavam juntos o hino nacional, numa interpretação que ecoava poderosamente entre as colinas e era ouvida em milhares de lares das redondezas.

O hino nacional (A *Marcha da Independência*) era sempre precedido de um discurso do diretor, o sr. Fazıl, que subia no alto da escadaria da entrada do edifício da escola para dar uma palestra sobre Atatürk e o amor pela pátria e pela nação, sobre as inesquecíveis vitórias do passado (ele tinha predileção por embates cruentos, como a Batalha de Mohács), encorajando os estudantes a seguir o exemplo do estadista. Da multidão, os veteranos, mais velhos e mais rebeldes, gritavam comentários zombeteiros que a princípio Mevlut se esforçava por entender, enquanto outros baderneiros interrompiam o diretor com interpelações estranhas, quando não absolutamente grosseiras, de modo que o Esqueleto, o vice-diretor, se mantinha em prudente vigilância ao lado do sr. Fazıl, como um policial. Essa estrita vigilância fez com que, só um ano e meio depois, quando estava com catorze anos e começou a questionar as normas da escola, Mevlut por fim viesse a conhecer aqueles contestadores renitentes, que peidavam descaradamente mesmo em meio a um grande grupo de pessoas e eram respeitados e admirados tanto pelos alunos religiosos de direita como pelos alunos nacionalistas de esquerda (os alunos de direita eram sempre religiosos, e os de esquerda, sempre nacionalistas).

    Segundo o diretor, era um sinal deprimente do futuro, tanto da escola como da nação, que mil e duzentos estudantes não fossem capazes de cantar o hino nacional juntos e afinados. Ouvi-los cantar cada um num tempo e, pior, notar que grande número de "degenerados irrecuperáveis" nem se dava ao trabalho de cantar, deixava o sr. Fazıl enlouquecido. Às vezes, quando parte do pátio da escola já tinha terminado de cantar o hino, a outra nem ao menos chegara à metade, então o diretor, que ansiava que eles atuassem juntos "como os dedos de um punho fechado", fazia com que os mil e duzentos estudantes cantassem repetidas vezes, chovesse ou fizesse sol, enquanto alguns dos rapazes, insubordinados e dispostos a bagunçar, desafinavam de propósito, provocando acessos de riso e brigas entre os patriotas que não queriam mais passar frio e os derrotistas gozadores e cínicos.

    Mevlut assistia àquelas brigas à distância, rindo das tiradas insolentes e mordendo a parte interna de suas bochechas para que o Esqueleto não percebesse. Mas então, devagar, a bandeira nacional era içada, com sua estrela e sua lua crescente, e os olhos de Mevlut se enchiam de lágrimas de culpa enquanto entoava o hino com uma emoção sincera. Pelo resto de sua vida, a visão de uma bandeira turca sendo hasteada — mesmo em filmes — bastava para marejar seus olhos.

Como era desejo do diretor, Mevlut queria muitíssimo "pensar somente na pátria, como Atatürk". Mas para tanto precisava trilhar três anos do ginásio e mais três do colegial. Como ninguém da família de Mevlut nem da sua aldeia realizara tal proeza, essa ideia se fixou em sua mente desde os primeiros dias de escola, assumindo os mesmos contornos místicos da bandeira, do país e de Atatürk — bonita de imaginar, mas de difícil alcance. A maioria dos alunos procedentes dos novos bairros pobres também ajudavam os pais no trabalho como ambulantes ou empregados de lojas, ou então estavam na fila para entrar como aprendiz de padeiro, mecânico de automóveis ou soldador — sabendo que abandonariam a escola tão logo ficassem um pouco mais velhos.

O diretor Fazıl se preocupava sobretudo em manter a disciplina, o que pressupunha uma desejável harmonia e ordem entre, de um lado, as crianças de famílias respeitáveis, que na sala de aula sentavam sempre nas primeiras filas, e, de outro, a legião de meninos pobres. Ele desenvolveu suas próprias teorias sobre o assunto e, toda segunda-feira, durante a cerimônia de hasteamento da bandeira, ele as resumia num slogan: "Uma boa educação elimina as barreiras entre ricos e pobres!". Mevlut não sabia ao certo se o diretor Fazıl queria dizer aos estudantes mais pobres: "Se vocês estudarem com afinco e terminarem a escola, também ficarão ricos", ou: "Se vocês estudarem com afinco e terminarem a escola, ninguém vai notar como vocês são pobres".

Para mostrar ao resto do país o que os rapazes da Escola Secundária Masculina Atatürk tinham a oferecer, o diretor queria que a escola tivesse um bom desempenho na Competição de Perguntas e Respostas para Escolas Secundárias da Rádio Istambul. Então montou um time de crianças da classe média dos bairros melhores (entre os preguiçosos e ressentidos, o grupo era conhecido como "os cê-dê-efes") e passava a maior parte do tempo fazendo-as decorar as datas de nascimento e morte dos sultões otomanos. Nas cerimônias de hasteamento da bandeira, na presença de todo o corpo discente, o diretor criticava aqueles que largavam os estudos para trabalhar como mecânicos e soldadores aprendizes, tachando-os de fracos e indignos traidores da causa do Iluminismo e da ciência; censurava aqueles que, como Mevlut, iam à escola de manhã e vendiam iogurte à tarde; e tentava trazer para o bom caminho quem estava mais interessado em ganhar dinheiro do que nos estudos, bradando: "A Turquia não será salva por vendedores de arroz cozido ou kebab, mas pela ciência!". Einstein também cresceu pobre, chegou a ser reprovado em física, mas nunca pensou em sair da escola para ganhar a vida — para o seu próprio bem e para o bem de seu país.

ESQUELETO. Na verdade, nossa Escola Secundária Masculina Atatürk de Duttepe foi fundada originalmente para atender aos bairros situados nas colinas de Mecidiyeköy e cercanias, para assegurar que os filhos de funcionários públicos, advogados e médicos que viviam em condomínios modernos e em estilo europeu tivessem uma boa educação. Infelizmente, nos últimos dez anos a escola foi invadida por hordas de crianças anatolianas, moradoras dos bairros novos surgidos de forma ilegal nas colinas outrora desertas, o que tornou praticamente impossível o adequado funcionamento dessa aprazível escola. Ainda que muitos matem aulas para fazer um bico como ambulantes, ou abandonem a escola para trabalhar, e um considerável número de jovens seja expulso por roubo, agressão e ameaças aos professores, nossas classes continuam abarrotadas. Lamento dizer que as salas modernas, projetadas para um máximo de trinta alunos, recebem até cinquenta e cinco; às vezes três estudantes se apertam em carteiras que comportam apenas dois, e no recreio os meninos não podem andar nem brincar sem esbarrar uns nos outros, como carrinhos de bate-bate. Toda vez que o sino toca ou uma briga estoura ou ainda alguma agitação emerge, segue-se uma correria desenfreada e alguns alunos são esmagados (os mais fracos desmaiam, e só nos resta levá-los à sala dos professores e tentar reanimá-los com colônia). Com essa superlotação toda, naturalmente é mais fácil seguir o método de decorar os conteúdos em vez de tentar explicá-los aos alunos. Vale dizer que o ensino mecânico não apenas desenvolve a memória das crianças, mas também ensina a respeitar os mais velhos. Essa ideia também está por trás dos livros didáticos. Existem cinco regiões na Turquia. O estômago de uma vaca tem cinco partes. Cinco razões levaram o Estado otomano a entrar em declínio.

Durante um ano e meio, entre a sétima e a oitava séries, Mevlut se preocupou em saber onde deveria sentar na classe. A angústia que experimentava ao enfrentar esse problema tinha a intensidade da inquietação moral e ética dos filósofos antigos. Depois de um mês de aula, Mevlut aprendeu que se quisesse se tornar "um cientista de que Atatürk haveria de se orgulhar", como o diretor gostava de dizer, era preciso travar amizade com os rapazes de boa família dos bairros elegantes, cujos cadernos, gravatas e deveres de casa estavam sempre em ordem. Dois terços dos alunos moravam em bairros pobres, e Mevlut ainda não conhecera nenhum que fosse bem na escola. Uma ou outra vez, no pátio, ele topara com meninos de outras turmas que, como ele, moravam na periferia, e que levavam os estudos a sério porque também lhes haviam dito: "Este garoto é mesmo muito inteligente, ele deve ser mandado à escola". Naquela superlotação apocalíptica, porém, ele nunca foi capaz de se comunicar com um daqueles espíritos perdidos e solitários que, como a equipe que disputava o concurso do rádio, eram tachados de "sabichões" pelos demais. Isso porque, em parte, os sabichões olhavam Mevlut com certa desconfiança, porque ele, como eles próprios, morava num bairro pobre. Mevlut desconfiava, com razão, que a visão de mundo cor-de-rosa que cultivavam era totalmente furada: no fundo, aqueles sabichões, que pensavam um dia poder ficar ricos, bastando decorar o livro de geografia da sexta série, não passavam de imbecis, e a última coisa que ele queria era ser como eles.

Mevlut sentia-se mais à vontade quando conseguia fazer amizade com alguns meninos de boa família e sentava próximo a eles. Aqueles garotos sempre ocupavam a primeira fila e estavam em dia com os deveres de casa. Para conseguir um lugar perto das primeiras filas, Mevlut precisava estar atento aos professores o tempo todo. Quando eles começavam uma frase e a interrompiam de propósito, para que alguém a concluísse — método que julgavam muito pedagógico —, Mevlut tentava ser o primeiro a completá-la. Quando o professor fazia uma pergunta, Mevlut, ainda que não soubesse a resposta, sempre levantava a mão com a confiança de quem sabia.

Mas aqueles meninos de quem Mevlut tentava se aproximar, que viviam em conjuntos de apartamentos nos bairros melhores, a qualquer momento podiam se revelar estranhos e magoá-lo. Em seu primeiro ano naquela escola, Mevlut ansiava pelo privilégio de sentar na primeira fila perto do Noivo. Certo dia, os alunos estavam no pátio da escola coberto de neve e o Noivo estava praticamente soterrado por montes de meninos jogando futebol (com uma bola feita de jornais embolados e amarrados com cordão, porque bolas de verdade eram proibidas no recinto da escola), se empurrando, gritando, brigando e apostando (figurinhas de jogadores de futebol, canetas minúsculas ou cigarros partidos em três). Então, num acesso de raiva, o Noivo se voltou para Mevlut e disse: "Esta escola foi tomada por uma caipirada boçal! Meu pai vai me transferir".

O NOIVO. Eles me deram esse apelido no primeiro mês de aula porque tenho o maior cuidado com meu casaco, e de manhã às vezes boto um pouco da loção pós-barba do meu pai (ele é ginecologista) antes de vir à escola. O perfume é como uma lufada de ar puro numa classe que fede a lama, hálito podre e suor, e nos dias em que não passo a loção, o pessoal me pergunta: "Ei, Noivo, hoje não tem casamento?". Ao contrário do que essa gente pensa, não sou nenhum maricas. Certa vez, um palhaço, querendo zombar de mim, encostou no meu pescoço e fingiu cheirar minha loção, como se eu fosse uma espécie de bicha, então lhe acertei um direto no queixo e ele saiu voando. Com isso ganhei o respeito de todos os outros valentões. Só estou aqui porque meu pai é muito pão-duro para pagar uma escola particular.

Era sobre esse tipo de coisa que eu estava conversando com Mevlut na aula, quando a professora de biologia, a Corpulenta Melahat, disse: "Mevlut Karataş, número 1019, você está falando demais, já para o fundo!".

"Nós não estávamos conversando, senhora!", eu disse — não porque eu seja o cavalheiro que Mevlut pensa que sou, mas porque eu sabia que não corria nenhum risco: Melahat jamais ousaria mandar para o fundo da sala um rapaz de boa família como eu.

Mevlut não ficou muito chateado. Ele já fora despachado para o fundo antes, mas seu bom comportamento, o rosto inocente e infantil, a prontidão para levantar a mão indicavam que ele conseguiria voltar para as fileiras da frente. Os professores, com o propósito de diminuir a arruaça, muitas vezes remanejavam a classe toda. Nessas ocasiões, o Mevlut de rosto angelical olhava nos olhos do professor com tanto entusiasmo e deferência que por fim conseguia voltar para a primeira fila — mas só até que algum azar o forçasse a retornar para o fundo.

Em outra ocasião, o Noivo, valente, tentou protestar de novo contra a decisão de Melahat, a professora peituda de biologia, de mandar Mevlut para o fundo da sala. "Por favor, senhora, por que não o deixa ficar na frente? Ele adora suas aulas."

"Você não vê que ele é alto feito um varapau?", foi a resposta cruel de Melahat. "Os que estão atrás não conseguem ver a lousa por causa dele."

De fato, Mevlut era mais velho do que a maioria dos meninos da sua turma, porque o pai o havia deixado na aldeia, sem necessidade, durante um ano inteiro. Ter de voltar para as fileiras do fundo era sempre humilhante, e logo ele se pôs a imaginar que devia haver alguma misteriosa relação entre sua estatura e seu recém-adquirido hábito de se masturbar. A turma do fundão comemorava a volta de Mevlut aplaudindo e cantando: "Mevlut de volta ao lar!".

As fileiras do fundo eram território dos delinquentes, dos preguiçosos, dos burros, dos que já se consideravam causa perdida, dos parrudos mal-encarados, dos mais velhos e dos que haviam sido expulsos de alguma outra escola. Muitos dos que eram mandados para o fundão terminavam arranjando trabalho e abandonando a escola, mas lá também sentavam rapazes que iam ficando na escola ano após ano, porque não conseguiam arrumar emprego. Alguns resolviam se acomodar lá atrás desde o começo, resignados, estúpidos demais, muito velhos ou grandes para as primeiras filas. Mas outros, entre os quais Mevlut, se recusavam a aceitar que seu destino era o fundo da sala e só engoliam a dura verdade depois de muito esforço e sofrimento, como certas pessoas pobres que só no fim da vida se dão conta de que nunca ficarão ricas. A maioria dos professores, como Ramsés, o professor de história (que de fato parecia uma múmia), já sabia de cara que era inútil insistir com o pessoal do fundão. Outros, como a srta. Nazlı, a jovem e tímida professora de inglês — olhar os olhos dela de uma cadeira da primeira fila era puro deleite, e Mevlut foi se apaixonando devagar e inconscientemente —, tinham tanto medo de enfrentar o fundão ou de se indispor com alguns dos alunos de lá que mal se dirigiam a eles.

Nenhum professor, nem mesmo o diretor, que às vezes conseguia dominar todos os mil e duzentos rapazes, se dispunha a desafiar o pessoal do fundão. Isso porque as tensões podiam descambar em confrontos generalizados, em que não apenas o povo do fundão, mas a classe inteira, se voltava contra o professor. Uma situação especialmente delicada, capaz de provocar todo mundo, era quando os professores zombavam dos estudantes dos bairros pobres, do sotaque, da aparência, da ignorância e das espinhas que despontavam como hortênsias escarlate. Havia rapazes que metralhavam piadas muito mais interessantes que qualquer fala dos professores, os quais tentavam silenciá-los e dominá-los com reguadas humilhantes. Houve uma época em que o jovem professor de química, o Pernóstico Fevzi, odiado por todos, era atingido por grãos de arroz soprados através de canetas esferográficas vazias toda vez que se voltava para o quadro-negro para escrever a fórmula de algum óxido de chumbo. Seu crime fora zombar do sotaque e das roupas de um aluno do leste (naquela época ninguém os chamava de curdos), a quem ele queria intimidar.

Os insolentes do fundão estavam sempre interrompendo as aulas, só pelo prazer de agredir um professor ou uma professora que julgavam muito mole, ou talvez só porque quisessem aparecer:

"Estamos fartos de sua conversa mole, senhora, chega! Por que não nos conta sobre sua viagem à Europa?"

"O senhor tomou mesmo um trem sozinho para a Espanha?"

Como essas pessoas que vão a cinemas ao ar livre e ficam falando o tempo todo durante o filme, o pessoal do fundão produzia um comentário contínuo e barulhento sobre o que estava acontecendo; eles faziam piadas, contavam anedotas, rindo tão alto da própria graça que, se um professor estivesse perguntando alguma coisa e um aluno da primeira fila tentasse responder, muitas vezes não se podia ouvir a resposta. Toda vez que era exilado para o fundo, Mevlut mal conseguia acompanhar a aula. Mas para ele o paraíso era estar num lugar de onde pudesse ouvir as piadas do fundão e, ao mesmo tempo, olhar para a srta. Nazlı.

6. Ginásio e política
Amanhã não tem aula

MUSTAFA EFÊNDI. No outono seguinte, Mevlut já estava na sétima série e ainda ficava incomodado de ter de gritar "Vendedor de iogurte!" nas ruas, mas pelo menos já se acostumara a carregar as bandejas de iogurte e os recipientes de boza numa vara apoiada nos ombros. De tarde eu o mandava sozinho levar bandejas vazias de, digamos... um restaurante nas vielas de Beyoğlu para o depósito em Sirkeci, depois levar bandejas cheias para Beyoğlu ou um vasilhame de boza crua da loja Vefa para deixá-lo no restaurante de Rasim, que cheirava a óleo de fritura e cebolas, para depois voltar a Kültepe. "Por Deus! Com mais um pouco de trabalho, finalmente vamos ter o primeiro professor na nossa aldeia." Era o que dizia quando o encontrava acordado, sozinho, fazendo suas tarefas escolares quando eu voltava para casa. Se tivesse dado duro naquele dia, ele dizia: "Pai, pode sentar aqui comigo por um minuto?", e então, com os olhos voltados para o teto, ele se punha a recitar a matéria que decorara. Quando empacava, abaixava os olhos e me encarava. "Você não vai achar as respostas em mim, filho, eu nem sei ler", eu lhe dizia. Em seu segundo ano do ginásio, ele ainda não se cansara nem dos estudos nem do trabalho como ambulante. Em certas noites, dizia: "Vou com você vender boza, amanhã não tem aula!", e eu não me opunha. Outras vezes, ele dizia: "Tenho dever de casa, vou direto para casa depois da aula".

* * *

Como quase todos os alunos da Escola Secundária Masculina Atatürk, Mevlut guardava segredo sobre sua vida extramuros; nem os outros que trabalhavam como ambulantes sabiam o que ele fazia depois da última aula. Às vezes ele via um ou outro aluno vendendo iogurte na rua com o pai, mas sempre fingia não tê-lo visto, e quando os dois se encontravam na classe no dia seguinte, agiam como se nada tivesse acontecido. Mas ele ficava de olho para ver como o tal menino se saía na escola, se seu desempenho acusava sua atividade de ambulante, e então se perguntava o que ele seria quando crescesse, o que seria de sua vida. Havia um garoto de Höyük que puxava uma carroça e controlava o cavalo pelos arreios, recolhendo jornais velhos, garrafas vazias e refugos de metal com o pai. A primeira vez que Mevlut o viu foi quando eles se cruzaram em Tarlabaşı, perto do fim do ano. Mais tarde ele notou que o garoto, que costumava ficar na sala olhando pela janela com uma expressão sonhadora, havia sumido da escola depois de seis meses na sétima série e nunca mais havia voltado, e ninguém nem ao menos falou dele ou comentou sua ausência. Naquele momento, Mevlut também percebeu que logo esqueceria a existência do menino, assim como esquecera todos os outros amigos que arrumaram um emprego ou trabalho de aprendiz e abandonaram os estudos.

A srta. Nazlı, a jovem professora de inglês, tinha a tez clara, olhos grandes e verdes, e usava um avental com estampa de folhas também verdes. Para Mevlut, ela vinha de outro mundo — desejou ser representante de classe só para ficar mais próximo dela. Os representantes de classe podiam recorrer a pontapés, bofetadas e ameaças para reprimir qualquer transgressor que não prestasse atenção à aula, alunos que os mestres não tinham coragem de punir com uma reguada. Era uma ajuda fundamental para professores como a srta. Nazlı, que do contrário ficariam acuados pela gritaria e a indisciplina da turma, e muitos voluntários do fundão se agarravam à chance de oferecer aos professores seus préstimos, que consistiam em vigiar as outras filas de vadios e rebeldes, nos quais estavam sempre prontos a dar um tapa no pescoço ou um puxão de orelhas. Para garantir que a srta. Nazlı notasse a atenção deles, esses voluntários, antes de desferir qualquer golpe no insubordinado, gritavam bem alto: "Ei! Preste atenção à aula!". Ou: "Pare de desrespeitar a professora!".

Quando Mevlut percebia que a srta. Nazlı apreciava aquela ajuda, ainda que mal voltasse os olhos para o fundão, ficava furioso de ciúme. Se ao menos um dia ela o escolhesse para representante de classe, Mevlut não teria de recorrer à força bruta para silenciar a turma; os vagabundos preguiçosos e os bagunceiros iriam ouvi-lo porque ele era dos bairros pobres. Infelizmente, devido a circunstâncias políticas extraescolares, Mevlut nunca haveria de realizar seus sonhos políticos.

Em março de 1971 houve um golpe militar e, temendo por sua vida, o primeiro-ministro Demirel deixou o cargo que ocupava havia muito tempo. Grupos revolucionários passaram a roubar bancos e sequestrar diplomatas estrangeiros em troca de resgate; o governo declarou lei marcial e impôs o toque de recolher; a polícia militar revistava a casa das pessoas. Fotos dos suspeitos mais procurados foram afixadas em todos os muros da cidade; os livreiros foram expulsos das ruas. Tudo isso era mau sinal para os vendedores ambulantes. O pai de Mevlut recriminava "aqueles que causaram essa anarquia". Contudo, mesmo depois que milhares foram presos e torturados, as coisas não voltaram ao normal para ambulantes e contrabandistas.

O Exército jogou cal em todas as calçadas de Istambul, em tudo que parecia sujo ou desorganizado (para falar com clareza, em toda a cidade), nos troncos de gigantescos plátanos e nos muros que remontavam à era otomana, transformando tudo num acantonamento militar. Os lotações foram proibidos de parar onde bem quisessem para a entrada ou saída de passageiros, os ambulantes foram proibidos de trabalhar em praças grandes e avenidas, nos parques onde os chafarizes realmente funcionavam, nas balsas e nos trens. Com jornalistas a reboque, a polícia promovia batidas em busca de notórios contraventores, indo a covis de jogo e bordéis meio secretos e desbaratando o comércio de cigarros e de bebidas alcoólicas contrabandeados da Europa.

Depois do golpe, o Esqueleto dispensou das funções administrativas todos os professores de esquerda e, assim, eliminou qualquer possibilidade de a srta. Nazlı escolher Mevlut para representante de classe. Às vezes ela nem ia à escola, dizia-se que seu marido estava sendo procurado. Todos sofriam o impacto das declarações divulgadas pelo rádio e pela TV relativas a ordem, disciplina e asseio. A escola mandou cobrir de tinta os slogans políticos, as obscenidades e as muitas histórias sobre os professores (inclusive uma caricatura retratando o Esqueleto e a Corpulenta Melahat numa cópula) que antes ilustravam paredes, privadas e outros locais dentro da área da escola. Os desabusados e furiosos que desafiavam os professores, os agitadores que viviam gritando slogans políticos, mesclando os conteúdos com propaganda e ideologia, acabaram por ser dominados. Para garantir que agora todos cantassem o hino nacional em uníssono durante a cerimônia de hasteamento da bandeira, o diretor e o Esqueleto colocaram de ambos os lados do busto de Atatürk alto-falantes como os que se veem nos minaretes das mesquitas, mas o resultado foi que ao coro desafinado apenas se acrescentou uma nova voz metálica. Além disso, os alto-falantes eram tão altos que muitos dos que de fato queriam cantar o hino simplesmente desistiam. Ramsés, o professor de história, passava mais tempo do que nunca louvando conquistas militares sangrentas, ensinando que a cor da bandeira turca representava a cor de sangue e que o sangue do povo turco não era um sangue comum.

MOHINI. Meu verdadeiro nome é Ali Yalnız. Mohini é o nome do belo elefante que o primeiro-ministro Pandit Nehru deu de presente às crianças turcas no ano de 1950. Para merecer o apelido de Mohini nas escolas secundárias de Istambul, não bastava você parecer um elefante, grande e pesadão, parecer mais velho do que realmente era e andar por aí sem muita firmeza como eu. Também era preciso ser pobre e sensível. Como o profeta Abraão já disse, os elefantes são animais muito sensíveis. A mais terrível consequência política do golpe militar de 1971 para nossa escola foi que, depois de manter uma heroica resistência contra o Esqueleto e os outros professores, fomos obrigados a cortar o cabelo. Uma catástrofe que rendeu muitas lágrimas, não só dos fãs de rock e música pop, filhos de médicos e funcionários públicos, mas também dos garotos dos bairros pobres que tinham cabelo comprido. Havia muito tempo, o diretor e o Esqueleto, em suas falas na cerimônia de hasteamento da bandeira das segundas-feiras, ameaçavam tomar uma providência. Diziam que era inadequado que os meninos usassem o cabelo ao estilo das mulheres, só para imitar os degenerados pop stars europeus. Mas esses tiranos só viram seus desejos realizados depois do golpe. Um dia um capitão do Exército chegou de jipe, sob o pretexto de organizar nossas ações em benefício das vítimas do terremoto no nordeste da Turquia. O oportunista Esqueleto aproveitou a ocasião para chamar o melhor barbeiro de Duttepe. Infelizmente, eu, como os demais, também me apavorei ao ver os soldados e entreguei minha cabeça. Depois disso fiquei ainda mais feio e me odiei ainda mais por me submeter à autoridade de forma tão passiva, sentando obedientemente na cadeira do barbeiro.

O Esqueleto tinha percebido o interesse de Mevlut em se tornar representante de classe e, depois do golpe, encarregou seu aluno modelo a auxiliar Mohini durante o recreio. Mevlut ficou satisfeito, pois era uma oportunidade de ficar nos corredores vazios e longe da multidão de alunos. Todos os dias, pouco antes do longo recreio das onze e dez, ele e Mohini saíam da sala de aula e seguiam pelos corredores e poços de escada escuros e úmidos em direção ao porão. Lá, a primeira parada de Mohini era no banheiro dos alunos da escola secundária, próximo ao depósito de carvão (Mevlut nem sonhava segui-lo ao local), um fosso imundo e malcheiroso envolto numa espessa nuvem azul de fumaça de cigarro, onde Mohini entrava e pedia baganas aos alunos mais velhos e, se com sorte as conseguisse, fumava ali mesmo enquanto Mevlut o aguardava à porta pacientemente. "Isto aqui é meu calmante", dizia Mohini com um olhar de quem sabia das coisas. Então os dois iam à cozinha da escola, onde Mohini receberia uma jarra quase do tamanho dele, que levaria nas costas escada acima até o fogareiro da sala de aula.

Aquela jarra enorme e tosca continha o leite fedido e fervendo preparado lá embaixo, nas cozinhas malcheirosas, com o leite em pó que o Unicef distribuía às escolas de países em desenvolvimento. Com a atenção de uma dona de casa diligente, Mohini despejava o leite em copos plásticos de vários tamanhos, que os alunos traziam de casa, enquanto o professor de plantão tirava de uma caixa azul outro produto doado pelo Unicef: as terríveis cápsulas de óleo de peixe. Com todo o cuidado, como se fosse uma pedra preciosa, ele oferecia uma cápsula a cada estudante e em seguida vigiava as filas de alunos para verificar se eles as engoliam mesmo, junto com o leite — duas dádivas malcheirosas. A maioria dos rapazes jogava as pílulas pela janela, e elas iam cair num canto do pátio onde se acumulava todo o lixo, lugar que também se prestava à jogatina, ou então as esmagavam no chão pelo simples prazer de empestear a sala de aula. Outros as enfiavam nos canudos de suas canetas esferográficas e as disparavam contra o quadro-negro. Ondas e mais ondas de bombardeios com óleo de peixe deixaram as lousas da Escola Secundária Masculina Atatürk de Duttepe meio luzidias e com um cheiro que nauseava os visitantes. Quando um desses projéteis atingiu o retrato de Atatürk na sala 9C, no andar superior, um assustado Esqueleto chamou inspetores da polícia municipal e da comissão de educação para investigar o caso, mas o sereno presidente da comissão, calejado pelos anos na função, atenuou habilmente o problema explicando aos funcionários encarregados de aplicar a lei marcial que ninguém pretendera insultar o fundador da República nem nenhum dignitário do governo. Naquela época, toda tentativa de politizar o ritual do leite em pó com óleo de peixe caía no vazio. Anos depois, porém, muitas histórias e lembranças sobre o assunto seriam escritas, por islamitas, nacionalistas e esquerdistas que alegavam que o Estado, pressionado por potências ocidentais, havia conspirado para lhes enfiar goela abaixo, durante toda a infância, aquelas bolotas fedorentas e venenosas.

Na aula de literatura, Mevlut adorava ler os versos de Yahya Kemal sobre os corajosos guerreiros otomanos, de espada em punho, em marcha para a conquista dos Bálcãs. Quando o professor faltava, os alunos passavam o tempo cantando, e mesmo os piores elementos do fundão resgatavam temporariamente um ar de inocência angelical, e enquanto olhava a chuva lá fora (e a lembrança do pai na rua, vendendo iogurte, lhe perpassava a mente), Mevlut sentia como se pudesse ficar cantando para sempre naquela sala de aula confortável e também sentia que, embora estivesse longe da mãe e das irmãs, a vida na cidade tinha muitas vantagens sobre a vida na aldeia.

Algumas semanas depois do golpe militar, da vigência da lei marcial, do toque de recolher, das buscas nas casas que resultavam em milhares de prisões, as restrições arrefeceram e os ambulantes se sentiram à vontade para voltar às ruas. Assim, os grãos-de-bico torrados, os rocamboles de gergelim, os doces de pasta de goma e o algodão-doce reapareceram com seus respectivos vendedores nos portões da Escola Secundária Masculina Atatürk, cada um no mesmo posto que ocupava antes. Num daqueles dias quentes de primavera, Mevlut, em geral tão atento às normas, sentiu uma inveja passageira de um garoto mais ou menos da sua idade que estava desafiando a proibição de vender produtos nas ruas. O menino, cujo rosto lhe parecia conhecido, trazia uma caixa de papelão em que se lia "<u>KISMET</u>". Dentro da caixa, Mevlut viu uma grande bola de futebol de plástico e outros prêmios que pareciam muito interessantes: soldados de plástico em miniatura, chicletes, pentes, figurinhas de futebol, espelhinhos e bolas de gude.

"Você não sabe que estamos proibidos de comprar qualquer coisa de vendedores ambulantes?", ele disse, tentando parecer durão. "O que você está vendendo?"

"Deus gosta mais de algumas pessoas. Essas pessoas acabam ficando ricas. Ele gosta menos de outras, que continuam pobres. Pegue um alfinete, raspe um desses círculos coloridos e você vai encontrar seu presente e sua sorte."

"Foi você que fez isso?", perguntou Mevlut. "Onde arranjou esses prêmios?"

"Eles vendem o conjunto completo, inclusive os prêmios, por trinta e duas liras. São cem círculos, então, se você sai por aí oferecendo a raspadinha da sorte por sessenta centavos cada uma, no final você embolsa sessenta liras. Nos fins de semana, nos parques, dá para fazer uma grana. Quer arriscar e ver se você vai ficar rico ou vai acabar como um pobre-diabo que todo mundo despreza? Experimente, raspe um e dê uma olhada… não vou cobrar nada."

"Eu não vou ser pobre, você vai ver."

Num gesto desenvolto, o menino ofereceu um alfinete, que Mevlut pegou sem pestanejar. Ainda havia muitos círculos cobertos. Ele escolheu um com cuidado e começou a raspar.

"Deu azar! Este está vazio", antecipou o menino.

"Deixe-me ver", retrucou Mevlut, perdendo a paciência. Sob a lâmina de alumínio que raspou, não havia nada — nem uma palavra nem um prêmio. "E agora?"

"Quando a pessoa não acha nada, a gente dá isso aqui para ela", disse o menino, passando a Mevlut uma rosquinha do tamanho de uma caixa de fósforos. "Talvez você não tenha sorte, mas, sabe como é, feliz no jogo, infeliz no amor. A manha é ganhar quando se perde, entendeu?"

"Entendi", disse Mevlut. "Qual é seu nome e o número de sua matrícula?"

"Trezentos e setenta e cinco, Ferhat Yılmaz. Você vai me denunciar ao Esqueleto?"

Mevlut abanou a mão como a dizer "claro que não", e Ferhat também fez uma cara de "claro que não", e os dois logo viram que iam se tornar grandes amigos.

O que primeiro impressionou Mevlut foi que, embora tivessem a mesma idade, Ferhat já conhecia bem a língua e a química das ruas, a localização de todas as lojas da cidade e os segredos de todo mundo. Ferhat disse que a cooperativa que administrava a escola estava cheia de ladrões, que o professor de história Ramsés era um cretino, e que quase todos os demais não passavam de uma gentinha que só se preocupava em sair ilesa da classe e embolsar o salário no fim do mês.

Num certo dia de frio, o Esqueleto conduziu o pequeno exército que ele organizara — integrado pelos faxineiros da escola, a equipe da cozinha que preparava o leite em pó e o vigia do porão onde se armazenava carvão — e desfechou um ataque contra os vendedores ambulantes que faziam ponto do lado de fora dos muros da escola. Postados junto ao muro, Mevlut e os colegas acompanharam o desenrolar da batalha. Todos torciam pelos ambulantes, mas o poder estava do lado do governo e da escola. Um vendedor de grão-de-bico torrado e sementes de girassol trocou socos com Abdülvahap, o encarregado do porão. O Esqueleto ameaçou chamar a polícia e o comando militar. Toda a cena ficou na lembrança de Mevlut como uma demonstração da atitude do Estado e da administração geral da escola em relação aos vendedores ambulantes.

A notícia de que a srta. Nazlı havia saído da escola foi devastadora para Mevlut, que se sentiu vazio e perdido ao se dar conta do quanto pensava nela. Faltou três dias, depois explicou a ausência dizendo que seu pai estava muito doente. Gostava cada vez mais das tiradas de Ferhat, da sua presença de espírito e otimismo. Os dois matavam aula juntos e vendiam raspadinha da sorte pelas ruas e nos parques Beşiktaş e Maçka. Ferhat lhe ensinou inúmeras frases espirituosas relacionando "raspar" e "sorte" — *kısmet* —, que Mevlut mais tarde contava a todos os compradores de iogurte e de boza que simpatizavam com ele: "A sorte pode te pegar de raspão"; "Quem não raspa só ganha caspa".

Outro feito de Ferhat era sua correspondência com algumas adolescentes europeias. Elas existiam mesmo, ele levava fotos das garotas no bolso como prova. Ferhat pegou o endereço delas na seção "Jovens procurando correspondentes", na revista para jovens *Hey*, encartada no jornal *Milliyet*, que o Noivo levava para a sala de aula. *Hey*, que se dizia a primeira revista da Turquia para a juventude, trazia endereços apenas de garotas europeias —

jamais de turcas, pois isso ofenderia as famílias conservadoras. Alguém escrevia as cartas para Ferhat, mas ele nunca revelou o nome da pessoa, e nunca disse às correspondentes que era ambulante. Mevlut sempre se perguntava o que ele mesmo escreveria a uma garota europeia, mas não lhe ocorria nada. Na classe, os colegas examinavam as fotos e então se apaixonavam pelas garotas ou tentavam provar que elas não eram de verdade, enquanto alguns invejosos estragavam os retratos com rabiscos.

Certo dia, Mevlut leu na biblioteca da escola uma revista que haveria de ter uma profunda influência em sua futura carreira de ambulante. A biblioteca da Escola Secundária Masculina Atatürk era um local onde os alunos eram obrigados a ficar sentados em silêncio e bem-comportados quando algum professor faltava. Toda vez que garotos desacompanhados adentravam o recinto, a bibliotecária Aysel lhes dava revistas velhas doadas por médicos e advogados aposentados que moravam nos bairros ricos próximos da escola.

Na última visita de Mevlut à biblioteca, Aysel, como de costume, começou a distribuir exemplares desbotados de revistas de vinte a trinta anos atrás, como *O Grande Atatürk*, *Arqueologia e Arte*, *Mente e Matéria*, *Nossa Bela Turquia*, *Mundo da Medicina* e *Tesouro do Conhecimento*. Sempre que se certificava de que havia uma revista para cada dois alunos, era seu costume proferir seu breve e famoso discurso sobre a leitura, ao qual Mevlut dava toda a atenção.

NUNCA SE DEVE FALAR QUANDO SE ESTÁ LENDO era o célebre e eterno motivo de zombaria da primeira linha e do refrão de sua fala. "Você deve ler dentro de sua cabeça, sem emitir nenhum som. Do contrário, não vai aprender nada do que está escrito na página. Quando chegar ao fim da página que estiver lendo, não a vire imediatamente: espere até ter certeza de que seu colega também a terminou de ler. Depois disso, pode virar a página, mas sem umedecer a ponta dos dedos nem fazer dobras no papel. Não escreva nas páginas. Não rabisque, não desenhe bigodes, óculos nem barbas nas ilustrações. Uma revista não é só para ver as figuras, você também deve ler o texto. Leia primeiro o que está escrito em cada página, depois olhe as ilustrações. Quando tiver acabado de ler a revista, levante a mão em silêncio, para que eu lhe dê outra. Mas de todo modo você não vai ter tempo de ler uma revista inteira." A bibliotecária Aysel ficava em silêncio por um segundo e olhava ao redor para verificar se suas palavras haviam surtido algum efeito sobre a turma. Depois, como um general otomano ordenando a tropas impacientes que se lançassem ao ataque e ao saque, ela pronunciava sua imortal frase final: "Agora, podem ler". Ouvia-se um murmúrio, seguido do ruído de garotos curiosos folheando velhas páginas amareladas.

Naquele dia, Mevlut e Mohini tinham recebido, para ler em conjunto, o número de junho de 1952 (atrasado apenas vinte anos) da primeira revista turca de parapsicologia, *Mente e Matéria*. Estavam folheando as páginas com todo o cuidado, sem umedecer os dedos, quando deram de cara com a fotografia de um cão.

O título do artigo era "Podem os cães ler a mente das pessoas?". Da primeira vez que Mevlut leu o artigo, não entendeu grande coisa, mas, estranhamente, seu coração disparou. Perguntou a Mohini se podia reler antes que virassem a página. Anos depois, Mevlut iria lembrar de forma mais vívida não das ideias e dos conceitos desenvolvidos, mas do que ele sentiu quando leu. Enquanto lia, deu-se conta de que todas as coisas do universo estavam conectadas. Os vira-latas, sim, era verdade, o observavam à noite, de cemitérios e terrenos baldios, muito mais do que ele havia imaginado. O cão da foto não era desses cãezinhos de madame europeus que em geral se encontram nas revistas, mas um vira-lata pardacento desses que se veem nas ruas de Istambul — foi talvez por isso que o artigo o impressionou tanto.

Quando os alunos receberam os boletins finais na primeira semana de junho, Mevlut soube que estava de recuperação em inglês.

"Não conte a seu pai, senão ele mata você", disse Ferhat.

Mevlut aquiesceu, mesmo sabendo que seria inútil, pois o pai pediria para ver com os próprios olhos seu boletim. Ele ouviu dizer que havia uma chance de que a srta. Nazlı, agora em outra escola, voltasse para aplicar as provas de recuperação. Mevlut passou aquele verão na aldeia se preparando para a prova de inglês, para poder terminar o ginásio. A escola primária de Cennetpınar não tinha nenhum dicionário inglês-turco, e não havia ninguém na aldeia que pudesse ajudá-lo. Em julho, ele começou a ter aulas com o filho de um homem que emigrara para a Alemanha e tinha acabado de voltar para a aldeia de Gümüşdere com um Ford Taunus e um aparelho de TV. Mevlut caminhava três horas, entre a ida e a vinda, só para sentar à sombra de uma árvore com um livro e praticar seu inglês por uma hora com aquele rapaz que frequentava o ginásio numa escola alemã e falava turco e inglês com sotaque alemão.

* * *

ABDURRAHMAN EFÊNDI. A história do nosso querido e afortunado Mevlut, que teve aulas com o filho de um homem que fora trabalhar na Alemanha, mais uma vez o trouxe de volta à nossa humilde aldeia de Gümüşdere, por isso espero que vocês me permitam apresentar um quadro atualizado da negra sorte que se abateu sobre nós. Quando tive a honra de conhecê-lo, em 1968, não fazia ideia de como eu era feliz, com três belas filhas e a mãe delas, verdadeiro anjo de candura! Depois do nascimento da minha terceira filha, Samiha, tentei a sorte outra vez. Não conseguia tirar da cabeça a ideia de ter um filho homem, e não pude deixar de tentar um quarto filho. E de fato tive um filho, a quem chamei de Murat logo que nasceu. Mas, antes que se passasse uma hora do seu nascimento, o Senhor o chamou, e também à mãe dele, coberta que estava de sangue, e então, de um minuto para outro, Murat, o desejo do meu coração, e minha esposa foram ambos levados para viver com os anjos no céu, deixando-me viúvo e com três filhas órfãs. A princípio, minhas três filhas deitavam na cama da falecida mãe perto de mim, aspirando os últimos resquícios de seu cheiro e chorando a noite inteira. Desde bem pequenas, eu as mimei como se fossem filhas do imperador da China. Eu lhes comprava roupas em Beyşehir e Istambul. Aos sovinas que dizem que gastei todo o meu dinheiro em bebida, eu responderia que um homem que entortou o pescoço vendendo iogurte nas ruas só pode confiar seu futuro a suas três belas filhas, cada uma mais preciosa que qualquer tesouro terreno. Agora, minhas filhas angelicais já têm idade para falar por si mesmas. A mais velha, Vediha, tem dez anos, e Samiha, a caçula, tem seis.

VEDIHA. Por que o professor me olha praticamente durante a aula toda? Por que não digo a todos que quero ir para Istambul para ver o mar e os navios? Por que sou sempre eu que tenho de tirar a mesa, arrumar as camas e cozinhar para meu pai? Por que fico com raiva quando vejo minhas irmãs conversando e rindo entre si?

RAYIHA. Nunca vi o mar. Existem nuvens que parecem coisas. Quero crescer para ficar da idade da minha mãe e me casar o mais cedo possível. Não gosto de alcachofra. Às vezes gosto de imaginar que meu falecido irmãozinho Murat e minha mãe estão velando por nós. Gosto de ficar chorando até dormir. Por que todos me chamam de "garota inteligente"? Quando aqueles dois meninos ficam lendo sob o plátano, Samiha e eu ficamos de olho neles, de longe.

SAMIHA. Há dois homens ao pé do pinheiro. Estou segurando a mão de Rayiha. Não largo nunca. Então vamos para casa.

Em agosto passado, Mevlut e o pai voltaram para Istambul mais cedo do que de costume, para que o garoto tivesse tempo de estudar para a prova. No fim do verão, a casa de Kültepe cheirava a mofo e terra, como da primeira vez que Mevlut havia entrado nela três anos antes.

Passados três dias, ele estava na maior sala de aula de toda a Escola Secundária Masculina Atatürk fazendo a prova, mas nem sinal da srta. Nazlı. Angustiado, Mevlut fez o que pôde e respondeu direito às questões. Duas semanas mais tarde, quando começaram as aulas no colegial, ele foi à sala do Esqueleto.

"Muito bem, mil e dezenove, aqui está seu diploma do ginásio!"

Durante todo o dia, Mevlut tirava o diploma da mochila para dar mais uma espiada, e naquela noite ele o mostrou ao pai.

"Agora você pode ser um policial ou um guarda", disse o pai.

Mevlut sentiria saudade daquela época pelo resto da vida. No ginásio, ele aprendeu que ser turco era a melhor coisa do mundo e que a vida na cidade era muito melhor do que na aldeia. Na escola, eles haviam cantado juntos, e depois de toda luta e intimidação, mesmo os alunos mais truculentos e mais baderneiros cantaram com uma expressão radiante e inocente. Mevlut se lembraria disso com um sorriso.

7. O Cine Elyazar
Uma questão de vida ou morte

Em certa manhã de novembro de 1972, num domingo, pai e filho organizavam o esquema de distribuição de iogurte para a semana quando Mevlut se deu conta de que eles não iriam mais sair juntos para vender a mercadoria. Os laticínios estavam crescendo e haviam começado a entregar a mercadoria diretamente nos pontos de venda, e também aos ambulantes de Taksim e de Şişli. A arte de um bom vendedor de iogurte já não consistia em levar no lombo sessenta quilos do produto de Eminönü para Beyoğlu e Şişli, mas sim em se abastecer onde quer que os caminhões entregassem seus produtos e então distribuí-los o mais rápido possível nas ruas e casas das vizinhanças. Mevlut e o pai compreenderam que sua renda total aumentaria se eles se separassem e percorressem ruas diferentes. Duas vezes por semana, um deles trazia de casa, além de iogurte, um pouco de boza para adoçar, mas agora eles também vendiam a boza, cada um por si, em bairros diferentes.

Com essa mudança, Mevlut experimentou uma sensação de liberdade que, porém, haveria de se revelar uma ilusão passageira. Tratar com donos de restaurantes, donas de casa cada vez mais exigentes, porteiros e os responsáveis pelos locais onde depositavam as bandejas de iogurte e vasilhames de boza consumia mais tempo do que ele imaginara, e Mevlut muitas vezes precisava matar aula.

Na época em que acompanhava o pai, fazendo contas e colocando pesos na balança, havia um freguês da cidade de Torul chamado Tahir — tio Tahir para os amigos — que os cumprimentava. Agora que trabalhava sozinho, Mevlut regozijava-se secretamente com o desafio de discutir os preços com tio Tahir; sentia-se muito mais importante do que jamais se sentira quando estava na aula de química olhando para o quadro-negro sem entender bulhufas. Dois jovens fortes e habilidosos da aldeia de İmrenler, apelidados Irmãos de Concreto, haviam começado a monopolizar os restaurantes e cafés da região de Beyoğlu-Taksim. Para garantir alguns dos velhos fregueses das ruas de Feriköy e Harbiye, herança do pai, Mevlut baixou seus preços e fez novas amizades. O garoto de Erzincan, colega de escola de Mevlut, também morava em Duttepe e começara a trabalhar num restaurante de almôndegas grelhadas que comprava enormes quantidades de *ayran*, bebida salgada e refrescante à base de iogurte; ao mesmo tempo, Ferhat conhecia os curdos alevitas que tinham uma loja de conveniência ao lado do restaurante. Com tudo isso, Mevlut tinha a sensação de haver crescido.

Na escola, ele se qualificara para frequentar o banheiro do porão, o preferido dos fumantes, e começou a levar consigo cigarros Bafra para conquistar a simpatia dos veteranos. Eles sabiam que Mevlut ganhava seu próprio dinheiro e começara a fumar havia pouco tempo, por isso contavam que ele tivesse sempre à mão um maço para distribuir entre aqueles que só filavam. Agora que estava no colegial, Mevlut percebeu que no ginásio ele dera importância demais àqueles repetentes metidos a valentões, que não trabalhavam, só iam à escola e passavam o dia batendo papo. O mundo das ruas era na verdade muito maior e real do que aquele lá, dentro da escola.

Tudo o que ele ganhava nas ruas era entregue diretamente ao pai, pelo menos em teoria. Na verdade, Mevlut gastava uns trocados com cigarros, filmes, apostas e bilhetes de loteria. Não sentia remorso por esconder essas despesas do pai, embora experimentasse certa culpa em relação ao Cine Elyazar.

O prédio onde ficava o Cine Elyazar, numa das pequenas artérias entre Galatasaray e Tünel, havia sido construído para abrigar uma companhia de teatro armênia em 1909, no clima de liberdade que reinava após a deposição de Abdul Hamid II (quando então se chamava Odeon); depois da fundação da República, passou a ser um cinema (Majestic), o preferido pela comunidade grega e pela classe média alta de Istambul; mais tarde, foi batizado de

Cine Elyazar e, nos últimos dois anos, como todos os cinemas de Beyoğlu, vinha exibindo filmes para adultos. No escuro (em meio à estranha mistura de hálito humano e eucalipto), Mevlut sentava num assento isolado, a uma boa distância dos desempregados dos bairros mais pobres, dos velhos solitários e dos desesperançados, e ali, escondendo-se até de si mesmo, tentava acompanhar a trama do filme — não que isso importasse.

Incluir na programação filmes turcos de sexo seria embaraçoso para os relativamente conhecidos atores de cinema que moravam na região, então o Cine Elyazar não exibia nenhum dos primeiros filmes pornográficos nacionais, nos quais os protagonistas (alguns bem conhecidos) apareciam de cueca. Os filmes eram, em sua maioria, importados. Mevlut se incomodava quando projetavam filmes italianos em que a libidinosa protagonista era dublada em turco, dando a impressão de ser absurdamente ingênua e tonta. Nos filmes alemães, Mevlut não gostava de ver os protagonistas fazendo piadas idiotas durante todas as cenas de sexo pelas quais ele tinha esperado com tanta ansiedade, como se sexo fosse uma coisa que não se devesse levar muito a sério. Nos franceses, espantava-se, quando não se enfurecia, ao ver mulheres pulando na cama de alguém a pretexto de nada. Os diálogos dessas mulheres e dos homens que tentavam seduzi-las eram sempre dublados pelo mesmo punhado de dubladores turcos, e assim Mevlut tinha a sensação de estar vendo e revendo o mesmo filme. As cenas pelas quais o público se interessava nunca estavam no começo do filme. Assim, aos quinze anos, ele aprendeu que sexo era uma espécie de milagre só realizado depois de muita espera.

A multidão que não entrava desde o início do filme e ficava fumando e zanzando pelo saguão corria logo que começavam as cenas de sexo. "É agora!", os lanterninhas anunciavam àqueles impacientes voyeurs quando as cenas cruciais estavam para surgir na tela. Mevlut não conseguia acreditar como todos parecessem tão à vontade. Assim que ele comprava o ingresso, avançava em meio à multidão com os olhos resolutamente fixos nos sapatos ("Será que os nós dos meus cadarços se soltaram?"), sem levantar a vista nem uma vez.

Quando as cenas eróticas começavam, o cinema ficava em silêncio. Mevlut sentia o coração disparar; um pouco tonto e suando profusamente, lutava para se controlar. Na verdade, as cenas "indecentes" eram retalhos de outras produções, enxertados nos filmes ao acaso, de modo que Mevlut sabia que as imagens incríveis a que assistia naquele momento não tinham nada a ver com a trama que até poucos minutos antes estava se esforçando por acompanhar. Mas sua mente ainda tentava relacionar as cenas de sexo e o resto do filme, como se, permitindo-se acreditar que as mulheres nuas cujos atos libidinosos havia pouco o tinham deixado de boca aberta fossem as mesmas da casa ou do escritório do filme, tudo se tornasse ainda mais excitante e, quando sua braguilha intumescia, Mevlut se encolhia, morrendo de vergonha. Todas as vezes que, enquanto cursava o colegial, ia sozinho ao Cine Elyazar, nunca punha a mão no bolso para se tocar, ao contrário dos outros espectadores. Dizia-se que havia bichas velhas que frequentavam aquele tipo de lugar para se oferecer ao primeiro incauto que abrisse a braguilha. O próprio Mevlut já havia sido abordado por esses pervertidos — "Filho, quantos anos você tem?", "Ainda é um menino, não é?" —, mas ele se fingia de surdo. Pelo preço de um único ingresso, podia ficar o dia inteiro no Cine Elyazar, assistindo aos mesmos dois filmes repetidamente, e às vezes achava difícil ir embora.

FERHAT. Na primavera, quando reabriam os parques de diversão e os cafés ao ar livre, e se enchiam de gente as casas de chá, os parquinhos infantis, as pontes e as calçadas do Bósforo, Mevlut começou a me acompanhar para vender a raspadinha da sorte nos fins de semana. Fizemos isso por alguns anos e ganhamos um bocado de dinheiro. Íamos juntos a Mahmutpaşa para comprar a caixa já preparada, e no caminho de volta, quando descíamos a colina, já estávamos vendendo para meninos que faziam compras acompanhados dos pais; íamos ao Bazar de Especiarias, à praça Eminönü, e quando chegávamos à ponte que levava a Karaköy, descobríamos, com alegre surpresa, que metade dos círculos coloridos já haviam sido raspados por aqueles que tentavam a sorte.

Mevlut era capaz de localizar fregueses antes mesmo que eles se levantassem de suas cadeiras na casa de chá, e se aproximava de todo mundo, jovens ou velhos, com sua lábia e otimismo cativantes. "Você sabe por que deve tentar a sorte? Porque suas meias e o pente que damos de prêmio são da mesma cor", ele dizia a algum tolinho que nem ao menos sabia a cor das próprias meias. "Veja, está escrito ESPELHO sob o vigésimo sétimo círculo na caixa de Ferhat, mas meu vigésimo sétimo círculo ainda não foi raspado...", ele dizia a um menino esperto de óculos que conhecia o jogo mas hesitava em apostar. Em certos dias de primavera, fazíamos tantos negócios nos embarcadouros, nas balsas e nos parques que já não tínhamos círculos para serem raspados e voltávamos para Kültepe. Íamos para a ponte do Bósforo, inaugurada em 1973 e então aberta aos pedestres (mais tarde foi fechada, dado o grande número de suicídios), e ganhávamos um bom dinheiro em três tardes de sol, mas então veio a ordem "Proibida a entrada de vendedores" e não pudemos voltar lá. "Isso não é um jogo inocente, isso é jogatina!", diziam velhos barbudos nos expulsando do pátio das mesquitas; os mesmos cinemas que se comprazíam em nos deixar ver filmes de sexo agora nos diziam "Vocês são jovens demais para entrar aqui", e muitas vezes éramos expulsos de bares e de clubes noturnos com o velho refrão "Proibida a entrada de vendedores".

Quando foram entregues os boletins, na primeira semana de junho, Mevlut constatou que fora inapelavelmente reprovado no primeiro ano do colegial. Num dos campos do boletim, sob a rubrica "Avaliação", havia um comentário manuscrito em que se lia: "Este ano ele está reprovado". Mevlut leu essa sentença dez vezes. Ele matara muitíssimas aulas, perdera diversas provas, e não se deu ao trabalho de procurar contar com a complacência dos professores que poderiam apiedar-se dele por ser um pobre vendedor de iogurte. Tendo sido reprovado em três matérias, não fazia sentido estudar durante o verão. Ferhat não fora reprovado em nenhuma matéria, e Mevlut ficou contrariado ao saber disso, mas ele tinha tantos planos para o verão que nem isso o perturbou muito.

"Você começou a fumar também, não foi?", disse-lhe o pai naquela noite quando soube das notas.

"Não, pai, eu não fumo", disse Mevlut, com um maço de Bafras no bolso.

"Você fuma feito uma chaminé, fica se masturbando o dia inteiro como um soldado libidinoso e, ainda por cima, mente para seu pai."

"Não estou mentindo."

"Vá pro inferno!", disse o pai, e tascou-lhe uma bofetada. Depois saiu e bateu a porta. Mevlut se jogou na cama.

Durante muito tempo, não conseguiu se levantar. Mas também não chorou. O que lhe doía mesmo não era ter sido reprovado nem ter sido esbofeteado pelo pai... O que realmente lhe doeu foi a forma indiferente como o pai mencionou seu grande segredo, seu hábito de se masturbar, além de chamá-lo de mentiroso. Ele não fazia ideia de que alguém soubesse o que andava fazendo. Aquela dor pungente lhe provocou tal explosão de raiva que resolveu não ir passar o verão na aldeia. Decidiria sozinho o que fazer da vida. Um dia iria realizar grandes coisas.

Quando o pai estava se preparando para ir à aldeia no começo de julho, Mevlut lhe explicou mais uma vez que não queria perder seus fregueses de Pangaltı e Feriköy. Ele ainda dava dinheiro ao pai, mas as coisas tinham mudado. Antes, Mustafa Efêndi costumava dizer que eles estavam economizando dinheiro para a casa que iam construir na aldeia, e Mevlut lhe prestava contas de onde e quanto dinheiro ganhara em determinado dia. Agora Mevlut não se importava — simplesmente entregava ao pai algum dinheiro de quando em quando, como se estivesse pagando uma espécie de imposto. E o pai já não mencionava a casa que iriam construir na aldeia. Mevlut entendeu que ele havia se resignado ao fato de que o filho nunca voltaria para a aldeia e viveria o resto de seus dias em Istambul, como seus primos Korkut e Süleyman. Nas ocasiões em que se sentia absolutamente só no mundo, Mevlut se perguntava, inconformado, por que o pai não dera um jeito de ficar rico na cidade nem desistira de um dia voltar para a aldeia. Perguntava-se se o pai percebia aqueles seus sentimentos.

O verão de 1973 foi um dos mais felizes da vida de Mevlut. Ele ganhou um bom dinheiro com Ferhat, vendendo a raspadinha da sorte nas ruas da cidade à tarde e à noite. Reservava um tanto do dinheiro para comprar notas de vinte marcos alemães de um joalheiro de Harbiye (conhecido de Ferhat) e as guardava sob o colchão. Foi então que Mevlut começou a esconder do pai uma parte de seus ganhos. Na maioria das manhãs, ele se deixava ficar em Kültepe e raramente saía de casa, já que não tinha de ir à escola, e muitas vezes se masturbava, embora jurasse que aquela seria a última vez. Aquilo lhe provocava culpa, mas não se sentia um desajustado, como ocorreria anos depois, visto que por enquanto não tinha namorada nem uma mulher com quem partilhar a cama. Não se poderia censurar um aluno do colegial de dezesseis anos por não ter uma namorada. Além disso, mesmo que o fossem casar naquela época, Mevlut não sabia ao certo o que deveria fazer com uma garota.

* * *

SÜLEYMAN. Num dia muito quente no começo de julho, pensei em dar um pulinho na casa de Mevlut. Bati na porta algumas vezes, ninguém respondeu. Teria saído para vender iogurte às dez da manhã? Fiquei rondando a casa, tamborilando nas janelas. Peguei uma pedra e bati de leve na vidraça. O quintal era uma poeira só, a casa era uma ruína.

Corri para a porta quando ela se abriu. "O que houve? Onde você estava?"

"Eu peguei no sono!", disse Mevlut. Mas ele parecia exausto, como se não tivesse pregado o olho.

Supondo por um instante que ele estivesse com alguém, senti uma estranha inveja. Entrei naquele cômodo minúsculo e abafado que fedia a suor. A mesma mesa, a única cama, as mesmas peças de mobília em petição de miséria...

"Mevlut, meu pai disse que a gente deve ir à loja dele. Tem um trabalho lá. Ele disse: 'Venha e traga Mevlut'."

"Qual é o trabalho?"

"Nada de que não possamos dar conta, com certeza. Vamos lá."

Mas Mevlut não se mexeu. Talvez tivesse ficado mais reservado depois de ter levado bomba na escola. Quando percebi que ele não viria, perdi a paciência. "Você devia parar de bater punheta o tempo todo, senão vai ficar cego e perder a memória, sabia?", eu disse.

Ele deu meia-volta, entrou na casa, bateu a porta e depois disso ficou um bom tempo sem nos visitar em Duttepe. Finalmente fui procurá-lo, por insistência da minha mãe. Os panacas que sentam no fundão na Escola Secundária Masculina Atatürk de Duttepe gostam de zombar dos meninos menores: "Bonitas essas suas olheiras, essas mãos trêmulas e... nossa!, quanta espinha! Você passou a noite batendo punheta de novo, seu pervertido?", eles diziam, dando-lhes de quebra um ou dois bofetões. Sei que alguns dos trabalhadores e capangas que Hadji Hamit Vural hospeda perto de nós na *gecekondu* para solteiros ficaram tão viciados que acabaram tendo de abandonar seus empregos; eles perderam a força por completo e foram mandados de volta à aldeia. Eu me pergunto se Mevlut sabe, se ele entende que isso é uma questão de vida ou morte. Será que seu amigo Ferhat não lhe disse que nem os alevitas podem se masturbar? Os sunitas malequitas não podem fazer isso em hipótese nenhuma. Pelo menos os sunitas hanafitas como nós podem se masturbar em alguns casos, mas só para evitar um pecado mais grave, como o adultério. O islã é uma religião baseada na tolerância e na lógica, não na punição. Permite até comer carne de porco quando se está morrendo de fome. Recrimina a masturbação quando praticada só por prazer, mas o espertinho do Mevlut retrucaria: "Existe algum modo que não implique prazer, Süleyman?" — e voltaria a seus hábitos pecaminosos. Será que uma pessoa como Mevlut, tão difícil de se enquadrar, algum dia vai se dar bem em Istambul?

8. A altura da mesquita de Duttepe
É verdade que mora gente lá?

Mevlut ficava mais à vontade com Ferhat, vendendo raspadinha da sorte nas ruas, do que quando conversava com Süleyman na casa dos Aktaş. Com Ferhat ele podia discutir qualquer coisa que lhe passasse pela cabeça: Ferhat soltava uma resposta esperta e engraçada e os dois davam boas risadas. Quando, nas noites de verão, sentia medo de ficar sozinho, ele visitava a família Aktaş, mas Süleyman e Korkut zombavam de tudo que Mevlut dizia e usavam suas palavras contra ele, por isso ele procurava falar o mínimo possível. "Parem de encher meu querido Mevlut, seus pestes, deixem o garoto em paz", dizia a tia Safiye. Mevlut sempre se lembrava de que para sobreviver na cidade teria de se dar bem com seu tio Hasan e também com Süleyman e Korkut. Depois de quatro anos em Istambul, seu sonho era montar um negócio próprio para não depender de ninguém, parentes ou qualquer outra pessoa. Ele faria isso em parceria com Ferhat. "Se não fosse você, eu nunca pensaria em vir aqui", disse-lhe Ferhat certo dia, quando estavam contando a féria da jornada. Eles haviam tomado um trem (evitando o trocador para não pagar a passagem) de Sirkeci para o Hipódromo de Veliefendi, onde, entre aquelas pessoas que haviam apostado nos cavalos, eles venderam a raspadinha inteira em apenas duas horas. A partir daí passaram a ir a estádios de futebol para as cerimônias de abertura que os clubes organizavam no começo da temporada, aos torneios de esportes de verão e às partidas de basquete no Salão de Exposições e de Esportes. Sempre que ganhavam dinheiro com uma ideia nova, seus pensamentos se voltavam imediatamente para o negócio que um dia montariam. O maior sonho deles era abrir um restaurante em Beyoğlu ou, no mínimo, um café. Toda vez que Mevlut aparecia com um novo esquema para ganhar dinheiro, Ferhat dizia: "Você tem um verdadeiro instinto capitalista!", e Mevlut sentia orgulho de si mesmo, embora soubesse que aquilo não tinha sido propriamente um elogio.

O verão de 1973 assistiu à inauguração de um segundo cinema ao ar livre em Duttepe, o Derya — os filmes eram projetados na parede lateral de uma velha *gecekondu* de dois andares. Logo que ele começou a funcionar, Mevlut passou a frequentá-lo. Comprava seu ingresso e, raspadinha em punho, ganhava um bom dinheiro enquanto via a atriz Türkân Şoray na telona. Vez por outra topava com Süleyman ou Ferhat, ambos procurando dar um jeito de entrar sem pagar. Mas em pouco tempo Mevlut perdeu o interesse por aquele local: todos no bairro o conheciam, ninguém se impressionava com suas tiradas sobre o destino e a sorte.

Em novembro, quando a mesquita de Duttepe, com seus tapetes produzidos industrialmente, abriu suas portas ao público, Mevlut deixou de perambular pela região, pois os velhos se puseram a acusá-lo de estimular a jogatina. Os velhos e aposentados tementes a Deus haviam abandonado suas salas de oração improvisadas e acorriam em massa à mesquita, cinco vezes por dia. As orações da sexta-feira eram realizadas para uma multidão devota e entusiasta digna do Juízo Final.

A inauguração formal da mesquita deu-se em 1974, na manhã da Festa do Sacrifício. Tendo tomado banho na noite anterior, arrumado suas roupas limpas e estirado a ferro a camisa branca da escola, Mevlut acordou cedo junto com o pai. A mesquita e as altas galerias externas já estavam lotadas meia hora antes do horário previsto, com milhares de homens acorrendo das colinas circunvizinhas. Pai e filho tiveram dificuldade em avançar em meio à multidão, mas Mustafa Efêndi estava decidido a assistir àquele momento histórico de um banco da primeira fila. Conseguiram abrir caminho às cotoveladas, dizendo: "Desculpe, irmão, temos de dar um recado".

MUSTAFA EFÊNDI. Estávamos orando na frente e Hadji Hamit Vural, o homem que construiu a mesquita, estava duas fileiras mais adiante de nós.

Esse homem e os lacaios que sempre traz consigo agem como se fossem donos do bairro, mas naquela manhã agradeci a Deus por ele e pensei comigo mesmo: "Deus o abençoe". O murmúrio da multidão, seus sussurros jubilosos, tudo isso me encheu de alegria. Partilhando uns com os outros o fervor enquanto orávamos juntos, percebendo a presença daquela silenciosa mas séria legião de crentes que emergiram da escuridão para vir aqui, me senti uma pessoa tão boa como se tivesse lido o Alcorão ao longo de semanas. "Deus é graande", eu disse reverentemente, e repeti "Deeeeus é grande", em outro tom. "Meu Deus", disse o imã em seu comovente sermão, "por favor, cuide desta nação, desta comunidade e de todos aqueles que trabalham dia e noite, quer chova ou faça sol." Ele disse: "Meu Deus, por favor, olhe por aqueles que vieram das aldeias distantes da nossa querida Anatólia e trabalham como vendedores ambulantes para ganhar o pão de cada dia", e também: "Ajude-os a vencer na vida e perdoe os seus pecados". Com os olhos marejados eu ouvia o pregador, que continuava — "Meu Deus, agracie nosso governo com autoridade, nosso Exército com força, nossos policiais com paciência" —, e eu disse "Amém!" junto com os demais. Depois do sermão, enquanto todos os homens desejavam uns aos outros bom feriado, joguei dez liras na caixa de coleta. Tomei Mevlut pelo braço e o levei até Hadji Hamit Vural, para que meu filho beijasse sua mão. Seu tio Hasan, Süleyman e Korkut já estavam na fila esperando para fazer o mesmo. Mevlut primeiro cumprimentou os primos e depois prestou seus respeitos ao tio Hasan, que lhe deu cinquenta liras. Havia toda uma legião de homens de Hadji Hamit Vural por ali e tantas pessoas para vê-lo que transcorreu meia hora antes que chegasse a nossa vez. Minha cunhada Safiye Yenge teve de esperar por nós para o almoço, para o qual preparara massas recheadas. No final das contas foi uma bela refeição de feriado. Mas não consegui deixar de dizer pelo menos uma vez: "Não sou o único que tem direito a esta casa, Mevlut também tem". Hasan fingiu não escutar. Àquela altura os meninos já tinham terminado de comer e correram para o quintal, evitando presenciar a altercação sobre a propriedade que seu pai e seu tio sempre armavam, mas conseguimos passar pelo menos aquele feriado sem nenhuma discussão.

HADJI HAMIT VURAL. Afinal, todos ficaram felizes com a mesquita. Todas as almas desgraçadas e perdidas de Duttepe e Kültepe fizeram fila naquele dia santo para beijar minha mão (embora os alevitas também pudessem ter vindo). Dei a cada um deles uma nota de cem liras novinha em folha, puxada dos maços que retiramos do banco só para a Festa do Sacrifício. Com lágrimas nos olhos, agradeci a Deus Todo-Poderoso por me abençoar com um dia como esse. Na década de 1930, meu finado pai costumava percorrer no lombo de um burro as montanhas perto da cidade de Rize, visitando as aldeias e vendendo todo tipo de bugiganga que ele comprava na cidade. Eu estava prestes a tomar o seu lugar quando a Segunda Guerra Mundial estourou e fui convocado para o Exército. Fomos para Dardanelos. Não lutamos na guerra, mas durante quatro anos vigiamos o estreito e os destacamentos militares avançados. Meu comandante de intendência, um homem de Samsun, me disse: "Hamit, seria um desperdício você voltar para sua aldeia, você é brilhante. Venha para Istambul que eu lhe arrumo um emprego". Que descanse em paz. Foi graças a ele que depois da guerra entrei como aprendiz de merceeiro em Feriköy, quando esse tipo de aprendizado ainda não existia nem se ouvia falar de entregas em domicílio. Um padeiro me contratou para vender seus pães e eu saía por aí no lombo de um burro com um cesto cheio deles. Então percebi que podia fazer aquilo por conta própria e abri um negócio em Kasımpaşa, perto da Escola Primária Piyale Paşa; depois construí em terrenos baldios e vendi as casas com lucro. Abri uma pequena padaria em Kağıthane. Naquela época havia muito trabalho na cidade, mas pouca mão de obra qualificada. A verdade é que não se pode confiar em alguém que não veio da sua aldeia.

Trouxe homens da nossa aldeia, a começar pelos parentes. Naquele tempo havia uns casebres em Duttepe, e neles alojei aqueles jovens — todos eles muito bem-comportados e respeitosos —, e logo ocupamos mais terrenos baldios e os negócios floresceram, graças a Deus. Mas como todos aqueles homens solteiros iriam se lembrar de fazer suas orações diárias e dar graças a Deus para se sentir em paz e trabalhar com apreço? Na minha primeira peregrinação a Meca, orei a Deus e ao nosso Abençoado Profeta e queimei as pestanas para achar uma solução. Concluí que eu mesmo devia resolver o problema e passei a reservar algum dinheiro da padaria e dos projetos de construção para comprar aço e cimento. Fomos até o prefeito e requisitamos um terreno, procuramos nossos vizinhos abastados e pedimos doações. Alguns foram generosos, Deus abençoe suas almas, mas outros disseram: "O quê? Em Duttepe? É verdade que mora gente lá?". E então prometi a mim mesmo construir no topo de Duttepe uma mesquita tão alta a ponto de ser visível da residência do prefeito em Nişantaşı e de qualquer bloco de apartamentos de Taksim, para que eles pudessem ver quanta gente de fato mora nas colinas de Duttepe, Kültepe, Gültepe e Harmantepe.

Uma vez enterradas e parcialmente cobertas as fundações, eu me punha na porta todas as sextas-feiras à hora das orações, coletando doações. Os pobres diziam: "Deixem que os ricos paguem!". Os ricos diziam: "Ele compra o cimento da própria loja", e não davam nada. Então tirei tudo do meu bolso. Sempre que tínhamos dois ou três pedreiros ociosos em um dos nossos canteiros de obras, ou alguma sobra de aço, eu os mandava para a mesquita. Os maldosos diziam: "Hadji Hamit, seu domo é grande demais e ambicioso demais; quando os suportes de madeira forem retirados, Deus vai fazer cair tudo na sua cabeça, e aí você vai perceber como você foi orgulhoso". Eu me postei bem debaixo do domo quando tiraram os suportes. Ele não caiu. Dei graças a Deus. Subi no alto do domo e chorei. Minha cabeça girava. Eu parecia uma formiga em cima de uma bola gigantesca: a princípio, a única coisa que você pode ver do alto do domo é um círculo à sua volta, mas então você descobre todo um universo a seus pés. De lá de cima, quando você não consegue ver onde o domo acaba, a linha entre a morte e o universo se dissolve, e isso assusta. Mesmo assim, havia pessoas do contra que desciam à cidade e voltavam dizendo: "Não conseguimos ver seu domo, cadê?". Então concentrei toda a minha energia nos minaretes. Passaram-se três anos, e eles diziam: "Você se acha uma espécie de sultão para construir dois minaretes com três sacadas?". Toda vez que eu subia a escada estreita com o mestre de obras, nós íamos um pouco mais alto, e lá no topo eu ficava tonto, com a vista embaçada. Eles me diziam: "Duttepe é uma aldeia; onde já se viu uma mesquita de aldeia com dois minaretes com três sacadas cada um?".

Então eu disse: se Duttepe é uma aldeia, então que a mesquita de Duttepe de Hadji Hamit Vural seja a maior mesquita de aldeia da Turquia. Eles ficaram sem saber o que dizer. Passou-se mais um ano, e hoje todos vêm bater à minha porta, comer do meu sal e dizer que a mesquita ficou muito boa, e o tempo todo pedem votos nas eleições: "Duttepe não é uma aldeia, Duttepe é parte de Istambul; agora promovemos vocês a município, portanto é melhor que votem em nós", eles dizem. "Hadji Hamit, diga a seus homens que votem em nós." Sim, é verdade que eles são meus homens. Mas é por isso que eles nunca vão confiar em vocês, eles vão votar em quem eu disser que é para votar...

9. Neriman
O que faz uma cidade ser uma cidade

    Certa manhã bem cedo, em março de 1974, Mevlut tinha acabado de guardar seus apetrechos de vender iogurte num armário sob a escadaria de um amigo e estava indo de Pangaltı para Şişli quando viu, na frente do Cine Site, uma mulher atraente que lhe parecia vagamente familiar e, sem se dar conta, começou a segui-la. Mevlut sabia que algumas pessoas — seus colegas de escola e outros rapazes de Duttepe de sua idade, por exemplo — adoravam seguir mulheres na rua. Ele nunca levou muito a sério essas histórias de seguir mulheres, julgava-as grosseiras e as censurava, e também lhe pareciam totalmente improváveis ("Aquela biscate ficava zanzando por ali como se quisesse que eu a seguisse"). Naquele dia, porém, se deu conta de seu desejo enquanto seguia a mulher. Estava gostando muito daquilo e temia se afeiçoar à prática.

    Ela se dirigiu a um bloco de apartamentos numa das transversais de Osmanbey. Mevlut lembrou-se de ter feito entregas de iogurte naquele edifício, e talvez por isso já vira aquele rosto, mas não que tivesse fregueses regulares por ali. Não procurou descobrir em que andar ou em que apartamento a mulher morava. Ainda assim, sempre que surgia uma oportunidade, ele passava pelo local onde a vira pela primeira vez. Viu-a de novo, de longe, por volta do meio-dia, numa ocasião em que sua carga era relativamente leve, e resolveu segui-la até Elmadağ, onde ela entrou numa agência da British Airways.

Era lá que ela trabalhava. Mevlut resolveu chamá-la secretamente de Neriman, em homenagem à protagonista de um filme de TV: Neriman foi uma mulher corajosa e honesta que sacrificou a vida para defender a honra e a castidade.

Era evidente que Neriman não era inglesa. Sua função era conseguir clientes para a companhia aérea inglesa na Turquia. Às vezes podia ser vista a uma mesa do térreo, vendendo passagens para as pessoas que entravam. Mevlut apreciava que ela levasse o trabalho a sério. Mas às vezes ela não aparecia. Quando Mevlut não a via na agência, ficava triste mas não a esperava. Às vezes achava que se tratava de um pecado especial, um segredo que partilhava com Neriman. Ele já notara que o sentimento de culpa só fortalecia sua atração por ela.

Neriman era muito alta. Mevlut conseguia distinguir sua cabeleira castanha mesmo quando ela ainda não era mais do que um minúsculo borrão na multidão distante. Ela não andava muito depressa, mas era vivaz e determinada como uma colegial. Mevlut calculava que ela seria dez anos mais velha que ele. Mesmo quando ela andava à sua frente, Mevlut conseguia imaginar o que ia por sua mente. Agora ela ia dobrar à direita, pensava consigo mesmo, e era isso que Neriman fazia, entrando numa transversal para ir para sua casa, em Osmanbey. Mevlut sentia-se estranhamente poderoso por saber onde ela morava, onde trabalhava, que comprara um isqueiro numa loja de esquina (o que significava que era fumante), que ela não usava aqueles sapatos pretos todos os dias e que andava mais devagar toda vez que passava pelo Cine Ace para olhar os cartazes e as fotografias dos filmes.

Três meses depois de seu primeiro encontro, Mevlut começou a querer que Neriman descobrisse que ele a seguia e sabia um monte de coisas sobre ela. Durante esses três meses, Mevlut seguira Neriman pelas ruas apenas sete vezes. Não era muito, mas certamente ela não iria gostar disso; talvez chegasse a pensar que ele era uma espécie de pervertido. Mevlut até admitia que essa reação não seria de todo injustificada. Se alguém da aldeia seguisse suas irmãs como ele seguia Neriman, Mevlut iria querer surrar o canalha.

Mas Istambul não era uma aldeia. Na cidade, o sujeito que seguia uma mulher desconhecida poderia ser alguém como Mevlut, que tinha pensamentos importantes na cabeça e estava destinado a um futuro brilhante. Numa cidade, você pode estar sozinho numa multidão, e o que faz uma cidade ser uma cidade é permitir que você esconda sua sensação estranha em meio ao formigueiro humano.

Enquanto Neriman andava em meio à multidão, havia dois motivos para que Mevlut desejasse diminuir a marcha e deixar que a distância entre eles aumentasse:

1. Ser capaz de distinguir a mancha castanha que era Neriman na multidão e sempre conseguir prever seus movimentos, independentemente de quão longe ela se encontrasse, dava a Mevlut a impressão de que eles tinham uma intimidade espiritual muito particular;
2. Todos os edifícios, lojas, vitrines, pessoas, cartazes de propaganda e pôsteres de cinema que ficavam entre eles pareciam partes da vida que ele dividia com Neriman. Quando o número de passos entre eles aumentava, era como se eles também tivessem mais lembranças para partilhar.

Em sua cabeça, Mevlut a imaginava sendo assediada na rua, deixando cair o lenço ou correndo o risco de ter sua bolsa azul-escura roubada por um ladrão. Ele correria para lá imediatamente para salvá-la ou pelo menos entregar-lhe o lenço que deixara cair. Todos os transeuntes comentariam que ele era um jovem muito cortês, e Neriman lhe agradeceria e notaria seu interesse por ela.

Certa vez um jovem que vendia cigarro americano na rua (a maioria desses jovens era de Adana) foi longe demais tentando chamar a atenção de Neriman. Ela se voltou e disse alguma coisa. (Mevlut imaginou que deve ter sido "Deixe-me em paz!".) Mas o abelhudo não desistia. Mevlut acelerou o passo. De repente Neriman se voltou, deu dinheiro ao jovem, pegou rapidamente um maço de Marlboro vermelho e o pôs no bolso.

Mevlut pensou que ele poderia dizer algo do tipo "Da próxima vez, tenha mais cuidado" quando passasse pelo jovem, agindo como se fosse o protetor de Neriman. Mas não valia a pena meter-se com grosseirões daquela espécie. De todo modo, ele não gostou muito de ver Neriman comprando cigarros contrabandeados.

No começo do verão, quando por fim concluiu o primeiro ano do colegial, Mevlut estava seguindo Neriman e assistiu a um incidente que pesaria em sua mente durante meses. Dois homens na calçada em Osmanbey a chamaram. Neriman seguiu caminho, fingindo não os ter ouvido, e eles se puseram a segui-la. Mevlut já estava prestes a alcançá-los quando... Neriman se voltou, olhou para os homens e começou a conversar com eles animadamente, agitando os braços como se contente por reencontrar amigos com quem havia muito não conversava. Quando os dois homens se afastaram de Neriman e se aproximaram de Mevlut, falando e rindo, ele tentou ouvir o que diziam, mas não conseguiu ouvi-los dizer nada de ruim de Neriman. Ele só entendeu alguma coisa como "É mais difícil no segundo turno", mas ele não sabia ao certo se eles se referiam a Neriman. Quem eram aqueles dois homens? Ao passar por eles, Mevlut sentiu um impulso de dizer-lhes: "Cavalheiros, conheço aquela dama melhor que vocês".

Às vezes se chateava com Neriman por ter ficado muito tempo sem cruzar com ela, e começava a procurar outra Neriman entre as mulheres que via na rua. Descobriu algumas candidatas aqui e ali quando andava sem a vara de vendedor de iogurte ao ombro e as seguia até suas casas. Certa vez pegou um ônibus no ponto de Ömer Hayyam e foi até Laleli, do outro lado do Chifre de Ouro. Ele gostava que essas outras mulheres o levassem para bairros diferentes, gostava de descobrir coisas sobre suas vidas e sonhar com elas, mas nunca se sentia ligado a nenhuma delas. Suas fantasias não difeririam muito das de seus colegas e de outros desocupados que saíam por aí seguindo mulheres. Mevlut nunca se masturbara pensando em Neriman. O afeto e respeito que tinha por ela eram baseados na pureza dos sentimentos que nutria por aquela mulher.

Naquele ano ele foi pouco à escola. A menos que fossem perversos o bastante para fazer inimizade com os estudantes, os professores não queriam reprovar um aluno duas vezes na mesma série, porque isso acarretaria a expulsão dele. Confiando nesse princípio, Mevlut deu um jeito para que seu nome não aparecesse nas chamadas e começou a ignorar a escola totalmente. Passou de ano e resolveu vender a raspadinha da sorte com Ferhat durante o verão. Ficou ainda mais contente quando o pai foi para a aldeia, deixando a casa só para ele. Enquanto isso, ganhava um bom dinheiro.

Certa manhã Süleyman bateu à porta, e dessa vez Mevlut atendeu imediatamente. "Estamos em guerra", disse-lhe o primo. "Estamos conquistando o Chipre." Mevlut acompanhou-o até a casa de seu tio, em Duttepe. Todos estavam em volta da TV assistindo às marchas militares, e toda vez que a TV mostrava um tanque ou um avião, Korkut se apressava em dizer de que modelo era, C-160 ou M-47. Então eles mostravam e tornavam a mostrar a mesma fotografia do primeiro-ministro Ecevit dizendo: "Que Deus abençoe essa campanha, para o bem da nossa nação, de todos os cipriotas e da humanidade". Korkut costumava dizer que Ecevit era comunista, mas agora tudo se desculpava. Sempre que a tela mostrava o presidente Makarios, do Chipre, ou um dos generais gregos, eles os xingavam e caíam na gargalhada. Eles foram até o ponto de ônibus de Duttepe e entraram em alguns cafés. Por toda parte as pessoas pareciam alegres e excitadas, olhando as mesmas imagens de aviões de guerra, tanques e bandeiras, Atatürk e generais do Exército. A intervalos regulares, a TV veiculava anúncios exortando aqueles que se esquivaram do serviço militar a apresentar-se no serviço de recrutamento imediatamente, e Korkut sempre dizia: "De todo modo eu pretendia ir".

O país já estava, como sempre, sob lei marcial, mas agora havia também normas de blecaute para Istambul. Tio Hasan estava preocupado com as patrulhas do blecaute e com possíveis multas, por isso Mevlut e Süleyman o ajudaram a camuflar as luzes de sua loja. Cortaram alguns papéis azul-escuros grossos e baratos em pedaços mais ou menos do tamanho de um copo de água, deram-lhes a forma de pequenos chapéus e com eles envolveram as lâmpadas nuas. Dá para ver de fora? Feche a cortina, os aviões gregos talvez não consigam ver as luzes, mas as patrulhas sim, diziam eles rindo. Naquela noite, Mevlut sentiu-se como um verdadeiro turco da Ásia Central, como aqueles dos livros de história.

Mas logo que voltou para Kültepe seu estado de ânimo mudou. A Grécia é muito menor que a Turquia, eles nunca iriam nos atacar, e mesmo que o fizessem não iriam bombardear Kültepe, concluiu, quando se pôs a refletir sobre seu lugar no universo. Ele não acendeu nenhuma lâmpada em casa. Exatamente como na época em que mudara para Istambul, ele não podia enxergar as massas que viviam do outro lado das colinas, mas sentia sua presença na escuridão. As mesmas colinas que estavam meio vazias cinco anos atrás agora estavam cobertas de casas, e mesmo nas colinas desertas, um pouco mais além, viam-se postes e minaretes de mesquitas. Todos aqueles lugares e toda Istambul estavam agora às escuras, e Mevlut via as estrelas no céu de verão. Ele se deitou no chão e as contemplou longamente, pensando em

Neriman. Será que ela também havia apagado as luzes de sua casa? Mevlut sentiu que seus pés o conduziriam às ruas de Neriman novamente, com mais frequência.

10. As consequências de colar cartazes comunistas em mesquitas
Deus salve os turcos

Mevlut sentia que as tensões entre Duttepe e Kültepe estavam no limite e percebia as infindáveis disputas que desembocavam em rixas sangrentas; não previu, porém, a guerra feroz que iria estourar entre as duas colinas, guerra de cinema. Afinal de contas, à primeira vista não havia muita coisa que opusesse as duas colinas, nada que pudesse levar a uma hostilidade tão profunda e a uma batalha tão sangrenta:

- Em ambas as colinas as primeiras *gecekondu* tinham sido construídas em meados da década de 1950, com tijolos ocos, barro e lata. Essas casas foram ocupadas por migrantes das aldeias pobres da Anatólia.
- Metade da população masculina de ambas as colinas dormia com os mesmos pijamas com listras azuis (embora com ligeiras variações na largura das listras), ao passo que a outra metade não usava pijama nenhum e dormia de camisa, suéter ou de pulôver e, por baixo, uma velha camiseta de malha, com ou sem mangas, dependendo da estação.
- Noventa e sete por cento das mulheres de ambas as colinas cobriam a cabeça ao sair às ruas, da mesma forma que suas mães o faziam. Todas tinham nascido na aldeia, mas agora que estavam na cidade

descobriram que a "rua" ali era uma coisa totalmente diferente, por isso, mesmo no verão, usavam um casaco folgado de um azul-escuro ou marrom desbotado sempre que saíam de casa.
- A maioria das pessoas de ambas as colinas considerava sua casa não como lar definitivo, mas um refúgio onde descansar a mente cansada até que enriquecessem e voltassem para a aldeia, ou um local onde permanecer enquanto esperavam a chance de mudar para um apartamento na cidade.
- Com espantosa uniformidade, todas as pessoas de Kültepe e Duttepe viam as mesmas imagens em seus sonhos a intervalos regulares:

MENINOS: a professora do curso primário
MENINAS: Atatürk
HOMENS: o Sagrado Profeta Maomé
MULHERES: um alto e anônimo astro de filmes de faroeste
VELHOS: um anjo tomando leite
VELHAS: um jovem carteiro trazendo boas notícias

- Posteriormente, elas iriam se comprazer com a ideia de que lhes confiaram uma importante mensagem, passando a se considerar indivíduos extraordinários, embora quase nunca partilhassem o conteúdo desses sonhos com alguém.
- Tanto para Kültepe como para Duttepe (com poucos dias de diferença), a eletricidade veio em 1966, a água encanada em 1970 e as estradas asfaltadas em 1973, por isso nenhuma das duas tinha motivo para se queixar de que a outra havia sido favorecida.
- Em meados da década de 1970, metade das casas de Kültepe e Duttepe tinha televisores em preto e branco com imagens granuladas (equipes de pais e filhos estavam sempre trabalhando em suas antenas improvisadas para melhorá-las), e durante as transmissões importantes, como jogos de futebol, concurso de canções da Eurovision e filmes turcos, as famílias sem TV iam à casa dos vizinhos, e em ambas as colinas cabia às mulheres servir chá aos telespectadores reunidos.
- Ambas as colinas compravam pães na padaria de Hadji Hamit Vural.
- Os cinco alimentos mais consumidos em ambas as colinas eram, por

ordem de preferência: 1) pão abaixo do peso regulamentar; 2) tomates (no verão e no outono); 3) batatas; 4) cebolas; e 5) laranjas.

Não obstante, havia quem dissesse que esses dados eram tão enganosos quanto o pão abaixo do peso de Hadji Hamit, porque o futuro de uma sociedade não era determinado pelos traços comuns de seus membros, mas se baseava totalmente em suas diferenças. Algumas diferenças fundamentais entre Duttepe e Kültepe surgiram ao longo de vinte anos:

- O alto de Duttepe agora era dominado pela mesquita de Hadji Hamit Vural. Nos dias quentes de verão, quando a luz filtrava por suas belas janelas altas, o interior da mesquita ficava agradável e fresco, e as pessoas davam graças a Deus por Ele ter criado um lugar como aquele e reprimiam todos os impulsos de rebeldia. Quanto à Kültepe, ainda era encimada pela gigantesca e enferrujada torre de transmissão, com sua tabuleta em que se via uma caveira, que Mevlut avistara já em seu primeiro dia em Istambul.
- Noventa e nove por cento das pessoas de Duttepe e Kültepe, em teoria, festejavam o mês do Ramadã. Na prática, porém, esse número não era mais do que setenta por cento, porque Kültepe era território de grande número de alevitas que tinham chegado na década de 1960 de Bingöl, Dersim, Sivas, Erzincan e cercanias. Os alevitas de Kültepe não frequentavam a mesquita de Duttepe.
- Havia muito mais curdos em Kültepe do que em Duttepe, mas mesmo os próprios curdos não gostavam de ver esse termo sendo usado a torto e a direito. Assim sendo, a consciência de sua presença permaneceu, àquela altura, estritamente dentro dos limites dos pensamentos privados, jazendo num canto de suas mentes como uma língua secreta falada apenas em casa.
- Uma das mesas dos fundos do Café Mãe Pátria de Duttepe fora ocupada por jovens nacionalistas, os "Idealistas" que chamavam a si mesmos de Lobos Cinzentos, baseando-se num antigo mito turco. Entre seus ideais estava a libertação dos turcos da Ásia Central (de Samarcanda, Tashkent, Bukhara, Sin-Kiang) da dominação dos governos comunistas da Rússia e da China. Estavam prontos para fazer qualquer coisa, até matar, em nome dessa causa.

- Uma das mesas dos fundos do Café da Pátria de Kültepe fora ocupada por jovens que se diziam socialistas de esquerda. Eles pretendiam criar uma sociedade livre tomando a Rússia ou a China como modelo. Estavam prontos para fazer qualquer coisa, inclusive morrer, em nome dessa causa.

Depois de repetir duas vezes a segunda série do colegial e passar raspando, Mevlut abandonou a escola. Ele nem ia fazer as provas. Seu pai estava ciente da situação, e Mevlut nem se dava ao trabalho de dizer que tinha prova no dia seguinte e fingir que estudava.

Certa noite, ele sentiu vontade de fumar um cigarro. Deu-lhe na veneta ir à casa de Ferhat. Um jovem estava com ele no quintal, despejando alguma coisa num balde e mexendo. "Soda cáustica", explicou Ferhat. "Se acrescentar farinha de trigo nela, vira cola. Vamos colar alguns cartazes. Venha junto, se quiser." Ele se voltou para o outro jovem. "Ali, este é Mevlut. Mevlut é um cara legal, é um dos nossos."

Mevlut trocou um aperto de mão com Ali, que lhe ofereceu um cigarro; era um Bafra. Mevlut decidiu se juntar a eles. Pensou que aventurar-se naquela missão perigosa comprovava que ele era um jovem corajoso.

Devagar, seguiram pelas vielas, protegidos pela escuridão. Toda vez que se deparava com um local adequado, Ferhat parava, depositava o balde no chão e, com a brocha, espalhava uniformemente o líquido grudento e corrosivo na parede escolhida. Enquanto fazia isso, Ali desenrolava um dos cartazes que trazia debaixo do braço, pregava-o na superfície úmida num gesto rápido, que revelava muita prática. Enquanto Ali esticava o cartaz, Ferhat passava a brocha sobre ele com cuidado, sobretudo nos cantos.

Mevlut ficava de vigia. Todos prenderam a respiração no momento em que uma família que voltava da casa de um vizinho, onde assistira TV, quase esbarrou neles, a mãe e o pai rindo porque o filho tinha dito: "Não quero ir dormir ainda!".

O trabalho de colar cartazes não diferia muito do seu, de vender coisas nas ruas à noite. Primeiro você misturava em casa alguns líquidos e pós, como um feiticeiro, depois saía na escuridão. Mas, ao trabalhar como vendedor de rua, era necessário ser ouvido, fosse pelo grito, fosse pela sineta, ao passo que colar cartazes exigia o silêncio e a quietude próprios da noite.

Eles seguiram caminhos transversos para evitar os cafés, a rua do comércio e a padaria de Hadji Hamit, mais adiante. Quando chegaram a Duttepe, a voz de Ferhat se reduziu a um sussurro e Mevlut teve a sensação de que era um guerrilheiro entrando sorrateiramente em território inimigo. Agora era Ferhat quem vigiava enquanto Mevlut carregava o balde e passava cola nas paredes. Começou a chover, as ruas se esvaziaram e Mevlut sentiu um estranho cheiro de morte.

O som de disparos ao longe ecoou pelas colinas próximas. Os rapazes pararam onde estavam e se entreolharam. Pela primeira vez naquela noite, Mevlut leu os dizeres dos cartazes, prestando o máximo de atenção: OS ASSASSINOS DE HÜSEYIN ALKAN SERÃO LEVADOS À JUSTIÇA. Havia uma espécie de faixa decorativa embaixo, composta de imagens de foice e martelo e bandeiras vermelhas. Mevlut não sabia ao certo quem era Hüseyin Alkan, mas pressentia que devia ser um alevita como Ferhat e Ali, da mesma forma que sabia que os alevitas preferiam ser chamados de esquerdistas, e sentiu uma espécie de culpa mesclada com um sentimento de superioridade por não ser um deles.

Como a chuva engrossou, as ruas ficaram mais silenciosas e os cães pararam de latir. Eles se abrigaram sob a marquise de um edifício, e Ferhat explicou, sussurrando, que duas semanas atrás Hüseyin Alkan estava voltando do café quando foi morto a tiros pelos Lobos Cinzentos de Duttepe. Então os três caminharam até a rua onde morava seu tio Hasan. Mevlut olhou para a casa que visitara centenas de vezes desde que viera para Istambul e onde passou muitas horas alegres em companhia de Süleyman, Korkut e tia Safiye; vendo-a agora pelos olhos de um militante esquerdista raivoso, ele entendeu a posição do pai. O tio e os primos (toda a família Aktaş) construíram aquela casa junto com o pai de Mevlut e depois a tomaram dele sem o menor escrúpulo.

Não se via ninguém lá. Mevlut besuntou de cola o lugar mais visível dos fundos da casa e lá fixou dois cartazes. O cão no jardim reconheceu o cheiro de Mevlut, por isso só abanou a cauda. Eles colaram cartazes nas paredes de trás e dos lados da casa.

"Já basta, eles vão nos ver", murmurou Ferhat, assustado com a fúria de Mevlut. O impulso libertador do interdito subira à cabeça do amigo. A soda cáustica queimava-lhe a ponta dos dedos e as costas das mãos, ele se encharcava de chuva, mas nada disso o incomodava. Foram até o alto do morro, colando cartazes em todas as ruas desertas.

Na parede da mesquita de Hadji Hamit Vural que dava para a praça havia um aviso em letras grandes: NÃO COLEM CARTAZES. Mas a advertência estava coberta com anúncios de sabão em barra e de sabão em pó, cartazes de associações ultranacionalistas e dos Lobos Cinzentos em que se lia DEUS SALVE OS TURCOS, e outros que anunciavam aulas de Alcorão. Com gosto, Mevlut espalhou cola sobre tudo isso, e logo eles haviam recoberto toda a parede. Como não tinha ninguém por perto, eles também pregaram cartazes no lado de dentro dos muros do pátio da mesquita.

A certa altura ouviram um barulho. Era apenas uma porta batendo ao sopro do vento, mas a princípio pensaram se tratar de disparos e se puseram a correr. Mevlut sentia o líquido do balde transbordando e o molhando. Afastaram-se de Duttepe, mas, aturdidos pelo medo, continuaram trabalhando nas outras colinas até não sobrar mais nenhum cartaz. No fim da noite, as mãos de Mevlut queimavam, e em alguns pontos sangravam devido à soda cáustica.

SÜLEYMAN. Como meu irmão sempre diz: um alevita que se atreve a colar cartazes comunistas numa mesquita deve estar preparado para morrer. No fundo, os alevitas são uma gente inofensiva, tranquila e trabalhadora, mas alguns canalhas de Kültepe estão tentando semear a discórdia entre nós, com o apoio dos comunistas. Esses marxistas-leninistas primeiro miraram os homens solteiros que os Vural trouxeram de aldeias próximas à cidade natal deles, Rize, tentando recrutá-los para a causa do comunismo e dos sindicatos. É evidente que os solteiros de Rize não vieram a Istambul por uma loucura dessa, mas para ganhar a vida — não tencionam acabar em algum campo de trabalho na Sibéria ou na Manchúria. São uma gente sensível, repelem os avanços desses alevitas comunistas sem Deus. Nesse meio-tempo, a família Vural denunciou os alevitas comunistas à polícia. Foi por isso que todos aqueles policiais à paisana e agentes do governo vieram parar em nossos cafés, fumando cigarros (como todos os que trabalham para o governo, a marca deles é Yeni Harman) e vendo TV o dia inteiro. É óbvio que por trás de tudo isso está o trecho de terra de Duttepe que os heréticos curdos alevitas reclamaram anos atrás e que depois os membros da família Vural tomaram e lá começaram a construir casas. O velho terreno de Duttepe e a terra em Kültepe que agora está ocupada por casas, tudo isso pertence a eles — é o que eles dizem. Será? Se você não tem um título de propriedade, meu amigo, a palavra do intendente da região é lei. Por acaso, o *muhtar* — Rıza de Rize — está do nosso lado. De todo modo, se você acreditasse mesmo ter razão e se sua consciência estivesse limpa, você não iria se esgueirar pelas ruas no meio da noite espalhando propaganda comunista e divulgando o ateísmo nas paredes de uma mesquita, não é mesmo?

KORKUT. Quando vim da aldeia para encontrar meu pai, há vinte anos, Duttepe era praticamente deserta, e as outras colinas eram ainda mais desertas. Quem terminava se aproveitando de toda essa terra não eram apenas pessoas como nós, que não têm um teto sobre a cabeça e nenhum lugarzinho em Istambul para chamar de lar, mas sujeitos com bons empregos, moradores da cidade. A cada dia surgiam novas fábricas e oficinas, como a fábrica de medicamentos na estrada principal e a fábrica de lâmpadas, e todas elas precisavam de terrenos gratuitos e baldios onde alojar seus trabalhadores mal pagos; assim, toda vez que alguém aparecia e se apropriava de uma área pública, ninguém se opunha. Logo se espalhou a notícia de que aqui havia terra disponível, e muitos funcionários de escritórios e até donos de loja instalados no centro da cidade foram espertos o bastante para vir às nossas colinas e se apropriar de terras, calculando que algum dia obteriam lucro com elas. Mas como você vai se apropriar de um terreno sem uma escritura que prove que ele é seu? O truque é construir uma casa, de preferência quando as autoridades não estiverem de olho, e se mudar para ela à noite; se isso não for possível, porém, então você deve pelo menos estar preparado para pegar uma arma e ficar vigiando o terreno. Ou então contratar um guarda armado para fazer isso. Nesse caso, você deve tratar o guarda como um amigo, partilhar suas refeições com ele e fazer-lhe companhia, assim ele se empenha em zelar pelo seu terreno, e quando o governo começar a conceder títulos de propriedade, ninguém mais poderá vir e usar um laranja para dizer ao governo: "Na verdade, senhor, esta terra é minha e tenho testemunhas para provar isso". Nosso estimado Hadji Hamit Vural de Rize realmente sabia o que estava fazendo. Aqueles jovens que ele trouxe de sua aldeia foram empregados em seus canteiros de obras e em suas padarias, foram alimentados (se bem que, a rigor, acho que os rapazes estavam assando o próprio pão), e agora Vural dispunha deles como guardiões de suas obras e terrenos. Mas é preciso mais que um punhado de homens da zona rural de Rize para constituir um exército. Para que eles tomassem pé da situação, nós os aceitamos, sem cobrar nada, como sócios do nosso clube e os recebemos na Escola de Caratê e Tae Kwon Do de Altaylı, onde aprenderiam o que é ser turco, onde se localiza a Ásia Central, o berço das raças turcas, quem é Bruce Lee e o que significa o cinturão azul. Pegávamos filmes apropriados para a família e promovíamos sessões em nosso cineclube em Mecidiyeköy, tudo isso para afastar esses jovens, que forçavam a espinha todos os dias em padarias e canteiros de obras, das garras das prostitutas do clube noturno de Beyoğlu e também das organizações esquerdistas pró-Moscou. Havia rapazes que de fato acreditavam em nossa causa, revoltavam-se sempre que olhavam para o mapa que mostrava todos os turcos da Ásia Central ainda por libertar, e eu tratava de recrutar esses caras de primeira linha para o clube. Em consequência dos nossos esforços, a influência política e a milícia patriótica dos Lobos Cinzentos em Mecidiyeköy cresceu, fortaleceu-se e se espalhou naturalmente para outras colinas. Quando os comunistas perceberam que tinham perdido o controle da nossa colina, era tarde demais. O primeiro a se dar conta disso foi o pai daquele sujeitinho ordinário, Ferhat, com quem Mevlut gosta de andar. O desgraçado do homem, fominha, não perdeu um minuto para construir uma casa aqui e transferir toda a família de Karaköy para cá, só para reivindicar com mais razão a propriedade da terra. Então começou a trazer seus camaradas alevitas curdos da sua aldeia próximo a Bingöl, para que o ajudassem a ficar de olho em todos os outros terrenos dos quais ele se apossara em Kültepe. Esse Hüseyin Alkan que foi morto também era dessa aldeia, mas não tenho ideia de quem o matou. Sempre que matam um desses baderneiros comunistas, todos os seus amigos acorrem ao funeral, gritando slogans políticos e colando cartazes, e quando o funeral acaba, eles costumam sair por aí quebrando vitrines. (No fundo, eles bem que gostam de um funeral, porque lhes dá a oportunidade de se entregar a seus impulsos destrutivos.) Mas, quando eles se dão conta de que podem ser os próximos, caem na real, tratam de sair de fininho ou então renunciam ao comunismo. É assim que você divulga livremente suas crenças.

* * *

FERHAT. Hüseyin, que deu a vida por nossa causa, era uma pessoa muito legal. Meu pai o trouxe da aldeia e o instalou numa das casas que construímos em Kültepe. Tenho certeza de que foi um dos capangas de Vural que lhe deu um tiro na nuca naquela noite. Não adiantou nada a polícia dar as investigações por encerradas e botar a culpa em nós. Tenho a impressão de que os Lobos Cinzentos logo vão atacar Kültepe, com o apoio da família Vural, e tentar se livrar de nós de uma vez por todas, mas não posso dizer isso a Mevlut (ele é estúpido o bastante para passar para o lado de Vural). Não posso nem comentar com os nossos camaradas. Metade dos jovens alevitas é pró-Moscou, a outra metade é composta de maoistas, e eles se batem tanto por essas diferenças que não adianta alertá-los do perigo de perder Kültepe. A triste verdade é que não acredito na luta em que deveria acreditar. Aspiro dar um grande passo e logo me estabelecer por conta própria. E também quero frequentar a faculdade. Como a maioria dos alevitas, porém, sou esquerdista e secular, odeio os Lobos Cinzentos e os reacionários que querem dar cabo da gente. Mesmo sabendo que nunca vamos vencer, vou aos funerais, ergo o punho e grito slogans junto com todos os demais. Meu pai vê perigo em tudo isso e às vezes diz: "Me pergunto se não devíamos vender a casa e nos mudar de Kültepe", mas não ousa fazer isso porque ele é um dos que trouxeram todos para cá.

KORKUT. Pelo número de cartazes que pregaram em nossa casa, tenho certeza de que isso não foi obra de uma organização política: foi alguém que nos conhece pessoalmente. Quando tio Mustafa esteve aqui dois dias atrás e disse que Mevlut não parava em casa, sobretudo à noite, e quase nunca ia à escola, fiquei com a pulga atrás da orelha. Tio Mustafa estava tentando extrair de Süleyman alguma informação sobre um possível desentendimento entre ele e Mevlut. Mas eu sabia muito bem que era o canalha do Ferhat que estava desencaminhando meu primo. Dois dias depois, pedi que Süleyman convencesse Mevlut a vir aqui comer galinha assada.

TIA SAFIYE. Meus dois filhos querem ser amigos de Mevlut, principalmente Süleyman, mas não param de atazaná-lo. O pai de Mevlut não conseguiu juntar dinheiro para construir sua casa na aldeia, e eles tampouco têm dinheiro para melhorar o barraco em Kültepe. Às vezes penso em dar um pulo lá, conferir um toque feminino ao chiqueiro de um cômodo em que eles estão morando há tantos anos, mas temo que meu gesto não será bem recebido. Devido à insistência de seu pai em deixar todo o resto da família na aldeia, Mevlut tem levado uma vida de órfão em Istambul desde que concluiu o curso primário. A princípio, logo que se mudaram ele me procurava sempre que sentia saudade da mãe. Eu sentava o garoto no colo, acariciava seus cabelos, beijava-lhe as faces e lhe dizia o quanto ele era inteligente. Korkut e Süleyman sentiam ciúme, mas eu não ligava. Mevlut ainda tem aquele olhar inocente, e eu ainda tenho a mesma vontade de sentá-lo no colo e acarinhá-lo um pouco, tenho certeza de que ele ainda precisa disso, embora agora esteja muito crescido, o rosto coberto de espinhas, e sinta vergonha de Korkut e Süleyman. Parei de perguntar sobre a escola — basta olhar para ele uma vez para entender a confusão em que está sua cabeça. Logo que ele chegou aqui esta noite, levei-o para a cozinha, beijei-lhe as faces antes que Korkut e Süleyman nos vissem. "Você cresceu muito. Endireite o corpo, não tenha vergonha de sua altura", eu disse. "Não é isso, tia, é a vara que uso para carregar iogurte que entorta minhas costas, mas logo vou largar isso", ele respondeu... A voracidade com que devorou a galinha no jantar me deixou arrasada. Korkut falou que os comunistas iam tentar passar a conversa nos ingênuos para recrutá-los, mas Mevlut ficou calado. "Parem de assustar o pobre órfão, seus pestes", eu disse a Korkut e Süleyman na cozinha.

"Fique fora disso, mãe, nós temos nossos motivos", disse Korkut.

"Bobagem, vocês só querem zombar dele... Quem iria desconfiar do meu querido Mevlut? Tenho certeza de que ele não tem nada a ver com essa gente má."

"Mevlut vai sair esta noite conosco para escrever nas paredes e provar que não está trabalhando com os maoistas", disse Korkut ao voltar à mesa. "Não é mesmo, primo?"

Agora eram três novamente, e novamente um deles carregava um balde grande, mas dessa vez cheio de tinta preta e não de cola. Sempre que encontravam um lugar adequado, Korkut escrevia sobre a superfície com seu pincel. Mevlut segurava o balde de tinta enquanto tentava adivinhar o que Korkut estava escrevendo. DEUS SALVE OS TURCOS, um slogan que ele já conhecia, era seu predileto. Ele o vira por toda a cidade. Gostava dele porque parecia um desejo inofensivo, e lhe lembrava suas aulas de história: ele era parte de uma grande família turca que se espalhava por todo o mundo. Alguns dos outros slogans, porém, eram muito sinistros. Quando Korkut escrevia DUTTEPE É O LUGAR PARA ONDE OS COMUNISTAS VÊM MORRER, Mevlut percebia que aquilo se referia a Ferhat e seus amigos, e esperava que aqueles sentimentos não passassem de um faz de conta.

Uma observação de Süleyman em tom displicente ("Meu irmão trouxe o ferro") quando estava de vigia alertou Mevlut para o fato de que eles estavam com uma arma. Quando havia bastante espaço na parede, às vezes Korkut escrevia ATEUS depois de COMUNISTAS. Em geral ele não conseguia prever de quantas palavras e letras precisaria, e algumas letras ficavam muito pequenas e tortas, e era isso o que mais incomodava Mevlut. (Quando um ambulante anunciava seus produtos traçando de qualquer jeito as letras em sua carroça, ou quando o rocambole de gergelim que ele vendia estava amassado, Mevlut tinha certeza de que o sujeito não tinha futuro.) Por fim Mevlut não conseguiu se conter e disse que Korkut havia escrito o C grande demais. "Então escreva você!", disse Korkut, empurrando o pincel em sua direção. Na calada da noite, Mevlut cobriu com o slogan DEUS SALVE OS TURCOS! anúncios de serviços de circuncisão, paredes que diziam NÃO JOGUE LIXO NA RUA e os cartazes maoistas que ele pregara quatro noites antes.

Eles atravessavam a negra e densa floresta de *gecekondus*, muros, quintais, lojas e cães ariscos e ameaçadores. Toda vez que parava para escrever DEUS SALVE OS TURCOS, Mevlut sentia a profundeza da escuridão ao redor, na qual essas palavras eram um farol, uma assinatura aposta à noite imensa, transformando o bairro. Naquela noite, ele descobriu muitas coisas sobre Duttepe e Kültepe que antes deixara de ver quando vagava com Ferhat e Süleyman ao anoitecer: cada centímetro dos chafarizes do bairro estava coberto de slogans e cartazes políticos; as pessoas que ficavam à toa na frente dos cafés eram na verdade vigias armados; à noite, todos — famílias, transeuntes — fugiam das ruas, indo se abrigar em seu mundo privado; naquela noite, pura e interminável como um velho conto de fadas, ser turco parecia infinitamente melhor do que ser pobre.

11. A guerra entre Duttepe e Kültepe
Nós não tomamos partido

Certa noite, lá pelo fim de abril, uma rajada de metralhadora disparada de um táxi em movimento atingiu as pessoas que jogavam cartas e viam TV no Café da Pátria, na entrada de Kültepe. A quinhentos metros dali, do outro lado da colina, Mevlut e seu pai estavam em casa tomando uma sopa de lentilhas, numa atmosfera amistosa (o que não era frequente). Trocaram um olhar, na expectativa de que o barulho da metralha silenciasse. Quando Mevlut se aproximou da janela, seu pai gritou: "Volte para cá!". Naquele instante eles ouviram outra vez o ruído metálico da metralhadora, agora mais longe, então voltaram à sopa.

"Viu?", disse o pai com uma expressão significativa, como se quisesse comprovar o que vinha dizendo havia muito tempo.

O ataque atingira dois cafés, ambos frequentados por esquerdistas e alevitas. Duas pessoas morreram no café de Kültepe e uma outra no de Oktepe, e quase vinte ficaram feridas. No dia seguinte, grupos marxistas autodenominados vanguardas armadas e os parentes alevitas das vítimas fizeram um protesto. Mevlut juntou-se a Ferhat no meio da multidão, gritando um slogan de vez em quando e avançando pelo bairro, embora não na primeira fila. Ele não cerrava o punho com o mesmo vigor dos outros nem conhecia bem as letras para acompanhar a cantoria, mas via-se que estava com raiva... Não havia policiais à paisana, nem algum capanga de Hadji Hamit Vural. Bastaram dois dias para que todas as ruas e paredes de Kültepe e Duttepe ficassem cobertas de slogans marxistas e maoistas. Em meio à excitação dos protestos, imprimiam-se novos cartazes e cunhavam-se novos slogans para o movimento de resistência.

No terceiro dia, quando o funeral das vítimas teria lugar, um exército de policiais bigodudos brandindo bastões pretos desembarcou da frota de ônibus azuis. Registrando tudo, estava presente um expressivo batalhão de jornalistas e fotógrafos, que vira e mexe eram assediados por crianças que pediam para sair nas fotos. Quando o cortejo fúnebre chegou a Duttepe, os manifestantes se apartaram da multidão e, como era de se esperar, puseram-se em marcha.

Dessa vez Mevlut não se juntou a eles. A casa de seu tio Hasan dava para o pátio da mesquita, e ele avistou o tio, Korkut, Süleyman e alguns capangas de Vural que fumavam lá em cima e observavam a multidão lá embaixo. Não que Mevlut se intimidasse com eles, com uma eventual punição ou o gelo dos parentes. Não obstante, parecia-lhe meio estranho, quase forçado, cerrar os punhos e gritar slogans sabendo que eles estavam lá. Havia algo artificial na política levada a extremos.

Estourou um tumulto quando os policiais postados à frente da mesquita tentaram bloquear o avanço do cortejo fúnebre. Alguns jovens atiraram pedras e uma delas estilhaçou uma vitrine que exibia cartazes dos Lobos Cinzentos. A Agência Estatal Fatih Real, gerida pela família de Hadji Hamit, e o pequeno escritório de empreiteiros vizinho a ela também foram danificados. Afora escrivaninhas, aparelhos de TV e máquinas de escrever, não havia nada de muito valor naqueles locais em que os Lobos Cinzentos gostavam de passar o tempo vendo TV e fumando. Em consequência dos ataques, a guerra dos Lobos Cinzentos contra os marxistas, ou dos idealistas de direita contra os materialistas de esquerda, ou de Konya contra Bingöl, explodiu em meio à vizinhança.

As batalhas violentas e selvagens duraram mais de três dias, ao longo dos quais Mevlut e outros curiosos observavam tudo de longe. Mevlut viu homens de capacete sacando bastões, atacando a multidão e gritando "Alá! Alá!", como os janízaros. De um posto seguro, viu carros blindados como tanques jogarem água nos manifestantes. Em meio a tudo isso, ele ainda descia à cidade para entregar um pouco de iogurte a seus fregueses fiéis em Feriköy e Şişli, e à noite saía para vender boza. Numa das noites, ele escondeu sua carteira de estudante da polícia, que havia formado um cordão de segurança entre Duttepe e Kültepe. Os homens, julgando que Mevlut não passava de um pobre vendedor ambulante, deixaram-no prosseguir sem problema.

Imbuído de raiva e solidariedade, ele voltou a frequentar a escola. Em apenas três dias, o clima se tornara pesadamente politizado. Estudantes esquerdistas levantavam as mãos e interrompiam as aulas para fazer pronunciamentos políticos. Mevlut apreciava a sensação de liberdade, mas ele próprio não abria a boca.

O Esqueleto recomendou aos professores que reprimissem os alunos que interrompiam as aulas sobre as conquistas otomanas e as reformas de Atatürk com diatribes contra o capitalismo e o imperialismo americano ("Ontem, um de nossos camaradas foi baleado", começavam eles) e anotassem seus números de matrícula, mas os mestres, que em sua maioria não queriam se meter em confusão, não cooperavam muito. Mesmo a Corpulenta Melahat, a professora de biologia, a mais combativa de todos, tentou contemporizar com aqueles que a interrompiam para condenar "a exploração sistemática" e acusá-la de desconsiderar a luta de classes com lições sobre girinos. Melahat lhes contou como sua vida era difícil, que trabalhava havia trinta e dois anos e que na verdade estava apenas esperando o momento de se aposentar. Mevlut se comoveu e intimamente torceu para que os agitadores a deixassem em paz. Os alunos mais velhos e parrudos do fundão viam na crise política um pretexto para atormentar os mais fracos; os sabichões, os meninos mais ricos e os subservientes cê-dê-efes das primeiras filas sofreram intimidações; os nacionalistas de direita ficaram quietos, e alguns pararam de ir à escola. Toda vez que chegavam notícias de novas escaramuças, batidas da polícia e tortura de manifestantes, os militantes ganhavam os corredores, subindo e descendo a toda velocidade todos os andares da Escola Secundária Masculina Atatürk e gritando slogans ("Abaixo o fascismo", "Independência para a Turquia", "Educação livre"), arrancando a folha de presença das mãos do representante de classe e queimando-a com cigarro. Então os jovens ou entravam na refrega em Duttepe e Kültepe ou iam ao cinema (caso tivessem dinheiro ou conhecessem alguém da bilheteria).

Esse clima de liberdade e rebeldia durou uma única semana. Dois meses antes, Fehmi, o odiado professor de física, humilhara um aluno de Diyarbakır imitando seu sotaque provinciano, enquanto os demais, inclusive Mevlut, assistiam angustiados e enfurecidos. Agora, alguns alunos invadiam suas aulas, exigindo um pedido formal de desculpas, enquanto outros anunciavam uma greve como as das universidades — e o Esqueleto e o diretor chamaram a polícia. Policiais de uniforme azul ou à paisana postados às duas entradas da escola pediam para ver os documentos dos estudantes, como já vinha ocorrendo nas universidades. Havia a mesma atmosfera pós-apocalíptica que em geral se segue a terremotos ou grandes incêndios, e Mevlut não podia negar que não estivesse gostando daquilo. Ia às reuniões da classe, mas sempre que as tensões desembocavam em brigas ele se mantinha alheio até elas sossegarem, e quando uma greve de estudantes era anunciada, ele parava de ir à escola e saía para vender iogurte.

Uma semana depois da chegada da polícia, um aluno do terceiro colegial que morava na mesma rua que a família Aktaş barrou o caminho de Mevlut para lhe dizer que Korkut queria vê-lo naquela noite. Mevlut se dirigiu à casa do tio na escuridão da noite, foi revistado várias vezes e teve de apresentar a carteira de identidade à polícia e aos vigias postados nas ruas pelos vários grupos de esquerda e de direita, e quando chegou ao destino, viu um dos novos estudantes "espias" comendo feijão cozido na mesma mesa onde dois meses antes ele devorara uma galinha assada. O nome do rapaz era Tarık. Mevlut logo percebeu que sua tia Safiye não gostava de Tarık, mas que Korkut confiava nele e o tinha em alta conta. Korkut disse a Mevlut para manter distância de Ferhat "e de todos os outros comunistas". Como sempre, os russos estavam em busca de portos de águas quentes e, para enfraquecer a Turquia, que vinha frustrando seus planos imperiais, tentavam lançar sunitas contra alevitas, turcos contra curdos e ricos contra pobres, atiçando contra nós nossos compatriotas curdos e alevitas pobres. Assim, era crucial, do ponto de vista estratégico, que curdos e alevitas de Bingöl e Tunceli fossem expulsos de Kültepe e de todas as outras colinas.

"Recomendações ao tio Mustafa", disse Korkut, com ares de um Atatürk que estivesse inspecionando mapas militares antes do cerco final. "Trate de não sair de casa na quinta-feira. O trigo corre o risco de queimar junto com o joio." Diante do olhar interrogativo de Mevlut, Süleyman reformulou a declaração do irmão: "Vai haver um ataque", ele disse, parecendo muito feliz em saber das coisas antes que elas acontecessem.

Naquela noite, Mevlut mal conseguiu dormir por causa do barulho da metralha.

No dia seguinte, descobriu que o boato se espalhara e todos da Escola Atatürk, inclusive os garotos do ginásio e até mesmo Mohini, sabiam que na quinta-feira iam acontecer coisas terríveis. Os cafés de Kültepe e de outras colinas densamente povoadas por alevitas foram atacados durante a noite, e mais duas pessoas morreram. A maioria dos cafés e lojas já havia fechado, alguns nem chegaram a abrir ao longo daquele dia. Mevlut ouviu dizer que as portas dos alevitas seriam marcadas com cruzes durante a noite, em preparação para os ataques da quinta-feira. Ele queria se manter longe de tudo aquilo, só desejava ir ao cinema e ficar em paz para bater uma punheta, mas ao mesmo tempo queria estar lá e assistir a tudo.

Na quarta-feira, depois dos funerais, uma multidão liderada por organizações esquerdistas que gritavam slogans comunistas atacou a padaria de Vural. Como a polícia não interveio, os empregados, da cidade de Rize, se defenderam como puderam, com achas de lenha e pás de forno, e fugiram pela porta dos fundos, deixando para trás pães recém-assados. À noite, Mevlut ouviu dizer que os alevitas haviam atacado mesquitas, que os escritórios dos Lobos Cinzentos de Mecidiyeköy haviam sido bombardeados e que fora registrado consumo de álcool em mesquitas, mas ele achou tudo aquilo improvável demais para merecer crédito.

"Vamos à cidade vender nossa boza", disse-lhe o pai. "Ninguém vai incomodar um pobre vendedor de boza e seu filho. Nós não tomamos partido." Eles pegaram as varas e os vasilhames e saíram, mas a polícia, que cercara o bairro, não deixava ninguém passar. Quando Mevlut avistou as luzes azuis piscando ao longe, as ambulâncias e os carros de bombeiro, seu coração disparou. Ficou contente por seu bairro ser objeto de tanta atenção — ele e os demais moradores se sentiram importantes. Cinco anos antes, o bairro inteiro podia vir abaixo, e nem a polícia nem os bombeiros, muito menos os jornalistas, iriam dar as caras. Ao chegarem em casa, pai e filho ligaram o televisor preto e branco. Os noticiários haviam ignorado o ocorrido. A TV (que eles haviam conseguido comprar depois de poupar por um bom tempo) apresentava uma discussão sobre a conquista de Istambul. Como sempre, seu pai começou a reclamar dos "anarquistas" que criavam confusão "e roubavam o ganha-pão dos pobres ambulantes", disparando xingamentos contra esquerdistas e direitistas.

À meia-noite, acordaram com o barulho de gente correndo nas ruas, gritando, berrando slogans. Não sabiam quem eram. O pai foi conferir se o ferrolho estava bem trancado e escorou a porta com a mesa que tinha uma perna mais curta, aquela em que Mevlut fazia suas tarefas escolares à noite. Chamas elevavam-se do outro lado de Kültepe, a luz incidia sobre as nuvens baixas, o céu tinha um brilho estranho; a luz que se refletia nas ruas tremeluzia quando o vento sacudia as chamas, e era como se o mundo inteiro estivesse se sacudindo junto com as sombras. Eles ouviram disparos. Mevlut avistou um segundo incêndio. "Não fique tão perto da janela", disse-lhe o pai.

"Pai, ouvi dizer que estão colocando marcas nas casas que vão ser invadidas, vamos ver se puseram na nossa?"

"Por quê? Nós não somos alevitas!"

"Eles podem ter se enganado", disse Mevlut, pensando que talvez devesse ter sido mais cuidadoso ao se fazer ver na vizinhança em companhia de Ferhat e dos outros esquerdistas, mas escondeu essa preocupação do pai.

Num momento mais tranquilo, quando a rua estava mais calma e os gritos tinham silenciado, eles abriram a porta. Não havia nenhuma marca. Por via das dúvidas, Mevlut queria verificar as paredes também. "Volte para dentro!", gritou-lhe o pai. Na escuridão da noite, o barraco branco no qual Mevlut e seu pai tinham passado anos juntos agora parecia um fantasma cor de laranja. Pai e filho fecharam bem a porta, mas ficaram acordados até o amanhecer, quando cessou o fogo da metralha.

KORKUT. Para ser franco, não acreditei que os alevitas tivessem posto uma bomba na mesquita, mas os boatos se espalham como pólvora. O povo de Duttepe, paciente, pacato e devoto, viu "com os próprios olhos" a propaganda comunista que apareceu nas mesquitas e mesmo nos bairros mais afastados, e a raiva dos moradores era uma força que não se podia ignorar. Você não pode simplesmente vir do centro da cidade até Karaköy, ou das cercanias de Istambul, de Sivas ou Bingöl, e achar que pode tomar a terra das pessoas que de fato vivem em Duttepe! Na noite passada nós vimos quais são realmente os donos dessas casas, quem realmente mora nelas. É difícil conter um jovem nacionalista cuja fé foi ultrajada. Muitas casas vieram abaixo. No bairro alto, alevitas botaram fogo de propósito numa casa deles para que no dia seguinte os jornalistas escrevessem que estavam sendo expulsos pelos nacionalistas. E para que os policiais de esquerda interviessem. Sim, porque, como sucede entre os professores, os policiais turcos estão divididos em duas classes. Os alevitas, para poder acusar o Estado, são capazes de queimar as próprias casas, e inclusive a si mesmos, como ocorreu outro dia na prisão.

FERHAT. A polícia não fez nada, se é que não aderiu às invasões. Grupos com o rosto tapado por lenços invadiram casas, vandalizaram a propriedade e saquearam o comércio dos alevitas. Três casas, quatro lojas e a mercearia de uma família de Dersim foram totalmente incendiadas. Eles recuaram quando começamos a atirar dos telhados. Mas achamos que vão voltar depois do amanhecer.

"Vamos para a cidade", disse o pai de Mevlut de manhã.
"Vou ficar aqui", respondeu Mevlut.
"Filho, essas pessoas nunca vão parar de brigar, nunca vão parar de atacar umas às outras — a política é apenas um pretexto... Vamos vender nosso iogurte e nossa boza. Por favor, não se deixe envolver. Mantenha distância dos alevitas, dos esquerdistas, dos curdos e desse tal de Ferhat. E será melhor que a gente não esteja por perto quando eles forem expulsos daqui."

Mevlut jurou que não botaria o pé além da soleira da porta. Disse que ficaria tomando conta da casa, mas assim que seu pai saiu pareceu-lhe impossível ficar lá dentro. Encheu os bolsos com sementes de abóbora, pegou uma pequena faca de cozinha e correu para os bairros mais altos, como uma criança corre para o cinema.

As ruas estavam movimentadas, ele viu homens armados de cacetes. E também viu garotas mascando chiclete voltando da mercearia com braçadas de pão, viu mulheres esfregando roupa no quintal, como se nada tivesse acontecido. Os cidadãos tementes a Deus que vieram de Konya, Giresun e Tokat não suportavam os alevitas, mas tampouco queriam lutar contra eles.

"Não passe por aí, senhor", disse um menino a Mevlut, que estava distraído.

"Eles podem atirar em toda a área daqui até Duttepe", disse o amigo do menino.

Como se tentasse escapar de uma chuva invisível, Mevlut tratou de evitar os lugares onde poderia ser atingido pelos projéteis e passou para o outro lado da rua num único movimento. Os meninos acompanharam de perto suas manobras e riram dele.

"Por que não foram à escola?", perguntou Mevlut.

"A escola está fechada!", eles gritaram, radiantes.

No vestíbulo de uma casa que fora totalmente incendiada, ele viu uma mulher chorando enquanto retirava uma cesta de vime e um colchão molhado igualzinho ao que Mevlut e seu pai tinham em casa. Um jovem alto e magro e outro bem mais corpulento o detiveram quando ele se dirigia a um caminho escarpado, mas deixaram-no passar quando um circunstante confirmou que ele era de Kültepe.

As partes mais altas do aclive de Kültepe que levava a Duttepe foram transformadas num posto militar avançado. Construídas com placas de concreto, portas de aço, latas cheias de terra, pedras, telhas e tijolos ocos, as fortificações, que tinham até pontas perfurantes, por vezes invadiam as casas das pessoas, saíam do outro lado e se bifurcavam. As paredes das casas mais antigas de Kültepe eram frágeis, não resistiam às balas. Não obstante, Mevlut viu pessoas de dentro dessas moradas atirando contra a outra colina.

Como as balas eram caras, os disparos não eram tão frequentes. Muitas vezes havia intervalos longos, e Mevlut e vários outros aproveitavam esses cessar-fogos não oficiais para passear pela colina. Por volta do meio-dia, Mevlut encontrou Ferhat perto do cume, no telhado de um novo prédio de concreto, ao lado da torre de transmissão de energia elétrica que abastecia a cidade.

"Logo a polícia estará aqui", disse Ferhat. "Não temos a menor chance. Os fascistas e a polícia têm mais armas e mais gente. E a imprensa está do lado deles."

Essa era a opinião pessoal de Ferhat. Diante de todos os demais, ele diria: "Nunca deixaremos passar esses filhos da puta!", e agiria como se estivesse pronto para atirar a qualquer momento, embora não tivesse nenhuma arma.

"Amanhã os jornais não vão falar do massacre de alevitas em Kültepe", disse Ferhat. "Vão dizer que os levantes políticos goraram e que os comunistas atearam fogo em si mesmos e se suicidaram só de raiva."

"Se a coisa não vai terminar bem, por que estamos lutando?", disse Mevlut.

"Você acha que devíamos levantar as mãos e nos render?"

Mevlut estava confuso. Kültepe e as vertentes de Duttepe estavam cheias de casas, ruas, muros e, ao longo dos oito anos desde que chegara a Istambul, foram acrescentados mais andares a muitas casas pouco firmes; outras, construídas de barro, foram demolidas e reconstruídas com tijolos ocos ou mesmo concreto; casas e lojas foram pintadas; jardins floresceram e árvores cresceram, e as vertentes de ambas as colinas foram tomadas por anúncios de cigarros, coca-cola e sabão. Alguns até se iluminavam à noite.

"Os esquerdistas e os direitistas deviam mandar seus respectivos líderes para a praça próxima à padaria de Vural, assim se travaria uma luta honesta", disse Mevlut brincando, mas não muito. "Quem ganha a batalha ganha a guerra."

Havia um quê de contos de fada nas fortificações que se erguiam em ambas as colinas, qual fossem bastiões de castelo, e também na forma como os guerreiros montavam guarda.

"Numa luta como essa, que lado você apoiaria?"

"Eu apoiaria os socialistas", disse Mevlut. "Sou contra o capitalismo."

"Mas no futuro a gente não vai abrir uma loja e virar capitalista?", disse Ferhat com um sorriso.

"Me agrada a forma como os comunistas zelam pelos pobres", disse Mevlut. "Mas por que eles não acreditam em Deus?"

Quando o helicóptero amarelo que sobrevoara Kültepe e Duttepe de manhã voltou, as pessoas se calaram. Todos que estavam no alto de ambas as colinas viram os fones de ouvido do soldado dentro da cabine devassada do helicóptero. Tinham mandado um helicóptero! Ferhat e Mevlut se encheram de orgulho, bem como todos os demais. Kültepe estava enfeitada de bandeiras vermelhas com a foice e o martelo em amarelo — as bandeiras se erguiam entre edifícios, grupos de jovens com a boca tapada com lenços gritavam slogans para o helicóptero que voava acima deles.

O fogo cruzado durou o dia inteiro, mas poucos se feriram e ninguém morreu. Pouco antes do pôr do sol, o som robótico de alto-falantes da polícia informou que fora decretado o toque de recolher nas duas colinas. Anunciaram também que as casas de Kültepe seriam revistadas em busca de armas. Uns poucos homens decididos e armados permaneceram nas fortificações preparando-se para enfrentar a polícia, mas Mevlut e Ferhat não tinham armas e foram para casa.

Quando seu pai voltou depois de passar todo aquele dia vendendo iogurte, sem enfrentar nenhum problema no caminho de volta, Mevlut ficou admirado. Sentados à mesa, pai e filho conversaram enquanto tomavam sua sopa de lentilhas.

Tarde da noite, cortaram a eletricidade em Kültep e suas ruas escuras foram invadidas por carros blindados guarnecidos de potentes holofotes, como caranguejos desajeitados mas malévolos. Atrás deles, qual janízaros acompanhando carros de guerra romanos, policiais munidos de armas e porretes subiam as encostas e se espalharam pelas quebradas. Por algum tempo ouviu-se o intenso fogo da metralha, depois tudo mergulhou num silêncio tenso. Mevlut espiou pela janela a noite escura feito breu e viu informantes mascarados conduzindo os soldados para as casas que deviam sofrer buscas.

De manhã, a campainha da casa deles tocou. Dois soldados procuravam armas. Explicando que eram vendedores de iogurte e nada tinham a ver com política, o pai de Mevlut os recebeu com respeitosa reverência, convidou-os a sentar à mesa e lhes ofereceu chá. Os dois soldados tinham nariz de batata, mas não eram parentes. Um era de Kayseri, o outro de Tokat. Ficaram cerca de meia hora discutindo os tristes acontecimentos a que assistiram, o risco que corriam os passantes e as possibilidades de o time de futebol de Kayseri ser classificado. Mustafa Efêndi perguntou-lhes quanto tempo faltava para serem dispensados e se o comandante era gente boa ou os espancava sem motivo.

Enquanto eles tomavam chá, em Kültepe foram apreendidas armas, literatura esquerdista, cartazes e bandeiras. A grande maioria dos universitários e manifestantes enraivecidos foi detida. Foram enfiados em ônibus e submetidos a uma primeira rodada de espancamentos, seguida de torturas sistemáticas: porretadas, choques elétricos e coisas do tipo. Então limparam o sangue das feridas, rasparam-lhes a cabeça e fotografaram-nos para os jornais ao lado de armas, cartazes e livros. Os julgamentos se arrastaram por anos; em alguns casos, os promotores pediram sentença de morte. Alguns passaram dez anos na cadeia, outros apenas cinco, um ou dois fugiram e outros foram absolvidos. Outros se envolveram em rebeliões e em greves de fome na prisão e terminaram cegos ou paralíticos.

A Escola Secundária Masculina Atatürk foi fechada e adiou-se sua reabertura devido às tensões políticas que se seguiram à morte de trinta e quatro manifestantes esquerdistas no Dia Internacional do Trabalhador na praça Taksim e à onda de assassinatos políticos em toda a Istambul. Mevlut se afastou ainda mais dos livros e cadernos. Vendia iogurte até tarde nas ruas cobertas de slogans políticos e no final da noite entregava ao pai o grosso de seus ganhos. Quando a escola reabriu, ele não teve a menor vontade de voltar. Já não era o mais velho da turma: agora também era o mais velho do fundão.

Quando entregaram os boletins em junho de 1977, Mevlut constatou que havia sido reprovado e não conseguira concluir o colegial. Passou o verão na incerteza e medo da solidão. Ferhat e sua família iriam embora de Kültepe, junto com outros alevitas. No inverno anterior, antes de toda aquela agitação política, Ferhat e Mevlut haviam feito planos de abrir em julho um negócio próprio, como ambulantes. Mas agora Ferhat, preocupado com as providências para a mudança e com os parentes alevitas, já não se mostrava tão ansioso para concretizar o plano. Em meados de julho, Mevlut viajou para sua aldeia, onde passou muito tempo com a mãe, ignorando sua constante recomendação de que ele devia "se casar". Ainda não cumprira o serviço militar obrigatório, não tinha dinheiro — casamento, portanto, significava voltar para a aldeia.

No fim do verão, pouco antes do começo do novo ano letivo, ele deu uma passada na escola. Naquela manhã de setembro fazia calor, mas o velho edifício, como sempre, estava frio e às escuras. Mevlut disse ao Esqueleto que queria adiar a matrícula por um ano.

O Esqueleto acabara por respeitar aquele aluno que conhecia havia oito anos. "Por que você faria isso? Segure a barra por mais um ano e concluirá os estudos", disse ele, num tom surpreendentemente caloroso. "Vamos dar uma força a você, que é o mais antigo aluno da escola…"

"Vou cursar o pré-vestibular no próximo ano", disse Mevlut. "Este ano, vou trabalhar para economizar e pagar o cursinho. Termino o colegial no ano que vem." Ele havia pensando em todas aquelas possibilidades no trem, na viagem de volta a Istambul. "Dá para fazer assim."

"Dá, sim, mas então você estará com vinte e dois anos", disse o Esqueleto, o implacável burocrata de sempre. "Nunca, na história desta escola, graduamos ninguém com vinte e dois anos." Mas ele viu resignação no semblante de Mevlut. "Bem, boa sorte então… Vou adiar sua matrícula por um ano. Mas primeiro você vai precisar de um documento da secretaria de saúde do município."

Mevlut nem ao menos perguntou de que documento se tratava. Quando se dirigia à saída, ele se deu conta de que aquela fora a última vez que pisaria naquele prédio. Sua mente o alertava para não começar a idealizar o cheiro do leite do Unicef que ainda vinha das cozinhas; o depósito de carvão, agora desativado; o banheiro do porão, que durante o ginásio ele tinha medo até de olhar, mas que no colegial era o quartel-general dos fumantes. Desceu as escadas sem se voltar nem uma vez para olhar a sala dos professores e a porta da biblioteca. Nos últimos tempos, toda vez que ia à escola, pensava: "Por que vou me dar ao trabalho de vir? De todo modo, nunca vou me formar!". Agora que passava pela última vez pela estátua de Atatürk, falou consigo mesmo: "Eu poderia ter conseguido, se realmente tivesse desejado".

Mevlut não contou ao pai que havia abandonado a escola. Escondeu a verdade até de si mesmo. Como ele nem ao menos foi à secretaria de saúde pedir o documento necessário para manter a ilusão de que iria de fato voltar para a escola, seus pensamentos verdadeiros e privados sobre o assunto logo foram moldados pela versão oficial. Havia ocasiões em que ele acreditava sinceramente que estava economizando dinheiro para frequentar um cursinho no ano seguinte.

Outras vezes, logo que terminava de entregar iogurte para um círculo cada vez menor de fregueses, deixava vara, balança e bandejas com algum conhecido e saía a perambular pelas ruas da cidade erraticamente.

Mevlut gostava da cidade por ser um lugar em que, para onde quer que você olhasse, tinha a impressão de que aconteciam coisas maravilhosas. Em geral, o grosso dessas maravilhas parecia ter lugar nas cercanias de Şişli, Harbiye, Taksim e Beyoğlu. Ele pegava um ônibus de manhã sem apresentar passagem, adentrando o mais que podia aqueles bairros sem ser pego, e então, sem nenhum peso nos ombros, andava livremente pelas ruas nas quais não podia entrar com a vara de iogurte, experimentando a alegria de se perder na confusão e no barulho, olhando as vitrines. Ele gostava dos manequins de mulheres com blusas compridas ao lado de crianças radiantes vestindo conjuntos de duas peças, e sempre olhava com atenção as pernas de manequins sem tronco em lojas de meias e roupas de malha. Por vezes se perdia numa fantasia criada na hora e passava dez minutos seguindo uma mulher de cabelos castanho-claros que andava do outro lado da rua, até que um impulso o fazia entrar no primeiro restaurante com que se deparava, quando então perguntava pelo primeiro colega de classe que lhe vinha à cabeça: "Ele está aqui?". Às vezes era expulso com um rude: "Não precisamos de ninguém para lavar pratos!", antes mesmo de ter tempo de dizer palavra. De volta à rua, a lembrança de Neriman lhe passava rapidamente pela cabeça, mas logo sua imaginação o impelia a andar na direção contrária, rumo às transversais da região do Tünel, ou então ia até o Cine Rüya, onde ficava no estreito saguão olhando cartazes e fotos dos filmes, até poder ver se os parentes distantes de Ferhat estavam lá, conferindo ingressos na entrada.

Toda a felicidade e a beleza que a vida tinha a oferecer só se revelava quando sua mente se entregava a fantasias de um mundo muito distante do seu. Sempre que ia ao cinema e se perdia em devaneios, seu sentimento de culpa ia se refugiar, qual uma dorzinha leve, num canto de sua alma. Ele se recriminava por perder tempo, por perder as legendas, por se concentrar apenas nas beldades do filme ou em detalhes sem importância para o enredo. Toda vez que tinha uma ereção no cinema, às vezes por um bom motivo, às vezes sem motivo algum, ele se encolhia na cadeira e calculava que, se chegasse em casa duas horas antes do pai, teria bastante tempo para uma punheta.

Às vezes trocava o cinema pela barbearia de Tarlabaşı onde Mohini trabalhava como aprendiz, ou entrava num café frequentado por alevitas e motoristas de esquerda para bater papo com o garoto do caixa que lhe fora apresentado por Ferhat, espiar as pessoas jogando *rummikub* com um olho grudado na TV. Ele sabia que estava matando tempo, que não fazia absolutamente nada, que andava no mau caminho porque abandonara o colegial, mas a verdade era tão dolorosa que ele preferia o conforto de outros pensamentos: abriria um negócio com Ferhat, eles seriam ambulantes, mas não como os demais (ele imaginou empilhar bandejas de iogurte num veículo com rodas com um sino que tocava a cada movimento), ou então montariam uma tabacaria na loja vazia pela qual acabava de passar ou talvez até mesmo uma loja de conveniência no lugar daquela loja em dificuldade que vendia camisas sociais e oferecia serviços de lavagem a seco... Um dia ele iria ter tanto dinheiro que todo mundo ficaria impressionado.

Não obstante, ele notou que estava ficando cada vez mais difícil ganhar a vida vendendo iogurte de porta em porta, as famílias estavam se acostumando a comprar iogurte na mercearia e servi-lo diretamente no copo de vidro em que era comercializado.

"Mevlut, meu rapaz, você sabe que o único motivo para ainda comprarmos seu iogurte é que assim podemos ver seu rosto de vez em quando", disse uma velha senhora amável. Ninguém mais lhe perguntava quando ele terminaria o colegial.

MUSTAFA EFÊNDI. Se tivessem mantido os vasilhames de vidro que surgiram na década de 1960, nós teríamos dado um jeito de lidar com a situação. Aqueles vasilhames eram grossos, pesados, pareciam ser de cerâmica, o custo do depósito era alto, e quando rachavam a loja se recusava a reembolsar o depósito. Donas de casa aproveitavam esses recipientes para dar comida ao gato ou guardar óleo de cozinha usado, ou mesmo fazer as vezes de cinzeiro, cuia para banho ou saboneteira. Depois que os haviam utilizado na cozinha e em outras dependências domésticas, de repente as pessoas às vezes lembravam que podiam devolvê-los e recuperar o dinheiro do depósito. Assim, qualquer tigela de cachorro lodosa era submetida a uma lavagem rápida com uma mangueira em algum quintal de Kağıthane e ia parar em alguma outra mesa de jantar de uma família de Istambul, como se fosse o mais novo, limpo e higiênico tipo de vasilha de iogurte. Às vezes, em vez de usar um recipiente limpo, como de costume, os fregueses me ofereciam um desses vasilhames vazios para que eu vertesse o iogurte e o pesasse nos pratos de minha balança, e aí eu não conseguia me conter. "Senhora, acredite em mim, pois digo isso só para seu bem", eu começava. "Sabia que os hospitais de Çapa usam esses vasilhames para coletar urina, e em Heybeliada como escarradeira no sanatório para tuberculosos?…"

Por fim inventaram um tipo mais leve e barato. Com esses vasilhames não havia necessidade de pagar depósito ao merceeiro. "Basta lavá-los e então usá-los como copo. Um mimo para as donas de casa", diziam. O custo foi imbutido no preço do iogurte, claro. Mesmo assim, graças aos meus ombros fortes e ao iogurte Silivri original, fomos tocando adiante, mas só até as grandes empresas de laticínios desenharem um belo rótulo com a figura de uma vaca e colarem nos recipientes de vidro, com o nome da marca em letras garrafais e anúncios na TV. Então passaram a enviar suas peruas Ford, cada uma com a figura da mesma vaca, para percorrer as ruas estreitas e sinuosas e fazer a entrega nas mercearias, e isso acabou com nosso meio de vida. Graças a Deus ainda temos a boza para vender à noite e continuar tocando a vida. Se pelo menos Mevlut parasse de vagabundear, começasse a trabalhar um pouco mais e repassasse todo o dinheiro ganho ao pai, teríamos alguma coisa para enviar à aldeia no inverno.

12. Como casar com uma garota da aldeia
Minha filha não está à venda

KORKUT. Seis meses depois da guerra e de todos os incêndios do ano passado, grande parte dos alevitas foi embora. Alguns se mudaram para outras colinas distantes, como Oktepe, outros foram morar no bairro de Ghaazi, na periferia. Desejei a eles tudo de bom. Vamos torcer para que não comecem a perturbar nossa polícia e nossos guardas lá também. Se você se encontra numa autoestrada de seis pistas construídas dentro de modernos padrões internacionais, voando a oitenta quilômetros por hora em direção ao galinheiro que você chama de casa, pode repetir o quanto quiser que "A Revolução é a única solução!", mas estará apenas enganando a si mesmo.

Quando todo o bando de esquerdistas se foi, o valor das escrituras emitidas pelo *muhtar* aumentou da noite para o dia. Apareceram gangues armadas e aproveitadores tentando reclamar novos terrenos. As mesmas pessoas que não dariam um tostão ao velho Hamit Vural quando ele propunha: "Vamos comprar novos tapetes para a mesquita", e que pelas costas diziam que ele tinha de pagar do seu bolso porque havia expulsado os alevitas de Bingöl e de Elazığ e tomado suas terras, apressaram-se em se apropriar de terras e escrituras nos termos das novas diretrizes do planejamento urbano. O sr. Hamit também se lançou em novos projetos de construção em Kültepe. Abriu uma padaria em Harmantepe e, sem medir despesas, construiu um alojamento para os solteiros que ele trouxe da aldeia guarnecido de aparelhos de TV, com sala de orações e escola de caratê. Quando voltei do serviço militar, comecei a trabalhar como assistente no canteiro de obras desse alojamento, gerenciando o depósito de suprimentos da obra. Aos sábados, o sr. Hadji Hamit partilhava uma refeição de *ayran*, carne, arroz e salada com todos aqueles jovens solteiros patriotas no restaurante self-service do alojamento. Gostaria de agradecer a ele por ter me ajudado tão generosamente a me casar.

ABDURRAHMAN EFÊNDI. Estou lutando para encontrar um partido conveniente para minha filha mais velha, Vediha, que já está com dezesseis anos. Normalmente o melhor para as mulheres é resolver essas coisas entre elas mesmas quando estão lavando roupa ou nos banheiros públicos ou no mercado, ou então quando se visitam, mas, como minhas filhas não têm mãe nem tias com quem possam falar, tudo ficou a cargo deste seu humilde criado. Quando as pessoas souberam que tomei um ônibus até Istambul só para isso, disseram que eu estava em busca de um marido rico para minha querida e bela Vediha e que eu iria pegar todo seu dote e gastar em *rakı*. Eles invejam um aleijado como eu e falam de mim pelas costas por um motivo simples: apesar do pescoço torto, ainda sou um sujeito animado que se compraz na companhia de suas filhas, leva a vida de forma plena e também é capaz de apreciar uma bebida de vez em quando. É pura calúnia dizer que eu costumava me embebedar e espancar minha falecida esposa e que só fui a Istambul para poder esquecer meu pescoço torto e gastar algum dinheiro com as garotas de Beyoğlu. Em Istambul, eu entrava em cafés onde logo cedo os vendedores de iogurte se encontravam e via alguns velhos amigos que ainda trabalham vendendo iogurte de manhã e boza à noite. Não que a gente possa chegar de repente e dizer: "Estou procurando um marido para minha filha!". Você tem de começar com alguma conversa mole e deixar que a amizade faça o resto, e se você vai a um bar à noite, uma garrafa leva a outra, e antes que você se dê conta todos estão com a língua mais solta. Estando meio embriagado, devo ter me gabado da minha querida Vediha numa dessas conversas e deixei passar de mão em mão uma foto que tiramos no Estúdio Fotográfico Billur de Akşehir.

* * *

TIO HASAN. De vez em quando eu olhava a fotografia da garota de Gümüşdere que trazia no bolso. Muito bonita. Certo dia, na cozinha, mostrei-a a Safiye. "O que você acha, Safiye?", perguntei. "Será que ela é boa para Korkut? Ela é filha do Abdurrahman Pescoço-Torto. O pai dela veio a Istambul e à minha loja. Conversamos um pouco. Ele era um homem muito trabalhador, mas acontece que nunca foi muito forte; ficou esmagado sob a vara e teve de voltar para a aldeia. Está se vendo que ele está sem dinheiro. Mas Abdurrahman Efêndi é uma velha raposa selvagem."

TIA SAFIYE. Meu pequeno Korkut está se desgastando com todo esse trabalho de construção, com o alojamento, o carro (ele é motorista), e também com o caratê, e gostaríamos de casá-lo, mas ele é muito turrão, Deus o abençoe, e muito orgulhoso também. Se a gente lhe dissesse: "Você completou vinte e seis anos, deixe-nos ir à aldeia e encontrar uma moça para você", ele responderia: "Não, eu mesmo encontro uma na cidade". Se a gente dissesse: "Tudo bem, encontre você mesmo, procure em Istambul uma moça com quem queira se casar", ele iria responder que quer uma jovem pura e obediente, e não é possível encontrar uma assim na cidade. Então peguei a fotografia da bela filha de Abdurrahman Pescoço-Torto e a botei perto do rádio. Quando meu querido Korkut chega em casa, ele está cansado demais para fazer qualquer coisa que não seja ver TV e ouvir as corridas de cavalo pelo rádio.

KORKUT. Ninguém, nem mesmo minha mãe, sabe que aposto nas corridas de cavalo. Não faço isso por dinheiro, mas por diversão. Certa noite, quatro anos atrás, construímos mais uma sala nesta casa. Fico sozinho aqui ouvindo as corridas pelo rádio. Daquela vez, quando eu estava olhando para o teto, um raio de luz pareceu brilhar sobre o rádio, e senti que a moça da fotografia olhava para mim, e que a forma como ela olhava haveria de ser um consolo pelo resto da vida. Meu coração se encheu de alegria.

"Mãe, quem é essa moça da fotografia?", perguntei, fingindo indiferença. "Ela é de Gümüşdere", ela disse. "Não é um anjo? Quer que eu arranje um casamento para vocês dois?" "Não quero uma garota da aldeia", eu disse.

"Sobretudo dessas que distribuem fotografia a torto e a direito." "Não é bem assim", disse minha mãe. "Ouvi dizer que o pai dela, que tem o pescoço torto, se recusa a mostrar a foto dela para todo mundo. Dizem que tem ciúme da filha e despacha os pretendentes na porta de casa. Seu pai o pressionou para que ele lhe desse uma foto porque sabia que ela é muito bonita."

Acreditei nessa mentira. Talvez vocês já saibam que era mentira, e estão rindo por eu ter me deixado apanhar com tanta facilidade. Mas vou lhes dizer uma coisa: as pessoas que zombam de tudo nunca vão se apaixonar de verdade nem acreditar em Deus. Porque são orgulhosas demais. Tanto acreditar em Deus como se apaixonar é um sentimento tão sagrado que não deixa espaço para nenhuma outra paixão.

O nome dela era Vediha. "Não consigo tirar essa garota da minha cabeça", eu disse à minha mãe uma semana depois. "Vou voltar para a aldeia para observá-la em segredo e falar com o pai dela."

ABDURRAHMAN EFÊNDI. O pretendente é muito precipitado. Ele me levou a um bar. Vediha é minha filha, meu tesouro, meu buquê de flores, essas pessoas nunca vão entender, elas juntaram um pouquinho de dinheiro aqui em Istambul e agora estão cheias de si. Um lutador de caratê presunçoso ganha um dinheirinho puxando o saco do sr. Hadji Hamit, de Rize, dirige um Ford e por isso acha que merece a minha filha? Eu disse várias vezes: MINHA FILHA NÃO ESTÁ À VENDA. As pessoas da mesa vizinha franziram o cenho quando me ouviram, mas então sorriram, como se fosse uma piada.

VEDIHA. Tenho dezesseis anos, já não sou criança e sei (como todo mundo sabe) que meu pai quer me casar, embora finja não desconfiar de nada. Às vezes sonho que um homem mau está me seguindo… Terminei a Escola Primária de Gümüşdere há três anos. Se tivesse ido para Istambul, já teria completado o colegial, mas, como não há ginásio em nossa aldeia, até agora nenhuma garota conseguiu ir tão longe.

SAMIHA. Tenho doze anos e estou no último ano da escola primária. Às vezes minha irmã vai me buscar na escola. Certo dia um homem começou a nos seguir quando voltávamos para casa. Fomos andando em silêncio e nem eu nem minha irmã nos voltamos para olhar. Em vez de ir direto para casa, fomos até a mercearia, mas não entramos. Andamos por ruas escuras, passamos por casas sem janelas, sob um plátano sacudido pelo vento, atravessamos a parte do bairro por trás de nossa casa e chegamos tarde. Mas o homem continuou nos seguindo. Minha irmã nem sequer sorriu. "Ele é um idiota!", eu disse, furiosa, quando entramos em casa. "Todos os rapazes são idiotas."

RAYIHA. Tenho treze anos e acabei a escola primária no ano passado. Vediha tem muitos pretendentes. O último diz que é de Istambul, mas na verdade ele é filho de um vendedor de iogurte de Cennetpınar. Vediha gosta de ir a Istambul, mas eu não quero que ela goste desse homem, porque aí ela casa e vai embora. Quando Vediha se casar, vai ser a minha vez. Eu ainda disponho de três anos, mas, quando tiver a idade dela, não quero ninguém correndo atrás de mim como correm atrás dela — e mesmo que eu quisesse, pouco importa, acho que não vou querer nenhum deles. Todo mundo sempre diz: "Você é tão inteligente, Rayiha". Olhando pela janela junto com meu pai de pescoço torto, vi Vediha e Samiha chegando da escola.

KORKUT. Não consegui tirar os olhos da minha adorada quando ela estava voltando da escola com sua irmã mais nova. Foi a primeira vez que a vi, e senti um amor ainda mais profundo do que ao ver sua fotografia. Suas costas esbeltas, seus braços delicados, tudo era tão perfeito que agradeci ao Senhor por isso. Sabia que ficaria muito infeliz se não conseguisse casar com ela. Então me pus a pensar: aquele Pescoço-Torto espertalhão cobraria um preço tão alto que eu iria maldizer o dia em que me apaixonei.

ABDURRAHMAN EFÊNDI. Ante a insistência do pretendente, nós nos encontramos mais uma vez em Beyşehir. Pensei comigo: se você está tão apaixonado, dinheiro não vai ser problema. O destino e a fortuna de minha querida Vediha, e de todas as minhas filhas, estão em minhas mãos, por isso ainda a caminho do restaurante eu ia desconfiado, e mesmo antes do primeiro drinque eu disse de novo: "Sinto muitíssimo, meu jovem, eu o entendo muito bem, mas MINHA BELA FILHA NÃO ESTÁ À VENDA DE JEITO NENHUM".

KORKUT. O cabeça-dura Abdurrahman Efêndi já tinha cuspido toda uma lista de exigências antes mesmo de terminar o primeiro drinque. Eu não conseguiria atender a elas, mesmo com a ajuda do meu pai e de Süleyman, mesmo que juntássemos forças, tomássemos um empréstimo ou vendêssemos nossa casa em Duttepe e o terreno que havíamos cercado em Kültepe.

SÜLEYMAN. De volta a Istambul, meu irmão concluiu que a única esperança de resolver seu problema sentimental era recorrer ao sr. Hadji Hamit, então decidimos programar uma exibição de caratê para sua primeira visita ao alojamento. De barba feita, os trabalhadores lutaram bem, vestindo seus imaculados uniformes de treino. O sr. Hamit nos fez sentar junto dele, um de cada lado, durante o jantar. O venerável cavalheiro já foi a Meca duas vezes — duas vezes *hadji*! —, possui enormes extensões de terra e propriedades, muitos homens sob seu comando, e fundou nossa mesquita, por isso toda vez que eu olhava para sua barba branca eu me regozijava por estar sentado tão perto dele. Ele nos tratava como filhos. Perguntou por nosso pai. ("Por que Hasan não veio?", indagou, lembrando o nome de papai.) Perguntou também sobre a situação da nossa casa e sobre o último cômodo que havíamos construído, e sobre o mezanino que acrescentamos, com escada externa própria, e até quis saber onde ficava o terreno que meu pai e o tio Mustafa tinham reclamado e procurado o *muhtar* para conferir o registro. Ele sabia tudo: onde ficava cada terreno, que lote era vizinho ou fronteiro a outro, as casas que haviam sido construídas e as que tinham ficado pela metade; sabia quando as pessoas discutiam por causa de um terreno que possuíam em sociedade, quais edifícios e lojas haviam construído no último ano — até a última parede e chaminé de cada um —; sabia exatamente que rua fora a última a ser aberta e que colina tinha eletricidade e água encanada; e sabia por onde iria passar o anel viário em fase de construção.

HADJI HAMIT VURAL. "Meu jovem, ouvi dizer que você está apaixonado e sofrendo muito, não é?", perguntei, e ele desviou os olhos, envergonhado: o que o constrangia não era estar caído de amores, mas o receio de que seus amigos descobrissem seu romance impossível e que ele não pudesse resolver o caso sozinho. Voltei-me para o gorducho do seu irmão mais novo. "Se Deus quiser, vamos encontrar uma solução para o sofrimento do seu irmão", eu disse. "Mas ele cometeu um erro que você deve evitar. Então, como você se chama? Tudo bem, Süleyman, meu filho, se você amar uma garota tão profundamente quanto seu irmão... você precisa começar a amá-la depois de ter casado. Se estiver com pressa, bem... espere até ficar noivo, ou talvez até conseguir um acordo informal... Pelo menos espere até que se tenha estabelecido o preço da noiva. Mas se você se apaixonar antes de tudo isso, como seu irmão, e se puser a discutir o preço com o pai da garota, aí esses pais astutos vão lhe pedir a lua. Em nosso país existem duas espécies de amor. A primeira é quando você se apaixona por alguém que não conhece de modo algum. Na verdade, a maioria dos casais nunca se apaixonaria se antes do casamento os jovens viessem a conhecer um ao outro, nem que fosse um pouquinho. É por isso que o Abençoado Profeta Maomé achava não ser conveniente que houvesse algum contato entre um rapaz e uma moça antes das bodas. Mas há também o caso em que duas pessoas se casam e se apaixonam depois, quando têm toda uma vida para partilhar, e isso só pode acontecer quando você se casa com alguém que você não conhece."

SÜLEYMAN. Eu disse: "Senhor, eu nunca me apaixonaria por uma jovem que não conhecesse". "Você disse uma jovem que conhecesse ou uma jovem que não conhecesse?", perguntou o radiante sr. Hadji Hamit. "Deixe de lado essa história de conhecer ou não conhecer; o melhor tipo de amor é aquele que a gente sente por alguém que a gente nem ao menos viu." O sr. Hamit riu. Então seus homens também riram, embora na verdade não tivessem entendido nada. Antes de sair, meu irmão e eu beijamos respeitosamente a mão abençoada do sr. Hadji Hamit. Meu irmão me deu um soco no ombro quando nos vimos sozinhos, dizendo: "Vamos ver que tipo de mulher você vai achar nesta cidade".

13. O bigode de Mevlut
O dono de um terreno sem escritura

Só muito depois, em maio de 1978, numa carta que sua irmã mais velha escreveu ao pai, Mevlut descobriu que Korkut estava para se casar com uma garota da aldeia vizinha de Gümüşdere. A irmã de Mevlut escrevia ao pai havia quase quinze anos, às vezes regularmente, às vezes quando lhe dava na telha. Mevlut lia as cartas dirigidas a seu pai da mesma forma séria e concentrada com que lia o jornal. Ao descobrirem que Korkut viajara a Gümüşdere por causa de uma garota, pai e filho sentiram um estranho ciúme e muita raiva. Por que Korkut não tinha contado nada? Dois dias depois, quando foram visitar a família Aktaş e se inteiraram dos detalhes, ocorreu a Mevlut que sua vida em Istambul seria muito mais fácil se ele também pudesse contar com um patrão e protetor tão poderoso quanto Hadji Hamit Vural.

MUSTAFA EFÊNDI. Duas semanas depois da visita à família Aktaş, durante a qual ficamos sabendo que Korkut ia se casar com o apoio de Hadji Hamit Vural, eu estava na mercearia de meu irmão mais velho Hasan conversando sobre coisas triviais quando ele de repente ficou sério e anunciou que fora decidido o seguinte: o novo anel viário passaria por Kültepe, e os inspetores cadastrais não iriam mais àquele lado da colina (e mesmo que o fizessem, não teriam escolha senão deixar os terrenos reservados para o anel viário, por mais que se tentasse suborná-los), o que significava que ninguém que tivesse terrenos naquela área conseguiria uma escritura registrada oficialmente em seu nome, e o governo não pagaria um tostão de indenização pela terra expropriada para construir a autoestrada de seis pistas.

"Como vi que iríamos perder nosso lote em Kültepe", ele disse, "vendi-o a Hadji Hamit Vural, que está comprando toda a terra daquele lado da colina. Ele é um homem generoso, que Deus o abençoe, e me pagou muitíssimo bem!"

"O quê?! Você vendeu minha terra sem ao menos me consultar?"

"A terra não é sua, Mustafa. A terra é nossa. Eu fui reclamá-la e você me deu uma mão. O *muhtar* fez as coisas dentro dos conformes e escreveu nossos nomes sob a data e assinatura numa folha de papel que nos entregou, assim como fez com todo mundo. Ele deu o documento a mim, e você não pareceu se preocupar com isso. Mas dentro de um ano aquela folha de papel não ia valer mais nada. Esqueça a casa, ninguém vai começar a construir nada naquele lado da colina porque eles sabem que tudo vai ser demolido. Você deve ter notado que não estão levantando nem uma parede."

"Por quanto você vendeu?"

Ele começou a dizer: "Ora, por que você não se acalma e para de empregar esse tom com seu irmão mais velho…", e aí uma mulher entrou e pediu um pouco de arroz. Eu me pus a esbravejar enquanto ele colocava arroz numa sacola de papel manejando uma pá de plástico. Eu poderia tê-lo matado! Não tenho nada neste mundo a não ser minha precária casa e metade daquele terreno! Não contei a ninguém. Nem mesmo a Mevlut. No dia seguinte, voltei à loja. Hasan estava fazendo sacos de papel com jornais velhos. "Por quanto você o vendeu?" Mais uma vez, ele se recusou a dizer. Eu já não conseguia dormir à noite. Uma semana depois, quando a loja estava vazia, ele de repente me disse por quanto vendera o terreno. O quê? Ele disse que me daria a metade. Mas era um valor tão baixo que só pude dizer: EU NÃO ACEITO ESSA SOMA. "Bem, já estou sem esse dinheiro", disse meu irmão, "estamos preparando o casamento de Korkut, lembra?" "O quê? Você está casando seu filho com o dinheiro do meu terreno?" "Eu já lhe disse que o pobre Korkut está loucamente apaixonado!", ele respondeu. "Não fique assim, logo vai chegar a vez de Mevlut: a filha do Pescoço-Torto tem duas irmãs. Vamos casar Mevlut com uma delas. O que esse pobre rapaz vai fazer?" "Não se preocupe com Mevlut", eu disse. "Primeiro ele vai terminar o colegial, depois o serviço militar. De todo modo, se houvesse uma garota boa, você a teria reservado para Süleyman."

Foi através de Süleyman que Mevlut ficou sabendo que o terreno em Kültepe sem escritura que seu pai e seu tio reclamaram treze anos antes fora vendido. Segundo Süleyman, de todo modo não existia essa coisa de "dono de um terreno sem escritura". Ninguém construíra uma casa lá e nem ao menos plantara uma só árvore, e seria impossível suspender a construção da autoestrada de seis pistas com base numa folha de papel obtida de um *muhtar* anos atrás. Quando seu pai tocou no assunto duas semanas depois, Mevlut fingiu que não sabia de nada. Ele entendeu a fúria do pai e ficou indignado com a família Aktaş por ter vendido a propriedade que eles tinham em sociedade sem ao menos consultá-los, e quando considerou que, acima de tudo, eles haviam tido muito mais sucesso em Istambul que Mevlut e seu pai, sentiu uma fúria cada vez maior, como se tivesse sofrido uma injustiça pessoal. Mas também sabia que não podia se dar ao luxo de cortar relações com seu tio e primos, pois sem eles ficaria sozinho na cidade.

"Escute aqui, se algum dia você for à casa de seu tio sem minha permissão, se você se encontrar com Korkut e Süleyman novamente, vai ter de ser por cima de meu cadáver", disse-lhe o pai. "Entendeu?"

"Entendi", disse Mevlut. "Juro que não vou fazer isso."

Mas, como aquele juramento o mantinha longe da cozinha de sua tia e o impedia de encontrar Süleyman, ele se arrependeu do juramento praticamente de imediato. Ferhat também estava longe, pois mudara de Kültepe com a família após o colegial. Assim, depois que seu pai voltou para a aldeia, Mevlut passou parte do mês de junho vagando por casas de chá e parquinhos infantis, com sua raspadinha da sorte. Mas o que acumulava num dia era só um pouco mais do que gastava, não conseguia amealhar nem um quarto do que ganhava quando trabalhava com Ferhat.

Em princípios de julho de 1978, Mevlut pegou um ônibus para a aldeia. A princípio foi divertido ficar com a mãe, as irmãs e o pai. Mas toda a aldeia estava concentrada nos preparativos do casamento de Korkut, e Mevlut se incomodou com aquilo. Ficava andando pelas colinas com o velho cão Kâmil, seu amigo de longa data. Lembrava-se do cheiro da relva secando ao sol e das bolotas de carvalho, dos regatos gelados serpenteando por entre as pedras. Mas ele não se livrava da sensação de estar perdendo todas as coisas que aconteciam em Istambul e a oportunidade de ficar rico.

Certa tarde ele desenterrou duas cédulas que tinha escondido num canto do jardim sob um plátano. Disse à mãe que voltaria para Istambul. "Seu pai não vai gostar!", ela respondeu, mas ele a ignorou. "Há muito trabalho a fazer!", Mevlut disse. Conseguiu pegar o micro-ônibus para Beyşehir naquele dia mesmo, sem topar com o pai. Na cidade, comeu carne picada com berinjela num restaurante barato daqueles que imitam vagão de trem, na frente da Mesquita de Eşrefoğlu, enquanto esperava o ônibus. À noite, quando o ônibus pegou a reta para Istambul, ele sentiu que sua vida e seu futuro estavam agora totalmente em suas mãos, que ele era um adulto que cuidava de si, e ficou excitado com as infinitas possibilidades à sua frente.

Em Istambul, descobriu que o mês em que ficara afastado já havia lhe custado alguns fregueses. Nunca tinha sido assim. Algumas famílias fechavam as cortinas e ficavam se protegendo do calor, enquanto outras viajavam. (Alguns vendedores de iogurte seguiam os fregueses até suas casas de veraneio nas ilhas dos Príncipes, em Erenköy e em Suadiye.) Ainda assim, as vendas não caíam tanto durante o verão, porque os cafés compravam iogurte para fazer *ayran*. Naquele verão de 1978, porém, Mevlut descobriu que vender iogurte nas ruas era uma ocupação fadada a desaparecer. O número de vendedores estava diminuindo rapidamente tanto entre os trabalhadores diligentes, de avental, da geração de seu pai, quanto entre os jovens batalhadores, da geração de Mevlut, sempre em busca de alguma outra coisa para fazer.

A vida cada vez mais dura do vendedor de iogurte transformara seu pai num homem dominado pela raiva e pela hostilidade, mas não afetou Mevlut da mesma maneira. Até em seus piores e mais solitários dias, o rapaz nunca perdeu o sorriso que seus fregueses achavam tão simpático. As tias e as mulheres dos porteiros dos novos espigões, com seus cartazes de PROIBIDA A ENTRADA DE AMBULANTES, e as velhas megeras, que em geral tinham tanto prazer em apontar o "Não é permitida a entrada de ambulantes no elevador", sempre ensinavam a Mevlut como abrir a porta dos elevadores e os botões que teria de apertar. Das cozinhas, poços de escada e entradas dos apartamentos, muitas criadas e filhas de porteiros admiravam seu jeito infantil, embora ele não soubesse como agir nem ao menos para lhes dirigir a palavra. Para esconder a própria ignorância de si mesmo, convenceu-se de que aquilo era uma forma de "ser respeitoso". Mevlut vira em filmes rapazes da sua idade que não tinham a menor dificuldade em conversar com as garotas, e queria muito ser como eles. Na verdade, porém, ele não gostava muito de filmes estrangeiros, em que nunca se sabia ao certo quem eram os caras bons e quem eram os caras maus. Ainda assim, toda vez que se tocava para sentir prazer, fantasiava sobretudo com as mulheres estrangeiras dos filmes e das revistas turcas. Mergulhava calmamente nessas fantasias enquanto se deixava ficar na cama, o sol lhe aquecendo o corpo seminu.

Mevlut gostava de ficar em casa sozinho. Isso significava que era ele quem mandava, pelo menos até o pai voltar. Tentou transferir a mesa oscilante para outro lugar, subiu numa cadeira e pregou a cortina que soltara do trilho, guardou no armário as facas, panelas e frigideiras que não usava. Varria o chão e limpava tudo com muito mais frequência do que quando o pai estava na casa. Não obstante, não podia ignorar que aquela casa de um cômodo estava ainda mais malcheirosa e bagunçada que de costume. Gozando da sua solidão e de seu próprio cheiro forte, sentia-se presa do mesmo impulso que conduzia o pai a uma solidão soturna, do mesmo sentimento que corria em seu sangue. Mevlut agora estava com vinte e um anos.

Ele vagava pelos cafés de Kültepe e Duttepe. Sentia vontade de se manter perto de rostos conhecidos e dos jovens que ficavam à toa na frente da TV, por isso às vezes ia ao local onde os diaristas se reuniam logo cedo. Todas as manhãs, às oito, eles se agrupavam num terreno baldio na entrada de Mecidiyeköy, oferecendo-se para trabalhar. Em sua maioria, eram trabalhadores não qualificados que, tendo começado a pegar no pesado logo que chegaram da aldeia, abriram mão do seguro social; agora, vivendo com algum parente nas colinas próximas, estavam dispostos a aceitar qualquer bico. Jovens vivendo a vergonha do desemprego e sujeitos indisciplinados que não conseguiam parar em emprego nenhum — todos eles iam lá de manhã e entre um cigarro e outro esperavam os possíveis empregadores que vinham em suas vans de todos os cantos da cidade. Entre aqueles jovens que ficavam matando o tempo nos cafés, alguns se gabavam do tanto que haviam recebido numa jornada de trabalho na periferia, mas Mevlut ganhava a mesma soma em apenas meio dia de labuta.

No fim de um daqueles dias, sentindo-se especialmente sozinho e desorientado, largou as bandejas, a vara e tudo o mais num restaurante e foi procurar Ferhat. Levou duas horas para chegar a Gaziosmanpaşa, na periferia da cidade, confinado feito sardinha em lata num ônibus vermelho de transporte público que cheirava a suor. Por curiosidade, espiou as geladeiras que serviam de vitrines nas lojas de conveniência e notou que as empresas de iogurte haviam conquistado aqueles bairros também. Na mercearia de uma transversal, viu uma geladeirinha oferecendo iogurte numa bandeja, do tipo tradicional, para ser vendido por quilo.

Ele pegou um micro-ônibus e quando chegou ao bairro de Ghaazi, fora da cidade, já anoitecia. Andou até a mesquita do outro lado do bairro, numa rua que não passava de um aclive quase vertical. A floresta por trás da colina era considerada uma fronteira verdejante e intocada nos limites de Istambul, mas parecia que os migrantes mais novos haviam começado a desbastar pequenos trechos das matas, a despeito de todo o arame farpado que cercava a área. O bairro estava coberto de slogans revolucionários, imagens de foice e martelo, cartazes com estrela vermelha; toda aquela área pareceu a Mevlut muito mais pobre do que Kültepe e Duttepe. Atordoado e com um vago temor, perambulou pelas ruas, entrou e saiu dos cafés lotados, esperando ver o rosto conhecido de algum dos alevitas que foram expulsos de Kültepe. Perguntou aqui e ali por Ferhat, mas não descobriu nada nem viu nenhum conhecido. À noite, as ruas de Ghaazi, sem nem um poste para as iluminar, lhe pareciam mais melancólicas que qualquer longínqua cidade da Anatólia.

Ele voltou para casa e se masturbou a noite inteira. Ele se masturbava uma vez e depois de ter ejaculado e relaxado, cheio de vergonha e culpa, jurava: nunca mais. Passado algum tempo começava a pensar em quebrar o juramento, cometendo um pecado. Parecia-lhe apenas uma medida de prudência fazer depressa mais uma vez, para extirpar aquele impulso de seu organismo e então renunciar ao vício desgraçado até o fim de seus dias. E assim terminava masturbando-se de novo duas horas mais tarde.

Às vezes sua mente tomava caminhos que ele não desejava. Ele questionava a existência de Deus, pensava sobre as palavras mais obscenas que conhecia, e às vezes visualizava uma explosão, como nos filmes, que iria reduzir o mundo a pedaços. Será que aqueles pensamentos eram mesmo dele?

Desde que abandonou a escola, Mevlut só se barbeava uma vez por semana. Sentia como se as trevas de seu interior procurassem um pretexto para se manifestar. Então passou duas semanas sem se barbear. Resolveu se barbear quando seu rosto eriçado começou a assustar alguns de seus clientes, que valorizavam o asseio da mesma forma que valorizavam cada camada de creme no iogurte. A casa já não era tão escura como antes. (Ele não se lembrava por que antes era tão escura.) Mas ainda levou para fora o espelho, como o pai costumava fazer. Limpou a espuma do rosto e do pescoço, olhou-se no espelho: sim, agora ele tinha um bigode.

Mevlut não gostou muito de se ver de bigode. Não se achou mais "bonito", aquela cara de menino que todos achavam tão linda tinha desaparecido e fora substituída por um dos milhões de rostos de homens que ele via nas ruas todos os dias. Todos aqueles fregueses que o achavam tão charmoso, as velhas senhoras que perguntavam se ele ainda estava na escola e as donas de casa que o olhavam demoradamente sob os véus — será que ainda gostavam dele? Ainda que Mevlut não houvesse aparado nem um fio, seu bigode tinha o mesmo formato que todos os outros. Era muito doloroso pensar que ele não era mais a pessoa que sua tia costumava acarinhar; deu-se conta de que aquele era o começo de um movimento que não tinha mais volta, e ao mesmo tempo sentia que aquele aspecto lhe dava mais força.

Agora, porém, toda vez que batia uma punheta pensava com mais clareza sobre algo que até então só se permitira pensar de raspão: estava com vinte e um anos e nunca se deitara com uma mulher. Uma bela jovem que usasse véu e tivesse boa formação moral — o tipo de mulher que gostaria de ter como esposa — nunca iria dormir com ele antes do casamento; e Mevlut nunca casaria com uma mulher que quisesse fazer sexo com ele antes das bodas.

De toda forma, sua prioridade não era casamento, mas encontrar uma mulher amável a quem pudesse abraçar e beijar, uma mulher com quem pudesse fazer sexo. Se, por um lado, encarava isso como uma coisa à parte do casamento, por outro, achava-se incapaz de conseguir contato sexual fora do casamento. Mevlut podia ter tentado alguma coisa com uma das garotas que haviam mostrado algum interesse por ele (os dois iriam ao parque, ao cinema ou tomar uma bebida leve por aí), fazê-la acreditar que pretendia casar com ela (essa provavelmente iria ser a parte mais difícil), e então dormir com ela. Mas só um homem egoísta e perverso teria essa atitude, não Mevlut. Para não falar que ele poderia terminar levando um tiro dos irmãos mais velhos ou do pai da garota. As únicas garotas que dormiriam com um rapaz sem fazer muita onda e sem que a família descobrisse eram as que não usavam véu na cabeça, e Mevlut sabia que nenhuma garota nascida e criada na cidade se interessaria por ele (independentemente do charme que lhe dava o bigode). Só lhe restavam os bordéis de Karaköy. Nunca foi.

Uma noite, no final do verão, um dia depois de ter passado pela loja do tio Hasan, Mevlut ouviu uma batida na porta e ficou muito feliz de ver Süleyman. Ele abraçou o primo calorosamente e notou que ele também deixara crescer um bigode.

SÜLEYMAN. Mevlut me chamou de irmão e me deu um abraço tão apertado que terminei com lágrimas nos olhos. Rimos pelo fato de ambos termos cultivado um bigode.

"O seu bigode tem um estilo esquerdista", eu lhe disse.

"O quê?"

"Ora, vamos... você sabe do que estou falando, os esquerdistas é que cortam as pontas em forma de triângulo, como o seu. Você está imitando Ferhat?"

"Não estou imitando ninguém. Simplesmente cortei do jeito que quis, não estava querendo nenhuma forma especial... Pois então você cortou o seu como um Lobo Cinzento."

Pegamos o espelho da prateleira e examinamos os pelos do rosto um do outro.

"Mevlut, não vá ao casamento na aldeia", eu disse. "Vai haver uma recepção daqui a duas semanas no Salão de Casamento de Şahika, em Mecidiyeköy, você bem que poderia ir. Tio Mustafa está causando problemas, está dividindo a família, mas você não precisa ser como ele. Veja como os curdos e os alevitas constroem casas uns para os outros o tempo todo. Quando um deles arruma trabalho em algum lugar, a primeira coisa que faz é trazer alguém do clã que ainda está na aldeia."

"O que não é muito diferente de nós, não?", disse Mevlut. "Verdade que vocês estão no bem-bom, enquanto nós, não importa o quanto trabalhemos, não conseguimos economizar dinheiro para aproveitar nenhuma das oportunidades que Istambul oferece. E agora perdemos nosso terreno."

"Nós não esquecemos sua parte no terreno, Mevlut. Hadji Hamit Vural é um homem justo e generoso. Se assim não fosse, meu irmão Korkut nunca conseguiria arrumar o dinheiro que precisava para o casamento. Abdurrahman Efêndi Pescoço-Torto tem mais duas filhas bonitas. Vamos pedir a mais velha para você; ouvi dizer que é muito bonita. Se não for assim, quem vai lhe arrumar uma esposa para cuidar de você e o proteger? Viver sozinho nesta cidade é insuportável."

"Eu mesmo vou achar uma garota com quem me casar, não preciso da ajuda de ninguém", disse Mevlut, determinado.

14. Mevlut se apaixona
Só Deus poderia ter determinado aquele encontro casual

Em fins de agosto, Mevlut foi à festa de casamento de Korkut e Vediha. Não sabia bem por que mudara de ideia. Na manhã da festa, ele vestiu um terno que comprou baratinho de um alfaiate conhecido de seu pai. Também pôs uma gravata azul desbotada que o pai usava em feriados religiosos e toda vez que ia a uma repartição pública. Com um pouco de dinheiro que tinha economizado, comprou vinte marcos alemães de um joalheiro de Şişli.

O Salão de Casamento de Şahika ficava na estrada em declive de Duttepe para Mecidiyeköy. Costumava ser usado pelas autoridades municipais e sindicatos para festas de circuncisão ou para casamentos de feitores e operários, normalmente subsidiados pelos patrões. Durante aqueles verões em que trabalharam juntos como ambulantes, Mevlut e Ferhat tinham se infiltrado duas ou três vezes no fim de uma festa para descolar limonada de graça e alguns biscoitos; aquele lugar, pelo qual ele muitas vezes passava, não lhe havia deixado uma boa impressão. Quando desceu as escadas para entrar no salão, que estava apinhado, a pequena orquestra tocava tão alto, a atmosfera subterrânea estava tão quente e abafada que, por um instante, Mevlut teve dificuldade de respirar.

* * *

SÜLEYMAN. Eu, meu irmão e todos os demais ficamos muito felizes quando vimos que Mevlut veio. Meu irmão, muito elegante em seu terno branco levemente acinzentado e uma camisa social roxa, não podia ter sido mais cortês. Apresentou Mevlut a todo mundo antes de trazê-lo à nossa mesa, onde estavam os jovens. "Não se deixe enganar por essa cara de bebê", ele disse. "Ele é o cara mais durão de nossa família."

"Bem, meu caro Mevlut, agora que você tem um bigode, uma simples limonada não vai poder apará-lo", eu disse. Mostrei a ele a garrafa sob a mesa e enchi-lhe o copo de vodca. "Você já tomou uma legítima vodca da Rússia comunista?" "Nunca experimentei nem mesmo vodca turca", disse Mevlut. "Se esse troço é ainda mais forte que *rakı*, logo vai me subir à cabeça", acrescentou. "Não vai não, ela só vai fazer você relaxar e talvez criar coragem para olhar em volta e ver se troca olhares com alguém." "Mas eu olho em volta!", disse Mevlut. Mas ele não olhava. Quando o primeiro gole de vodca e limonada tocou em sua língua, ele a encolheu como se tivesse se queimado, mas então se recompôs. "Süleyman, eu queria dar uma nota de vinte marcos a Korkut, mas não sei bem se é o bastante." "Onde diabos você achou esses marcos? Se a polícia o pega, você vai preso", respondi, só para assustá-lo. "Mas todo mundo faz isso. Você é um bobo se guardar suas economias em liras turcas; com toda essa inflação, no final do dia elas estarão valendo a metade", ele disse. Voltei-me para os outros da mesa. "Mevlut aqui pode parecer muito inocente", eu disse. "Mas ele é o vendedor ambulante mais esperto e mais sovina que conheço. Para um unha de fome como você dar vinte marcos para o noivo... não é pouca coisa... Mas basta de trabalhar vendendo iogurte. Nossos pais vendiam iogurte também, mas agora todos trabalhamos com outras coisas." "Pretendo algum dia abrir meu próprio negócio, não se preocupe. Aí vocês todos vão se perguntar por que não fizeram isso." "Vá em frente, então. Diga lá o que você vai fazer." "Mevlut, você devia ser meu sócio!", disse Hidayet, o Boxeador. (Ele tinha esse apelido porque seu nariz era igual ao de um boxeador e também porque, como ele sabia que de todo jeito ia ser expulso da escola, nocauteou com um soco Fevzi, o professor de química exibido, exatamente como meu irmão.) "Eu não tenho uma mercearia ou uma tasca de kebab, como esse povo todo. Tenho uma loja de verdade, de material de construção", disse Hidayet. "Ela não é sua, é de seu cunhado", eu disse. "Todos podemos conseguir isso." "Caras, as garotas estão olhando para cá." "Onde?" "As garotas da mesa da noiva." "Ei, não fiquem olhando desse jeito", eu disse. "Aquelas garotas agora são de minha família." "Mas não são das nossas", disse Hidayet, o Boxeador, continuando a olhar. "De todo modo, elas são muito novas. Não somos pedófilos." "Cuidado, Hadji Hamit está aqui." "E daí?" "Será que a gente deve se levantar e cantar o hino nacional?" "Escondam a vodca e nem pensem em misturá-la à limonada, ele não deixa passar nada. Ele odeia esse tipo de coisa, e depois vai nos fazer pagar por isso."

Mevlut estava olhando para as garotas sentadas à mesa da noiva quando Hadji Hamit Vural chegou com seus homens. Todas as cabeças se voltaram quando ele entrou, e logo todos o rodearam para beijar-lhe a mão.

Mevlut também queria se casar com uma bela jovem como Vediha quando completasse vinte e cinco anos. Isso só seria possível depois de ganhar um monte de dinheiro e conseguir a proteção de alguém como Hadji Hamit. Ele entendeu que, para que isso acontecesse, teria de prestar o serviço militar, trabalhar duro, largar o comércio de iogurte e encontrar um trabalho melhor ou montar uma loja.

Por fim, encorajado pelo álcool, pelo barulho cada vez mais alto e pela animação cada vez maior que reinava no salão, ele começou a olhar diretamente para a mesa da noiva. Mevlut sentia também que Deus estava com ele e que sua sorte ia melhorar.

Muitos anos depois, Mevlut ainda conseguia rememorar aqueles momentos — a conversa à sua volta e o que ele viu à mesa onde estavam as jovens bonitas (tendo de vez em quando a visão obstruída pelas pessoas que se interpunham) — como cenas de um filme. Mas era um filme em que o diálogo e a fotografia nem sempre eram muito claros:

"Elas não são tão jovens assim, sabe?", disse uma voz à mesa. "Todas já têm idade de casar."

"Até aquela de véu azul?" "Gente, por favor, não olhem para elas de forma tão direta", disse Süleyman. "Metade dessas garotas vai voltar para a aldeia, as demais vão ficar na cidade." "Nós nem ao menos sabemos onde elas moram…" "Algumas moram em Gültepe, outras, em Kuştepe." "Você praticamente está nos conduzindo para lá..." "Para qual delas você quer que nós escrevamos cartas?" "Para nenhuma delas", disse um jovem decente que Mevlut não conhecia. "Elas estão tão longe que nem posso distingui-las." "Mais um motivo para escrever-lhes cartas, visto que estão tão longe."

"A carteira de identidade de Vediha diz que ela tem dezesseis anos, mas na verdade tem dezessete", disse Süleyman. "As irmãs têm quinze e dezesseis. Abdurrahman Efêndi Pescoço-Torto as registrou com atraso, para que ficassem mais tempo em casa e cuidassem do pai."

"Como é o nome da mais nova?"

"Ela é a mais bonita."

"A irmã dela nada tem de especial."

"Uma delas é Samiha; a outra é Rayiha", disse Süleyman.

Sentindo o coração disparar, Mevlut enrubesceu de surpresa.

"As outras três garotas também são da aldeia delas..." "A de véu azul não é nada má..." "Nenhuma dessas garotas tem menos de catorze anos." "Elas são crianças", disse o Boxeador. "Se eu fosse o pai delas, por enquanto não as deixaria usar véu."

"Em nossa aldeia, só se usa véu depois de terminar a escola primária", disse Mevlut, sem conseguir conter a própria excitação.

"A mais nova terminou o curso primário este ano."

"Quem é aquela de véu branco?", perguntou Mevlut.

"É a mais nova e a mais bonita."

"Eu nunca me casaria com uma garota da aldeia", disse Hidayet, o Boxeador.

"E uma garota da cidade nunca se casaria com você."

"Por quê?", perguntou Hidayet, um tanto ofendido. "Quantas garotas da cidade você conhece?"

"Um mooonte."

"Você sabe que não pode considerar as freguesas que vão à sua loja como conhecidas, não é?"

Mevlut comeu biscoitos doces e tomou outro copo de vodca e limonada, que cheirava a naftalina. Quando chegou a hora de dar à noiva e ao noivo os presentes e as joias, ele conseguiu admirar demoradamente a incrível beleza da mulher de Korkut, Vediha Yenge. Sua irmã mais nova, Rayiha, que estava à mesa das garotas, era tão bonita quanto ela; enquanto ele olhava aquela mesa animada, fitando Rayiha, sentiu surgir dentro de si um desejo tão forte quanto o desejo de viver, mas ao mesmo tempo sentia vergonha e medo de que aquilo não desse em nada.

Mevlut pregou seus vinte marcos na lapela de Korkut com um alfinete de segurança que Süleyman lhe dera, mas não teve coragem de olhar diretamente para o belo rosto da cunhada dele, e sua própria timidez o constrangeu.

Quando voltava à mesa, fez um desvio não planejado: foi cumprimentar Abdurrahman Efêndi, que estava com outros aldeões de Gümüşdere. Agora ele estava bem perto da mesa das garotas, mas não olhou na direção delas. Abdurrahman Efêndi vestia uma camisa branca de gola alta (para esconder o pescoço torto) e um paletó elegante. Àquela altura ele já estava acostumado com o estranho comportamento dos jovens vendedores ambulantes de iogurte estonteados com suas filhas. Como um sultão, estendeu a mão para Mevlut, que corajosamente a beijou. Será que sua bela filha tinha visto a cena?

Por um segundo, Mevlut perdeu a concentração e lançou um olhar à mesa das garotas. Seu coração disparou; ele sentia medo, mas também contentamento. E ficou desapontado. Havia duas cadeiras vazias à mesa. Na verdade, Mevlut não conseguira ver direito todas as garotas antes sentadas lá. Quando voltava à sua mesa, mantendo os olhos na mesa delas, tentando descobrir quem faltava e...

Quase esbarraram um no outro. Ela era a mais bonita. E devia ser também a mais jovem, tinha um quê infantil.

Eles se olharam por um instante. A moça tinha uma expressão muito franca, muito aberta, e olhos negros brilhantes, de mulher jovem. Ela se dirigiu à mesa do pai.

Mesmo em sua confusão, Mevlut pressentiu a mão do destino — Kısmet — em ação. Só Deus poderia ter determinado aquele encontro casual. Sem conseguir pensar direito, ficava olhando para a mesa do pai de pescoço torto, tentando vê-la novamente, mas havia gente demais. Ele já se afastara. Mas, embora não conseguisse ver-lhe o rosto, sentia-a em sua alma toda vez que ela se mexia, toda vez que o borrão azul indistinto de seu véu esvoaçava ao longe. A única coisa que desejava era falar a todo mundo sobre aquela moça bonita, sobre seu milagroso encontro e sobre o instante em que seus olhos negros fitaram os dele.

A certa altura, antes do final da festa, Süleyman me disse: "Abdurrahman Efêndi e suas filhas Samiha e Rayiha vão ficar lá em casa por mais uma semana antes de voltar para a aldeia".

Nos dias que se seguiram, Mevlut pensava constantemente na garota de olhos negros e rosto infantil e no que Süleyman havia lhe dito. Por que lhe contara aquilo? O que aconteceria se Mevlut retomasse o hábito antigo e, do nada, fosse bater à porta dos Aktaş? Será que ele tornaria a ver a garota? Será que ela também tinha prestado atenção nele? Mas ele precisava de um pretexto para visitá-los, do contrário Süleyman perceberia que ele tinha ido para vê-la e a esconderia dele. O primo até poderia zombar dele ou pôr um ponto final naquilo dizendo que ela não passava de uma criança. Se Mevlut confessasse sua paixão, Süleyman com certeza diria que também estava apaixonado por ela — que na verdade se apaixonara por ela antes — e não deixaria que Mevlut se aproximasse dela. Mevlut passou a semana inteira vendendo iogurte e, por mais que se esforçasse, não conseguiu arrumar um pretexto para visitar os Aktaş.

Quando as cegonhas migratórias voltaram a passar por Istambul a caminho da Europa, agosto chegou ao fim e as duas primeiras semanas de setembro tinham voado. Mevlut não foi à escola nem trocou nenhum dos marcos alemães escondidos sob o colchão para pagar um dos cursinhos pré-vestibulares que um ano antes ele dissera que ia frequentar. Nem ao menos fora à secretaria de saúde pegar o documento que o Esqueleto lhe dissera ser necessário para a matrícula. Tudo isso significava que sua carreira acadêmica, que, para todos os efeitos práticos, terminara dois anos antes, não podia sobreviver nem mesmo em sonho. Os agentes do recrutamento militar logo iriam aparecer em sua aldeia.

Mevlut achava que seu pai não estaria disposto a mentir para adiar o serviço militar do filho. Era mais provável que dissesse: "Que faça logo! Depois disso, pode se casar!". Claro que seu pai nem ao menos tinha dinheiro para arranjar uma esposa para o filho. Mas Mevlut queria casar com aquela garota que havia encontrado, e o mais rápido possível. Ele cometera um erro, se mostrara fraco, devia ter arranjado um pretexto para ir à casa dos Aktaş ver as irmãs de Vediha, cujos nomes rimavam. Nos momentos em que mais lamentava seu comportamento naquela ocasião, consolava-se com uma lógica impecável: se tivesse ido e visto Rayiha, ela decerto não mostraria interesse e

Mevlut ficaria arrasado e de mãos vazias. Mas só pensar em Rayiha enquanto andava nas ruas com a vara de vendedor de iogurte nos ombros já o consolava.

SÜLEYMAN. Meu irmão me arrumou um emprego no setor de materiais de construção há três meses. Dirijo a caminhonete Ford da empresa. Outro dia, por volta das dez da manhã, comprei um maço de cigarro numa mercearia de Mecidiyeköy de um pessoal de Malatya (não compro cigarro na loja da família porque meu pai não quer que eu fume) e estava prestes a tirar um do maço quando… adivinhem quem bateu na janela da direita do carro? Mevlut! Ele estava com a vara às costas, indo para a cidade vender iogurte, coitado. "Entra aí", eu disse. Ele pôs a vara e as bandejas atrás e tratou de subir depressa. Dei-lhe um cigarro e o acendi com o isqueiro do carro. Mevlut nunca me vira ao volante, mal acreditava. Lá estávamos nós, a sessenta quilômetros por hora — e eu o via estarrecido com os números do velocímetro — na mesma rua esburacada pela qual ele costumava passar carregando trinta quilos de iogurte nas costas a uns quatro quilômetros por hora. Falávamos de uma coisa ou outra, mas ele parecia longe, e então perguntou sobre Abdurrahman e suas filhas.

"Elas voltaram para a aldeia", respondi.

"Como se chamam as irmãs de Vediha?"

"Por que você pergunta?"

"Por nada…"

"Não fique chateado, Mevlut, agora Vediha é mulher do meu irmão. E as garotas são cunhadas do meu irmão… Agora são parte da família…"

"E eu também não sou da família?"

"Claro que sim… É por isso que você vai me contar tudo…"

"Eu vou… mas você tem de jurar que não vai contar para ninguém."

"Juro por Deus, juro por meu país e por minha bandeira que guardarei seu segredo."

"Estou apaixonado por Rayiha", disse Mevlut. "A de olhos pretos, a mais nova, ela é Rayiha, não é? Nós nos encontramos quando eu estava saindo da mesa do pai dela. Você nos viu? Quase esbarramos um no outro. Olhei seus olhos bem de perto. A princípio, pensei que ia esquecer. Mas não consigo."

"O que você não consegue esquecer?"

"Os olhos dela... O jeito como ela me olhou... Você viu como nossos caminhos se cruzaram no casamento?"

"Vi."

"Você acha que foi mera coincidência?"

"Parece que você está caidinho por Rayiha, meu amigo. Vamos ter de fingir que não sei nada disso."

"Ela não é bonita? Se eu escrevesse uma carta para ela, você lhe entregaria?"

"Mas eles não estão mais em Duttepe. Eu lhe disse que eles voltaram para a aldeia..." Mevlut pareceu ficar tão triste que eu disse: "Vou fazer o que puder por você. Mas... e se nos pegarem?". Ele me lançou um olhar tão súplice que amoleceu meu coração. Eu disse: "Tudo bem, vamos ver o que podemos fazer".

Quando chegamos a Harbiye, ele pegou seus apetrechos e desceu todo animado. Pode acreditar: dói-me o coração pensar que ainda existe alguém de nossa família que precisa vender iogurte nas ruas.

15. Mevlut sai de casa
Se amanhã você a visse na rua, será que a reconheceria?

MUSTAFA EFÊNDI. Quando soube que Mevlut foi à festa de casamento de Korkut em Istambul, não acreditei em meus ouvidos. Por que meu próprio filho faz isso com a nossa família?! Estou a caminho de Istambul, minha cabeça bate na janela fria toda vez que o ônibus chacoalha, e penso que nunca deveria ter ido para essa cidade, nunca deveria ter saído da aldeia.

Certa noite, no começo de outubro de 1978, pouco antes de esfriar e ter início a temporada de boza, Mevlut entrou em casa e encontrou o pai na escuridão. Como a maioria das outras casas estavam iluminadas, Mevlut não imaginou que pudesse ter alguém na sua. Ao perceber que havia, ele se assustou, talvez fosse um ladrão. Mas então seu coração descompassado o lembrou de que estava com medo porque o pai sabia que ele tinha ido ao casamento. Seria impossível a notícia não ter chegado aos ouvidos de Mustafa Efêndi, porque todos os que haviam ido — na verdade, toda a aldeia — eram parentes em maior ou menor grau. Com certeza seu pai estava ainda mais furioso porque sabia que Mevlut tinha consciência disso e que fora ao casamento sabendo muito bem que ele iria descobrir.

Fazia dois meses que pai e filho não se viam, nunca haviam ficado separados por tanto tempo desde que Mevlut fora morar em Istambul, nove anos antes. Mas apesar das implicâncias do pai e de suas inúmeras briguinhas, ou talvez por causa delas, Mevlut sentia que eles tinham se tornado amigos, companheiros até. Mas ele já estava cansado dos silêncios punitivos de seu pai e de seus acessos de fúria.

"Venha cá!"

Mevlut se aproximou, receoso de receber uma bofetada. Mas não: seu pai lhe apontou a mesa. Só então, na penumbra, o rapaz viu seus maços de marcos alemães. Como o pai os encontrara?

"Quem lhe deu isso?"

"Eu mesmo ganhei."

"Como?" Seu pai punha suas economias numa conta bancária. A inflação de oitenta por cento transformava seu dinheiro em pó, porque o banco pagava juros de trinta e três por cento. Ainda assim, incapaz de reconhecer que suas pequenas economias estavam desaparecendo no ar, ele se recusava a aprender a investir em moeda estrangeira.

"Não é tanto assim", disse Mevlut. "Só mil seiscentos e oitenta marcos. Parte disso é do ano passado. Economizei vendendo iogurte."

"E você escondeu o dinheiro de mim. Você está mentindo? Você se meteu em alguma coisa errada?"

"Eu juro que..."

"Lembro que você jurou que não iria ao casamento."

Mevlut abaixou a cabeça e percebeu que seu pai o esbofetearia. "Já tenho vinte e um anos, não devia me bater mais."

"Por que não?", disse o pai, e lhe deu um tapa.

Mevlut levantou os cotovelos para proteger o rosto, por isso o golpe lhe atingiu o braço. Seu pai sentiu dor e, perdendo a paciência, deu-lhe dois socos fortes no ombro. "Fora da minha casa, seu desgraçado!", ele gritou.

Assustado, Mevlut recuou dois passos, evitando a dor de mais um soco. Caiu de costas na cama e encolheu o corpo em posição fetal, como fazia quando criança. Um pouco trêmulo, voltou as costas para o pai, que pensou que ele estivesse chorando, e o filho não procurou desfazer esse engano.

Mevlut queria apanhar suas coisas e sair imediatamente (imaginou a cena e achou que seu pai iria se arrepender do que dissera e tentar impedir que ele partisse), mas teve medo de tomar um caminho sem volta. Se fosse embora daquela casa, não devia fazê-lo já, com raiva, mas esperar a manhã seguinte, quando já se teria recomposto. Agora, Rayiha era o único ponto luminoso de sua vida. Ele precisava ficar sozinho em algum lugar e pensar sobre a carta que iria lhe escrever.

Mevlut não se mexeu. Se levantasse, pensou, iria ter outra briga. Se terminasse por receber outras bofetadas e socos, seria impossível continuar em casa.

Da cama, Mevlut ouvia seu pai andando de um lado para outro no cômodo, tomando água e um copo de *rakı* e acendendo um cigarro. Ao longo dos nove anos que passara ali, sobretudo quando cursava o ginásio, ao tirar uma soneca ele achava tranquilizador e reconfortante ouvir os ruídos da presença do pai, os resmungos, o inspirar e o expirar, a tosse persistente de que sofria quando vendia boza no inverno e até seus roncos à noite. Agora já não sentia o mesmo.

Mevlut caiu no sono sem trocar de roupa. Mais novo, gostava de adormecer sem trocar de roupa sempre que seu pai lhe batia, fazendo-o chorar; nos últimos anos, toda vez que chegava exausto depois de um dia de trabalho e ainda com o dever de casa por fazer.

Quando acordou, seu pai não estava mais. Mevlut guardou meias, camisas, aparelho de barbear, pijamas, suéter e chinelos na valise que usava quando ia à aldeia. Surpreendeu-se ao ver que ainda estava meio vazia depois que ele havia posto todos os seus pertences. Embrulhou em jornais os maços de marcos alemães, colocou-os dentro da valise, envoltos num saco plástico em que se lia VIDA. Ao sair não sentiu nem medo nem culpa — apenas uma sensação de liberdade.

Seguiu direto a Ghaazi, à procura de Ferhat. Ao contrário do ano anterior, bastou perguntar a uma ou duas pessoas para saber onde ficava a casa do amigo. Meses depois do massacre dos alevitas, a família de Ferhat havia conseguido vender rapidamente sua casa para um dos homens de Vural e se instalara no bairro de Ghaazi, para onde curdos e alevitas de toda Istambul haviam migrado.

FERHAT. Mevlut não conseguiu terminar o colegial, mas eu acabei, graças a Deus. Não fui bem nos exames para ingressar na universidade. Depois que nos mudamos, trabalhei como vigia numa fábrica de doces onde alguns parentes estavam empregados na seção de contabilidade, mas lá havia um arruaceiro de Ordu que me atormentava. A certa altura me envolvi numa organização política com alguns sujeitos do bairro. Na verdade, aquilo não era para mim. Eu me sentia culpado, mas continuei com eles por uma questão de respeito e também por medo. Foi bom Mevlut ter aparecido com um pouco de dinheiro. A gente sabia que nem Ghaazi nem Kültepe serviam para nós. Se conseguíssemos botar um pé no centro antes do serviço militar, perto de Karaköy ou Taksim, haveria mais trabalho e mais dinheiro e, em vez de perder tempo em estradas e ônibus, estaríamos no meio da multidão, onde há muito que fazer.

O Restaurante Karlıova era uma pequena e antiga taverna grega da rua Nevizade, na zona de Tarlabaşı, do bairro de Beyoğlu. O primeiro dono abandonou a cidade em 1964, quando o primeiro-ministro Ismet expulsou os gregos da noite para o dia. Então o restaurante ficou com um garçom de Bingöl chamado Kadri Karlıovalı, que durante o dia servia cozidos para alfaiates, joalheiros e lojistas de Beyoğlu, e à noite *rakı* e refeições ligeiras para a classe média que saía para ir ao cinema e se divertir; agora, quinze anos depois, ele estava à beira da falência. O restaurante não estava com problemas só porque os filmes de sexo passaram a imperar nos cinemas nem porque o terror dominara as ruas do bairro, afastando de Beyoğlu a classe média. O irascível e pão-duro Karlıovalı acusou de roubo um lavador de pratos, um garoto, e ameaçou despedir o rapaz e também um garçom de meia-idade que tomou a defesa dele. Outros quatro empregados já estavam insatisfeitos e foram embora em solidariedade. Como o dono costumava comprar iogurte do pai de Mevlut e a família de Ferhat também o conhecia, antes do serviço militar os dois amigos resolveram ajudar o velho a ajeitar as coisas no restaurante. Haviam vislumbrado uma oportunidade.

Mudaram para o velho apartamento que o dono reservava aos lavadores de pratos e ajudantes de garçom (crianças, todos eles) e aos jovens garçons; agora que a equipe tinha ido embora, o lugar estava praticamente vazio. O apartamento ficava em Tarlabaşı, num edifício grego de três andares construído oitenta anos antes para abrigar uma família. Depois dos acontecimentos de 6 e 7 de setembro de 1955, quando as igrejas ortodoxas gregas foram incendiadas e saquearam as lojas de judeus, gregos e armênios, o tecido social do bairro se esgarçou e o edifício, seguindo a mesma tendência, dividiu-se em vários apartamentos separados por paredes sem argamassa. O senhorio, que detinha a propriedade legal do edifício, morava em Atenas e não vinha a Istambul com frequência, por isso os aluguéis eram cobrados por um sujeito de Sürmene, a quem Mevlut jamais vira.

Dois outros lavadores de pratos, de catorze e dezesseis anos, os dois de uma cidadezinha do sudeste de Mardin e ambos com diploma do curso primário, dividiam um beliche num quarto do apartamento. Mevlut e Ferhat tomaram posse dos outros quartos, que decoraram segundo o gosto pessoal de cada um, valendo-se do que encontravam. Era a primeira vez que Mevlut morava separado da família, e ainda com um quarto só para ele. Numa loja de móveis usados de Çukurcuma ele comprou uma mesa de centro velha e desconjuntada, e, com a permissão do dono, pegou uma cadeira do restaurante. Quando, por volta da meia-noite, o restaurante fechava, eles armavam um banquete (*rakı*, queijo, coca-cola, grão-de-bico torrado, gelo e um monte de cigarros) com os lavadores de pratos e passavam duas ou três horas bebendo animadamente. Souberam pelos garotos que a briga no restaurante não começara por um roubo, mas porque se descobriu uma relação íntima entre o proprietário e um garoto lavador de pratos. Os garçons que dormiam nos beliches protestaram, pediram que se espalhasse a história e logo começaram a alimentar um ressentimento secreto contra o velho patrão de Bingöl.

O sonho dos garotos era vender mexilhões recheados de Mardin, cidade que os meninos insistiam ter monopolizado o mercado, mesmo sendo afastada do litoral. Com certeza aquilo significava que a gente de Mardin era muitíssimo esperta e inteligente.

"Ora, menino, os vendedores de rocambole de gergelim são de Tokat, mas nunca ouvi dizer que isso comprovava que as pessoas de Tokat são brilhantes!", Ferhat dizia toda vez que a devoção dos meninos por Mardin o aborrecia. "Mas mexilhões recheados não têm comparação com rocambole de gergelim", os meninos respondiam. "Todos os padeiros são de Rize, e eles também vivem se gabando disso", Mevlut dizia, só para dar outro exemplo. Os meninos, que eram seis ou sete anos mais novos que Mevlut, haviam chegado a Istambul logo depois de concluir o curso primário. Tinham uma animação que o cativava tanto quanto as histórias de duplo sentido e as fofocas sobre o dono do restaurante. Muitas vezes Mevlut se pegava engolindo qualquer coisa que eles lhe contavam sobre as ruas, sobre Istambul e a Turquia:

Celâl Salik era muito severo em suas críticas contra o governo por causa do conflito Estados Unidos e Rússia e porque o dono do *Milliyet*, o jornal em que ele trabalhava, era judeu... O gordo que ficava ao lado da mesquita de Ağa vendendo às crianças sabão e canudinho para fazer bolhas, e também conhecido pela forma como dizia "balão voador", era sem dúvida um policial à paisana, mas sua principal função era desviar a atenção de mais dois espiões na outra ponta da rua: um, disfarçado de engraxate, outro, de vendedor de fígado frito... Toda vez que fregueses do Casa do Pudim do Sultão, ao lado do Cine Palace, deixavam no prato arroz com frango ou sopa de galinha, os garçons não jogavam fora as sobras — recolhiam, lavavam com água quente e serviam aos fregueses como sopa fresca, arroz com frango ou cozido de frango desfiado... A gangue de Sürmene, que gerenciava as casas oficialmente registradas em nome de famílias gregas que haviam fugido para Atenas, tendia a alugar a maioria dos imóveis a donos de bordéis, que tinham relações muito boas com a delegacia de polícia de Beyoğlu... A CIA ia levar o aiatolá Khomeini para Teerã num jato particular para reprimir a agitação popular que acabara de eclodir naquela cidade... Logo haveria um golpe militar, e o paxá general Tayyar seria declarado presidente da República.

"Quanta bobagem!", comentou Ferhat certa noite.

"Não, não, nosso povo de Mardin estava no bordel que fica na rua Sıraselviler, número 66, quando o general entrou lá, e foi assim que fiquei sabendo."

"Nosso paxá Tayyar agora é um figurão, comanda o destacamento de Istambul. Por que precisaria ir a um bordel? Os proxenetas teriam o maior prazer em levar até ele os mais perfeitos exemplares das mulheres que deseja."

"Talvez o paxá tenha medo da esposa, porque nosso amigo de Mardin o viu com seus próprios olhos no número 66... Você não acredita em nós, torce o nariz para as pessoas de Mardin, mas se fosse lá e respirasse nosso ar e bebesse nossa água e deixasse que cuidássemos de você, você nunca mais ia querer ir embora."

Às vezes Ferhat perdia a paciência e dizia: "Se Mardin é um lugar tão maravilhoso, por que vocês vieram para Istambul?", e então os meninos lavadores de prato riam como se Ferhat tivesse contado uma piada.

"Na verdade, somos de uma aldeia perto de Mardin. Nós nem ao menos passamos pela cidade quando viemos para cá", um deles teve a franqueza de admitir. "Ninguém, com exceção do povo de Mardin, se dispõe a nos ajudar aqui em Istambul... então dizemos isso é em agradecimento."

Às vezes Ferhat se punha a censurar aqueles doces meninos lavadores de pratos: "Vocês são curdos mas não têm consciência de classe", ele os desancava. "Agora já dormir", ele dizia, e eles iam para a cama.

FERHAT. Se vocês vêm acompanhando esta história com atenção, devem ter notado que é difícil ficar com raiva de Mevlut, mas eu fiquei. Certo dia o pai dele veio ao restaurante quando ele não estava, e eu perguntei o que tinha acontecido. Mustafa Efêndi me disse que Mevlut tinha ido ao casamento de Korkut. Ao saber que ele andou se misturando com os Vural, que têm as mãos sujas do sangue de tantos de nossos jovens, achei que nunca ia superar aquilo. Não queria brigar com Mevlut na frente de todos os garçons e clientes, então corri para casa antes que ele chegasse. Ele chegou e, quando vi seu olhar inocente, metade da minha raiva sumiu. "Ouvi dizer que você deu dinheiro a Korkut no casamento dele", eu lhe disse.

"Ah, pelo visto meu pai passou pelo restaurante", disse Mevlut, levantando a vista da boza que estava preparando para vender à noite. "O velho estava perturbado? Por que o velho queria que você soubesse que eu fui ao casamento?"

"Agora ele está completamente só. Ele quer que você volte para casa."

"Ele quer que eu rompa com você e termine sozinho em Istambul como ele. Você acha que devo ir?"

"Não vá."

"Toda vez que a política está em jogo, eu sempre termino como culpado, sei lá por quê", disse Mevlut. "No momento não consigo me concentrar nisso. Eu me apaixonei por uma pessoa. Penso nela o tempo todo."

"Quem é?"

Depois de um breve silêncio, Mevlut respondeu: "Eu lhe direi à noite".

Mas Mevlut tinha de trabalhar o dia inteiro antes de poder reencontrar Ferhat no apartamento e conversar em volta de um copo de *rakı*. Num típico dia de inverno em 1979, Mevlut primeiro ia a Tepebaşı pegar a boza crua que as caminhonetes da loja Vefa tinham entregado diretamente nos bairros dos vendedores nos últimos dois anos; então voltava para casa para acrescentar açúcar e preparar a mistura que venderia à noite — pensando o tempo todo na carta que iria escrever a Rayiha. E então, do meio-dia às três, ficaria no Restaurante Karlıova, servindo as mesas. Das três às seis, ele entregava iogurte com creme para seus melhores clientes e para três restaurantes como o Karlıova antes de ir para casa cochilar um pouco pensando em Rayiha e em sua carta, voltando em seguida ao Restaurante Karlıova às sete.

Depois de um turno de três horas no Restaurante Karlıova, tendo trabalhado até o momento em que todos os bêbados, arruaceiros e fortões começavam a arrumar brigas, Mevlut tirava o avental de garçom e ia vender boza nas ruas frias e escuras. Não o incomodava o trabalho extra do fim do dia porque sabia que seus fregueses o esperavam.

Embora a demanda pelos serviços de vendedores de iogurte declinasse, havia um crescente interesse em comprar boza dos ambulantes que trabalhavam à noite. As frequentes escaramuças entre militantes nacionalistas e comunistas tinham algo a ver com isso. As famílias, agora muito temerosas para sair às ruas, mesmo num sábado, preferiam passar a noite olhando para baixo, esperando a chegada do vendedor de boza, procurando ouvir sua voz e beber lembrando-se dos bons velhos tempos. Agora vender iogurte estava difícil, mas os ambulantes veteranos de Beyşehir continuavam ganhando um bom dinheiro graças à boza. Mevlut ouviu na própria loja Vefa que os vendedores de boza começaram a aparecer em bairros como Balat, Kasımpaşa e Gaziosmanpaşa, lugares a que nunca haviam se aventurado. À noite a cidade ficava entregue a bandos armados que colavam cartazes, cães vadios, gente que revolvia as latas de lixo e, naturalmente, vendedores de boza; depois de um dia de contínua agitação no restaurante e da algazarra de Beyoğlu, andar numa rua escura, silenciosa e em declive por trás de Feriköy parecia a Mevlut uma volta ao lar, ao universo familiar. Às vezes os galhos nus de uma árvore balançavam quando não soprava vento algum, e os slogans políticos que cobriam cada centímetro de um chafariz de mármore agora seco, do qual nem a torneira ficara intacta, pareciam-lhe ao mesmo tempo familiares e tão fantasmagóricos como o pio de uma coruja no cemitério nos fundos da pequena mesquita. "Bozaaa", Mevlut gritava, voltado para o eterno passado. Às vezes, quando olhava para dentro de uma casinha pelas cortinas abertas, sonhava algum dia morar num lugar como aquele com Rayiha e imaginava toda a felicidade que o esperava.

FERHAT. "Essa garota… você disse que o nome dela é Rayiha? Se ela só tiver catorze anos como você diz, então é nova demais", eu disse.

"Mas nós não vamos nos casar logo", disse Mevlut. "Primeiro vou fazer o serviço militar… Quando voltar, ela já estará na idade certa."

"Por que uma garota que você nem ao menos conhece, e ainda por cima bonita, haveria de esperar você voltar do Exército?"

"Pensei sobre isso, e tenho duas respostas", disse Mevlut. "Primeiro, não acho que tenha sido mero acaso termos nos olhado nos olhos um do outro no casamento. Ela com certeza também queria isso. Que outro motivo teria para escolher o momento em que eu estava ali de pé para dirigir-se à mesa do pai? Mesmo que tivesse sido apenas uma coincidência, estou certo de que Rayiha também acha que o modo como nossos olhares se cruzaram deve ter um significado especial."

"Como vocês olharam nos olhos um do outro?"

"Sabe quando você olha nos olhos de outra pessoa e sente que vai passar o resto da vida com ela?"

"Você devia anotar isso", eu disse. "Como ela olhou para você?"

"Ela não abaixou os olhos envergonhada, como as garotas costumam fazer quando veem um rapaz… Olhou diretamente, e com orgulho, dentro de meus olhos."

"Como você olhou para ela? Mostre-me."

Mevlut fez de conta que eu era Rayiha e me lançou um olhar tão caloroso e cheio de sentimento que fiquei comovido.

"Ferhat, você pode escrever uma carta melhor do que eu seria capaz de escrever. Até as garotas europeias ficavam impressionadas com suas cartas."

"Certo, mas primeiro você tem de me dizer o que vê nessa garota. Que qualidades ela tem que fazem com que você a ame?"

"Não chame Rayiha de 'essa garota'. Eu amo todas as coisas nela."

"Certo, então me diga uma dessas coisas…"

"Seus olhos negros… Nós estávamos bem próximos quando olhamos um para o outro."

"Vou pôr isso na carta… O que mais… Você sabe mais alguma coisa sobre ela?"

"Não sei mais nada, ainda não estamos casados…", disse Mevlut com um sorriso.

"Se amanhã você a visse na rua, será que a reconheceria?"

"De longe, não. Mas eu reconheceria seus olhos imediatamente. E, de todo modo, todos sabem como ela é bonita."

"Se todo mundo sabe como ela é bonita, então", eu ia dizer, "não vão deixar que você se case com ela." Em vez disso, eu falei: "Você está numa enrascada".

"Eu faria qualquer coisa por ela."

"Mas quem está escrevendo a carta sou eu."

"Você pode fazer isso por mim?"

"Escrevo, sim. Mas você sabe que uma carta não vai ser o bastante."

"Devo trazer caneta e papel?"

"Espere, primeiro vamos conversar e pensar no que dizer."

Tivemos de interromper a conversa quando os meninos lavadores de pratos de Mardin entraram.

16. Como escrever uma carta de amor
Seus olhos são como flechas enfeitiçadas

Eles levaram muito tempo para escrever aquela primeira carta. Começaram em fevereiro de 1979, quando o famoso articulista do *Milliyet*, Celâl Salik, foi morto a tiros numa rua de Nişantaşı, e o aiatolá Khomeini voou para Teerã enquanto o xá do Irã fugia do país. Os meninos lavadores de pratos de Mardin havia muito previram esses fatos e, encorajados por essa capacidade de previsão, juntaram-se às confabulações noturnas de Mevlut e Ferhat para escrever a carta de amor.

Só o otimismo inveterado de Mevlut permitiu que todos colaborassem de forma tão espontânea. Ele sorria e não se incomodava quando provocado por causa de seus sentimentos. Mesmo quando faziam sugestões inúteis — "Você devia mandar doces" ou "Não conte que é garçom, diga que trabalha na indústria de abastecimento de alimentos" ou "Conte que seu tio tomou seu terreno" —, ele os ouvia complacente antes de voltar à grave tarefa que tinha em mãos.

Depois de meses de debates intermináveis, concluíram que as cartas deviam se basear não nas ideias que Mevlut tinha sobre as mulheres, mas no que ele sabia concretamente sobre Rayiha. Como de Rayiha Mevlut só conhecia os olhos, a lógica determinava que as cartas se concentrassem neles.

"Eu ando pelas ruas escuras à noite, e de repente vejo aqueles olhos diante de mim", disse Mevlut certa noite. Ferhat gostou da frase e a incluiu no rascunho deles, mudando "aqueles olhos" para "seus olhos". Mas sugeriu que não mencionassem a perambulação noturna, pois isso revelaria que Mevlut era vendedor de boza. Mevlut o ignorou — afinal de contas, Rayiha terminaria por descobrir.

Depois de muita discussão, Ferhat escreveu a segunda frase: "Seus olhos são como flechas enfeitiçadas que trespassam meu coração e me fazem cativo". "Enfeitiçadas" pareceu-lhes uma palavra por demais pretensiosa, mas um dos meninos de Mardin disse que "na nossa terra as pessoas falam assim", e com isso a escolha foi aprovada. Eles levaram duas semanas para chegar a um consenso quanto a essas duas frases. Mevlut as recitava para si mesmo quando vendia boza à noite, perguntando-se impacientemente como seria a terceira frase.

"Sou seu prisioneiro, não consigo pensar em mais nada desde que seus olhos abriram caminho para o meu coração." Mevlut e Ferhat concordaram imediatamente quanto à importância dessa frase, que ajudaria Rayiha a entender por que o olhar que eles trocaram enredara Mevlut.

Numa das noites dedicadas à terceira frase poética, Mahmut, o mais confiante e esperançoso dos lavadores de pratos de Mardin, perguntou a Mevlut: "Você pensa mesmo nessa garota o dia inteiro?". Como Mevlut não respondeu imediatamente, Mahmut explicou, a título de desculpa: "Afinal de contas, o que você pode pensar sobre uma garota a quem viu só por um segundo?".

"Aí é que está, seu estúpido!", disse Ferhat, exaltando-se um pouco em defesa de Mevlut. "Ele pensa nos olhos dela…"

"Por favor, não me leve a mal, dou meu apoio incondicional e respeito os sentimentos de meu irmão Mevlut. Mas me parece — e, por favor, me perdoe por dizer isso — que a gente pode se apaixonar mais profundamente por uma garota quando consegue conhecê-la de verdade."

"Como assim?", perguntou Ferhat.

"A gente conhece um cara de Mardin que trabalha na fábrica de remédios Eczacıbaşı. Todos os dias, na linha de empacotamento, ele vê uma garota da idade dele, que veste o mesmo avental azul usado pelas outras garotas do departamento. Nosso amigo de Mardin e essa garota passam oito horas por dia, um de frente para o outro, e o trabalho também exige que se converse um pouco. O rapaz começou com aqueles sentimentos estranhos, uma sensação esquisita no corpo, e foi parar na enfermaria. Ele não percebeu logo de cara que tinha se apaixonado. Acho que ele não podia aceitar isso. Pelo visto, a garota não tinha nada de especial, nem os olhos nem nenhuma outra parte. Mas ficou loucamente apaixonado por ela só porque a via e falava com ela todos os dias. Dá para acreditar?"

"O que aconteceu depois?", Mevlut quis saber.

"Casaram a garota com outro cara. Quando nosso amigo voltou para Mardin, ele se matou."

Por um instante, Mevlut se perguntou se teria o mesmo destino. Em que medida Rayiha quis mesmo trocar olhares com ele? Nas noites em que não tomava *rakı*, Mevlut tinha a franqueza de admitir que houvera algo de casual naquele encontro. Mas nos momentos em que se sentia profundamente apaixonado, afirmava que uma emoção tão exaltada só era possível porque Deus assim o quisera. Já Ferhat estava convencido de que a carta deveria dar a entender que Rayiha queria que eles trocassem aquele breve olhar. Então eles terminaram com a seguinte frase: "Suas atitudes cruéis devem ter sido de propósito, do contrário você não teria barrado meu caminho com seus olhares significativos e, como um bandido, roubado meu coração".

Era bastante fácil se reportar a Rayiha no corpo principal da carta, mas eles tiveram certa dificuldade em imaginar como Mevlut deveria se dirigir a ela no começo. Certa noite Ferhat chegou com o livro *Exemplos de belas cartas de amor e de como escrevê-las*. Para se assegurar de que os outros levariam aquilo a sério, ele leu em voz alta uma seleção de possíveis fórmulas de abertura, mas Mevlut sempre achava um motivo para rejeitá-las. Ele não podia dirigir-se a Rayiha como "Senhora". "Cara senhora" e "Senhorita" soavam igualmente mal. (Contudo, a terminação de diminutivo com certeza funcionava bem.) Quanto a "Minha querida", "Minha bela", "Companheira do meu coração", "Meu anjo" ou "Minha só e única", Mevlut considerava esse tratamento avançado demais. (O livro estava cheio de recomendações para que não se tomasse muita familiaridade nas primeiras cartas.) Naquela noite, Mevlut pegou o livro e começou a lê-lo atentamente. "Dama inesquecível", "Donzela demônio" e "Senhora mistério" eram algumas das fórmulas que ele apreciava, mas temia ser mal interpretado. Passaram-se semanas, e eles já tinham quase terminado as dezenove frases da carta quando enfim concordaram que "Olhos lânguidos" seria uma forma de tratamento decorosa.

Quando viu que aquele livro inspirara Mevlut, Ferhat foi procurar outros. Vasculhou depósitos de velhas livrarias da rua Babıali que regularmente enviavam livros para as aldeias sobre assuntos populares que iam de poesia popular a biografias de lutadores famosos, islã e sexo, o que fazer na noite de núpcias, a história de Layla e Majnun, a interpretação islâmica de sonhos — e apareceu com mais seis manuais de cartas de amor. Mevlut examinou as fotografias de mulheres de olhos azuis, cabelos loiros, pele clara, esmalte e batom vermelhos, ladeadas por homens engravatados, e achou que os casais que adornavam as capas daquelas brochuras lembravam filmes americanos; com uma faca de cozinha, abria cuidadosamente as páginas dobradas, aspirando o cheiro agradável, e sempre que ficava sozinho de manhã, antes de ir vender iogurte, ou à noite, ao voltar para casa depois de ter vendido boza, debruçava-se sobre os modelos de cartas e os conselhos para os apaixonados.

Os livros eram organizados do mesmo modo: as cartas eram classificadas segundo as várias situações que os amantes iriam viver, como o primeiro encontro, uma troca de olhares, um encontro casual, um encontro marcado, momentos de felicidade, saudade, discussões. Folheando cada exemplar até o final, em busca de frases e expressões adequadas, Mevlut descobriu que todas as histórias de amor passavam pelos mesmos estágios. Ele e Rayiha mal tinham começado. Alguns livros também traziam respostas típicas das garotas. Mevlut imaginava todo tipo de gente — os que sofriam de amor, lutando duro para conquistar, tentando lidar com a desilusão amorosa —, e, ao descobrir aquelas vidas desdobrando-se como as páginas de um romance, identificava-se com elas.

Ele passou a se interessar pelas histórias de amor que não davam certo e terminavam com um rompimento. Mevlut descobriu que, "quando um romance não termina em casamento", as duas partes podiam pedir uma à outra a devolução de suas cartas de amor.

"Se as coisas não derem certo com Rayiha, que Deus não permita, e ela pedir as cartas de volta, eu devolvo", ele decidiu depois do segundo copo de *rakı*. "Mas nunca vou lhe pedir que devolva as minhas; Rayiha pode ficar com elas até o dia do fim do mundo."

O homem e a mulher ocidentais de uma das capas pareciam astros de cinema mergulhados numa discussão acalorada e exaltadíssima; sobre uma mesa em primeiro plano, via-se um maço de cartas amarradas por uma fita cor-de-rosa. Mevlut prometeu a si mesmo escrever cartas em número suficiente para formar um maço daqueles, pelo menos duzentas. Ele se deu conta de que o papel que escolhia, seu cheiro, o envelope em que as enviava e, naturalmente, qualquer presente que mandasse junto com elas podiam ser a chave para conquistá-la. Eles conversavam sobre essas coisas até o sol nascer. Passaram muitas noites em claro daquele outono melancólico estudando o melhor perfume para borrifar, testando alguns dos perfumes mais baratos.

Haviam acabado de concluir que o presente mais significativo para acompanhar a carta era um "olho turco", amuleto que protege contra mau-olhado, quando Mevlut recebeu uma carta totalmente diferente, que o perturbou. Dentro de um grosseiro envelope de papel manilha do governo, ela passara por muitas mãos antes que Süleyman finalmente a trouxesse para Mevlut certa noite, quando então muitas pessoas já sabiam de seu conteúdo. Agora que ele já não tinha nenhuma ligação com a Escola Secundária Masculina Atatürk, as autoridades foram procurá-lo na aldeia para alistá-lo no serviço militar obrigatório.

Quando a delegacia de polícia de Beyoğlu mandou o policial à paisana ao restaurante para perguntar por Mevlut, ele estava ocupado com Ferhat em Sultanhamam e no Grande Bazar, procurando um olho turco e um lenço para Rayiha, e embora os empregados do restaurante tivessem sido tomados de surpresa, ainda tiveram a presença de espírito de falar o que as pessoas em Istambul costumam dizer nessas circunstâncias: "Ah, ele? Ele voltou para a aldeia!".

"Eles vão levar dois meses até mandar policiais para a aldeia, e então vão descobrir que você não está lá", disse Kadri, o curdo. "Na sua idade, os únicos que desejam escapar do serviço militar são os rapazes de alta classe que não querem abrir mão do conforto, e os que, aos vinte anos, estão metidos em alguma tramoia, ganhando dinheiro a rodo e não querem deixar o negócio. Quantos anos você tem, Mevlut?"

"Vinte e dois."

"Bem, agora você é um rapagão. Vá fazer o serviço militar. Este restaurante está caído, vocês não estão ganhando grande coisa. Vocês têm medo das surras? Não tenham, de vez em quando vocês vão tomar uns tapas, mas o Exército é um lugar justo. Eles não vão bater num rapaz simpático se você fizer o que eles mandarem."

Mevlut resolveu prestar o serviço militar imediatamente. Foi para Beyoğlu, dirigiu-se à agência de alistamento de Dolmabahçe e estava mostrando sua carta a um oficial quando outro oficial, cuja patente não conseguiu identificar muito bem, lhe deu uma bronca por estar prestando continência no lugar errado. Isso o assustou, mas ele não entrou em pânico. De volta à rua, previu que a vida voltaria ao normal tão logo terminasse o serviço militar.

O pai aprovaria sua decisão de prestar o serviço militar, pensou Mevlut, que foi a Kültepe falar com ele. Eles se beijaram e se reconciliaram. Como ficara vazia, a casa parecia ainda mais desolada e miserável do que ele lembrava. Não obstante, naquele momento Mevlut se deu conta do quanto prezava aquele cômodo em que passara dez anos de sua vida. Abriu o armário da cozinha, e a velha panela pesada, o castiçal enferrujado e os talheres grosseiros tocaram-lhe o coração. Na noite úmida, a massa de vidraceiro ressecada nos caixilhos da janela que dava para Duttepe tinha o odor de uma recordação antiga. Mas ele estava cansado de passar a noite ali com o pai.

"Você continua frequentando a casa do seu tio?", perguntou o pai.

"Não, eu não os vejo nunca", disse Mevlut, ciente de que o pai sabia que não era verdade. Houve um tempo em que ele não seria capaz de soltar uma mentira tão descarada sobre um assunto tão delicado; agora, atinava com uma resposta que não iria ferir demais os sentimentos de seu pai, e a rigor não faltaria à verdade. À porta, ele fez o que em geral só faria em feriados religiosos: beijou respeitosamente a mão do pai.

"O Exército ainda fará de você um homem!", disse Mustafa Efêndi.

Por que aquele comentário zombeteiro e desanimador, logo na despedida? O efeito combinado das palavras do pai e da fumaça das fogueiras de carvão de linhita encheram os olhos de Mevlut de lágrimas quando ele se dirigiu ao ponto de ônibus.

Três semanas depois ele procurou a central de alistamento em Beşiktaş, onde soube que receberia o treinamento básico em Burdur. Por um instante, esqueceu onde ficava Burdur e entrou em pânico.

"Não se preocupe, toda noite partem de Istambul quatro ônibus para Burdur, saem do terminal de ônibus Harem, do setor asiático", disse o mais tranquilo dos dois meninos de Mardin, e começou a listar todas as empresas que ofereciam o serviço. "A melhor é a Gazanfer Bilge", ele disse, e continuou: "Não é legal? Você vai entrar para o Exército, mas tem sua amada no coração e os olhos dela em sua mente. O serviço militar é moleza quando se tem uma garota a quem escrever cartas... Como é que eu sei? Sabe aquele amigo nosso de Mardin...".

17. Temporada de Mevlut no Exército
Você pensa que está em casa?

Em quase dois anos de serviço militar, Mevlut aprendeu tanto sobre como passar despercebido em cidades provincianas, entre outros homens e em grupos, que terminou por acreditar no velho ditado de que só o Exército pode transformar garotos em "homens" e começou a desenvolver sua própria versão: "Você só é um homem de verdade depois de fazer o serviço militar". Os militares lhe ensinaram o caráter físico e frágil de seu próprio corpo e de sua virilidade.

Antes de se tornar homem, Mevlut não costumava distinguir seu corpo de sua mente e alma, considerando os três juntos como "eu". Mas no Exército ele haveria de descobrir que não era senhor único de seu corpo e que, na verdade, valeria a pena submetê-lo a seus comandantes, pois isso pelo menos lhe permitia salvar a alma e guardar seus pensamentos e sonhos para si mesmo. Durante o mal-afamado primeiro exame físico que dispensava sujeitos infelizes que nem sabiam das condições precárias da própria saúde (ambulantes tuberculosos, trabalhadores míopes, estofadores meio surdos) e sujeitos ricos e astutos o bastante para subornar os examinadores, um médico idoso, notando o embaraço de Mevlut, disse-lhe com gentileza: "Vá lá, filho, tire a roupa. Isto aqui é o Exército, aqui todos somos homens".

Confiando no médico, Mevlut obedeceu, achando que seria examinado imediatamente, mas em vez disso foi posto numa fila com toda uma legião de derrotados só com a roupa de baixo, carregando suas coisas, já que ninguém deixava nada em lugar nenhum, com medo de ser roubado. Como fiéis adentrando uma mesquita, os homens da fila também tinham tirado os sapatos e agora os seguravam, sola contra sola, junto com suas camisas e calças bem dobradas e os formulários que os examinadores deviam carimbar e assinar.

Depois de duas horas numa fila que não se mexia, num corredor frio, Mevlut descobriu que o médico ainda não chegara. Nem ao menos estava claro que exame iria ser feito; alguns disseram que era exame de vista, por isso alguém capaz de se fingir de míope de forma convincente podia escapar do serviço militar; outros anunciavam em tom ameaçador que quando o médico chegasse não iria examinar os olhos, mas os cus, de forma que todos os bichas iriam ser eliminados. Aterrorizado diante da perspectiva de alguém bater os olhos ou, pior ainda, meter o dedo naquela parte tão íntima e, por algum engano, ser classificado como bicha (esse segundo temor se repetiria ao longo de sua permanência no Exército), Mevlut esqueceu a própria nudez e começou a conversar com outros homens despidos da fila. A maioria, ele descobriu, viera de uma aldeia e agora morava nos bairros mais pobres da cidade, e todos eles, sem exceção, declararam orgulhosamente ter alguém "mexendo os pauzinhos" por eles. Ele pensou em Hadji Hamit Vural, que nem fazia ideia de que Mevlut fora convocado, e logo também estava se gabando de ter um bom pistolão que lhe permitiria se dar bem.

Foi assim que logo de início ele aprendeu que, fazendo frequentes referências a amigos em altas posições, podia se proteger da crueldade e do rancor dos outros recrutas. Ele estava dizendo a um sujeito, que também tinha bigode (foi bom tê-lo deixado crescer, pensava Mevlut), que Hadji Hamit Vural conhecia todo mundo e era um filantropo justo e generoso, quando um comandante gritou: "Silêncio!". Trêmulos, eles obedeceram. "Isso aqui não é um salão de beleza, senhoras. Nada de risotas. Tenham um pouco de dignidade. Isto aqui é o Exército. Risadinha é coisa de meninas."

Dormitando no ônibus para Burdur, Mevlut relembrava aquele momento no hospital. Com os sapatos e as roupas, alguns homens cobriram a própria nudez quando o comandante passou por eles; outros, que pareceram se abaixar diante dele, não conseguiam conter a risada mal ele saiu. Mevlut sentiu que poderia lidar com ambos os tipos, porém, se todo o Exército fosse daquele jeito, temia terminar excluído e solitário.

Mas até o fim do serviço militar e do juramento prestado à bandeira ele não teve tempo para se preocupar com solidão e rejeição. Sua unidade fazia longas corridas diariamente, cantando músicas populares. Enfrentavam corridas de obstáculos, praticavam ginástica como as que o Cegueta Kerim ensinava no colegial, e aprendiam a prestar continência corretamente, praticando centenas de vezes por dia com outros soldados, reais ou imaginários.

Antes de se apresentar, Mevlut fantasiou surras aplicadas por oficiais, mas, depois de apenas três dias na base do Exército, as surras se tornaram uma realidade rotineira que não chamava a atenção. Algum tonto era esbofeteado por usar o quepe de forma incorreta, mesmo tendo sido advertido pelo sargento; outro idiota não conseguia manter os dedos retos quanto prestava continência, e lá vinha o tapa na cara; outro se mexia pela milésima vez durante um exercício militar e não só recebia do comandante um monte de insultos humilhantes como era obrigado a se jogar no chão e fazer cem flexões enquanto o resto do pelotão ria dele.

Certa tarde ele tomava chá quando Emre Şaşmaz, de Antália, disse: "Não consigo acreditar que existam tantas pessoas estúpidas e ignorantes neste país". Emre tinha uma loja de peças de automóveis, e Mevlut o respeitava porque parecia ser um sujeito sério. "Não me entra na cabeça como podem ser tão broncos. Nem uma surra dá um jeito neles."

"Acho que a verdadeira questão é: eles são surrados o tempo todo porque são broncos ou são broncos porque são surrados o tempo todo?", afirmou Ahmet, que tinha uma loja de miudezas em Ancara. Mevlut, que por acaso fora parar no mesmo esquadrão dessas duas personalidades notáveis, imaginou que era preciso ter pelo menos uma loja para se permitir comentários cáusticos sobre pessoas estúpidas. O desatinado capitão da quarta companhia encanou com um recruta de Diyarbakır (no Exército, não era permitido usar a palavra "curdo" nem "alevita") e o brutalizava de tal forma que o pobre sujeito se enforcou com o próprio cinturão quando foi preso numa solitária. Mevlut ficou chateado com a relativa indiferença dos dois lojistas a esse suicídio, e por terem chamado o recruta de idiota porque levara o comandante tão a sério. Como a maioria dos recrutas, Mevlut também pensava em suicídio de vez em quando, mas, como a maioria, conseguia rir da situação e afastar essa ideia. Poucos dias depois, os dois lojistas, Emre e Ahmet, estavam saindo do refeitório muito animados quando tiveram o azar de topar com o tenente-coronel de mau humor. Mevlut acompanhou o caso de longe, comprazendo-se em silêncio quando o coronel deu dois tabefes em suas faces bem escanhoadas, por estarem com os quepes na posição errada.

"Logo que eu sair, vou procurar aquele coronel panaca e enfiá-lo no buraco de onde ele saiu", disse Ahmet de Ancara quando tomava chá com Emre naquela noite.

"Cara, estou pouco ligando... de todo modo, não existe nenhuma lógica no Exército", respondeu Emre de Antália.

Mevlut respeitou Emre por ser flexível e confiante o bastante para tirar a bofetada da cabeça, embora a ideia de que não havia lógica no Exército não fosse dele, mas um slogan de que os comandantes gostavam. Se alguém ousava questionar a lógica de uma ordem, eles gritavam: "Posso suspender sua folga em dois fins de semana sucessivos, só porque estou a fim disso, ou então para fazer você rastejar na lama, desejando que você nunca tivesse nascido". Eles sempre cumpriam suas promessas.

Poucos dias depois, ao receber sua primeira bofetada, Mevlut percebeu que um tapa não era o fim do mundo como imaginara. Por falta de coisa melhor para fazer, seu esquadrão recebera ordens de retirar lixo de algum lugar, e eles recolheram todos os palitos de fósforo, pontas de cigarro e folhas secas que encontraram. Mal haviam se dispersado para fumar um cigarro, um oficial de alta patente (Mevlut ainda não aprendera a reconhecer a graduação pelas divisas) apareceu do nada, gritando: "Que diabo é isso?". Ele ordenou que os recrutas fizessem fila e deu uma bofetada em cada um. Claro que doeu, mas Mevlut ficou aliviado por ter sofrido sem grande dano o que tanto temia — a primeira agressão física. Nazmi, um altão da aldeia de Nazilli, era o primeiro da fila, por isso sentiu realmente a força do golpe e fez uma cara de quem poderia matar. Mevlut tentou consolá-lo. "Não se preocupe com isso, amigo", ele disse. "Olhe para mim, eu não me importo, já passou."

"Você não se importa porque ele não bateu em você com força", disse Nazmi com raiva. "Seu rosto é bonito feito o de uma moça, é por isso."

Mevlut achou que ele podia ter razão.

Outro recruta disse: "O Exército não se preocupa se você é bonito ou feio, lindo ou horrível. Eles batem de todo jeito".

"Não se enganem. Se você é da Anatólia Oriental, se tem a pele escura e olhos pretos, vai apanhar mais do que os outros."

Mevlut não entrou nessa discussão. Conseguiu preservar seu orgulho considerando que a bofetada foi coletiva, ele não havia cometido nenhum erro em especial.

Dois dias depois, ele estava dando uma volta com a camisa desabotoada, perdido em seus pensamentos (quanto tempo fazia que Süleyman entregara a carta?, ele se perguntava), quando um tenente o pegou naquela atitude de "indisciplina". Tascou duas rápidas bofetadas em Mevlut com a palma da mão, depois com as costas, chamando-o de idiota. "Você pensa que está em casa ou o quê? Qual é a sua unidade?" E seguiu seu caminho sem nem ao menos esperar a resposta.

Mevlut haveria de receber muitas outras bofetadas e pancadas em seus vinte meses de serviço militar, mas aquela continuaria sendo a mais dolorosa de todas — porque o tenente tinha razão. Sim, ele estava distraído pensando em Rayiha e naquele momento não dera a menor atenção à inclinação do quepe, nem às continências devidas, nem como andava.

Naquela noite, Mevlut se deitou antes dos demais, puxou as cobertas por sobre a cabeça e pôs-se a divagar sombriamente sobre a vida. Naquele momento ele queria estar na casa em Tarlabaşı com Ferhat e os meninos de Mardin, mas na verdade aquele não era bem o seu lar. Era como se o tenente estivesse pensando exatamente naquilo quando perguntou: "Você pensa que está em casa?". O único lugar que ele poderia considerar a sua casa era a casa em Kültepe, onde naquele exato momento seu pai devia estar dormindo na frente da TV, que nem ao menos fora registrada no nome deles.

De manhã ele abria ao acaso uma página dos manuais de redação de cartas que mantinha ocultos sob os suéteres no fundo de seu armário, escondia-se atrás do closet e se punha a folheá-los para ter com que ocupar a mente pelo resto do dia, durante exercícios militares inúteis e marchas intermináveis, quando imaginaria futuras cartas para Rayiha. Ele memorizava as palavras, como presos políticos que ficam em suas celas sem caneta nem papel e escrevem poesias mentalmente, e toda vez que tinha uma folga no fim de semana anotava tudo e enviava o resultado para Duttepe. Felicidade era sentar a uma escrivaninha esquecida no terminal de ônibus intermunicipal e escrever cartas para Rayiha, em vez de ir a cafés e cinemas frequentados por outros recrutas, e às vezes Mevlut se sentia como um poeta.

Ao fim do período de treinamento de quatro meses, ele havia aprendido a usar um rifle da infantaria G3, a se dirigir a um oficial (um pouco melhor do que todos os demais), a prestar continência, a obedecer a ordens (da mesma forma como todos os outros), a se virar com pouco dinheiro e a mentir e ter duas caras (não tão bem como todos os demais) quando as circunstâncias exigiam.

Havia algumas coisas com as quais era difícil lidar, mas ele não saberia dizer se essa limitação se devia a sua incompetência ou a seus escrúpulos morais. "Escute aqui, eu vou sair e voltar dentro de meia hora. Enquanto isso, vocês continuam com os exercícios", dizia o comandante. "Entenderam?"

"Sim, senhor, entendemos!", gritava toda a companhia.

Mal, porém, o comandante desaparecia nos edifícios amarelos do quartel-general, metade da unidade se refestelava no chão para fumar e bater papo. Entre os que continuavam a postos, metade continuava se exercitando, mas só até ter certeza de que o comandante não voltaria de repente, enquanto a outra metade (inclusive Mevlut) apenas fingia continuar. Os poucos que obedeciam à ordem eram assediados e ridicularizados por todos os demais, até serem forçados a parar, de modo que no final ninguém efetivamente cumpria as ordens. Será que tudo aquilo era mesmo necessário?

No terceiro mês, certa noite Mevlut criou coragem para, à hora do chá, submeter seu problema filosófico e ético aos dois lojistas.

"Mevlut, você é mesmo ingênuo, não?", disse o lojista de Antália.

"Você é mesmo assim ou está fingindo?", disse o de Ancara.

Se tivesse uma loja, mesmo uma loja pequena, com certeza teria terminado o colegial e ido para a faculdade, e então estaria prestando serviço militar como oficial, pensou Mevlut. Ele já não tinha o menor respeito pelos lojistas, mas sabia que, se rompesse com eles naquele momento, continuaria se prestando ao papel de "menino bonzinho e subserviente. Como todos os outros, ele continuaria a usar o quepe à guisa de luva para não se queimar ao pegar a chaleira de cabo quebrado.

No sorteio que decidia para onde ele iria em seguida, coube-lhe a brigada de tanques estacionada em Kars. Alguns tiveram a sorte de pegar cidades na região oeste do país, e até bases em Istambul. Dizia-se que eram sorteios fraudados. Mas Mevlut não sentia inveja nem ressentimento, tampouco se incomodava de ter de passar dezesseis meses na fronteira com a Rússia, na cidade mais fria e mais pobre da Turquia.

Foi preciso viajar por um dia até chegar a Kars, fazendo baldeação em Ancara, sem se deter em Istambul. Em julho de 1980, Kars era uma cidade empobrecida com cinquenta mil habitantes. Enquanto andava da estação rodoviária até o quartel no centro da cidade, ele notou que as ruas estavam cheias de slogans esquerdistas, e reconheceu alguns dos chavões que vira nos muros de Kültepe.

Mevlut achou a base calma e tranquila. Os soldados estacionados na cidade, com exceção dos integrantes do serviço secreto, não se envolviam em disputas políticas. Às vezes os policiais procuravam esquerdistas escondidos em aldeias de agricultores ou fazendas especializadas na produção de queijo, mas esses agentes tinham suas bases em outros lugares.

Certa manhã, numa concentração, menos de um mês depois que havia chegado à cidade, ele disse ao comandante que, na vida civil, trabalhava como garçom. A partir de então, ele começou a servir no refeitório dos oficiais. Não precisaria mais ficar de plantão no frio nem lidar com ordens absurdas e arbitrárias de comandantes mais chatos. Agora tinha muito tempo para se sentar à pequena escrivaninha do quartel ou a uma das mesas do refeitório e escrever para Rayiha quando ninguém estivesse vendo, redigindo páginas e páginas enquanto o rádio tocava músicas populares da Anatólia e o cantor Emel Sayın interpretava a clássica canção em estilo sensual e melancólico "O primeiro olhar que enche o coração nunca será esquecido", de Erol Sayan. A maioria dos recrutas dos quartéis-generais e acampamentos militares que procuravam se mostrar muito ativos quando exerciam as funções de "balconistas", "pintores" ou "faz-tudo" levava pequenos transistores escondidos nos bolsos. Naquele ano Mevlut escreveu muitas cartas de amor sob a influência de seu sempre cambiante gosto musical, exibindo um leque de expressões de canções populares da Anatólia para descrever os "olhares esquivos", o "jeito lânguido", os "olhos de gazela, negros como tinta, sonhadores, zombeteiros, penetrantes" e o "olhar encantador" de Rayiha.

Quanto mais ele escrevia, mais sentia como se tivesse conhecido Rayiha desde que eram crianças, que tinham uma história espiritual em comum. Mevlut estava criando uma intimidade entre eles com cada palavra e cada frase, e sentia que todas as coisas que então imaginava se realizariam um dia.

Lá pelo fim do verão, discutia com um cozinheiro sobre uma berinjela recheada que fora servida muito fria e enfurecera o major quando alguém lhe tomou o braço. Por um instante, Mevlut assustou-se, pensando tratar-se de um gigante.

"Oh, meu Deus! Mohini!"

Eles se abraçaram e se beijaram nas faces.

"Dizem que no Exército as pessoas perdem peso, terminam só pele e osso, mas você engordou."

"Trabalho como garçom no clube dos oficiais", disse Mevlut. "As sobras são muito boas."

"E eu sou o cabeleireiro do clube."

Mohini chegara duas semanas antes. Depois de fracassar no colegial, seu pai o colocou como aprendiz de cabeleireiro, decidindo que seria esse seu meio de vida. Era fácil tingir de louro os cabelos das esposas dos oficiais na vila militar. Contudo Mohini tinha um monte de queixas, como Mevlut veio a saber quando eles passaram o dia de folga juntos na casa de chá fronteira ao Asia Hotel, assistindo futebol.

MOHINI. Na verdade, meu trabalho de cabeleireiro não era muito difícil. Minha única preocupação era dar atenção a cada mulher exatamente de acordo com a graduação do marido; reservava o melhor corte para a esposa gorduchinha do comandante da base, o paxá Turgut, fazendo-lhe os maiores elogios; a esposa magrela do subcomandante recebia um pouco menos de atenção; e finalmente havia as mulheres dos tenentes-coronéis, mas mesmo nesse caso eu tinha de respeitar a ordem de tempo de serviço, e essa coisa toda estava me deixando à beira de um colapso nervoso. Contei a Mevlut que, certo dia, elogiei o cabelo preto da bela esposa de um jovem oficial e todos zombaram de mim, inclusive a esposa do paxá Turgut. Fui tratado de modo horrível.

A prudente esposa do tenente-coronel perguntou: "De que cor você tingiu o cabelo da esposa do paxá Turgut? Cuide para que o meu não fique mais claro que o dela". Eu ouvia todo tipo de coisa — quem estava livre para um jogo de cartas, quem seria a próxima a receber as outras, onde elas iriam se reunir para assistir às novelas, que tipo de biscoitos elas compravam e em que padaria. Houve ocasiões em que cantei e fiz truques nas festas de aniversário de seus filhos, fiz compras para as senhoras que não queriam pôr o pé fora da base militar e ajudei a filha do comandante a fazer a lição de matemática.

"Que diabos você sabe de matemática, Mohini!", disse Mevlut, interrompendo-o rudemente. "Ou você está fodendo com a filha do paxá?"

"Que vergonha, Mevlut... Estou vendo que o Exército poluiu sua boca e sua alma. Todos os recrutas que arrumam um empreguinho mole na casa de um oficial perto do quartel-general ou vão trabalhar como lacaio na casa de um coronel, ouvindo gritos todos os dias, gostam de dizer: 'Eu como a filha do coronel logo que ele volta para o quartel à noite', só para preservar o pouco que lhe resta de dignidade. Não vá me dizer que acredita nessas histórias! Além do mais, o paxá Turgut não merece esse tratamento. Ele é um militar honesto e sempre me protege da malícia e dos maus modos de sua esposa. Estamos entendidos?"

Desde que entrara no Exército, aquelas foram as palavras mais sinceras que Mevlut ouvira de um recruta, e sentiu vergonha. "Afinal de contas, o coronel é um homem bom", ele disse. "Desculpe. Chegue aqui, vou lhe dar um abraço para você não ficar bravo."

No exato momento em que pronunciou essas palavras, ele percebeu a verdade que não vinha admitindo: desde que vira Mohini pela última vez no colegial, o colega tinha ficado mais efeminado, revelando o homossexual escondido dentro de si. Será que ele tinha consciência? Mevlut deveria fingir que não notara? Eles ficaram em silêncio por um instante, olhando um para o outro sem dizer palavra.

Logo o paxá Turgut descobriu que o recruta que fazia o cabelo de sua esposa e o recruta que trabalhava no restaurante tinham sido colegas de escola. Por isso, Mevlut começou a ir à casa do paxá para tarefas especiais. Pediam-lhe que pintasse armários de cozinha ou que brincasse de cavalos e cocheiros com as crianças (em Kars ainda havia carroças puxadas por cavalos que serviam de táxis). O paxá informou ao capitão de sua companhia e ao gerente do clube dos oficiais que Mevlut seria convocado para a casa do paxá para organizar festas, e isso logo o promoveu a "favorito do paxá", o que todos sabiam ser o mais alto grau a que um recruta podia aspirar. A notícia de seu novo status se espalhou primeiro em sua unidade, depois no resto da guarnição. Aqueles que costumavam cumprimentá-lo com um "Que é que há, cara de bebê?", que o tocaiavam para lhe agarrar os genitais e o tratavam como bicha foram os primeiros a recuar. Os tenentes também passaram a dedicar-lhe certa consideração, como se fosse um menino rico que acabou em Kars por engano. Outros perguntavam-lhe se podia fazer o favor de saber, da esposa do paxá, a data secreta dos exercícios que logo seriam feitos na fronteira com a Rússia. E nunca mais deram piparotes em sua orelha.

18. O golpe militar
O cemitério do bairro industrial

A operação militar cuja data secreta todos queriam saber terminou não acontecendo, porque ocorreu outro golpe militar na noite de 12 de setembro. Mevlut percebeu que havia alguma coisa anormal quando viu as ruas fora da base desertas. O Exército decretara lei marcial e toque de recolher em todo o país. Ele passou o dia assistindo na TV às declarações do paxá general Evren. As ruas ermas de Kars, até então cheias de aldeões, lojistas, desempregados, cidadãos assustados e policiais à paisana, pareciam a Mevlut uma projeção da estranheza de suas sensações. À noite, o paxá Turgut reuniu todo o pessoal da base e explicou que políticos tacanhos e egoístas, só preocupados em manter seus cargos, tinham levado o país à beira de um colapso, mas aquilo era coisa do passado. O Exército turco, a única e verdadeira salvaguarda da nação, não iria permitir que o país fosse a pique, e puniria todos os terroristas e políticos sediciosos. Discorreu longamente sobre a bandeira, cuja cor lembrava o sangue dos mártires, e sobre Atatürk.

Uma semana depois, anunciaram na TV que o paxá Turgut seria o prefeito de Kars. Mevlut e Mohini passaram a transitar da base à prefeitura e da prefeitura à base, distantes dez minutos uma da outra. De manhã o paxá ficava na base, planejando operações contra os comunistas a partir dos relatos de seus informantes e serviços secretos, e depois do almoço pegava seu jipe e ia para a prefeitura, então sediada num velho edifício russo. Às vezes caminhava, ladeado por seus guarda-costas, entre lojistas agradecidos que lhe diziam como fora bom o golpe militar, deixava que as pessoas lhe beijassem a mão se o desejassem, e lia as cartas que recebia quando voltava para o quartel-general. Uma de suas responsabilidades como prefeito, comandante da base e encarregado de fazer cumprir a lei marcial no distrito era investigar todo ato ilícito e qualquer denúncia de corrupção que recebesse e encaminhá-los ao promotor do Exército. Assim como o paxá, o promotor agia segundo a lógica "Eles serão absolvidos se forem inocentes!", e prendia as pessoas para intimidá-las.

O Exército tratava os transgressores abastados com relativa complacência. Os responsáveis por crimes políticos, porém, e os comunistas, que também eram tachados de "terroristas", levavam chicotadas na sola dos pés. Quando o vento estava soprando na direção certa, os gritos de jovens dos bairros pobres presos em diligências policiais e torturados para dar informações podiam ser ouvidos até na base, e Mevlut abaixava os olhos, com a mesma sensação de culpa com a qual se dirigia ao clube dos oficiais.

Certa manhã, durante os exercícios militares no Ano-Novo, o novo tenente chamou o nome de Mevlut. Mevlut levantou-se e gritou: "Mevlut Karataş, Konya, às suas ordens". Ele prestou continência e ficou em posição de sentido.

"Aproxime-se, Konya", disse o tenente.

Esse sujeito deve desconhecer que tenho o apoio do paxá, pensou Mevlut. Ele nunca estivera na cidade de Konya, mas aquele era o distrito a que Beyşehir pertencia, por isso, como era de costume, todos o chamavam de Konya, o que era muito irritante, embora naquela ocasião ele não tivesse se lembrado disso.

"Meus pêsames, Konya, seu pai faleceu em Istambul", disse o novo tenente. "Volte para sua unidade e peça uns dias de folga ao capitão."

Mevlut conseguiu uma semana de licença. Na rodoviária, esperando o ônibus para Istambul, tomou um copo de *rakı*. Enquanto o ônibus trepidava e balançava de um lado para o outro, um peso inexplicável lhe fechava as pálpebras, e em seus sonhos o pai o repreendia por chegar atrasado ao funeral e por muitas outras falhas.

Seu pai morrera dormindo. Os vizinhos só descobriram dois dias depois.

A cama estava na maior bagunça, como se seu pai tivesse saído de casa às pressas. Aos olhos de soldado de Mevlut, o local parecia descuidado e miserável. Mas ele também sentiu aquele cheiro único que nunca sentira em nenhum outro lugar: o cheiro do pai, o cheiro do corpo do próprio Mevlut, de hálito, poeira, fogão, vinte anos de sopa no jantar, roupa suja, móveis velhos — o cheiro de suas vidas. Mevlut imaginou que iria ficar naquele cômodo durante horas, chorando e pranteando o pai, mas o pesar era tão avassalador que ele se precipitou porta afora.

O funeral de Mustafa Efêndi teve lugar na mesquita de Hadji Hamit Vural de Duttepe, duas horas depois que Mevlut chegou a Kültepe, durante as orações vespertinas. Embora Mevlut tivesse levado suas roupas civis, ele ainda estava de farda. Quem tentava consolá-lo sorria ao vê-lo vestido como um recruta em dia de folga.

Mevlut carregou o caixão no ombro até o túmulo. Jogou terra sobre o corpo do pai. Estava prestes a chorar, seu pé escorregou e por pouco ele não caiu no túmulo. Havia cerca de quarenta pessoas. Süleyman o abraçou, e eles se sentaram sobre outro túmulo. Observando as lápides ao redor, Mevlut concluiu que aquele cemitério se destinava a migrantes. Crescia depressa, pois lá eram enterradas as pessoas que haviam se instalado nas colinas circunvizinhas; quando Mevlut leu, um tanto aturdido, as inscrições tumulares, percebeu que nenhum dos mortos nascera em Istambul. Quase todos eram naturais de Sivas, Erzincan, Erzurum e Gümüşhane.

Encomendou a um gravador de mármore que estava por ali uma lápide de tamanho médio sem nem ao menos regatear. Inspirando-se nas inscrições que lera, ele escreveu num pedaço de papel: MUSTAFA KARATAŞ (1927-81). CENNETPINAR, BEYŞEHIR. VENDEDOR DE IOGURTE E DE BOZA. QUE DESCANSE EM PAZ. E passou-o ao homem.

Mevlut estava ciente de que a farda lhe conferia um aspecto distinto. De volta ao bairro, dirigiram-se ao centro comercial de Duttepe e entraram em lojas e cafés. Mevlut se deu conta do quanto estava ligado a Kültepe, Duttepe e a todas aquelas pessoas que o abraçavam. Para sua surpresa, porém, em relação às pessoas sentia uma raiva próxima do ódio — mesmo de seu tio e dos primos. Teve de lutar para reprimir uma torrente de obscenidades que queria despejar sobre todos eles, como as que ouvia no Exército.

Na hora do jantar, a tia comentou que Mevlut ficava muito bem de uniforme, e que era uma pena sua mãe não ter podido vir para ver o filho naqueles trajes. Nos poucos minutos em que ficou sozinho com Süleyman na cozinha, Mevlut não perguntou por Rayiha, embora estivesse morrendo de vontade. Comeu em silêncio, vendo TV como os demais.

Naquela noite, pensou em escrever para Rayiha na mesa instável de casa. Mas, assim que abriu a porta, o lugar lhe pareceu tão desolado que ele deitou e chorou. Chorou durante muito tempo, sem saber ao certo se era por seu pai ou por se sentir sozinho, e caiu no sono ainda de uniforme.

De manhã, vestiu as roupas civis que tinha posto na valise quase um ano antes e se dirigiu ao Restaurante Karlıova em Beyoğlu. Não foi muito bem recebido. Ferhat fora para o serviço militar, e quase todos os garçons eram novos; os antigos que ainda estavam lá se ocupavam de outros clientes. Mevlut foi embora sem ter tido a oportunidade de desfrutar de sua fantasia "Volta ao Karlıova", que tantas vezes o ajudara a passar o tempo quando estava de plantão.

Foi ao Cine Elyazar, a dez minutos dali. Dessa vez não sentiu vergonha dos outros homens no saguão, passando por eles de cabeça erguida e olhando-os nos olhos. Quando sentou, livre dos olhares de todos, sentia-se feliz por poder ficar sozinho no escuro com as libertinas da tela, ele não era mais que um par de olhos. Logo percebeu que a rudeza dos homens do Exército e o modo como praguejavam haviam mudado sua maneira de ver as mulheres da tela. Sentia-se mais vulgar, mas também mais normal. Sempre que alguém fazia uma piada obscena em voz alta sobre o filme, ou respondia à fala de um ator com algum comentário malicioso, ele ria junto com todo mundo. Quando as luzes se acendiam entre um filme e outro, Mevlut olhava em volta e imaginava que todo homem com cabelo cortado rente fosse um soldado à paisana, de folga, como ele. Assistiu aos três filmes do começo ao fim. Saiu do cinema na cena de sexo e degustação de uvas, que lembrava ter visto ao entrar no meio do mesmo filme alemão. Foi para casa e se masturbou até o anoitecer.

Naquela noite, esgotado pelo sentimento de culpa e pela solidão, foi à casa de seu tio em Duttepe.

"Não se preocupe, tudo está às mil maravilhas", disse Süleyman quando eles ficaram sozinhos. "Rayiha adora suas cartas. Onde você aprendeu a escrever cartas tão bonitas? Algum dia você me ensina a escrever assim?"

"Rayiha vai responder?"

"Ela gostaria, mas não pode… O pai não toleraria. Da última vez que estiveram aqui, antes do golpe, vi como elas amam o pai. Eles se hospedaram no novo cômodo que acabamos de construir."

Süleyman abriu a porta do quarto onde Abdurrahman Pescoço-Torto e suas duas filhas passaram uma semana da última vez que vieram da aldeia, acendeu as luzes e deu uma volta, como um guia de museu. Mevlut viu que havia duas camas e o primo percebeu o que ele estava se perguntando. "O pai dormiu nesta cama, e na primeira noite as garotas dormiram juntas na outra. Mas a cama era muito pequena e por isso preparamos um leito no chão para Rayiha."

Mevlut lançou um olhar tímido ao lugar onde tinham arrumado a cama de Rayiha. O chão da casa de Süleyman era ladrilhado e atapetado.

Ele ficou feliz ao descobrir que Vediha sabia das cartas. Ela não lhe demonstrava muita familiaridade, nem dava a entender que sabia de tudo e que até ajudara a entregar as cartas, mas sorria para ele toda vez que o via. Mevlut ficou encantado, interpretando como um sinal de que ela estava do lado dele.

Vediha Yenge era mesmo extraordinariamente bonita. Mevlut brincou um pouco com o filho dela, Bozkurt (nome dado em homenagem ao legendário Lobo Cinzento que salvara os turcos), que nascera quando Mevlut estava trabalhando no Restaurante Karlıova, e com o filho mais novo, Turan, que viera ao mundo quando Mevlut estava no Exército. Vediha ficara ainda mais radiante, madura e atraente depois do nascimento do segundo filho. Mevlut se enternecia ao vê-la tão amável com os filhos e comprazia-se em saber que ele também tinha um lugar em seu coração, ou pelo menos uma afeição fraterna. E ficava imaginando que Rayiha era tão bela quanto Vediha, ou mais ainda.

Passou a maior parte do tempo escrevendo cartas para Rayiha. Ausente de Istambul por um ano, já não a reconhecia. A cidade mudara depois do golpe. Os slogans políticos foram apagados das paredes, expulsaram os ambulantes das ruas principais e das praças, fecharam os bordéis de Beyoğlu, e os contrabandistas que vendiam uísque e cigarro americano nas ruas haviam sido presos. Até o trânsito melhorara. Não se podia mais parar onde bem se entendesse. Algumas mudanças foram boas, Mevlut pensou, mas ele se sentia um forasteiro. Talvez porque não tivesse o que fazer.

"Vou lhe perguntar uma coisa, mas, por favor, não me leve a mal", disse ele a Süleyman na noite seguinte. Agora que o pai se fora, ele podia muito bem ir à casa do tio todas as noites.

"Eu nunca levo você a mal, Mevlut", disse Süleyman. "Você é quem sempre me leva a mal."

"Você pode me arranjar uma fotografia dela?"

"De Rayiha? Não."

"Por quê?"

"Ela é irmã da mulher do meu irmão."

"Se eu tivesse uma fotografia dela, poderia escrever cartas melhores."

"Pode acreditar, Mevlut, elas não podem ser melhores do que são."

O primo o ajudou a alugar a casa de Kültepe a um conhecido da família Vural. Mevlut concordou em abrir mão do contrato quando Süleyman lhe disse: "Não é preciso, nós conhecemos o inquilino, e você não vai querer pagar impostos". De todo modo, ele não era o único a receber o aluguel da casa (que ainda não estava registrada no nome de ninguém): sua mãe e suas irmãs, que moravam na aldeia, também tinham esse direito. Ele achou que não era o caso de se envolver demais nessas questões.

Mevlut estava pondo as roupas do pai numa valise antes de alugar a casa quando sentiu o cheiro dele. Encolheu-se na cama e chorou, sentindo raiva e ressentimento contra o mundo. Chegou à conclusão de que ao final de seu serviço militar não voltaria para aquela casa e nem para Kültepe. Não obstante, quando teve de retornar para Kars, alguma coisa dentro dele se rebelou. Ele não queria usar o uniforme nem completar o tempo restante do serviço militar. Odiava os comandantes e os demais companheiros do Exército. Com um sentimento assustador, ele agora entendia por que algumas pessoas desertavam. Vestiu o uniforme e partiu.

Nos poucos meses em que ainda permaneceu em Kars, Mevlut escreveu quarenta e sete cartas a Rayiha. Tempo ele tinha de sobra: fora indicado para integrar o destacamento que o comandante da base levara consigo para a prefeitura, e lá ele trabalhava na cantina e na casa de chá como garçom pessoal do paxá Turgut, quando este estava lá. Mas o paxá era desconfiado e ranheta demais para comer na prefeitura, e o trabalho não era muito difícil: o próprio Mevlut preparava o chá e também o café do paxá, com um cubinho de açúcar e duas camadas de creme, e servia-lhe água e bebidas leves. Certa vez o paxá comprou um biscoito na padaria, outra vez pegou um folhado na cantina, pôs os dois diante de Mevlut, dizendo-lhe para ficar atento.

"Vá em frente, experimente... não queremos que a prefeitura nos envenene."

Ele queria escrever a Rayiha sobre a temporada no Exército, mas, sabendo que as cartas eram lidas antes de serem enviadas, limitou-se a seus voos poéticos, recorrendo ainda mais a olhares penetrantes e encantadores. Mevlut continuou redigindo cartas até seu último dia de serviço militar, que parecia não chegar nunca e, quando finalmente chegou, parecia nunca acabar.

19. Mevlut e Rayiha
Fugir com uma garota é um troço complicado

No dia 17 de março de 1982, Mevlut terminou o serviço militar e pegou o primeiro trem para Istambul. Alugou um apartamento no segundo andar de uma velha casa grega em Tarlabaşı, duas ruas depois do dormitório do Restaurante Karlıova, e começou a trabalhar como garçom num restaurante comum. Comprou num mercado de pulgas em Çukurcuma uma mesa (bem estável) e quatro cadeiras (duas combinando); de ambulantes de móveis usados comprou uma cama velha, muito castigada, com uma enorme cabeceira entalhada com pássaros e folhas. Mobiliou o quarto fantasiando o lar feliz que um dia iria partilhar com Rayiha.

Certa noite, no início de abril, na casa de seu tio, Mevlut viu Abdurrahman Efêndi. Sentado à cabeceira da mesa, com um guardanapo em volta do pescoço, bebericava seu *rakı* e curtia os netos Bozkurt e Turan. Ele decerto veio da aldeia sozinho, sem as filhas, pensou Mevlut. O tio Hasan não estava; nos últimos anos, todas as noites ia fazer suas preces e seguia para a mercearia, onde assistia TV e esperava os fregueses. Mevlut cumprimentou o futuro sogro com respeito, que respondeu, mas não pareceu se dar conta da presença do rapaz.

Logo Korkut e Abdurrahman Efêndi se meteram numa acalorada discussão sobre agiotas. Com uma inflação de cem por cento, logo o dinheiro estaria valendo menos que o papel em que estava impresso — por isso era melhor sacá-lo dos bancos, que pagavam juros mesquinhos, e entregá-lo aos novos agiotas, todos com cara de vendedor de mercadinho recém-chegado da aldeia. Prometiam altas taxas de juros anuais, mas será que eram confiáveis?

Ao terminar o terceiro drinque, Abdurrahman Efêndi começou a se gabar da beleza das três filhas e do cuidado que ele tomou para que tivessem uma boa educação na aldeia. "Chegaa, pai", disse Vediha enquanto levava os filhos para a cama; Abdurrahman Efêndi os acompanhou.

"Espere por mim na casa de chá", disse Süleyman quando eles ficaram sozinhos à mesa. O coração de Mevlut disparou.

"O que vocês estão maquinando?", disse tia Safiye. "Façam o que quiserem, mas não se envolvam em política. Na verdade nós devíamos providenciar para que se casassem."

Pela TV da casa de chá, Mevlut ficou sabendo que a Argentina e a Inglaterra estavam em guerra. Quando Süleyman chegou, o primo estava admirando os porta-aviões e navios de guerra ingleses.

"Abdurrahman Efêndi veio a Istambul tirar seu dinheiro de um agiota e entregar a outro que é ainda pior... Não temos condições de saber se isso é verdade, nem se ele de fato tem dinheiro. E ele também andou falando de certas 'boas notícias'", disse Süleyman.

"Que boas notícias seriam?"

"Rayiha tem um pretendente", disse o primo. "Um desses agiotas grosseirões. Parece que antes vendia chá. O Pescoço-Torto, ganacioso como é, pode muito bem entregar a filha ao agiota. Ele não vai dar ouvidos a ninguém. Você precisa fugir com Rayiha, Mevlut."

"Oh, Süleyman, por favor, me ajude."

"Você acha que é fácil fugir com uma moça?", disse Süleyman. "Basta um pequeno erro e, antes que você se dê conta, alguém leva um tiro, há uma luta sangrenta, e então as pessoas vão matando umas às outras durante anos e anos sem nenhum motivo razoável, dizendo orgulhosamente que se trata de uma questão de honra. Você está a fim de correr esse risco?"

"Não tenho escolha", disse Mevlut.

"Não tem", disse Süleyman. "Mas você também não quer que ninguém pense que você é um sujeito vulgar. O que pode oferecer a essa jovem, quando existem tantos homens ricos dispostos a gastar uma fortuna com ela?"

Cinco dias depois eles se encontraram no mesmo lugar. Enquanto Süleyman assistia à ocupação das Malvinas, Mevlut tirou uma folha de papel do bolso.

"Vamos, espie", disse ele. "Pode ficar com ele."

"O que é isso?", disse Süleyman. "Oh, são os documentos de sua casa. Vamos dar uma olhada. O nome de meu pai também está aqui. Eles reclamaram o terreno juntos. Por que você o trouxe? Não queria entregá-lo assim só para se exibir. Você vai precisar dele se quiser sua parte, quando um dia os títulos de propriedade forem emitidos."

"Entregue-o a Abdurrahman Pescoço-Torto...", pediu Mevlut. "Diga a ele que ninguém pode amar sua filha como eu a amo."

"Vou dizer, mas guarde isso no bolso", respondeu Süleyman.

"Não estou falando só por falar, é sério", disse Mevlut.

A primeira coisa que Mevlut fez na manhã seguinte ao acordar da ressaca de *rakı* foi verificar o bolso do casaco. Não sabia se devia ficar contente ou decepcionado por encontrar a folha de papel que seu pai e seu tio Hasan tinham obtido do *muhtar* quinze anos antes.

"Você devia se sentir grato por ter Vediha Yenge e nós todos a seu lado", disse Süleyman dez dias depois. "Ela foi até a aldeia por sua causa. Agora vamos ver se você vai conseguir o que deseja. Pode me trazer outro *rakı*?"

Vediha levou consigo os filhos — Bozkurt, de três anos, e Turan, de dois. Mevlut achou que em pouco tempo estariam de volta, pois as crianças logo se cansariam de uma aldeia lamacenta, onde faltava luz o tempo todo e não havia água encanada. Enganou-se. Inquieto, ia a Duttepe duas vezes por semana, achando que Vediha Yenge já estaria de volta, mas só encontrava a tia sozinha na casa sombria.

"Quem haveria de pensar que era essa minha nora que dava ânimo a esta casa", disse a tia Safiye a Mevlut, que estava lá de visita tarde da noite. "Desde que Vediha partiu, raras vezes Korkut vem para casa. Süleyman também anda sumido. Preparei sopa de lentilha, quer que eu esquente um pouco para você? Podemos ver TV. Soube que Kastelli fugiu e que todos os agiotas faliram? Você não confiou nenhum dinheiro a esses agiotas, não é?"

"Eu não tenho dinheiro nenhum, tia Safiye."

"Não se preocupe... Não passe a vida se enervando por dinheiro, algum dia vai chegar a sua hora. Dinheiro não traz felicidade. Veja quanto Korkut ganha, e mesmo assim ele e Vediha vivem às turras... Eu sinto por Bozkurt e Turan, a vida inteira eles só conheceram discussões e brigas. Não se preocupe... Se Deus quiser essa sua coisa vai dar certo."

"Que coisa?", disse Mevlut com o coração descompassado enquanto desviava os olhos da TV, mas a tia Safiye não disse mais nada.

"Tenho boas notícias", disse-lhe Süleyman três dias depois. "Vediha Yenge voltou. Rayiha o ama muito, meu caro Mevlut. Tudo isso graças às cartas. Ela não aceita de jeito nenhum o agiota que o pai lhe quer dar como marido. O agiota foi à falência oficialmente, mas comprou ouro e dólares americanos com o dinheiro dos clientes e enterrou tudo em algum lugar. Quando a atenção da imprensa diminuir e os jornais se concentrarem em outro assunto, ele vai desencavar o dinheiro e viver uma boa vida com Rayiha, enquanto os estúpidos que lhe deram seu dinheiro vão ter de recorrer aos tribunais. Ele prometeu uma bolada ao Pescoço-Torto. Se tiver o consentimento, ele se casa com Rayiha numa cerimônia civil e parte para a Alemanha. Pelo visto, esse velhaco falido está aprendendo alemão escondido e quer que Rayiha faça o mesmo para poder comprar carne na Alemanha do açougueiro que segue as normas islâmicas."

"Canalha", disse Mevlut. "Se eu não conseguir fugir com Rayiha, eu o mato."

"Não precisa matar ninguém. Vou pegar a caminhonete e vamos buscá-la", disse Süleyman. "Vou arranjar tudo para você."

Mevlut abraçou e beijou o primo. Naquela noite, esteve agitado demais para dormir.

Quando eles se encontraram novamente, Süleyman já tinha planejado tudo: depois das preces noturnas da quinta-feira, Rayiha pegaria seus pertences e iria ao quintal de sua casa.

"Vamos embora", disse Mevlut.

"Fique tranquilo, está bem? É só um dia de viagem."

"Pode chover, é a estação das chuvaradas... E temos de fazer os preparativos da fuga em Beyşehir."

"Não precisa de preparativo nenhum. Logo que escurecer, você encontra a garota no quintal do Pescoço-Torto, como se você mesmo a tivesse posto lá. Levo vocês dois a Akşehir e os deixo na estação ferroviária. Você e Rayiha tomam o trem, e eu volto sozinho para que o pai dela não desconfie de mim."

Só de ouvir as palavras "você e Rayiha", Mevlut entrou em êxtase. Ele já tirara uma semana de licença no trabalho e a estenderia por mais uma, alegando "assuntos de família". Quando ele pediu a segunda semana (não remunerada), o patrão reagiu mal. Mevlut então lhe disse que se desligava do trabalho.

Arrumaria outro emprego num restaurante como aquele quando quisesse. E também andara pensando em vender sorvetes. Conhecera um ambulante de sorvetes que pretendia alugar seu carrinho de três rodas e uma batedeira a partir do mês do Ramadã.

Mevlut botou a casa em ordem, tentando se colocar na pele de Rayiha. O que ela veria quando entrasse? Ele deveria comprar uma colcha agora ou deixar que ela escolhesse uma? Toda vez que imaginava Rayiha naquela casa, lembrava que ela o veria com roupa de baixo — ansiava por tal intimidade, mas ao mesmo tempo a ideia o sobressaltava.

SÜLEYMAN. Eu enganei todo mundo — meu irmão, minha mãe, Vediha e todos os demais — dizendo-lhes que ia pegar a caminhonete e desaparecer por alguns dias. Na véspera da partida, nosso futuro noivo pulava de alegria; eu o chamei à parte para uma palavrinha.

"Escute com toda a atenção, meu caro Mevlut, porque agora estou lhe falando não como seu melhor amigo e seu primo, mas como membro da família das jovens. Rayiha não tem nem dezoito anos. Se o pai dela a perder, se ele disser 'Não posso perdoar alguém que roubou minha filha' e mandar a polícia atrás de você, vocês terão de se esconder até ela completar dezoito anos, e até lá você não poderá se casar com ela. Agora quero que você me dê sua palavra que, no devido tempo, você vai mesmo se casar com ela."

"Eu lhe dou minha palavra", disse Mevlut. "Vou me casar com ela numa cerimônia religiosa também."

Na manhã seguinte, a caminho da aldeia, Mevlut estava animadíssimo, fazendo piadas, admirando cada fábrica e cada ponte por que passávamos, e me dizendo: "Mais rápido, pé na tábua!". Tagarelava sem parar. A certa altura, porém, ele se calou.

"Qual é o problema? De repente ficou com medo de fugir com uma garota? Estamos chegando a Afyon. Se passarmos a noite na caminhonete, a polícia vai ficar desconfiada e pode nos levar para a delegacia, por isso acho que é melhor irmos para aquele hotel ali, certo? É por minha conta."

O restaurante do Nezahat Hotel servia bebidas alcoólicas. Eu estava no final do segundo drinque, ouvindo Mevlut que falava sobre as torturas que viu no Exército. Não me segurei.

"Escute aqui, eu sou turco e não quero ouvir uma palavra contra meu Exército, entendeu?", eu disse. "Talvez todas essas torturas e espancamentos e prisões de centenas de milhares de pessoas sejam um tanto exagerados, mas estou contente com o golpe. Tenho certeza de que você concorda que todo o país está tranquilo, e não apenas Istambul. As ruas estão limpas, não há mais discussões entre direita e esquerda, nem mais assassinatos, o trânsito flui que é uma beleza desde que os militares assumiram o controle, os bordéis foram fechados, e todas as prostitutas, os comunistas, os vendedores de Marlboro, os bandidos da máfia, os contrabandistas de bebidas foram escorraçados. Agora vou lhe dizer uma coisa, mas não se ofenda: já não há mais futuro para vendedores ambulantes neste país, e é melhor você se conformar com isso, meu caro Mevlut. Um homem conquista com muito esforço um bom dinheiro para abrir sua bela venda de hortaliças e frutas no melhor lugar da cidade, e lá vem você e se posta bem à porta dele para vender batatas e tomates da aldeia... Você acha justo? O Exército está apenas pondo um pouco de ordem nisso tudo. Se ao menos Atatürk tivesse vivido um pouco mais, não teria se limitado a banir o barrete mourisco e o solidéu, mas teria expulsado os ambulantes de todo o país, a começar de Istambul. Ouvi dizer que na Europa não existe esse tipo de coisa."

"Pelo contrário", disse Mevlut. "Quando Atatürk veio de Ancara em visita a Istambul, achou que as ruas daqui estavam muito silenciosas e..."

"De todo modo, se o Exército parasse de baixar o cacete por um certo tempo, nosso povo iria morder a isca dos comunistas ou se entregar aos muçulmanos. Você ainda se encontra com o tal de Ferhat? O que ele anda aprontando?"

"Não tenho ideia."

"Ele é um puta dum escroto."

"Ele é meu amigo."

"Então, tudo bem. Não vou levar você a Beyşehir, boa sorte na sua fuga com a garota."

"Ora, Süleyman, não faça uma coisa dessas", disse Mevlut, caindo no desespero.

"Cá estou eu, servindo a você uma verdadeira beldade numa salva de prata. Ela já está pronta, esperando por você. Além de tudo, eu mesmo estou levando você na minha caminhonete, percorrendo setecentos quilômetros até a aldeia. Estou pagando a gasolina. Até o hotel onde você está dormindo esta noite e o *rakı* que você bebe é por minha conta. Mesmo assim você não quer dizer, nem ao menos uma vez: 'Você tem razão, Süleyman, Ferhat é um filho da puta'. Você não se dispõe nem a fingir. Você nunca diz: 'Você é um cara legal, Süleyman'. Se você se acha tão sabido a ponto de pensar que é muito melhor que eu, como pensava quando éramos crianças, então por que você veio nos pedir ajuda?"

"Perdoe-me, Süleyman."

"Quero ouvir outra vez."

"Perdoe-me, Süleyman."

"Vou perdoá-lo, mas primeiro quero que você me diga por que pede desculpas."

"Peço desculpas porque estou com medo, Süleyman."

"Não há nada a temer. Quando perceberem que Rayiha fugiu... obviamente vão para nossa aldeia. Vocês dois vão subir a colina. Eles podem até dar uns dois tiros, só para constar. Não tenha medo, vou esperar por você do outro lado. Rayiha se acomoda na parte de trás, assim não pode me reconhecer. Ela viu a caminhonete quando esteve em Istambul, mas garotas não sabem distinguir veículos. Você não vai lhe dizer uma palavra sobre mim, bem entendido. Você deve se preocupar é com o que fazer quando estiverem sozinhos no mesmo quarto, em Istambul. Você já dormiu com uma mulher?"

"Eu não estou preocupado com isso, Süleyman. Meu receio é que ela mude de ideia e decida não fugir mais."

A primeira coisa que fizemos na manhã seguinte foi localizar a estação ferroviária de Akşehir. De lá, por caminhos transversais e enlameados, fomos subindo para a nossa aldeia; Mevlut bem que queria ver a mãe, mas receava que nossos planos fossem por água abaixo se ele chamasse atenção demais sobre si mesmo. Nem chegamos a falar com ela. Pegamos um desvio para a aldeia de Gümüşdere e nos dirigimos sorrateiramente até a casa de Abdurrahman Efêndi Pescoço-Torto, indo direto para o quintal com o muro desmoronado. Então recuamos. Dirigi a caminhonete para mais longe e estacionei.

"Logo o sol vai se pôr e será hora das orações da noite", eu disse. "Não há nada a temer. Boa sorte, Mevlut."

"Deu o abençoe, Süleyman", ele disse. "Reze por mim."

Desci da caminhonete com ele. Nós nos abraçamos... Eu estava quase chorando, olhando com afeição suas costas enquanto ele avançava pelo caminho de terra que levava à aldeia, e no fundo de meu coração desejei-lhe uma vida feliz. Rumei para o lugar combinado para nosso encontro refletindo que Mevlut logo se daria conta de que seu destino não era aquele que ele imaginara, e me perguntei o que faria quando descobrisse. Se eu realmente não desejasse o melhor para Mevlut, se eu quisesse mesmo enganá-lo, como muita gente pensa, então, quando ele me deu os documentos de sua casa de Kültepe naquela noite em Istambul, quando estava de cara cheia de *rakı* e queria que eu lhe arranjasse o casamento com Rayiha, eu os teria devolvido a ele, teria? Eu é que lhe arranjei um inquilino para a casa, que é tudo o que ele possui neste mundo. Não vou contar nada à sua mãe nem às suas irmãs, que moram na aldeia. Teoricamente, elas também são herdeiras de meu falecido tio Mustafa, mas não tenho nada com isso.

No ginásio, quando Mevlut ia fazer um exame importante, sentia o coração bombeando chamas para seu rosto. Rumo à aldeia de Gümüşdere, uma sensação muito mais intensa do que aquela dominava todo o seu corpo.

Ele se deparou com o cemitério na colina bem perto da aldeia, caminhou entre os túmulos, sentou-se na beirada de um, em frente a uma lápide bolorenta, antiga, mas bem trabalhada e misteriosa, e pensou na vida. "Meu Deus, por favor, faça com que Rayiha apareça, meu Deus, faça com que Rayiha apareça", ele se pôs a repetir. Queria rezar e implorar a Deus, mas não conseguia se lembrar de nenhuma das orações que conhecia. Ele falou consigo mesmo: "Se Rayiha aparecer, vou aprender o Sagrado Alcorão de cor e me tornar um hafiz". Orou com insistência e vigor, sentindo-se uma partícula minúscula e desamparada no universo de Deus. Ouvira dizer que podia ser de muita ajuda repetir as orações em tom súplice.

Logo depois do pôr do sol, Mevlut se aproximou do muro desmoronado. A janela dos fundos da casa de Abdurrahman Efêndi estava às escuras. Ele chegou dez minutos adiantado. Enquanto esperava o piscar de uma luz, o sinal combinado, mais uma vez sentiu que sua vida começava, exatamente como treze anos antes, no dia em que chegou a Istambul com o pai.

Os cães latiram, uma luz se acendeu por trás da janela e logo se apagou.

PARTE IV

JUNHO DE 1982-MARÇO DE 1994

Ficou chocado ao descobrir no mundo lá fora um vestígio do que até então lhe parecia uma moléstia individual e bestial da própria mente.

James Joyce, *Um retrato do artista quando jovem**

---

* Tradução de Caetano W. Galindo (São Paulo, Companhia das Letras, 2016).

1. Mevlut e Rayiha se casam
Só a morte poderá nos separar

SÜLEYMAN. Quando você acha que Mevlut descobriu que a garota com quem estava fugindo não era a bela Samiha, cujos olhos fitara no casamento do meu irmão, mas sim Rayiha, a irmã menos bonita e mais velha? Teria sido no momento em que a encontrou no quintal escuro, ou só percebeu mais tarde, quando cruzavam rios e subiam colinas? Será que já sabia ao sentar a meu lado na caminhonete? Foi por isso que lhe perguntei: "Algum problema?" e "O gato comeu sua língua?". Mas ele não deixou transparecer nada.

Quando os dois desceram do trem e se juntaram à multidão que tomava a balsa de Haydarpaşa para Karaköy, Mevlut já não estava mais preocupado com contratos de casamento, mas com o fato de que enfim estaria sozinho num quarto com Rayiha. Talvez fosse um pouco infantil da parte dela se interessar tanto pela agitação da ponte de Gálata e pela fumaça branca das balsas, mas ele só pensava que logo mais os dois iriam entrar numa casa em que não havia mais ninguém.

Quando Mevlut pegou as chaves — enfiadas no bolso como um bem precioso — e abriu a porta do apartamento em Tarlabaşı, sentiu como se ele tivesse se transformado em outro lugar nos três dias que durara a viagem de ida e volta à aldeia: nas manhãs de junho, ele quase dava uma impressão de frescor, mas agora, no alto verão, era de um calor sufocante, e os velhos pisos de linóleo, aquecidos pelos raios do sol, exalavam um cheiro de plástico barato misturado à cera de abelha e cânhamo. Podia-se ouvir a barulheira das pessoas e do trânsito de Beyoğlu e Tarlabaşı. Mevlut sempre gostara daquele som.

RAYIHA. "Nossa casa é um encanto", eu disse. "Mas precisa ser arejada." Eu não conseguia mexer no puxador e abrir a janela, então Mevlut foi correndo me mostrar como proceder. Imediatamente percebi que, tão logo fizéssemos uma boa faxina e tirássemos as teias de aranha, ele se veria livre de todas as preocupações, de todos os medos e demônios de sua mente. Fomos comprar sabão, um balde de plástico, um pano de chão, e no momento em que saímos, a tensão de estarmos juntos na casa desapareceu, e relaxamos. Passamos a tarde olhando vitrines, procurando nas prateleiras das lojas de Tarlabaşı até Balıkpazarı, o mercado de peixe, as coisas de que precisávamos. Compramos esponjas para a cozinha, escovas, detergentes líquidos e, logo que chegamos, fizemos uma limpeza de cima a baixo. Ficamos tão absortos naquela tarefa que já não nos sentíamos constrangidos de estarmos os dois a sós na casa.

À noite, eu estava encharcada de suor. Mevlut me ensinou a acender o aquecedor e regular o fluxo do gás, me mostrou a torneira de água quente. Tivemos de subir numa cadeira para enfiar um fósforo aceso no buraco escuro do boiler. Ele sugeriu que eu deixasse aberta a pequena janela que dava para o escuro pátio interno do edifício.

"Se a deixar aberta assim, o ar viciado vai embora, e ninguém vai ver você...", ele sussurrou. "Vou sair por uma hora."

Rayiha ainda estava com a mesma roupa com que fugira, e Mevlut imaginou que ela não ficaria à vontade para se desnudar e tomar banho se ele permanecesse em casa. Ficou fazendo hora numa casa de chá próxima da avenida İstiklal. Nas noites de inverno, aquele estabelecimento se enchia de porteiros, vendedores de bilhetes de loteria, motoristas e ambulantes cansados, mas àquela hora estava vazio. Ele olhou para a xícara de chá à sua frente e pensou em Rayiha tomando banho. De onde tirara que sua pele era clara? Olhando para seu pescoço! Por que ele dissera "uma hora" ao sair? O tempo passava muito devagar.

Sem querer chegar antes do horário combinado, tomou uma cerveja e, ao voltar, escolheu o caminho mais longo pelas ruelas de Tarlabaşı: gostava de fazer parte daquelas ruas onde meninos se xingavam jogando futebol, mães sentavam na frente de pequenas casas de três andares com grandes bandejas no colo, catando as pedras do arroz, e todos se conheciam.

Mevlut resolveu comprar uma melancia de um homem postado à sombra de uma barraca, num terreno vazio — ele pechinchou, batendo com os dedos em muitas melancias para descobrir se estavam maduras. Uma formiga andava sobre uma delas. Toda vez que Mevlut girava a melancia, a formiga ficava de cabeça para baixo, mas logo alcançava a parte de cima. Pediu ao vendedor que pesasse a que escolheu, tomando cuidado para não matar a formiga. Voltou para casa, entrou sem fazer barulho e pôs a melancia na cozinha.

RAYIHA. Quando terminei de tomar banho e vesti roupas limpas, deitei de costas para a porta e adormeci sem cobrir o cabelo.

Mevlut se aproximou dela em silêncio. Por um bom tempo, contemplou Rayiha deitada, sabendo que nunca haveria de esquecer aquele momento. Seu corpo e seus pés pareciam delicados e bonitos sob as roupas. Os ombros e os braços se mexiam levemente cada vez que ela respirava. Por um instante, Mevlut achou que ela fingia dormir. Ele se deitou em silêncio e devagar do outro lado da cama, sem trocar de roupa.

O coração dele batia descompassado. Se começassem a fazer sexo naquele instante — e ele nem ao menos sabia direito como era isso —, estaria tirando vantagem da confiança dela.

Rayiha confiara em Mevlut, pusera sua vida nas mãos dele, tirara o véu revelando-lhe seus longos e belos cabelos antes de terem se casado — antes de ao menos terem feito sexo. Enquanto contemplava suas mechas longas e onduladas, Mevlut sentiu que aquela confiança e aquela entrega bastariam para ligá-lo a Rayiha e percebeu que haveria de amá-la. Ele não estava sozinho no mundo. Observava a respiração compassada de Rayiha, e sua felicidade parecia sem limites. Ela até apreciara as cartas dele.

Adormeceram vestidos. Tarde da noite, abraçaram-se no escuro, mas não fizeram amor. Mevlut sabia que era mais fácil fazer sexo à noite. Mas gostaria que sua primeira vez com Rayiha fosse à luz do dia, assim poderia olhá-la nos olhos. Quando amanheceu, porém, toda vez que eles se olhavam nos olhos, abraçavam-se e descobriam outras coisas com que se ocupar.

RAYIHA. Na manhã seguinte, fomos às compras de novo. Comprei uma toalha de mesa de plástico que parecia um oleado, um edredom estampado com flores azuis, uma cesta plástica de pão que imitava vime e um espremedor de limão. Mevlut logo se cansou das minhas perambulações admirando chinelos, xícaras de chá, jarras e saleiros, só por diversão, sem comprar nada. Voltamos para casa. Sentamos na beira da cama.

"Ninguém sabe que estamos aqui, não é?", eu disse.

Com uma expressão juvenil, Mevlut me respondeu com um olhar tal que eu disse prontamente: "Tem comida no fogão", e corri para a cozinha. À tarde, quando o sol esquentou o pequeno apartamento, senti-me cansada e fui deitar.

Mevlut se deitou ao lado dela e eles se abraçaram e se beijaram pela primeira vez. O desejo dele aumentou ao perceber certa culpa pueril no rosto inteligente de Rayiha. Mas toda vez que os desejos deles se acendiam, os dois se deixavam vencer pelo embaraço. Mevlut pôs a mão sob a roupa de Rayiha, por um instante tocou-lhe o seio esquerdo e sentiu vertigem.

Ela o repeliu. Ele se levantou, ferido em seu orgulho.

"Tudo bem, não fiquei chateado", ele disse enquanto saía decidido. "Volto em um minuto."

Numa rua atrás da mesquita de Ağa morava um curdo, dono de um ferro-velho, que havia se graduado num instituto religioso de Ancara. Cobrava uma pequena taxa para realizar breves cerimônias de casamento para casais que já eram casados no civil, mas queriam observar todas as normas; homens que em suas aldeias tinham esposas, mas que se apaixonaram por outra mulher em Istambul e não tinham ninguém a quem recorrer; adolescentes conservadores que tiveram encontros amorosos escondidos dos pais e de irmãos mais velhos, deixando que as coisas fossem longe demais e não conseguiam conviver com a culpa. O sujeito afirmava pertencer à corrente hanafi, porque só os sunitas da escola hanafi estavam autorizados a casar jovens sem a permissão dos pais.

Mevlut encontrou o homem nos fundos da loja, entre radiadores velhos, tampas de fogão e peças de motores enferrujadas, cochilando com a cabeça coberta por um exemplar do diário *Akşam* de Istambul.

"Senhor, eu gostaria de casar dentro das leis da nossa fé."

"Por que a pressa?", disse o homem douto. "Você é pobre demais e jovem demais para tomar uma segunda esposa."

"Eu fugi com uma jovem!", disse Mevlut.

"Com o consentimento dela?"

"Estamos apaixonados."

"O mundo está cheio de homens sem-vergonha que roubam garotas e as violentam, afirmando o tempo todo que se trata de amor. Esses canalhas chegam a convencer as famílias das jovens a permitir o casamento..."

"Nosso caso é muito diferente", disse Mevlut. "Vamos nos casar com muito amor, e porque nós dois queremos."

"O amor é uma doença", disse o sábio. "E a única cura é o casamento, você tem razão. Mas é uma cura de que você vai se arrepender, pois é como tomar quinina o resto da vida, mesmo depois de ter se curado da febre tifoide."

"Eu não vou me arrepender", disse Mevlut.

"Então, por que a pressa? Vocês ainda não consumaram o casamento?"

"Só depois que estivermos devidamente casados", disse Mevlut.

"Ou ela é muito feia, ou você é um ingênuo. Qual é seu nome? Você é um rapaz bem-apessoado. Sente-se, sirva-se de um pouco de chá."

Tentando abreviar aquela conversa mole, Mevlut aceitou o chá servido por um ajudante pálido, de grandes olhos verdes. Mas o homem estava resolvido a aumentar seu preço. Havia rapazes e moças que resolviam casar depois de uns beijos e umas carícias, então iam para a casa de suas respectivas famílias e não diziam palavra aos pais à mesa de jantar — mas o número deles, infelizmente, vinha se reduzindo cada vez mais.

"Eu não tenho muito dinheiro!", exclamou Mevlut.

"Foi por isso que você fugiu com a jovem? Rapazes bem-apessoados como você muitas vezes se tornam verdadeiros libertinos, e logo que saciam sua sede, dizem *passar bem* e se livram da garota. Conheci muitas jovens adoráveis mas ingênuas que se mataram ou foram parar num bordel por causa de bonitões como você."

"Vamos casar no civil também, tão logo ela complete dezoito anos", disse Mevlut, sentindo-se culpado.

"Tudo bem. Vou fazer uma boa ação e casar vocês amanhã. Aonde devo ir?"

"Será que não podemos fazer isso aqui, sem a garota?", disse Mevlut, olhando em volta na loja empoeirada, cheia de velharias.

"Eu não cobro pela cerimônia, cobro pelo lugar."

RAYIHA. Depois que Mevlut saiu de casa, comprei de um ambulante dois quilos de morangos um tanto passados mas baratos, e açúcar numa mercearia, e antes de Mevlut voltar, lavei as frutas e comecei a fazer geleia. Quando ele chegou em casa, deliciou-se com o cheiro doce dos morangos, mas não tentou se aproximar de mim.

À noite, ele me levou para uma sessão dupla no Cine Tulipa. No intervalo entre o primeiro filme, com Hülya Koçyiğit, e o segundo, com Türkân Şoray — o ar da sala estava tão úmido que os assentos pareciam molhados —, ele me disse que nos casaríamos no dia seguinte. Chorei um pouco, mas ainda assim prestei atenção ao segundo filme. Estava muito feliz.

Quando o filme acabou, Mevlut disse: "Até que seu pai nos dê sua benção ou você complete dezoito anos, vamos pelo menos nos unir aos olhos de Deus, para que ninguém possa nos separar... Eu conheço o dono de um ferro-velho. A cerimônia vai ser na loja dele. Ele disse que você não precisa ir... Só precisa autorizar alguém que aja em seu nome".

"Não, eu quero estar presente à cerimônia", respondi franzindo o cenho. Mas então sorri para que Mevlut não ficasse aborrecido.

De volta à casa, Mevlut e Rayiha agiram como desconhecidos obrigados a dividir um quarto de hotel numa cidade do interior, escondendo-se um do outro na hora de vestir a camisola e o pijama. Evitando se olhar, apagaram a luz e, com todo cuidado, deitaram-se lado a lado na cama, procurando deixar um espaço entre eles, e Rayiha novamente ficou de costas para Mevlut. Ele sentiu uma mescla de alegria e medo, e no mesmo instante em que supôs que aquela agitação o faria ficar acordado a noite inteira, caiu no sono.

Acordou no meio da noite, envolvido ao denso odor de morangos da pele de Rayiha e ao aroma de biscoitos de seu pescoço. Os dois, suados, eram atacados por mosquitos vorazes. Espontaneamente, seus corpos se abraçaram. Com os olhos no céu escuro e nas luzes de neon do exterior, Mevlut sentiu por um instante como se flutuasse em algum lugar fora do mundo, um lugar da infância onde não existia gravidade. E então Rayiha disse: "Nós ainda não estamos casados", e o repeliu.

Um garçom do Restaurante Karlıova contou a Mevlut que Ferhat havia terminado o serviço militar. Na manhã seguinte, um dos dois lavadores de pratos de Mardin o levou à casa de Ferhat, em Tarlabaşı, uma pensão de segunda classe para solteiros. Ele morava com garçons dez anos mais novos que ele e com meninos curdos e alevitas de Tunceli e Bingöl que tinham acabado de sair do ginásio e começavam a trabalhar como lavadores de pratos. Mevlut achou o lugar malcheiroso e abafado, impróprio para Ferhat, por isso se sentiu aliviado quando soube que ele ainda passava muito tempo na casa dos pais. Mevlut sentiu que o amigo era uma espécie de irmão mais velho dos meninos do dormitório, e que também rolavam outras coisas por lá — contrabando de cigarros, que se tornara quase impossível depois do golpe; comércio de uma droga conhecida como erva; um sentimento de revolta política e solidariedade —, mas não fez muitas perguntas. As coisas que Ferhat vira e vivera no Exército, as histórias que ouviu de conhecidos presos e torturados em Diyarbakır lhe causaram tamanha impressão que se sentiu ainda mais ligado à política.

"Você precisa se casar", disse Mevlut.

"Preciso encontrar uma garota da cidade que se apaixone por mim", respondeu Ferhat. "Ou então fugir com uma garota da aldeia. Não tenho dinheiro para me casar."

"Eu fugi com uma garota", disse Mevlut. "Você também devia fazer isso. Então poderemos começar um negócio, abrir uma loja e enriquecer."

Mevlut contou a Ferhat uma versão embelezada de sua fuga com Rayiha, na qual nem Süleyman nem sua caminhonete apareciam. Contou que andaram de mãos dadas sobre a lama e pelas montanhas, durante um dia inteiro, até a estação ferroviária de Akşehir, fugindo da perseguição do pai dela.

"E Rayiha é tão bonita quanto nossas cartas diziam que era?", perguntou Ferhat.

"Ela é ainda mais bonita e mais inteligente", disse Mevlut. "Mas a família dela, os Vural, Korkut, Süleyman — ninguém vai desistir de nos procurar, nem mesmo aqui."

"Fascistas desgraçados", disse Ferhat, e concordou prontamente em servir de testemunha do casamento deles.

RAYIHA. Pus o vestido comprido de estampa floral sobre jeans claros. Também usei o véu púrpura que comprei nas ruazinhas de Beyoğlu. Fomos encontrar Ferhat no Café Mar Negro, na avenida İstiklal. Um homem alto e educado, de testa alta. Deu-nos um copo de suco de ginja. "Parabéns, *yenge*, você escolheu o homem certo", ele disse. "Ele é meio esquisito, mas tem um coração de ouro."

Quando já estávamos na loja, o dono do ferro-velho encontrou outra testemunha na mercearia vizinha. Tirou de uma gaveta um caderno meio escangalhado coberto com escrita otomana e com todo cuidado anotou os nomes de todos e os nomes de nossos pais. Todo mundo sabia que aquilo não tinha valor legal, mas ainda assim causava certa impressão ver aquele homem grave escrevendo em caracteres árabes.

"Quanto você pagou pelo dote da noiva? Quanto vai pagar se vocês se separarem?", perguntou o dono do ferro-velho.

"Que dote?", disse Ferhat. "Ele fugiu com a jovem."

"Quanto ele vai pagar se vocês se divorciarem?"

"Só a morte poderá nos separar", disse Mevlut.

A outra testemunha disse: "Ponha dez moedas de ouro com a garantia do sultão Reshad para o primeiro caso, e sete moedas de ouro para o outro."

"É demais", disse Ferhat.

"Ao que parece não posso realizar a cerimônia atendendo aos preceitos da lei islâmica", disse o homem, aproximando-se de um conjunto de balanças na frente da loja. "Qualquer contato íntimo que aconteça sem que tenha havido uma união religiosa deve ser considerado fornicação. Além do mais a garota é muito nova."

"Não sou tão nova, tenho dezessete anos!", respondi, mostrando a carteira de identidade que tirei da gaveta do meu pai.

Ferhat chamou à parte o dono do ferro-velho e pôs um dinheiro em seu bolso.

"Agora, repitam comigo", disse o sujeito.

Mevlut e eu nos olhamos nos olhos e recitamos uma série de palavras em árabe.

"Santo Deus! Abençoe esta união!", disse o dono do ferro-velho encerrando a cerimônia. "Que nela possa haver companheirismo, entendimento e amor entre essas duas almas desamparadas e, por favor, ó Senhor, permita que esse casamento resista à prova do tempo e proteja Mevlut e Rayiha do ódio, da discórdia e da separação."

2. Mevlut vende sorvetes
Os dias mais felizes de sua vida

Tão logo chegaram em casa, foram direto para a cama. Agora que estavam casados, podiam relaxar — aquilo por que tanto ansiavam, e que suscitava tanta curiosidade, pois que nunca o haviam feito, era um dever a ser cumprido. Tinham pudor de se verem nus (ainda que algumas superfícies permanecessem cobertas) e de tocar os corpos ardentes — os braços, o peito —, mas a consciência de que tudo isso era inevitável aliviava-lhes um pouco a vergonha. "Sim, isso é mesmo embaraçoso", seus olhos diziam. "Mas infelizmente tem de ser feito."

RAYIHA. O que eu mais desejava era que este quarto fosse escuro. Não queria me sentir constrangida toda vez que nos olhávamos nos olhos. As cortinas desbotadas não bloqueavam a claridade da tarde de verão. Tive de repelir Mevlut uma ou duas vezes quando ele se mostrou muito sôfrego e rude. Mas uma parte de mim gostava quando ele se mostrava vigoroso, e eu simplesmente me deixava levar. Vi a coisa dele duas vezes, e ela me assustou um pouco. Embalei a pura e bela cabeça de meu Mevlut como se ele fosse um bebê, de modo a não poder ver aquela coisa enorme lá embaixo.

* * *

Ao contrário do que sempre tinham ouvido dos amigos, Mevlut e Rayiha aprenderam nas aulas de religião na aldeia que não havia nada de lascivo na intimidade física entre marido e mulher, mas ainda assim sentiam-se embaraçados toda vez que se olhavam nos olhos. Perceberam, porém, que aquele acanhamento logo haveria de se dissipar e terminariam por encarar o sexo como uma atividade humana normal, talvez até mesmo um sinal de maturidade.

"Estou com tanta sede", disse Mevlut, sentindo-se prestes a sufocar.

Era quase como se toda a casa — paredes, janelas e teto — estivesse suando junto com eles.

"Tem um copo ao lado da jarra de água", disse Rayiha, escondendo-se sob os lençóis.

Pelo olhar de Rayiha, Mevlut percebeu que ela estava vendo o mundo a partir de um ponto fora de seu próprio corpo. Ele sentiu o mesmo enquanto punha água no copo sobre a mesa — como se ele tivesse saído de si mesmo e agora existisse apenas como alma. No momento em que entregava à esposa o copo de água, embora ainda achasse que havia algo obsceno e despudorado no sexo, também via nele um lado divino e espiritual. Lançaram alguns olhares furtivos aos respectivos corpos enquanto tomavam água, quase conformados, tímidos e surpresos com o que a vida poderia ser.

Mevlut viu que a pele de Rayiha, branca como leite, parecia emitir uma luz que iluminava o quarto. E perguntou-se se aquelas marcas cor-de-rosa e levemente arroxeadas no corpo dela haviam sido causadas por ele. Quando os dois estavam de novo sob os lençóis, abraçaram-se com a sensação de que tudo estava bem. Palavras ternas saíram de improviso da boca de Mevlut.

"Minha querida", ele lhe disse. "Meu amor, você é tão encantadora..."

Sua mãe e suas irmãs lhe diziam essas coisas quando ele era pequeno, mas o diziam num tom normal. Ele as sussurrava com fervor, como se fossem segredos. Chamava por ela com a inquietude de um viajante que teme perder-se na floresta. Fizeram amor até de manhã, dormindo e acordando, levantando para beber água no escuro, sem acender as luzes. A melhor coisa do casamento era poder fazer sexo sempre e quantas vezes se quisesse.

De manhã, quando viram manchas da cor de ginja nos lençóis, Mevlut e Rayiha ficaram um pouco sem graça, mas também contentes — embora escondessem a satisfação um do outro —, pois ali estava a prova da virgindade de Rayiha. Jamais tocaram no assunto, mas durante aquele verão, toda vez que preparava sorvete de ginja para vender à noite, ele sempre lembrava aquelas outras manchas vermelhas.

RAYIHA. Nós dois guardamos jejum durante o Ramadã — Mevlut, desde que terminou o curso primário, e eu ainda mais cedo, aos dez anos. Quando éramos pequenas, certo dia Samiha e eu estávamos dormitando até a hora de quebrar o jejum, e de repente minha irmã Vediha desfaleceu de fome, caiu como um minarete num terremoto, e as bandejas que carregava foram ao chão junto com ela. Foi assim que aprendemos que, toda vez que nos sentíssemos fracas demais para ficar de pé durante o jejum, devíamos nos sentar no chão imediatamente. Mesmo quando não nos sentíamos fracas, só de brincadeira fingíamos que estávamos tontas e que o mundo balançava para a frente e para trás, e nos jogávamos no chão, caindo na gargalhada. Todos os que guardam jejum, mesmo as crianças, sabem que não deve haver nenhum contato físico entre marido e mulher durante esse período. Mas três dias depois que nos casamos já estávamos no Ramadã, e Mevlut e eu começamos a questionar isso.

Senhor, um beijo na mão quebra o jejum? Não quebra! E um beijo no ombro? É provável que não. E um beijo no pescoço da legítima esposa? Ou no rosto? O conselho para assuntos religiosos diz que um beijo casto é admissível, desde que não se pretenda ir adiante. O dono do ferro-velho disse que nem mesmo um beijo na boca quebra o jejum, desde que não haja troca de saliva. Mevlut confiava nele e achava que, como foi ele quem nos casara, só ele podia decidir sobre essas questões. Em nossa fé, as coisas podem ser interpretadas de diversas maneiras. Certa vez Vediha contou que, em longos dias quentes de verão, rapazes que guardam jejum desaparecem no mato, escondem-se em leitos secos de rios e se excitam despudoradamente, alegando que "o imã afirma que não se deve tocar a esposa, mas não diz nada a respeito de tocar o próprio corpo…". Talvez também não exista no livro sagrado nada que proíba o sexo no Ramadã.

Com certeza vocês já devem ter adivinhado: durante os longos dias quentes do Ramadã, Mevlut e eu não conseguimos controlar nossos impulsos e fizemos sexo. Se for pecado, que ele caia sobre minha cabeça. Amo demais meu belo Mevlut. Não estamos fazendo mal a ninguém! Àqueles que nos consideram pecadores, eu gostaria de colocar uma pergunta: e os milhares de jovens que se casam com pressa logo antes do Ramadã e fazem amor pela primeira vez na vida, o que vocês acham que eles vão fazer em casa durante as longas e atordoantes horas do jejum?

Hızır voltara à sua aldeia próxima a Sivas para o Ramadã, deixando a Mevlut seus três carrinhos de sorvete de três rodas, algumas conchas e um refrigerador de madeira. Todo verão, muitos ambulantes como Hızır davam um jeito de arranjar alguém para ficar com seus carrinhos e atender seus clientes, para que não os perdessem enquanto estavam em suas aldeias.

Hızır não cobrava o aluguel do equipamento porque considerava Mevlut honesto e diligente. Convidara-o para sua casa, numa ruela sombria de Dolapdere, onde sua esposa baixota e gorducha logo fez amizade com Rayiha e ajudou seu marido a ensinar-lhes como fazer sorvete, mexer a mistura até ela adquirir a consistência adequada e acrescentar ácido cítrico ao suco de limão e corante ao suco de ginja. Hızır disse que sorvete não era coisa só para crianças, mas também para adultos que ainda pensavam ser crianças. Tão importante quanto o próprio sabor eram a animação e o senso de humor do ambulante. Hızır mostrou um mapa que ele próprio desenhara e indicou as ruas pelas quais Mevlut devia passar, os locais e horários mais frequentados, assim ele poderia obter mais ganhos. Mevlut decorou o mapa e toda noite o visualizava ao empurrar o carrinho dos altos de Tarlabaşı até a avenida İstiklal e Sıraselviler.

No carrinho havia um pequeno anúncio em letras vermelhas:

SORVETE HIZIR
Morango, Ginja, Limão, Chocolate, Creme

Às vezes, um dos sabores tinha acabado justo por volta da hora em que ele começava a sentir muita saudade de Rayiha. "Estou sem sorvete de ginja", ele dizia ao cliente, que tentava argumentar: "Então por que escreveu ginja no carrinho?". Seu primeiro impulso era retrucar: "Você acha que fui eu que escrevi isso?", mas não respondia nada. Ele abandonara a sineta que herdara do pai, pois Hızır havia lhe dado uma mais alegre e sonora, que ele sacudia como um lenço que se agita no varal durante a tempestade, gritando "Sor-veee-te" num tom que o próprio Hızır lhe ensinara. Mas os meninos que corriam atrás dele gritavam: "Sorveteiro, sorveteiro, você não é Hızır!".

"Hızır foi a um casamento na aldeia, sou seu irmão mais novo", Mevlut dizia àquelas crianças que emergiam da escuridão como pequenos duendes, surgiam das esquinas, apareciam nas janelas, nos troncos de árvores e pátios de mesquitas onde brincavam de esconde-esconde.

Mevlut relutava em deixar o carrinho desprotegido na rua, e para ele era difícil entrar em casas e cozinhas, por isso a maioria das famílias mandava alguém buscar o sorvete. Famílias numerosas e abastadas enviavam empregados com bandejas enormes incrustadas de prata ou madrepérola, ou içavam uma cesta com uma dúzia de pequenas xícaras e uma folha de papel com informações sobre os sabores desejados, e logo Mevlut descobriu que atender a esses pedidos à luz dos postes de iluminação pública era um trabalho tão difícil como o de um farmacêutico. De vez em quando apareciam novos clientes nas proximidades antes de ele concluir o pedido, e as crianças que tagarelavam e zuniam à sua volta como abelhas num prato de geleia ficavam impacientes e agitadas. Às vezes, quando não havia vivalma na rua ou em volta do carrinho de sorvete — durante as orações noturnas especiais do Ramadã, por exemplo —, uma família numerosa mandava um empregado descer com uma bandeja, e todos na casa, a começar pelas crianças, seus tios que assistiam futebol pela TV, seus alegres convidados, tias fofoqueiras, meninas mimadas, menininhos ariscos e irritadiços, gritavam lá de cima, para que todo mundo ouvisse, exatamente quanto de ginja e de creme eles queriam e que sabor devia ser posto por último, com uma impertinência que surpreendia o próprio Mevlut. Por vezes as pessoas insistiam para ele subir, e ele se via ao lado de uma mesa cheia de gente ou ao lado de portas de cozinhas caóticas, assistindo às cabriolas das criancinhas nos tapetes. Ao ouvirem o som da sineta, algumas famílias pensavam que fosse Hızır, e as pessoas se debruçavam na janela, dizendo "Hızır Efêndi, como vai? Você parece ótimo!", mesmo quando olhavam direto no rosto dele; em vez de desfazer o equívoco, Mevlut respondia: "Muito obrigado, acabo de voltar de um casamento na aldeia... O Ramadã foi especialmente bom este ano", pretendendo agradar, embora sentisse certa culpa.

O que mais o fazia se sentir culpado durante o Ramadã era não resistir à tentação com Rayiha durante o período de jejum. Assim como sua esposa, ele era inteligente o bastante para saber que aqueles eram os dias mais felizes de sua vida, e essa felicidade era grande demais para ser assombrada por questões de consciência, então ele concluía que a culpa provinha de uma fonte mais profunda: como se ele fora admitido ao paraíso por acaso, sem de fato merecê-lo.

Por volta das dez e meia, antes de chegar à metade do percurso que lhe fora traçado por Hızır, ele começava a sentir saudade de Rayiha. O que ela estaria fazendo em casa naquela hora? Duas semanas depois do início do Ramadã, à tarde, depois de terem feito sorvete e sexo, algumas vezes foram a um daqueles cinemas que apresentavam três comédias estreladas por atores como Kemal Sunal e Fatma Girik, tudo pelo preço de um sorvete grande. Se Mevlut comprasse uma TV usada, talvez Rayiha não se entediasse enquanto o esperava em casa.

Toda noite, sua última parada era numa escada que dava para as dezenas de milhares de janelas acesas de Istambul. Naquele lugar, doze anos depois, como se relatou no começo do livro, Mevlut seria assaltado pela dupla de pai e filho. E enquanto se demorava a observar os petroleiros cruzando o Bósforo no breu da noite e a decoração luminosa do Ramadã pendente entre minaretes, Mevlut pensava como era feliz por ter um lar em Istambul e uma jovem tão amável como Rayiha à sua espera. Ele escolhia um dos meninos que parecia mais esperto entre os que enxameavam à sua volta como gaivotas famintas seguindo um barco pesqueiro e dizia-lhe: "Vamos lá, mostre quanto dinheiro você tem nos bolsos". A criança e mais algumas como ela ganhavam um cone cheio de sorvete, ainda que o pouco trocado de que dispunham mal desse para pagar, e assim, tendo terminado seu estoque de sorvete, Mevlut tomava o caminho de casa. Ele ignorava os meninos que não tinham nenhum dinheiro e pediam "Tio Hızır, me dê pelo menos um cone vazio!", e também os que o imitavam para fazer graça. Sabia que, no momento em que desse um sorvete de graça para um deles, no dia seguinte não conseguiria vender mais nada — nem a ele nem a nenhuma outra criança.

* * *

RAYIHA. Sabia que Mevlut tinha chegado quando ouvia o barulho do carrinho entrando no quintal e, enquanto ele amarrava a roda à amendoeira, eu pegava os cilindros ("Muito bem! Não sobrou uma gota!", eu sempre lhe dizia), os trapos e as conchas que seriam lavados, e os levava para dentro. Logo que entrava na casa, Mevlut tirava o avental e o jogava no chão. Tem gente que exibe o dinheiro que ganhou com a mesma veneração com que mostraria um papel com o nome do Profeta, erguendo-o bem alto como se fosse a própria fonte de vida, por isso era bonito ver Mevlut jogar no chão o avental com os bolsos cheios de dinheiro, em sua ânsia de voltar ao nosso paraíso particular. Eu o beijava.

Nas manhãs de verão, quando ele ia sair para comprar — na mercearia do albanês ou então no Balıkpazarı — morangos, ginjas, melões e outros ingredientes para o sorvete, eu, já calçando os sapatos e pondo o véu, ouvia Mevlut dizer "Venha comigo!", como se a decisão de eu sair à rua tivesse partido dele. Depois do Ramadã, Mevlut passou a vender sorvete também à tarde.

Toda vez que ele encontrava os amigos em barbearias, carpintarias e oficinas de automóveis e eu o sentia incomodado com a minha presença, atrasava o passo. Às vezes ele dizia: "Você pode me esperar aqui um minutinho?", e entrava numa loja, deixando-me para trás. Eu me entretinha com pouco, já me bastava espiar por uma porta os operários que fabricavam tigelas de plástico. Mevlut se descontraía quando nos afastávamos de casa. Contava dos horríveis cinemas das ruazinhas que víamos no caminho e de um restaurante em que ele trabalhara com Ferhat, mas se aborrecia toda vez que via um rosto conhecido em meio à multidão de Taksim e Galatasaray. Será que ele era um patife que seduzira uma mulher e eu, a garota estúpida que me deixara enganar por suas artimanhas? "Agora vamos para casa", ele dizia impaciente, avançando cinco passos, e eu tinha de correr para alcançá-lo, perguntando-me como ele podia se enfurecer tão de repente com uma coisa tão sem importância. (Eu passava a vida inteira tentando entender por que Mevlut perdia as estribeiras de um minuto para o outro.) Ele se acalmava tão logo começávamos a separar as frutas, e enquanto as lavávamos e preparávamos sucos, ele me beijava o pescoço e o rosto, dizendo que sabia onde ficavam as frutinhas e morangos mais deliciosos, e eu corava e ria. O quarto nunca ficava escuro, por mais que fechássemos as cortinas, mas ainda assim fingíamos que estava um breu e que não nos víamos um ao outro, e então FAZÍAMOS AMOR.

3. O casamento de Mevlut e Rayiha
Só vendedores de iogurte desesperados se importam com boza

ABDURRAHMAN EFÊNDI. É duro quando uma filha foge: se você não saca uma arma na hora em que descobre e se põe a disparar a torto e a direito, vão dizer às suas costas: "O pai dela sabia". Quatro anos atrás, uma garota adorável que estava trabalhando na lavoura foi raptada em plena luz do dia por três bandidos armados. O pai dela procurou o juiz, que mandou policiais atrás deles. O pai se atormentou dias e dias, perguntando-se que coisas horríveis deviam estar fazendo à sua filha, mas mesmo assim não conseguia evitar a calúnia: "O pai dela sabia". Pedi a Samiha muitas vezes que me dissesse quem poderia ter roubado Rayiha, ameacei esbofeteá-la, mas ela não se intimidou, claro (minhas filhas sabem que eu não seria capaz de nem ao menos puxar as orelhas delas). Não consegui extrair nada dela.

Para prevenir qualquer fofoca na aldeia, procurei o magistrado de Beyşehir. "Mas o senhor nem conseguiu ficar com a carteira de identidade de sua filha", ele disse. "É claro que a jovem fugiu porque quis. Mas como ela tem menos de dezoito anos posso alegar que houve crime. Posso mandar policiais em busca deles. Mas, se o senhor não gosta de conflitos e confusões e decidir perdoar seu genro para que eles possam se casar dentro dos conformes, ainda pode recorrer a esse tribunal. Vá a um café, reflita um pouco e, se ainda quiser manter a queixa, eu estarei aqui."

A caminho do café, parei no Concha Quebrada para tomar uma sopa de lentilhas, e quando ouvi as pessoas da mesa ao lado falarem de uma briga de galos que logo haveria na Associação de Proteção aos Animais, fui atrás do grupo depois do jantar. Assim, terminei voltando para a aldeia antes de decidir o que fazer. Um mês depois, logo após o Ramadã, recebi algumas notícias da parte de Vediha: Rayiha estava em Istambul, muito feliz e grávida, e o homem com quem fugira era Mevlut, primo de seu marido Korkut. Vediha viu esse desvairado Mevlut e sabia que ele não tinha um tostão. Eu disse: "Nunca vou perdoá-los", mas Vediha sabia que eu os perdoaria.

VEDIHA. Rayiha veio à nossa casa certa tarde alguns dias depois do fim do Ramadã, mas não contou a Mevlut. Disse estar muito feliz com ele e disse que estava grávida. Ela me abraçou e chorou. E também disse que se sentia muito sozinha, que tinha muito medo e queria viver como vivia na aldeia, com suas irmãs e uma família à sua volta, entre árvores e galinhas, em outras palavras, numa casa como a nossa em Duttepe — não num apartamento em petição de miséria e acanhado. O que minha querida Rayiha na verdade queria era que nosso pai parasse de pensar: "Não pode haver casamento para uma garota que foge" e a perdoasse, permitindo-lhe um casamento civil e uma recepção. Será que eu conseguiria convencer a todos com jeitinho, apaziguar Korkut e meu sogro, Hasan, sem ferir os sentimentos de meu pai, e resolver tudo isso antes que o bebê crescesse muito em sua barriga? "Vou ver o que posso fazer", eu disse. "Mas primeiro você tem de jurar mais uma vez que nunca vai contar a papai nem a ninguém mais que eu e Süleyman lhe entregamos as cartas de Mevlut." Rayiha, que é otimista por natureza, jurou sem pestanejar. "Tenho certeza de que todos estão contentes secretamente por eu ter fugido e me casado, porque agora é a vez de Samiha", ela disse.

KORKUT. Fui a Gümüşdere e, depois de uma breve negociação, convenci meu choroso sogro de pescoço torto a "perdoar" Rayiha. A princípio fiquei um pouco irritado porque ele agia como se eu estivesse envolvido na fuga (mais tarde interpretei essa atitude como um sinal de que Vediha e meu irmão, Süleyman, deviam ter participado da trama); a verdade, porém, é que ele estava feliz por Rayiha estar casada — o que o incomodava apenas era que Mevlut a levara de graça. Para apaziguá-lo, prometi que ajudaria a consertar o muro do quintal e que diria a Mevlut e Rayiha que fossem à aldeia para beijar a mão dele e pedir-lhe perdão. Algum tempo depois, eu e Vediha lhe enviamos duas mil liras.

Mevlut ficou ansioso ao saber que Abdurrahman Pescoço-Torto só os perdoaria se eles fossem à aldeia. Essa visita fatalmente o faria ficar frente a frente com a bela Samiha, a pretensa destinatária de todas as cartas, e ele tinha certeza de que não conseguiria disfarçar o embaraço quando a olhasse, e então enrubesceria. Mevlut passou acordado as catorze horas de viagem de Istambul a Beyşehir, remoendo o futuro encontro, ao passo que Rayiha dormia como um bebê. O mais difícil seria esconder seu desconforto da esposa, que estava felicíssima por tudo ter se resolvido da melhor maneira possível e pela perspectiva de reencontrar o pai e a irmã. Mevlut temia pensar demais no assunto e fazer com que Rayiha percebesse a verdade. Na prática, isso o levava a pensar no problema ainda mais — exatamente como acontece quando se tem medo de cães, isso só faria as coisas piorarem. Rayiha percebeu que algo atormentava o marido. Eles estavam tomando chá na parada de Vista da Montanha, onde o ônibus fizera uma breve escala no meio da noite, quando enfim ela lhe perguntou: "Pelo amor de Deus, qual é o problema?".

"Estou com uma sensação estranha", disse Mevlut. "Não importa o que eu faça, sempre me sinto completamente sozinho no mundo." "Você nunca mais vai se sentir assim agora que estou com você", disse Rayiha com um sentimento maternal. Quando Rayiha se aconchegou a ele, Mevlut viu a expressão sonhadora dela refletida na vidraça da janela da casa de chá, e sentiu que nunca haveria de esquecer aquele momento.

Eles passaram dois dias em Cennetpınar, a aldeia de Mevlut. A mãe dele preparou a melhor cama da casa para Rayiha e comprou um pouco de nozes cristalizadas, a guloseima preferida do filho. Ela beijava a nora o tempo todo e, apontando as mãos, os braços e as orelhas dela, comentava com Mevlut: "Ela não é um encanto?". Mevlut se deleitou com a afeição maternal de que sentira falta desde que se mudara para Istambul, aos doze anos, mas ao mesmo tempo sentia um ressentimento e uma superioridade que não conseguiria explicar.

RAYIHA. Nos cinquenta dias em que fiquei longe da aldeia, tive muita saudade deles todos, até da velha estrada, das árvores e das galinhas, e então resolvi dar uma volta. No mesmo lugar em que acendi e apaguei as luzes fazendo sinal para Mevlut na noite em que fugimos, meu marido agora se dirigiu a meu pai, como um aluno malcomportado, para pedir-lhe perdão. Nunca vou me esquecer o quanto me senti feliz ao vê-lo beijar a mão do meu pai. Depois, entrei na sala com uma bandeja e servi o café, sorrindo, como se eles fossem visitas que tivessem vindo conhecer um par potencial para o filho deles, e eu fosse a garota que ainda não tinha conseguido um marido. Mevlut estava tão nervoso que engoliu o café fervendo como se fosse limonada, sem ao menos soprar para esfriá-lo, o que o fez lacrimejar. Conversamos sobre trivialidades e Mevlut se aborreceu com a notícia de que eu ia ficar com meu pai e Samiha até o casamento, como uma noiva de verdade, em vez de voltar para Istambul.

Mevlut ficou chateado por Rayiha não ter lhe avisado sobre seus planos de permanecer na casa paterna por algum tempo. Voltou para sua aldeia irritado, depois de ter encerrado a visita impulsivamente, mas no fundo se sentia feliz por não ter visto Samiha. Rayiha falara na irmã, mas sabe-se lá por que ela não deu as caras; ele se alegrou com o adiamento temporário daquela humilhação, embora soubesse que a coisa não estava resolvida, apenas postergada até o casamento em Istambul. Será que a ausência de Samiha significava que ela também estava se escondendo, constrangida, querendo esquecer tudo?

Na viagem de volta a Istambul, no dia seguinte, num ônibus que parecia flutuar na noite como uma espaçonave, Mevlut dormiu profundamente. Acordou na parada de Vista da Montanha e, sentado à mesma mesa onde na ida tomara chá com Rayiha, se deu conta de como a amava agora. Passar um único dia sozinho era o bastante para entender que em apenas cinquenta dias seu amor já superava tudo o que ele vira nos filmes ou ouvira em contos de fadas.

* * *

SAMIHA. Ficamos muito contentes por Rayiha ter encontrado um marido que a ama e ele ser encantador como um menino. Vim a Istambul com meu pai e Rayiha para o casamento. É minha segunda visita e, naturalmente, vamos ficar na casa de Vediha de novo. Minhas irmãs e eu nos divertimos muito com todas as outras mulheres na despedida de solteira, na véspera do casamento, e rimos até às lágrimas: Rayiha imitou papai dando bronca, enquanto Vediha fingia ser Korkut perdendo o controle no trânsito e xingando todo mundo. Imitei pretendentes que vinham me procurar e com os quais eu não sabia o que fazer, quanto mais onde colocar os doces e a colônia que tinham comprado para mim na loja do outro lado da rua da mesquita de Eşrefoğlu em Beyşehir. Agora era a minha vez de casar, depois de Rayiha. Não gostava de ser vigiada por meu pai, nem de sentir todos os olhares curiosos voltados para nós toda vez que alguém abria a porta de entrada para a despedida de solteira. Não dava a mínima ao perceber os olhares que os pretendentes me lançavam de longe (e o modo como alisavam os bigodes), como se estivessem loucamente apaixonados, e depois disfarçavam como se eu não existisse. Mas havia também os caras que, em vez de tentar me impressionar ou me conquistar, optavam por impressionar meu pai, e isso me enfurecia.

RAYIHA. Sentada numa cadeira em meio àquela multidão de mulheres tagarelas, lá estava eu com o vestido cor-de-rosa que Mevlut comprara para mim em Aksaray, que suas irmãs tinham enfeitado com flores e fitas; Vediha me colocou o véu, cobriu meu rosto com uma gaze que mal me permitia enxergar as outras garotas entretidas com canções e brincadeiras. A pasta de hena estava acesa e oscilava acima da minha cabeça numa bandeja com moedas e velas, e todas as garotas e mulheres tentavam me deixar triste, dizendo: "Coitada, você está deixando a infância para trás para viver com desconhecidos, agora você já não é uma menininha, é uma mulher adulta, coitada", mas eu simplesmente não conseguia chorar. Toda vez que Vediha e Samiha levantavam meu véu para ver se havia lágrimas, eu achava que ia cair na gargalhada, e elas tinham de dizer às demais: "Não, ela ainda não está chorando", o que só as encorajava a inventar todo tipo de provocações — "Essa aí está enfeitiçada, não? Nem liga para o que deixa para trás". Receando que as mais invejosas falassem da minha barriga, pensei na morte da minha mãe e no dia em que a sepultamos, mas nem assim derramei algumas lágrimas.

FERHAT. Quando Mevlut me convidou para seu casamento, não hesitei um minuto: "Esquece!", eu disse e ele ficou triste. Devo admitir, porém, que gostaria de rever os salões nupciais de Şahika, que já abrigaram inúmeras reuniões de que participei. Partidos socialistas e grupos esquerdistas costumavam realizar naquelas salas suas reuniões e convenções anuais. Eles começavam com canções populares e "A Internacional", mas no final sempre havia socos e cadeiras voando, não porque grupos nacionalistas interrompessem as reuniões com porretes, mas porque as facções rivais de linha chinesa ou soviética não se cansavam de travar combates sangrentos. Quando os esquerdistas de Kültepe perderam a guerra por controle de territórios em 1977, todos aqueles locais foram ocupados por organizações de direita financiadas pelo Estado, e nunca mais pusemos os pés lá.

Mevlut não lhe disse que os salões nupciais de Şahika agora estavam sob a gerência de um membro da família Vural, e que a festa só era possível graças a isso. Mas mesmo assim Ferhat o espicaçou.

"Você leva jeito para agradar tanto a esquerda como a direita, não é?", disse ele. "Daria um bom lojista, com todas essas mesuras e rapapés."

"Não me importaria ser um bom lojista", disse Mevlut, sentando e passando a Ferhat vodca e limonada por baixo da mesa, antes de partirem diretamente para vodca. "Algum dia", ele disse, abraçando o amigo, "vamos abrir a melhor loja da Turquia."

Ao dizer "sim" ao oficiante da cerimônia, Mevlut sentiu que podia pôr a vida nas mãos de Rayiha e confiar em sua inteligência. Durante a recepção, acompanhou alegremente cada movimento seu — como haveria de fazer ao longo de toda sua vida de casado —, sabendo que a vida seria muito mais fácil assim e que o filho que estava em sua alma (não confundir com o que Rayiha trazia no útero) seria sempre feliz. Então, meia hora depois, após ter cumprimentado a todos, Mevlut se dirigiu a Hadji Hamit Vural, que se abancara numa mesa como um político cercado de guarda-costas, para beijar-lhe a mão, e as mãos dos homens que o acompanhavam (todos os oito).

Sentado com Rayiha nas cadeiras de veludo vermelho reservadas aos noivos, postadas bem no centro do salão, Mevlut olhou em volta, observando as mesas dos homens que fumavam seus Marlboros (e ocupavam mais da metade do salão), e reconheceu muitos rostos: ex-vendedores de iogurte da geração de seu pai, as costas há muito arqueadas pelo peso que carregaram durante anos. Desde o declínio do negócio de iogurte, os mais pobres e mais fracassados começaram a trabalhar em vários empregos durante o dia e a vender boza à noite, como Mevlut fizera. Outros construíram casas ilegalmente na periferia (algumas delas desmoronaram e tiveram de ser reconstruídas da estaca zero), e, como o valor do terreno aumentara, eles puderam por fim descansar, se aposentar ou mesmo voltar para a aldeia. Alguns tinham uma propriedade lá, e também uma casa num dos bairros mais pobres de Istambul. Aqueles que haviam acreditado nas aplicações de investimento anunciadas pelo Banco dos Trabalhadores e em tudo que haviam aprendido na escola primária tinham depositado no banco cada centavo de sua renda ao longo dos anos, e então assistiram à dissolução de suas economias na última onda de inflação. Os que tentaram evitar essa desgraça confiando o dinheiro aos agiotas também tinham perdido tudo. Assim, seus filhos também trabalhavam como ambulantes, exatamente como Mevlut, que, como os demais, entendia que os homens como seu pai que passaram a vida vendendo produtos nas ruas não tinham nada para mostrar, nem mesmo uma casa na aldeia com jardim. Sua mãe estava sentada junto às outras esposas de ambulantes, mulheres casadas, idosas, que tinham permanecido na aldeia. Mevlut mal podia olhar na direção delas.

Os tambores e instrumentos de sopro de madeira começaram a tocar, e o noivo juntou-se aos homens na pista de dança. Enquanto pulava e saltitava, seus olhos seguiam o lenço roxo de Rayiha, que cumprimentava cada uma das jovens e senhoras de meia-idade no setor ocupado pelas mulheres. Então ele avistou Mohini, que voltara do serviço militar bem a tempo de comparecer à cerimônia. Pouco antes do momento em que os convidados oferecem joias aos noivos, uma eclosão de energia pareceu percorrer o salão úmido e asfixiante, e a multidão se descontrolou, como que embriagada de limonada, de barulho e da atmosfera abafada. "Não suporto ver todos esses fascistas, só bebendo é que aguento olhar para a mesa dos Vural", disse Ferhat, passando discretamente ao amigo, por baixo da mesa, um copo de vodca e limonada. Por um instante Mevlut perdeu Rayiha de vista, mas então a localizou na saída do toalete, ladeada por duas jovens com véus da mesma cor que o dela, e correu ao seu encontro.

"Mevlut, agora vejo a felicidade de Rayiha e fico contente por vocês dois…", disse uma das jovens. "Sinto não ter tido a oportunidade de cumprimentá-los na aldeia."

"Você não a reconheceu? Era a minha irmãzinha Samiha", disse Rayiha quando eles tornaram a sentar em suas cadeiras de veludo. "É ela que tem os olhos bonitos. Está muito feliz aqui em Istambul. Tem tantos pretendentes que meu pai e Vediha não sabem o que fazer com as cartas de amor que chegam."

SÜLEYMAN. A princípio, achei que Mevlut tinha sido muito hábil em controlar suas emoções. Mas então percebi: não, ele nem reconheceu Samiha, a bela jovem a quem escrevera tantas cartas.

MOHINI. Mevlut e Rayiha me pediram para fazer uma lista dos presentes que eles tinham recebido e para atuar como uma espécie de mestre de cerimônias por ocasião da oferta dos presentes. Toda vez que eu pegava o microfone e anunciava um novo presente — "O venerável sr. Vural, homem de negócios e magnata da construção de Rize, generoso filantropo e fundador da mesquita de Duttepe, presenteia o noivo com um relógio de pulso suíço, fabricado na China!" — provocava uma onda de aplausos e muitos comentários e risinhos, e os unhas de fome que supunham ser possível se virar com um presente barato se viam prestes a ser humilhados diante de todos e logo sacavam uma cédula de maior valor.

SÜLEYMAN. Não acreditei quando vi Ferhat no meio da multidão. Cinco anos atrás, aquele patife e sua gangue de Moscou estariam dispostos a emboscar meu irmão e seus amigos em alguma esquina; se soubéssemos que Mevlut o convidaria sob qualquer pretexto — "Ele é meu amigo, agora ele já não é radical!" —, acreditem: não teríamos nos dado ao trabalho de entregar suas cartas, promover seu casamento e até organizar esta recepção...

Mas o camarada Ferhat parece muito desalentado. Houve uma época em que ele era o tipo de sujeito que pensava saber tudo, olhava a gente de cima, dedilhando suas contas de orações como os elos de um chaveiro e agindo como um bandido comunista recém-saído da prisão, mas esse tempo passou. Desde o golpe de dois anos atrás, quase todos os seus camaradas ficaram apodrecendo na cadeia ou foram torturados a ponto de saírem estropiados. Os mais espertos fugiram para a Europa. Mas como nosso camarada Ferhat só sabe falar curdo, baixou a bola de seu radicalismo político e ficou por aqui, sabendo de todo modo que não iria muito longe com os defensores dos direitos humanos de lá. É como meu irmão diz: um comunista inteligente esquece a ideologia tão logo se casa e se concentra em ganhar dinheiro; um comunista estúpido, porém, como Ferhat, incapaz de ganhar a vida por causa de suas ideias ridículas, vai procurar sujeitos como Mevlut para "fazer a cabeça" deles.

Há também aquele tipo que nós naturalmente condenamos: o sujeito rico que cai de amores por uma bela jovem e, ao visitar a casa da família para pedir a mão dela, vê que ela tem uma irmã mais bonita e mais jovem, e então no mesmo instante se volta para o pai dela e diz que na verdade não quer a jovem cuja mão veio pedir, mas a pequena que está jogando amarelinha a um canto. Esse cara, temos de convir, é um verdadeiro patife, mas pelo menos dá para entender de onde ele vem. Mas como se explica o comportamento de alguém como Mevlut, que durante anos escreveu a uma garota lacrimosas cartas de amor, depois não disse nada quando descobriu que fugiu na calada da noite não com a bela jovem por quem se apaixonara, mas com sua irmã?

A alegria pura e infantil de Rayiha aumentou a felicidade de Mevlut. Ela parecia verdadeiramente deliciada quando as pessoas pregavam cédulas em sua roupa, mostrando um encantamento que nada tinha do fingimento que Mevlut observara em outras noivas. Mohini tentava divertir a multidão com comentários sobre cada um dos presentes, enaltecendo a soma de dinheiro, o ouro ou as joias que eram oferecidos por vários convidados ("Cinquenta dólares americanos do mais jovem de todos os vendedores de iogurte veteranos!"), e, como em todos os casamentos, os convidados aplaudiam entre irônicos e corteses.

 Enquanto todos estavam ocupados em olhar para algum outro lugar, Mevlut observava Rayiha. Suas mãos, braços e orelhas — tudo lhe parecia muito bonito, assim como o nariz, a boca e o rosto. O único senão naquele momento era que ela estava exausta, mas mesmo assim mostrava uma calorosa afetuosidade que lhe caía muito bem. Como não achara ninguém para cuidar da sacola plástica cheia de presentes, envelopes, embrulhos, ela a encostara em sua cadeira. Sua mãozinha delicada descansava no colo. Mevlut lembrou-se de como segurara aquela mão quando fugiam, e da primeira vez que a olhara com atenção na estação ferroviária de Akşehir. Aquele dia parecia ter se perdido num passado distante. Nos últimos três meses, fizeram tanto sexo, se tornaram tão próximos, conversaram e riram tanto que Mevlut se admirou ao constatar que não conhecia ninguém melhor do que conhecia Rayiha, e os homens que exibiam seus passos de dança para as jovens pareciam-lhe crianças que nada sabiam da vida. Mevlut sentia como se conhecesse Rayiha havia anos, e pouco a pouco começou a acreditar que suas cartas tinham sido dirigidas a alguém como ela — talvez à própria Rayiha.

4. Arroz com grão-de-bico
A *comida meio suja é sempre mais saborosa*

Quando chegaram em casa, Mevlut e Rayiha não se surpreenderam ao descobrir que muitos dos envelopes que as pessoas ofereceram de forma ostensiva estavam vazios. Como não confiava nos bancos nem nos agiotas, com boa parte do dinheiro recebido Mevlut comprou algumas pulseiras de ouro para Rayiha. Comprou também uma TV em preto e branco de segunda mão em Dolapdere, para que Rayiha não se entediasse enquanto o esperava à noite. Assim, às vezes eles ficavam de mãos dadas vendo TV juntos. Mevlut passou a chegar mais cedo nas noites de sábado quando passava a série *Os Pioneiros*, e aos domingos, quando exibiam *Dallas*, pois de todo modo não havia ninguém nas ruas desertas para comprar sorvetes.

Quando Hızır voltou da aldeia no comecinho de outubro e pegou de volta o carrinho de sorvete, Mevlut ficou sem trabalho por algum tempo. Ferhat se tornou mais reservado depois do casamento. Ainda que de vez em quando dessem um com o outro num café de Tarlabaşı, já não conversavam como antes, quando Ferhat lhe falava de uma nova oportunidade de negócio em que ninguém mais tinha pensado e que iria lhes trazer "muito dinheiro". Mevlut foi aos restaurantes de Beyoğlu onde havia trabalhado e conversou com os chefes de garçons e gerentes de restaurante, que passavam as tardes fazendo contas, lendo jornal ou apostando na loteria esportiva, mas ninguém pôde lhe oferecer o salário que ele pretendia.

Eram inaugurados na cidade restaurantes de nível mais alto, mas que buscavam pessoas com certo tipo de "treino em atendimento", que falasse inglês o bastante para distinguir "yes" de "no" — não alguém como Mevlut, que viera da aldeia disposto a aceitar o emprego que aparecesse pela frente e ir aprendendo o ofício enquanto desempenhava suas funções. Em novembro, ele começou a trabalhar num restaurante comum, mas depois de poucas semanas estava de aviso prévio. Um sujeito prepotente, engravatado, reclamou que o molho picante não estava picante o bastante, e Mevlut deu-lhe uma resposta brusca; na hora, arrependido, tirou o uniforme e o jogou no balcão. Mas não que ele estivesse cansado e por isso agia impulsivamente: aqueles eram os dias mais felizes de sua vida. Logo seria pai e com as joias que comprara planejava abrir um negócio de venda de arroz com grão-de-bico que haveria de garantir o futuro do filho.

Um garçom havia apresentado a Mevlut um ambulante de Muş que lhe vendera arroz com grãos-de-bico durante anos, mas que recentemente sofrera uma apoplexia. O enfermo queria vender o carrinho e "seu" ponto, que ficava atrás do píer para balsas de Kabataş. Mevlut sabia por experiência própria que a maioria dos ambulantes costumava exagerar seus direitos em relação a determinados "pontos". Toda vez que um deles conseguia subornar o fiscal de certa área para lhe permitir estacionar seu carrinho em algum lugar por alguns dias, ele se esquecia de que aquele canto não era propriedade sua, mas do país. Ainda assim, depois de anos perambulando pelas ruas com uma vara nas costas, Mevlut tinha grandes esperanças e começou a alimentar sonhos de ter um espaço próprio em Istambul, como um proprietário verdadeiro. Sabia que estava pagando um preço um pouco mais alto do que o devido, mas não conseguia regatear com um velho ambulante de Muş meio paralisado. Mevlut e Rayiha foram visitar o homem e seu filho gago num bairro pobre atrás de Ortaköy, no apartamento alugado que os dois partilhavam com baratas, ratos e uma panela de pressão; depois de duas visitas, já tinham aprendido o ofício. Mevlut voltou mais uma vez para pegar o carrinho e empurrá-lo até sua casa. Ele comprou um saco de arroz e um de grão-de-bico de um atacadista de Sirkeci e os empilhou no chão, entre a cozinha e o aparelho de TV.

* * *

RAYIHA. Pouco antes de ir para a cama, eu punha os grãos-de-bico de molho e programava o despertador para tocar às três da manhã, quando levantava para ver se estavam bem macios. Então botava os grãos numa panela para cozinhar em fogo baixo. Mevlut e eu nos abraçávamos e voltávamos a dormir ouvindo o reconfortante borbulhar da panela. De manhã, eu refogava o arroz exatamente como o homem de Muş nos ensinara, depois acrescentava água e deixava ferver por um tempo. Enquanto Mevlut fazia compras, eu aferventava a galinha e depois fritava os pedaços. Retirava os ossos e a pele, punha tomilho e pimenta, às vezes um ou dois dentes de alho, e misturava ao arroz.

Mevlut voltava com as sacolas cheias de frutas e tomates, sentia o cheiro delicioso da comida de Rayiha, acariciava seu braço, as costas e o ventre cada vez mais volumoso. Aquela galinha agradava todos os fregueses de Mevlut — clientes que iam de camisa e gravata, ou de saia, para o trabalho em bancos ou escritórios em Fındıklı, estudantes das escolas e universidades do bairro, operários da construção civil que trabalhavam nas proximidades, motoristas e passageiros que matavam o tempo enquanto esperavam a balsa. Logo ele conseguiu fregueses fiéis — o corpulento e amistoso guarda de segurança da agência local do Akbank, sempre de óculos de sol e cujo corpo parecia um tonel; o sr. Nedim, que vendia as passagens para a balsa de uniforme branco no guichê do píer; os homens e as mulheres que trabalhavam numa companhia de seguros ali perto, que pareciam zombar de Mevlut o tempo todo com seus risinhos — e Mevlut sempre arranjava assunto para conversar com cada um dos fregueses, o pênalti que não marcaram para o time Fenerbahçe na última partida ou a garota cega que acertou todas as respostas no programa de TV da noite anterior. Com seu charme e muitos pratos com bastante galinha ele conquistou a polícia municipal.

Ambulante experiente que era, sabia que as conversas faziam parte do trabalho, e que nunca devia discutir sobre política. Como na época em que vendia iogurte e boza, o que o interessava não era exatamente o dinheiro, mas ver um freguês voltar dias depois (o que era raro) só porque gostara do arroz e da galinha, tendo a delicadeza de lhe dizer isso (o que era ainda mais raro).

O grosso da clientela dava a entender a Mevlut que a principal vantagem da sua comida era ser barata e estar à mão, e alguns deles o diziam francamente. Vez por outra, porém, tinham a delicadeza de elogiar: "Parabéns, vendedor de arroz, sua comida é deliciosa", e isso o fazia esquecer por algum tempo a dura verdade que tentava ocultar de si mesmo e de Rayiha: aquele negócio não estava compensando. Se o vendedor de Muş passara oito anos no mesmo local e terminara doente e na miséria, talvez afinal de contas a culpa não fosse dele.

RAYIHA. Eram muitos os dias em que Mevlut voltava com metade do grão-de-bico, do arroz e das coxas de galinha que eu tinha cozinhado de manhã. As coxas e os pedaços pequenos de galinha àquela altura já estavam sem brilho, a gordura descorara, mas eu jogava tudo de novo na panela para a refeição do dia seguinte. E também botava na panela o resto de arroz, que ficava muito mais gostoso depois do segundo cozimento. Mevlut não falava que estávamos usando sobras — chamava aquilo de retemperar, da mesma forma que chefes de cela e detentos ricos faziam cozinhar novamente a comida horrível servida na prisão, usando suas reservas secretas de azeite de oliva, condimentos e pimenta. Ele ouvira isso de um curdo abastado de Cizre que estivera preso e agora gerenciava um estacionamento. Mevlut ficava me vendo preparar a comida e tinha o maior prazer em me lembrar que a comida meio suja é sempre mais saborosa — uma verdade reconhecida por qualquer um em Istambul que tivesse o hábito de consumir comida vendida nas ruas. Eu não concordava e lhe dizia que não havia nada de "sujo" numa comida cozida novamente, porque não fora consumida da primeira vez. Mas aí ele dizia que os pedaços de galinha que tinham entrado e saído da panela várias vezes, e que os grãos-de-bico, de tanto serem cozidos, haviam virado papa, eram em geral os preferidos dos fregueses, e que, em vez de procurar os pedaços de carne mais frescos e mais limpos, eles pegavam miúdos cozidos e recozidos, cobriam de mostarda e ketchup e os devoravam.

Em outubro, Mevlut voltou a vender boza à noite. Andava quilômetros, com todo tipo de imagens e pensamentos a lhe passar pela cabeça. Durante essas andanças, descobriu que em certos bairros as sombras das árvores se moviam mesmo quando não soprava vento, que os vira-latas ficavam mais raivosos quando as lâmpadas dos postes estavam quebradas ou apagadas, e que os cartazes, colados nos postes e nos vestíbulos das casas, anunciando cerimônias de circuncisão e cursos pré-vestibulares, eram escritos em versinhos rimados. Ouvir as coisas que a cidade lhe dizia à noite e ler a linguagem das ruas enchia Mevlut de orgulho. Mas de manhã, quando voltava para seu carrinho de arroz e ficava exposto ao frio, com as mãos nos bolsos, seu poder de imaginação se extinguia, ele sentia que o mundo era vazio e sem sentido. Ansiava por voltar o mais rápido possível para sua esposa, temendo a avassaladora solidão que crescia dentro dele. E se Rayiha entrasse em trabalho de parto quando estivesse sozinha em casa? Mas ele dizia a si mesmo: só mais um pouco, e passava a andar em círculos, inquieto, em volta das grandes rodas e da caixa de vidro de seu carrinho de arroz, ou então se punha a deslocar o peso do corpo do pé direito para o pé esquerdo, de olho no relógio suíço enquanto esperava.

RAYIHA. "Ele te deu esse relógio porque era do interesse dele fazer isso", eu sempre dizia a Mevlut quando ele olhava para o presente de Hadji Hamit. "Ele fez isso para você se sentir devedor, e não apenas você, mas também seu tio e seus primos." À tarde, Mevlut voltava e eu lhe preparava chá com folhas colhidas da árvore do pátio da igreja armênia. Ele examinava a boza que eu havia preparado, ligava a TV no único programa que estava passando, uma lição de geometria do colegial, tomava seu chá açucarado e dormia, sacudido por acessos de tosse, até a hora do jantar. Passou sete anos vendendo arroz, e durante esse período era eu quem preparava grão-de-bico e arroz, quem comprava, afervantava e fritava as galinhas; eu também adoçava a boza que seria vendida à noite; e passava os dias lavando os utensílios sujos, colheres, vasilhames e pratos. Quando estava grávida, também ficava atenta ao bebê em meu ventre, cuidando para não vomitar no arroz por causa do cheiro da galinha frita, e arrumara um cantinho com um berço e almofadas para o bebê. Mevlut achara num sebo um livro chamado *Nomes islâmicos para seu filho*. Ele o folheava antes do jantar e lia alguns nomes durante os comerciais da TV, para que eu desse a minha opinião — Nurullah, Abdullah, Sadullah, Fazlallah — e eu, para não magoá-lo, não me animava a lhe dizer que o bebê ia ser uma menina.

Vediha, Samiha e eu soubemos que era menina quando fomos ao hospital de Etfal em Şişli. Saí do hospital preocupadíssima. "Que importância tem isso, pelo amor de Deus?", disse Samiha. "Já tem homens demais vagando pelas ruas desta cidade."

5. Mevlut se torna pai
Não saia da caminhonete

SAMIHA. Meu pai e eu viemos para Istambul para o casamento e terminamos ficando por aqui. Toda manhã, ao acordar no quarto da casa de Vediha, olhava para as sombras da jarra de água e do frasco de água-de-colônia sobre a mesa, e me punha a pensar: com tantos pretendentes na aldeia, meu pai cismou que devo encontrar um ainda melhor em Istambul... Mas tenho de conhecer alguém além de Süleyman... Não sei o que ele e Korkut prometeram a meu pai. Sei que pagaram a dentadura dele. Toda noite meu pai tira os dentes postiços e deixa num copo com água; quando estou na cama esperando que ele acorde, tenho vontade de jogar aquela risada falsa pela janela. Ajudo Vediha nos trabalhos domésticos toda manhã e tricoto algumas peças para o inverno, e à tarde ligamos a TV quando os programas começam. Meu pai brinca com os netos de manhã, mas eles gostam de puxar sua barba e seu cabelo, e ele fica bravo. Certa ocasião meu pai e eu fomos ao Bósforo com Vediha e Süleyman; outra vez fomos ao cinema em Beyoğlu e depois comemos pudim de leite.

Hoje de manhã, girando as chaves do carro no dedo como se fosse um rosário de contas islâmico, Süleyman disse que precisava cruzar o Bósforo por volta do meio-dia, para pegar seis sacos de cimento e aço no distrito de Üsküdar. Ia cruzar a ponte do Bósforo de carro, e se eu quisesse podia ir com ele.

Consultei minha irmã Vediha: "Você é quem sabe", ela respondeu. "Mas, pelo amor de Deus, tenha cuidado!" O que ela quis dizer com isso? Quando fomos ao Cine Palace, meu pai e Vediha não se importaram que Süleyman se sentasse ao meu lado, por isso, lá pelo meio do filme, quando senti a mão dele se deslocando feito um caranguejo cauteloso pela minha perna, tentei imaginar se tinha sido de propósito ou mero acaso, mas não consegui chegar a nenhuma conclusão... Süleyman estava se mostrando muito educado e respeitoso enquanto cruzávamos a ponte do Bósforo sob o sol do meio-dia naquele dia luminoso e gélido de inverno. Ele disse: "Samiha, você quer que eu passe para a pista da direita para que você possa ver melhor o panorama?", e deslocou a caminhonete Ford para tão perto da borda da ponte que, por um instante, achei que íamos cair no navio russo com chaminé vermelha que estava passando lá embaixo.

Atravessamos a ponte e seguimos pela estrada horrível e esburacada nas cercanias de Üsküdar, e então foi o fim de toda a beleza e pontos turísticos: fábricas de cimento cercadas de arame farpado, oficinas com vidraças quebradas, casas abandonadas piores do que as da aldeia, milhares de tonéis de metal enferrujados — tantos que me perguntei se não tinham caído do céu feito chuva.

Paramos num trecho de estrada plano, com casas caindo aos pedaços. Na verdade, aquilo tudo parecia muito com Duttepe (pobre, em outras palavras), só que mais novo e mais feio. "Esta é uma divisão da Construtora Aktaş, empresa que montamos com a família Vural", disse Süleyman enquanto saía do carro. Quando estava entrando numa construção horrenda, voltou-se e me advertiu de forma ameaçadora: "Não saia da caminhonete!". Naturalmente, aquilo me fez querer sair da caminhonete. Mas não havia nenhuma mulher por lá, por isso fiquei onde estava, esperando no banco do passageiro.

Quando pegamos o trânsito de volta, não só a gente não teve tempo para almoçar como Süleyman não foi capaz de me deixar em casa. Na entrada de Duttepe, ele avistou uns amigos e parou o carro abruptamente. "Bem, já estamos no bairro. Você pode muito bem subir a colina", disse. "Tome, compre pão para minha mãe no caminho!"

Comprei o pão e fui subindo devagar até o barraco dos Aktaş, que já parecia uma casa de concreto, e fiquei pensando naquilo que as pessoas dizem, que o problema dos casamentos arranjados não é que a mulher tem de casar com um desconhecido, mas sim que ela tem de aprender a amar esse desconhecido... Acho mais fácil para uma garota casar com alguém que ela não conhece, porque quanto mais você conhece os homens, mais difícil se torna amá-los.

RAYIHA. A menina ainda sem nome na minha barriga cresceu tanto que era difícil sentar. Certa noite Mevlut estava lendo o livro de nomes — "Hamdullah significa alguém que dá graças a Alá; Uybedullah é servo de Alá; Seyfullah é a espada, o soldado de Alá" —, quando o interrompi: "Querido, não há nomes de meninas?". Ele respondeu: "Ah, sim, claro", como um homem que descobre que seu restaurante predileto tem uma "sala de família" no segundo andar, reservada para mulheres. Esse homem certamente daria uma rápida olhadela na sala das mulheres; tal como ele, Mevlut espiou um tanto indiferente as páginas do final e logo voltou aos meninos. Felizmente Vediha me trouxe dois livros de uma loja de Şişli que também vendia brinquedos. Um deles trazia sobretudo nomes nacionalistas da Ásia Central, como Kurtcebe, Alparslan ou Atabeg, ao passo que os nomes de meninas ficavam à parte, da mesma forma que homens e mulheres viviam separados nos palácios otomanos. No *Manual dos nomes modernos de bebês*, porém, meninos e meninas estavam misturados, como nas escolas secundárias particulares e nas recepções de casamento de famílias ricas ocidentalizadas, mas Mevlut ria dos nomes de meninas — Simge, Suzan, Mine, Irem — e só levava a sério os de meninos: Tolga, Hakan, Kılıç.

Apesar de tudo isso, não quero que se pense que Mevlut considerou uma tragédia o nascimento da nossa filha Fatma em abril, nem que me tratou mal por não ter sido capaz de lhe dar um menino. Na verdade, foi justamente o contrário. Ele ficou tão feliz por ser pai que saiu dizendo a todo mundo que sempre tinha querido uma menina. Em nossa rua havia um fotógrafo chamado Şakir que costumava tirar fotos de bêbados nos bares de Beyoğlu, que ele revelava em seu estúdio antiquado; certo dia Mevlut o trouxe à nossa casa para tirar uma foto dele com o bebê nos braços — parecia um gigante com um sorriso que ia de orelha a orelha. Ele colou a foto no carrinho e deu arroz de graça aos fregueses, dizendo: "Ganhei uma filhinha". Logo que chegava em casa, punha Fatma no colo, levava a mão esquerda da menina para bem próximo dos olhos, examinava bem de perto como um relojoeiro em sua oficina e dizia: "Olhe, ela tem unhas também", e então comparava os próprios dedos e os meus com os do bebê e nos beijava com lágrimas, cheio de espanto diante desse milagre de Deus.

Mevlut estava muito feliz, mas sentia também uma sensação estranha, que Rayiha desconhecia totalmente. "Deus abençoe sua bela criança!", diziam-lhe os fregueses quando viam as fotos no carrinho (onde elas ficavam úmidas por causa do vapor que subia do arroz), e às vezes ele não dizia que a criança era uma menina. Levou muito tempo para admitir para si mesmo que a verdadeira causa de sua infelicidade era o ciúme que tinha da criança. A princípio achou que se aborrecia por acordar várias vezes no meio da noite quando Rayiha tinha de amamentar. Havia também o problema dos mosquitos que entravam por baixo do mosquiteiro e sugavam o sangue da menina, motivo de discórdia durante todo o verão. Finalmente, porém, Mevlut notou que se deixava dominar por um sentimento estranho toda vez que via Rayiha arrulhando para Fatma e oferecendo-lhe um dos seios enormes: perturbava-o ver a esposa olhar para a criança com o tipo de amor e adoração que ele achava que devia ser só dele e de mais ninguém. Mas não podia lhe dizer isso, e começou a ter ressentimento da esposa também. Rayiha e a criança se tornaram uma só pessoa, e com isso Mevlut se sentia insignificante.

Em casa, a esposa precisava lhe dizer o tempo todo como ele era importante para ela. Mas, desde o nascimento de Fatma, Rayiha parou de lhe dizer: "Você foi formidável hoje, Mevlut; como foi inteligente de sua parte usar a sobra do suco de frutas para adoçar a boza, Mevlut; todos os funcionários públicos amam você, Mevlut!". Durante o Ramadã, ninguém vendia comida nas ruas, por isso Mevlut ficava em casa o dia todo. Ele queria fazer sexo com Rayiha toda manhã para afastar o ciúme, mas ela não gostava de fazer "essas coisas" na frente do bebê. "No verão passado você temia que Deus nos visse, agora você teme que o bebê nos veja!", gritou Mevlut um dia. "Agora levante e vá mexer a mistura do sorvete." Mevlut adorava ver Rayiha, inebriada com as alegrias do amor materno e conjugal, descer da cama obedientemente e mexer a mistura do sorvete usando ambas as mãos para segurar o cabo da colher imensa, as veias do pescoço graciosamente ressaltadas por causa do esforço, e, enquanto ele a olhava, vez por outra balançava o berço do bebê junto à cama.

SAMIHA. Já faz algum tempo que chegamos a Istambul. Ainda estamos na casa da minha irmã em Duttepe, onde mal consigo dormir por causa dos constantes roncos do meu pai. Süleyman me deu uma pulseira trançada em ouro. Aceitei o presente. Minha irmã diz que, se não tratarmos logo de fazer a cerimônia do noivado, vamos dar o que falar.

RAYIHA. Mevlut parecia ter tanto ciúme por eu amamentar Fatma que me assustei e então meu leite secou. Em novembro, fiquei grávida porque parei de amamentar. E agora? Não posso contar a Mevlut sobre o novo bebê até ter certeza de que é um menino. Mas e se não for? Não quero ficar em casa sozinha, vou para a casa de Vediha, e assim também encontro Samiha. Na agência dos correios de Taksim, li o resultado do exame e corri para casa com medo.

6. Samiha foge

Por causa disso haverá de correr sangue

VEDIHA. Certa tarde Samiha apareceu no meu quarto de xale na cabeça e mala na mão. Tremia feito vara verde. "Para onde você vai?", perguntei.

"Estou apaixonada por outro e vou fugir, o táxi já está me esperando."

"O quê? Você está louca? Não faça isso!"

Ela se pôs a chorar, mas não quis ceder.

"Quem é ele? Onde você encontrou esse cara? Escute, Süleyman está apaixonado por você, não deixe nosso pai em má situação", eu falei. "Além do mais, quem é que foge de táxi?"

Minha irmã caçula, cega pelo amor, estava tão agitada que nem conseguia falar. Ela me tomou pela mão e me levou ao quarto onde ela e o pai estavam acomodados. Os presentes de Süleyman estavam empilhados sobre a mesa — a pulseira, os dois véus, um estampado com flores púrpura, o outro com desenhos de gazelas. Ela fez um gesto mudo em direção à pilha.

"Samiha, nosso pai vai ter um ataque quando chegar em casa", eu disse. "Você sabe que ele recebeu presentes de Süleyman, a dentadura e mais um monte de coisas. Tem certeza de que quer fazer papai passar por isso?" Ela fitou os próprios pés e ficou calada. "Papai e eu vamos ter de viver com isso pelo resto de nossas vidas", eu disse.

"Rayiha também fugiu e no fim deu tudo certo."

"Rayiha não tinha nenhum outro pretendente e não estava noiva de ninguém", respondi. "Mas você não é como Rayiha, você é bonita. E papai não recebeu nenhum dinheiro em troca da mão de Rayiha. Por causa disso haverá de correr sangue."

"Eu não sabia que eu estava noiva de alguém", ela disse. "Por que o pai foi fazer uma coisa dessas? Por que aceitou dinheiro dos outros sem primeiro me consultar?"

Ouvimos a buzina do táxi. Samiha já se dirigia à porta. "Se você fugir, Korkut vai me espancar durante semanas. Você sabe disso, não sabe, Samiha? Ele vai cobrir meus braços e pernas de pancadas, você sabe disso, não sabe?", eu lhe repeti.

SAMIHA. Nós nos abraçamos e começamos a chorar... Eu sentia tanto por minha irmã e estava com tanto medo...

VEDIHA. "Primeiro volte para a aldeia", eu disse. "Então você pode fugir! Se você fugir agora, vão pôr a culpa em mim, vão pensar que eu tramei isso. Você sabe que eles vão me matar, Samiha. E afinal quem é esse homem?"

SAMIHA. Minha irmã tinha razão. Eu falei "Vou dispensar o táxi". Mas sei lá por que na saída peguei a mala. Estava atravessando o jardim em direção ao portão quando Vediha, que olhava da janela, me viu de mala e começou a implorar: "Não vá, Samiha, não vá, querida irmã!". Quando passei pelo portão e cheguei ao táxi, não sabia o que dizer ou fazer. Estava pensando em dizer a eles: "Mudei de ideia, minha irmã está chorando", quando a porta do carro se abriu e eles me puxaram para dentro. Não tive nem a chance de me voltar e olhar para a minha querida irmã pela última vez.

VEDIHA. Eles obrigaram Samiha a entrar no carro. Eu vi da janela. Socorro! Eu gritei. Depressa, senão eles vão pôr a culpa em mim! Aqueles bandidos estão raptando minha irmã, socorro!

* * *

SÜLEYMAN. Acordei da minha soneca da tarde e vi um carro na porta dos fundos... Bozkurt e Turan estavam brincando no jardim... Ouvi Vediha gritando lá fora.

VEDIHA. Até onde eu poderia correr de chinelas... Pare o táxi, gritei. Samiha, saia desse carro!

SÜLEYMAN. Corri atrás deles, mas não consegui pegá-los. Estava a ponto de explodir de raiva. Voltei, saltei na caminhonete e me mandei. Quando passei pela loja e cheguei ao pé da colina, o carro preto já tinha dado a volta e tomado o rumo de Mecidiyeköy. Mas essa história ainda não acabou. Samiha é uma garota virtuosa, a qualquer momento vai pular daquele táxi. Ela não foi embora, eles ainda não se apossaram dela. Ela vai voltar. Não pensem que está acontecendo alguma coisa lá. Não escrevam sobre isso, não DEEM AO CASO UMA IMPORTÂNCIA EXCESSIVA escrevendo sobre ele. Não destruam a reputação de uma boa moça. Eu pude ver o carro preto lá na frente, mas não consegui alcançá-lo. Estendi a mão para o porta-luvas, peguei o revólver Kırıkkale e dei dois tiros para cima. Mas também não escrevam isso, porque não é verdade que ela está fugindo. As pessoas vão entender mal!

SAMIHA. Na verdade, elas entenderam muitíssimo bem. Eu fugi. Fugi de livre e espontânea vontade. Tudo o que vocês ouviram é verdade. Nem eu consigo entender. Estou apaixonada! O amor fez com que eu agisse assim, e me senti melhor quando ouvi os tiros. Talvez porque aquilo significava que agora não havia mais volta? Nós também demos dois tiros para o alto, só para mostrar que não estávamos desarmados, mas tão logo chegamos a Mecidiyeköy as armas foram deixadas de lado. Süleyman estava em casa àquela hora do dia, e agora ele está nos perseguindo com sua caminhonete, e isso é assustador, mas sei que ele não vai conseguir nos achar neste trânsito. Estou muito feliz agora. Vocês podem constatar: ninguém pode me comprar... Eu estava furiosa com todos eles!

* * *

SÜLEYMAN. Logo que o trânsito melhorou, eu acelerei. Mas então — que diabo! — apareceu um caminhão sabe-se lá de onde, guinei para a direita e, bem... foi inevitável. Bati contra um muro! Agora estou me sentindo zonzo. Onde estou? Parece que bati a cabeça em alguma coisa. Oh, é isso mesmo! Samiha fugiu. Um bando de meninos barulhentos já está se aproximando da caminhonete... Bati a cabeça no retrovisor, minha testa sangra, mas vou dar ré na caminhonete e me lançar atrás deles.

VEDIHA. As crianças ouviram os disparos e correram animadas para o jardim, como se alguém estivesse soltando fogos de artifício. "Bozkurt, Turan!", gritei. "Voltem para casa e fechem a porta." Como eles não obedeceram, dei um tapa em um e arrastei o outro pelo braço. Pensei em chamar a polícia, mas os disparos tinham sido de Süleyman — será que seria bom ligar para a polícia? "O que vocês estão fazendo aí, seus idiotas, liguem para seu pai!", eu disse. Eu antes tinha dito a eles que não tocassem no telefone sem minha permissão, do contrário os dois iriam ficar brincando com ele o tempo todo. Bozkurt discou o número e disse a Korkut: "Papai, tia Samiha fugiu!".

Comecei a chorar, se bem que parte de mim sentia que Samiha tinha razão em fugir — só que eu não disse isso a ninguém. Verdade que o pobre Süleyman está perdido de amor por ela. Mas ele não é o cara mais inteligente nem o mais bonito do mundo. Está acima do peso, tem cílios compridos demais, que com certeza algumas garotas amam, mas que Samiha sempre achou infantis. O maior problema, porém, é que, mesmo apaixonado, Süleyman ficava fazendo coisas que, ele sabia, irritavam Samiha. Por que os homens maltratam as mulheres por quem se apaixonam? Samiha não suporta o jeito como ele fica se pavoneando, tentando dar uma de macho, e, de tão exibido, acha que todo mundo quer lhe pedir conselhos, só porque tem algum dinheiro no bolso. Eu penso que minha irmã caçula foi muito valente por não ter se entregado a um homem a quem não ama, mas aí me pergunto se o cara com quem ela fugiu é confiável. Afinal de contas, fugir com uma jovem de táxi numa cidade em plena luz do dia não é uma ideia das mais brilhantes. Estamos em Istambul, não numa aldeia, será que ele precisava buzinar na porta de casa daquele jeito?

* * *

SAMIHA. Tudo que vejo em nosso trajeto por Istambul me espanta: a multidão, gente atravessando a rua entre os ônibus, garotas de saias, carroças puxadas por cavalos, parques, grandes edifícios de apartamentos... gosto de tudo isso. Süleyman sabia o quanto eu gostava de rodar pela cidade em sua caminhonete (ele sabia porque eu vivia lhe pedindo que me levasse), mas ele raramente me levava, e sabem por quê? Porque, embora quisesse ficar perto de mim, não respeitava uma garota que se mostrasse muito íntima de um rapaz antes de ter casado com ele. Mas eu sou o tipo de garota que só se casa com alguém a quem ama — estão entendendo? Não penso em dinheiro. Sigo apenas meu coração, e agora estou pronta para enfrentar as consequências do que fiz.

SÜLEYMAN. Antes que eu chegasse a Mecidiyeköy, eles já tinham passado por Şişli. Voltei para casa, estacionei a caminhonete, tentando me acalmar. Nunca pensei que alguém ousasse roubar minha noiva em plena luz do dia, bem no coração de Istambul, por isso ainda não posso acreditar no que vi. Ninguém deveria cometer uma loucura dessas, essa história pode acabar em morte.

SAMIHA. Duttepe não é "o coração de Istambul" e, como vocês sabem, não prometi nada a Süleyman. É verdade que alguém pode terminar morto, mas é exatamente por isso que estamos fugindo para longe; de resto, todos vão morrer algum dia. Istambul não acaba nunca. Agora que a costa está desimpedida, paramos num café para degustar a bebida de iogurte salgado chamada *ayran*, que vem em embalagem de papelão. O bigode do meu amado se tingiu de branco por causa da bebida. Nunca vou lhes dizer o nome dele, e vocês nunca haverão de nos achar, portanto nem se deem ao trabalho de perguntar.

SÜLEYMAN. Quando cheguei em casa, Vediha limpou o ferimento da minha testa com um chumaço de algodão. Saí para o jardim e disparei dois tiros contra a amoreira. O estranho silêncio começou logo depois disso. Eu não conseguia deixar de pensar que Samiha com certeza voltaria para casa como se nada tivesse acontecido. Naquela noite, todos estavam em casa. Alguém desligara a TV como se um membro da família tivesse morrido, e me dei conta de que o que me atormentava mesmo era o silêncio. Meu irmão ficou fumando. Abdurrahman Pescoço-Torto estava bêbado, Vediha chorava. Saí para o jardim à meia-noite, e quando olhei para as luzes da cidade que se estendiam lá embaixo, jurei a Deus que iria vingar o acontecido. Samiha estava em uma daquelas janelas, entre as dezenas de milhares de luzes lá embaixo. Saber que ela não me ama me dói tanto que prefiro pensar que ela foi levada à força, o que, por outro lado, só aumenta a minha vontade de matar aqueles canalhas. Nossos ancestrais costumavam torturar criminosos antes de executá-los — é em ocasiões como essa que a gente entende de verdade a importância da tradição.

ABDURRAHMAN EFÊNDI. Como é ser pai de duas filhas que fugiram? Estou um pouco constrangido, mas também com orgulho, porque minhas filhas não aceitam os maridos que outra pessoa arranja para elas. Têm a coragem de partir com os homens escolhidos por elas. Contudo, se tivessem uma mãe em quem confiar, teriam se desafogado com ela e acabariam escolhendo o homem apropriado, nenhuma teria fugido... Como sabemos, num casamento, a confiança é mais importante do que o amor. Eu me preocupo com o que vão fazer com a pobre Vediha quando eu voltar para a aldeia. Mas minha filha mais velha é mais inteligente do que parece, talvez encontre uma maneira de evitar ser punida pelo que aconteceu.

SÜLEYMAN. Fiquei ainda mais apaixonado por Samiha depois que ela fugiu. Antes disso, eu a amava por sua beleza e inteligência e porque todos a admiravam, o que era compreensível. Agora eu a amo porque ela me deixou e fugiu. Isso é ainda mais compreensível, mas a dor é insuportável. Passo as manhãs na loja, sonhando com sua volta e achando que, se ela corresse para casa agora mesmo, eu haveria de ir ao seu encontro, e nós nos casaríamos e teríamos uma grande recepção de casamento.

* * *

KORKUT. Fiz algumas insinuações sobre a dificuldade de fugir com uma garota sem contar com a ajuda de alguém de casa, mas Vediha não engoliu a isca. Ela se limitou a chorar e dizer: "Esta cidade é enorme, como eu poderia saber?". Certo dia estávamos apenas eu e Adburrahman Efêndi em casa. "Certos pais pegam o dinheiro de um homem e tudo mais que podem conseguir e depois, quando aparece um partido melhor, vendem secretamente a filha para o homem mais rico e fingem que a garota fugiu. Por favor, não me entenda mal, Abdurrahman Efêndi, o senhor é um homem respeitável, mas como Samiha podia não estar pensando nisso quando fugiu?", perguntei. "Eu serei o primeiro a castigá-la por isso", ele respondeu. Algum tempo depois ele entendeu ter sido ofendido pelo que eu disse e parou de jantar em casa. Foi então que eu disse a Vediha: "Eu não sei qual de vocês a ajudou, mas você não vai mais sair de casa enquanto eu não descobrir para onde Samiha foi e com quem". "Tudo bem, de todo modo você não vai me deixar sair do bairro, por isso não vou me preocupar em sair da casa", ela disse. "Será que pelo menos posso ir ao jardim?"

SÜLEYMAN. Certa noite convidei Abdurrahman Efêndi para me acompanhar na caminhonete e dirigi rumo ao Bósforo, dizendo-lhe que precisávamos conversar. Fomos ao restaurante de frutos do mar Tarator, em Sarıyer, e sentamos num canto longe do aquário. Nossos mexilhões fritos ainda não tinham chegado, e já estávamos em nosso segundo copo de *rakı*, ambos de estômago vazio, quando eu disse: "Abdurrahman Efêndi, o senhor viveu muito mais do que eu, e tenho certeza de que saberá me responder. Para que um homem vive?". Abdurrahman Efêndi já tinha percebido que nossa conversa naquela noite poderia levar a um terreno perigoso, por isso demorou um bom tempo procurando atinar com a resposta mais segura. "Para amar, meu filho!", ele disse. "Para que mais?" Ele pensou mais um pouco e acrescentou: "Para a amizade". "E para que mais?" "Para a felicidade, para Deus e para a pátria…" "Um homem vive para sua honra, pai!", interrompi.

ABDURRAHMAN EFÊNDI. O que eu não disse é que, na verdade, eu vivo para minhas filhas. Procurei acalmar aquele jovem furioso porque parte de mim sentia que ele não estava totalmente sem razão e, mais do que isso, eu lamentava a sorte dele. Tínhamos bebido tanto que comecei a ver minhas lembranças esquecidas flutuando e dando voltas, como submarinos, no interior do aquário ao longe. Lá pelo fim da noite, criei coragem e disse: "Süleyman, meu filho, sei como você está magoado e furioso, e entendo muito bem. Nós também estamos magoados e furiosos, o comportamento de Samiha nos colocou numa situação difícil. Mas não há motivo para envolver a honra e o orgulho ferido nesse caso! Sua dignidade não sofreu de modo algum. Você não estava casado nem ao menos noivo de Samiha. Sim, eu queria que vocês se casassem. Tenho certeza absoluta de que vocês teriam sido felizes. Mas não faça disso uma questão de honra. Todo mundo sabe que essas grandes proclamações sobre honra na verdade não passam de desculpas inventadas para que as pessoas se matem sem peso na consciência. Você vai matar minha filha?".

Süleyman se enfureceu. "Sinto muito, pai, mas não tenho ao menos o direito de ir atrás do canalha que fugiu com Samiha e puni-lo pelo que fez? O canalha me humilhou, não foi?" "Calma, tente se apaziguar." "Tenho ou não tenho esse direito?" "Acalme-se, filho." "Quando a gente da aldeia batalha durante anos para construir uma vida nesta cidade desgraçada, e aí vem um vigarista e acaba com a gente, é difícil ficar calmo." "Acredite, filho, se eu pudesse, pegava Samiha pelo cangote e a traria para casa. Tenho certeza de que ela sabe que errou. Pode até ser que, enquanto estamos aqui bebendo, ela esteja a caminho de casa, de mala na mão e rabo entre as pernas." "Quem pode dizer que meu irmão e eu a aceitaríamos de volta?" "Se minha filha voltar, você não vai aceitá-la?" "Tenho de pensar na minha honra." "Mas e se ninguém tiver encostado nem um dedo nela…"

Ficamos bebendo até o bar fechar, à meia-noite. Não sei bem como aconteceu, mas a certa altura Süleyman se levantou, pediu desculpas e beijou minha mão respeitosamente. De minha parte, prometi-lhe que não ia contar a ninguém sobre o que tínhamos conversado. Cheguei a acrescentar: "Não vou contar a Samiha". Süleyman começou a chorar. Ele disse que meu modo de franzir a testa o fez lembrar-se dela. "Os pais se parecem com as filhas", respondi com orgulho.

"Cometi um erro, fiquei me exibindo, não tentei fazer amizade com ela", disse Süleyman. "Mas ela tem uma língua ferina. É difícil conversar com garotas, ninguém nunca nos ensinou a fazer isso de forma adequada. Eu conversava com ela como faria com um homem, mas sem falar palavrões. Não funcionou."

Süleyman foi lavar o rosto e quando voltou já estava bem mais calmo. No caminho de casa, a polícia rodoviária de İstinye nos deteve e tivemos de dar uma propina para que nos liberasse.

7. Uma segunda filha
Era como se sua vida estivesse sendo vivida por outra pessoa

Mevlut se manteve alheio a esses acontecimentos até muito depois. Ele não tinha perdido o entusiasmo pelo trabalho: era tão otimista quanto "o empreendedor que acredita na ideia", o herói de livros do tipo *Como ser um homem de negócios de sucesso*. Estava convencido de que ainda poderia ganhar mais dinheiro se instalasse um anúncio mais luminoso no seu carrinho de três rodas, se fizesse acordos comerciais com os vendedores de *ayran*, chá e coca-cola que sempre surgiam e desapareciam, e se procurasse manter conversas sinceras com seus fregueses. Mevlut fez de tudo para criar uma clientela regular na região de Kabataş-Fındıklı. Não se importava muito quando os contadores que tomavam seu lanche de pé ao lado do carrinho ignoravam seus esforços, mas ficava furioso quando os pequenos comerciantes com os quais negociava lhe pediam recibos. Acionava sua rede de porteiros, zeladores, seguranças e o pessoal que servia chá em empresas para tentar criar uma relação com contadores e gerentes. Certa noite, Rayiha lhe contou que estava grávida e que teria outra menina.

"Como sabe que vai ser uma menina? Você e suas irmãs foram ao hospital?"

"Samiha não foi. Ela fugiu com outro homem para não casar com Süleyman."

"O quê?"

Rayiha lhe contou o que sabia.

Naquela noite de lua cheia, Mevlut vagava por Feriköy como um sonâmbulo, gritando "Bozaaa", quando seus pés o levaram a um cemitério. Os ciprestes e as lápides ora resplandeciam prateados, ora ficavam tomados pela escuridão. Ele pegara uma trilha asfaltada que cruzava o cemitério, sentindo como se caminhasse num sonho. Mas a pessoa que caminhava não era ele, e era como se sua vida estivesse sendo vivida por outra pessoa.

À medida que avançava, o terreno do cemitério descia suavemente, como um tapete que se desenrola, e Mevlut se viu numa descida cada vez mais acentuada. Quem era o homem com quem Samiha tinha fugido? Será que algum dia ela diria a ele: "Mevlut me escreveu cartas de amor por anos e anos, e depois casou com minha irmã"? Será que Samiha sabia da história toda?

RAYIHA. "Da última vez, você procurou nomes de meninos e tivemos uma menina", disse a meu marido, e lhe passei o livro de nomes islâmicos. "Se tentar ler todos os nomes de meninas, talvez dessa vez tenhamos um menino. Você pode verificar se existem nomes de meninas que contenham o nome de 'Alá'!" "Os nomes de menina não podem conter o de 'Alá'!", disse Mevlut. Segundo o Alcorão, o máximo que as meninas podem almejar é receber o nome de uma das esposas do profeta Maomé. "Se comermos arroz todos os dias, talvez nos tornemos chineses", brinquei. Mevlut riu, pegou o bebê e cobriu-o de beijos. Só percebeu que seu bigode eriçado estava fazendo Fatma chorar quando eu o adverti.

ABDURRAHMAN EFÊNDI. A finada mãe das minhas filhas se chamava Fevziye. Sugeri o nome dela para a segunda filha. Vocês vão se surpreender ao saber que, ainda que as três filhas agora estejam em Istambul, e duas delas tenham fugido de casa, Fevziye, que ela descanse em paz, não teve uma vida muito aventurosa: ela se casou comigo, o primeiro homem que lhe pediu a mão, aos quinze anos de idade, e viveu em paz até a idade de vinte e três anos, sem nunca pôr os pés fora da aldeia de Gümüşdere. Estou voltando para lá, depois de aceitar a dolorosa verdade de que falhei em me estabelecer em Istambul e, sentado aqui no ônibus, olhando pela janela com tristeza, fico pensando que gostaria de nunca ter deixado a aldeia, como Fevziye.

VEDIHA. Meu marido mal fala comigo, nunca vem para casa e zomba de tudo o que eu digo. O silêncio de Korkut e Süleyman e todas as suas sutis insinuações cansaram meu pai, e o coitado arrumou as malas e voltou para a aldeia. Chorei muito, às escondidas. No espaço de um mês, o quarto de meu pai e de Samiha ficou vazio. Às vezes olho a cama de meu pai, de um lado, e a de Samiha, do outro, então choro, mortificada com o que aconteceu. Toda vez que olho pela janela, tento imaginar para onde Samiha foi e com quem ela está agora. Que bom para você, Samiha, fico feliz por você ter fugido.

SÜLEYMAN. Faz cinquenta e um dias que Samiha fugiu, e ainda não temos notícias dela. Durante todo esse tempo tomei *rakı* sem parar. Mas nunca à mesa de jantar, pois não quero que meu irmão se aborreça; bebo em silêncio no quarto, como se tomasse uma dose de remédio, ou então em Beyoğlu. Às vezes dou umas voltas de caminhonete só para desanuviar.

Vou ao mercado às quintas-feiras quando precisamos renovar o estoque de pregos, tinta ou gesso, e quando a caminhonete mergulha na confusão dos lojistas e entra no mar da atividade humana às vezes levo horas para sair. De vez em quando entro numa rua qualquer numa colina por trás de Üsküdar, passo por casas construídas com tijolos ocos, paredes de concreto, uma mesquita, uma fábrica, uma praça; sigo em frente e vejo um banco, um restaurante, um ponto de ônibus — e nem sinal de Samiha. Mesmo assim, tenho a sensação de que ela talvez esteja em algum lugar por ali e sinto como se estivesse perseguindo algo que não passa de um sonho.

A segunda filha de Mevlut e Rayiha, Fevziye, nasceu em agosto de 1984, sem nenhum problema e sem despesas extras no hospital. Mevlut ficou tão contente que escreveu os nomes das duas meninas no carrinho. Afora a confusão de dois bebês chorando em uníssono durante a noite, a insônia crônica e a abelhuda Vediha, que vinha ajudar a toda hora, Mevlut não tinha do que se queixar.

"Largue esse projeto de arroz, sr. Marido, entre nos negócios da família e dê a Rayiha uma vida melhor", disse Vediha um dia.

"Nós estamos muito bem", disse Mevlut. Rayiha olhou para a irmã como a dizer: "Isso não é verdade", o que irritou Mevlut, e tão logo Vediha se foi ele começou a resmungar: "Quem ela pensa que é para se meter desse jeito na nossa vida?", disse, e por um instante considerou a possibilidade de proibir Rayiha de ir à casa da irmã, embora não insistisse nisso, pois sabia que não era certo exigir uma coisa dessas.

8. Capitalismo e tradição
A *ditosa vida familiar de Mevlut*

Lá pelo fim de fevereiro de 1985, depois de um dia de trabalho longo, frio e improdutivo, Mevlut recolhia seus pratos e copos para voltar para casa quando Süleyman parou sua caminhonete junto a ele. "Todo mundo já levou presentes e votos de felicidade para o novo bebê, menos eu", ele disse. "Entre, vamos conversar um pouco. Como vai o trabalho? Você não sente frio aí fora?"

Acomodando-se no banco da frente, Mevlut imaginou quantas vezes Samiha, de olhos de gazela, sentou naquele mesmo lugar antes de fugir e desaparecer um ano atrás, e quanto tempo ela rodou por Istambul com Süleyman.

"Passei dois anos vendendo arroz cozido, e durante todo esse tempo nunca sentei no carro de um freguês", ele disse. "Aqui é muito alto, fico tonto, é melhor descer."

"Fique, fique, temos tanto o que conversar!", disse Süleyman, segurando a mão do primo, que já estava na maçaneta. Süleyman olhou seu amigo de infância de modo afetuoso e desolado.

Mevlut entendeu o que os olhos de seu primo lhe diziam: "Agora estamos na mesma situação!". Teve pena de Süleyman e, naquele momento, entendeu a verdade que estava tentando ignorar durante dois anos: Süleyman tinha tramado para que Mevlut pensasse que o nome da garota de olhos brilhantes era Rayiha, não Samiha. Se Süleyman tivesse conseguido se casar com Samiha, como pretendera, eles haveriam de continuar fingindo que não tinha havido nenhuma trapaça, e todo mundo ficaria feliz...

"Você e seu irmão estão se dando muito bem, Süleyman, mas nós simplesmente não conseguimos achar o caminho da prosperidade. Ouvi dizer que a família Vural já vendeu mais da metade dos novos apartamentos que está construindo, embora nem ao menos os alicerces estejam prontos."

"Sim, as coisas estão indo bem para nós, graças a Deus", disse Süleyman. "Mas queremos que você também se dê bem. Meu irmão pensa da mesma forma."

"Então, que emprego vocês me oferecem? Será que vou terminar como gerente de uma casa de chá nos escritórios da família Vural?"

"Você gostaria de ter esse tipo de emprego?"

"Olha, está vindo um freguês", disse Mevlut, saindo da caminhonete. Não havia freguês nenhum, mas ele virou as costas para Süleyman e se empenhou em preparar um prato. Colocou um pouco de arroz num prato, aplanando o montinho com as costas de uma colher. Desligou o fogareiro do carrinho de três rodas e ficou contente ao ver que Süleyman tinha saído da caminhonete e vinha atrás dele.

"Ouça, se você não quer conversar, tudo bem, mas me deixe dar o presente para a criança", disse Süleyman. "Pelo menos vou vê-la."

"Se você não sabe o caminho da minha casa, é melhor me seguir", disse Mevlut, e começou a empurrar o carrinho.

"Por que não colocamos o carrinho na caminhonete?", disse Süleyman.

"Não subestime meu carrinho, ele é como um restaurante sobre três rodas. A parte de cozinha e o fogareiro são muito delicados e pesam uma tonelada."

Ele estava subindo a colina Kazancı (o que, como de costume, levou vinte minutos) em direção a Taksim, ofegando atrás do carrinho, naquele seu trajeto diário entre as quatro e cinco horas da tarde, quando Süleyman o alcançou.

"Mevlut, vamos amarrar o carrinho ao para-choque, e aí eu reboco devagar."

Ele parecia sincero e amistoso, mas Mevlut seguiu como se não tivesse ouvido. Alguns metros depois, ele empurrou seu restaurante sobre rodas para a beira da estrada e acionou o freio. "Suba a Taksim e espere por mim no ponto de ônibus de Tarlabaşı."

Süleyman acelerou, desapareceu colina acima, e Mevlut começou a se preocupar com o que o outro pensaria quando visse as condições da sua casa e se desse conta do estado de pobreza em que eles se encontravam. Mas na verdade estava apreciando a solicitude de Süleyman. Em algum lugar, no fundo da sua cabeça, pairava a ideia de que ele poderia usar o primo para se aproximar da família Vural e talvez proporcionar uma vida melhor a Rayiha e às crianças.

Acorrentou o carrinho à árvore do quintal. "Onde você está?", ele gritou para Rayiha, que estava demorando mais do que de costume para descer para ajudá-lo. Eles se encontraram na cozinha, os braços dele carregados com a parafernália do carrinho de arroz. "Süleyman trouxe um presente para o bebê e está vindo para cá! Pelo amor de Deus, limpe um pouco a casa e faça com que pareça decente!", disse Mevlut.

"Por quê?", disse Rayiha. "Deixe que ele veja exatamente como vivemos."

"Nós estamos muito bem", disse Mevlut. Agora ele sorria, exultando ao ver as filhas. "Mas não devemos dar motivo para que ele fale mal da gente. Está cheirando mal aqui dentro, vamos deixar entrar um pouco de ar fresco."

"Não abra a janela. As meninas vão ficar resfriadas", disse Rayiha. "Você acha que eu devia me envergonhar do cheiro de nossa casa? A casa deles em Duttepe não cheira exatamente como esta?"

"Não. Eles têm um jardim imenso, têm eletricidade e água encanada, e tudo funciona como um mecanismo de relógio. Mas nós somos muito mais felizes. A boza está pronta? Pelo menos esconda esses panos de prato."

"Sinto muito, mas, quando a gente tem de cuidar de dois bebês, é um pouco difícil dar conta da boza, do arroz, da galinha, dos pratos, da lavagem de roupas e tudo mais."

"Korkut e Süleyman querem me oferecer um emprego."

"Que emprego?"

"Vamos ser sócios. Vamos gerenciar a casa de chá da companhia da família Vural."

"Acho que esse emprego é apenas um pretexto. Süleyman quer que a gente diga com quem Samiha fugiu. Se acham que você é tão bom, por que levaram tanto tempo para lhe oferecer esse emprego?"

* * *

SÜLEYMAN. Preferirio poupar Mevlut da tristeza de saber que eu o tinha visto lá em Kabataş melancólico e fustigado pelo vento enquanto esperava fregueses. Eu sabia que não encontraria vaga para estacionar em Taksim, com todo aquele trânsito, então parei numa transversal e, desalentado, vi Mevlut tentando, quase sempre sem sucesso, empurrar o carrinho de arroz colina acima.

Fiquei por algum tempo dando voltas em Tarlabaşı. O general que assumiu o cargo de prefeito depois do golpe de 1980 certo dia se tomou de fúria e expulsou todos os carpinteiros e mecânicos do bairro, despachando-os para a periferia. Ele também fechou os alojamentos para solteiros, onde os lavadores de pratos que trabalhavam nos restaurantes de Beyoğlu dormiam, alegando que aqueles locais eram viveiros de micróbios. Por causa disso as ruas ficaram desertas. A família Vural logo veio para cá em busca de terrenos a baixo preço, mas desistiu ao descobrir que a maioria deles era de propriedade dos gregos que foram deportados para Atenas da noite para o dia em 1964. A máfia aqui é mais forte e mais perversa que as quadrilhas que atuam em Duttepe. Nos últimos cinco anos, toda a região foi dominada por vagabundos e proscritos, e há tantos imigrantes do campo, curdos, ciganos e estrangeiros que o bairro é pior do que era Duttepe quinze anos atrás. Só outro golpe poderia limpar a área.

Quando cheguei à casa dele, entreguei a Rayiha a boneca que tinha comprado para o bebê. O ambiente era uma bagunça de dar vertigem: fraldas, pratos, cadeiras, pilhas de roupa suja, sacos de grão-de-bico, pacotes de açúcar e detergente, o fogão a gás, caixas de comida para bebês, panelas e frigideiras, garrafas de leite, vasilhas de plástico, colchões e edredons — tudo misturado, uma maçaroca que lembrava roupas girando dentro de uma máquina de lavar.

"Mevlut, não acreditei quando Vediha Yenge me falou, mas agora estou vendo com meus próprios olhos... Sabe de uma coisa? Fico muito contente em ver esta bela família que você tem aqui com Rayiha Yenge e as meninas."

"Por que não acreditou em Vediha quando ela lhe contou?"

"Ver vocês, esta família feliz, dá vontade de casar imediatamente."

"Por que não acreditou nela, Süleyman?"

Rayiha serviu-lhe chá. "Nenhuma garota parece ser boa o bastante para você, Süleyman", ela zombou. "Sente-se."

"São as garotas que pensam que não sou bom o bastante para elas", respondi. Não me sentei.

"Minha irmã me diz: 'Todas essas moças bonitas estão apaixonadas por Süleyman, mas Süleyman não gosta de nenhuma delas'."

"Ah, claro, Vediha me dá muita força. Sempre que vem aqui ela conta tudo? Quem é essa bela jovem que estaria apaixonada por mim?"

"Vediha não fala por mal."

"Eu sei, mas, falando sério, essa moça não me convinha. Ela torcia pelo time errado, o Fenerbahçe", gracejei, rindo com eles e surpreso com minha presença de espírito.

"E quanto àquela moça alta?"

"Bom Deus! Será que há alguma coisa que vocês não saibam? Ela era moderna demais, Rayiha, não servia para mim."

"Süleyman, se conhecesse uma garota de quem gostasse, bonita e respeitável, mas não usasse véu, isso seria um empecilho para você casar com ela?"

"De onde diabos você anda tirando essas ideias, Rayiha?", gritou Mevlut do outro lado do cômodo, onde estava verificando a consistência da boza. "É da TV?"

"Você pensa que sou muito convencido e que acho que não existe ninguém que me mereça. Mas saiba que eu quase concordei em casar com uma criada, a filha de Kasım, de Kastamonu."

"Eu poderia ser uma empregada doméstica", Rayiha disse com orgulho, franzindo o cenho. "Qual o problema, desde que se tenha dignidade?"

"Você acha que eu lhe daria permissão para uma coisa dessas?", disse Mevlut.

Rayiha sorriu. "Em casa, já faço serviço de faxineira, empregada, chefe de cozinha de um restaurante de três rodas e fabricante de boza." Ela se voltou para Mevlut. "Então assine um contrato de trabalho devidamente registrado, senão vou entrar em greve. A lei me dá direito a isso."

"Quem se importa com o que a lei diz ou deixa de dizer? O governo não pode interferir em nosso lar!", disse Mevlut, em tom de desafio.

"Rayiha, se você tem conhecimento de tudo isso, então deve estar a par de outra coisa que me interessa muito", me atrevi a dizer.

"Não sabemos para onde Samiha foi nem com quem foi, Süleyman. Não gaste saliva tentando fazer que a gente fale. Soube que Korkut agiu de modo horrível com meu pobre pai só porque pensou que ele soubesse de alguma coisa…"

"Mevlut, vamos conversar um pouco no Restaurante Canopy?", disse Süleyman.

"Não faça Mevlut beber demais, está bem? Ele é capaz de dizer qualquer coisa depois de tomar um copo. Ele não é como eu."

"Eu sei beber!", disse Mevlut. Ele estava ficando incomodado com o tom indulgente e por demais familiar com que sua mulher estava tratando Süleyman, e ela nem ao menos tinha coberto a cabeça de forma adequada. Era evidente que Rayiha estava indo à casa da irmã muito mais amiúde do que deixava transparecer, gozando dos confortos de lá. "Não ponha grão-de-bico de molho esta noite", disse Mevlut ao sair.

"De todo modo, você trouxe todo o arroz que lhe dei esta manhã", retrucou Rayiha.

A princípio Süleyman não conseguiu se lembrar de onde estacionara a caminhonete. Seu rosto se iluminou quando a viu a poucos metros.

"Você não devia estacionar aqui. Os meninos da vizinhança podem roubar os retrovisores", disse Mevlut. "Eles podem até roubar o logo do Ford… Vendem no desmanche no alto da colina ou usam como colar. Se fosse um Mercedes, já teriam levado há muito tempo."

"Duvido que neste bairro se tenha visto um Mercedes."

"Se eu fosse você, não descartaria essa possibilidade. Os mais brilhantes e criativos gregos e sírios moravam aqui. Os artesãos são o sangue que dá vida a Istambul."

O Restaurante Canopy era um velho estabelecimento grego situado três ruas mais adiante, no caminho para Beyoğlu, mas Mevlut e Rayiha nunca tinham ido lá. Era cedo, e Süleyman pediu dois *rakı* duplos (sem nem ao menos se dar ao trabalho de consultar Mevlut), entradas (queijo branco, mexilhões fritos), e foi direto ao ponto.

"É hora de resolver de uma vez por todas essa disputa de propriedade entre nossos pais. Meu irmão lhe mandou lembranças… Nós temos uma boa oportunidade de trabalho e queremos discutir isso com você."

"Qual é o trabalho?"

Süleyman respondeu levantando seu copo de *rakı* para fazer um brinde. Mevlut fez o mesmo, mas tomou apenas um golinho e colocou o copo de volta na mesa.

"Como? Você não vai beber?"

"Não posso deixar que meus fregueses de boza me vejam bêbado. Logo estarão à minha espera."

"Sem contar que você não confia em mim. Pensa que quero te deixar bêbado para que você dê com a língua nos dentes, não é?", disse Süleyman. "Mas... acha que eu contei a alguém seu grande segredo?"

O coração de Mevlut disparou. "E qual seria esse grande segredo meu?"

"Querido Mevlut, parece que você confia em mim tão cegamente que está esquecendo certas coisas. Acredite, eu também esqueci, e além disso não contei a ninguém. Mas me deixe refrescar a sua memória para que você se lembre de que estou do seu lado: quando você se apaixonou no casamento de Korkut, eu dei ou não dei orientação e apoio?"

"Claro que sim..."

"Eu fui de Istambul até Beyşehir na minha caminhonete só para que você pudesse fugir com a garota, não foi?"

"Eu lhe sou muito grato, Süleyman... Estou tão feliz agora, e tudo por sua causa."

"Mas será que você é mesmo feliz?... Às vezes nosso coração quer uma coisa, mas termina ficando com outra... E mesmo assim dizemos que estamos felizes."

"Por que alguém iria dizer estar feliz se não estiver?"

"Por vergonha... e porque aceitar a verdade o tornaria ainda mais infeliz. Mas nada disso se aplica a você. Você é mais do que feliz com Rayiha... Agora é sua vez de me ajudar a encontrar a felicidade."

"Eu o ajudarei da mesma forma que você me ajudou."

"Onde está Samiha? Você acha que ela vai voltar para mim? Diga a verdade."

"Tire essa jovem de sua cabeça", disse Mevlut, depois de um breve silêncio.

"As coisas saem da nossa cabeça só porque assim o desejamos? Não, elas se entranham ainda mais. Você e meu irmão se casaram com as irmãs dela, por isso estão bem. Mas não consegui ganhar a terceira irmã. Agora, quanto mais digo a mim mesmo que devo esquecer Samiha, mais penso nela. Não consigo parar de pensar em seus olhos, sua maneira de andar e falar, sua beleza. O que posso fazer? Só consigo pensar na pessoa que me causou essa humilhação."

"E quem é?"

"O filho da puta que tomou Samiha de mim em plena luz do dia. Quem foi? Diga a verdade, Mevlut. Vou me vingar desse canalha." Süleyman levantou o copo à guisa de proposta de paz, e Mevlut, um tanto hesitante, também tomou seu *rakı*.

"Ah… era disso mesmo que estávamos precisando", disse Süleyman. "Não é?"

"Se eu não tivesse de trabalhar esta noite, tomaria outro…", disse Mevlut.

"Mevlut, há anos que você vem me chamando de nacionalista e de fascistinha de merda, e agora você anda com tanto medo de pecar que nem toma *rakı*. O que aconteceu com aquele seu amigo comunista que fez você se viciar em vinho… Como era mesmo o nome daquele curdo?"

"Já chega dessas histórias, Süleyman, fale do novo emprego."

"Que tipo de emprego você gostaria de ter?"

"Não existe *nenhum* emprego, não é? Você veio aqui só para descobrir quem levou Samiha."

"Sabe aqueles vendedores que trabalham com carrinhos de três rodas da Arçelik? Você devia vender seu arroz num deles", disse Süleyman rispidamente. "Pode comprar um deles em prestações mensais. Mevlut, se você dispusesse de algum dinheiro, que tipo de negócio abriria? Onde iria se estabelecer?"

Mevlut sabia que não devia levar aquela pergunta a sério, mas não conseguiu se conter. "Eu abriria uma loja de boza em Beyoğlu."

"Mas lá existe mercado para boza?"

"Tenho certeza de que, se alguém toma boza uma vez, vai tomar mais, desde que ela tenha sido preparada e servida nas condições adequadas", disse Mevlut, animado. "E aqui estou falando com você como capitalista… Boza tem um futuro pela frente."

"O camarada Ferhat lhe dá essas dicas capitalistas?"

"Se as pessoas não tomam muita boza hoje não significa que não vão tomar amanhã. Já ouviu falar na história, verdadeira, dos dois fabricantes de meias e calçados que foram para a Índia? Um deles disse: 'As pessoas aqui andam descalças e não compram calçados', e voltou para casa."

"Lá eles não têm seus próprios capitalistas?"

"O outro disse: 'Existe meio bilhão de pessoas descalças neste país, é um mercado enorme'. Então ele perseverou e ficou rico vendendo calçados na Índia. Todo dinheiro que perco vendendo arroz com grão-de-bico de dia, recupero com vantagem com a venda de boza à noite..."

"Você virou um capitalista de verdade", disse Süleyman. "Mas lembre-se de que a boza era tão popular porque não se podia tomar álcool. Boza é uma coisa, sapatos para indianos descalços são outra... Não precisamos mais nos enganar dizendo que a boza não contém álcool. Agora o álcool não é mais proibido."

"Não, quando a gente consome boza não quer dizer que esteja se enganando. Todo mundo gosta de boza", disse Mevlut, meio agitado. "Se você vender a boza numa loja limpa, de aparência moderna... Que emprego seu irmão está me oferecendo?"

"Korkut não sabe se deve continuar com seus velhos amigos dos Lobos Cinzentos ou se se candidata pelo Partido da Pátria", disse Süleyman. "Agora me explique por que você disse que devo tirar Samiha da cabeça."

"Porque agora acabou, ela fugiu com outro...", Mevlut murmurou. "Não existe coisa mais dolorosa que o amor", acrescentou, com um suspiro.

"Se não quiser me ajudar, outros me ajudarão. Agora veja isto aqui." Süleyman tirou uma velha e surrada fotografia em preto e branco do bolso e passou-a a Mevlut.

Era a foto de uma mulher cantando ao microfone, com muita maquiagem nos olhos e uma expressão de cansaço da vida. Vestia um traje tradicional. Não era muito bonita.

"Süleyman, essa mulher é pelo menos quinze anos mais velha do que nós!"

"Na verdade, apenas três ou quatro anos mais velha. Quando a encontrar, vai ver que não parece ter um dia a mais que seus vinte e cinco anos. É uma pessoa muito boa, muito compreensiva. Nós nos vemos umas duas vezes por semana. Não conte isso a Rayiha nem a Vediha, e muito menos a Korkut. Nós dois partilhamos muitos segredos, não é?"

"Mas você não pretendia arranjar uma garota direita? Vediha não ia lhe arrumar uma boa moça? Quem é essa cantora?"

"Ainda estou solteiro, não casei. Não me inveje."

"Por que haveria de ter inveja?", disse Mevlut, levantando-se. "Agora chegou a minha hora." Àquela altura, ele já concluíra que não havia nenhum negócio com Korkut, e que Süleyman viera apenas arrancar informações sobre o paradeiro de Samiha, exatamente como Rayiha previra.

"Ora, vamos, fique ao menos mais alguns minutos. Quantos copos você acha que vai vender hoje?"

"Vou levar dois jarros pela metade. Terei vendido tudo no fim da noite."

"Tudo bem, então: compro um jarro cheio. Quantos copos dá um jarro desses? Você vai me dar um desconto, claro."

"Por que você quer fazer isso?"

"Porque assim você fica aqui comigo, me faz companhia e não sai por aí passando frio nas ruas."

"Não preciso da sua caridade."

"Mas eu preciso da sua amizade."

"Tudo bem, então: pode me pagar um terço de um jarro", disse Mevlut, voltando a sentar. "Não pretendo lucrar com você. Isso vai cobrir os custos. Não conte a Rayiha que fiquei bebendo com você. O que você vai fazer com a boza?"

"O que vou fazer com a boza?", disse Süleyman, tentando inventar uma resposta. "Não sei… Vou dar a alguém… ou então posso simplesmente jogá-la fora."

"Onde?"

"Como assim 'onde'? Ela é minha, não? Posso mandá-la privada abaixo."

"Que vergonha, Süleyman…"

"Qual é o problema? Você não é um capitalista? Estou pagando pela bebida."

"Süleyman, você não merece um único tostão do que ganha aqui em Istambul."

"Você fala como se a boza fosse uma coisa sagrada."

"Sim, a boza é sagrada."

"Ah, dane-se, boza é só uma bebida que alguém inventou para que os muçulmanos pudessem beber álcool, é um porre camuflado — e todos sabem disso."

"Não", disse Mevlut, com o coração acelerado. "Boza não contém álcool." Sentiu-se aliviado ao perceber que seu semblante assumia uma expressão de calma.

"Você está brincando!"

Nos dezesseis anos que passou vendendo boza, Mevlut dissera essa mentira a dois diferentes tipos de pessoas:

1. Fregueses conservadores que queriam tomar boza e também acreditar que não estavam pecando. Os mais inteligentes sabiam que continha álcool, mas agiam como se a mistura de Mevlut fosse especial, tipo coca-cola sem açúcar, e, caso contivesse álcool, Mevlut era um mentiroso, e o pecador era ele.
2. Fregueses não religiosos, ocidentalizados, que queriam beber boza e também esclarecer o matuto que lhes vendia a bebida. Os mais espertos sabiam que Mevlut sabia que a boza continha álcool, mas queriam envergonhar o esperto religioso da roça que mentia só para ganhar mais dinheiro.

"Não, não estou brincando. A boza é sagrada", disse Mevlut.

"Eu sou muçulmano", disse Süleyman. "Só as coisas que seguem as normas da minha fé podem ser sagradas."

"O fato de algo não ser estritamente islâmico não significa que não possa ser sagrado. Tradições herdadas de nossos ancestrais também podem ser sagradas", disse Mevlut. "Quando saio à noite pelas ruas sombrias e desertas, às vezes passo por um velho muro coberto de musgo. Então me sinto tomado por uma incrível alegria. Entro no cemitério, e mesmo não sabendo ler as inscrições em árabe nas lápides, me sinto tão bem como se tivesse rezado."

"Sem essa, Mevlut, com certeza você tem medo dos cães do cemitério."

"Não tenho medo de vira-latas. Eles me conhecem. Sabe o que meu pai dizia às pessoas que afirmavam que boza contém álcool?"

"O que ele dizia?"

"Ele dizia: 'Senhor, se a boza contivesse álcool, eu não a estaria vendendo'", disse Mevlut, imitando o pai.

"Eles não sabiam que ela continha álcool", disse Süleyman. "De todo modo, se a boza fosse realmente tão sagrada quanto a água benta, as pessoas ficariam bebendo o dia inteiro, e a esta altura você já estaria rico."

"Não é que ela só possa ser sagrada se todo mundo tomar. Na verdade, poucas pessoas leem o Alcorão. Mas em toda a Istambul sempre há pelo menos uma pessoa que o lê a qualquer hora do dia, e milhões de pessoas podem se sentir melhor só de pensar nessa pessoa. Basta que saibam que boza era a bebida favorita de nossos ancestrais. É disso que o pregão do vendedor as lembra, e elas se sentem bem ao ouvi-lo."

"Por que elas se sentem bem?"

"Não sei", disse Mevlut. "Mas graças a Deus elas se sentem, pois é por isso que tomam boza."

"Quer dizer então que você é como um símbolo de algo maior, Mevlut."

"Sim, exatamente", disse Mevlut com orgulho.

"Mesmo assim você está querendo me vender sua boza sem lucro. Você só não quer que a bebida desça pela privada. Você tem razão, desperdiçar alimento é um pecado, por isso nós deveríamos distribuí-la aos pobres, mas eu não sei se as pessoas vão querer beber algo que contém álcool."

"Se vai começar a depreciar a boza depois de todos esses anos que passou me fazendo sermões sobre patriotismo e se gabando do bom fascista que você é, então está no caminho errado, Süleyman…"

"Lá vem você… quando as pessoas veem que alguém prosperou, ficam com inveja e dizem que essa pessoa está errada."

"Não tenho inveja de você. É evidente que você está perdendo seu tempo com a mulher errada, Süleyman…"

"Você sabe perfeitamente que não faz a menor diferença se se trata da mulher certa, da mulher errada ou de qualquer outra mulher."

"Eu me casei, e graças a Deus sou muito feliz", disse Mevlut, levantando-se. "Procure uma boa moça também e se case o mais breve possível. Boa noite."

"Só vou me casar quando tiver matado o canalha que roubou Samiha", Süleyman gritou às suas costas. "Diga isso àquele curdo."

Mevlut foi para casa como um sonâmbulo. Rayiha tinha levado os jarros de boza para a frente da casa. Ele poderia tê-los amarrado à sua vara e saído. Em vez disso, subiu a escadinha e entrou em casa.

Rayiha amamentava Fevziye. "Ele fez você beber?", ela sussurrou, para não perturbar o bebê.

Mevlut sentia a força do *rakı* dentro da cabeça.

"Não bebi nada. Ele ficou o tempo todo me perguntando com quem Samiha tinha fugido e para onde ela foi. Quem é o curdo de quem ele tanto fala?"

"O que você disse?"

"O que eu podia ter dito? Eu não sei de nada."

"Samiha fugiu com Ferhat!", disse Rayiha.

"O quê?"

"Süleyman enlouqueceu", disse Rayiha. "Você precisava ouvir as coisas que ele diz... Se descobrir quem roubou Samiha, ele mata o sujeito."

"Que nada... é só da boca para fora", disse Mevlut. "Ele prageja o tempo todo, mas não seria capaz de matar ninguém."

"Mas por que você está tão tenso? Por que está com tanta raiva?"

"Eu não estou tenso nem com raiva", ele gritou, batendo a porta atrás de si e ouvindo o choro do bebê.

Mevlut sabia muito bem que passaria inúmeras noites andando em ruas escuras antes de aceitar o que acabara de ouvir. Naquela noite ele andou das quebradas de Feriköy até Kasımpaşa, sabendo que não tinha nenhum freguês lá.

A certa altura ele se perdeu e desceu por várias ruas, e, quando passou por um pequeno cemitério imprensado entre duas casas de madeira, entrou para fumar entre os túmulos. Um deles, dos velhos tempos otomanos, encimado por uma escultura de turbante, o impressionou muito. Precisava tirar Samiha e Ferhat da cabeça. Em sua longa caminhada durante aquela noite, decidiu que não ficaria remoendo aquela notícia. De qualquer forma, sempre que ia para casa e se deitava para dormir abraçado com Rayiha, esquecia todos os problemas. Além disso, as coisas que o perturbavam neste mundo não passavam de espectros de sua sensação estranha. Até os cães do cemitério foram amistosos com ele naquela noite.

9. O bairro de Ghaazi
Vamos nos esconder aqui

SAMIHA. Sim, eu fugi com Ferhat. Faz dois anos que estou quieta, recolhida, para garantir que ninguém descubra onde estamos. Mas tenho muita coisa para contar.

Süleyman estava apaixonado por mim. É verdade que o amor pode enlouquecer qualquer homem. Ele se comportava de modo muito estranho — principalmente nos dias que precederam minha fuga —, e toda vez que falava comigo sua boca ficava seca de tanto nervosismo. Por mais que tentasse, ele não conseguia me dizer todas as coisas amáveis que eu gostaria de ouvir. Gostava de me pregar peças, como um menino malvado provocando o irmão mais novo, e, ainda que apreciasse me levar para passear, toda vez que entrávamos na caminhonete, ele dizia: "Vamos torcer para que ninguém nos veja", ou "Estamos gastando gasolina demais".

Não trouxe comigo nenhum dos presentes que ele me deu, embora não consiga imaginar meu pai devolvendo a dentadura ou nenhum dos outros presentes. Além do mais, ele deve estar furioso comigo. Para dizer a verdade, também fico furiosa pela forma como todos decidiram que Süleyman me convinha como marido, sem nem ao menos me consultar.

Ferhat me viu no casamento de Rayiha e Mevlut, eu nem o notei. Mas ele não conseguiu me esquecer — foi o que disse quando me parou em Duttepe certo dia para me dizer face a face que estava apaixonado e queria casar comigo.

Muitos rapazes quiseram casar comigo, mas não conseguiam criar coragem para se aproximar de mim, por isso gostei da ousadia da sua abordagem: ele disse que era estudante universitário e trabalhava no negócio de restaurantes (não disse que era garçom). Costumava ligar para mim, embora eu não tenha ideia de como conseguiu o número do telefone. Se Süleyman e Korkut descobrissem, iriam cobri-lo de pancadas e quebrar-lhe os ossos, mas Ferhat não estava nem aí. Ele me ligava assim mesmo e tentava marcar um encontro. Quando Vediha estava em casa, eu não atendia o telefone. "Alô... alô? Alô, alô!", minha irmã dizia, olhando para mim. "Ninguém do outro lado... Deve ser aquele cara novamente. Cuidado, Samiha, esta cidade está cheia de sem-vergonha querendo se divertir." Eu não respondia. Mas Vediha percebia muito bem que eu preferia um sem-vergonha divertido a um sujeito gordo, folgado e rico.

Quando meu pai e Vediha não estavam em casa, eu atendia o telefone, pois de qualquer forma Bozkurt e Turan não tinham permissão para tocar nele. Ferhat não falava muito. Ele costumava me esperar embaixo de uma amoreira, atrás do estádio de futebol Ali Sami Yen. Havia velhas estrebarias onde agora moravam sem-teto. E uma pequena loja onde Ferhat me comprava um refrigerante de laranja Fruko, e então olhávamos a parte de baixo da tampa para ver se havia algum prêmio. Nunca lhe perguntei quanto ele recebia no negócio de restaurantes, se ele tinha algum dinheiro de reserva ou onde íamos morar. Foi assim que me apaixonei.

Quando entrei no táxi, não seguimos direto para Ghaazi. Primeiro fomos em direção à praça Taksim, pois assim despistaríamos Süleyman em meio à confusão do trânsito, caso ele ainda estivesse atrás de nós. De lá zarpamos para Kabataş, onde admirei o azul-escuro do mar; quando nos dirigíamos para a ponte de Gálata, fiquei fascinada com todos aqueles navios com seus passageiros e com todos aqueles carros à nossa volta. A certa altura, tive vontade de chorar por estar rompendo com meu pai e minha irmã, por estar indo para um lugar que eu não conhecia, mas ao mesmo tempo sentia no fundo do coração que agora toda a cidade era minha e que eu estava começando uma vida muito feliz.

"Ferhat, você vai me deixar sair? Nós vamos passear juntos?", eu lhe perguntei.

"Tudo o que você quiser, minha querida", ele disse. "Mas primeiro temos de ir para casa."

"Você não podia ter tomado uma decisão melhor do que essa, senhorita, pode acreditar", disse seu amigo, o motorista de táxi que estava nos ajudando. "Você não tem medo de revólveres, tem?"

"Ela não tem medo!", disse Ferhat.

Passamos por Gaziosmanpaşa, que antes chamava Taşlıtarla — "Campo pedregoso". Quando subíamos a colina por uma estrada suja e empoeirada, a cada vez que cruzávamos uma casa, uma chaminé, uma árvore, o mundo parecia se deteriorar. Vi casas térreas que nem estavam terminadas mas já pareciam velhas; terrenos baldios desolados; muros construídos com tijolos ocos, pedaços de metal e de madeira; e cães que latiam para todo mundo. As ruas eram de terra, os quintais eram grandes, as casas, poucas e distantes umas das outras; o lugar era como uma aldeia, embora tudo ali, até a última porta e janela, tivesse pertencido a uma dessas velhas residências de Istambul antes que alguém as tivesse arrancado e levado para aquela vizinhança. As pessoas estavam sempre apressadas, como se o bairro não passasse de um lugar temporário até que pudessem se mudar para a verdadeira residência em Istambul, que um dia iriam comprar. Vi mulheres vestidas de saias sobre calças azuis desbotadas, como eu; velhas de calças folgadas e lenço bem amarrado na cabeça; pantalonas retas e largas que pareciam chaminés; saias compridas e mantôs.

A casa que Ferhat alugara, de apenas um cômodo com duas janelas, ficava a meia altura da encosta. Da janela dos fundos, podia-se ver um terreno ao longe que Ferhat tinha marcado com pedras que ele havia caiado, para que nas noites de verão de lua cheia pudéssemos ver o terreno da cama, brilhando na escuridão feito um fantasma. "O terreno está nos chamando", Ferhat sussurrava, e então se punha a falar da casa que construiríamos quando conseguíssemos economizar o suficiente. Ele me perguntava quantos cômodos a casa deveria ter e se a cozinha devia ficar voltada para o alto ou para o pé da colina, e eu lhe dizia o que achava.

Na primeira noite depois que fugi, nós nos deitamos vestidos e não fizemos amor. Se conto esses detalhes íntimos, caros leitores, é porque espero que minha história possa servir de exemplo. Gostei que Ferhat tenha afagado meus cabelos quando passei a noite inteira chorando. Durante uma semana, dormimos daquele jeito, sem trocar de roupa e sem fazer amor. Certa noite vi uma gaivota do lado de fora da janela e, como estávamos muito longe do mar, achei que aquilo devia ser um sinal de que Deus nos perdoara. Ferhat então percebeu que eu estava pronta para me entregar a ele; pela expressão de seus olhos, tive certeza de que ele entendera.

Ele não me forçou a fazer nada que eu não quisesse, o que me fez amá-lo e respeitá-lo ainda mais. Mesmo assim, eu disse: "Acho bom nos casarmos no civil logo que eu completar dezoito anos, senão eu te mato".

"Com revólver ou veneno?"

"Isso não é da sua conta", respondi.

Ele me deu um beijo como nos filmes. Nunca tinha beijado um homem nos lábios, por isso fiquei confusa e me esqueci do que estava dizendo.

"Quanto tempo falta para você completar dezoito?"

Tirei com orgulho minha carteira de identidade da valise e concluí que faltavam sete meses e doze dias.

"Se aos dezessete anos você ainda não tem marido, pode se considerar uma solteirona", disse Ferhat. "Mesmo que fizéssemos amor agora, Deus teria pena de você e não ia julgar um pecado."

"Não sei... mas, se Deus nos perdoar, será por termos de nos esconder aqui, sem ninguém, a não ser um ao outro."

"Não é verdade", disse Ferhat. "Eu tenho uma família, tenho parentes e amigos em toda esta colina. Não estamos sozinhos." Ao ouvir essa palavra — "sozinhos" —, me debulhei em lágrimas. Ferhat afagou meus cabelos para me consolar, exatamente como meu pai fazia quando eu era pequena. Não sei por quê, mas isso me fez chorar ainda mais.

Fizemos amor, os dois muito acanhados. Não queria que tivesse sido daquela maneira. A princípio fiquei perdida, mas logo me acostumei à nova vida. Eu me perguntava o que minhas irmãs e meu pai estariam dizendo. Ferhat saía pouco antes do meio-dia, tomava um micro-ônibus empoeirado (como aqueles que pegávamos para voltar para a aldeia) até o restaurante New Bounty, em Gaziosmanpaşa, onde trabalhava como garçom. De manhã ele seguia um curso universitário na TV, e eu também observava o professor enquanto ele acompanhava a aula.

"Não consigo me concentrar quando você fica perto de mim na hora da aula", dizia Ferhat. Mas, quando eu não me sentava ao lado dele, ele começava a se perguntar onde eu tinha me metido em nossa casa minúscula — será que eu estava lá fora dando migalhas de pão às galinhas? — e tampouco conseguia se concentrar.

Não vou contar como fazíamos amor nem como eu evitava filho até que nos casássemos, mas toda vez que estava na cidade eu ia à casa de Rayiha e Mevlut, sem dizer a Ferhat, é claro, e contava tudo à minha irmã. Mevlut nunca estava em casa, vivia perambulando pelas ruas com seu carrinho. Vediha algumas vezes também aparecia. Brincávamos com as crianças enquanto Rayiha preparava a boza e a galinha, e víamos TV, ao som de pérolas de sabedoria que Vediha declamava às irmãs mais novas.

"Não confiem nos homens", ela dizia no começo de cada sermão. Notei que ela começara a fumar. "Samiha, você só pode engravidar depois de casar no civil. Se ele não quiser casar quando você completar dezoito anos, não perca nem mais um segundo com esse canalha. Seu quarto estará sempre à sua disposição em Duttepe. Rayiha, não diga uma palavra a Mevlut nem a Süleyman sobre esse nosso encontro. Fume um cigarro, querida. Vai acalmar seus nervos. Süleyman continua furioso. Não conseguimos encontrar uma garota que lhe sirva, ele não gosta de nenhuma delas, continua obcecado por você e — valha-nos Deus — vive dizendo que vai matar Ferhat."

"Vediha, Samiha, vou sair por meia hora, mais ou menos. Vocês cuidam um pouquinho das crianças?", dizia Rayiha. E acrescentava: "Faz três dias que não boto o pé fora de casa".

Logo que vim morar aqui, o bairro de Ghaazi parecia um lugar diferente a cada momento. Conheci uma jovem que, como eu, usava jeans e também tinha fugido com um homem para evitar um casamento que ela não queria; ela também usava o véu bem folgado na cabeça. Havia uma mulher curda que dizia ter vindo de Malatya e que era procurada pela polícia, e quando voltávamos juntas do chafariz com nossas latas cheias de água, ela me falava da sua dor nos rins, dos escorpiões que infestavam seu telheiro para lenha e dizia que mesmo em seus sonhos estava sempre subindo a colina.

Ghaazi não passava de uma encosta íngreme habitada por pessoas de tudo quanto é cidade, país, profissão (embora a maioria fosse desempregada), raça, tribo e língua. Atrás da colina havia uma mata e, mais abaixo, uma represa com um reservatório de água que abastecia toda a cidade. Quem conseguisse se entender com os alevitas, os curdos e, mais tarde, também com os fanáticos da seita sufi e seu xeque, dificilmente a casa seria demolida, e essa notícia correu tão depressa que logo todo tipo de gente passou a morar na colina. Mas ninguém dizia de fato de onde vinha. Acatei a recomendação de Ferhat e, sempre que me perguntavam sobre isso, eu dava uma resposta diferente.

Todo dia Ferhat ia para Gaziosmanpaşa, evitando Istambul por medo de topar com Süleyman (que isso fique entre nós — ele nada sabia das minhas idas à cidade). Disse que estava economizando, embora não tivesse conta em banco. Depois que ele saía, eu varria o piso sujo (levei um mês para descobrir que quanto mais o chão era varrido, mais alto ficava o teto), deslocando as telhas e as folhas de estanho do telhado — que gotejavam mesmo quando não estava chovendo —, e tentando bloquear o vento, que mesmo nos dias calmos, sem nuvens nem sinal de brisa, sempre achava uma brecha para passar através dos tijolos quebrados e pedras de formas irregulares, perturbando as lagartixas ariscas que viviam nas paredes. Certas noites, em vez do vento ouvíamos o uivo dos lobos, e do telhado não caía água, mas neve derretida enlameada e pregos enferrujados. Nas noites de inverno, as gaivotas vinham se empoleirar e aquecer seus pés e traseiros cor de laranja no cano do aquecedor, e quando seus grasnidos abafavam as vozes dos bandidos e policiais americanos da TV, eu me via em casa sozinha e pensava com saudade no meu pai, que tinha voltado para a aldeia.

ABDURRAHMAN EFÊNDI. Minha querida filha, minha bela Samiha. Posso sentir, daqui da mesa do café da aldeia onde estou cochilando na frente da TV, que você falou sobre mim; sei que você está bem e não tem o que reclamar do canalha que fugiu com você, e lhe desejo toda a felicidade, minha querida. Esqueça essa coisa de dinheiro. Case com quem você deseja casar, minha criança, até um alevita pode ser gente boa, desde que você um dia traga seu marido à aldeia para que os dois possam beijar minha mão. Eu me pergunto onde você está... Eu me pergunto se minha ternura e minhas palavras estão chegando a você...

FERHAT. Logo que percebi que Samiha tinha medo de ficar sozinha enquanto eu estava no Restaurante New Bounty, eu disse que ela podia ver TV à noite com os vizinhos da cidade de Sivas. Haydar era um alevita que trabalhava como porteiro num conjunto novo de apartamentos em Gaziosmanpaşa, onde sua esposa, Zeliha, limpava as escadas cinco dias por semana, além de ajudar a mulher de um padeiro, que morava num apartamento num piso superior, no trabalho da cozinha e de servir os pratos. Samiha notou que Haydar e Zeliha sempre saíam de casa juntos de manhã e juntos pegavam o ônibus de volta à casa toda noite, fazendo companhia um ao outro o dia inteiro. Nós estávamos subindo a ladeira para casa certa noite, com um vento gelado vindo do mar Negro chacoalhando nossos ossos, quando Samiha me disse que no edifício em que a esposa de Haydar trabalhava havia outros inquilinos procurando mulheres para trabalhar no serviço doméstico.

Quando cheguei em casa, bati o pé no chão: "Prefiro passar fome a deixar você trabalhar como doméstica!", exclamei.

Joguei a velha roda de bicicleta enferrujada que eu tinha em mãos sobre uma pilha de guardados — portas velhas, pedaços de metal, fios, tambores de lata, tijolos e pedras lisas que recolhia para a casa que um dia haveríamos de construir no terreno que demarcamos com pedras fosforescentes.

As pessoas do bairro de Ghaazi tinham começado a fazer mutirões para construir suas casas com portas, chaminés e tijolos ocos que eles pegaram quando esquerdistas, alevitas e curdos ocuparam aquela região seis anos atrás. Antes disso, o bairro havia sido dirigido por Nazmi, o laz, oriundo da costa oriental do mar Negro. Em 1972, Nazmi, o laz, e dois de seus homens (que também eram de Rize) abriram uma loja no sopé desta colina, que àquela época só tinha urtigas e arbustos. Ele vendia, a preços muito altos, telhas, tijolos ocos, cimento e outros materiais de construção para imigrantes pobres da Anatólia Oriental que vinham para cá na esperança de construir uma casa ilegalmente num pequeno terreno de propriedade pública. Ele era como um amigo para seus fregueses: dava-lhes conselhos e chá (mais tarde ele viria a abrir uma casa de chá vizinha à sua loja), e logo seu estabelecimento se tornou um ponto de encontro para aqueles que acorriam a Istambul de todos os cantos da península da Anatólia — sobretudo de Sivas, Kars e Tokat —, um pessoal ansioso por quatro paredes e um teto.

Nazmi, o laz, pegava sua famosa carroça com pneus de borracha puxada a cavalo e fazia a ronda das demolições, recolhendo portas de madeira, balaústres de escadas, batentes de janelas, peças quebradas de mármore e assoalhos, vigas de metal e telhas velhas, butim que ele exibia em suas lojas e casa de chá. Pedia preços exorbitantes por aqueles materiais enferrujados e carcomidos, exatamente como fazia com o cimento e os tijolos que vendia. Mas então, quem se dispusse a pagar o que ele pedia e a alugar sua carroça para a entrega dos materiais no local em que construiria um barroco, podia ter certeza de que Nazmi e seus homens zelariam pelo terreno ocupado e pela futura casa.

Os que não dispunham de dinheiro para pagar Nazmi, ou que achavam ser mais vantajoso procurar materiais de construção em outro lugar — "Eu sei onde posso comprar tudo isso por preços muito mais baixos", diziam —, corriam o risco de ter suas casas precárias danificadas da noite para o dia, sem que ninguém tivesse visto, se não completamente demolidas, com o beneplácito da polícia de Gaziosmanpaşa. Quando as equipes de demolição e a polícia iam embora, Nazmi, o laz, fazia uma visita de condolências àqueles ingênuos que queriam economizar uma mixaria e agora choravam sobre os escombros: ele dizia ser amigo do capitão de polícia da delegacia de Gaziosmanpaşa, com quem jogava cartas no café toda noite, e se soubesse do que aconteceria ele poderia ter feito alguma coisa.

Na verdade, Nazmi, o laz, tinha contatos no partido nacionalista então no poder. De 1978 em diante, quando as pessoas que tinham construído em terras do governo com materiais comprados de Nazmi começaram a disputar entre si a posse de terrenos, Nazmi, o laz, criou seu pretenso escritório para fazer o registro de todas essas transações, exatamente como faria um cartório de registro de imóveis. Ele também emitia documentos semelhantes aos títulos de propriedade legítimos para qualquer um que lhe pagasse pelo direito de reclamar para si um terreno baldio. Para fazer o documento parecer o mais legítimo possível, seguia a prática das escrituras oficiais, afixando uma foto do proprietário (recentemente ele tinha instalado, para uso dos clientes, uma pequena cabine fotográfica que funcionava com uma moeda), inscrevendo o nome do antigo proprietário (ele sempre tinha orgulho de escrever o próprio nome) e registrando a precisa localização e dimensões do terreno, para finalmente colar na papelada um selo vermelho encomendado numa loja de artigos de escritório de Gaziosmanpaşa.

"Quando o governo for regularizar a situação de terrenos, eles vão verificar meus registros e os títulos que emiti", gabava-se Nazmi. Às vezes se gabava aos desempregados que jogavam *rummikub* na sua casa de chá, fazendo um breve discurso sobre como se sentia feliz em servir seus conterrâneos — que tinham saído das aldeias mais pobres de Sivas e vindo até Istambul sem nada que pudessem chamar de seu —, que transformara em proprietários de terras da noite para o dia. E àqueles que perguntavam "Quando vamos ter eletricidade aqui, Nazmi?", ele dizia: "Estamos trabalhando para isso", dando a entender que, caso o bairro ganhasse o status de município, ele concorreria às eleições locais sob a bandeira do partido do governo.

Certo dia, um homem alto, pálido, de olhar sonhador apareceu nas colinas desertas atrás do bairro, uma terra que Nazmi ainda não loteara. Seu nome era Ali. Ele nunca frequentou a loja nem a casa de chá de Nazmi, o laz; evitando as fofocas do bairro, ele vivia em seu canto, morando sozinho naquele terreno isolado, na mais extrema periferia da cidade, onde se estabelecera com seus tijolos baratos, panelas e frigideiras, candeeiros a gás e colchões. Nazmi, o laz, mandou dois de seus truculentos e bigodudos apaniguados lembrarem a Ali de que aquela terra já tinha dono.

"Esta terra não pertence nem a Nazmi, o laz, nem a Hamdi, o turco, nem a Kadir, o curdo, nem ao Estado", disse-lhes Ali. "Tudo — todo o universo e este país também — pertence a Alá. Somos apenas Seus servos mortais vivendo esta existência passageira."

Uma noite, os homens de Nazmi, o laz, mostraram ao atrevido Ali o quanto ele estava certo... com uma bala em sua cabeça. Eles o enterraram junto ao reservatório, fazendo um trabalho preciso e limpo para impedir que os jornais da cidade tivessem um pretexto para escrever sobre o tema favorito deles: como as águas do reservatório que abastecia Istambul estavam sendo poluídas pelos que moravam nos bairros pobres. Mas os cães da vizinhança, sempre em guerra com lobos que vinham em busca de comida no inverno, logo acharam o corpo. Em vez de prenderem os capangas bigodudos de Nazmi, a polícia prendeu e torturou uma família de Sivas que morava na casa mais próxima ao lago, ignorando as muitas denúncias anônimas que afirmavam estar o laz por trás de tudo aquilo. E mais: aumentaram a pressão contra os moradores da casa do lago, aplicando-lhes seus habituais e aperfeiçoados métodos de tortura, primeiro chicoteando-lhes os pés, depois administrando-lhes choques elétricos.

Quando um curdo de Bingöl morreu de ataque cardíaco sob interrogatório, o bairro todo protestou e vandalizou a casa de chá de Nazmi, o lazo, que estava longe, num casamento em sua aldeia perto de Rize. Pegos de surpresa, seus homens armados entraram em pânico e fugiram, disparando apenas uns poucos tiros no ar. Jovens esquerdistas, marxistas e maoistas de vários bairros e universidades da cidade souberam do que estava acontecendo no bairro de Ghaazi e vieram liderar esse "levante espontâneo do povo".

FERHAT. Em dois dias, ocuparam-se os escritórios de Nazmi, o lazo; seu pretenso cartório de registro de imóveis foi tomado pelos universitários, e logo se espalhou a notícia em toda a Turquia, sobretudo entre curdos e alevitas, que quem quer que fosse ao bairro de Ghaazi e afirmasse ser "pobre e esquerdista" (ou "sem deus", segundo os jornais nacionalistas) receberia um pedaço de terra. Foi assim que, seis anos atrás, ganhei meu terreno, até hoje demarcado com pedras fosforescentes. Na época não me instalei porque, como todo mundo, achava que Nazmi, o lazo, com certeza voltaria para se vingar e tomar sua terra de volta, com a ajuda do Estado. Além disso, Beyoğlu, onde Mevlut e eu havíamos trabalhado como garçons, ficava tão longe do bairro de Ghaazi que se levava meio dia para ir e voltar de lá de ônibus.

Ainda estamos vivendo com medo da fúria de Süleyman. Ninguém quis se envolver para nos ajudar a fazer as pazes com a família Aktaş. (Fiquei chateado com Mevlut, Rayiha e Vediha.) Então Samiha e eu terminamos por nos unir num casamento discreto e simples em Ghaazi. Ninguém prendeu ouro nem notas de cem dólares em nossas roupas, como fizeram no casamento de Mevlut e Rayiha. Fiquei muito triste por não convidar Mevlut, por ter de me casar sem a presença de meu melhor amigo, mas ao mesmo tempo me enfurecia vê-lo tão próximo do bando dos Aktaş e querendo juntar-se aos fascistas só porque imaginava poder ganhar alguma coisa.

10. Livrar-se da poeira da cidade
Meu Deus, de onde vem tanta sujeira?

SAMIHA. De tão preocupado com o que as pessoas vão dizer, Ferhat está pulando as melhores partes da nossa história, a pretexto de que são coisas "particulares". Nós tivemos um casamento bem simples, mas maravilhoso. Alugamos um vestido branco para mim, na Loja de Noivas Princesa Pura, no segundo andar do edifício azul de Gaziosmanpaşa. Eu me mantive firme e altiva durante toda a noite, não me deixei abalar pelos comentários das feias e invejosas que diziam "Coitada, que pena uma garota bonita casar com um homem tão pobre!", ou pelo silêncio daquelas que não abriam a boca mas me olhavam como quem diz "Você é tão bonita, por que casar com um garçom sem um tostão?". Eu nunca aceitaria ser escrava de alguém, uma garota de harém ou prisioneira... Olhem para mim e vejam o que é ser livre de verdade. Naquela noite, Ferhat bebeu tanto *raki* que acabou debaixo da mesa, e precisei levá-lo para casa. Mas fiquei de cabeça erguida e encarei com orgulho aquela multidão de mulheres invejosas e de admiradores (inclusive os desempregados, que só tinham vindo por causa da limonada e dos biscoitos grátis).

Dois meses depois, Haydar e sua esposa, Zeliha, me propuseram um trabalho como doméstica em Gaziosmanpaşa. Haydar vez por outra tomava um drinque com Ferhat, e ele e a esposa foram ao nosso casamento. Assim, quando sugeriram que eu começasse a trabalhar, estavam bem-intencionados. A princípio Ferhat resistiu, pois não queria ser do tipo que manda trabalhar fora a garota com quem acaba de fugir, apenas dois meses depois de ter casado com ela. Mas, numa manhã chuvosa, nós todos tomamos o micro-ônibus para Gaziosmanpaşa. Ferhat foi junto para encontrar o porteiro do edifício Civan, onde Zeliha e muitos outros parentes seus trabalhavam. Descemos — três mulheres e três homens — ao porão e tomamos chá e fumamos no aposento onde o porteiro morava, que era menor que o cômodo em que morávamos e nem tinha janela. Depois, Zeliha me levou ao apartamento 5, onde eu iria começar a trabalhar. Quando subíamos as escadas, me senti acanhada de entrar na casa de um desconhecido e com medo de me afastar de Ferhat. Desde que fugimos nunca tínhamos nos separado. A princípio, Ferhat me acompanhava toda manhã e passava as tardes fumando na residência do porteiro até eu acabar o serviço, e às quatro horas, quando eu saía do apartamento 5 e o encontrava lá embaixo, no porão abafado, ele me levava direto para o ponto do micro-ônibus ou então me deixava com Zeliha para ter certeza de que eu acertaria o caminho de casa, antes de ir cumprir seu turno no restaurante. Ao cabo de três semanas, porém, eu já tinha começado a ir sozinha ao trabalho de manhã, e quando chegou o inverno eu já voltava para casa à noite sozinha.

FERHAT. Vou interromper apenas por um minuto, porque não quero lhes dar má impressão: sou um homem honrado que trabalha duro, que sabe das suas responsabilidades e, se dependesse de mim, eu jamais consentiria que minha mulher trabalhasse. Mas Samiha vivia dizendo que ficava bastante entediada em casa e que desejava muito trabalhar. E chorava demais, embora não queira lhes confessar. Além disso, Haydar e Zeliha são agora como da família, e as pessoas do edifício Civan são como irmãos e irmãs deles. Quando Samiha me disse: "Eu posso ir para o trabalho sozinha, você fica em casa para seguir as aulas pela TV!", resolvi concordar. Mas aí passei a me sentir ainda pior quando não conseguia entender as aulas de contabilidade ou enviar meus deveres escolares para Ancara dentro do prazo. Estou vendo na tela agora mesmo um professor de matemática com um monte de pelo branco despontando do nariz enorme e das orelhas. Eu mal consigo acompanhar o que ele está fazendo com todos aqueles números que escreve no quadro-negro. A única coisa que me faz aguentar essa tortura é que Samiha acredita — mais do que eu — que tudo vai ser diferente quando eu conseguir me formar e me tornar funcionário público.

SAMIHA. Minha primeira "patroa", a senhora do apartamento 5, era uma pessoa agitada e irritadiça. "Vocês parecem não ter nada em comum", ela nos disse, com um olhar desconfiado. Pensamos que eu ganharia sua confiança dizendo que eu era parente de Zeliha por parte do pai dela. A sra. Nalan achou que eu tinha boa vontade, mas a princípio não acreditava que eu pudesse limpar tudo de forma adequada. Até quatro anos atrás, ela mesma fazia a limpeza, e na verdade o dinheiro que tinha era curto. Então seu primogênito morreu de câncer quando ainda estava no ginásio, e desde então a sra. Nalan vinha travando uma guerra contra a poeira e os micróbios.

"Limpou debaixo da geladeira e dentro do abajur?", ela perguntava, mesmo que tivesse acabado de me ver fazendo exatamente isso. Ela temia que a poeira também causasse câncer em seu segundo filho, e quando estava chegando a hora de ele voltar da escola, eu ficava cada vez mais nervosa, limpava o pó com mais empenho ainda, ia e voltava até a janela para sacudir o espanador com a fúria de um fiel que estivesse apedrejando o demônio. "Muito bem, Samiha, muito bem!", a sra. Nalan dizia para me estimular. Ela ficava falando ao telefone e apontando um grão de poeira que eu deixara passar. "Meu Deus, de onde vem tanta sujeira?", ela se queixava. Ela apontava o dedo, e eu me sentia culpada como se a trouxesse comigo do bairro pobre em que morava, mas mesmo assim eu gostava da sra. Nalan.

Ao cabo de dois meses, a sra. Nalan se sentiu confiante o bastante para me pedir para vir três vezes por semana. Já então começara a me deixar em casa sozinha, munida de sabão, baldes e panos de chão, e saía para fazer compras ou jogar cartas com as amigas com quem sempre falava ao telefone. Às vezes voltava para casa sem avisar, fingindo ter esquecido alguma coisa, e quando me via trabalhando duro na limpeza da casa, ficava satisfeita e dizia: "Muito bem, Deus a abençoe!". Às vezes pegava a foto do seu falecido filho que ficava em cima da TV junto do cão de porcelana e se punha a chorar e a limpar a moldura de prata, então eu largava a flanela com que tirava o pó e tentava consolá-la.

Um dia Zeliha veio me visitar logo depois que a sra. Nalan havia saído. "Você ficou maluca?", ela disse ao me ver trabalhando duro. E ela sentou para ver TV enquanto eu continuava trabalhando. A partir daí, Zeliha vinha toda vez que a sua patroa saía (às vezes nossas patroas saíam juntas). Enquanto eu tirava o pó, ela falava sobre o que estava passando na TV, mexia na geladeira procurando alguma coisa para beliscar, comentava que o espinafre não estava nada mal mas o iogurte azedara (o iogurte era do tipo que se compra na mercearia numa vasilha de vidro). Quando Zeliha começou a mexer nas gavetas, fazendo comentários sobre calcinhas, sutiãs, lenços e também sobre outras coisas que não sabíamos bem como se chamavam, não resisti e ri junto com ela. Entre os véus de seda e as echarpes, bem no fundo da gaveta, havia um amuleto triangular para trazer saúde e sorte. Enfiada em outro canto, entre carteiras de identidade velhas, declarações de imposto de renda e fotografias, encontramos uma caixa de madeira entalhada com um cheiro agradabilíssimo, embora não tivéssemos ideia de sua serventia. Na gavetinha do criado-mudo do marido da sra. Nalan, escondido entre vidrinhos de remédio e xaropes para tosse, Zeliha encontrou um frasco estranho com um líquido cor de fumo. No rótulo da garrafa, que era cor-de-rosa, havia o desenho de uma senhora árabe com lábios carnudos. O que mais nos agradou foi o cheiro (talvez fosse uma espécie de remédio, ou, supôs Zeliha, veneno), mas estávamos com tanto medo que não ousamos despejar na mão um pouco do conteúdo. Um mês depois, explorando os segredos da casa sozinha (eu gostava de encontrar fotografias do filho falecido e seus antigos deveres escolares), notei que o frasco tinha desaparecido.

Duas semanas depois, a sra. Nalan disse que precisávamos conversar. Ela contou que Zeliha tinha sido demitida a pedido de seu marido (embora não tenha ficado claro a que marido ela se referia) e, lamentavelmente, embora ela tivesse certeza absoluta de que eu não tinha nenhuma culpa, eu tampouco poderia continuar trabalhando para ela. Custei a entender o que estava acontecendo, mas, quando vi que ela estava chorando, me pus a chorar também.

"Não chore, querida, arrumamos uma coisa maravilhosa para você!", ela exclamou com a ênfase de uma cigana que prediz um futuro brilhante. Uma família abastada e distinta de Şişli estava procurando uma doméstica trabalhadeira, honesta e de confiança como eu. A sra. Nalan ia me recomendar, e eu podia ir tranquila.

Não me incomodei, mas Ferhat não gostou porque a casa ficava muito longe. Agora eu teria de acordar muito mais cedo para pegar o primeiro ônibus para Gaziosmanpaşa, quando ainda estava escuro. Em Gaziosmanpaşa, precisaria esperar mais meia hora o ônibus para Taksim. Essa parte da viagem durava mais de uma hora, e normalmente o ônibus vinha tão cheio que as pessoas que esperavam na fila se acotovelavam para entrar primeiro e pegar um banco vazio. Da janela, eu observava as pessoas indo para o trabalho, os vendedores ambulantes empurrando seus carrinhos rumo aos bairros, os barcos no Chifre de Ouro, e — o que eu mais gostava — todas aquelas crianças a caminho da escola. Enquanto seguia no ônibus, tentava ler as manchetes dos jornais, os cartazes nas paredes e os enormes outdoors. Lia distraída os versinhos rimados de sabedoria popular colados na parte de trás dos carros e caminhões, e começava a sentir como se a cidade estivesse conversando comigo. Lembrava que Ferhat passara a infância em Karaköy, no centro da cidade, e quando voltava para casa eu lhe pedia que falasse daquela fase de sua vida. Mas ele voltava tarde da noite, e nos víamos cada vez menos.

Trocava de ônibus em Taksim, onde eu comprava um rocambole de gergelim de um dos homens que ficavam na frente da agência do correio. Comia no ônibus enquanto olhava pela janela ou então guardava na bolsa de plástico para comer na casa da patroa, com uma xícara de chá. Às vezes a senhora para quem eu trabalhava me dizia: "Se você ainda não comeu nada, pegue alguma coisa". Então eu pegava queijo e azeitona na geladeira. Mas às vezes ela não dizia nada. Por volta do meio-dia, eu começava a preparar almôndegas grelhadas para o almoço dela, e ela me dizia: "Prepare mais três para você, Samiha". Ela punha cinco almôndegas no prato, mas só comia quatro; eu comia a almôndega que tinha sobrado, e assim cada uma comia quatro.

Mas Madame (era assim que eu a chamava — nunca a chamava pelo nome) não se sentava à mesa comigo e não me permitia comer quando ela estivesse comendo. Ela queria que eu ficasse perto o bastante para ouvi-la dizer "Onde está o sal?" ou "Agora tire a mesa", então eu ficava de guarda no vão da porta da sala de jantar, mas ela não falava comigo. Ela sempre me perguntava: "De onde você é?", e sempre esquecia a minha resposta. Quando eu dizia que era de Beyşehir, ela dizia "Onde fica isso? Nunca estive lá", por isso a certa altura passei a dizer que era de Konya. "Ah, sim, Konya! Algum dia eu vou lá para visitar o túmulo de Rumi", ela respondia. Quando fui trabalhar em duas outras casas, uma em Şişli outra em Nişantaşı, eu também dizia que era de Konya, e embora todos logo falassem de Rumi, não permitiam que eu fizesse as minhas preces diárias. De todo modo, Zeliha já me recomendara responder "não" se alguém perguntasse: "Você ora?".

Fui trabalhar nessas outras casas por indicação de Madame. Eram casas muito antigas com pequenos banheiros para empregados (os donos não gostavam que eu usasse o mesmo banheiro que eles), banheirinhos que muitas vezes eu tinha de partilhar com um gato ou um cão, e onde deixava a bolsa e o casaco. Madame tinha um gato que roubava comida da cozinha e quase nunca saía do colo dela — às vezes, quando estávamos sozinhos em casa, eu atirava alguma coisa nele e confessava a Ferhat à noite.

Numa ocasião em que Madame caiu doente, tive de passar algumas noites em Şişli para cuidar dela, porque sabia que se eu não fizesse isso ela com certeza arrumaria outra pessoa. Deram-me um aposento pequeno e limpo, parede-meia com o edifício vizinho; não tinha janela, mas as roupas de cama eram cheirosas, e gostei de lá. Terminei por me acostumar àquilo. O trajeto de ida e volta a Şişli podia ser de quatro a cinco horas por dia, por isso algumas noites eu ficava na casa de Madame, servia-lhe o desjejum de manhã e então ia trabalhar em outra casa. Mas morria de vontade de voltar para Ferhat e para Ghaazi, e um dia fora já era o bastante para me dar saudade de nossa casa e de todas as nossas coisas. De vez em quando eu gostava de largar o serviço de tarde e andar pela cidade antes de pegar o ônibus ou de pegar outro em Taksim, mas ao mesmo tempo temia que alguém de Duttepe me visse e fosse contar a Süleyman.

Quando as senhoras para as quais eu trabalhava saíam durante o dia, eu dizia a mim mesma: "Samiha, quando terminar o serviço, não perca tempo com orações e programas na TV, vá logo para casa". Então eu me punha a trabalhar tanto e de modo tão concentrado que parecia empenhada em tirar o pó da cidade inteira, mas então me distraía aqui e ali e diminuía o ritmo. No fundo da última gaveta do guarda-roupa em que ficavam guardadas todas as camisas e camisetas do patrão, achei uma revista estrangeira com fotos de homens e mulheres em poses tão nojentas que só de olhar me senti suja também. Dentro do armário de remédios de Madame, do lado esquerdo, havia uma estranha caixa que cheirava a amêndoas, e sob o pente que estava lá dentro havia uma cédula estrangeira. Eu gostava de folhear álbuns de família, de descobrir, enfiadas nas gavetas, velhas fotografias de casamentos, dos tempos de escola e férias de verão, e de ver como as pessoas para as quais eu trabalhava eram quando mais jovens.

Em todas as casas em que eu trabalhava sempre havia uma pilha de jornais velhos empoeirados, garrafas vazias e caixas ainda fechadas largadas e esquecidas em algum canto, e sempre me diziam para não tocar naquela pilha — quase como se nela houvesse algo de sagrado. Em toda casa havia um canto do qual eu devia manter distância, e quando não tinha ninguém em casa eu me permitia dar uma olhada, tendo o cuidado de não tocar em nenhuma cédula, moedas de ouro, sabonetes de cheiro esquisito e caixas decorativas que estavam ali só para me testar. O filho de Madame tinha uma coleção de soldadinhos de plástico que ele dispunha em formação de combate sobre a cama ou no tapete. Quando ele fazia um pelotão lutar com outro, eu gostava de vê-lo tão compenetrado, esquecido de todo resto, e às vezes, quando estava sozinha em casa, eu mesma me sentava para brincar com os soldados. Muitas famílias compravam jornais só para juntar cupons que vinham encartados, e uma vez por semana me encarregavam de juntar todos eles. Uma vez por mês, quando a gente podia ir buscar os bules de chá esmaltados, os livros de receitas ilustrados, as fronhas estampadas com flores, os espremedores de limão e as canetas que tocavam música, depois de ter juntado certo número de cupons, eles me mandavam ficar na fila durante meio dia na banca de jornais mais próxima. Havia um eletrodoméstico que Madame — que passava o dia inteiro tagarelando ao telefone — deixava guardado com suas roupas de lã de inverno num guarda-roupa que cheirava a naftalina, e contudo, exatamente como acontecia com os brindes que recebia em troca dos cupons, ela nunca usava, nem mesmo quando tinha convidados. Ainda assim, guardava o aparelho com todo cuidado, porque afinal de contas tratava-se de um produto importado da Europa. Às vezes eu examinava os recibos, recortes de jornal e folhetos que encontrava metidos em envelopes no fundo de um armário, ou entre os vestidos e roupas de baixo das garotas, e os escritos de seus cadernos, e era como se eu estivesse prestes a descobrir algo que havia muito tempo vinha procurando. Às vezes eu sentia como se aquelas letras e rabiscos fossem dirigidos a mim e que eu também estava nas fotos. Ou então me sentia culpada porque o filho de Madame havia surrupiado o batom vermelho da mãe e o escondera em seu quarto, e no mesmo instante sentia um apego profundo, e ao mesmo tempo certo rancor, por aquelas pessoas que deixavam seu mundo particular aberto, ao alcance da minha vista.

Às vezes, por volta do meio-dia, já batia saudade de Ferhat, da nossa casa e do contorno fosforescente de nosso terreno, que avistávamos da cama. Dois anos depois que comecei a trabalhar como doméstica, quando dormia no trabalho com mais frequência ficava ressentida com Ferhat, por ele não me tirar, de uma vez por todas, das vidas daquelas outras famílias que bem depressa estavam se tornando minha, de seus filhos cruéis e filhas mimadas, dos filhos dos rapazes da mercearia e dos filhos dos porteiros que me assediavam, e do minúsculo quarto de empregada onde, quando o aquecedor estava ligado, eu acordava no meio da noite encharcada de suor.

FERHAT. Passei um ano no Restaurante Bounty servindo as mesas, e então eles me puseram para trabalhar no caixa. Graças, em parte, aos cursos universitários que Samiha vivia me estimulando a fazer — ainda que se tratasse apenas de cursos por correspondência e pela TV. Mas à noite, quando o restaurante estava lotado e barulhento e um agradável aroma de *rakı* e sopa pairava no ar, o irmão do gerente sentava ao balcão do caixa, e ele mesmo cuidava de tudo... O dono, cujo principal restaurante ficava em Aksaray (o nosso era uma filial), tinha uma norma que era repetida aos cozinheiros e lavadores de pratos, aos garçons e ajudantes, todos os meses: todo e qualquer prato de batata frita, salada de tomate, almôndega grelhada e arroz com galinha, toda cerveja pequena e cada dose de *rakı*, toda porção de sopa de lentilha, de feijão cozido e de cordeiro com alho-poró tinham de ser anotados pelo caixa antes de ir à mesa.

Com seus quatro janelões (sempre vedados pelas cortinas de renda) na rua Atatürk e uma multidão de clientes (lojistas abstêmios locais almoçavam seus cozidos e, à noite, grupos de homens bebericavam *rakı* com moderação), o Bounty era uma verdadeira instituição, e tão agitado que muitas vezes não era possível cumprir a ordem do gerente. Mesmo na hora do almoço, quando eu ficava no caixa, nem sempre conseguia ter o controle do trânsito dos pratos de cozido de galinha e hortaliças, aipo ao azeite de oliva, patê de favas e cavalinha ao forno. Os garçons faziam fila para que eu anotasse tudo (enquanto os clientes impacientes gritavam: "Esse é o meu e está esfriando!"), até que, às vezes, não havia alternativa senão ignorar as regras por alguns minutos e deixar que os funcionários me informassem depois quem comeu o quê, quando o movimento diminuísse um pouco: "Ferhat, pimentões recheados e rolinhos fritos para a mesa dezessete, dois manjares-brancos para a dezesseis". Mas o problema da fila continuava, pois os garçons queriam passar na frente uns dos outros em vez de esperar sua vez: "Uma salada para a mesa seis, dois iogurtes para a dois". Alguns gritavam o pedido enquanto passavam com pilhas de pratos, e o caixa nem sempre tinha tempo de anotá-los, ou então se esquecia, ou, como eu, tinha de fazer outra coisa naquela hora, ou simplesmente inventava ou desistia por completo, como costumava fazer durante as aulas na TV quando eu não entendia bulhufas. Os garçons não se importavam nem um pouco se alguns pedidos não fossem anotados; sabiam que, quando os clientes percebiam ter consumido alguma coisa de graça, deixavam uma gorjeta maior. Quanto ao gerente, sua regra não era tanto pelo dinheiro em si, mas para ter um comprovante quando clientes bêbados gritavam "Pode acreditar que só pedimos um prato de mexilhões fritos!", questionando o valor da conta.

Como durante o jantar eu não trabalhava como caixa, mas como garçom, fiquei a par de todos os truques dos colegas mais espertos, e na hora do almoço, encarregado da cobrança, eu os reconhecia. Um dos mais simples, e que eu mesmo adotava de vez em quando, era o seguinte: servíamos a um cliente generoso uma porção maior do que ele havia pedido — seis almôndegas em vez de quatro, por exemplo —, dizendo-lhe que ele pagaria apenas pelas quatro, e ele, agradecido, acrescentava a diferença na gorjeta. Em tese, todas as gorjetas deviam formar um bolão a ser dividido entre os empregados, embora o próprio gerente ficasse com a parte do leão. Na prática, porém, cada um escondia parte do que recebia num bolso da calça ou do avental branco. Ninguém dizia nada sobre isso: ser pego significava ser demitido e, de todo modo, como era uma prática generalizada, nenhum garçom iria perguntar o que havia no avental de outro.

À noite, atendia ao setor vizinho à entrada do restaurante e, além de servir minhas mesas, eu também dava uma força ao chefe dos garçons, postado ao lado do gerente. Ajudava a fazer a supervisão dos trabalhos. "Vá verificar o que há com os ensopados da mesa quatro, os clientes estão reclamando", dizia o chefe, e embora fosse a mesa de Hadi de Gümüşhane, eu mesmo ia à cozinha procurar o cozinheiro escondido na nuvem de fumaça que saía da comida e da gordura da grelha, depois ia até a mesa quatro e lhes dizia, com um sorriso e um pequeno gracejo, que seus pratos logo viriam e por vezes lhes perguntava se queriam os pratos com ou sem alho ou tentava descobrir para que time de futebol torciam, fazia comentários sobre os escândalos da manipulação dos jogos, sobre os árbitros corruptos e sobre o pênalti que deixara de ser marcado no domingo.

Toda vez que o idiota do Hadi dava um jeito de fazer confusão com alguma mesa, eu ia à cozinha e pegava um prato de batatas fritas ou uma boa porção de camarões fritos, provavelmente destinados a outros fregueses, e os oferecia a clientes que reclamavam do atraso ou se mostravam contrariados. Se uma travessa de grelhados estivesse dando sopa, eu a levava a clientes embriagados: "Aqui está a carne, finalmente", eu dizia — pouco importava se eles não a tivessem pedido: estavam tão entretidos discutindo política, futebol ou o custo de vida que não iam perceber. Tarde da noite, eu apaziguava os briguentos, continha aqueles que se punham a cantar perturbando todo mundo, mediava discussões sobre qual janela se devia abrir ou fechar, lembrava os ajudantes de esvaziar os cinzeiros ("Vá cuidar da mesa dez, menino, corra..."), e desentocava os garçons e lavadores de pratos que fumavam na cozinha, lá fora ou no depósito dos fundos, mandando-os para seus postos só com um olhar.

Às vezes o chefe de uma banca de advogados ou o gerente de um escritório de arquitetura levava os funcionários para almoçar, inclusive mulheres; ou uma mãe de véu oferecia almôndegas e *ayran* a seus filhos inúteis — nós os acomodávamos às mesas bem perto da porta, reservadas às famílias. Nosso gerente, que pendurara na parede três retratos de Atatürk em trajes civis — um sorrindo, dois com a expressão grave —, tinha um desejo obsessivo de conseguir uma clientela feminina. Seu maior sonho era ver uma mulher entrar com um grupo de homens e passar momentos agradáveis — sobretudo no turno da noite, quando se servia *rakı* —, sem ter de ouvir insinuações maliciosas, e divertir-se o bastante para querer voltar ao estabelecimento, se bem que, infelizmente, em toda a história conflituosa do restaurante, tal cena jamais tenha ocorrido. Sempre que uma mulher ia jantar, no dia seguinte nosso chefe, furioso e desesperado, costumava imitar os fregueses então presentes, boquiabertos e de olhos arregalados, e recomendava aos garçons que, da próxima vez que uma mulher entrasse para comer, não devíamos nos apavorar, mas agir como se fosse um acontecimento corriqueiro, protegendo-a dos homens barulhentos e desbocados das outras mesas e de seus olhares sórdidos. Esta última ordem era a mais difícil de cumprir.

Tarde da noite, quando parecia que os últimos fregueses bêbados nunca sairiam, o gerente me dizia: "Agora vá para casa, você tem um longo caminho pela frente". Em casa, só pensava em Samiha: sentia-me culpado e chegava à conclusão de que não era justo que ela trabalhasse como doméstica. Detestava acordar sabendo que ela já tinha saído, e então amaldiçoava minha pobreza e sobretudo minha aquiescência com seu trabalho fora. À tarde, o lavador de pratos e os dois ajudantes que dividiam um quarto limpavam vagens e descascavam batatas entre piadas e risos, enquanto eu me sentava à mesa do canto, tentando acompanhar *Contabilidade à distância*, programa do canal público. Mesmo quando eu seguia a matéria, os deveres de casa que chegavam pelo correio me faziam empacar — então eu deixava o restaurante e ia vagar pelas ruas de Taşlıtarla como um sonâmbulo, entre a raiva e o desamparo, pensando sequestrar um táxi à mão armada, como nos filmes, e ir resgatar Samiha em Şişli, na casa em que ela trabalhava, para levá-la à nossa nova casa em algum bairro longínquo. Em meus sonhos, a casa que construiríamos no terreno demarcado pelas pedras fosforescentes, com o dinheiro que eu guardava, já tinha doze cômodos e quatro portas. Às cinco da tarde, quando todos os empregados do restaurante, do lavador de pratos ao chefe dos garçons, se reuniam nos fundos do estabelecimento em torno de uma grande panela, cada qual ansioso por comer seu quinhão de carne e sopa de batata com pão fresco antes de vestir o uniforme e começar a labuta, eu ficava ainda mais amargurado pensando que desperdiçava minha vida ali, quando podia estar tocando um negócio próprio no centro da cidade.

Nas noites em que Samiha estaria em casa, meu bom gerente, vendo minha aflição para sair o mais rápido possível, dizia: "Tire o avental e vá para casa, sr. Marido". Samiha esteve no restaurante algumas vezes, e os outros garçons, os ajudantes e os lavadores de pratos viram o quanto ela era bonita; eles riam e, com uma pontinha de inveja, me chamavam de sr. Marido. Enquanto me tocava esperar o ônibus para Ghaazi (havia uma linha nova que ia direto para lá, mas não era muito regular), eu lamentava meu fracasso em desfrutar da minha boa sorte e, na minha frustração, temia estar fazendo alguma coisa errada.

Quando o ônibus para Ghaazi chegava, ele ia tão devagar e demorava tanto em cada ponto que eu mal podia controlar a agitação das pernas. Num ponto perto do final, sempre haveria uma voz chamando da escuridão, tentando desesperadamente pegar o último ônibus para os confins da cidade...
— "Motorista, motorista, espere" —, então o motorista acendia um cigarro, o ônibus esperava e, na minha impaciência, eu ficava de pé até o final. Quando enfim eu descia no último ponto, disparava a correr colina acima, esquecendo do cansaço. O silêncio da noite escura, a luz pálida dos bairros pobres ao longe e a fumaça fedorenta do combustível de carvão mineral que saía de algumas chaminés logo se transformaram em sinais que eu associava a Samiha. Era uma quarta-feira, por isso ela devia estar em casa. Talvez, exausta, já tivesse desmaiado na cama e adormecera, como muitas vezes acontecia. Ela ficava tão bonita quando dormia! Ou talvez ela tivesse me preparado um chá de camomila e estivesse vendo TV enquanto me esperava. Eu pensava em como ela era inteligente e amiga, e disparava a correr, achando que, se eu corresse, Samiha com certeza estaria em casa.

Se ela não estivesse, eu logo tomaria um *rakı* para me acalmar e aliviar o sofrimento, e aí me recriminaria por tudo. No dia seguinte, largava o trabalho ainda mais cedo, mais impaciente do que nunca.

"Desculpe", Samiha dizia quando nos encontrávamos. "Madame teve convidados na noite passada... Queria muito que eu ficasse, e me deu esse dinheiro!"

Eu pegava o dinheiro dela e o deixava de lado. "Você não vai mais trabalhar, nunca mais vai sair de casa", eu dizia, emocionado. "Vamos ficar aqui, juntos, até o mundo acabar."

Nas primeiras vezes que isso aconteceu, Samiha dizia: "E como vamos comer?". Depois de certo tempo, acostumou-se a reagir com uma brincadeira: "Tudo bem, não trabalho mais fora". Mas, é claro, no dia seguinte, cedinho, ela já estava na rua.

11. Garotas que se recusam a conhecer seus pretendentes

Estávamos apenas de passagem

SÜLEYMAN. Ontem à noite fui visitar o tio Asım em Ümraniye. Ele é amigo do meu pai e ex-vendedor de iogurte. É um homem sábio, inteligente o bastante para ter largado o iogurte anos atrás e abrir sua própria mercearia. Agora está aposentado. Na noite passada ele me mostrou os choupos que plantou no quintal e a enorme nogueira que não passava de uma arvorezinha quando ele reclamou para si este terreno, vinte anos atrás. O barulho e a luz que entravam no quintal vindos da fábrica de canos vizinha faziam tudo parecer estranho e maravilhoso. Estávamos os dois bêbados, de cara cheia do *rakı* que ficamos bebericando a noite inteira. Sua mulher estava dentro de casa, já dormindo.

"Estão me oferecendo um bom dinheiro por este terreno, mas sei que eles vão oferecer ainda mais; já me arrependi do pedaço que vendi por um preço muito baixo", disse o tio Asım. Quinze anos atrás, ele tinha uma loja em Tophane e um apartamento, que ele alugava, na colina Kazancı. Na noite passada ele me disse três vezes o quanto fora esperto, de sua parte, ter vindo da cidade para reclamar um terreno baldio para si, contando com a possibilidade, remota, é verdade, de acabar por conseguir um título de propriedade. Outra coisa que ele disse três vezes foi que todas as suas filhas já estão casadas, "graças a Deus", e seus maridos são todos homens bons — embora não tão bons quanto eu. Suas palavras foram exatamente estas: "Filho, por que você veio bater à minha porta esta noite, partindo do Bósforo, em Duttepe, agora que não tenho mais nenhuma filha para lhe dar em casamento?".

Como tudo mais, isso me fez lembrar Samiha. Faz dois anos que ela fugiu. Juro que vou encontrar o canalha que a roubou, aquele patife do Ferhat, e fazê-lo pagar por essa afronta e humilhação. Mesmo agora, às vezes sonho com Samiha voltando para mim, mas no fundo sei que isso nunca vai acontecer, por isso procuro parar com essas fantasias. Se agora estou livre de problemas, devo isso a Melahat e a Vediha. Vediha realmente se empenhou em arrumar uma esposa para mim.

VEDIHA. Nós da família chegamos à conclusão de que a melhor maneira de ajudar Süleyman a superar o caso de Samiha era arranjar um casamento para ele. Certa noite ele estava em casa, embriagado. "Süleyman", eu disse, "você e Samiha saíram por algum tempo, chegaram a se conhecer um ao outro, e no fim a coisa não deu certo. Talvez seja mais sensato você casar com uma jovem que não conheça de modo algum, alguém que você nunca tenha visto... O amor pode vir depois." "Acho que você tem razão", ele disse, se animando. "Quer dizer que você arrumou uma garota para mim?" Mas aí ele começou a se mostrar exigente. "Não posso casar com a filha de um vendedor de iogurte da aldeia." "Seu irmão Korkut e seu primo Mevlut casaram com as filhas de um vendedor de iogurte. O que há de tão terrível conosco?" "Não é isso, não vejo vocês três dessa maneira." "Como você nos vê?" "Não me leve a mal..." "Não estou levando a mal, Süleyman. Mas por que você acha que deve casar com uma moça que não seja da aldeia?", perguntei, bem séria. Süleyman precisa de uma mulher forte para pô-lo nos eixos de vez em quando, ele até gosta disso.

"E também não quero nenhuma dessas mocinhas de dezoito anos com colegial completo. Elas acham defeito em tudo o que digo e só sabem discutir... Além do mais, garotas assim insistem que se deva sair antes do casamento, ir ao cinema, como se a gente tivesse se conhecido numa universidade, e não por meio de casamenteiros, e mesmo assim elas ficam sempre com medo de serem pegas pelos pais, sempre tentando me dar ordens... É uma batalha dura."

Disse a Süleyman que não se preocupasse, que Istambul está abarrotada de garotas que desejam ser amadas por um homem de boa aparência, bem-sucedido e inteligente como ele.

"Mas cadê elas?", ele perguntou, muito sério.

"Estão em casa com as mães, Süleyman, elas saem muito pouco. Escute bem o meu conselho, e prometo que vou apresentar a você as mais amáveis e bonitas, e quando você tiver conhecido a mais bonita de todas, aquela que seu coração deseja, vou, em seu nome, pedir a mão dela em casamento."

"Obrigado, Vediha, mas, para ser franco, garotas certinhas demais, que ficam em casa com as mães e fazem tudo o que elas mandam, nunca foram o meu forte."

"Mas, se você está procurando uma garota assim, por que nunca tentou conquistar Samiha com uma ou duas palavras amáveis?"

"Porque eu simplesmente não arranjava jeito de fazer isso", ele respondeu. "Ela zombava de mim toda vez que eu tentava."

"Süleyman, se preciso, vou vasculhar cada canto de Istambul, mas prometo achar uma garota para você. E se você gostar dela, vai ter de tratá-la bem, entendeu?"

"Tudo bem, mas e se ela logo ficar mal-acostumada?"

SÜLEYMAN. Vediha e eu saíamos na caminhonete à procura de jovens casadouras. Pessoas com experiência nessas coisas diziam que eu devia me fazer acompanhar da minha mãe, isso daria ao nosso grupo certa formalidade, mas eu não quis fazer isso. As roupas e o comportamento da minha mãe ainda estão muito presos aos modos da aldeia. Vediha vestia jeans sob a roupa, um sobretudo longo azul-escuro que nunca a vi usando em nenhum outro lugar e um véu que combinava perfeitamente com aquele azul; poderia ser confundida com uma médica ou juíza que estivesse usando véu. Vediha gostava tanto de passear que, tão logo eu metia o pé no acelerador e saíamos desabalados pelas ruas de Istambul, ela praticamente se esquecia da sua missão, observando cada centímetro da cidade e falando sem parar, de modo que eu não tinha como não rir.

"Essa linha de ônibus é explorada por uma empresa privada, não pela prefeitura, e é por isso que eles andam com as portas abertas", eu lhe dizia enquanto tentava ultrapassar o ônibus que se arrastava feito tartaruga à nossa frente, para que os passageiros entrassem e saíssem.

"Cuidado para não atropelar as pessoas: elas são loucas", ela dizia, sorrindo. Quando nos aproximávamos do nosso destino, eu me calava. "Não se preocupe, Süleyman", ela dizia. "Ela é uma jovem simpática, gosto dela. Mas, se você não gostar, então a gente simplesmente vai embora. Na volta, você pode levar sua cunhada para passear um pouco por aí."

Vediha vivia fazendo amizades graças ao seu jeito caloroso e amável, e por meio dessas relações ela descobria jovens casadouras, então nós dois íamos visitá-las. A maioria tinha vindo para Istambul logo depois de concluir o curso primário na aldeia (como eu), ou então tinha frequentado uma escola num bairro pobre que era ainda pior que a aldeia. Algumas delas estavam decididas a concluir o colegial, outras mal conseguiam ler e escrever. Quase todas eram novas demais, mas, logo que chegavam à idade de ingressar no colegial, não queriam de modo algum continuar a viver com os pais numa casa minúscula, em petição de miséria, aquecida por uma única estufa, onde sempre se sentia um frio glacial. Era sempre agradável ouvir Vediha me dizer que todas elas estavam fartas dos pais e procuravam uma chance de sair de casa, mas de certo modo eu sabia que isso não se aplicava a todas as garotas que conhecíamos.

VEDIHA. Oh, Süleyman... a verdade — embora eu ainda não tenha dito isso a ele — é que as garotas boas não sabem pensar por si mesmas, e as garotas que pensam de forma independente não são nada boazinhas. Havia outras coisas que eu nunca havia dito a ele. Se você está procurando uma garota como Samiha, uma garota de personalidade, não vai encontrá-la em casa com a mãe, esperando um homem que case com ela. Quer uma garota com ideias próprias e muita personalidade, mas que se submeta a todas as suas vontades? Esqueça. Quer uma jovem pura e inocente, mas ao mesmo tempo ansiosa para satisfazer todos os seus desejos obscenos (afinal, eu casei ou não com o irmão dele)? Esqueça. O que você não percebe, pobre Süleyman, é que você precisa de uma jovem que não use véu — embora eu suponha que você não iria gostar de uma garota desse tipo. Mas esse era um assunto delicado, e eu nunca o aventei. Continuei à procura, porque a melhor maneira de conseguir permissão para sair era dizer a Korkut que ia descobrir uma esposa para Süleyman. Mas logo Süleyman acabou reconhecendo a distância que havia entre suas expectativas e a realidade.

Quando as famílias querem ver seus filhos e filhas casados, em primeiro lugar sempre procuram os possíveis cônjuges na aldeia, entre os parentes, na rua em que moram, no bairro. Só uma garota que não consegue encontrar um marido nas cercanias — normalmente porque todo mundo sabe de algum malfeito seu — irá dizer que quer casar com um desconhecido de outra parte da cidade. Algumas tentam fazer disso o estandarte de um espírito livre. Mas, sempre que me falavam de uma dessas garotas amantes da liberdade, eu tentava imaginar o que ela estava escondendo. Claro, as garotas e suas famílias também nos olhavam com suspeita (afinal de contas, nós também não nos distanciamos muito de casa para encontrar um cônjuge?), e elas nos observavam com atenção, tentando adivinhar o que tínhamos a esconder. De todo modo, adverti Süleyman de que, mesmo não havendo nada de errado com uma garota, e ainda assim ela não conseguisse arrumar um marido, isso provavelmente significava que ela estava sonhando alto demais.

SÜLEYMAN. Numa das alamedas de Aksaray, no segundo andar de um edifício novo, morava uma garota que ainda estava no colegial. Quando chegamos, ela não só ainda estava de uniforme (com o véu sobre a cabeça), como, passado um tempinho, pôs-se a fazer deveres de matemática. Agia como se fôssemos parentes distantes que, tendo passado pela vizinhança, resolveram fazer uma visita.

Fomos conhecer Behice numa casa em algum lugar atrás de Bakırköy, e ela, durante nossa breve visita, se levantou da cadeira cinco vezes para espiar, por entre as cortinas rendadas da janela, os meninos jogando futebol na rua. "Behice gosta de olhar pela janela", a mãe nos disse, como que se desculpando, mas também insinuando, como tantas mães, que aquele comportamento era uma prova de que ela daria uma excelente esposa.

Numa casa com vista para a mesquita Piyale Paşa, em Kasımpaşa, duas irmãs — nenhuma das quais era a candidata que tínhamos em mente — ficaram cochichando e trocando risinhos, ou então mordendo os lábios na tentativa de parar de rir. Depois que saímos, Vediha me disse que a garota a quem havíamos ido visitar — a carrancuda irmã mais velha das duas — entrara como um fantasma quando estávamos tomando chá com biscoitos de amêndoas, e cruzara a sala tão discretamente que eu nem cheguei a ver minha potencial esposa, quanto mais saber se era bonita ou não. "Um homem não deve casar com uma garota que nem ao menos chegou a ver", advertiu Vediha sabiamente quando voltávamos sem pressa para casa. "Eu me enganei a respeito dela, ela não serve para você."

VEDIHA. Algumas mulheres já nascem casamenteiras, com o talento, dado por Deus, de fazer a felicidade das pessoas. Não é o meu caso. Mas, quando Samiha fugiu de casa depois que meu pai já tinha recebido dinheiro de Korkut e Süleyman, apressei-me em aprender essa arte, não apenas porque temia ser responsabilizada pelo acontecido, mas também porque sentia pena de Süleyman, tão bobinho. Além disso, eu gostava muito de sair e ficar passeando na caminhonete.

Eu começava dizendo que meu marido tinha um irmão caçula que já havia terminado o serviço militar. Assumindo um ar grave, contava uma história um tanto maquiada de como Süleyman era inteligente, bem-apessoado, respeitoso e trabalhador.

Süleyman insistia para que eu não me esquecesse de dizer que ele era de uma família "religiosa". Os pais das jovens apreciavam isso, mas não tenho bem certeza se as jovens pensavam do mesmo modo. Eu explicava que, tendo feito fortuna quando mudou para a cidade, a família não queria casar o rapaz com uma moça de aldeia. Às vezes insinuava que eles tinham inimigos na aldeia, mas isso poderia afugentar as famílias. Toda vez que conhecia uma pessoa, quase sempre eu dizia que estava à procura de uma jovem direita e perguntava se ela conhecia alguma, mas como a paciência de Korkut com minhas saídas de casa era limitada, ainda que fosse para tratar desse assunto, eu não tinha condições de fazer um levantamento muito abrangente das moças casadouras. E metade daquelas com quem eu entrava em contato se comportava como se um casamento arranjado fosse uma coisa embaraçosa, o que é ridículo, considerando-se que é desse modo que todos terminam por se casar.

As pessoas sempre diziam conhecer uma jovem que era exatamente o tipo que eu estava procurando, mas que infelizmente ela nunca haveria de aceitar um casamento arranjado e nem mesmo a visita de um pretendente. Logo nos demos conta de que, ao visitar uma esposa em potencial, era melhor não revelar nosso objetivo e simplesmente agir como se por acaso nos encontrássemos no bairro — às vezes dizíamos que fulano de tal, um amigo comum, havia sugerido que fôssemos visitar a casa se algum dia estivéssemos por perto. Ou então falávamos que Süleyman precisava vistoriar um canteiro de obras de sua empresa de construção...

Às vezes, para fazer a visita, era preciso contar com a colaboração de alguém que ia a determinada casa. Tratava-se no fundo de uma ajuda mútua entre casamenteiras, semelhante à que os corretores de imóveis prestam uns aos outros. A convidada explicava nossa presença com alguma desculpa improvisada — mas não antes de ter dado a todos os moradores da casa um longo e exagerado relatório sobre quem éramos. Aqueles apartamentos acanhados e antiguinhos sempre estavam repletos de mães inquisitivas, tias, irmãs, amigas e avós. A convidada nos apresentava como membros da famosa família Aktaş, de Konya, proprietária de uma firma de construções para a qual Süleyman supervisionava muitos projetos; havíamos feito uma visita inesperada a ela, que nos pedira que a acompanhássemos. A única pessoa que, ainda que remotamente, acreditava nessas mentiras era o próprio Süleyman.

Apesar disso, ninguém nunca perguntou: "Se vocês estavam apenas de passagem, por que Süleyman está barbeado, cheirando a colônia enjoativa e com seu melhor terno e melhor gravata?". De nossa parte, nunca perguntávamos: "Se vocês realmente não esperavam nossa visita, por que limparam a casa, nos serviram em seu melhor jogo de porcelana e forraram todos os sofás?". Essas mentiras eram parte do ritual e, pelo simples fato de mentirmos, não quero dizer que não estivéssemos sendo sinceros. Entendíamos as motivações particulares uns dos outros, mas mesmo assim tratávamos de manter as aparências. De todo modo, a conversa mole era apenas um prelúdio ao ato principal. Dentro de poucos minutos, uma garota e um rapaz iriam se conhecer. Será que gostariam um do outro? Mais importante: será que aquela gente toda julgaria a união satisfatória? Enquanto isso, todos os presentes rememoravam o momento em que tinham sido objeto daquele mesmo tipo de atenção.

Pouco tempo depois a garota aparecia, com sua melhor roupa e seu melhor véu, sentindo-se humilhada mas tentando parecer indiferente enquanto procurava um lugar para sentar a um canto da sala apinhada. Normalmente havia tantas jovens esperançosas na sala que a mãe e as tias, velhas de guerra naquele tipo de situação, encontravam uma maneira qualquer de assinalar a chegada da tímida jovem que tínhamos vindo conhecer.

"Onde você estava, querida? Fazendo a lição de casa? Veja, temos visitas."

Ao longo dos quatro ou cinco anos dessas visitas e decepções, duas das cinco colegiais por quem Süleyman se interessou usaram a escola como desculpa para nos descartar ("Receio que nossa filha deseje primeiro completar sua educação"), de forma que Süleyman já não queria mais ouvir falar de garotas que, supostamente, estariam "fazendo a lição de casa".

Quando as mães fingiam surpresa — "Oh, vejo que hoje temos visitas!" —, às vezes suas filhas se saíam com uma resposta embaraçosa: "Sim, mamãe, nós sabemos, passamos o dia inteiro nos preparando para recebê-las!". Eu gostava, e Süleyman também, daquelas jovens vivazes e francas. Considerando, porém, a rapidez com que ultimamente ele as afastava do pensamento, concluí que receava como seria tratado por elas.

Quando tínhamos de lidar com garotas que se recusavam terminantemente a conhecer pretendentes, escondíamos nosso verdadeiro objetivo. Certa vez, uma criaturinha rústica e sem graça acreditou que de fato tínhamos vindo apenas para dar um presente a seu pai (que era garçom) e não nos deu a menor atenção. No caso de outra jovem, tivemos de fingir ser amigos da médica de sua mãe. Num dia de primavera, fomos a uma velha casa de madeira em Edirnekapı, próxima às muralhas da cidade. A garota que fôramos conhecer estava brincando de queimada com as amigas na rua, e nem desconfiava que a mãe estava recebendo um pretendente. Sua tia debruçou-se na janela e chamou-a: "Venha aqui, querida, eu lhe trouxe uns biscoitos de sementes de gergelim!". Ela veio imediatamente, com sua beleza encantadora. Mas ela nos ignorou. Sem tirar os olhos da TV, devorou dois biscoitos e, quando estava prestes a voltar para continuar a brincar, sua mãe disse: "Espere, fique um pouco com nossos convidados".

Ela sentou maquinalmente, mas, lançando um olhar a mim e à gravata de Süleyman, ficou furiosa: "Mais casamenteiras! Eu já lhe disse que não quero mais que homens venham nos visitar, mãe!".

"Não fale assim com sua mãe..."

"Bem, é para isso que eles estão aqui, não é? Quem é esse homem?"

"Tenha mais respeito... Eles viram você, gostaram de você e atravessaram toda a cidade só para vir conhecê-la. Você sabe como o trânsito está ruim. Vamos, sente um pouco."

"O que é que se espera que eu diga a essas pessoas? Espera-se que eu me case com esse gorducho?"

E disparou porta afora.

Estávamos na primavera de 1989, e aquela seria a última das nossas visitas, que àquela altura já estavam se tornando mais raras. Süleyman vivia repetindo: "Me arranje uma mulher, Vediha Yenge", mas todos já sabíamos de Mahinur Meryem, por isso achava que ele não estava falando sério. Além disso, Süleyman ainda dizia que iria se vingar de Samiha e de Ferhat, de modo que eu não estava exatamente feliz em relação a ele de qualquer maneira.

MAHINUR MERYEM. Alguns fregueses de bares e clubes noturnos talvez soubessem meu nome, embora não o lembrassem. Meu pai era um funcionário público humilde, honrado e trabalhador, mas muito esquentado. Eu era uma promissora aluna da Escola Secundária Feminina de Taksim quando nossa equipe entrou nas finais do concurso de música pop para escolas secundaristas do *Milliyet*, e meu nome foi parar nos jornais. Celâl Salik certa vez escreveu sobre mim em sua coluna: "Ela tem a voz aveludada de uma estrela". Foi o maior elogio que recebi na minha carreira de cantora. Gostaria de agradecer ao falecido sr. Salik e àqueles que estão me permitindo usar meu nome artístico neste livro.

Meu nome verdadeiro é Melahat. Infelizmente, por mais que tentasse, depois do sucesso inicial no colegial, minha carreira nunca deslanchou. Meu pai nunca entendeu meus sonhos, sempre batia em mim, e quando viu que eu não cursaria a faculdade, tentou fazer com que me casasse. Então, quando completei dezenove anos, fugi de casa e me casei com um homem escolhido por mim. Meu primeiro marido era como eu: gostava de música, embora seu pai fosse porteiro da prefeitura de Şişli. Infelizmente o casamento não deu certo, e tampouco meu segundo casamento, nem nenhum dos relacionamentos que tive depois disso, todos arruinados pela minha paixão por cantar, pela pobreza e a incapacidade dos homens de cumprir suas promessas. Poderia escrever um livro sobre todos os homens que conheci, mas aí terminaria sendo processada por aviltar a dignidade turca. Não falei a Süleyman grande coisa sobre isso. Agora, não quero tomar o tempo de vocês com esse assunto.

Dois anos atrás, estava cantando numa das horríveis espeluncas de Beyoğlu, insistindo na música popular turca, mas raras vezes aparecia algum espectador, e sempre me escalavam para o final da programação. Me transferi para outro barzinho, cujo gerente me convenceu de que eu faria sucesso se mudasse o repertório para canções folclóricas e clássicas turcas, mas eu continuava escalada para o fim da noite. Foi no Pavilhão Paris que conheci Süleyman — mais um dos caras atrevidos que tentavam desesperadamente me passar uma cantada entre os números musicais. O Pavilhão Paris era um refúgio para homens perdidos de amor que não lidavam bem com a própria dor, mas encontravam consolo na música tradicional turca, a especialidade da casa, apesar do nome. A princípio eu não dei bola, mas logo ele conquistou minha simpatia com sua presença solitária todas as noites, as braçadas de flores que me enviava, sua persistência e sua inocência pueril.

Agora Süleyman me paga o aluguel de um apartamento num quarto andar na rua Sormagir em Cihangir. À noite, depois de uns dois copos de *rakı*, ele diz: "Vamos, vou levá-la para um passeio em minha caminhonete". Ele não percebe que não há nada de romântico naquele passeio, mas não me importo. Um ano atrás, parei de cantar canções folclóricas e de me apresentar em pequenos clubes noturnos. Se Süleyman se dispusesse a ajudar, eu voltaria ao repertório pop. Mas tudo bem, isso não tem muita importância.

Gosto de passear na caminhonete de Süleyman à noite. Também tomo alguns drinques e, quando já estamos meio altinhos, nós nos entendemos muito bem e podemos conversar sobre qualquer coisa. Tão logo consegue se livrar do medo do irmão e se afastar da família, Süleyman se torna um sujeito amável e encantador.

Avançando por ruas estreitas, vamos até o Bósforo.

"Não corra tanto, Süleyman, eles vão nos obrigar a parar!", costumo dizer.

"Não se preocupe, é tudo gente nossa", ele responde.

Às vezes eu lhe digo o que ele quer ouvir. "Oh, por favor, pare, Süleyman, nós vamos cair e morrer!" Houve uma época em que travávamos esse mesmo diálogo todas as noites.

"De que você tem medo, Melahat, acha mesmo que vamos cair?"

"Süleyman, dizem que uma nova ponte sobre o Bósforo está sendo construída, você acredita nisso?"

"Por que não? Quando viemos da aldeia, essa gente achava que nunca passaríamos de um bando de pobres vendedores de iogurte", ele dizia, tomado de excitação. "Agora esses mesmos caras vivem pedindo que a gente venda nossa propriedade para eles e recorrem a intermediários para tentar participar de projetos nossos. Quer saber por que tenho tanta certeza de que vão mesmo construir uma segunda ponte igualzinha à primeira?"

"Diga."

"Porque depois de ter se apossado de todas as propriedades de Kültepe e Duttepe, a família Vural passou a comprar todos os terrenos por onde o complexo viário que dá acesso à ponte vai passar. O governo nem começou as expropriações, mas as terras que a família Vural adquiriu em Ümraniye, Saray e Çakmak já estão valendo dez vezes mais do que eles pagaram. Agora vamos descer à toda esta colina. Não fique com medo, está bem?"

Ajudei Süleyman a esquecer a filha do vendedor de iogurte. Quando nos conhecemos, ele estava perdidamente apaixonado. Sem o menor constrangimento, ele me contava que ele e a cunhada estavam vasculhando a cidade para arrumar uma esposa para ele. Tudo bem, porque de qualquer maneira os meus amigos zombavam dele, e eu sabia que, se casasse, eu ficaria livre. Agora, porém, tenho de admitir que ficaria triste se Süleyman conseguisse arrumar uma esposa. Ainda assim, não me importo quando ele vai em busca de potenciais noivas. Certa noite ele estava muito bêbado e confessou que nunca poderia sentir nenhum desejo por uma garota de véu na cabeça.

"Não se preocupe, esse é um problema muito comum, sobretudo entre homens casados", eu dizia como consolo. "Não é um problema seu, são todas essas estrangeiras da tv e dos jornais e revistas, não fique cismando."

Quanto à *minha* cisma, ele nunca a entendeu. "Süleyman, não gosto quando você fala comigo como se estivesse me dando ordens", eu lhe dizia às vezes.

"Oh, pensei que você gostasse...", ele respondia.

"Gosto de brincar com o revólver, mas detesto ser tratada com grosseria e frieza."

"Eu sou um homem grosseiro? Será que sou tão frio assim?"

"Acho que você tem sentimentos, mas, como a maioria dos turcos, não sabe como expressar. Por que não me diz o que eu mais gostaria de ouvir?"

"Você quer casar, é isso? Vai começar a usar o véu?"

"Não quero falar sobre isso. Diga aquela outra coisa que você nunca disse."

"Ah, entendi!"

"Bem, se entendeu, então fale... Não é nenhum grande segredo, sabe... Agora todo mundo sabe da gente... Eu sei que você gosta de mim, Süleyman."

"Se sabe por que fica me pedindo?"

"Eu não estou pedindo nada. Eu só *quero* que você me diga isso uma vez... Por que você não pode me dizer 'Melahat, eu te amo'? É tão difícil pronunciar essas palavras? Você vai perder alguma aposta ou algo do tipo se disser?"

"Mas quando você me pede fica muito mais difícil dizer essas palavras!"

12. Em Tarlabaşı
O homem mais feliz do mundo

À noite, Mevlut e Rayiha dormiam na mesma cama com as duas filhas, Fatma e Fevziye. A casa era fria, mas era bom ficar sob os cobertores. Às vezes as pequenas já estavam dormindo quando Mevlut saía para vender boza à noite. Ele voltava tarde e as encontrava dormindo exatamente na mesma posição em que as deixara. Rayiha costumava ficar sentada na beira da cama, sob os cobertores, vendo TV com o aquecedor desligado.

As meninas tinham caminhas próprias, que ficavam perto da janela, mas elas tinham medo de ficar sozinhas, e, mesmo estando perto dos pais, choravam quando as colocavam lá. Mevlut, que tinha o maior respeito pelos sentimentos delas, dizia a Rayiha: "Não é incrível? Tão pequenas e já têm medo da solidão". Elas logo se acostumaram com a cama grande, na qual dormiam sob quaisquer circunstâncias. Mas, quando dormiam na própria caminha, acordavam ao menor ruído e começavam a chorar, e com isso acordavam Mevlut e Rayiha, e só se aquietavam quando iam para a cama de casal. Por fim Mevlut e Rayiha concluíram que dormir todos juntos na mesma cama era o melhor para todo mundo.

Mevlut tinha comprado um aquecedor a gás de segunda mão, potente (podia transformar a casa num *hamam*) mas dispendioso (consumia muito). Tanto que às vezes, para economizar, Rayiha também o usava para aquecer comida. Ela comprava o botijão de um curdo cuja loja ficava três ruas mais adiante, em Dolapdere. Como o conflito na Turquia oriental se acirrava, Mevlut via que as ruas de Tarlabaşı se enchiam, uma família atrás da outra, de migrantes curdos. Esses recém-chegados eram gente rude, muito diferente de Ferhat. Suas aldeias tinham sido evacuadas e totalmente incendiadas durante a guerra. Eles eram pobres e nunca compravam boza, por isso Mevlut raras vezes passava pelos locais onde eles moravam. Ele parou de ir de vez quando os traficantes de drogas, sem-teto e cheiradores de cola começaram a frequentar a área.

Depois que Ferhat fugiu com Samiha em princípios de 1984, Mevlut ficou anos sem vê-lo. O que era muito estranho, considerando a proximidade dos dois durante a infância e a juventude. De vez em quando Mevlut soltava, entredentes, uma explicação: "Eles moram longe demais". Só raramente ele se permitia reconhecer que o verdadeiro motivo para a distância entre eles eram aquelas cartas que escrevera supostamente para Samiha, a esposa de Ferhat.

Verdade que a contínua expansão de Istambul também contava. O trajeto de ida e volta entre a casa de um e de outro levaria meio dia. Mevlut sentia saudade de Ferhat, ainda que o foco de seu ressentimento para com ele se deslocasse o tempo todo. Ele se perguntava por que Ferhat nunca buscara contato com ele. Fosse qual fosse o motivo, era uma clara admissão de culpa. Quando soube como os recém-casados eram felizes no bairro de Ghaazi, e que Ferhat estava trabalhando como garçom num restaurante em Gaziosmanpaşa, Mevlut teve um acesso de ciúme.

Em certas noites, depois de duas horas vendendo boza, ele se forçava a ir só um pouco mais adiante pelas ruas desertas, sonhando com a felicidade que o esperava em casa. Só de pensar no cheiro da casa e da sua cama, nos barulhinhos que Fatma e Fevziye faziam sob os cobertores, na forma como o corpo de Rayiha tocava o seu enquanto os dois dormiam e em como a pele deles ainda queimava a esse contato — sentia uma alegria que o deixava à beira das lágrimas. Tudo o que queria ao chegar em casa era vestir o pijama e pular direto na cama. Enquanto viam TV, ele contava a Rayiha quanto tinha ganhado naquela noite, como as ruas estavam, falava das coisas que vira nas casas onde fizera entregas, e os dois não conseguiam dormir antes que ele tivesse dado um relatório completo do dia e se rendesse aos olhos brilhantes e ternos da esposa.

"Comentaram que a boza estava doce demais", ele sussurrava, os olhos na TV. "Bem, não tive escolha, as sobras de ontem azedaram mesmo", Rayiha respondia, defendendo, como sempre, a mistura que tinha preparado. Ou então Mevlut lhe contava que passara o dia preocupado com uma pergunta que alguém lhe fizera quando foi à cozinha de um freguês. Certa noite uma velha senhora apontou para seu avental e disse: "Foi você mesmo que o comprou?". O que ela queria dizer? Seria a cor do avental? Ou estaria insinuando que havia um toque feminino?

À noite, Mevlut via o mundo inteiro se transformar num reino de sombras, com a escuridão da cidade cobrindo os becos, as ruas distantes elevando-se como penhascos escarpados em meio ao breu. Os carros que se perseguiam na TV eram tão estranhos como aquelas ruas à noite; quem sabia onde ficavam aquelas montanhas negras do lado esquerdo da tela da TV, por que aquele cão estava correndo, por que estava na TV e por que aquela mulher estava chorando, completamente só?

RAYIHA. Às vezes Mevlut levantava no meio da noite, acendia um cigarro e ficava olhando a rua por entre as cortinas. Da cama, eu o via à luz do poste de iluminação em frente à nossa casa, e ficava me perguntando em que ele estaria pensando, torcendo para que voltasse logo para mim. Às vezes ele ficava tão perdido em seus pensamentos que eu também me levantava, tomava um copo d'água e verificava se as meninas estavam bem agasalhadas. Só então ele voltava, parecendo um tanto envergonhado. "Não é nada", ele me dizia. "Só estava pensando."

Mevlut gostava das noites de verão porque podia ficar com a gente. Mas vou lhes dizer uma coisa que ele nunca lhes diria: no verão ganhamos ainda menos dinheiro que no inverno. Mevlut deixava as janelas abertas o dia inteiro, esquecido das moscas, do barulho ("Lá fora está mais tranquilo", ele dizia) e de toda a poeira dos edifícios que estão sendo demolidos para a nova estrada colina acima, e ficava vendo TV o dia inteiro com um olho nas meninas, que brincavam no quintal, na rua, ou em cima de uma árvore, apurando bem os ouvidos para o caso de elas começarem a brigar e ele precisar intervir. Havia noites em que ele se destemperava sem nenhum motivo, e se estivesse mesmo com muita raiva, saía de casa e batia a porta (as meninas terminaram por se acostumar a esses rompantes, mas elas sempre se assustavam um pouco); ia ao café para jogar cartas ou então fumava um cigarro, sentado nos três degraus estreitos entre a entrada de casa e a calçada. Às vezes eu o seguia e me sentava ao lado dele, e as meninas também vinham. Os amigos delas logo apareciam, vindos de todos os cantos, e enquanto brincavam na rua e no jardim, eu ficava ali à luz do poste de iluminação, escolhendo o arroz que Mevlut mais tarde iria vender em Kabataş.

Foi num daqueles degraus que vim a conhecer Reyhan, a mulher que morava do outro lado da rua, duas casas mais adiante. Certo dia ela pôs a cabeça para fora da janela e disse: "Acho que a luz de seu poste é mais forte que a nossa!" e depois pegou o bordado que estava fazendo e veio se sentar ao meu lado. "Eu sou da Anatólia Oriental, mas não sou curda", ela costumava dizer, fazendo mistério sobre sua cidade natal e sobre a própria idade. Ela era no mínimo quinze anos mais velha que eu, e ficava admirando minhas mãos enquanto eu escolhia o arroz. "Olhe só essas mãos, macias como um bumbum de bebê! E rápidas como as asas de uma pomba", ela dizia. "Você devia trabalhar com costura, ganharia mais dinheiro do que eu e do que esse encanto de marido que tem. Eu consigo ganhar mais do que o meu, com seu salário de policial, e ele não gosta nada disso…"

Quando ela completou quinze anos, seu pai resolveu — sem consultar ninguém — entregá-la a um comerciante de tecidos, então ela teve de ir morar em Malatya, levando apenas uma trouxinha com seus pertences, e nunca mais viu os pais nem ninguém da família. Ela era um dos cinco filhos de uma família desesperadamente pobre, mas não achava justo ter sido vendida da forma como fizeram, e às vezes ainda discutia com eles, como se estivessem bem à sua frente. "Existem pais que não deixam nem que os homens olhem para suas filhas, quanto mais casá-las com alguém contra a vontade delas", ela dizia, balançando a cabeça, mas sem tirar os olhos de seu bordado. Reyhan ficou transtornada por seu pai tê-la vendido para seu primeiro marido, sem nem ao menos exigir um casamento civil. Mas ela fugiu com outro homem, e dessa vez insistiu em casar no civil. "Eu devia ter dito também que não queria ser surrada." Ela riu. "Nunca se esqueça de quão feliz você é com Mevlut."

Reyhan fingia não acreditar que existissem homens como Mevlut — homens que nunca batiam nas mulheres —, e dizia que isso tinha algo a ver com minha maneira de ser. Ela sempre me pedia para repetir a história de como arranjei "o anjo do meu marido" — como nos conhecemos e começamos a nos gostar num casamento, e que Mevlut usara intermediários para me mandar cartas quando estava longe, fazendo o serviço militar. Toda vez que tomava *rakı*, o policial a surrava. Por isso, nas noites em que a mesa estava posta para uma sessão de bebedeira, ela se sentava e esperava que ele terminasse o primeiro copo. Então, tão logo ele começava a relembrar algum interrogatório de que tinha participado — o que geralmente era o primeiro sinal de uma surra iminente —, ela se levantava, pegava seu bordado e vinha me ver. Se eu estivesse dentro de casa, sabia que ela estava ao pé da escadinha ao ouvir seu marido Necati dizendo: "Por favor, venha para casa, minha querida Reyhan, não vou beber mais, prometo". Às vezes eu saía de casa com minhas filhas e ia ao encontro dela nos degraus. "Vamos ficar juntas um pouco, logo ele vai cair no sono", Reyhan dizia. Quando Mevlut estava fora vendendo boza nas noites de inverno, ela via TV comigo e as meninas, contava-lhes histórias que as faziam rir, e mordiscava sementes de girassol a noite inteira. Ela sorria para Mevlut quando ele chegava tarde da noite e lhe dizia: "Deus abençoe sua ventura doméstica!".

Havia ocasiões em que Mevlut sentia que aqueles eram os melhores anos de sua vida, mas costumava guardar essa percepção no fundo de si mesmo. Se se permitisse pensar sobre sua felicidade, talvez perdesse tudo. De todo modo, nesta vida há muitas coisas que nos aborrecem ou nos dão motivo para queixa, que podem lançar uma sombra sobre qualquer felicidade momentânea: ele não gostava que Reyhan ficasse sempre na casa deles até tarde, enfiando o nariz onde não era chamada. Não suportava ver Fatma e Fevziye começarem a discutir quando estavam todos vendo TV, gritando e esbravejando uma com a outra e depois debulhando-se em lágrimas. Enfurecia-se quando as pessoas lhe pediam para levar dez copos de boza para seus convidados, e na noite seguinte fingiam não estar em casa, recusando-se a deixá-lo entrar no edifício. Empalidecia ao ver na TV uma mãe de Kütahya chorando o filho, morto em Hakkâri, quando militantes curdos emboscaram seu comboio militar. Não aguentava os choramingas que não compravam mais arroz cozido ou boza de ambulantes porque Tchernóbil explodira e o vento teria trazido nuvens cancerígenas para a cidade. Não tolerava quando, depois de se ter empenhado ao máximo para colocar de volta o braço da boneca de plástico de suas filhas, usando fios de cobre desfiados com todo o cuidado, elas tornavam a arrancá-lo imediatamente. Quando o vento batia na antena de TV, ele detestava ver as manchas brancas que apareciam na tela como flocos de neve, e detestava ainda mais quando toda a tela se cobria de sombras e a imagem se transformava num borrão. Ficava furioso quando faltava luz no bairro bem no meio de um programa de músicas folclóricas. Quando se noticiava a conspiração para assassinar o presidente Özal, e a cena (que Mevlut tinha visto pelo menos vinte vezes) em que se via o corpo do homem que pretendia assassiná-lo retorcido no chão sob uma saraivada de balas da polícia era interrompida por um anúncio do iogurte Hayat, Mevlut perdia as estribeiras e dizia a Rayiha: "Esses canalhas e seu iogurte químico arruinaram os vendedores ambulantes".

Mas, quando Rayiha dizia "Leve as meninas para passear amanhã de manhã para que eu possa fazer uma boa faxina na casa", Mevlut esquecia tudo o que o aborrecia e o enfurecia. Andar nas ruas com Fevziye nos braços e segurando a mãozinha de Fatma com sua mão calosa fazia-o se sentir o homem mais feliz do mundo. Ele ficava exultante ao chegar em casa depois de ter passado o dia vendendo arroz e cochilar ouvindo a conversinha das filhas, e acordar e brincar com elas, ou ainda ao ser abordado por um novo freguês — "Quero um copo, vendedor de boza".

Durante esses anos de absoluta gratidão por todas as venturas da vida, Mevlut mal se dava conta da lenta passagem do tempo, da morte de alguns pinheiros, de como as velhas casas de madeira pareciam desaparecer da noite para o dia, da construção de edifícios de seis ou sete andares nos terrenos baldios onde as crianças jogavam futebol e ambulantes e desempregados tiravam sonecas à tarde; mal percebia, também, o tamanho cada vez maior dos cartazes nas ruas, e tampouco se dava conta da passagem das estações e de que as folhas secavam e caíam das árvores. Assim, o fim da estação de boza ou dos campeonatos de futebol sempre o pegava de surpresa, e só na noite do último domingo da temporada de 1987 ele se deu conta de que a equipe do Antalyaspor iria para a segunda divisão. Só percebeu depois do golpe militar de 1980 o número de passarelas para pedestres que surgiram de repente na cidade, e foi só quando certo dia não conseguiu atravessar a estrada Halaskargazi no nível da rua que ele notou as barreiras de metal que tinham sido erguidas ao longo das calçadas para conduzir as pessoas para as passarelas. Mevlut ouvia as pessoas falando do plano do prefeito de construir uma grande estrada de Taksim para Tepebaşı, cinco ruas distante da deles, mas não acreditou que ele fosse se concretizar. A maioria das notícias que Rayiha lhe trazia, colhidas dos moradores mais antigos do bairro e das fofoqueiras de sempre, já não era novidade para Mevlut, que já as tinha ouvido nas ruas e no café, ou delas tomara conhecimento por meio das velhas senhoras gregas, conhecidas suas, que moravam em apartamentos bolorentos e escuros perto da galeria Çiçek, do mercado de peixe e do consulado britânico.

Embora ninguém mais goste de tocar nesse assunto, Tarlabaşı tinha sido um bairro habitado por gregos, armênios, judeus e sírios. Lá havia um córrego — agora coberto de concreto e esquecido — que corria de Taksim para o Chifre de Ouro e recebia um nome diferente em cada bairro por que passava (córrego Dolap, córrego Bilecik, travessia do Bispo, córrego Kasımpaşa), e em um dos ressaltos do vale através do qual ele corria havia os bairros de Kurtuluş e Feriköy, onde, sessenta anos antes, em princípios da década de 1920, só havia gregos e armênios. O primeiro golpe contra a população não muçulmana de Beyoğlu depois da fundação da república turca foi o imposto predial de 1942, por meio do qual o governo, tendo se tornado cada vez mais receptivo à influência alemã durante a Segunda Guerra Mundial, impôs taxas à comunidade cristã de Tarlabaşı que a maioria nunca teria condições de pagar, e mandou para campos de trabalho em Aşkale os armênios, gregos, sírios e judeus que não conseguiam pagar o imposto. Mevlut ouvira inúmeras histórias de farmacêuticos, fabricantes de móveis e famílias gregas que moravam ali havia gerações, e que foram mandados para campos de trabalho por não pagarem os impostos, além de serem obrigados a ceder suas lojas aos aprendizes turcos ou se esconder em casa durante meses para escapar às autoridades. A maioria da população grega foi para a Grécia depois dos levantes anticristãos dos dias 6 e 7 de setembro de 1955, durante a guerra no Chipre, quando multidões armadas de porretes e carregando bandeiras invadiram e vandalizaram igrejas e lojas, expulsaram padres e violaram mulheres. Os que não deixaram o país naquela época tiveram de sair da noite para o dia em 1964, por decreto do governo.

Essas histórias eram normalmente sussurradas pelos moradores antigos do bairro depois de alguns tragos no bar ou pelas pessoas que queriam se queixar daqueles que vinham morar nas casas vazias abandonadas pelos gregos. Mevlut ouvia as pessoas dizerem: "Os gregos eram melhores que esses curdos", e agora africanos e migrantes pobres também estavam vindo para Tarlabaşı porque o governo nada fazia para impedir isso. Que diabos aconteceria em seguida?

Não obstante, quando membros de uma família grega que fugira ou fora expulsa voltavam para Istambul e Tarlabaşı para verificar a situação das velhas casas das quais eles ainda eram os legítimos donos, eles não eram muito bem recebidos. As pessoas relutavam em lhes dizer a verdade — "Suas casas foram ocupadas por pobres anatolianos de Bitlis e Adana!" —, por isso mesmo os moradores mais afáveis muitas vezes evitavam se encontrar com seus velhos conhecidos. Alguns se indignavam com os visitantes e os tratavam com franca hostilidade, convencidos de que os senhorios gregos só tinham voltado para cobrar aluguéis; havia também gente que se encontrava com velhos amigos no café e os abraçava com lágrimas nos olhos, lembrando-se dos bons velhos tempos. Mas esses momentos comoventes nunca duravam muito. Mevlut vira alguns gregos que, ao visitarem suas antigas casas, foram importunados e apedrejados por bandos de crianças recrutadas por uma das muitas quadrilhas da área que, com a conivência do governo e da polícia, tomavam as casas vazias dos gregos e as alugavam aos migrantes pobres procedentes da Anatólia Oriental. Ao presenciar esse tipo de cena, o primeiro impulso de Mevlut era interferir: "Parem, meninos, isso não é justo". Mas logo reconsiderava, pensando que de qualquer forma as crianças não lhe dariam ouvidos. Além do mais, como seu senhorio estava entre os que estimulavam aquela atitude, ele terminava por seguir seu caminho sem dizer nada, com raiva e vergonha, se consolando: Bem, de todo modo, os gregos tomaram o Chipre. Ou então se punha a ponderar sobre alguma outra injustiça da qual ele não estava lá tão certo.

Anunciado como uma iniciativa de limpeza e modernização urbana, o programa de demolições agradou a todos. Criminosos, curdos, ciganos e ladrões seriam expulsos dos edifícios ocupados; esconderijos de drogas e contrabando, bordéis, alojamentos de homens solteiros seriam postos abaixo, e dali emergiria uma rodovia de seis pistas ligando Tepebaşı e Taksim em cinco minutos.

Senhorios gregos acionaram seus advogados contra o governo, acusado de confisco; o sindicato dos arquitetos e um punhado de universitários que lutavam para salvar aqueles edifícios históricos protestaram, mas pouco se lhes deu ouvidos. O prefeito tinha a imprensa ao seu lado, e certa feita, quando a autorização para a demolição de um daqueles edifícios demorou a sair, ele assumiu o volante de uma escavadeira enfeitada com uma bandeira turca, demoliu a casa e foi aplaudido. A poeira das demolições chegou a alcançar a casa de Mevlut, cinco ruas mais adiante, insinuando-se pelas frestas das janelas fechadas. As escavadeiras estavam sempre rodeadas de multidões de curiosos — desempregados, comerciários e crianças, além dos ambulantes que lhes ofereciam *ayran*, rocamboles de gengibre e espigas de milho verde.

Mevlut apressou-se em levar seu carrinho de arroz para longe da nuvem de poeira. Durante os anos todos que durou o desmantelamento, ele nunca levou seu arroz para algum lugar barulhento ou abarrotado de gente. O que realmente o impressionou foi a destruição dos grandes blocos de sessenta e setenta anos de idade no trecho em que a futura rodovia iria alcançar Taksim. Quando, adolescente, ele chegou a Istambul, num enorme cartaz de seis ou sete andares de altura num daqueles edifícios, uma mulher de pele clara, cabelos loiros e aspecto bondoso oferecia-lhe ketchup Tamek e sabonete Lux. Mevlut sempre gostara do jeito como ela lhe sorria — com uma afeição silenciosa e evidente —, e toda vez que passava pela praça Taksim ele olhava o anúncio.

Lamentou ao saber que a famosa lanchonete Café Cristal, no mesmo edifício da mulher loira, fora destruída junto com todo o resto. Nenhum outro lugar em Istambul jamais vendera tanto *ayran*. Mevlut experimentara duas vezes (uma das quais em sua própria casa, quando também levou um pouco do *ayran* deles) a especialidade local — um hambúrguer bem condimentado e coberto de molho de tomate. O iogurte para o *ayran* da casa era fornecido por dois corpulentos irmãos da aldeia de İmrenler, vizinha de Cennetpınar, Adbullah e Nurallah, apelidados Irmãos Concreto, que não só abasteciam o Café Cristal, mas também uma infinidade de restaurantes e cafés em Taksim, Osmanbey e Beyoğlu. Até meados da década de 1970, momento em que as grandes empresas de iogurte passaram a distribuir o produto em vasilhames de vidro e tonéis de madeira, os irmãos fizeram fortuna, conquistando a área de Kültepe, Duttepe e o lado asiático da cidade, quando então foram varridos no espaço de dois anos, junto com os demais vendedores de iogurte. Mevlut percebeu que invejava os ricos e capazes Irmãos Concreto — tão mais inteligentes do que ele que nem precisavam vender boza à noite para fechar as contas — ao se dar conta de que considerava a demolição do Café Cristal como uma espécie de punição para eles.

Mevlut já estava em Istambul havia vinte anos. Era triste ver a velha face da cidade desaparecer diante de seus olhos, destruída por estradas novas, demolições, edifícios, cartazes, lojas, túneis e elevados, mas também era reconfortante saber que alguém ali estava trabalhando para melhorar a cidade para proveito dele, Mevlut. Ele não a via como um lugar que existisse antes da sua chegada, nem lembrava que ele fora para lá na qualidade de forasteiro. Ao contrário, gostava de imaginar Istambul em obras na época em que ele lá vivia e sonhar como no futuro ela haveria de ser mais limpa, bonita e moderna. Simpatizava com os moradores de edifícios históricos com elevadores de cinquenta anos, aquecimento central e pé-direito alto, construídos enquanto ele ainda estava na aldeia ou nem tinha nascido, e nunca se esquecia de que eles o tratavam com mais delicadeza que todos os demais. Mas, inevitavelmente, aqueles edifícios o lembravam de que ele ainda era um forasteiro ali. Os porteiros o tratavam com condescendência, mesmo que não tivessem essa intenção, o que sempre o arrepiava ante a perspectiva de cometer um novo erro. Mas ele tinha apreço por coisas antigas: descobrira ao vender boza em bairros distantes, ao entrar nos cemitérios, ao observar o muro de uma mesquita coberto de musgo e a ininteligível escrita otomana num chafariz quebrado, com suas torneiras de latão há muito secas.

Às vezes pensava no quanto arruinava suas costas até hoje, só para tocar a vida com a venda de arroz (que na verdade pouco lhe rendia), enquanto todos à sua volta, todos oriundos de outro lugar estavam ficando ricos, comprando propriedades, construindo a própria casa no próprio terreno, mas nesses momentos ele dizia a si mesmo que seria ingratidão de sua parte desejar mais que a felicidade que Deus já lhe concedera. E vez por outra avistava as cegonhas voando lá em cima e se dava conta de que as estações iam passando, outro inverno chegava ao fim, e ele estava envelhecendo.

13. Süleyman semeia a discórdia
Não foi isso que aconteceu?

RAYIHA. Eu costumava levar Fatma e Fevziye a Duttepe (só pagava uma passagem pelas duas) para que passassem um tempo com Vediha, e lá havia um espaço para correr e colher amoras, mas agora não posso mais fazer isso. Da última vez, dois meses atrás, Süleyman me pressionou, perguntando sobre Mevlut. Disse que ele estava bem, mas então, naquele seu jeito de bancar o engraçadinho, falou de Ferhat e Samiha.

"Na verdade, Süleyman, nós não os vimos desde que eles fugiram", eu disse, contando a mesma velha mentira.

"Sabe, acho que acredito em você", ele disse. "Duvido que Mevlut ainda quisesse ter alguma coisa com Ferhat e Samiha. Sabe por quê?"

"Por quê?"

"Claro que você sabe, Rayiha. Todas as cartas que Mevlut escreveu durante o serviço militar eram dirigidas a Samiha."

"O quê?"

"Li algumas antes de entregá-las a Vediha para que ela entregasse a você. Os olhos aos quais Mevlut se referia não eram os seus, Rayiha."

Ele disse tudo isso com um riso forçado, como se a coisa toda fosse muito engraçada. Fiz o jogo dele e também sorri. Graças a Deus tive a presença de espírito: "Se Mevlut escreveu aquelas cartas para Samiha, por que você as trouxe para mim?".

* * *

SÜLEYMAN. Não era minha intenção perturbar a pobre Rayiha. Mas, no final das contas, o que importa é a verdade, não? Ela não disse mais uma palavra, simplesmente se despediu de Vediha, pegou as filhas e foi embora. Vez por outra, quando chegava a hora de elas irem embora, eu mesmo as levava na caminhonete até o ponto de ônibus de Mecidiyeköy, só para que ela chegasse a tempo em casa, para que Mevlut não se aborrecesse ao encontrar a casa vazia. As meninas adoram a caminhonete. Mas naquele dia Rayiha nem se deu ao trabalho de se despedir. Quando Mevlut chegar, duvido que ela lhe pergunte: "E aí, aquelas cartas eram para Samiha?". Com certeza ela vai chorar. Mas, depois de pensar bem, vai concluir que tudo o que eu disse é verdade.

RAYIHA. Botei Fevziye no colo e sentei Fatma ao meu lado no trajeto de Mecidiyeköy a Taksim. Minhas filhas sempre percebem quando a mãe está triste ou perturbada, mesmo quando não falo nada. Quando ia andando para casa, franzi o cenho e disse: "Não digam ao pai de vocês que fomos visitar a tia Vediha, está bem?". Ocorreu-me que talvez Mevlut não queira que eu vá a Duttepe para me manter o mais longe possível das insinuações de Süleyman. Logo que vi o doce rosto de menino de Mevlut naquela noite, tive certeza de que Süleyman estava mentindo. Na manhã seguinte, porém, quando as meninas estavam brincando no jardim, lembrei de como Mevlut me olhou na estação ferroviária de Akşehir na noite em que fugimos, e voltei a ficar incomodada... Quem estava ao volante da caminhonete naquele dia era Süleyman.
 Peguei as cartas e quando as reli me senti aliviada: as palavras me pareciam exatamente iguais às que Mevlut me diz quando estamos os dois sozinhos. Senti culpa por dar atenção às mentiras de Süleyman, mas então lembrei que era o próprio Süleyman quem me trazia as cartas, que ele usou Vediha para me convencer a fugir com Mevlut, e então fiquei insegura. Foi aí que jurei nunca mais voltar a Duttepe.

VEDIHA. Certa tarde, logo depois da hora em que Mevlut já devia ter saído, peguei um ônibus para Tarlabaşı para visitar Rayiha. Minha irmãzinha me recebeu com lágrimas de alegria. Estava ocupada fritando galinha, os cabelos amarrados para atrás como os de um chef, um enorme garfo na mão, envolta numa nuvem de fumaça, gritando para que as filhas parassem com a bagunça. Abracei e beijei as meninas antes que Rayiha as mandasse brincar no quintal. "Elas ficaram doentes, por isso não fomos visitar você", disse Rayiha. "Mevlut nem sabe dessas minhas visitas."

"Mas... Rayiha, Korkut nunca me deixa sair de casa nem ir a nenhum lugar próximo de Beyoğlu. Como vamos nos encontrar?"

"Agora as meninas têm medo dos meninos. Lembra de quando Bozkurt e Turan amarraram Fatma numa árvore e atiraram flechas nela? Abriram o supercílio dela."

"Não se preocupe, Rayiha, levaram uma boa surra por causa disso e juraram que nunca mais vão machucar suas filhas. De todo modo, Bozkurt e Turan só voltam da escola depois das quatro da tarde. Diga a verdade, Rayiha, é por isso que você deixou de ir à minha casa, ou é porque Mevlut lhe disse para não ir?"

"Na verdade, se você quer saber, não é culpa de Mevlut. O culpado é Süleyman, que está querendo criar problemas. Disse que as cartas que Mevlut me escreveu quando estava no Exército eram dirigidas a Samiha."

"Oh, Rayiha, você não pode deixar que Süleyman te envenene..."

Rayiha tirou um maço de cartas do fundo de sua cestinha de costura de vime e abriu ao acaso um dos envelopes amarelados. "'Minha vida, minha alma, minha adorada srta. Rayiha, de olhos de gazela'", ela leu e prorrompeu em lágrimas.

SÜLEYMAN. Não suporto Mahinur quando ela zomba da minha família e diz que ainda somos provincianos. Como se ela fosse a filha de um general, esposa de um médico ou coisa assim, e não filha de uma recepcionista de clube noturno e de um funcionário público. Se eu lhe der dois copos de *rakı*, ela logo ergue as sobrancelhas, como se fosse fazer uma pergunta séria: "Lá na aldeia você era uma espécie de pastor?".

"Você bebeu demais outra vez", digo.

"Quem, eu? Você bebe muito mais do que eu, e aí perde o controle. Se me bater de novo, te faço sentir o gostinho do atiçador."

Fui para casa. Minha mãe e Vediha estavam vendo Gorbatchóv e Bush se beijando na TV. Korkut tinha saído, e eu já estava ensaiando mais um drinque quando Vediha me encurralou na cozinha.

"Preste atenção, Süleyman", disse ela. "Se você for o culpado por Rayiha não vir mais a esta casa, nunca vou te perdoar. Ela acredita nas suas mentiras e piadas estúpidas, e você fez a pobrezinha se debulhar em lágrimas."

"Oh, tudo bem, não vou contar mais nada. Mas por que não pôr tudo em pratos limpos, em vez de mentir para não magoar as pessoas?"

"Süleyman, vamos imaginar por um minuto que Mevlut de fato *viu* Samiha, se apaixonou por ela e escreveu as cartas para Rayiha, achando que esse era o nome dela."

"Bem, foi exatamente isso que aconteceu…"

"Não, o mais provável é que você o tenha enganado de propósito…"

"Eu apenas ajudei Mevlut a se casar."

"Seja como for, do que adianta falar disso agora? Só para Rayiha sofrer?"

"Vediha, você fez o que pôde para me arrumar uma esposa. Agora tem de encarar a verdade."

"Nada do que você disse aconteceu de fato", disse Vediha, glacial. "Vou falar com seu irmão. Que isso não se repita, entendeu?"

Como vocês veem, toda vez que Vediha quer me intimidar, refere-se ao marido como "seu irmão", em vez de "Korkut".

RAYIHA. Às vezes estou aplicando uma compressa quente para aliviar a dor de ouvido de Fatma, e então largo o que estou fazendo e pego uma carta do maço guardado na cestinha de costura e a examino até achar a parte em que Mevlut compara meus olhos às "melancólicas montanhas de Kars". À noite, enquanto ouço o tagarelar de Reyhan, a respiração difícil e a tosse das meninas, esperando o retorno de Mevlut, levanto como num sonho e volto para o trecho em que ele escreveu: "Não preciso de nenhum outro olhar, nenhum outro sol em minha vida". De manhã, quando estou no mercado de peixe com Fatma e Fevziye, em meio àquele cheiro e olhando o vendedor de aves Hamdim depenar uma galinha para em seguida cortá-la em pedaços e defumar sua pele, lembro que Mevlut certa vez me chamou de sua "querida, que cheiras a rosas, cheiras a glória, como teu próprio nome", e logo me sinto melhor. Quando o vento sul espalha o cheiro de alga e esgoto, o céu fica da cor do ovo podre e sinto um peso na alma, volto para a carta em que ele disse que meus olhos eram "negros como a noite insondável e claros como a água de um manancial".

ABDURRAHMAN EFÊNDI. Agora que casei minhas filhas, não tenho mais prazer na vida da aldeia, por isso vou a Istambul sempre que dá. O ônibus chacoalha e eu durmo e acordo, me perguntando se afinal de contas sou bem-vindo. Em Istambul, fico na casa de Vediha e faço o possível para evitar Korkut e Hasan, seu pai merceeiro, que a cada ano mais parece um fantasma. Sou um velho cansado, sem um tostão, e nunca na vida me hospedei num hotel. Tem uma coisa indigna em pagar para dormir.

Não é verdade que aceitei presentes e dinheiro para dar a mão de Samiha a Süleyman, tampouco o fato de minha filha ter fugido significa que eu os estivesse enganando durante todo o tempo. Korkut pagou meus dentes postiços, mas computei essa generosidade como um presente do marido de Vediha, não como um pagamento que o noivo oferecia pela minha filha mais nova. Para não falar do insulto que é a insinuação de que uma beldade como Samiha vale apenas uma dentadura.

Süleyman ainda não se conformou, por isso sempre procuro manter distância dele quando estou na casa da família Aktaş, mas certa noite ele me pegou fazendo um lanche na cozinha. Abraçamo-nos como pai e filho, o que não era comum entre nós. O pai dele já tinha ido dormir, por isso nos entregamos com todo gosto a meia garrafa de *rakı*, que Süleyman tinha escondido atrás do cesto de batatas. Não sei bem o que aconteceu em seguida, mas, pouco antes da chamada para as orações do alvorecer, ouvi Süleyman repetindo o tempo todo, sem parar: "Pai, o senhor é o tipo de homem que fala com franqueza, portanto seja franco comigo agora, não foi isso que aconteceu? Mevlut escreveu aquelas cartas de amor para Samiha".

"Süleyman, meu filho, na verdade não importa quem estava apaixonado por quem quando tudo começou. O importante é ser feliz depois do casamento. É por isso que, quando uma moça e um rapaz estão noivos, nosso Profeta diz que eles não devem se encontrar para que não dissipem toda a excitação do ato de amor antes da hora, e é por isso também que o Alcorão proíbe que as mulheres saiam por aí com a cabeça descoberta…"

"É verdade", disse Süleyman. Se bem que não acredito que ele concordasse comigo, só não ousava discordar do Sagrado Profeta ou o Alcorão.

"Em nosso mundo", continuei, "moças e rapazes noivos só vão se conhecer quando estiverem casados, por isso não importa a quem eram dirigidas as cartas. A carta é um símbolo, o que realmente importa é o que se tem no coração."

"Então o que o senhor está dizendo é que não importa que Mevlut tenha escrito as cartas pensando em Samiha, quando seu destino era ficar com Rayiha?"

"Não importa."

Süleyman franziu o cenho. "Deus leva em conta as boas intenções de Suas criaturas. O Senhor favorece um homem que pretende jejuar durante o Ramadã mais que outro que não come só porque não tem comida. Porque um deles faz por desejo próprio, ao passo que o outro não."

"Mevlut e Rayiha são pessoas boas aos olhos de Alá, o Misericordioso. Não se preocupe com eles", eu disse. "Eles serão abençoados por Deus. Deus ama as pessoas boas, que sabem aproveitar ao máximo o pouco que têm. Mevlut e Rayiha seriam felizes se Ele não os amasse? E se eles são felizes, não nos cabe dizer mais nada, não?"

SÜLEYMAN. Se Rayiha acreditasse mesmo que as cartas eram dirigidas a ela, por que não disse a Mevlut que pedisse sua mão a seu pai? Eles poderiam ter casado sem precisar fugir. Ela não tinha outros pretendentes. Mas sempre davam como certo que Abdurrahman Pescoço-Torto iria pedir um bom dinheiro em troca da mão da filha... Então Rayiha ia terminar solteirona, e o pai dela não conseguiria casar a filha seguinte, Samiha — a que era bonita de verdade. É simples. (Naturalmente, ele tampouco ganhou com a filha caçula, mas isso não vem ao caso.)

ABDURRAHMAN EFÊNDI. Depois de algum tempo fui ficar na casa da minha filha mais nova em Ghaazi, no extremo oposto da cidade. Até agora Süleyman não consegue superar, por isso não disse a ninguém que ia para a casa de Samiha e Ferhat e fingi que estava voltando para a aldeia. Vediha e eu choramos quando nos despedimos, como se dessa vez eu fosse morrer. Peguei a mala e tomei o ônibus de Mecidiyeköy para Taksim. Como o trânsito estava travado, alguns passageiros, fartos de ficarem amontoados uns sobre os outros, gritavam: "Abra a porta" toda vez que o ônibus empacava, mas o motorista se recusava: "Ainda não chegamos à parada do ônibus". Acompanhei as discussões sem me envolver. No outro ônibus, também ficamos feito sardinha em lata, e ao descer em Gaziosmanpaşa eu me sentia todo amassado. Peguei um micro-ônibus azul em Gaziosmanpaşa e cheguei a Ghaazi ao entardecer.

Aquela parte da cidade parecia mais fria e escura; as nuvens pairavam a baixa altura e se mostravam assustadoras. Apressei-me a subir uma colina, o bairro parecia uma longa ladeira. Não havia ninguém, só o cheiro da floresta e do lago na periferia. Um silêncio profundo descia das montanhas para as casas fantasmagóricas ao redor.

Minha querida filha abriu a porta, e por algum motivo começamos a chorar quando nos abraçamos. Percebi imediatamente que ela chorava porque se sentia sozinha e infeliz. Naquela noite, seu marido, Ferhat, só chegou por volta da meia-noite, e caiu na cama. Os dois trabalhavam tanto que, à noite, não tinham forças nem disposição para se fazerem companhia naquela casa no meio do nada. Ferhat mostrou-me seu certificado da Universidade da Anatólia, ele finalmente se graduara numa faculdade, depois de um curso por correspondência. Talvez agora eles fossem ser felizes. Mas ao anoitecer eu estava preocupado demais para dormir. Ferhat não vai conseguir fazer feliz minha bela, inteligente, querida e sofredora Samiha. Não por eles terem fugido, entendam: o que me preocupa é que esse homem está pondo minha filha para trabalhar como doméstica.

Mas Samiha não admite que limpar a casa dos outros a deixa infeliz. Quando seu marido saiu para trabalhar de manhã (seja lá qual for o seu trabalho), Samiha agiu como se estivesse contente da vida. Tinha tirado uma folga para ficar comigo. Fritou dois ovos para mim, me levou à janela dos fundos e mostrou o terreno do marido demarcado com pedras fosforescentes. Saímos para o quintalzinho da casa deles no alto da colina, e em toda a nossa volta havia outras colinas cobertas de bairros pobres com casas que pareciam caixas brancas. O contorno da cidade propriamente dita era quase invisível ao longe, uma criatura monstruosa jazendo numa lagoa de lama, sufocada em fog e fumaça de fábricas. "Pai, está vendo aquelas colinas ali adiante?", ela disse, estremecendo. "Quando chegamos, há cinco anos, não havia nada." Ela se pôs a chorar.

RAYIHA. "Vocês podem contar ao papai que o vovô Abdurrahman e a tia Vediha vieram aqui, mas não falem nada sobre a tia Samiha, entenderam?" "Por quê?", Fatma perguntou, sempre curiosa. Franzi o cenho e balancei um pouco a cabeça como faço quando estou prestes a perder a paciência e distribuir tapas, e então elas ficaram caladas.

Tão logo meu pai e Samiha chegaram, uma das meninas subiu no peito dele, e a outra foi para o colo de Samiha. Papai sentou Fatma em seus joelhos e começou com ela uma luta de polegares, passando depois à brincadeira de pedra, papel e tesoura, propondo adivinhações e mostrando seu espelhinho de bolso, o relógio que ele trazia preso a uma corrente e o isqueiro que não funcionava. Quando Samiha deu um abraço apertado em Fevziye, cobrindo-a de beijos, percebi que só uma casa grande e animada com três ou quatro crianças filhas dela poderia aliviá-la da dor da solidão. Todo beijo era acompanhado de uma expressão de encanto — "Olhe esta mão! E este sinal!" —, e toda vez eu tinha de me inclinar e examinar a mão ou o sinal no pescoço de Fatma.

VEDIHA. "Por que vocês não levam a tia Samiha para ver a árvore falante do quintal e o pátio encantado da igreja síria?", eu disse, e elas saíram. Quando eu ia dizer a Rayiha que não precisava mais temer Süleyman, que Bozkurt e Turan estavam começando a se comportar direito e que ela devia levar as meninas em casa, meu pai disse uma coisa que nos enfureceu.

ABDURRAHMAN EFÊNDI. Não sei por que elas estão tão furiosas comigo. Acho natural que um pai se preocupe com a felicidade das filhas. Quando Samiha saiu com as meninas, falei a Rayiha e a Vediha sobre a solidão e infelicidade de sua irmã mais nova naquela casa de um só cômodo, caindo aos pedaços, no outro extremo da cidade, onde só havia frio, sofrimento e fantasmas, e que eu já não suportava mais ficar lá depois de cinco dias e resolvera voltar para a aldeia.

"Cá entre nós, o que a irmã de vocês precisa é de um marido de verdade que possa fazê-la feliz."

RAYIHA. Não sei o que me deu, mas de repente fiquei furiosa e disse coisas muito fortes, até eu me surpreendi quando as palavras saíam de minha boca. "Não ouse arruinar o casamento dela, papai. NÓS NÃO ESTAMOS À VENDA", eu disse. Parte de mim, porém, sabia que ele tinha razão, e eu percebia que a pobre Samiha nem disfarçava a infelicidade. E uma coisa sempre me vinha à mente. Passamos a infância e adolescência ouvindo coisas como "Samiha é a mais bonita e a mais encantadora de todas vocês, ela é a mais bela garota do mundo", e agora lá estava ela, sem dinheiro nem filho, e muito triste, ao passo que Mevlut e eu éramos felizes; seria aquilo uma forma de Deus pôr à prova a devoção das pessoas ou se tratava da justiça divina?

ABDURRAHMAN EFÊNDI. Vediha chegou a dizer QUE TIPO DE PAI VOCÊ É? "Que tipo de pai tenta desfazer um casamento só para poder vender a filha e embolsar o dote dela?" Aquilo era tão ofensivo que cogitei fingir não ter ouvido, mas não me contive. "Que vergonha!", disse. "Tudo o que tive de suportar, toda a humilhação, foi para arrumar maridos para vocês, homens que pudessem sustentá-las, não para obter lucros vendendo minhas filhas. Quando um pai pede dinheiro ao pretendente de sua filha, está apenas tentando recuperar as despesas que teve para criá-la, mandando-a à escola, dando-lhe roupas e educando-a para um dia se tornar uma boa mãe. Estão entendendo agora? Todos os pais deste país, até o mais esclarecido deles, farão o máximo para garantir que terão um filho e não uma filha — seja um sacrifício ritual, um feitiço ou visitar todas as mesquitas que encontrar e pedir a Deus que lhe dê um filho homem. Mas, ao contrário de todos esses sujeitos mesquinhos, eu não me regozijei com o nascimento de cada uma de minhas filhas? Algum dia cheguei a tocar um dedo em alguma de vocês? Gritei ou disse alguma coisa para magoá-las, levantei a voz ou permiti que a mais mínima sombra de tristeza anuviasse seus belos rostos? Agora vocês me dizem que não amam seu pai? Bem, seria melhor que eu estivesse morto!"

* * *

RAYIHA. No quintal, as meninas mostravam a Samiha a lixeira encantada, a fileira de lagartas andando no vaso de plantas e o minúsculo palácio da chorosa princesa de lata, que dava três gritos pavorosos toda vez que batiam nela. "Se eu fosse mesmo um homem cruel que mantivesse as filhas presas numa jaula, como elas poderiam trocar cartas com algum vagabundo debaixo do meu nariz?", disse meu pai.

ABDURRAHMAN EFÊNDI. Foi duro para um pai orgulhoso como eu suportar o peso das barbaridades que me foram ditas. Até pedi um copo de *rakı* antes da hora das orações do meio da tarde. Abri a geladeira, mas Rayiha me deteve. "Mevlut não bebe", ela disse. "Posso lhe comprar uma garrafa de Rakı Yeni, se o senhor quiser", acrescentou, fechando a geladeira.

"Não precisa se envergonhar, minha querida... A geladeira de Samiha é ainda mais vazia."

"Na nossa só temos as sobras do arroz e galinha que Mevlut não consegue vender", disse Rayiha. "Também pomos a boza aí durante a noite, senão ela azeda."

Tropecei numa poltrona a um canto, sentindo uma estranha lembrança surgir na minha cabeça, turvando-me a vista. Devo ter adormecido, porque em meu sonho eu cavalgava um cavalo branco em meio a um rebanho de carneiros, mas logo que percebi que na verdade os carneiros eram nuvens, meu nariz começou a doer, ficando tão grande como as narinas do cavalo, e então acordei. Fatma estava agarrando meu nariz e o puxava com toda força.

"O que você está fazendo?!", gritou Rayiha.

"Papai, vamos à loja comprar uma garrafa de *rakı*", disse minha querida filha Vediha.

"Fatma e Fevziye podem vir conosco para mostrar ao vovô o caminho."

SAMIHA. Rayiha e eu observávamos nosso pai a caminho da loja, o corpo dobrado e menor do que nunca, as costas encurvadas, segurando a mão das meninas. Chegaram ao fim da viela e já iam fazer a curva para pegar a estrada em aclive quando se voltaram e nos acenaram. Quando eles se foram, Rayiha e eu nos sentamos de frente uma para a outra sem trocar uma palavra, cientes de que ainda podíamos nos entender como quando éramos crianças. Naquela época, costumávamos importunar Vediha, falando, piscando e fazendo trejeitos. Mas naquele momento nos demos conta de que já não podíamos mais fazer isso, aquela época já tinha passado.

RAYIHA. Samiha acendeu um cigarro na minha frente pela primeira vez. Disse que adquirira o hábito das pessoas abastadas em cuja casa trabalhava, e não de Ferhat. "Não se preocupem com Ferhat", ela disse. "Agora ele se graduou, tem contatos no Departamento de Energia Elétrica e está empregado — logo estará muito bem, não se preocupem conosco. Não deixem que papai chegue perto de Süleyman. Eu estou bem."

"Sabe o que o canalha do Süleyman me falou outro dia?", eu disse. Tirei da caixa de costura um maço de cartas amarradas com uma fita. "Sabe as cartas que Mevlut me mandou quando estava no Exército? Ele disse que não eram dirigidas a mim, mas a você, Samiha."

Antes que ela pudesse responder, comecei a ler trechos das cartas ao acaso. Na aldeia, eu costumava lê-las para Samiha toda vez que papai estava fora de casa. Aquilo sempre nos fazia rir. Mas sabia que dessa vez não riríamos. Quando li sobre meus olhos, "negros como sóis melancólicos", quase chorei, mas engoli em seco e me dei conta de que fora um erro contar a Samiha as mentiras que Süleyman andava espalhando.

"Deixe de tolices, Rayiha, como seria possível uma coisa dessas?", ela falou, mas ao mesmo tempo me olhava como se o que eu acabara de dizer pudesse ser verdade. Percebi que ela estava lisonjeada, como se Mevlut estivesse de fato falando dela. Então parei de ler. Senti saudade de Mevlut. Percebi que Samiha estava muito zangada comigo e com todos nós, lá em seu bairro distante. Mevlut chegaria a qualquer momento, por isso mudei de assunto.

SAMIHA. Meu coração disparou quando Rayiha disse que seu marido estava para chegar, e quando, mais tarde, Vediha olhou para mim e disse "Papai e eu já estamos de saída". Tudo isso me deixou muito perturbada. Agora, no ônibus de volta para Gaziosmanpaşa, sentada junto à janela, me sinto abatida. Estou enxugando os olhos com a ponta de meu véu. Um pouco mais cedo, tive a nítida impressão de que elas queriam que eu fosse embora antes que Mevlut voltasse. Só porque Mevlut escreveu aquelas cartas para mim! Que culpa tenho eu? Eu não podia dizer isso abertamente, é claro, pois elas teriam respondido que era uma pena que eu pensasse dessa forma e teriam expressado a preocupação que as duas sentiam: "Como você pode pensar isso, Samiha, você sabe o quanto a amamos!". Teriam atribuído minha reação aos problemas de dinheiro de Ferhat, ao meu emprego de doméstica e ao fato de não ter filhos. Para ser franca, eu nem me importo, gosto muito delas assim mesmo. Mas me perguntei uma ou duas vezes se Mevlut teria realmente escrito aquelas cartas para mim. Disse a mim mesma, Samiha, pare, não pense nisso, não é direito. Mesmo assim continuava a me perguntar — na verdade mais de uma ou duas vezes. As mulheres não têm maior controle sobre seus pensamentos que sobre seus sonhos; e então aqueles pensamentos entravam na minha cabeça como assaltantes numa casa mergulhada na escuridão.

Deitei no meu cubículo no bairro nobre de Şişli. Os pombos do pátio interno arrulhavam e me pus a suspirar na escuridão, perguntando-me o que Ferhat faria se descobrisse essa história. Será que Rayiha disse isso para me consolar?

Certa noite, depois de uma cansativa viagem de ônibus, cheguei em casa e encontrei Ferhat na frente da TV, e num impulso resolvi contar.

"Sabe o que Rayiha me disse outro dia?", falei. "Sabe aquelas cartas que Mevlut mandou para ela... Eram todas endereçadas a mim."

"Desde o princípio?", disse Ferhat, sem desviar os olhos da TV.

"Sim, desde o princípio."

"Mevlut não escreveu aquelas cartas para Rayiha", disse ele, agora olhando para mim. "Quem as escreveu fui eu."

"O quê?"

"O que Mevlut poderia saber sobre cartas de amor... Ele me procurou antes de entrar no serviço militar, disse que estava apaixonado, então escrevi cartas para ele."

"Você as escreveu para mim?"

"Não. Mevlut me pediu que escrevesse para Rayiha", disse Ferhat. "Disse que a amava muito."

14. Mevlut encontra um outro ponto
Vou buscá-lo amanhã bem cedinho

No inverno de 1989, depois de sete anos como vendedor de arroz cozido, Mevlut começou a observar que as novas gerações desconfiavam dele cada vez mais. "Se não gostarem do meu arroz, devolvo o dinheiro", ele dizia. Mas até então nenhum daqueles jovens trabalhadores havia pedido o dinheiro de volta. Seus fregueses mais pobres, mais grosseiros e coléricos, e também os mais solitários, que não se importavam com o que os outros pensavam, muitas vezes só comiam metade da comida e às vezes pediam que Mevlut só cobrasse metade do preço, no que eram atendidos. Então, num gesto rápido e sorrateiro que ele mesmo não queria admitir, punha as sobras de arroz e galinha nos respectivos compartimentos de seu carrinho e dava o que não podia ser aproveitado aos gatos de rua ou jogava fora ao chegar em casa. Ele nunca falou à mulher desses fregueses que só comiam parte da comida. Fazia mais de seis anos que Rayiha vinha diligentemente cozinhando arroz e galinha da mesma forma, por isso a culpa não podia ser dela. Quando ele tentou entender a razão disso, considerou várias possibilidades.

Entre as gerações mais novas, agora havia um lamentável equívoco, alimentado pelos jornais e pela TV, segundo os quais a comida vendida nas ruas era "suja". As empresas produtoras de leite, iogurte, massa de tomate, linguiça e legumes enlatados bombardeavam anúncios que diziam quão "higiênicos" seus produtos eram e que tudo o que vendiam era processado por máquinas, e "intocado por mãos humanas", a ponto de Mevlut se pegar gritando para a tela: "Ora, que é que é isso?" — assustando Fatma e Fevziye, que talvez pensassem que a TV fosse uma coisa viva. Antes de comprar o arroz, alguns fregueses verificavam a limpeza de seus pratos, copos e talheres. Mevlut sabia que aquelas mesmas pessoas, tão arrogantes e desconfiadas em relação a ele, não viam nenhum problema em comer num grande prato partilhado por amigos e parentes. Eles não se preocupavam com limpeza quando estavam junto a pessoas próximas. Isso só podia significar que não confiavam nele nem o consideravam um igual.

Nos dois últimos anos, ele também notou que encher a barriga comendo rapidamente um prato de arroz no almoço implicava o risco de fazer você "parecer pobre". Arroz com galinha e grão-de-bico não enchia a barriga tanto assim, a menos que fossem comidos entre as refeições, como se pode fazer com rocambole de gengibre ou biscoitos. Também não havia nada de estranho ou exótico nessa comida, ao contrário de, digamos, mexilhões recheados, que continham uvas e canela e há tempos foram um prato caro servido apenas em alguns bares e restaurantes, até que a comunidade migrante de Mardin o transformou num lanche barato de rua que todos podiam comprar. (Mevlut nunca o experimentara, se bem que sempre se perguntava que gosto tinha.) Fora-se o tempo em que escritórios faziam grandes pedidos aos vendedores de rua. Os anos de ouro da comida de rua estilo otomano — fígado frito, miolos de cordeiro e almôndegas grelhadas — tinham caído no esquecimento devido à nova geração de funcionários de escritório que gostam muito de talheres descartáveis. Naquela época, podia-se começar com uma banca na frente de qualquer grande edifício de escritórios e terminar com um restaurante de almôndegas grelhadas na mesma esquina, servindo os mesmos velhos fregueses da hora do almoço.

Todo ano, quando o frio se insinuava e a temporada de boza se aproximava, Mevlut ia a um atacadista em Sirkeci e comprava um saco enorme de grão-de-bico seco que duraria até o inverno seguinte. Naquele ano, porém, ele não dispunha de dinheiro para isso. A receita continuava a mesma, mas já não bastava para cobrir os preços cada vez mais altos de comida e roupas para suas filhas. Gastava cada vez mais em coisas desnecessárias — guloseimas de nomes ocidentais que o irritavam sempre que as via na TV, doces em forma de flor, ursinhos trocados por cupons de jornais, grampos de cabelo multicoloridos, relógios de pulso de brinquedo e espelhinhos que lhe davam grande prazer a cada compra, mas o faziam se sentir culpado, sabendo que aquilo não era muito certo. Se não fosse a boza nas noites de inverno, o aluguel da casa de seu falecido pai em Kültepe e o dinheiro que Rayiha ganhava bordando lençóis de cama para um punhado de lojas de enxovais que Reyhan lhe tinha indicado, Mevlut teria dificuldade para pagar o aluguel da casa em que moravam e o gás da estufa no inverno.

As multidões de Kabataş sempre minguavam depois do almoço. Mevlut saiu à procura de outro ponto de venda entre as duas e as cinco da tarde. Longe de diminuir a distância entre a casa deles e a avenida İstiklal e Beyoğlu, o novo bulevar de Tarlabaşı parecia tê-los empurrado para mais longe e para um patamar mais baixo na escala social. A parte de Tarlabaşı que terminava do outro lado daquela rua logo se encheu de clubes noturnos, bares e estabelecimentos onde os clientes podiam ouvir música turca enquanto eram servidos de bebida alcoólica, de forma que logo as famílias e os pobres que lá viviam tiveram de se mudar, à medida que os preços dos imóveis subiam, e toda aquela região se tornou uma extensão do maior distrito de diversão de Istambul. Mas nada dessa riqueza chegara às ruas situadas do lado da grande avenida onde Mevlut morava. Ao contrário, barreiras de metal e de concreto dispostas no meio da rua e ao longo das calçadas para obrigar os pedestres a atravessar pelas passarelas pressionaram ainda mais o bairro de Mevlut para Kasımpaşa, e também os bairros da classe trabalhadora que se erguiam entre as ruínas do antigo estaleiro.

Não havia como Mevlut empurrar o carrinho por cima das barreiras que se estendiam ao longo da rodovia de seis pistas, e tampouco ele podia usar as passarelas para pedestres. Assim, tornara-se impraticável o atalho que ele costumava pegar para ir para casa, que passava pelas multidões da avenida Iİstiklal, vindo de Kabataş, e só lhe restava dar uma imensa volta, atravessando Talimhane. Havia projetos para limitar o trânsito de pedestres em İstiklal (que resultavam em obras intermináveis que enchiam toda a rua de buracos), exceto por uma única linha de bonde descrita pelos jornais como "nostálgica" (uma palavra de que Mevlut não gostava); em consequência, grandes marcas abriram lojas ao longo da avenida, inviabilizando o acesso dos ambulantes. Os policiais de Beyoğlu patrulhavam a área com seus uniformes azuis e óculos escuros, apreendendo os vendedores de rocambole de gengibre, fitas cassete, mexilhões recheados, almôndegas e amêndoas, pessoas que consertavam isqueiros, vendiam linguiça grelhada e faziam sanduíches ao longo de toda a avenida principal e nas transversais. Um deles, que vendia fígado frito à moda albanesa e não fazia segredo de seus contatos na delegacia de polícia de Beyoğlu, disse a Mevlut que os ambulantes que conseguiam sobreviver nas cercanias de İstiklal eram ou agentes disfarçados ou informantes que faziam relatórios diários para a polícia.

As multidões de Beyoğlu, que fluíam pelas ruas tal afluentes de um rio colossal, mais uma vez mudaram de trajeto e de ritmo, como tantas vezes antes, com gente se aglomerando em diferentes esquinas e cruzamentos. Ambulantes logo acorriam a esses novos ajuntamentos de pessoas, e assim que a polícia os enxotava eles eram substituídos por bancas de kebab e de sanduíches, que com o tempo cediam lugar a restaurantes de kebab, e bancas de cigarros e jornais, até que por fim os merceeiros do bairro passavam a vender kebabs e sorvetes na frente de suas lojas; vendedores de frutas e legumes mantinham as lojas abertas durante toda a noite, com músicas populares turcas tocando em algum lugar nos fundos. Todas essas mudanças, pequenas e grandes, faziam surgir inúmeros novos pontos em que Mevlut considerou parar seu carrinho por algum tempo.

Ele encontrou um pequeno lugar vago numa rua de Talimhane, entre uma pilha de madeira para um canteiro de obras e uma velha casa grega abandonada. Por certo período, foi ali que se instalou para receber os fregueses vespertinos. Os escritórios do Departamento de Energia Elétrica ficavam do outro lado da rua, as pessoas que lá faziam fila para pagar contas, religar a luz ou requisitar um medidor de consumo logo descobriam o vendedor de arroz ali perto. Mevlut já considerava que poderia vender mais arroz se ficasse naquele ponto na hora do almoço, e não em Kabataş, quando o vigia do canteiro de obras — que vinha comendo de graça para fingir não estar vendo nada — lhe disse para sumir de lá porque os patrões não o queriam por perto.

Duzentos metros mais adiante, na mesma rua, ele encontrou outro ponto vago bem ao lado das ruínas do Teatro Glória. Aquele edifício de madeira de duzentos anos, de propriedade de uma instituição de caridade armênia, pegara fogo numa noite de inverno de 1987. Mevlut se lembrou de que apenas dois anos antes ele estava vendendo boza em Taksim quando viu o fogo ao longe e ficou olhando, como todo o resto da cidade. Correram boatos de que fora obra de incendiários, uma vez que o grande e antigo teatro, conhecido pelos recitais de música ocidental, estava apresentando uma peça que zombava dos "islamitas", mas as acusações não foram comprovadas. Mevlut nunca ouvira a palavra "islamita". Uma peça que zombasse dos sentimentos islâmicos devia, naturalmente, ser reprimida e não tolerada, mas, à época em que ele viu o edifício inteiro vir abaixo, julgou a reação muito desproporcional à transgressão. Agora que se encontrava ali, morrendo de frio e esperando fregueses que não apareciam, lembrou do guarda-noturno queimado vivo na ocasião; surgiu a superstição de que quem tivesse assistido a uma peça no teatro morreria jovem; havia também o fato de que, muito tempo atrás, aquela área e toda a praça Taksim fora um cemitério armênio. Bem, parecia razoável que ninguém fosse àquele lugar para comer um prato de galinha com arroz. Ele permaneceu lá por cinco dias antes de resolver procurar outro local onde estacionar.

Ele procurou um cantinho para seu restaurante sobre rodas em Talimhane, atrás de Elmadağ, nas vielas que terminavam em Dolapdere, próximo a Harbiye. Mevlut ainda tinha fregueses noturnos em todos aqueles bairros, mas de dia a coisa era outra. Às vezes ele deixava o carrinho de arroz na barbearia próxima ao teatro e vagava em meio às lojas de autopeças, mercearias, restaurantes baratos, corretores de imóveis, tapeceiros e eletricistas. Em Kabataş, quando precisava ir ao banheiro ou queria esticar as pernas, em geral pedia a um amigo que vendia mexilhões recheados ou a outro conhecido que olhasse o carrinho, mas tratava de voltar logo caso aparecesse algum freguês. Ali, porém, ele sentia, como num sonho, que deixar o carrinho era como fugir. Às vezes, com sensação de culpa, sentia necessidade de abandonar o carrinho de vez.

Um dia ele vislumbrou Neriman andando alguns passos à frente dele, em Harbiye, e sentiu seu coração bater descompassado. Era uma emoção surpreendente, como se deparar consigo mesmo, quando mais jovem, na rua. Quando a mulher parou para olhar uma vitrine, Mevlut percebeu que não era Neriman. A lembrança dela estava escondida em algum lugar no fundo de sua mente nos últimos dias, quando ele passava por agências de viagens de Harbiye, e, de repente, imagens de quinze anos antes, quando ele ainda sonhava em concluir o colegial, começaram a remontar da névoa de sua memória: imagens das ruas de Istambul, muito mais desertas naquela época; do prazer de se masturbar sozinho em casa; do avassalador isolamento que dotava todas as coisas de um significado; das folhas que caíam de castanheiras e plátanos no outono, atulhando as ruas; da amabilidade com que as pessoas tratavam um garoto que vendia iogurte... Tudo aquilo fora vivido com muita solidão e pesar, que se entranhara em seu coração, mas, como agora não tinha lembrança daqueles sentimentos, recordava sua vida de quinze anos atrás como uma época perfeitamente feliz. Teve uma sensação de pesar, como se tivesse vivido sua vida para nada. Não obstante, estava muito feliz com Rayiha.

Quando voltou ao teatro incendiado, seu carrinho tinha desaparecido. Não era possível! Era um dia de inverno nublado, a noite havia caído mais cedo do que de costume. Mevlut foi à barbearia, onde as luzes já estavam acesas.

"A polícia levou seu carrinho", disse o barbeiro. "Eu disse que você já estava voltando, mas não quiseram ouvir."

Em toda a sua vida de ambulante, era a primeira vez que lhe acontecia aquilo.

FERHAT. Na época em que Mevlut perdeu seu carrinho de arroz para a polícia municipal eu tinha acabado de entrar como inspetor no Departamento de Energia Elétrica, cuja sede ficava em Taksim, num edifício muito parecido com o Hotel Hilton, que tinha a forma de uma caixa de fósforos. Mas nunca nos encontramos. Se eu soubesse que ele estava fazendo ponto por ali, será que o procuraria? Não sei. Mas essa história de que Mevlut escrevera suas cartas de amor para *minha* esposa e não para a dele fez com que eu concluísse que já era tempo de elucidar meus pensamentos sobre o assunto, tanto em nível privado quanto público.

Sempre soube que, no casamento de Korkut, Mevlut lançou apenas um olhar fugaz às filhas de Abdurrahman Efêndi — portanto, que importância tem se suas cartas foram endereçadas a uma ou a outra? Eu não tinha a mínima ideia de que era com Samiha que ele sonhava quando fugiu com Rayiha, ele nunca me contou. Assim, em termos estritamente pessoais, isso não me afeta. Agora, quanto às aparências, ao modo como devemos nos comportar em público, bem, ficou difícil manter a amizade: Mevlut escrevia cartas de amor para a garota que terminou por se tornar minha esposa... e eu cortejei a garota que Mevlut amava e não conseguiu conquistar e acabei me casando com ela. Independentemente do que possamos sentir em particular, nesse país é difícil que, em "público", dois homens consigam evitar uma agressão mútua caso se encontrem por acaso, quanto mais trocar apertos de mão e retomar a antiga amizade.

No dia em que a polícia municipal confiscou seu carrinho, Mevlut chegou em casa no horário de sempre. Rayiha nem notou que o carrinho não estava amarrado à amendoeira. Mas ao ver o rosto do marido ela percebeu que acontecera alguma desgraça.

"Não é nada", disse Mevlut. "Vou buscá-lo amanhã bem cedinho."

Ele contou às filhas — que, embora nunca entendessem direito o que os adultos diziam, percebiam tudo o que ficava por dizer — que soltara um parafuso de uma das rodas do carrinho e ele o deixara com um amigo que fazia consertos. Deu a cada uma um chiclete com uma figurinha na embalagem. Na hora do jantar, comeram o arroz que Rayiha preparara e a galinha que fritara para Mevlut vender no dia seguinte.

"Vamos deixar o resto para nossos fregueses de depois de amanhã, então", disse Rayiha, recolocando com cuidado a galinha que sobrara na panela, guardando-a em seguida na geladeira.

Naquela noite, quando Mevlut vertia alguns copos de boza para uma de suas freguesas mais antigas, ela lhe disse: "Mevlut Efêndi, nós vínhamos tomando *rakı* todas as noites, não pretendíamos mais comprar boza. Mas havia tanta emoção, tanta melancolia na sua voz que não resistimos".

"É a voz do vendedor de boza que vende sua boza", disse Mevlut, repetindo uma frase já dita milhares de vezes.

"Como é que vão as coisas? Qual de suas filhas logo vai para a escola?"

"Eu vou muito bem, graças a Deus. A mais velha começa o primário no outono, se Deus quiser."

"Muito bem. Você não vai deixá-las casar antes do término do colegial, não é?", disse a velha senhora, se despedindo.

"Vou mandar as duas para a faculdade", disse Mevlut.

Nem esse diálogo, nem qualquer outra conversa com os fregueses daquela noite, todos especialmente afáveis com ele, conseguiram tirar da cabeça de Mevlut o carrinho confiscado. Onde estaria, ele se perguntava, se caísse em mãos erradas poderia quebrar... O que aconteceria se tomasse chuva ou o fogareiro a gás fosse roubado? Não suportava pensar no carrinho longe de seus cuidados.

No dia seguinte, mais alguns outros vendedores cujos carrinhos e bancas foram igualmente confiscados estavam esperando dentro do imponente, embora um tanto decadente, edifício de madeira da época otomana, onde funcionavam departamentos da prefeitura de Beyoğlu. Um dono de ferro-velho que Mevlut encontrara algumas vezes em Tarlabaşı se surpreendeu ao saber que um carrinho de arroz tinha sido rebocado naquele dia. Era raro ambulantes de arroz, almôndegas, milho ou castanhas assadas, que vendiam seus produtos em equipamentos modernos, envidraçados, com fogareiros a gás ou a carvão embutidos, sofrerem confisco, pois certamente haviam dado presentes e comida de graça aos inspetores sanitários, que por sua vez lhes autorizaram o ponto.

Nenhum vendedor de rua conseguiu recuperar o carrinho naquele dia. Um homem idoso que vendia pizza coberta com picadinho de carne disse: "A essa altura devem ter destruído todos", uma possibilidade que Mevlut nem se atrevera a imaginar.

As normas sanitárias e higiênicas nunca constituíram grande problema para os ambulantes, e as multas previstas para casos de infração havia muito tinham se tornado desprezíveis devido à inflação, e assim as autoridades, destruindo seus carrinhos e confiscando seus bens a pretexto de defender a saúde pública, pretendiam dar uma advertência aos reincidentes. Isso poderia levar a altercações, trocas de socos e até facadas, e às vezes um ambulante se postava diante da prefeitura para fazer uma greve de fome ou atear fogo ao próprio corpo, embora isso fosse raro. Um vendedor de rua normalmente podia contar que recuperaria sua banca em períodos pré-eleitorais, quando cada voto fazia diferença, ou então se tivesse contatos na administração. Depois daquele primeiro dia no edifício municipal, o experiente vendedor de pizza com picadinho de carne disse a Mevlut que iria comprar outro carrinho no dia seguinte.

Mevlut censurou intimamente aquele homem por não ter batalhado pela recuperação da sua propriedade junto aos burocratas, e por ser realista o bastante para admitir a perda. De todo modo, Mevlut não tinha dinheiro para comprar outro carrinho de três rodas e equipá-lo com um fogareiro. Mesmo que conseguisse o dinheiro, já não acreditava poder ganhar a vida vendendo arroz. No entanto, não podia deixar de imaginar que, se ao menos o recuperasse, poderia voltar à vidinha de sempre e, como certas mulheres não conseguem admitir que seus maridos morreram na guerra, simplesmente não lhe entrava na cabeça que o carrinho fora destruído. Como uma fotografia desbotada, imagina o carrinho esperando por ele em algum depósito municipal, num piso de concreto cercado de arame farpado.

No dia seguinte, ele voltou à prefeitura de Beyoğlu. Quando um dos funcionários lhe perguntou "Onde seu carrinho foi apreendido?", Mevlut descobriu que o teatro incendiado estava oficialmente sob a jurisdição de Şişli, não de Beyoğlu, e isso o encheu de esperança. Os membros da família Vural e Korkut o ajudariam a encontrar alguém na prefeitura de Şişli. Naquela noite, sonhou com o carrinho e suas três rodas.

15. O Sagrado Guia
Fui vítima de uma grave injustiça

RAYIHA. Passaram-se duas semanas e nada do carrinho. Mevlut ficava até muito depois da meia-noite vendendo boza, acordava tarde e zanzava pela casa de pijama até o meio-dia, brincando de esconde-esconde e de pedra, papel e tesoura com as meninas. Mesmo tendo apenas seis e sete anos de idade, as duas sabiam que alguma coisa ia mal, porque não se cozinhava arroz com grão-de-bico nem galinha, e o carrinho de três rodas já não ficava amarrado à amendoeira: tinha sumido. Elas gastavam toda a sua energia brincando com o pai, talvez para neutralizar a preocupação por ele estar em casa ocioso, e quando seus gritos se elevavam muito, eu gritava para Mevlut:

"Leve-as para tomar um pouco de ar fresco no parque de Kasımpaşa."

"Ligue para Vediha", murmurava Mevlut. "Talvez ela tenha alguma notícia."

Uma noite, finalmente Korkut telefonou: "Diga a Mevlut que vá à prefeitura de Şişli. Tem um cara de Rize que trabalha no segundo andar, é um dos homens de Vural e pode ajudar".

Naquela noite Mevlut mal conseguiu dormir. Acordou bem cedinho, barbeou-se, vestiu seu melhor terno e foi caminhando até Şişli. Tão logo recuperasse seu carrinho branco, iria pintá-lo de novo, pôr mais alguns enfeites e sempre o deixaria ao alcance de seus olhos.

O sujeito de Rize que trabalhava no segundo andar do prédio da prefeitura era um homem importante e muito ocupado, que reclamava o tempo todo com as pessoas que faziam fila para falar com ele. Deixou Mevlut esperando por meia hora, e então fez-lhe um sinal com o dedo e o conduziu por uma escada sombria, corredores que cheiravam a desinfetante barato, salas abafadas cheias de funcionários lendo jornais, uma cantina que fedia a óleo ordinário, e finalmente chegaram a um pátio.

Era um pátio escuro rodeado de edifícios escuros, com muitos carrinhos empilhados num canto. O coração de Mevlut disparou. Quando andou em direção a eles, viu em outro canto dois funcionários destruindo um carrinho a machadadas, enquanto um terceiro homem distribuía rodas, armações e placas de vidro em pilhas separadas.

"Então, escolheu algum?", disse o homem de Rize, aproximando-se de Mevlut.

"Meu carrinho não está aqui", ele disse.

"Não levaram seu carro um mês atrás? Em geral nós os destruímos no dia seguinte à apreensão. Estes foram apreendidos ontem pelos agentes da vigilância sanitária. É claro que, se eles saíssem todos os dias, haveria um motim. Mas, se não fizéssemos nenhuma batida, amanhã teríamos metade do país vendendo batatas e tomates na praça Taksim. Seria o fim de Beyoğlu e de toda a esperança de ruas limpas e agradáveis… Não costumamos restituir os carrinhos, os ambulantes voltariam a seus pontos no dia seguinte. Pegue um desses antes que seja tarde demais…"

Mevlut examinou todos eles, como um comprador que analisa a mercadoria. Avistou um com cabine de vidro, uma maciça armação de madeira e rodas grossas e resistentes. Não tinha fogareiro a gás, com certeza fora roubado. Mas aquele era mais bonito e mais novo do que o seu. Ele começou a se sentir culpado.

"Eu quero o meu carrinho."

"Escute, meu amigo, você estava vendendo coisas na rua, não devia fazer isso. Seu carrinho foi confiscado e destruído. É lamentável, mas você conhece as pessoas certas, por isso pode obter outro carrinho de graça. Pegue-o e ganhe a vida com ele, não deixe suas crianças com fome."

"Não quero isso", disse Mevlut.

No carrinho que lhe chamou a atenção, o antigo dono havia pregado uma foto de Seher Şeniz, famosa pela dança do ventre, ao lado de fotos de Atatürk e da bandeira da Turquia. Aquilo o desagradou.

"Tem certeza de que não quer?", perguntou o homem de Rize.

"Tenho, sim", respondeu Mevlut, recuando.

"Você é um sujeito esquisito, não? Como conheceu Hadji Hamit Vural?"

"Eu simplesmente o conheço", disse Mevlut, tentando parecer um homem de muitos mistérios.

"Bem, se você é íntimo a ponto de ele lhe fazer favores, pare de trabalhar como ambulante e peça um emprego. Vai ganhar mais dinheiro em um mês como mestre de obras em seus canteiros do que ganha atualmente em um ano."

Lá fora, na praça, a vida seguia seu ritmo monótono. Ônibus barulhentos, mulheres fazendo compras, homens recarregando isqueiros, sujeitos vendendo bilhetes de loteria, meninos zanzando com uniformes escolares, um ambulante vendendo chá e sanduíches em seu carrinho de três rodas, policiais e senhores de terno e gravata. Mevlut sentia raiva de tudo, como um homem que, tendo perdido a amada, não suporta ver o resto do mundo tocando a vida como sempre. O funcionário de Rize se mostrara ao mesmo tempo desrespeitoso e um tanto arrogante.

Ele vagou pelas ruas como fazia no colegial, sentindo-se de mal com o mundo, e finalmente entrou num café numa parte de Kurtuluş onde nunca estivera e lá passou três horas ao abrigo do frio e vendo TV. Comprou um maço de Maltepes e fumou sem parar, matutando sobre dinheiro. Rayiha teria de intensificar seu trabalho de costura.

Chegou em casa mais tarde do que de costume. Quando o viram, Rayiha e as meninas concluíram que o carrinho tinha desaparecido — na verdade, tinha morrido. Mevlut não precisou dizer nada. Toda a casa mergulhou em profunda tristeza. Rayiha tinha preparado arroz e galinha, pensando que no dia seguinte tudo entraria nos eixos; sentaram e comeram em silêncio. Eu devia ter pegado aquele carrinho que me ofereceram!, pensou Mevlut. O dono daquele carrinho provavelmente estava em algum lugar, também mergulhado em pensamentos sombrios.

Ele sentia um peso na alma. Uma inescapável onda de escuridão se aproximava, ameaçando engolfá-lo. Ele pegou seus apetrechos e saiu de casa mais cedo que de costume, antes do anoitecer, antes que a onda o alcançasse: internar-se na noite a passos largos era um alívio, e sempre o fazia sentir-se melhor, gritando "Boozaaa".

Com efeito, desde o confisco do carrinho, passara a sair de casa muito antes do noticiário da noite. Seguia direto pela nova rodovia até a ponte Atatürk, atravessava o Chifre de Ouro, a passos rápidos e cheios de preocupação, raiva ou inspiração, precipitando-se para a frente, sempre em busca de novos bairros, novos fregueses.

Logo que chegou a Istambul, ia ali com o pai comprar boza na loja Vefa. Naquela época, eles raramente se aventuravam pelas vias principais, e jamais após o anoitecer. Naquele tempo, as residências da região eram edifícios de dois andares com janelões de madeira natural; as pessoas deixavam as cortinas bem fechadas, apagavam as luzes cedo, nunca bebiam boza, e depois das dez horas os mesmos bandos de vira-latas que dominavam aquelas ruas desde a época otomana voltavam à carga.

Mevlut cruzou a ponte Atatürk e chegou a Zeyrek, avançando com firmeza a caminho de Fatih, Çarşamba e Karagümrük. Quanto mais gritava "Boo-zaaa", melhor se sentia. A maioria das velhas casas de madeira de que se lembrava, de vinte anos atrás, havia desaparecido, substituídas por conjuntos de concreto de quatro ou cinco andares, como os que foram construídos em Feriköy, Kasımpaşa e Dolapdere. Vez por outra, alguém de um dos novos edifícios abria as cortinas e as janelas para saudar Mevlut como a um estranho mensageiro do passado.

"A loja Vefa fica aqui pertinho, mas nunca pensamos em ir lá. Quando ouvimos a emoção em sua voz, não pudemos resistir. Quanto custa um copo? De onde você é?"

Mevlut percebia que aqueles grandes edifícios de apartamentos tinham sido construídos em terrenos baldios, que todos os cemitérios haviam desaparecido, e inúmeras e enormes latas de lixo surgiram mesmo nos bairros mais distantes, substituindo os montes de lixo que se formavam nas esquinas — e mesmo assim, à noite, os vira-latas tomavam conta daquelas ruas.

Mevlut não conseguia entender por que aqueles cães se mostravam tão hostis quando esbarravam com eles em vielas escuras. Toda vez que ouviam seus passos e seus gritos, eles se levantavam de onde estavam cochilando, ou paravam de fuçar o lixo, para juntar-se como soldados em formação de batalha, acompanhar cada movimento dele e até rosnar, os dentes à mostra. Os vendedores de boza em geral não passavam por aquelas ruas, o que talvez explicasse por que os cães ficassem tão agressivos.

Uma noite Mevlut lembrou que, quando pequeno, seu pai o levara a uma casa com piso de linóleo, em algum lugar daqueles bairros, para ver um velho dervixe e pedir-lhe que fizesse algumas orações para ajudar Mevlut a vencer o medo de cães. Seu pai encarou aquela visita como uma consulta médica. Agora ele já não lembrava onde ficava a casa do velho dervixe — que certamente teria morrido—, mas lembrava da atenção com que seu eu mais jovem ouvira o conselho e do quanto tremera enquanto o velho murmurava seus sortilégios, banindo de seu coração o medo de cães.

Ele entendeu que, se quisesse ter boas relações com os moradores daqueles bairros históricos — que tentavam regatear, faziam-lhe perguntas despropositadas sobre o teor de álcool e em geral o consideravam uma criatura estranha —, teria de dedicar pelo menos duas a três noites por semana a andar por aquele lado do Chifre de Ouro.

Mentalmente, continuava a ver seu carrinho de arroz. Era mais bonito e tinha um aspecto mais distinto do que qualquer outro que via. Mal acreditava que alguém pudesse ser insensível a ponto de rachá-lo ao meio com um machado. Talvez o tivessem dado a outro vendedor de arroz que, como Mevlut, conhecia as pessoas certas. Talvez o oportunista também fosse de Rize, as pessoas de Rize sempre ajudavam umas às outras.

Naquela noite ninguém o chamou, não vendeu nada. Naquele ponto, a cidade era como uma lembrança distante — casas de madeira, fumaça de carvão pairando sobre as ruas, paredes em ruínas... Mevlut não sabia onde estava nem como tinha chegado ali.

Por fim, um jovem abriu uma janela num edifício de três andares. "Vendedor de boza, vendedor de boza... Suba aqui."

Fizeram-no entrar num apartamento. Quando tirava os sapatos, percebeu que havia um bocado de gente na sala, iluminada por uma luz amarela e com jeito de repartição pública. Mevlut viu meia dúzia de pessoas sentadas em volta de duas mesas.

Todos estavam escrevendo algo, concentrados, e pareciam afáveis. Olharam para ele e sorriram, como sorriem quando veem um vendedor de boza depois de muitos anos.

"Seja bem-vindo, vendedor de boza, que bom ver você", disse um velho de cabelos prateados e semblante caloroso, sorrindo amigavelmente para Mevlut.

Os outros pareciam ser seus discípulos. Eram sérios e respeitosos, mas também muito animados. Sentado com eles à mesma mesa, o homem de cabelos prateados disse: "Aqui somos sete. Cada um de nós vai querer um copo".

Um deles o conduziu à cozinha. Com cuidado, ele encheu sete copos. "Alguém vai querer grão-de-bico ou canela?", ele perguntou às pessoas da sala contígua.

Quando um rapaz abriu a geladeira, Mevlut não viu nenhuma bebida alcoólica. Percebeu também que não havia mulheres nem famílias. O homem de cabelos cor de prata foi vê-lo na cozinha. "Quanto lhe devemos?", disse, inclinando-se para olhar Mevlut nos olhos. "Havia tanta tristeza em sua voz, vendedor de boza, que a sentimos em nossos corações até aqui em cima."

"Fui vítima de uma grave injustiça", disse Mevlut, tomado de uma premente necessidade de falar. "Meu carrinho foi confiscado, deve ter sido destruído ou dado a outra pessoa. Um funcionário natural de Rize que trabalha na prefeitura de Şişli me tratou com rudeza, mas agora é tarde, não quero incomodá-los com meus problemas."

"Conte, conte", falou o homem de cabelos cor de prata, e seus olhos diziam amistosamente sinto muito por você e desejo de todo o coração ouvir o que tem a dizer. Mevlut explicou que seu carrinho estava em algum lugar, estragando nas mãos de desconhecidos. Não falou de seus problemas financeiros, mas tinha certeza de que o homem entendia sua situação. O que mais o incomodava, porém, era que sujeitos como o funcionário de Rize e outros graduados (o homem de cabelos cor de prata os chamava ironicamente de "notáveis") procurassem diminuí-lo, negando-lhe o respeito que merecia. Logo, ele e o velho estavam sentados frente a frente na cozinha.

"O homem é o fruto mais precioso da árvore da vida", disse o velho. Mevlut gostou de ver que aquele homem o olhava como um velho amigo que havia muito perdera de vista, mas ao mesmo tempo falava com a sabedoria de um homem douto.

"O homem é a maior das criaturas de Deus. Nada pode macular a joia que é seu coração. Você encontrará seu carrinho, se for a vontade do Senhor…"

Mevlut sentia-se lisonjeado por um homem tão inteligente e importante dedicar seu tempo para conversar com ele, enquanto seus alunos o esperavam, mas também suspeitava, com uma ponta de aflição, que o interesse dele era motivado pela piedade.

"Seus alunos o esperam, senhor", disse ele. "Não devo tomar seu tempo."

"Que esperem", disse o homem. Outros comentários causaram profunda impressão em Mevlut. Os mais complicados nós seriam desfeitos a uma ordem do Senhor, que removeria todos os obstáculos. Talvez ele fosse proferir palavras ainda mais belas, mas Mevlut estava ficando incomodado (e irritado com sua inquietação, que traía sua ansiedade), por isso o homem levantou e lhe ofereceu dinheiro.

"Não vou aceitá-lo, senhor."

"Não posso concordar, seria contra a vontade de Deus."

À porta, um insistiu para que o outro passasse primeiro — "Depois de você, não, eu insisto" — como perfeitos cavalheiros. "Vendedor de boza, por favor, tome este dinheiro", disse o homem. "Prometo que da próxima vez que você passar por estas bandas eu não lhe pago. Nós nos reunimos toda quinta-feira à noite."

"Deus o abençoe", disse Mevlut, sem saber se aquelas palavras eram as adequadas. Num impulso, ele se inclinou e beijou a enorme e enrugada mão daquele homem cujo rosto irradiava uma luz divina. Grandes manchas senis a cobriam.

Naquela noite Mevlut chegou tarde em casa, sabendo que não poderia contar do encontro. Nos dias seguintes, mais de uma vez esteve prestes a falar sobre o homem cujo rosto brilhava com uma luz divina e cujas palavras o tocaram tanto. Queria contar que foi graças a ele que conseguiu suportar o amargo desgosto de perder o carrinho — mas conseguiu se conter. Rayiha teria zombado dele, e isso o magoaria.

A luz amarela da casa do homem de cabelos cor de prata ficara com ele. O que mais? Palavras escritas num belo documento antigo que pendia de uma das paredes. E também a deferência dos estudantes sentados gravemente em volta da mesa.

Durante a semana seguinte, sempre que saía para vender boza, via o fantasma de seu carrinho branco em toda parte de Istambul. Certa vez vislumbrou um homem de Rize empurrando um carrinho branco colina acima, por uma estrada sinuosa de Tepebaşı, e correu atrás dele, mas percebeu que se enganara antes mesmo de alcançá-lo: o seu era um carrinho muito mais vistoso que aquela geringonça tosca e grosseira.

Quando, numa quinta-feira, ele andava pelas ruas de Fatih e passava por aquela casa em Çarşamba, disseram-lhe para subir. Naquela breve visita, descobriu que os estudantes chamavam o velho de cabelos cor de prata de "Senhor", ao passo que os visitantes o chamavam de "Sagrado Guia"; que os estudantes sentados à mesa mergulhavam penas de ave em tinteiros e escreviam em letras muito grandes; e que essas letras formavam palavras em árabe, tiradas do Sagrado Alcorão. Na casa havia outras coisas antigas, de aspecto sagrado: Mevlut gostou especialmente de uma cafeteira em estilo antigo; palavras emolduradas escritas com os mesmos caracteres que eles estavam escrevendo à mesa; uma prateleira para turbantes trabalhada em madrepérola; um relógio de pêndulo com um estojo enorme cujo tique-taque abafava os sussurros de todos; e fotografias emolduradas de Atatürk e de outras personalidades de rostos igualmente sérios (mas com barbas).

À mesma mesa na cozinha, o Sagrado Guia lhe perguntou sobre o carrinho. Mevlut, embora estivesse empenhado em sua busca, ainda não o encontrara e tampouco conseguira achar um emprego no período da manhã (procurou não se deter sobre o assunto, para não parecer que fora em busca de emprego ou esmolas). Mevlut só falou sobre aquilo que ficara pensando nas últimas duas semanas: as caminhadas noturnas não eram apenas parte de seu trabalho, eram uma coisa que ele *precisava* fazer. Quando não vagava pelas ruas, sua capacidade de pensar e imaginar se reduzia.

O Sagrado Guia o lembrou de que no islã o trabalho era uma forma de oração. A necessidade que Mevlut sentia de andar até o dia do fim do mundo era sinal e prova da verdade suprema de que, neste universo, apenas Deus está do nosso lado, e apenas a Ele devíamos recorrer. Mevlut ficou perturbado com essas palavras — os pensamentos que lhe vinham à mente enquanto andava pelas ruas eram postos ali pelo Próprio Deus.

Quando o Sagrado Guia tentou pagar a boza (havia nove alunos com ele naquela noite), Mevlut lembrou-o do combinado: daquela vez a boza seria por sua conta.

"Qual o seu nome?", perguntou o Sagrado Guia, num tom que traía admiração.

"Mevlut."

"Que nome abençoado!" Encaminharam-se até a porta da frente. "Você é um *mevlidhan*?", ele perguntou, alto o bastante para que os alunos ouvissem.

A expressão de Mevlut dava a entender que ele não podia responder, pois desconhecia a palavra. Os estudantes sorriram de sua franqueza e humildade.

O Sagrado Guia explicou que, como todos sabem, um *mevlit* é um longo poema que celebra o nascimento do Profeta Maomé. *Mevlidhan* é o belo nome, mas menos conhecido, que se dá a quem compõe a música que acompanha essas odes. Mevlut devia dar o nome de Mevlidhan a seu futuro filho, um nome que traria sorte. Ele podia vir todas as quintas-feiras — e nem precisava mais anunciar sua presença gritando da rua.

SÜLEYMAN. Vediha me disse que, depois de perder o carrinho e não ter conseguido recuperá-lo, Mevlut queria aumentar o aluguel da casa de um cômodo em Kültepe, ainda ocupada pelo inquilino que arranjei. Queria isso ou alguns meses de adiantamento do aluguel. Ele logo ligou para mim para falar sobre esse assunto.

"Escute aqui", eu disse, "seu inquilino é uma pobre alma de Rize, um dos homens da família Vural, um de nós, em suma; ele sairia da casa num minuto se eu lhe dissesse para fazer isso, sem fazer perguntas. Ele teme o sr. Hamit. Além disso, o aluguel não é baixo, ele paga sem atraso todos os meses, dinheiro na mão, e Vediha o entrega a você integralmente, sem taxas, sem mais nada. Que mais você quer?"

"Sinto muito, mas hoje não confio em ninguém de Rize, ele precisa sair."

"Que senhorio implacável! O homem é casado, acaba de ter um filho, e você quer que ele vá para a rua?"

"Quando cheguei a Istambul, alguém teve pena de mim?", disse Mevlut. "Você sabe o que quero dizer. Tudo bem, ótimo, por enquanto não ponha ninguém na rua."

"Nós tivemos piedade, cuidamos de você", eu disse, medindo bem as palavras.

* * *

O aluguel que Vediha encaminhava a Mevlut mal cobria as despesas de uma semana. Mas, depois de um telefonema a Süleyman, o aluguel repassado por Vediha referente ao mês de março, mais o adiantamento dos meses de abril e maio, foi maior que o de costume. Mevlut não se preocupou muito em avaliar como fora fácil aumentar o aluguel nem que papel tivera a família Aktaş, Süleyman ou Korkut, em conseguir o aumento. Ele usou o dinheiro para comprar um carrinho de sorvete de segunda mão, um balde, cubas de metal, uma misturadora, e resolveu passar o verão de 1989 vendendo sorvetes.

Mevlut foi buscar o carrinho com Fatma e Fevziye; na volta, estavam eufóricos. Quando a vizinha Reyhan, sem entender a animação toda, se debruçou na janela para comemorar o resgate do carrinho, ninguém lhe disse a verdade. Enquanto Mevlut e as meninas consertavam o carrinho e lhe davam uma nova demão de tinta no quintal, o noticiário da noite mostrava multidões de manifestantes na praça da Paz Celestial, em Beijing. Em princípios de junho, Mevlut ficou admirado com a coragem do ambulante que se postou diante dos tanques. O que estaria ele vendendo antes de se colocar no caminho daqueles tanques com um saco plástico em cada mão? Provavelmente arroz, como eu, pensou Mevlut. Na TV, vira como os chineses preparavam arroz, não era com grão-de-bico e galinha. Mevlut ficou impressionado com os manifestantes, embora soubesse que era importante não ir longe demais nos protestos contra o Estado, sobretudo nos países mais pobres, onde, à exceção do Estado, não havia muita gente que se preocupasse com os pobres ou com os ambulantes. A China estava indo muito bem; o único problema era que, infelizmente, os comunistas eram ateus.

Nos sete anos passados desde o verão em que Mevlut fugiu com Rayiha, as maiores empresas de leite, chocolate e açúcar do país haviam se lançado numa feroz concorrência para distribuir freezers em todas as mercearias, confeitarias e barracas de sanduíche e cigarros. A cada maio, os comerciantes colocavam seus freezers na calçada, e as pessoas pararam de comprar sorvetes de ambulantes. Alegando que Mevlut estava obstruindo a via pública, a polícia municipal poderia confiscar e destruir seu carrinho se ele passasse mais de cinco minutos no mesmo lugar, mas nunca disseram nada sobre os enormes freezers das grandes companhias que tanto estorvavam o trânsito de pedestres. Na TV, havia um contínuo bombardeio de comerciais dessas novas e desconhecidas marcas de sorvete. Nas vielas estreitas por onde Mevlut empurrava seu carrinho, crianças lhe perguntavam: "Sorveteiro, você tem Flinta? Tem Foguete?".

Quando estava de bom humor, Mevlut lhes respondia: "Este aqui vai lançar você muito mais alto do que seus Foguetes". Essa brincadeira podia até facilitar umas poucas vendas. Mas na maioria das noites ele voltava para casa cedo e de mau humor, e quando Rayiha descia para ajudá-lo, como costumava fazer, ele lhe dizia com rispidez: "Por que as meninas estão brincando tão tarde sozinhas?". Rayiha ia buscá-las, ele simplesmente deixava o carrinho para trás e subia as escadas para ver TV, sem o menor ânimo, antes de ir dormir. Num desses momentos de depressão, ele via as ondas gigantes de um oceano de seus pensamentos sombrios turvando a tela. Caso não encontrasse um emprego de verdade no outono, temia não ter dinheiro para comprar livros didáticos e roupas para as meninas, alimento para a família e gás para o fogão.

16. O Café Binbom
Mostre quanto você vale

Em fins de agosto, Rayiha disse ao marido que o ex-proprietário de um restaurante de Trebizonda, um homem ligado à família Vural, estava procurando alguém como Mevlut. Ele sentiu o orgulho ferido ao saber que suas dificuldades financeiras mais uma vez foram tema de conversa à mesa de jantar dos Aktaş.

RAYIHA. "Eles estão procurando uma pessoa honesta e que conheça o funcionamento de restaurantes", eu disse a Mevlut. "Quando for negociar o salário, mostre quanto você vale. Você deve isso a suas filhas", acrescentei, porque Fatma iria começar o primário mais ou menos à mesma época em que Mevlut assumiria o novo emprego. Nós dois fomos à cerimônia que se realizou no primeiro dia de aula de Fatma na Escola Primária Piyale Paşa. Eles nos fizeram ficar em fila ao longo do muro que circunda o playground. O diretor explicou que o edifício da escola fora a residência particular de um paxá que conquistou algumas ilhas do Mediterrâneo pertencentes aos franceses e italianos há uns quatrocentos e cinquenta anos. O paxá atacou um navio de guerra inimigo sozinho, e, quando desapareceu, todos acharam que ele havia sido feito prisioneiro, mas na verdade conseguira tomar o navio sem a ajuda de ninguém. As crianças não prestavam atenção, conversavam ou se agarravam aos pais, temendo o que estava por vir. Quando Fatma entrou na escola de mãos dadas com as outras crianças, ficou assustada e se debulhou em lágrimas. Acenamos até que desaparecesse. Era um dia frio e nublado. No caminho de volta, vi lágrimas e tristeza nos olhos de Mevlut. Ele foi direto para o café onde ia trabalhar como "gerente". Aquela tarde foi a única vez que precisei ir a Kasımpaşa para buscar Fatma na escola. Ela não parava de falar do bigode do professor e da janela da sua classe. Depois daquele dia, ela passou a ir e voltar da escola com as outras meninas do bairro.

Rayiha chamava Mevlut de "gerente" num tom que revelava afeição e troça, embora não tenha sido o próprio Mevlut a se atribuir o título, que lhe foi conferido pelo dono do café, o sr. Tahsin, de Trebizonda. Da mesma forma que ele chamava os três trabalhadores de seu pequeno café de "empregados" (a palavra "trabalhador" não era muito bonita), ele lhes pediu que não o chamassem de "patrão", mas de "capitão", título que convinha a um verdadeiro homem do mar Negro. Com isso, os empregados se sentiram ainda mais inclinados a chamá-lo de "patrão".

Logo Mevlut percebeu que o patrão Tahsin lhe oferecera o emprego porque não confiava nos empregados. Ele jantava com a família e voltava para assumir o caixa. Recebia os pagamentos nas duas horas seguintes, depois fechava o café. Os restaurantes populares abertos vinte e quatro horas por dia da avenida İstiklal estavam sempre cheios e animados, mas todos os que iam à noite até as transversais, onde ficava o Café Binbom, estavam perdidos, bêbados ou em busca de cigarros e álcool.

Era função de Mevlut abrir o café às dez da manhã, ficar à caixa registradora até oito da noite e também zelar pelo bom funcionamento do estabelecimento. Em sua maioria, os fregueses do Café Binbom trabalhavam nas redondezas — em estúdios fotográficos, agências de propaganda, restaurantes baratos e clubes noturnos que apresentavam música tradicional turca — ou estavam apenas de passagem. Apesar de ser um estabelecimento minúsculo, estreito e longe da rua principal, o café não ia muito mal. Mas o desconfiado patrão estava convencido de que os empregados o roubavam.

Logo Mevlut percebeu que a inquietação do dono em relação à honestidade dos empregados era mais do que o preconceito normal de um homem rico que acha que os empregados pobres querem lhe passar a perna. Com efeito, eles praticavam uma fraude que Mevlut já vira antes, e o patrão recomendou-lhe que ficasse de olho: usavam queijo, carne picada, picles, linguiças e massa de tomates para fazer sanduíches maiores do que permitiam as normas municipais — contrariavam a orientação do patrão e embolsavam o que recebiam pelos sanduíches extras. O capitão Tahsin, porém, concebera uma forma de controlar esse procedimento, e a explicara com orgulho a Mevlut: todos os dias, um homem de Rize, que era dono da Padaria Tayfun e fornecia os pães para sanduíche, ligava para o capitão e lhe dizia exatamente quantos pães tinham sido entregues naquele dia, o que impedia que os empregados do café usassem pedaços de queijo e carne picada subtraídas de outras porções para fazer sanduíches e hambúrgueres extras. Mas os empregados podiam facilmente usar o mesmo expediente com coisas como laranja, romã e suco de maçã, e como não havia um dono de padaria prestativo para contar os copos usados, cabia ao gerente Mevlut ficar de olho nisso.

A principal função de Mevlut, porém, era cuidar para que a cada um dos clientes fosse entregue um recibo da caixa registradora, essa grande inovação que surgira cinco anos antes. O capitão achava que, por mais que eles tentassem colocar nos sanduíches menos queijo que o devido, por mais água açucarada que usassem disfarçadamente para encher metade do copo de suco de laranja, não havia meio de os empregados o enganarem se a todos os clientes fosse entregue um recibo. Para garantir o cumprimento dessa ordem, de vez em quando o capitão mandava um amigo anônimo ao café. O falso cliente pedia algo para comer e pedia um desconto na conta, em troca de abrir mão do recibo, exatamente como o resto da cidade fazia. Se o gerente, na caixa registradora, concordasse, significava que ele mesmo estava embolsando um dinheiro, e seria demitido imediatamente — como ocorrera ao predecessor de Mevlut.

Mevlut não considerava os empregados uns pilantras de olho em qualquer oportunidade para enganar o patrão, mas uma tripulação séria daquele barco em que todos estavam navegando. Ele trabalhava sempre com um sorriso e sentia um prazer genuíno em elogiar os colegas: "Ah, vocês capricharam nesse sanduíche", ou "Meu Deus, esse kebab parece muito bom e crocante!". À noite, ele prestava contas ao seu superior, radiante de orgulho pelo tranquilo funcionamento do estabelecimento, sobretudo nos dias bons.

Depois de entregar o comando ao capitão, ele corria para casa para tomar a sopa de lentilha ou de trigo de Rayiha, enquanto via TV pelo canto do olho, como fazia no café o dia inteiro. Já que os empregados do café estavam autorizados a comer quantos sanduíches e kebabs quisessem, Mevlut nunca chegava em casa com fome nem esperava muito do jantar, e enquanto tomava devagar a sua sopa, gostava de ver os livros didáticos de Fatma, sobretudo as letras, números e frases escritas com sua bela mãozinha nas páginas em branco da brochura (as mesmas da sua época, de papel amarelado). Ele ainda saía depois do noticiário da noite e vendia boza até altas horas.

Agora que gerenciava o café e tinha outra fonte de renda, Mevlut não sentia a necessidade premente de vender mais um copo ou procurar novos fregueses em ruas distantes nos velhos bairros do outro lado do Chifre de Ouro, onde os cães mostravam os dentes e rosnavam. Numa noite de verão, ele pegou seu carrinho de sorvete e foi visitar o Sagrado Guia e seus alunos. Eles lhe desceram uma bandeja com xícaras em forma de tulipa para que ele as enchesse de sorvete, e a partir daquele dia Mevlut passou a bater àquela porta toda vez que sentia necessidade de fazer confidências. Para deixar claro que não estava em busca de ganhos materiais e sim da profundidade de suas conversas, insistia que a terceira compra de sorvete ou a boza era "uma doação à escola". As palestras do Sagrado Guia eram chamadas de "conversas".

Depois de quase um ano de sua primeira visita, Mevlut concluiu que o apartamento onde o Sagrado Guia dava suas aulas particulares da arte da caligrafia otomana era também o reduto secreto de sua seita. Ele custou a perceber isso porque os frequentadores do apartamento que servia de centro espiritual eram muito silenciosos e reservados por natureza. Além disso, não especulava sobre o que estava acontecendo. Bastava-lhe estar ali e saber que toda quinta-feira o Sagrado Guia reservava um tempo para conversar com ele e ouvir seus problemas — ainda que por apenas cinco minutos —, e procurava não pensar em nada que pudesse estragar sua felicidade. Certa vez alguém o convidou para as Discussões de Terça-Feira, que em geral contavam com a presença de vinte a trinta pessoas e em que o Sagrado Guia, segundo se dizia, conversava com quem quer que lhe batesse à porta, mas Mevlut nunca compareceu.

Às vezes ele temia que, frequentando aquele centro e envolvendo-se com a seita, pudesse estar cometendo alguma ilegalidade, mas pensava consigo mesmo: se essas pessoas fossem ruins, se fizessem coisas ruins contra o Estado, não teriam uma foto de Atatürk na parede, teriam? Logo, porém, ele concluiu que a foto de Atatürk estava ali só para disfarçar — da mesma forma que o cartaz em que se via Atatürk de chapéu bem na entrada da célula do partido comunista que ele e Ferhat frequentavam no colegial — para que, se a polícia algum dia invadisse a casa, os zelosos estudantes pudessem dizer: "Deve haver algum engano, todos amamos Atatürk!". A única diferença entre os comunistas e os ativistas políticos islamitas era que os comunistas criticavam Atatürk o tempo todo (Mevlut desaprovava sua linguagem desrespeitosa), embora acreditassem verdadeiramente nele; aqueles islamitas, por outro lado, nada tinham a ver com Atatürk, mas nunca diziam uma palavra contra ele. Mevlut preferia o comportamento destes últimos, e quando algum aluno mais insolente e sem papas na língua afirmava que "Atatürk destruiu nossa gloriosa caligrafia tradicional de cinco séculos tentando imitar o Ocidente com a revolução do alfabeto", ele fingia não ter ouvido.

Da mesma forma, Mevlut desaprovava aqueles que faziam de tudo para chamar a atenção do Sagrado Guia, e quando ele saía fofocavam e comentavam programas de TV. Mevlut não viu nem sinal de TV naquele apartamento, o que era preocupante, prova de que maquinavam algo perigoso, que o governo não aprovaria. Os estudantes podiam muito bem se ver em dificuldade se houvesse outro golpe militar e voltassem a prender os comunistas, curdos e islamitas. Por outro lado, o Sagrado Guia nunca lhe disse nada que pudesse ser entendido como propaganda política ou doutrinação.

RAYIHA. Agora que Mevlut trabalha no café e Fatma frequenta o primário, tenho tempo para as minhas costuras. Nunca mais nos preocupamos com as despesas — por isso eu trabalhava por gosto, e também porque me agradava ganhar meu próprio dinheiro. Às vezes mostravam uma foto ou uma revista com o desenho que deveríamos bordar e em que parte da cortina... Mas às vezes diziam apenas "Decidam vocês". Toda vez que a decisão era nossa eu empacava, ficava olhando para o tecido por um tempão, perguntando a mim mesma o que deveria fazer. Outras vezes, porém, logo me vinham à cabeça montes de ideias, símbolos, flores, nuvens de formato aproximado de hexágonos e gamos vagando pelos campos, que eu podia aplicar a tudo o que estivesse diante de mim — cortinas, fronhas, edredons, toalhas de mesa e guardanapos.

"Dê um tempo, Rayiha, você está se enchendo de trabalho", dizia Reyhan.

Duas ou três tardes por semana, Rayiha e as meninas iam ao café para visitar o pai, que só viam quando ele passava em casa para tomar sua sopa. Quando Fatma ia para a escola de manhã, Mevlut ainda estava dormindo; quando ele chegava em casa à meia-noite, as meninas em geral estavam na cama. Fatma e Fevziye gostariam de ir ao café muito mais vezes, mas o pai as proibira de irem sozinhas, e insistia para que nunca soltassem a mão da mãe no caminho. A rigor, Rayiha também estava proibida de ir a Beyoğlu, sobretudo à avenida İstiklal: quando tinham de cruzar a avenida, as três sentiam como se não só se esquivassem dos perigos do trânsito, mas também estivessem fugindo de multidões de homens de Beyoğlu.

RAYIHA. Agora que se tocou no assunto, aproveito para esclarecer que não é verdade que o jantar de Mevlut se limitava a uma sopa ao longo dos cinco anos que trabalhou como gerente do café. Eu lhe preparava ovos mexidos com pimentões verdes, batatas fritas, rocamboles e feijão com muitas pimentas-doces e cenouras. Como vocês sabem, Mevlut adora galinha assada com batatas. Agora que ele não vendia mais arroz, uma vez por mês eu comprava galinha para ele e para as meninas na loja de Hamdi, o comerciante de aves, que continuava me dando um desconto.

Embora não se tocasse no assunto em casa, a verdade é que Rayiha levava as meninas ao café para elas comerem kebab e sanduíches de queijo com linguiça e tomarem *ayran* com suco de laranja à vontade.

No começo, Rayiha sempre se explicava de algum modo: "Estávamos passando por aqui e resolvemos dar um alô". "Boa ideia", dizia um dos empregados. Depois das primeiras visitas, as meninas passaram a receber as comidas de que mais gostavam sem nem ao menos precisar pedir. Rayiha não comia nada, e se um empregado gentil tomasse a iniciativa de lhe preparar um kebab ou um sanduíche de queijo quente, ela sempre recusava, dizendo que já tinha comido. Mevlut se orgulhava de sua atitude, e nunca lhe dizia "Tudo bem, coma um pouco" como talvez seus colegas esperassem.

Mais tarde, quando Mevlut descobriu que os empregados do Café Binbom estavam passando a perna no capitão Tahsin, os kebabs gratuitos de suas filhas começaram a pesar em sua consciência.

17. A grande trapaça dos empregados do café
Fique fora disso

Em princípios de 1990, Mevlut descobriu o complexo esquema pelo qual os empregados do Café Binbom estavam burlando as regras do patrão. Todos os dias eles retiravam uma quantia de um fundo comum, composto de seu próprio dinheiro, e com ela compravam pães em outra padaria e os recheavam com produtos comprados em outras lojas — preparavam os lanches e os vendiam sem o conhecimento do patrão. Seus hambúrgueres e kebabs eram escondidos em pacotes entregues todos os dias, à hora do almoço, nos escritórios das redondezas. O empregado Vahit visitava os locais com um caderninho no qual anotava os pedidos das pessoas, e depois recolhia o pagamento, sem que a transação passasse pela caixa registradora. Mevlut custou a descobrir esse bem azeitado mecanismo secreto, e haveria de passar mais um longo inverno antes que os empregados notassem que ele os descobrira e não os denunciara.

Mevlut sempre suspeitara do funcionário mais jovem, o Doninha (cujo nome verdadeiro ninguém usava). Doninha tinha acabado de voltar do serviço militar, trabalhava na cozinha e na despensa do café, um buraco fedorento de dois metros por dois metros e meio, onde preparava pães de hambúrguer, molho de tomate, *ayran* e batatas fritas, entre outros, e também lavava — ou melhor, só enxaguava — os copos e pratos de alumínio, sendo essas atividades interrompidas por ocasionais incursões ao térreo nas horas de maior movimento para ajudar os empregados. Mevlut vira pela primeira vez o pão da outra padaria na cozinha infestada de ratos e baratas do Doninha.

Mevlut não gostava de Vahit, desaprovava a forma desrespeitosa como fitava todas as mulheres decentes que lhe caíam sob as vistas. Não obstante, para a consternação de Mevlut, como trabalhavam juntos, ficavam cada vez mais próximos. Se não houvesse fregueses, eles passavam as horas vendo TV, e em todas as cenas comoventes de qualquer programa exibido (todo dia havia cinco ou seis desses momentos), eles se entreolhavam com cumplicidade — e isso também os aproximava. Por fim, Mevlut começou a sentir como se conhecesse Vahit desde sempre. Mas, quando percebeu seu papel no esquema ilícito, a intimidade das reações partilhadas diante da telinha lhe causou desconforto. Compreensão e solidariedade humana não combinavam com um trapaceiro como Vahit. Em sua qualidade de gerente, ele chegou a se perguntar se esse empregado culpado não estaria usando suas reações compartilhadas aos programas de TV como forma de conquistar suas boas graças.

À época em que notou indícios de atividades fraudulentas, Mevlut teve a estranha sensação de que um de seus olhos, aquele que observava Vahit e os outros, de certa forma tivesse se desligado de seu corpo e também examinasse o próprio Mevlut. Às vezes, quando se sentia aprisionado entre as pessoas cujas vidas giravam em torno do café, o olho se punha a vigiá-lo e ele se sentia um impostor. Mas então notou que alguns fregueses ficavam tão alheios ao que se passava que comiam seus kebabs sem desviar os olhos de seus reflexos no espelho.

Quando ainda vendia arroz nas ruas, Mevlut suportava o frio, batalhava para conseguir fregueses para seu sorvete, mas pelo menos naquela época ele era livre. Seus pensamentos vagavam, ele podia dar as costas ao mundo, seu corpo se deslocava ao sabor da sua vontade. Agora, sentia-se acorrentado. Durante o dia, nos momentos em que tirava os olhos da TV e tentava devanear, consolava-se com a ideia de que mais tarde iria ver as filhas e depois sair para vender boza. Havia fregueses que gostava de ver toda noite, e havia também o resto da cidade. Àquela altura, ele sabia que, toda vez que gritava "Boo-zaaa" com certa emoção, as pessoas sentiam essa mesma emoção em seus corações, e era por isso que o chamavam para subir as escadas.

Foi assim que, nos anos que trabalhou como gerente, Mevlut se tornou um vendedor de boza mais empenhado e entusiástico do que fora até então. Quando gritava "Boo-zaa", ele não estava apenas se dirigindo a algumas cortinas fechadas que escondiam famílias, nem a uma parede sem reboco, nem aos cães demoníacos cuja presença invisível podia sentir nos cantos escuros: ele também entrava num mundo interior. Toda vez que gritava "Boo-zaa" sentia as imagens de sua mente emergindo de sua boca como balões de histórias em quadrinhos que logo se dissolviam. Toda palavra era um objeto, e todo objeto era uma imagem. Sentia que as ruas e o universo de sua mente eram a mesma coisa. Às vezes pensava ser o único que descobrira essa extraordinária verdade, ou talvez fosse iluminado por uma luz divina. Quando saía do café, inquieto, e ia para casa, e depois saía para a noite carregando a vara no ombro, notava que o mundo dentro de sua alma se refletia nas sombras da cidade.

Ele gritava "Boo-zaa" noite após noite depois de mais um dia sem saber como agir a respeito da conspiração no Café Binbom, quando uma agradável luz cor de laranja brilhou numa janela que acabara de se abrir na escuridão. Uma grande sombra negra lhe pediu que subisse até seu apartamento.

Era um velho edifício grego numa rua de Feriköy. Mevlut lembrou-se de certa tarde ter entregado iogurte naquele apartamento com o pai logo que foi morar em Istambul (como muitos ambulantes, ele tinha os conjuntos de apartamentos e suas placas de identificação gravados na memória). O nome do edifício era Savanora. Ainda cheirava a poeira, umidade e óleo de fritura. Mevlut passou por uma porta no segundo andar e chegou a uma sala ampla e muito iluminada: o velho apartamento fora transformado numa fábrica têxtil. Ele viu umas doze jovens, cada uma sentada a uma máquina de costura. Algumas ainda eram crianças, mas a maioria era mais ou menos da idade de Rayiha, e tudo nelas — desde a maneira como usavam o véu, sem cingi-lo muito à cabeça, até a expressão séria e absorta de suas faces — parecia tremendamente familiar a Mevlut. O homem de rosto amistoso que aparecera na janela havia pouco era o patrão delas. "Vendedor de boza, essas jovens aplicadas no trabalho são como filhas para mim. Temos de atender a uma encomenda da Inglaterra e elas vão trabalhar até o micro-ônibus vir buscá-las de manhã", disse ele. "Você pode fazer o obséquio de lhes servir sua melhor boza e seus grãos-de-bico mais torradinhos? E de onde você é?" Mevlut olhou atentamente os relevos em estuque nas paredes, o grande espelho de moldura dourada e o lustre feito de imitação de cristal — todos deixados pelas famílias gregas que outrora moravam ali. Durante muitos anos, sempre que se lembrava daquela sala, ele se convencia de que a memória estava lhe pregando peças, que ele não tinha visto aquele lustre nem aquele espelho. Só podia ser aquilo porque, em suas lembranças, as jovens nas máquinas de costura se pareciam muitíssimo com suas filhas.

Fatma e Fevziye vestiam seus uniformes pretos iguais, abotoavam as golas brancas uma da outra — de um tecido de fibras sintéticas e algodão que sempre dava a impressão de ter acabado de ser engomado — nas costas de seus aventais, prendiam o cabelo num rabo de cavalo, pegavam as mochilas que Mevlut comprara com desconto numa loja em Sultanhamam (lugar que ele conhecia do tempo em que, cursando o colegial, vendia a raspadinha da sorte com Ferhat) e saíam para a escola todas as manhãs às sete e quarenta e cinco, na mesma hora em que seu pai, ainda de pijama, levantava da cama.

Quando as meninas iam para a escola, Mevlut e Rayiha faziam amor por quanto tempo quisessem. Desde que a segunda filha, Fevziye, crescera, eles quase nunca ficavam sozinhos, como no primeiro ano de casados. Os dois só se viam a sós quando as meninas estavam com Reyhan ou outra vizinha, ou quando Vediha ou Samiha vinham pela manhã e saíam com elas. Num dia de verão, as meninas às vezes podiam sumir durante horas, brincando com as amigas no quintal de algum vizinho. Quando o tempo quente dava essa oportunidade a Mevlut e Rayiha, eles em geral trocavam um olhar significativo quando se viam sozinhos. "Onde elas estão?", Mevlut perguntava; Rayiha dizia: "Elas devem estar brincando no quintal da vizinha", ao que Mevlut respondia: "A gente nunca sabe, elas podem voltar", e isso bastava para os impedir de reviver aqueles ditosos momentos dos primeiros tempos.

Ao longo dos últimos seis ou sete anos, eles só faziam amor na casa de um cômodo depois da meia-noite, quando as meninas estavam na cama num canto do cômodo, mergulhadas na fase mais profunda de seu sono. Se Rayiha estivesse de pé esperando que Mevlut voltasse tarde de suas andanças para vender boza, e se ela o recebesse com carinho em vez de ficar simplesmente vendo TV, Mevlut entendia aquilo como um convite e apagava todas as luzes logo que se certificava de que as meninas dormiam um sono profundo. O casal fazia amor discretamente sob os lençóis, sem se demorar muito — porque àquela altura ele estava sempre exausto. Às vezes caíam no sono por algumas horas e depois acordavam, o pijama e a camisola confundindo-se um com o outro, e faziam amor de afogadilho, mas com um sentimento genuíno e profundo. Não obstante, todos aqueles obstáculos significavam que eles estavam desfrutando seu direito conjugal com menos frequência, o que eles aceitavam como uma condição natural da vida de casados.

Agora, porém, eles tinham mais tempo, e o trabalho no café não exauria muito Mevlut. E logo o entusiasmo voltou, e agora os dois se sentiam mais à vontade juntos, pois conheciam e confiavam um no outro, já não se sentiam inibidos. Ficar em casa a sós os reaproximou, e eles voltaram a experimentar a confiança mútua que só pode existir entre marido e mulher, e lembrar-se de quão felizes eram por terem se encontrado.

Essa felicidade também ajudou Rayiha a parar de remoer as dúvidas sobre a verdadeira destinatária das cartas, embora não conseguisse esquecer o assunto inteiramente. Ela continuava a ter momentos de incerteza, mas nessas ocasiões lia algumas linhas e se consolava com as belas palavras de Mevlut.

Mevlut devia chegar ao Café Binbom às dez da manhã, por isso, quando as meninas iam para a escola, marido e mulher podiam se entregar à felicidade conjugal por não mais que uma hora e meia, incluindo-se aí o tempo que levavam tomando o chá e café. (O desjejum de Mevlut era sempre um sanduíche de queijo e tomate na chapa, no Binbom.) Foi naquelas horas de feliz companheirismo que Mevlut começou a contar a Rayiha sobre a falcatrua que estava acontecendo no Café Binbom.

RAYIHA. "Fique fora disso", eu disse a ele. "Fique de olho em tudo, mas finja não ter visto nada." "Mas o patrão me pôs lá para controlar o que acontece", disse Mevlut — e ele tinha razão. "O patrão é um dos homens de Vural... Eles não haverão de pensar que sou um idiota que não consegue perceber uma tramoia, mesmo quando ela está debaixo do meu nariz?" "Mevlut, você sabe muito bem que todos estão envolvidos. Se contar ao patrão, eles vão se unir contra você e acusá-lo de ter enganado o patrão durante todo o tempo. Aí é você quem vai perder o emprego. Isso só vai fazer com que a família Vural se indisponha contra você." Eu via o quanto Mevlut se apavorava toda vez que eu dizia isso, e ficava triste.

18. Os últimos dias do Café Binbom
Vinte mil carneiros

Na noite de 14 de novembro de 1991, um navio mercante libanês que navegava para o sul e um cargueiro que transportava milho das Filipinas para o mar Vermelho colidiram diante da velha fortaleza, no trecho mais estreito do Bósforo. A embarcação libanesa afundou, cinco tripulantes morreram. No dia seguinte, assistindo ao noticiário com os colegas, Mevlut soube que o navio libanês transportava vinte mil carneiros.

O povo de Istambul tomou conhecimento do acidente quando os carneiros começaram a aparecer nos píeres ao longo do Bósforo e nas costas de Rumelihisarı, Kandilli, Bebek, Vaniköy e Arnavutköy. Alguns chegavam vivos e subiam para as ruas atravessando as casas de barcos de velhas mansões de madeira ainda não incendiadas, os molhes dos restaurantes modernos que tomaram o lugar dos cafés de pescadores e os jardins de casas onde as pessoas tinham ancorado seus barcos, que lá ficariam durante o inverno. Os animais, com suas lãs cobertas de lama e manchas de petróleo, estavam raivosos e exaustos. Mal conseguiam mexer as pernas magras e cansadas, encharcadas de um líquido cor de ferrugem parecido com boza. Tinham os olhos toldados por um sofrimento antigo que comoveu e paralisou Mevlut, sentado diante da TV do café.

Alguns carneiros foram resgatados por gente que, ao saber do acidente, se pôs imediatamente a navegar na escuridão da noite. Alguns encontraram novos lares, mas a maioria morreu antes do amanhecer. Estradas, ancoradouros particulares, parques e casas de chá ao longo do Bósforo encheram-se de carcaças de carneiros. Mevlut e o resto de Istambul foram tomados por um ímpeto de acudir a situação.

Mevlut ouviu dizer que alguns, tendo conseguido alcançar as ruas, atacavam as pessoas e caíam mortos de repente; ou então se abrigavam em pátios de mesquitas, túmulos sagrados e cemitérios. Também se dizia que seriam um sinal do apocalipse, a ocorrer no ano 2000 — uma tese que comprovava que as profecias do falecido colunista Celâl Salik, fuzilado por suas opiniões, eram mais do que certas. Desde então, sempre que via TV no Binbom, Mevlut pensava no destino daqueles carneiros, que para ele simbolizavam algo mais profundo — e os pescadores que encontravam carneiros mortos presos em suas redes, inchados como balões, passaram a considerá-los aziagos.

O que piorava ainda mais as coisas, transformando o caso em matéria para pesadelos de todos, eram os relatos de que a maior parte dos vinte mil carneiros continuava confinada no casco do navio, com vida e à espera da salvação. Mevlut acompanhava as entrevistas dos mergulhadores que foram vasculhar os destroços e tentava, em vão, imaginar o que sentiriam os carneiros imersos na escuridão nas entranhas do navio. Será que era mesmo escuro e malcheiroso, ou era como no mundo dos sonhos? O sofrimento deles lhe trazia a lembrança de Jonas no ventre da baleia. Que pecados teriam cometido aqueles animais para ter tal destino? Aquilo era parecido com o céu ou com o inferno? O Deus Todo-Poderoso mandara a Abraão um carneiro para poupá-lo de sacrificar o filho. Por que Ele mandara vinte mil carneiros para Istambul?

Carne de boi e de cordeiro eram luxos raros na casa de Mevlut. Por algum tempo ele sentiu aversão a carne, mas não disse para ninguém. Não chegou a se tranformar em princípio moral, e era esquecida no dia em que os empregados do Café Binbom dividiam as sobras de kebab.

Mevlut dava-se conta da rapidez da passagem do tempo — sentia-se envelhecer a cada dia, não sabia como lidar com as falcatruas, até que, pouco a pouco, percebeu que estava se tornando uma pessoa diferente. Finalmente, no inverno de 1993, depois de três anos no cargo de gerente, Mevlut viu que era tarde demais para comunicar ao patrão as tramoias dos empregados. Tentou uma ou duas vezes expor seu dilema moral ao Sagrado Guia, mas nunca recebeu uma resposta que pudesse aliviar sua aflição.

Ele ficava ainda mais desconcertado ao ver que, mesmo quando os colegas saíam do emprego — para o serviço militar, para um novo emprego ou porque não se davam com ninguém —, as fraudes continuavam firmes, pesando em sua consciência.

A pessoa que Mevlut deveria denunciar, o responsável pela criação de todo o esquema, era Muharrem, um sujeito que os demais empregados chamavam de Gordo. Ele era a própria imagem pública do Café Binbom, um homem das quebradas, versão mal-ajambrada de um personagem de cartum inventado pelos assadores de kebab postados ao longo da praça Taksim e da avenida İstiklal. Cabia ao Gordo assar o kebab exposto na vitrine do café (ele girava o espeto quando um lado estava assado, cuidava para que a carne não queimasse e cortava-a para os fregueses), e ele manejava sua comprida faca como um vendedor de sorvetes de Maraş a sua concha, girando-a habilmente de forma a atrair os transeuntes, em especial os turistas. Mevlut não via graça naquilo. Aliás, era raro algum turista passar por lá.

Às vezes Mevlut desconfiava que o Gordo se empenhasse tanto, e em vão, para esconder de si mesmo e dos demais seu papel de líder da patifaria. Mas como em todos os seus anos de ambulante Mevlut raramente havia encontrado gente de genuínos princípios morais, ele se perguntava se na verdade não era justo o contrário: talvez Muharrem nem considerasse sua atitude condenável do ponto de vista moral. Nos dias de agitação política que sucederam ao assassinato do colunista laico e esquerdista Uğur Mumcu, o Gordo descobriu que Mevlut estava a par de tudo. E se justificou, explicando que para ele toda aquela operação era uma forma de os trabalhadores — mal pagos e cruelmente privados de quaisquer benefícios — defenderem seus direitos sem incomodar o patrão. Mevlut se impressionou com a força daquela argumentação esquerdista, que incutiu nele um novo respeito pelo Gordo. Por mais que tenha sido um contraventor, Mevlut nunca o denunciaria ao patrão, nem ao Estado, nem à polícia.

Em julho, quando os islamitas atacaram os alevitas em Sivas, e trinta e cinco pessoas — inclusive escritores e poetas — foram queimadas vivas dentro do Hotel Madımak, Mevlut sentiu falta do antigo amigo — ansiava por discutir política com ele e amaldiçoar os canalhas, como faziam. Rayiha havia sabido que Ferhat, cujo trabalho consistia em fazer a leitura do consumo de eletricidade para o governo municipal, manteve o emprego depois que a empresa foi privatizada e tinha um bom salário. Mevlut não queria acreditar que Ferhat estivesse em boa situação, mas quando a verdade se mostrava irrefutável, ele se consolava dizendo que o único modo de ganhar rios de dinheiro era por meios ilícitos (como ocorria no Café Binbom), e então julgava Ferhat segundo essa régua. Vira muitos jovens comunistas virarem capitalistas tão logo se casavam. Costumavam ser ainda mais irritantes que os comunistas convictos.

No outono, Vahit se abriu com Mevlut e esmiuçou os detalhes da fraude num tom lamentoso mas também ameaçador. Insistia que era inocente e que não deveria ser denunciado, mas se Mevlut o envolvesse, a Vahit não restaria outra alternativa senão denunciá-lo também. Depois disso, olhou para Mevlut como a dizer: "É a vida!", do mesmo jeito como minutos antes comentara as cenas de destruição da ponte Mostar na Bósnia que haviam visto na TV. Vahit queria casar, e essa era mais uma razão para se apropriar do dinheiro. E não era só o patrão que o explorava, mas também o Gordo e os demais. Sua parte na divisão dos ganhos era pequena. Na verdade, o Gordo, "o verdadeiro chefe daqui", era muito pior do que o capitão. Se Vahit não passasse a ganhar o que lhe era devido, ia procurar o patrão e contar as maquinações do Gordo.

Mevlut foi pego de surpresa. Vahit ameaçava golpeá-lo no ponto em que ele era mais vulnerável: suas relações com a família Vural. Quando começou a trabalhar lá, o patrão apresentou-o com abundantes elogios a fim de que os outros empregados se sentissem amedrontados, deixando claro que Mevlut era incorruptível. Agora o tiro poderia sair pela culatra. Em algumas noites, o patrão fechava a caixa registradora e elogiava Mevlut diante de todo mundo: ele era um homem honesto, ético, honrado. Tinha toda inocência e sinceridade da gente da Turquia central. O patrão falava dos turcos da região central como se tivesse sido o primeiro a descobri-los em Istambul. Quando você consegue cativar essas pessoas da Turquia central, quando eles passam a confiar em você, eles dão a vida por você, se for preciso.

Os membros da família Vural zelavam muito pela própria honra. Mevlut era um de seus homens, o que significava que nunca enganaria ninguém e teria o apoio deles quando chegasse a hora de punir os trapaceiros. Pela forma como Vahit falava, Mevlut ficou com a impressão de que ele acreditava que os membros da família Vural do mar Negro fossem os verdadeiros donos do Binbom, e que o patrão, assim como o próprio Mevlut, não passavam de laranjas. Mevlut não se surpreendeu: em seus anos de ambulante, conhecera milhares de pessoas e percebera que elas sempre achavam que, por trás de cada drama, de cada batalha, havia sempre a trama de alguém.

Certo dia de fevereiro, bastante frio, Mevlut dormiu a manhã toda depois que as filhas foram para a escola. Chegou ao trabalho com um atraso de dez minutos e encontrou o Café Binbom de portas fechadas. As fechaduras haviam sido trocadas. Duas casas mais adiante, o empregado de uma loja que vendia nozes e sementes de girassol disse-lhe que ocorrera uma briga medonha na noite anterior, a polícia chegou a ser chamada. O patrão tinha levado alguns homens para bater nos empregados, e todos foram parar na delegacia de polícia. Depois que a polícia obrigou ambas as partes a fazer as pazes, o patrão voltou com um serralheiro que ele descobriu sabe Deus lá onde, trocou as fechaduras e pôs na vitrine um cartaz em que se lia: FECHADO PARA REFORMA.

Essa é a versão oficial, Mevlut pensou. Teria o patrão descoberto a fraude dos trabalhadores? Só queria ir para casa e contar tudo a Rayiha, partilhar sua aflição por estar desempregado — se esse fosse realmente o caso —, mas não foi isso que fez.

Mevlut passou as manhãs seguintes entrando em cafés que não conhecia e tentando imaginar como dar conta das despesas da casa. Ele se sentia muito culpado, esperava a punição a qualquer momento, mas também sentia certa alegria, que ele logo parou de tentar esconder de si mesmo. Era a mescla de liberdade e raiva que ele sentia toda vez que matava aula quando adolescente. Havia muito tempo que ele não andava pela cidade sem destino ao meio-dia, sem nada urgente para fazer, então seguiu para Kabataş, desfrutando o momento. Outro sujeito tinha parado um carro de arroz com grão-de-bico no mesmo lugar que ele ocupara durante anos. Pensou em se aproximar, mas não foi. Por um instante, sentiu como se estivesse contemplando sua própria vida à distância. Será que ele ganhava muito dinheiro? Era um homem magro como Mevlut.

O parque atrás do chafariz tinha ficado pronto e estava aberto. Mevlut entrou e sentou num banco. Seus olhos vagaram pela distante silhueta do Palácio Topkapı na neblina, pelos enormes fantasmas cinzentos das mesquitas da cidade, os grandes navios de tons metálicos a deslizar silenciosamente, e as gaivotas, com sua incessante litania de guinchos e disputas. Sentiu que a melancolia se aproximava dele, avançando com a determinação daquelas grandes vagas do oceano que vira na TV. Só Rayiha podia consolá-lo. Mevlut sabia que não podia viver sem ela.

Vinte minutos depois, ele estava em casa, em Tarlabaşı. Rayiha nem mesmo perguntou "Por que você voltou tão cedo?". Ele disse ter dado uma desculpa para sair do café e voltar para fazer amor com ela. (Eles já tinham feito isso antes.) Eles se esqueceram do mundo — inclusive de suas filhas — pelos quarenta minutos seguintes.

Mevlut logo descobriu que nem precisaria tocar no assunto, porque Vediha tinha ido à sua casa naquela manhã e contara tudo a Rayiha. Ela começou com um ríspido "Como é que vocês ainda não têm um telefone?", depois contou que um dos empregados do café dissera ao patrão que ele estava sendo trapaceado por seus empregados. Então o capitão Tahsin pediu a ajuda de seus amigos de Trebizonda para invadir a loja e recuperar sua propriedade. Uma troca de insultos levou a uma briga entre o Gordo e o patrão, e os dois foram parar na delegacia de polícia, onde terminaram por apertar as mãos, à guisa de trégua. O informante também afirmou que Mevlut estava ciente das tramoias daqueles patifes, mas recebera dinheiro em troca de seu silêncio; o patrão acreditou nisso e queixou-se de Mevlut a Hadji Hamit Vural.

Korkut e Süleyman disseram aos filhos de Hadji Hamit que Mevlut era um homem honesto, que nunca haveria de cair tão baixo, e refutaram aquelas calúnias que atentavam contra a honra da família. Mas a família Aktaş estava com raiva de Mevlut por colocar em risco suas relações com a família Vural. Agora Mevlut estava furioso com Rayiha por dar essas notícias de maneira tão seca, sem o menor traço de simpatia, quase como se achasse que eles tinham razão. Rayiha percebeu. "Não se preocupe, vamos dar um jeito", ela disse. "Tem sempre muitas pessoas querendo bordados em suas cortinas e roupas de cama e mesa."

O que mais transtornou Mevlut foi que Fatma e Fevziye se viram privadas dos sanduíches e kebabs. Os empregados gostavam muito das duas e sempre as tratavam com carinho. O Gordo fazia pantomimas para diverti-las. Uma semana depois, Mevlut ouviu o boato de que o Gordo e Vahit estavam furiosos, chamando-o de oportunista, acusando-o de aproveitar-se deles exigindo uma cota dos ganhos, para depois mudar de lado e denunciar todo mundo. Mevlut não respondeu a nenhuma dessas acusações.

Mais uma vez ele se pegou querendo reatar com Ferhat. Toda vez que lhe perguntava alguma coisa, Ferhat sempre tinha uma resposta esclarecedora, mesmo que áspera. Haveria de dar o melhor conselho sobre como lidar com as conspirações do Binbom. Mas Mevlut sabia que esse desejo derivava de uma visão otimista da natureza da amizade. As ruas lhe ensinaram que depois dos trinta anos o homem sempre era um lobo solitário. Com sorte, podia ter uma loba como Rayiha ao seu lado. Naturalmente, o melhor antídoto para a solidão das ruas eram as próprias ruas. Os cinco anos que Mevlut passara como gerente o afastaram da cidade, transformando-o num homem triste.

Depois de mandar as filhas para a escola de manhã, ele fazia amor com Rayiha antes de ir às casas de chá da região à procura de emprego. À noite saía cedo para vender boza. Visitou a congregação de Çarşamba duas vezes. Em cinco anos o Sagrado Guia envelhecera, e agora passava menos tempo à mesa que na poltrona ao lado da janela. Ao lado da poltrona havia um botão que lhe permitia dar às pessoas acesso ao edifício através da entrada principal. Um grande espelho retrovisor fora fixado à parede da janela do terceiro andar para que o Sagrado Guia pudesse ver quem estava à porta sem ter de se levantar. Nas duas visitas de Mevlut, o Sagrado Guia o viu pelo espelho e o deixou entrar antes mesmo que ele gritasse "Boo-zaa". Agora havia novos alunos e novos visitantes. Os dois não tiveram a oportunidade de conversar muito. Em ambas as visitas, ninguém — nem mesmo o Sagrado Guia — notou que Mevlut não cobrou a boza, e ele não contou que já não trabalhava como gerente do café.

Por que em certas noites ele sentia necessidade de ir a um cemitério longínquo e sentar-se entre os ciprestes à luz do luar? Por que uma enorme vaga como a que vira na TV às vezes o alcançava, de modo que ele se via afogando-se num mar de sofrimentos? Mesmo os bandos de vira-latas de Kurtuluş, Şişli e Cihangir voltaram a latir, a rosnar e mostrar-lhe os dentes, como faziam os outros cães nos bairros do outro lado do Chifre de Ouro. Por que Mevlut voltara a ter medo dos cães, de modo que eles notavam seu medo e rosnavam para ele? Aliás, por que todos aqueles cães tinham começado a rosnar para Mevlut, fazendo com que voltasse a ter medo deles?

Vivia-se novamente o período eleitoral; a cidade inteira exibia bandeirolas políticas, carros tocavam a todo volume músicas folclóricas e marchas em seus alto-falantes, obstruindo o trânsito e aborrecendo todo mundo. Em Kültepe, as pessoas costumavam votar em qualquer partido que prometesse novas estradas, eletricidade, água e linhas de ônibus para o bairro. Quem negociava para conseguir todos esses benefícios era Hadji Hamit Vural, por isso ele decidia que partido deveria ser escolhido.

Na maioria das vezes, Mevlut ignorava as eleições, preocupado com os boatos de que, "Quando você se registra para votar, a coletoria de impostos começa a bater à sua porta". Mas ele não odiava nenhum partido, sua única reivindicação era que o candidato devia "tratar bem os vendedores ambulantes". Duas eleições atrás, porém, o governo militar decretara um toque de recolher e mandara soldados para todos os lares do país, para anotar os nomes das pessoas, ameaçando prender quem não votasse. Por isso, Rayiha pegou suas carteiras de identidade e foi fazer seu registro e o de Mevlut.

Durante as eleições locais de março de 1994, as urnas do bairro foram alocadas na Escola Primária Piyale Paşa, onde as meninas estudavam. Mevlut e Rayiha foram votar muito animados em companhia das meninas. Havia uma urna e uma multidão na sala de aula de Fatma, mas a de Fevziye estava vazia. Riram da imitação que Fevziye fez de sua professora e admiraram um desenho seu, intitulado "Minha casa", tão elogiado que acabou pendurado num canto da sala. Fevziye havia acrescentado à casa duas chaminés e uma bandeira turca no telhado, e uma amendoeira ao fundo, com o carrinho de arroz perdido. Sem as correntes usadas para prender o carrinho.

No dia seguinte, os jornais noticiaram que o partido islâmico ganhara as eleições em Istambul, e Mevlut pensou: "Como eles são religiosos, vão dar um fim nas mesas de bêbados nas calçadas de Beyoğlu, então vai ser mais fácil transitar por ali, e as pessoas vão comprar mais boza". Dois dias depois, ele foi atacado por cães, depois roubado, e perdeu dinheiro e seu relógio suíço; foi então que resolveu deixar de vender boza.

PARTE V

MARÇO DE 1994-SETEMBRO DE 2002

Toda palavra no Céu é um reflexo do que lhe vai no coração.
Ibn Zerhani, *O sentido oculto do mistério perdido*

1. A Loja de Boza dos Cunhados
Fazendo a nação sentir-se orgulhosa

Agora que nossa história chegou à noite de quarta-feira, 30 de março de 1994, devo recomendar aos meus leitores que relembrem a parte II de nosso romance. Naquela noite, Mevlut foi atacado por vira-latas, e lhe roubaram o relógio de pulso que lhe foi presenteado por Hadji Hamit Vural no dia de seu casamento, doze anos antes — dois incidentes que lhe causaram grande aflição. Na manhã seguinte, depois que Fatma e Fevziye tinham ido à escola, ele contou a Rayiha o ocorrido e se manteve firme em sua decisão de não vender mais boza. Não poderia andar pelas ruas à noite enquanto levasse consigo aquele medo de cães no coração.

Ele também se perguntava se fora coincidência o ataque dos cães e o roubo na mesma noite. Se os cães o tivessem atacado depois de ter sido roubado, ele teria pensado: Os ladrões me assustaram, e os cães me atacaram porque perceberam meu medo. Na verdade, porém, primeiro os cães atacaram, e ele foi roubado duas horas depois. Procurando uma ligação entre os dois acontecimentos, Mevlut ficou se lembrando de um artigo que lera muitos anos antes na biblioteca da escola secundária. O artigo, que figurava num velho número de *Mente e Matéria*, versava sobre a capacidade dos cães de ler a mente das pessoas. Logo percebendo que seria muito difícil lembrar-se dos detalhes do artigo, Mevlut o afastou de seus pensamentos.

* * *

RAYIHA. Quando Mevlut decidiu não vender boza por causa dos cães, fui visitar Vediha em Duttepe na primeira oportunidade que tive.

"Eles não estão nada satisfeitos com Mevlut depois do que aconteceu no Café Binbom; tão cedo não vão se dispor a arranjar um emprego para ele", disse Vediha.

"Mevlut também não está satisfeito com eles", eu disse. "De todo modo, estou pensando em contar com a ajuda de Ferhat. Soube que ele está bem no Departamento de Energia Elétrica. Quem sabe ele não poderia arrumar alguma coisa para Mevlut? Mas Mevlut não irá procurá-lo, a menos que Ferhat se ofereça para ajudá-lo."

"Mas por que isso?"

"Você sabe…"

Vediha olhou para mim como se tivesse entendido.

"Por favor, Vediha, você sabe o que dizer a Samiha e a Ferhat", falei. "Ele e Mevlut eram muito amigos. Se Ferhat anda tão interessado em exibir seu sucesso, vamos fazer com que ele dê uma mão a seu velho amigo."

"Quando éramos pequenas, você e Samiha se uniam contra mim o tempo todo", disse Vediha. "Agora você quer que eu as ponha em contato novamente?"

"Não tenho nada contra Samiha", respondi. "O problema é que os homens são orgulhosos demais."

"Mas eles não chamam isso de orgulho, dizem que se trata de honra", disse Vediha. "É assim que se tornam maus."

Uma semana depois, Rayiha disse ao marido que no domingo eles iriam levar as meninas para a casa de Samiha e Ferhat, e que Samiha ia preparar um kebab à moda de Beyşehir.

"O kebab de Beyşehir não passa de um pão chato coberto de nozes e de carne", disse Mevlut. "Faz vinte anos que não como isso. De onde veio essa ideia?"

"Também faz dez anos que você não vê Ferhat!", disse Rayiha.

Mevlut ainda estava desempregado: desde que fora roubado, alimentava um rancor contra o mundo e sentia-se cada vez mais vulnerável. De manhã, ia a restaurantes de Tarlabaşı e Beyoğlu, numa amarga e desanimada busca por um emprego que lhe conviesse. À noite, ficava em casa.

No ensolarado domingo em que tomaram um ônibus em Taksim, os únicos passageiros, além deles, eram um punhado de gente que também ia visitar amigos e parentes do outro lado da cidade. Rayiha se descontraiu ao ouvir Mevlut dizer a Fatma e a Fevziye que seu amigo de infância, o tio delas Ferhat, era um homem muito divertido.

Graças às meninas, assim que Mevlut tornou a ver Samiha e Ferhat — um momento que ele receou durante dez anos —, não houve o menor embaraço. Os dois amigos se abraçaram, Ferhat pegou Fevziye no colo, e todos foram ver o terreno que ele demarcara com pedras brancas havia mais de quinze anos, como se fossem inspecionar um terreno no qual planejavam construir uma casa.

As meninas corriam, alvoroçadas com a mata na periferia da cidade, a indistinta silhueta de Istambul na névoa distante e os quintais cheios de cães, galinhas cacarejando e pintinhos. Mevlut percebeu que Fatma e Fevziye, nascidas e criadas em Tarlabaşı, nunca haviam visto um campo que cheirasse a estrume, uma choupana de aldeia, um pomar. Ficou imensamente satisfeito ao ver o deslumbramento delas diante de tudo — uma árvore, uma alavanca para tirar água do poço, uma mangueira esguichando água, um burro de aspecto castigado, chapas de metal e trilhos que o pessoal do bairro surrupiara das ruínas históricas de Istambul e usava para cercar seus quintais.

Mas Mevlut sabia que o verdadeiro motivo de seu bom humor era ter reatado sua amizade sem sacrificar o orgulho nem perturbar Rayiha. Lamentava sua amargura pelas tais cartas de amor. Ainda assim, cuidou para não ficar a sós com Samiha.

Samiha trouxe o kebab de Beyşehir e Mevlut sentou-se no lado oposto da mesa. Sentia uma alegria que aliviava temporariamente suas preocupações com trabalho e dinheiro. Ferhat ria e fazia graça, enchendo o copo do amigo. Quanto mais Mevlut bebia, mais à vontade ele se sentia. Mas manteve-se alerta e procurou não falar muito, com receio de ser inconveniente.

Quando o *rakı* começou a fazer efeito, ele resolveu ficar quieto. Ouvia a conversa sem dela participar (o papo girava em torno de um programa de perguntas e respostas), e toda vez que sentia necessidade de falar, falava consigo mesmo.

Sim, escrevi minhas cartas para Samiha, e fiquei impressionado com seus olhos!, ele pensou. Não olhava na direção dela naquele momento, mas ela era de fato muito bonita, e decerto seus olhos eram belos o bastante para justificar cada palavra.

Mesmo assim, foi bom Süleyman tê-lo enganado passando as cartas a Rayiha, ainda que àquela época ele pensasse em Samiha o tempo todo. Mevlut sabia que só poderia ser feliz com Rayiha. Deus os tinha feito um para o outro. Ele a amava muito, sem ela, morreria. Jovens bonitas como Samiha podiam ser de trato difícil, exigentes, capazes de nos amargurar. Jovens bonitas só conseguiam ser felizes se se casassem com homens ricos. Mas uma moça boa como Rayiha amaria o marido, fosse ele rico ou pobre. Depois de ter trabalhado como doméstica durante todos aqueles anos, Samiha só se sentia feliz agora que Ferhat começara a ganhar um dinheirinho.

O que teria acontecido se eu tivesse endereçado as cartas a "Samiha" em vez de "Rayiha"?, pensou Mevlut. Será que Samiha teria fugido com ele?

Mevlut reconhecia — com uma mistura de realismo, ciúme e inebriamento — que provavelmente ela não teria fugido.

"Não beba mais", sussurrou Rayiha ao seu ouvido.

"Não estou bebendo", ele resmungou. Samiha e Ferhat poderiam ter uma impressão errada se ouvissem algum comentário descabido de Rayiha.

"Deixe que ele beba o quanto quiser, Rayiha", disse Ferhat. "Agora que resolveu parar de vender boza, tem direito de comemorar…"

"Tem gente que agride vendedor de boza", disse Mevlut. "Não que eu queira parar." Ele desconfiou, constrangido, que Rayiha já tinha explicado tudo e que o motivo do encontro era lhe arranjar um emprego. "Por mim, venderia boza o resto da vida."

"Vamos vender boza o resto da vida!", disse Ferhat. "Tem uma lojinha na rua Imã Adnan. Estava pensando em transformar numa tenda de kebab, mas vender boza é melhor. O proprietário não pagou as dívidas, e agora a loja é nossa, se quisermos."

"Mevlut sabe gerenciar um café", disse Rayiha. "Tem muita experiência."

Mevlut não gostou daquela esposa ousada, empenhada em arrumar trabalho para o marido. Mas naquele momento faltavam-lhe forças para se zangar ou desaprovar o que diziam. Não disse nada, percebeu que Rayiha, Samiha e Ferhat já haviam decidido tudo. Na verdade, ele não estava nem aí.

Voltaria a trabalhar como gerente. Sabia que, no estado de embriaguez em que se encontrava, era melhor não perguntar como diabos Ferhat conseguira juntar dinheiro para abrir uma loja em Beyoğlu.

FERHAT. Logo que concluí a faculdade, um parente alevita de Bingöl me arranjou um emprego no Departamento de Energia Elétrica do município. Então, em 1991, quando a companhia foi privatizada, os funcionários mais dinâmicos e expeditos tiveram sua chance. Alguns se aposentaram e foram embora. Os que acharam que podiam continuar sendo funcionários públicos foram demitidos. Mas as pessoas que revelavam certa iniciativa — como eu — foram bem tratadas.

O governo trabalhara por anos para levar eletricidade a todos os cantos de Istambul, das favelas da periferia aos antros dominados pela bandidagem. O povo de Istambul sempre deu um jeito de fazer gambiarras para não pagar pelo consumo de eletricidade, e o governo passou o problema para as empresas privadas, que começaram a cobrar multas altíssimas de quem fosse flagrado com as irregularidades.

O homem de Samsun que vendia jornais, cigarros e sanduíches na loja da rua Imã Adnan era bastante esperto, mas não muito bom em matéria de trapaças. A rigor, sua loja pertencia a um grego idoso que fora banido do país e se mudara para Atenas. O homem de Samsun se apropriou da loja sem título de propriedade nem contrato, mas ainda assim conseguiu mandar instalar um medidor de consumo, valendo-se de um contato na prefeitura. Feito isso, ele puxou uma fiação diretamente do cabo principal e fez a ligação antes do registro, e com isso alimentava sua chapa de sanduíches e dois aquecedores elétricos possantes o bastante para transformar a loja numa sauna. Quando eu o flagrei, a dívida somada aos juros (reajustada pela inflação de acordo com a nova lei) era tão alta que ele teria de vender seu apartamento em Kasımpaşa para pagar tudo. Em vez disso, o lojista de Samsun simplesmente desapareceu, deixando tudo para trás.

Na loja mal havia espaço para uma ou duas mesas. Rayiha mandava as filhas para a escola de manhã e então, como sempre fizera, acrescentava açúcar à mistura de boza e lavava os vasilhames em casa, depois saía para comprar algumas coisas para a loja (tarefa que ela assumiu com o empenho de um proprietário). Mevlut abria o negócio às onze da manhã, e como ninguém queria boza tão cedo, ele se concentrava em limpar e organizar as coisas, enfileirando na mesa que dava para a rua os copos, vasilhames e misturadores de canela.

Ainda era inverno quando abriram o estabelecimento, e cinco dias depois de inaugurado ele já deu um bom lucro. Animado com esse sucesso, Ferhat reformou a geladeira, pintou a porta e a fachada (de amarelo cremoso, cor de boza, por insistência de Mevlut), instalou uma lâmpada na porta e levou para lá um espelho de sua casa.

O estabelecimento precisava ter um nome. Mevlut achava que bastava pendurar um cartaz acima da porta: LOJA DE BOZA. Mas um pintor de cartazes que trabalhara para algumas lojas de Beyoğlu lhes disse que aquele não era um nome a partir do qual se pudesse consolidar um negócio auspicioso. Pediu-lhes que contassem sua história, e quando descobriu que eram casados com irmãs, soube qual seria o nome da loja:

LOJA DE BOZA DOS CUNHADOS

Com o tempo a loja passou a ser chamada simplesmente de "Cunhados". Como ficou combinado no longo almoço regado a *rakı* no bairro de Ghaazi, Ferhat arcaria com as despesas gerais (a loja em Beyoğlu estaria livre de contas de luz e de aluguel), e Mevlut pagaria as despesas do movimento diário (a boza que ele comprava duas vezes por semana, açúcar, grãos-de-bico torrados, canela), além de entrar com seu trabalho e o trabalho de Rayiha. Os dois amigos de infância dividiriam os lucros em partes iguais.

SAMIHA. Depois de ter trabalhado por tantos anos como doméstica, Ferhat não queria me ver na loja. "Por que trabalhar fora? De todo modo você não pode vender boza", ele dizia, e isso me magoava. Mas ele próprio se mostrava muito curioso e na maior parte das noites ia ajudar Mevlut e chegava bem tarde em casa. Eu também tinha curiosidade, e por isso ia lá (sem contar a Ferhat). Jamais alguém compraria alguma coisa de duas jovens de véu na cabeça, e logo nossa loja seria como qualquer um dos milhares de cafés de Istambul, onde os homens ficavam na linha de frente servindo os clientes e lidando com o dinheiro, enquanto as mulheres se mantinham na retaguarda cuidando da cozinha e lavando os pratos. A única diferença é que a loja vendia boza.

Dez dias depois da inauguração da Cunhados, Ferhat alugou um apartamento em Çukurcuma, com aquecimento central, e enfim saímos de Ghaazi. À nossa volta toda havia lojas de sucata, homens que consertavam móveis, hospitais e farmácias. Da janela eu via parte da rua Sıraselviler e a multidão que ia e vinha de Taksim. À tarde, quando me sentia entediada em casa, ia à Cunhados. Rayiha sempre ia embora às cinco da tarde, para não deixar as filhas sozinhas depois do anoitecer e preparar o jantar. E eu também ia embora, para não ficar sozinha com Mevlut. Nas poucas vezes em que estávamos só nós dois, Mevlut ficou de costas para mim, dando apenas uma olhadela no espelho de vez em quando. Então eu olhava para o outro espelho, e nunca lhe disse palavra.

Ferhat aparecia de tarde, já sabendo me encontrar lá, situação a que se acostumou. Era divertido ficar com ele, zanzando, procurando atender aos pedidos. Era a primeira vez que trabalhávamos juntos. Ferhat fazia comentários sobre cada cliente, como o idiota que soprou no copo pensando que a bebida fosse quente. Ou sobre outro, gerente de uma loja de sapatos, que ele reconheceu porque instalara o medidor de luz. Um cliente ganhou um copo de boza de graça só porque elogiou o primeiro copo, e então Ferhat lhe pediu que ele lhe contasse como fora seu período de serviço militar.

Ao cabo de dois meses, eles perceberam que a Cunhados não daria lucro, mas ninguém disse nada. Na melhor das hipóteses, precisariam vender três vezes mais do que Mevlut vendia nas ruas numa noite fria, nos velhos tempos em que a situação era favorável. Mas a renda líquida de Mevlut e de Rayiha mal dava para cobrir as despesas de metade de um mês de um casal sem filhos — e mesmo isso só era possível por não precisarem pagar aluguel nem propinas para a prefeitura e para a coletoria de impostos, graças aos contatos de Ferhat. Não obstante, num bairro tão movimentado — apenas uma rua mais adiante da avenida İstiklal —, eles poderiam vender qualquer outra coisa que pusessem no balcão.

Mevlut não perdia as esperanças. Muitas pessoas que viam a tabuleta entravam para tomar um copo, e a maioria dizia animadamente que aquela loja fora uma boa ideia. Ele conseguia entabular conversa com qualquer cliente — mães que traziam os filhos para provar boza pela primeira vez, bêbados, sabichões que faziam proselitismo e esquisitões céticos acerca de todas as coisas.

"Boza é para ser tomada à noite, vendedor de boza, o que você está fazendo aqui tão cedo?" "Você fabrica em casa?" "Você cobra muito caro, seus copos são pequenos demais, e aqui devia ter mais grão-de-bico torrado." (Mevlut logo descobriu que as pessoas o poupavam de críticas quando ele era um mero vendedor ambulante, mas com certeza não o apoiavam agora que tinha sua loja.) "Tiremos o chapéu a você, que está fazendo a nação sentir-se orgulhosa." "Vendedor de boza, acabo de esvaziar meia garrafa de Club Rakı: o que acontecerá se eu beber sua boza?" "Por favor, devo tomar boza antes do jantar, ou ela deve ser tomada como sobremesa?" "Sabia, irmão, que a palavra boza vem do inglês 'booze', que significa embriaguez?" Você faz entrega em domicílio?" "Você não é filho de Mustafa Efêndi, vendedor de iogurte? Lembro de quando você trabalhava com seu pai!" "Havia um vendedor de boza em nosso bairro, mas ele parou de vir." "Mas, se começarem a vender boza em lojas, que será dos ambulantes?" "Dê aquele grito de 'Boo-zaaa' para as crianças."

Quando estava de bom humor, Mevlut não queria desapontar os curiosos, sobretudo quando traziam os filhos: "Boo-zaaa", ele gritava, sorrindo. Os fregueses lhe diziam: "Você está fazendo uma coisa muito importante" e se perdiam em discursos afirmando que as tradições da época otomana estavam se perdendo. Mevlut mal podia acreditar no número de desconfiados que queriam verificar se os copos haviam sido bem lavados ou perguntavam, agressivos, se a boza era feita só com ingredientes naturais. Não o surpreendia ver pessoas que provavam pela primeira vez dizerem "argh" logo depois do primeiro gole, ou então ouvir queixas de que era azeda ou doce demais. "A boza que eu compro à noite do vendedor que passa em minha rua é mais autêntica", comentavam alguns, com desdém. Havia também quem dissesse: "Pensava que fosse quente", e nem tocava no copo.

Um mês depois que a loja abriu, Ferhat passou a ajudar a cada duas noites. A aldeia de seu pai fora evacuada durante o ataque contra os guerrilheiros no leste, e sua avó, que não falava turco, viera para Istambul. Ferhat se esforçava para se comunicar com ela em seu curdo estropiado. Os curdos que mudaram depois que o Exército turco queimou suas aldeias foram se estabelecendo em determinadas ruas de Istambul, organizando-se em grupos. Dizia-se que o novo prefeito do partido religioso ia fechar restaurantes e bares que serviam bebidas alcoólicas e punham mesas nas calçadas. Com a chegada do verão, Mevlut e Ferhat começaram a vender sorvete também.

RAYIHA. Trouxemos um espelho nosso para a loja, como fizeram Ferhat e Samiha. Em algumas tardes, notei que Mevlut na verdade não estava olhando para a rua, mas para nosso espelho, que ficava perto da vitrine. Fiquei desconfiada. Certo dia, esperei Mevlut sair e me sentei no lugar onde ele normalmente sentava, olhando para o espelho. Eu via o rosto e os olhos de Samiha bem atrás de mim. Imaginei-os olhando um para o outro pelo espelho, escondendo seus olhares de mim, e fiquei com ciúme.

Só pensava nisso. Por que Samiha vinha quando eu estava na loja? Os bolsos de Ferhat transbordam do dinheiro que ele toma de quem não paga as contas. Por que se mostra tão interessada em trabalhar, se nem precisam do dinheiro? No fim da tarde, quando saio para ir cuidar das meninas, Samiha sai junto, mas às vezes está muito ocupada com alguma coisa. Já contei: ela ficou quatro vezes sozinha com Mevlut.

A única coisa que ocupa Samiha mais do que a loja é sua nova casa em Cihangir. Certa noite fui visitá-la com as meninas. Ela não estava, e não me aguentei. Fomos à loja. Só encontrei Mevlut. "O que está fazendo aqui tão tarde?", ele disse. "Quantas vezes já lhe disse para não trazer as meninas?" Aquele não era o homem amável e delicado que eu conhecia, falava num tom de voz de ruindade. Fiquei tão magoada que passei três dias sem aparecer. Com isso, Samiha se sentia impedida de ir, e logo ela veio me ver. "O que foi? Fiquei preocupada!", ela disse. Parecia sincera. "Estou doente", respondi, envergonhada. "Não, não está não. Ferhat também está me tratando mal", ela disse — não porque quisesse me fazer falar, mas porque desde muito tempo atrás ela encasquetara que os problemas das jovens sempre começavam com os maridos. Gostaria de não ter essa loja, de continuar como antes, só eu e Mevlut.

* * *

Em meados de outubro, eles recomeçaram a vender boza. Mevlut achou que era melhor deixar de lado os sanduíches, biscoitos, chocolates e outros produtos de verão e concentrar-se só na boza, canela e grão-de-bico torrado, mas não lhe deram ouvidos, achando que ele estava sendo otimista demais, como de costume. Uma ou duas vezes por semana ele deixava a loja com Ferhat e saía para vender boza aos seus fregueses antigos. A guerra no leste gerava explosões em toda Istambul, passeatas de protesto e redações de jornais bombardeadas à noite, mas as pessoas continuavam indo em massa para Beyoğlu.

Em fins de novembro, um serralheiro muito religioso, vizinho da loja, disse a Mevlut que o jornal *Caminho Justo* publicara uma matéria sobre o negócio deles. Mevlut foi correndo comprar e ele e Rayiha examinaram cada centímetro do jornal.

A coluna "Três novas lojas" começava com um elogio à Cunhados, seguido de algumas palavras sobre uma nova casa de kebab em Nişantaşi e outra em Karaköy que vendia água de rosas, massas ao leite do Ramadã e *aşure*, o tradicional pudim de frutas e nozes: manter vivas nossas antigas tradições era um dever sagrado, como honrar nossos ancestrais; se, como civilização, quisermos preservar nosso caráter nacional, nossos ideais, nossas crenças, temos de aprender, antes de mais nada, a nos manter leais aos nossos alimentos e bebidas tradicionais.

À tardinha, logo que Ferhat chegou, Mevlut se apressou a lhe mostrar a notícia, contando que ela atraíra muitos clientes novos.

"Não seja bobo", disse Ferhat. "Nenhum leitor virá à loja, eles nem puseram o endereço. Estamos sendo usados como propaganda de sua repulsiva facção islâmica."

Mevlut não percebera que o *Caminho Justo* era um jornal religioso, nem que a coluna fazia propaganda islâmica.

Ao notar que o amigo não estava entendendo, Ferhat perdeu a paciência e pegou o jornal. "Olhe só estas manchetes: A Sagrada Hamza e a Batalha de Uhud... Destino, intenção e livre-arbítrio no islã... Por que o Hajj é um dever religioso..."

Quer dizer que era errado falar sobre isso? O Sagrado Guia discorria lindamente sobre esses assuntos, e Mevlut sempre gostara de ouvi-lo. Graças a Deus nunca contara a Ferhat sobre o Sagrado Guia. O amigo decerto diria que ele era um "islamita nojento".

Ferhat continuou folheando, furioso, as páginas de *Caminho Justo*: "'O que fez o paxá Fahrettin com o espião e pervertido sexual Lawrence?' 'Os maçons, a CIA e os Vermelhos.' 'Descoberto que ativista inglês dos direitos humanos é judeu!'".

Ainda bem que Mevlut nunca disse ao Sagrado Guia que seu sócio era alevita. O velho pensava que ele trabalhava com um turco sunita normal, e sempre que a conversa versava sobre alevitas, xiitas do Irã e o califa Ali, Mevlut mudava de assunto.

"'O Alcorão, com sobrecapa e notas, por apenas trinta cupons de *Caminho Justo*'", leu Ferhat. "Sabe de uma coisa? Se tomarem o poder, a primeira coisa que vão fazer é banir os ambulantes, como no Irã. Quem sabe até enforquem um ou dois."

"Boza tem álcool, mas jamais fui importunado por causa disso", disse Mevlut.

"Boza quase não tem álcool", disse Ferhat.

"Oh, claro, boza é refresco comparado ao seu Club Rakı", disse Mevlut.

"Espere aí... Agora você faz restrições ao *rakı*? Álcool é álcool, se é pecado, não importa o teor. Se for assim, teremos de fechar."

Mevlut sentiu um leve tom de ameaça. Afinal, foi graças sobretudo ao dinheiro de Ferhat que eles abriram o negócio.

"Aposto como você votou nesses islamitas."

"Não, não votei", mentiu Mevlut.

"Faça o que quiser com seu voto", disse Ferhat, num tom de superioridade.

Seguiu-se um período de ressentimento mútuo, Ferhat não ia tanto à loja à noite. Com isso Mevlut não podia sair para vender boza aos antigos fregueses. Além disso, nos períodos de marasmo, quando ninguém entrava, ele ficava entediado. O que nunca ocorria quando ele trabalhava como ambulante, nem mesmo na rua mais deserta, onde ninguém abria uma janela. Andar estimulava sua imaginação e o lembrava da existência de outro reino dentro de nosso mundo, escondido atrás das paredes de uma mesquita, numa mansão de madeira em ruínas ou dentro de um cemitério.

O *Caminho Justo* publicara um desenho do mundo tal como existia na cabeça de Mevlut, ilustrando a série de artigos "O outro reino". Quando ficava sozinho na loja à noite, ele pegava o jornal e o abria na página com o desenho.

Por que as lápides estavam tombadas? Por que eram todas diferentes, algumas delas meio afastadas, melancólicas? Por que aquele albor descia do alto como uma luz divina? Por que coisas antigas e ciprestes sempre faziam tão bem a Mevlut?

2. Na lojinha com duas mulheres
Outros medidores de consumo e outras famílias

RAYIHA. Samiha continua bonita. De manhã alguns homens tomavam a liberdade de tocar seus dedos quando ela dava o troco. Por isso agora pomos o dinheiro dos fregueses em cima do balcão. Em geral estou às voltas com o *ayran* e a boza, mas se estava à caixa registradora não era importunada. Às vezes recebemos a visita de uma velha senhora que se senta o mais próximo que pode do aquecedor elétrico e pede um chá. Foi assim que começamos a vender chá. Havia ainda uma senhora muito bonita que todo dia ia fazer compras em Beyoğlu e às vezes vinha à loja. "Vocês duas são irmãs, não são?", ela costumava perguntar, sorrindo para nós. "Vocês se parecem. Digam-me então: quem tem o marido bom e quem tem o marido ruim?"

Certa vez apareceu um brutamontes com pinta de delinquente, cigarro na mão, pedindo boza de manhã. Depois de três copos, disse, olhando para Samiha: "Essa boza contém álcool ou é outra coisa que está me deixando tonto?". É difícil tocar a loja sem um homem presente. Mas nunca dissemos isso aos nossos maridos.

Às vezes Samiha largava tudo e dizia: "Vou sair, você atende aquela mulher que está na mesa e recolhe os copos?". Como se ela fosse a dona e eu não passasse de uma garçonete... Será que não percebia que estava imitando uma daquelas mulheres em cujas casas fizera faxina? Às vezes eu ia à casa deles em

Firuzağa e Ferhat já havia saído. "Vamos ao cinema, Rayiha", ela dizia. Ou então ficávamos vendo TV. Às vezes ela se punha à penteadeira e se maquiava. "Vamos, passe um pouco de maquiagem", ela me dizia, rindo. "Não se preocupe, não vou contar a Mevlut." O que ela queria dizer com isso? Será que quando eu não estava na loja eles falavam sobre mim? Eu andava muito sensível, com muito ciúme e sempre à beira das lágrimas.

SÜLEYMAN. Certa noite, andando pela rua Imã Adnan, uma loja à esquerda me chamou a atenção, e quando me aproximei não pude acreditar no que vi.

Havia noites em que Ferhat chegava à loja bêbado. "Que turma a gente formava, não?", ele dizia a Mevlut. "Todos aqueles cartazes que pregávamos, as lutas que travamos!" Aquilo parecia um tanto exagerado, Mevlut preferia relembrar os tempos em que vendiam a raspadinha da sorte, e não as lutas políticas que haviam testemunhado. Contudo, como era mais lisonjeiro figurar nas lembranças míticas do amigo do que ser acusado de votar nos islamitas, Mevlut não se dava ao trabalho de corrigir o exagero de Ferhat.

Eles podiam passar horas conversando sobre islamitas que estavam partindo para a guerra da Bósnia, a primeira-ministra Tansu Çiller ou a bomba que explodira perto da árvore de natal na confeitaria do Mármara Hotel (a polícia num dia acusava os islamitas, no outro os curdos). Por vezes, mesmo num horário em que deveria haver grande movimento, não aparecia nenhum cliente por mais de meia hora, e então eles se distraíam com longas discussões sobre assuntos de que nada entendiam — os apresentadores de TV decoravam o que iam dizer ou também enganavam como cantores que movem os lábios fingindo cantar quando dublam? Os policiais que atacavam os manifestantes em Taksim portavam armas de verdade ou meras imitações?

Mevlut tinha emoldurado o artigo sobre a loja (e também o desenho de "O outro reino" que figurava no mesmo número) e o pusera na parede, imitando o que vira em outros cafés de Beyoğlu. (Seu sonho era um dia adornar as paredes com notas de dinheiro estrangeiro dadas por turistas, como faziam as casas de kebab do centro, mas infelizmente nenhum turista aparecera na loja desde que eles a abriram.) Será que Ferhat ficou aborrecido ao ver o artigo do *Caminho Justo* na parede, e era por isso que agora pouco ia à loja? Mevlut se deu conta de que estava começando a considerar Ferhat seu patrão; isso fez com que se ressentisse do amigo e da própria docilidade.

Às vezes Mevlut se perguntava se Ferhat abrira a loja só para apaziguá-lo. Em alguns momentos de fraqueza, dizia a si mesmo "Ele fez isso porque se sentiu culpado por ter fugido com a garota com quem eu queria casar". Mas quando estava com raiva, pensava: Sem essa de generosidade! Esse sujeito agora não passa de um capitalista. Eu é que lhe mostrei que boza podia ser um bom investimento.

Durante duas semanas de muita neve e vento no fim de janeiro de 1995, Ferhat não apareceu na loja nem uma vez. Quando finalmente entrou certa manhã em que ia passando por ali, Mevlut disse: "Agora as vendas estão indo muito bem", mas Ferhat nem sequer estava ouvindo.

"Mevlut, você percebe que às vezes passo um tempo sem ligar para a loja, não? Bem, não conte para Samiha, se entende o que quero dizer…"

"O quê? Quer sentar por um minuto?"

"Não tenho tempo. Não diga nada a Rayiha também… Irmãs não conseguem manter segredos umas das outras…" E foi embora levando a bolsa que usava quando ia fazer a leitura dos medidores de consumo de eletricidade das pessoas.

"Às suas ordens!", gritou Mevlut às suas costas, embora Ferhat, que agora não tinha tempo nem de sentar para conversar um pouco com o velho amigo, não tenha percebido o sarcasmo. O pai de Mevlut só falava isso aos clientes mais ricos e influentes. Em toda a sua vida, porém, Mevlut nunca dissera a ninguém "às suas ordens". Ferhat andava tão ocupado com seus flertes e seus amigos mafiosos que provavelmente já não tinha tempo de refletir sobre tais sutilezas.

Quando voltou para casa e viu as filhas dormindo e Rayiha assistindo TV com o volume baixo, Mevlut entendeu o verdadeiro motivo da raiva que sentia de Ferhat: ele deixava em casa sua mulher virtuosa e ia para a gandaia. O Sagrado Guia tinha razão, boa parte da culpa era do *rakı* e do vinho. Istambul estava abarrotada de ucranianas trazendo mercadorias contrabandeadas, imigrantes africanos e feitores sinistros que sugavam até a última gota de sangue das pessoas; a cidade se tornara um viveiro de corrupção e suborno, e o governo assistia a tudo sem fazer nada.

Agora Mevlut sabia por que Samiha continuava melancólica, mesmo depois que o marido enriquecera. Ele a observara discretamente pelo espelho e vira sua tristeza.

FERHAT. Mevlut deve estar pensando que sou um sujeito imoral por trair a inteligente beldade que tenho em casa. Mas ele se engana. Não sou mulherengo.

Eu me apaixonei. A mulher que amo desapareceu, mas algum dia vou reencontrá-la. Mas primeiro tenho de lhes contar um pouco mais sobre as oportunidades que surgem no caminho dos medidores de consumo para que vocês possam entender minha história de amor e as opções que fiz.

SÜLEYMAN. Eu ainda vou o tempo todo a Beyoğlu, mas a trabalho — não para afogar as mágoas como fazia antes. Agora meu mal de amor acabou. Faz tempo que esqueci aquela doméstica, e agora estou bem. Na verdade, estou curtindo os prazeres de estar apaixonado por uma artista, uma cantora, uma mulher madura.

FERHAT. Quando a cobrança das contas de luz foi privatizada, procurei nunca perseguir os pobres e desesperados que só faziam gatos porque não tinham outro remédio. Eu ia atrás dos ricos sem-vergonha. Fiquei longe dos bairros miseráveis onde desempregados se aconchegavam a suas mulheres e filhos famintos, gente que roubava eletricidade para o aquecedor, caso contrário podia morrer congelada.

Mas quando encontrava pessoas que viviam em casas de oito cômodos com vista para o Bósforo, com criadas, cozinheiros e motoristas, e ainda assim não pagavam as contas, eu cortava a luz sem dó. Num apartamento de um desses edifícios antigos — costumeiro hábitat de pessoas ricas —, um homem amontoou sessenta garotas pobres para costurar zíperes até o amanhecer. Quando descobri a falcatrua, não tive compaixão. Eu inspecionei os fogões de um restaurante caro com vista para toda a cidade, os teares de um magnata da indústria têxtil que era o maior exportador de tecido para cortinas, as gruas de um empreiteiro da costa do mar Negro que se gabava do quanto subira na vida, ele que fora um pobre homem de aldeia e agora construía edifícios de catorze andares. Cortei a luz de todos eles e levei seu dinheiro. Havia muitos jovens idealistas como eu na Elétrica Sete Colinas Ltda., dispostos a arrancar dinheiro dos ricos e fechar os olhos para os pobres que não tinham condições. Aprendi um bocado com eles.

SÜLEYMAN. Conversei com proprietários de casas noturnas que levam música a sério, para que o mundo descubra o talento de Mahinur. A Luz do Sol é a melhor. De vez em quando, porém, não resisto e passo na frente da loja de boza dos nossos amigos. Não para chorar de mal de amores nem nada disso, só para dar umas risadas, claro...

FERHAT. As pessoas ricas não pagam as contas por negligência, embora pode ocorrer de os boletos se extraviarem. Mas com as multas, reajustadas pela inflação, as dívidas aumentam de forma exponencial. A maneira mais rápida de lhes dar uma lição é cortar a luz sem nem ao menos avisar. Quando o governo se encarregava do serviço e mandava os inspetores avisar os infratores que a luz seria cortada, os ricos e poderosos diziam apenas: "Meu Deus, acho que me esqueci de pagar!", e ignoravam as ameaças. Mas no caso muito raro em que um inspetor honesto conseguia, depois de muito suor, cortar a luz, aqueles canalhas iam ao escritório central do Departamento de Energia Elétrica de Taksim e, em vez de pagar as contas, recorriam a algum político conhecido, e o pobre inspetor era despedido no ato. Mas todas aquelas ricaças começaram a nos temer porque agora o serviço não estava nas mãos do Estado, mas nas de capitalistas desalmados — iguais a seus maridos. Meus patrões são da Anatólia Central — de Kayseri — e não dão a mínima para os ares sofisticados e as lágrimas de crocodilo da classe mal-acostumada de Istambul. Antes, os inspetores nem ao menos tinham autoridade para cortar a luz de alguém. Agora, se eu estiver a fim de dar uma prensa em alguém, corto a luz numa noite de sexta-feira, pouco antes do fim de semana. Depois de dois dias no escuro, eles aprendem a manter as contas em dia. No ano passado, a Festa do Sacrifício caiu perto no Ano-Novo. Assim, às vésperas daquele feriadão de dez dias, resolvi aproveitar a oportunidade para dar uma lição a um daqueles delinquentes ricos.

Às quatro horas, desci ao porão de um bloco de apartamentos caros em Gümüşsuyu. Os medidores enferrujados dos doze apartamentos zumbiam como velhas máquinas de lavar. Perguntei ao porteiro: "Tem alguém no número 11?".

"A senhora está em casa", disse o porteiro. "Ei, não corte a luz deles!"

Eu o ignorei. Levo menos de dois minutos para pegar da minha caixa de ferramentas a chave de fenda e o alicate, e cortar a luz de alguma casa. O medidor de consumo do 11 parou de tiquetaquear.

"Suba lá em dez minutos", eu disse ao porteiro. "Diga-lhes que vou estar na vizinhança e que você sabe onde me encontrar. Vou ficar no café no pé da colina."

Quinze minutos depois, o porteiro foi ao café e me disse que Madame estava muito abalada e que esperava por mim em casa. "Diga-lhe que estou ocupado com outros medidores de consumo e outras famílias, vou mais tarde", respondi. E me perguntei se devia esperar até o anoitecer. No inverno, como anoitece muito cedo, as pessoas podem imaginar como seriam dez dias de escuridão. Algumas se hospedam em hotéis. Como é possível um sujeito tão mesquinho a ponto de, para evitar quitar seu débito, sair de casa levando a mulher, os chapéus dela e os quatro filhos e passar vários meses no Hilton à espera do socorro de algum de seus contatos?

"Senhor, ela está muito preocupada. Espera visitas para esta noite."

As pessoas sempre se preocupam quando a luz é cortada. Mulheres ligam para os maridos, algumas ficam agressivas, outras assumem uma atitude mais conciliadora, e enquanto algumas iam logo ao ponto e ofereciam uma propina, outras nem sabiam que era assim que se resolvia o problema. A maioria das pessoas ainda nos trata como se fôssemos funcionários públicos, desconhecem a privatização do serviço. Mas mesmo os mais estúpidos terminam por oferecer uma propina: "Se eu lhe pagar em dinheiro agora, você pode religar a luz imediatamente?". Quando você se recusa, alguns aumentam o valor; outros começam a ameaçá-lo: "Sabe com quem está falando?". E há também aqueles que ficam tão confusos que não sabem mais o que fazer. Ouvi dizer que quando um inspetor vai a um dos bairros miseráveis e ameaça cortar a luz, às vezes mulheres se oferecem para fazer sexo com ele. Mas isso nunca aconteceu comigo — não acreditem num absurdo desses.

As pessoas dos bairros pobres reconhecem um inspetor pela bolsa que ele carrega e pelo modo como anda. Primeiro elas mandam alguns meninos — os mesmos que em geral correm atrás de desconhecidos e ladrões — jogar pedras nele, aos gritos de "Fora daqui!". O louco do bairro ameaça matá-lo. Alguns bêbados podem aumentar o poder de intimidação. "Que diabos você pensa que está fazendo aqui?" Se o inspetor dá a impressão de se dirigir ao lugar onde as gambiarras saem dos cabos principais no alto, os valentões do bairro e os vira-latas tentam fazê-lo mudar de ideia. Militantes políticos pregam sermões. Se ele conseguir encontrar o que está procurando, como uma mulher pobre que não tem dinheiro para pagar as contas, haverá crianças brincando no jardim da casa dela, prontas para levar a notícia ao café do bairro num piscar de olhos. O inspetor que ousar entrar numa dessas casas e fechar a porta atrás de si de forma a ficar sozinho com uma mulher terá sorte se conseguir sair vivo.

Estou lhes contando tudo isso para que reduzam suas expectativas agora que estão prestes a ouvir minha história de amor. O amor por estas bandas em geral não é correspondido. Uma senhora que vive numa casa com vista para o Bósforo em Gümüşsuyu nunca tomaria conhecimento de um inspetor de medidores. Mas agora ela o fará — principalmente se ele corta sua luz.

Saí do café e voltei ao edifício. Entrei no elevador, uma cabine em petição de miséria; enquanto ele gemia subindo até o apartamento 11, eu exultava.

SÜLEYMAN. Numa tarde gélida em fins de fevereiro, finalmente fui à Cunhados.

"Vendedor de boza, sua boza é doce ou azeda?"

Mevlut me reconheceu imediatamente. "Süleyman!", ele exclamou. "Entre."

"Espero que estejam bem, senhoras", eu disse, com a familiaridade de um velho amigo que por acaso estivesse passando por ali. Samiha estava com um véu estampado com folhas de relva cor-de-rosa.

"Seja bem-vindo, Süleyman", disse Rayiha, agitada ante a possibilidade de eu aprontar alguma.

"Eu soube que você casou, Samiha, parabéns, que seja feliz."

"Obrigada, Süleyman."

"O casamento foi há dez anos", disse Mevlut para protegê-la. "E você levou esse tempo todo para lhe fazer votos de felicidade?"

Quer dizer então que Mevlut estava feliz na lojinha com duas mulheres ao seu lado. Agora com mais cautela, eu queria ter dito: É bom você cuidar deste estabelecimento seriamente, se não quiser ser demitido como no Binbom. Mas me contive e assumi uma atitude mais diplomática.

"Dez anos atrás não passávamos de um bando de rapazes de sangue quente", respondi. "Quando somos jovens e turbulentos, é fácil ficar obcecado por certas coisas, mas dez anos depois a gente nem mesmo se lembra por que essas coisas pareciam tão importantes. Gostaria de ter lhe trazido um presente de casamento, Samiha, mas Vediha nunca me deu seu endereço, só disse que você morava longe, no bairro de Ghaazi."

"Agora eles se mudaram para Cihangir", disse o idiota do Mevlut. Pensei em corrigir para Çukurcuma, a parte mais tosca do bairro — mas não disse nada. Senão iriam perceber que eu pusera alguns homens para seguir Ferhat. "Obrigado, sua boza é realmente deliciosa", eu disse, tomando um gole. "Vou levar mais boza." Pedi que enchessem uma garrafa. Com essa visita, mostrei àqueles amigos havia muito tempo perdidos — e também a meu antigo amor — que eu havia superado minha obsessão. Mas meu principal objetivo era advertir Mevlut. Quando ele me acompanhou até a porta, dei-lhe um abraço e um recado: "Diga a seu querido amigo que tenha cuidado".

"Que quer dizer com isso?", perguntou Mevlut.

"Ele saberá."

3. A paixão elétrica de Ferhat
Vamos fugir daqui

KORKUT. Uma casa de um cômodo foi tudo o que meu finado tio Mustafa conseguiu construir no terreno que ele e meu pai cercaram em Kültepe em 1965. Mevlut veio da aldeia para ajudá-lo, mas a coisa não foi adiante e logo eles perderam o pique. Nós começamos com uma casa de dois cômodos no terreno em Duttepe. Meu pai plantou dois choupos como os que tinha na aldeia, e aposto como eles agora podem ser vistos desde Şişli. Quando minha mãe veio da aldeia para morar conosco, fizemos mais um belo quartinho, depois mais outro, que eu usava quando queria ouvir as transmissões das corridas de cavalo pelo rádio. Em 1978, mais ou menos à época em que me casei com Vediha, acrescentamos um quarto de hóspedes com banheiro, e assim, de puxado em puxado, nossa casa ficou do tamanho de um palácio. Os jardins palacianos tinham até duas amoreiras e uma figueira que nasceram e cresceram espontaneamente. Aumentamos a altura do muro em volta do jardim e colocamos um portão de ferro.

Os negócios da família prosperavam, graças a Deus, por isso há seis anos acrescentamos mais um pavimento à casa — todas as outras famílias dessas colinas já estavam fazendo isso, e nós (finalmente) conseguimos o respaldo de um título de propriedade. Construímos o lanço de escadas que levava ao andar superior na parte externa da casa, para que minha mãe não se inquietasse com as idas e vindas de Vediha nem ficasse se perguntando, aflita, se seus filhos tinham voltado para casa. A princípio, mamãe, papai e Süleyman ficaram ansiosos para mudar para o andar de cima, onde tudo era novo e a vista era melhor. Mas logo meus pais voltaram ao térreo — havia degraus demais, era muito grande, vazio, frio e solitário. A pedido de Vediha, forrei o banheiro do andar de cima com azulejos de porcelana azul e comprei os móveis mais caros e mais modernos, mas ainda assim ela não parava de me incomodar: "Vamos mudar para a cidade". Eu vivia lhe dizendo: "Isto aqui já faz parte da cidade, já pode ser considerado Istambul", mas era como falar com as paredes. Alguns colegas metidos a besta que frequentavam a escola em Şişli junto com Bozkurt e Turan zombavam deles por morarem em meio a *gecekondu*. "Meus pais nunca irão para Şişli. Aqui eles têm um jardim onde sopra uma brisa maravilhosa, a mercearia, as galinhas e as árvores", eu disse. "Vocês acham que podemos deixá-los aqui sozinhos?"

Vediha faz todo tipo de reclamação sem sentido: se queixa de que volto tarde, e isso quando volto, de que passo dez dias seguidos em viagens de trabalho, sem falar na mulher vesga de cabelos tingidos de loiro que trabalhava em nosso escritório em Şişli.

É verdade que às vezes eu sumo por dez ou quinze dias, embora isso nada tenha a ver com o negócio das construções. Da última vez, fui ao Azerbaidjão. Tarık e outros amigos nacionalistas do nosso velho movimento Pan-Turco se queixavam. "O governo nos deu essa missão sagrada, mas não temos dinheiro nenhum." Veio a notícia de Ancara de que eles precisaram buscar patrocinadores para o golpe de empresas privadas. Como poderia voltar as costas a esses patriotas que vieram me pedir ajuda? O comunismo russo foi banido completamente, mas o presidente azerbaidjano Aliyev é membro da KGB e do politburo soviético. Assim, embora ele seja turco, tudo o que quer é que os turcos aceitem a liderança da Rússia. Fizemos reuniões secretas com alguns senhores da guerra em Baku. Abulfaz Elchibey foi o primeiro presidente do Azerbaidjão eleito democraticamente. Recebeu votos do glorioso povo azerbaidjano (na verdade, eles são todos turcos, com alguns russos e persas infiltrados...), mas foi deposto por um golpe estilo KGB e voltou para sua aldeia furioso. Cansara dos traidores que entregaram a vitória ao inimigo na guerra contra a Armênia, cansara dos incompetentes que o rodeavam e dos espiões russos que terminaram por derrubá-lo. Recusou-se a nos receber porque pensava que também fôssemos agentes russos, por isso Tarık e eu passávamos o tempo nos bares e hotéis de Baku. Antes de termos a chance de visitar a aldeia de Elchibey para apresentar nossos cumprimentos a esse grande homem e dizer-lhe: "Os Estados Unidos estão do nosso lado, o futuro do Azerbaidjão é uma aliança com o Ocidente", recebemos a notícia de que nossos planos para o golpe ao estilo turco tinham gorado. Alguém em Ancara entrou em pânico e disse a Aliyev que íamos derrubar seu governo. Soubemos também que Elchibey estava em prisão domiciliar e não podia nem alimentar as galinhas em seu quintal alimentar, quanto mais unir-se a nós para viabilizar um golpe. Assim sendo, fomos direto ao aeroporto e voltamos para Istambul.

Eis o que aprendi com esse episódio: é verdade que todo o mundo está contra os turcos, mas os maiores inimigos da Turquia são os próprios turcos. Além disso as garotas de Baku, embora odiassem os russos, aprenderam com eles todos os hábitos libertinos — se bem que, no frigir dos ovos, ainda preferissem azerbaidjanos. E já que é assim, senhorita, não vou pôr minha cabeça a prêmio por você. De todo modo, meu desejo de abraçar a causa já fortaleceu minha posição junto ao governo e ao partido. Enquanto isso, Süleyman aproveitava essas minhas preocupações para fazer tudo o que bem entendia.

TIA SAFIYE. Vediha e eu não conseguimos arranjar para ele uma garota que lhe conviesse, por isso o próprio Süleyman escolheu uma. Ele não vem mais à nossa casa. Estamos muito incomodadas e temendo que aconteça alguma coisa muito ruim.

RAYIHA. Nas noites frias de inverno, quando o movimento na loja era intenso, Ferhat vinha ajudar, e eu e as meninas íamos para casa com Samiha. Elas gostavam das fofocas que fluíam livremente da boca da tia, de tudo o que sabia sobre todas as estrelas de cinema que apareciam na TV, dos detalhes de quem fugira com quem, de seus conselhos sobre roupas, sobre penteados: "Disse-lhe para pentear o cabelo assim" ou "prender assim"; gostavam de ouvi-la exclamar ao ver alguém na tela da TV "Trabalhei na casa desse homem, a mulher dele chorava o tempo todo". Quando voltávamos para casa, elas tentavam falar exatamente como a tia, até o dia em que me enchi daquilo e quase cheguei a dizer: "Não se transformem em sua tia" — mas me contive, porque não queria sentir inveja. O que na verdade eu queria saber, mas não me resolvia a perguntar a ninguém, era: Quando estão sozinhos na loja, será que Samiha e Mevlut se olham nos olhos ou fingem que seus olhares se cruzaram por acaso no espelho? Toda vez que sentia o veneno do ciúme em meu coração, eu pegava o maço de cartas de Mevlut.

Ontem, quando ia saindo da loja de boza, Mevlut me deu o mais doce dos sorrisos, e a suspeita de que o sorriso se dirigia à minha irmã começou a me envenenar a alma. Por isso, tão logo cheguei em casa abri uma das cartas: "Não existem outros olhos que preferisse fitar, nenhum outro rosto ao qual ansiasse por dirigir um sorriso, nenhuma outra pessoa para a qual desejasse me voltar!", ele escrevera. Havia mais: "Seus olhos me atraíram como um ímã atrai metal, sou seu prisioneiro, Rayiha, só vejo você" e "Bastou um olhar seu e me fiz seu escravo por livre e espontânea vontade".

Às vezes Mevlut dizia a uma de nós: "Lave esses copos" do modo como um gerente de restaurante ordena rispidamente a seus ajudantes. Quando me falava assim, eu ficava com raiva por me passar o trabalho, em vez de passá-lo a Samiha. Quando se dirigia a Samiha, ficava aborrecida por ele ter pensado nela primeiro.

Mevlut sabia do meu ciúme. Por isso evitava ficar sozinho com Samiha na loja e dedicar-lhe atenção. Se ele age assim, deve estar escondendo alguma coisa! — era o que eu pensava, e de todo modo ficava com ciúme. Certo dia Samiha foi a uma loja de brinquedos e comprou para minhas filhas uma pistola de água, como se estivesse comprando um presente para meninos. Quando Mevlut chegou em casa à noite, brincou com elas com a pistola. No dia seguinte, quando as meninas foram para a escola e Mevlut foi para a loja, procurei o brinquedo para jogá-lo no lixo (além do mais, elas atiraram água em mim muitas vezes), mas não encontrei — Fatma, pensei, deve ter posto em sua mochila e levado para a escola. Naquela noite, quando ela estava dormindo, peguei a pistola e a escondi. Em outra ocasião, Samiha apareceu aqui com uma boneca que cantava e piscava os olhos. Fatma, que tinha quase doze anos, não teria o menor interesse em brincar de boneca, mas eu não disse nada. As meninas praticamente a ignoraram. A boneca sumiu.

O que mais me doía era que eu pensava o tempo todo: Será que Samiha está sozinha com Mevlut na loja neste instante? Sabia que não devia pensar isso, mas não conseguia evitar, porque Süleyman, que estava a par de todas as fofocas de Beyoğlu, contara a Vediha que Ferhat estava chegando em casa tarde e afogando as mágoas pela cidade, do jeito que os homens fazem nos filmes quando sofrem de mal de amor.

FERHAT. O velho elevador forrado de espelhos parou. Ainda lembro aquele dia, de uma época que hoje me parece tão remota como se sonhara, mas o amor sempre dá a impressão de ter ocorrido ainda ontem. Depois de cortar a luz de alguma casa, preferia bater na porta em vez de tocar a campainha, como pistoleiro de filme americano.

Uma empregada atendeu e disse que a filha da senhora estava acamada e febril (essa é a mentira preferida de todo mundo), mas que dentro de um minuto a patroa viria. Sentei na cadeira que me foi oferecida e, ao contemplar o Bósforo, pensei que a eufórica determinação que sentia devia ter a ver com a paisagem melancólica e cambiante diante de mim, e então o verdadeiro motivo entrou na sala como um raio de luz, de jeans preto e camisa branca.

"Boa tarde, sr. funcionário. Ercan, o porteiro, disse que queria conversar."

"Já não somos funcionários públicos", respondi.

"O senhor não é do Departamento de Energia Elétrica?"

"Agora tudo está privatizado, senhora..."

"Entendo..."

"Não queríamos que as coisas fossem assim...", eu disse, lutando para conseguir pronunciar as palavras. "Tive de cortar sua luz. Algumas contas estão vencidas."

"Obrigada. Por favor, não se preocupe. A culpa não é sua. O senhor apenas cumpre ordens, quer trabalhe para o governo, quer para uma empresa privada."

Não consegui responder à dura verdade daquelas palavras venenosas. Estava me apaixonando depressa e só conseguia pensar em quão rápido aquilo estava acontecendo. Reuni tudo o que restava de minhas forças. "Infelizmente, tive de selar o medidor do porão", menti. "Se soubesse que sua filha estava doente, não teria cortado a luz."

"Não se preocupe, o que está feito está feito", ela disse. Seu semblante tinha a expressão grave das juízas dos melodramas turcos. "Você estava cumprindo seu dever."

Ficamos em silêncio por um instante. Ela não dissera nenhuma das palavras que eu esperava ouvir quando subia de elevador, por isso não me lembrava das respostas que tinha preparado. Olhei para meu relógio. "O feriado nacional de dez dias vai começar oficialmente dentro de vinte minutos."

"Senhor", ela disse, firme. "Jamais subornei alguém em toda minha vida e tampouco tolerei aqueles que o fazem. Pretendo ser um modelo para minha filha."

"Acredito", disse eu, "e é importante que pessoas como a senhora entendam que os funcionários que vocês desprezam preservam seu orgulho mais do que imaginam."

Voltei para a porta com raiva, porque sabia que a mulher que eu amava não haveria de dizer "Pare".

Ela avançou dois passos na minha direção. Eu sentia como se pudesse acontecer qualquer coisa entre nós, embora já soubesse, mesmo então, que aquele amor era absolutamente inviável.

Mas é a desesperança que mantém viva a chama do amor.

"Olhe para todas essas pessoas, senhor" — ela disse fazendo um gesto em direção à cidade. "O senhor sabe melhor do que eu que esses dez milhões de almas vieram para Istambul para ganhar o pão de cada dia, correndo atrás de seus lucros, cobrando contas e juros. Mas só há uma coisa que faz as pessoas continuarem em meio a essa monstruosa multidão, e essa coisa é o amor."

Ela deu meia-volta e se afastou antes que eu pudesse responder. Naqueles edifícios, ambulantes e aferidores de consumo de luz não têm permissão para usar o elevador para descer. Então me dirigi à escada enquanto refletia sobre o acontecido.

Desci ao porão abafado e segui até o fim do corredor. Minhas mãos se estenderam para selar o medidor que eu já havia desconectado. Mas meus dedos ágeis fizeram o contrário. No minuto seguinte, os fios que eu desconectara foram religados, o medidor do número 11 voltou ao seu zumbido normal.

"Foi bom ter religado a luz deles", disse o porteiro Ercan.

"Por quê?"

"A senhora está com Sami, que é de Sürmene; ele tem muitíssima influência em Beyoğlu. Ele tem olhos e ouvidos por toda parte… Ele iria lhe causar problemas. Essa gente do mar Negro é uma máfia."

"Não há nenhuma filha doente, há?"

"Que filha? Eles nem ao menos são casados... O homem de Sürmene tem uma mulher e filhos já crescidos na aldeia. Os filhos dele sabem da Madame, mas não dizem nada."

RAYIHA. Certa noite, depois do jantar, eu estava vendo TV com as meninas na casa de Samiha quando Ferhat chegou e ficou radiante ao ver as quatro juntas. "Suas filhas estão crescendo a cada dia! Olha só você, Fatma, já é uma mocinha", ele disse. "Meu Deus, está ficando tarde, temos de ir para casa", eu disse, mas ele falou: "Não, Rayiha, fiquem mais um pouco. Mevlut é capaz de ficar esperando até que apareça algum bêbado para pedir um copo de boza".

Não gostei do modo como ele zombou de Mevlut diante das meninas. "Você tem razão, Ferhat", respondi. "Estou vendo que o meio de vida de uma pessoa pode ser motivo de zombaria para outro homem. Vamos, meninas, vamos embora."

Voltamos para casa tarde, e Mevlut ficou com raiva. "Você não vai dar um passo rumo à avenida İstiklal, as meninas estão proibidas", ele disse. "E depois do anoitecer, você não sai de casa de jeito nenhum."

"Sabia que as meninas comem almôndegas, costeletas de cordeiro e galinha assada na casa da tia?", retruquei, áspera. Em circunstâncias normais, jamais diria isso, temendo a fúria dele, mas Deus deve ter posto aquelas palavras na minha boca.

Mevlut se ofendeu e ficou três dias sem falar comigo. Não levei mais as meninas à casa de Samiha, e ficamos em casa todas as noites. Sempre que sentia a agulhada do ciúme, pegava agulha e linha e, em vez de bordar pássaros tirados de revistas, bordava desenhos inspirados pelas cartas de Mevlut: olhos cruéis roubavam os corações. Olhos pendentes de uma árvore como frutas enormes, ao redor da qual voejavam pássaros ciumentos. Polvilhava os galhos com olhos negros que pareciam narcisos e bordava todo um lençol com uma árvore cujas centenas de olhos assomavam por trás das folhas como amuletos de proteção contra o azar. Assim abria um caminho para superar a escuridão que me tomava. Bordava olhos que eram como sóis, com raios negros que se projetavam como flechas, traçando uma linha denteada pelas dobras do tecido e pelos ramos sinuosos de uma figueira. Mas nada podia aplacar minha raiva.

"Mevlut não quer que a gente volte aqui, Samiha... Por que você não vem nos visitar quando ele está na loja?", eu lhe disse um dia.

Foi assim que minha irmã passou a nos visitar, trazendo sacolas de almôndegas e pães ázimos crocantes com carne moída. Logo comecei a me perguntar se Samiha vinha para ver as meninas ou também por causa de Mevlut.

FERHAT. Quando cheguei à rua, me dei conta de que perdera a confiança em mim mesmo. No espaço de apenas vinte minutos, eu me apaixonara e fora enganado. Devia ter cortado a luz e ido embora. O porteiro a chamara de Madame, embora eu soubesse, pela conta de luz, que o nome dela era Selvihan.

Comecei a fabular: minha Selvihan era refém daquele capo da máfia e eu iria resgatá-la. Para se apaixonar, um sujeito como Süleyman precisa ver a mulher seminua num canto do jornal de domingo dirigido a homens carentes de sexo, que então pagam para dormir com ela algumas vezes até que se crie um laço entre os dois. Para Mevlut, não tem a menor importância conhecer a mulher ou não, basta uma espiadela para alimentar suas fantasias. Mas um sujeito como eu, para que se apaixone, é preciso que ele sinta como se estivesse numa disputa no tabuleiro de xadrez da vida. Minhas jogadas de abertura, reconheço, foram um tanto amadoristas. Mas tinha em mente uma jogada para pegar essa Selvihan. Conhecia um cara do Departamento de Contabilidade e Documentação, um rapaz experiente e comunicativo que gostava de *rakı*, e com a ajuda dele comecei a examinar os recibos mais recentes e as transferências para aquela conta.

Lembro de passar muitas noites olhando para minha Samiha, bela como uma flor desabrochada, e pensando: Por que um homem com uma mulher como essa perde a cabeça pela amante de um bandido? Certas noites, diante de um copo de *rakı*, lembrava Samiha de que, afinal de contas, nós chegamos aonde queríamos, finalmente estávamos no coração da cidade, como sempre havíamos desejado.

"E agora temos até mais dinheiro", eu dizia. "Podemos fazer tudo o que quisermos. Então, o que vamos fazer?"

"Vamos fugir daqui", dizia Samiha. "Vamos para algum lugar onde ninguém nos encontre, um lugar em que ninguém nos conheça."

Ouvindo isso, me dei conta do quanto Samiha fora feliz nos primeiros meses que vivemos em Ghaazi. Naquela ocasião, eu costumava encontrar dois velhos amigos de esquerda, da facção maoísta e da pró-soviética, e ambos estavam tão cansados quanto nós da vida na cidade. Se por acaso conseguissem ganhar um pouco de dinheiro, diziam: "Vamos economizar um pouco mais e depois saímos de Istambul e vamos para o sul". Como eu, eles sonhavam com oliveiras, vinhedos e uma casa rural em alguma cidade mediterrânea. Samiha e eu imaginávamos que, se fôssemos morar numa chácara no sul, ela finalmente iria engravidar, e então teríamos um bebê.

De manhã, eu dizia: "Tivemos tanta paciência, agora estamos ganhando algum dinheiro, vamos apertar o cinto só mais um pouco. Então teremos mais dinheiro para comprar uma propriedade no sul".

"Fico entediada de passar as noites em casa", Samiha dizia. "Vamos ao cinema uma noite dessas."

Certa noite, enfadado de conversar com Mevlut na loja, bebi um pouco de *rakı* e fui para o apartamento de Gümüşsuyu. Primeiro, toquei a campainha do porteiro, como um policial que viesse efetuar uma prisão.

"Qual é o problema, chefe? Pensei que fosse o vendedor de boza. Está tudo bem?", disse o porteiro Ercan ao me ver olhando os medidores. "Ah, os moradores do 11 se mudaram."

Ele tinha razão: o medidor do número 11 estava parado. Por um instante, senti como se o mundo tivesse parado de girar.

Procurei nos escritórios de Taksim o contador que gostava de *rakı*: ele me apresentou a dois antigos funcionários que cuidavam dos arquivos e dos registros escritos à mão da agência que distribuía eletricidade aos bairros de Istambul havia mais de oitenta anos. Os dois velhos e experientes funcionários — um tinha setenta anos, o outro sessenta e cinco — haviam se aposentado, mas logo voltaram para o antigo escritório, agora sob contrato na empresa privada, ansiosos para ensinar a uma nova geração todos os truques mirabolantes que os moradores de Istambul haviam inventado para fraudar a companhia de eletricidade. Vendo que eu era uma pessoa empreendedora, eles se mostraram especialmente empenhados em me contar tudo. Eles ainda lembravam os detalhes de cada manobra, a situação de todos os bairros, e até as mulheres que atendiam à porta e os boatos sobre seus casos amorosos. Mas para os meus objetivos não bastava procurar apenas nos arquivos, também era preciso verificar os últimos cadastros. Era só uma questão de tempo: a certa altura eu haveria de bater à porta de alguém em Istambul e seria atendido por Selvihan. Todos nesta cidade têm um coração e um medidor de consumo de eletricidade.

RAYIHA. Estou grávida novamente e não sei o que fazer. Na minha idade, e já com duas meninas em casa, é muito constrangedor.

4. Um filho é uma coisa sagrada
Talvez você fosse mais feliz se eu morresse e você pudesse se casar com Samiha

Mevlut nunca esqueceria o caso que Ferhat lhe contou quando eles ainda tinham a loja de boza:

"Nos piores dias da ditadura militar que se seguiu ao golpe de 1980, com o povo de Diyarbakır, majoritariamente curdo, assustado com os gritos que vinham das salas de tortura, um homem que parecia ser um inspetor do governo chegou de Ancara. No táxi do aeroporto ao hotel, o visitante perguntou ao motorista curdo como estava a vida em Diyarbakır. O motorista lhe disse que todos os curdos estavam satisfeitos com o novo governo militar, que só tinham olhos para a bandeira turca e que o povo estava muito contente, agora que os terroristas curdos estavam na cadeia. 'Eu sou advogado', disse o passageiro. 'Vim defender aqueles que foram torturados na prisão e contra os quais açularam cães por falarem curdo.' Ouvindo isso, o motorista mudou de tom e deu um relato detalhado das torturas infligidas aos curdos, falou das pessoas jogadas ainda vivas nos canos de esgoto ou espancadas até a morte. O advogado de Ancara não pôde deixar de interrompê-lo. 'Mas ainda há pouco você me dizia justamente o contrário', ele observou. 'O senhor tem razão', disse o motorista. 'O que eu lhe disse antes era minha opinião pública. O que estou dizendo agora é minha opinião privada.'"

Sempre que pensava nessa história, Mevlut ria como se a ouvisse pela primeira vez. Gostaria de conversar mais sobre ela com seu amigo quando os dois estivessem na loja, mas Ferhat estava sempre muito ocupado ou com a cabeça em outro lugar. Talvez Ferhat não fosse mais lá com tanta frequência por se irritar com as divagações moralistas de Mevlut. Às vezes Mevlut deixava escapar algum comentário sobre o *rakı*, homens mulherengos e as responsabilidades dos homens casados, ao que Ferhat retrucava: "Você leu isso no *Caminho Justo*?". Mevlut explicava que só comprara o jornal uma vez por causa da matéria sobre a loja, mas Ferhat o ignorava. E zombava também do desenho "O outro reino", com seus ciprestes, lápides e a tal luz divina, que Mevlut havia pendurado na parede. Por que seu amigo adorava as coisas sobre as quais os velhos gostavam de meditar, como cemitérios e relíquias antigas?

Como os partidos islamitas estavam ganhando mais votos e mais seguidores, Mevlut viu que Ferhat e muitos outros esquerdistas alevitas mostravam-se inquietos e talvez temerosos. Pessoalmente, ele chegara à conclusão, mais ou menos séria, de que a primeira decisão que tomariam quando no poder seria proibir o álcool, e isso faria com que todo mundo percebesse a importância da boza. Entretanto, se alguém na casa de chá tocava nesse assunto, ele procurava ficar fora da discussão e, se pressionado, apresentava-lhes sua única previsão, o que bastava para aborrecer os secularistas favoráveis a Atatürk.

Mevlut começou a pensar que um outro motivo para as ausências de Ferhat podia ter a ver com as cartas que ele escrevera quando estava no Exército. "Se alguém tivesse escrito para minha mulher durante três anos, eu não ia querer vê-lo todos os dias", ele pensava. Nas noites em que era evidente que Ferhat não apareceria, Mevlut se lembrava de que agora o amigo mal estava em casa. (Sentindo-se sozinha, Samiha passava o tempo com Rayiha e as meninas.) Numa daquelas noites, Mevlut ficou tão raivoso e inquieto que fechou a loja mais cedo e foi para casa. Quando chegou, Samiha havia acabado de sair. Ela decerto começara a usar um perfume. Ou será que o cheiro que Mevlut sentia viria dos brinquedos que ela comprara para as sobrinhas?

Quando o viu em casa tão cedo, Rayiha não demonstrou o contentamento que Mevlut esperava. Ao contrário, teve um ataque de ciúme. Perguntou-lhe duas vezes por que voltara tão cedo. Mevlut não sabia ao certo o que responder, mas achava que a desconfiança de Rayiha não tinha cabimento. Na loja dos Cunhados, Mevlut sempre se esforçava para criar um bom clima entre eles (inclusive Samiha): procurava evitar ficar sozinho com a cunhada, e quando havia questões relacionadas ao trabalho, ele sempre falava com Rayiha em tom de doce familiaridade, dirigindo-se a Samiha de modo mais distante e formal, como se tratasse com algum empregado do Café Binbom. Não obstante, essas precauções não bastavam, e Mevlut sentia-se encurralado num círculo vicioso: se agisse como se não houvesse motivo para ciúme, ia parecer que escondia alguma coisa, tramava algo às escondidas de Rayiha, o que a faria sentir ainda mais ciúme. Caso demonstrasse compreender seus sentimentos, seria como confessar um crime que não cometera. Felizmente, ao chegar em casa naquela noite, as meninas ainda não tinham ido dormir, por isso Rayiha se conteve e a tensão foi diminuindo antes que os ânimos se exaltassem e ficassem fora de controle.

RAYIHA. Certa tarde, trabalhando com Reyhan num enxoval de casamento, falei-lhe de meus sentimentos. Ela entendeu, dizendo que qualquer esposa cujo marido passasse certo tempo com uma mulher bonita como Samiha estava fadada a sentir ciúme. Naturalmente, aquilo só fez meu ciúme aumentar. Na opinião de Reyhan, eu não devia conter meus sentimentos até eles explodirem, mas sim falar com Mevlut e lembrá-lo de mostrar mais consideração. Pensei em discutir o assunto com Mevlut depois que as meninas foram para a escola, mas tudo terminou em briga. "Que é isso agora?", disse Mevlut. "Não tenho o direito de voltar para minha própria casa à hora que quiser?"

Para ser sincera, não dou ouvidos a todas as coisas que Reyhan diz, e certamente minha querida irmã não é dessas mulheres belas e sem filhos cuja simples existência constitui uma ameaça à ordem natural. Segundo minha vizinha, quando Samiha brincava com as meninas, não estava apenas querendo aliviar a dor de não ter filhos: estava também se entregando à dor e aos prazeres do CIÚME. "Uma mulher estéril é uma mulher a ser temida, Rayiha, porque por trás de seu silêncio há uma tremenda raiva", ela disse. "Quando ela compra almôndegas para o jantar das meninas, não está agindo de forma inocente como você pensa." Em minha raiva, joguei algumas coisas que ela me disse na cara de Mevlut. "Você não devia falar de sua irmã desse jeito", ele respondeu.

Quer dizer então que Samiha tem meu Mevlut na palma da mão, pronto para sair em sua defesa? Pois bem: "Ela é ESTÉRIL!", gritei, ainda mais alto que antes. "Se você quiser ficar do lado dela, serei mais desagradável ainda." Mevlut fez um gesto, como a dizer "Você é patética", e crispou os lábios como se estivesse olhando para um inseto.

Ele escreveu todas aquelas cartas para ela, e terminou se casando comigo, o louco! Não, não ousei dizer isso em voz alta. Não sei como aconteceu, mas, a certa altura, quando estava gritando, peguei um pacote de chá e joguei na cabeça dele. "TALVEZ VOCÊ FOSSE MAIS FELIZ SE EU MORRESSE E VOCÊ PUDESSE SE CASAR COM SAMIHA", gritei. Mas eu nunca deixaria minhas filhas com uma madrasta. Vejo que Samiha está tentando conquistar minhas filhas com seus presentes, suas histórias, sua beleza e seu dinheiro, mas, se eu ousasse dizer isso, todos — e principalmente vocês que estão me lendo — iriam dizer a mesma coisa: "Que diabos, Rayiha? As meninas não podem se divertir um pouco com a tia?".

Mevlut tratou de impor sua autoridade: "BASTA! CHEGA! PONHA-SE NO SEU LUGAR!".

"Eu conheço meu lugar e conheço bem, e é por isso que nunca mais vou pôr os pés na loja", eu disse. "Aquilo lá fede."

"O quê?"

"A loja... FEDE. Faz meu estômago embrulhar."

"A boza lhe causa repugnância?"

"Estou farta da sua boza..."

Mevlut assumiu uma expressão tão ameaçadora que me apavorei e gritei: "EU ESTOU GRÁVIDA". Eu não pretendia contar a ele; planejava tirar o bebê, como Vediha faz, mas era tarde demais, agora eu já tinha contado.

"Tenho um bebê seu na barriga, Mevlut. Com esta idade e com Fatma e Fevziye, sinto muita vergonha. Você devia ter tido mais cuidado", eu disse, pondo a culpa nele. Queria não ter contado, mas ao mesmo tempo fiquei contente ao vê-lo abrandar-se.

Oh, sim, sr. Mevlut, você fica aí na loja sonhando com sua cunhada, com esse risinho presunçoso e cheio de si, mas agora todo mundo vai saber o que você anda fazendo com sua esposa depois que as meninas vão para a escola. Agora todos vão dizer: "Mevlut não deixa passar nenhuma oportunidade, não é?". E agora a estéril Samiha vai sentir ainda mais ciúme.

Mevlut sentou ao meu lado à beira da cama, pôs uma mão no meu ombro e me puxou para si. "Queria saber se é menino ou menina", ele disse. "É claro que você não deve ir à loja nesse estado", continuou, todo doce e carinhoso. "E eu também não vou. Isso só iria aumentar as nossas brigas. Vender boza na rua à noite é melhor, e a gente ganha mais dinheiro, Rayiha."

Ficamos algum tempo dando voltas em torno do assunto: "Você vai, não, de jeito nenhum, eu não vou, claro que você deve ir", nós dizíamos, e também: "Não foi isso que eu quis dizer, e ninguém tem culpa", e coisas assim.

"Samiha está errada", disse Mevlut. "Ela não devia vir mais à loja. Ela mudou, Ferhat também mudou, eles já não são como nós, olha só o perfume que ela usa…"

"Que perfume?"

"Seja lá qual for, a casa inteira tinha o cheiro dele quando voltei na noite passada", ele disse, rindo.

"Então foi por isso que você chegou em casa mais cedo ontem, para sentir o cheiro dela!", eu disse, e me pus a chorar outra vez.

YEDIHA. A pobre Rayiha está grávida novamente. Ela veio a Duttepe certa manhã e disse: "Oh, Vediha, fico tão envergonhada com as meninas, você precisa me ajudar, me levar ao hospital".

"Suas filhas já têm idade para casar, Rayiha. Você tem quase trinta anos, Mevlut, quase quarenta. O que é que há com vocês, querida? A esta altura vocês ainda não sabem quando podem fazer e quando não?"

Rayiha me falou de um monte de intimidades que nunca mencionara, e finalmente tocou no nome de Samiha, arranjando um pretexto para criticá-la. Foi assim que cheguei à conclusão de que não fora a falta de cuidado de Mevlut que causara a gravidez, mas sim uma armação de Rayiha — não que eu vá dizer isso a ela.

"Minha cara Rayiha, os filhos são o encanto da família, o consolo de uma mulher e a maior alegria da vida. Por isso, qual o problema de dar à luz mais um?", disse. "Às vezes fico furiosa com Bozkurt e Turan, eles não têm o menor respeito. Nós duas sabemos como eles viviam atormentando suas meninas. Eu mesma me cansei de lhes dar palmadas ano após ano, mas eles são a razão de minha vida, são eles que me fazem tocar a vida. Eu morreria se lhes acontecesse alguma coisa, que Deus não permita. Agora têm barbas para cortar e espinhas para espremer, estão tão adultos que nem deixam a mãe tocá-los ou lhes dar beijinhos... Se eu pudesse ter mais dois, poria os pequeninos no colo, eu os beijaria e abraçaria e seria mais feliz, não me afligiria tanto com as grosserias de Korkut. Agora acho que não deveria ter feito tantos abortos... Muitas mulheres enlouqueceram, arrependidas de terem abortado, mas nunca na história do mundo uma mulher lamentou ter tido um filho. Você se arrepende de ter dado à luz Fatma, Rayiha? Se arrepende de ter tido Fevziye?"

Rayiha se pôs a chorar. Disse que Mevlut ganhava pouco, que fracassara como gerente, e agora eles estavam apavorados, temendo a falência da loja de boza; se não fosse pelos trabalhos manuais que ela fazia para as lojas de confecções de Beyoğlu, eles estariam penando para fechar as contas no fim do mês. Ela já se decidira, não queria ter outro filho e esperar que Deus o alimentasse. Eles quatro mal tinham espaço para respirar em sua residência de um cômodo, não havia espaço para mais um.

"Minha querida Rayiha", eu disse. "Sua irmã sempre lhe dá uma mão nas horas mais difíceis. Mas uma criança é uma coisa sagrada, trata-se de uma grande responsabilidade. Volte para casa e reflita. Vou chamar Samiha, e na próxima semana nós três conversaremos."

"Não chame Samiha, não a suporto mais. Não quero que saiba que estou grávida. Ela é estéril, vai ficar com ciúme. Minha decisão já está tomada."

Expliquei a Rayiha que três anos depois do golpe de 1980, nosso ditador, o general Evren, fez muito bem ao permitir que mulheres solteiras, grávidas de menos de dez semanas, fossem ao hospital fazer um aborto. Isso beneficiou as jovens da cidade que praticavam sexo antes do casamento. Para as casadas se beneficiarem dessa nova lei, era preciso que os maridos assinassem uma declaração concordando com a interrupção da gravidez. Os homens de Duttepe muitas vezes se recusam, dizendo que desejam o bebê, que seria um pecado, e que pelo menos teriam quem cuidasse deles na velhice. Então, depois de muitas discussões com seus maridos, as mulheres acabavam com um quarto ou quinto filho. Algumas forçavam o aborto usando métodos primitivos que aprendiam umas com as outras. "Nem pense em fazer uma coisa dessas se Mevlut se recusar a assinar, Rayiha, você iria se arrepender", eu disse a ela.

Também disse que existem homens como Korkut, que não têm o menor pejo em assinar as declarações. Preferem isso a tomar as precauções necessárias, então vão em frente e engravidam suas mulheres pensando: De todo modo, elas podem abortar! Depois da aprovação da lei, Korkut me engravidou três vezes. Fiz três abortos no hospital de Etfal, se bem que, depois que começamos a ganhar um pouco mais de dinheiro, me arrependi muito. Mas foi assim que me inteirei do procedimento.

"A primeira coisa a fazer, Rayiha, é ir ao cartório e tirar um atestado que confirme que você está casada com Mevlut, depois vamos ao hospital colher a assinatura de dois médicos atestando que você está grávida, e finalmente vamos pegar o formulário em branco para Mevlut assinar, está bem?"

A briga entre Mevlut e Rayiha se tornou cada vez mais acalorada, mas agora o motivo não era mais o ciúme, mas a delicada questão de decidir se Rayiha ia ter o bebê. Não podiam conversar na loja, nem com as meninas por perto, por isso a única oportunidade era de manhã, depois que as crianças iam para a escola. Mais que discussões, aquilo era uma tentativa frustrada de se comunicar por gestos: uma cara fechada, um franzir de cenho, um olhar atravessado diziam mais que uma frase, por isso eles prestavam muito mais atenção ao rosto do outro do que a suas palavras. Mevlut ficou chocado ao perceber que, em sua crescente e agitada hostilidade, Rayiha interpretava sua indecisão como uma tática de procrastinação.

Não obstante sua indecisão, ele vibrava com a perspectiva de ter um filho homem e já começara a sonhar com essa possibilidade. Ele lhe daria o nome de Mevlidhan. Lembrou que Babur conquistara a Índia graças aos seus três corajosos filhos e que os quatro filhos leais de Gêngis Khan o tornaram o imperador mais temível do mundo. Repetia que os fracassos de seu pai quando veio morar em Istambul se deram pela falta de um filho ao seu lado e que, à época em que Mevlut veio da aldeia para ajudá-lo, já era tarde demais. Mas toda vez que Rayiha ouvia as palavras "tarde demais" ela só conseguia pensar no limite máximo de dez semanas para fazer um aborto legal.

As horas matutinas, outrora momentos felizes em que faziam amor, agora eram preenchidas com brigas e recriminações intermináveis. As lágrimas de Rayiha faziam Mevlut se sentir mal o bastante para ceder por um momento e consolá-la, dizendo: "Tudo vai dar certo", no momento em que uma Rayiha confusa dizia que talvez fosse mesmo melhor ter o filho, e imediatamente se arrependia do que acabara de dizer.

Mevlut se perguntava, com um ressentimento cada vez maior, se a firme decisão de interromper a gravidez seria sua reação (e punição) à pobreza dele e a todos os fracassos de sua vida. E às vezes quase sentia que, se conseguisse convencer Rayiha a ter o filho, demonstraria ao mundo que eles dois tinham tudo o que queriam na vida. E ficaria claro que eles eram mais felizes do que Korkut e Vediha, que tinham apenas dois filhos, e com certeza também mais felizes do que os pobres Ferhat e Samiha, que não tinham nenhum. As pessoas felizes em geral têm pencas de filhos. Pessoas ricas e infelizes invejam os pobres por seus filhos — exatamente como os europeus que vivem dizendo que a Turquia devia fazer planejamento familiar.

Certa manhã, Mevlut cedeu à insistência e às lágrimas de Rayiha e foi ao cartório pegar a certidão de casamento. O *muhtar*, que também era corretor de imóveis, não estava lá. Sem querer voltar de mãos vazias, Mevlut vagou pelas ruas de Tarlabaşı por algum tempo: pela força do hábito de quando estava desempregado, olhou em volta procurando um carrinho de ambulante à venda, um conhecido em busca de alguém para trabalhar em sua loja, algum produto a preço de ocasião. Nos últimos dez anos, as ruas desertas de Tarlabaşı se encheram de carrinhos de ambulantes, alguns dos quais ficavam acorrentados em algum canto. Mevlut refletiu que, desde que parara de vender boza à noite, sentia um aperto no coração, e perdera um pouco da antiga necessidade de sentir na pele a química das ruas.

Ele sentou para tomar um chá e conversou um pouco sobre religião e o novo prefeito com o curdo dono de ferro-velho que fizera seu casamento treze anos antes, e que também os orientara quanto ao comportamento sexual durante o Ramadã. Agora havia ainda mais bares com mesas nas calçadas nas ruas de Beyoğlu. Ele consultou o comerciante sobre abortos. "O Alcorão diz que é um grande pecado", o homem falou, iniciando uma explanação detalhada, mas Mevlut não o levou muito a sério. Se fosse mesmo um pecado tão horrível, por que tanta gente fazia abortos o tempo todo?

Mas o dono do ferro-velho disse outra coisa que calou fundo no coração de Mevlut: que as almas dos bebês tirados do útero das mães antes do nascimento subiam em árvores no céu, pulando de galho em galho como passarinhos órfãos, saltitando o tempo todo como minúsculos pardais brancos. Ele nunca contou essa conversa a Rayiha, temendo que ela não acreditasse que o *muhtar* estivesse ausente.

Quando o *muhtar* voltou, quatro dias depois, ele lhe disse que a carteira de identidade de Rayiha tinha expirado e que, se ela esperava obter algum serviço do governo (Mevlut não especificou qual serviço seria), teria de tirar um novo documento, como todo mundo. Esse tipo de coisa sempre assustava Mevlut. A maior lição que seu pai lhe deu foi manter distância dos arquivos e dos funcionários públicos. Mevlut nunca pagara impostos. Em troca, o governo lhe confiscara o carrinho e o destruíra.

Tendo se convencido de que o marido terminaria por assinar a permissão para o aborto, Rayiha sentia-se mal por deixá-lo sozinho na loja. Por isso, em princípios de abril, ela passou a ir lá. Certa tarde, ela vomitou e Mevlut limpou antes que os fregueses notassem. Naqueles últimos dias de sua vida, Rayiha nunca mais pôs os pés na loja.

Ficou combinado que, à tarde, depois das aulas, Fatma e Fevziye passariam na Cunhados para lavar os copos e deixar tudo em ordem. Rayiha inventou um pretexto para explicar por que não podia ajudar o pai delas. Quanto menos pessoas soubessem do bebê — inclusive as filhas —, mais fácil seria livrar-se dele.

Mevlut tratava as filhas como cozinheiras e enfermeiras que serviam de apoio a tropas numa frente de batalha. Fatma ia num dia, Fevziye no outro. Mevlut fazia-as lavar a louça e limpar a loja, mas era um pai protetor demais para permitir que servissem os fregueses, recebessem o pagamento e até mesmo que falassem com quem quer que fosse. Elas confiavam no pai, e eles mantinham longas conversas sobre o que fizeram na escola, sobre imitadores e comediantes de que gostavam na TV, as cenas preferidas de algum filme ou o último episódio de uma série.

Fatma era inteligente, calada e sensível. Sabia o custo das roupas e dos alimentos, sabia que tipo de gente frequentava a Cunhados, em que tipo de rua a loja se situava, conhecia o porteiro que vendia drogas ilícitas por meio do mendigo da esquina, tinha sempre em mente sua mãe, sozinha em casa; sabia até que futuro podia esperar o negócio do pai. Tinha por ele um carinho protetor, que calava fundo no pai. Muitas vezes ele dizia com orgulho a Rayiha que, se algum dia a loja prosperasse (e se Fatma fosse um menino), ele a deixaria tranquilamente em suas mãos de doze anos.

Com quase onze anos de idade, Fevziye ainda era uma criança: detestava limpar, enxaguar, secar e qualquer outro tipo de tarefa que exigisse esforço;

sempre dava um jeito de se furtar a cumprir suas obrigações, e quando era forçada a isso, fazia as coisas de afogadilho e de qualquer jeito. Mevlut muitas vezes achava que devia repreendê-la, mas quando tentava endurecer achava tão difícil manter a cara fechada que desistia. Mevlut gostava de conversar com ela sobre os fregueses que entravam na loja.

Alguns deles mal tomavam um gole e já se punham a fazer comentários ríspidos, diziam não ter gostado da bebida e pediam um desconto. Um episódio fortuito como esse dava a Mevlut e Fevziye assunto para dois ou três dias. Eles acompanhavam atentamente a conversa entre dois homens que iam dar um jeito no canalha que lhes passara um cheque sem fundos; a dupla de amigos que tinham apostado num cavalo no apontador na mesma rua da loja; ou o trio que, voltando do cinema, entrara no estabelecimento só por causa da chuva. Mevlut gostava de pegar um jornal esquecido e pedir a uma das filhas, a que estivesse na loja, que lesse em voz alta uma página escolhida ao acaso, como se ele (tal o avô analfabeto Mustafa, que elas não chegaram a conhecer) não soubesse ler, e sorria olhando pela janela. Às vezes ele as interrompia — "Entendem o que quero mostrar?" — chamando a atenção delas para alguma lição de vida, de ética e responsabilidade, de que o artigo servia de exemplo.

Às vezes uma das meninas, meio sem jeito, contava ao pai o que a estava perturbando (que o professor de geografia não ia com a cara dela, que precisava de sapatos novos porque os outros já estavam estragados ou que não queria mais usar o sobretudo velho porque as outras meninas estavam zombando), e quando Mevlut percebia que nada podia fazer para resolver o problema, dizia: "Não se preocupem, isso logo passa", e concluía com o seguinte aforismo: "Se você mantiver o coração puro, no final alcançará o que almeja". Uma noite ele as ouviu rindo desse dito, mas não zangou, tal o prazer que sentia com mais uma demonstração de inteligência e finura de espírito.

Toda noite Mevlut deixava a loja sem ninguém por alguns minutos para levar a filha para o caminho de casa — a que fora ajudá-lo naquele dia. Mergulhavam na multidão, atravessavam a avenida İstiklal para o lado de Tarlabaşı e ele lhe dizia: "Agora vá direto para casa, nada de ficar vagando por aí", e ficava observando até ela desaparecer de vista, quando corria de volta à Cunhados.

Certa noite, depois de atravessar a avenida acompanhando Fatma, voltou à loja e lá encontrou Ferhat fumando. "As pessoas que vinham nos cedendo esta velha loja grega passaram para o lado dos nossos inimigos", disse Ferhat. "O valor das propriedades e dos aluguéis por aqui está aumentando, meu caro Mevlut. Pode-se vender qualquer tipo de coisa aqui — meias, kebabs, roupas íntimas, maçãs — e ainda assim ganhar dez vezes mais do que estamos ganhando nesta loja."

"Como se estivéssemos ganhando alguma coisa…"

"Exatamente, vou sair do negócio."

"Que quer dizer com isso?"

"Temos de fechar a loja."

"E se eu continuar?", perguntou Mevlut, timidamente.

"Você vai receber a visita da gangue que aluga todas as propriedades gregas. Eles vão cobrar de você o quanto quiserem… E se você não pagar vão fazer você se arrepender…"

"Por que eles não fazem isso com você?"

"Eu cuidei da eletricidade deles e mantive todas essas casas abandonadas ligadas à rede elétrica para valorizar essas propriedades. Se você sair imediatamente, não vai perder nada do que tem aqui. Leve tudo, venda, faça o que quiser com isso."

Mevlut fechou a loja imediatamente, comprou uma garrafinha de *rakı* na mercearia e foi para casa jantar. Fazia anos que os quatro não sentavam à mesa juntos: ele contava piadas e ria com elas vendo TV, e então, com o ar de quem trazia uma excelente notícia, anunciou que voltaria a vender boza nas ruas à noite; disse também que, depois de muito pensar, ele e Ferhat haviam resolvido fechar a loja; e que estava bebendo *rakı* agora porque naquela noite estava tirando uma folga. Se Rayiha não tivesse dito: "Que Deus nos ajude a todos", ninguém acharia que aquelas eram más notícias. Aquelas palavras irritaram Mevlut.

"Não ponha Deus no meio quando estou tomando *rakı*. Tudo vai dar certo."

No dia seguinte, Fatma e Fevziye o ajudaram a levar todos os utensílios de cozinha da loja para casa. Mevlut ficou injuriado quando o dono do ferro-velho de Çukurcuma lhe ofereceu uma ninharia pela escrivaninha, a mesa e as cadeiras, e procurou um carpinteiro conhecido seu. Mas ele constatou que qualquer madeira que pudesse ser aproveitada de móveis velhos tinha um preço menor do que o oferecido pelo homem do ferro-velho. Ele levou para casa o menor dos dois espelhos. Quanto ao espelho pesado, com moldura de prata, ele fez com que Fatma e Fevziye segurassem cada uma de um lado e o levassem à casa da tia delas. Ele pegou o recorte do *Caminho Justo* emoldurado e a paisagem do cemitério com as lápides, os ciprestes e a luz divina e pendurou-os lado a lado na parede atrás da tv. Mevlut se sentia reconfortado ao contemplar a imagem de "O outro reino".

5. Mevlut se torna guarda de estacionamento
Culpa e espanto

Depois do fracasso no Café Binbom, Mevlut sabia que não podia pedir à família Aktaş que lhe arrumasse um emprego. Apesar de furioso com Ferhat, estava disposto a deixar de lado a sua animosidade e permitir que este aliviasse sua consciência ajudando o amigo — mas Rayiha não queria nem ouvir falar nisso: ela censurava Ferhat por ter fechado a loja e vivia dizendo que ele não prestava.

À noite, Mevlut vendia boza e durante o dia procurava seus conhecidos em busca de alguma oportunidade de emprego. Quando chefes de garçons e gerentes de restaurantes velhos conhecidos seus lhe ofereciam cargos de garçom ou caixa, ele fingia que ia pensar na proposta, mas na verdade buscava um emprego em que trabalhasse menos e ganhasse mais (como Ferhat), de forma que lhe sobrasse tempo e energia para vender boza à noite.

Um dia, em meados de abril, ele se encontrou com Mohini, que tentava ajudar o amigo desde que a loja dos Cunhados fechara. Mohini lhe contou que o Noivo, colega deles no colegial, o esperava em sua agência de publicidade, em Pangaltı.

Quando Mevlut chegou, vestido com seu melhor terno, o Noivo o cumprimentou com um aperto de mão formal. Não obstante, o Noivo apresentou-o à sua bela e sorridente secretária (Eles devem ser amantes, pensou Mevlut) como "uma pessoa de grande valor, brilhante", e "um grande amigo". A secretária sorriu à ideia de que seu patrão burguês tivesse amizade com aquele homem, que era sem dúvida pobre e totalmente inepto. Assim, não foi nenhuma surpresa quando ele lhe propôs cuidar da mesa de café que ficava sob a escadaria do quarto andar; mas se Mevlut, como que por instinto, não queria de modo algum ficar perto do Noivo, o que dizer servir os subalternos dele o dia inteiro, por isso recusou de imediato. Não obstante, aceitou a função de vigia do estacionamento no pátio que ficava nos fundos da empresa.

O acesso ao pátio se dava pela rua que ficava atrás da empresa; o trabalho de Mevlut era impedir a entrada de veículos não autorizados e vigiar o local para evitar ataques da chamada "máfia de estacionamento".

Nos últimos quinze anos, essas gangues de cinco ou seis amigos procedentes da mesma aldeia, uma mistura de bandidos mafiosos e delinquentes comuns com contatos na força policial, tinham se espalhado por toda a cidade feito carrapicho. Quando viam algum logradouro, esquina de rua ou terreno baldio, qualquer lugar no centro de Istambul em que se podia estacionar, eles se apresentavam como proprietários — munidos de facas e armas de fogo, se necessário —, exigiam pagamento de quem quer que quisesse parar naquelas áreas e vingavam-se dos que resistiam, destruindo os quebra-ventos, furando os pneus ou riscando a pintura do carro novo importado da Europa. Durante as seis semanas em que Mevlut trabalhou como vigia, ele testemunhou inúmeras discussões, trocas de xingamentos e socos envolvendo pessoas que se recusavam a pagar: alguns achavam o valor exorbitante, outros diziam: "Quem diabos é você para que eu lhe pague pelo direito de estacionar na frente da casa onde moro há quarenta anos?". Alguns recorriam a outros estratagemas: "Se eu pagar, você me dá um recibo?". Por meio de ponderada diplomacia e esquivas astutas, Mevlut conseguiu se manter fora dessas disputas, sempre procurando estabelecer uma clara fronteira entre o espaço da agência de publicidade e a rua onde a gangue atuava.

As gangues de estacionamento — não obstante sua inclinação para a violência, as francas ameaças e a bem conhecida tendência a danificar os carros — prestavam aos ricos imprudentes um serviço inestimável. Toda vez que o trânsito estava paralisado, quando era impossível encontrar um local para estacionar, os motoristas podiam parar na calçada, ou mesmo no meio da rua, e confiar o carro àqueles "manobristas", que o estacionavam e cuidavam dele por quanto tempo fosse necessário, lavavam os vidros e até o carro inteiro, por uma quantia adicional. Quando algum dos mais jovens e mais audaciosos membros da gangue enfiava algum carro na área sob a guarda de Mevlut, ele fingia não ver, uma vez que o Noivo deixara claro que não queria ter "nenhum problema". Isso facilitava seu trabalho. Mevlut parava o trânsito da rua com a segurança de um policial quando o Noivo ou um de seus empregados chegavam de manhã e também quando partiam à noite; orientava os motoristas na hora de estacionar — "Agora só um pouquinho para a esquerda" ou "Tem bastante espaço" —, abria a porta para os VIPs (com o Noivo ele sempre o fazia com um espírito de camaradagem) e dava informações para quem lhe perguntava se fulano já tinha chegado ou saído. Por recomendação do Noivo, providenciou-se uma cadeira para Mevlut, colocada no ponto em que a calçada se encontrava com o pátio, um lugar que algumas pessoas chamavam de portão do pátio, embora não houvesse portão nenhum. Mevlut passava a maior parte do tempo sentado, observando o trânsito na ruela, os dois porteiros que ficavam conversando na frente dos respectivos edifícios, o mendigo de perna estropiada que de vez em quando vinha para o centro, o habilidoso aprendiz do merceeiro de Samsun, o transeunte ocasional, as janelas dos edifícios do entorno, os gatos e vira-latas. Ele conversava também com o membro mais jovem da gangue (que os colegas chamavam zombeteiramente de "o manobrista").

A despeito de Kemal, o manobrista de Zonguldak, não ser especialmente inteligente e falar demais, Mevlut achava interessante tudo o que ele dizia. A chave desse fascínio era sua atitude franca e sem malícia diante de todos os aspectos de sua vida cotidiana — inclusive suas inclinações sexuais, os ovos com salsicha que jantara na noite anterior, a forma como sua mãe lavava a roupa ou brigava com o pai na aldeia, e como se sentira ao assistir a uma cena romântica na TV. Essas histórias pessoais muitas vezes eram acompanhadas de opiniões não solicitadas sobre política, negócios e acontecimentos locais: metade dos homens da agência de publicidade era baitola, e metade das mulheres, sapatão; todo o Pangaltı pertencera aos armênios, e um dia eles iriam se valer dos americanos para reavê-lo; o prefeito de Istambul era acionista secreto da companhia que fabricava os ônibus articulados importados da Hungria.

Mevlut sempre percebia um leve tom de ameaça nas fanfarronadas do manobrista: aquele canalha rico, que estacionou sua Mercedes no terreno *deles* sem ao menos se dar ao trabalho de dar uns trocados à pobre alma que lá estava para guardá-lo, não considerara a possibilidade de voltar e simplesmente descobrir que o carro tinha sumido e que ninguém tinha feito nada para impedir? E aqueles sujeitos mesquinhos que se recusavam a pagar a taxa para estacionar (que de resto era menos que o preço de um maço de Marlboro) e ameaçavam chamar a polícia — será que não sabiam que metade do dinheiro ia para a polícia? Os mesmos sabichões babacas prontos a atacar um humilde manobrista não tinham ideia de que, no espaço de três horas a partir do momento em que estacionaram o carro, a nova BMW tivera a bateria, a caríssima caixa de câmbio e o sistema de ar-condicionado substituídos por lixo. E isso não era nada: uma gangue da cidade de Ünye, no mar Negro, que trabalhava com uma oficina mecânica meio clandestina de Dolapdere, certa vez conseguiu trocar em apenas meio dia o motor inteiro de uma Mercedes 1995 por uma carcaça velha, fazendo um serviço tão bem-feito que, ao voltar, o dono deu uma bela gorjeta ao manobrista por ter lavado o carro. Mas Mevlut não tinha com que se preocupar, a gangue não tinha planos em relação aos carros sob os cuidados de Mevlut. Em troca, ele sempre deixava o jovem Kemal estacionar alguns carros no estacionamento da empresa quando havia vagas sobrando, embora mantivesse o Noivo ciente de todos esses conchavos.

Às vezes, o pátio, o estacionamento, as calçadas e a rua solitária mergulhavam em grande quietude (tanto quanto isso era possível em Istambul), e Mevlut se dava conta de que, exceto quando estava com Rayiha e suas meninas, a coisa de que mais gostava no mundo era observar as pessoas andando na rua, inventar histórias inspiradas pelas coisas que observava (exatamente como fazia quando via TV) e depois comentar com alguém sobre tudo aquilo. O Noivo não lhe pagava muito, mas pelo menos Mevlut estava perto de onde havia vida e não enfurnado num escritório, por isso não tinha do que reclamar. Ele até podia ir para casa pouco depois das seis, quando o escritório estava fechado e todos os carros já tinham ido embora. Então, à noite, quando o estacionamento se transformava em território da gangue até a manhã seguinte, Mevlut tinha tempo para sair e vender boza.

Um mês depois de ter começado a trabalhar no estacionamento, Mevlut observava um engraxate polindo os sapatos que os moradores encaminhavam à portaria do edifício quando de repente se lembrou de que as dez primeiras semanas de gravidez de Rayiha, durante as quais ela tinha direito a abortar, já haviam passado. Ele acreditava piamente que a incapacidade dos dois de tomar uma decisão quanto à questão devia-se tanto aos sentimentos contraditórios da esposa quanto à sua própria relutância. Mesmo num hospital do governo, um aborto era sempre perigoso. Mas uma criança iria trazer alegria para a casa e fortalecer os laços da família. Rayiha ainda não tinha contado a Fatma e Fevziye que estava grávida. Quando ela contou, percebeu que tinha agido da maneira certa ao ver as filhas, que já eram umas mocinhas, receberem com tanto carinho a notícia da chegada de um novo bebê.

Ele ficou pensando por um bom tempo em sua mulher, que o esperava em casa. Pensando no quanto gostava dela, em quanto a amava, por pouco não chorou. Eram apenas duas da tarde, as meninas ainda não teriam voltado da escola. Mevlut se sentiu tão livre como se sentia na época do colegial. Pediu ao jovem Kemal que cuidasse do estacionamento e correu para casa. Estava ansioso para ficar sozinho com Rayiha como naqueles belos e encantadores primeiros anos de casamento, quando eles nunca brigavam. Mas uma coisa lhe pesava na consciência, como se tivesse se esquecido de algo muito importante. Talvez por isso a pressa.

Assim que entrou, teve certeza de que foi Deus que o mandou para casa. Rayiha recorrera a um expediente primitivo, da aldeia, para provocar um aborto, mas a coisa não deu certo e ela estava praticamente sem sentidos devido à perda de sangue e à dor.

Ele a pôs de pé, tomou-a nos braços e correu em busca de um táxi. A cada passo, sabia que iria se lembrar de cada um daqueles minutos até o dia de sua morte. Rezou com todas as forças para que sua felicidade permanecesse intacta, para que sua esposa parasse de sentir dor. Ele acariciava os cabelos de sua mulher encharcados de suor, olhava aterrorizado para o rosto dela, branco feito um lençol. A caminho do pronto-socorro, a apenas cinco minutos dali, ele viu em seu rosto a mesma expressão de culpa e espanto que ela exibia na noite em que fugiram juntos.

Quando entraram no hospital, Rayiha, que tinha perdido muito sangue, já estava morta. Tinha trinta anos de idade.

6. Depois de Rayiha
As pessoas não podem se indispor com quem está chorando

ABDURRAHMAN EFÊNDI. Na hospedaria da aldeia tem um telefone. "Rápido! Sua filha está na linha, de Istambul!", disseram. Corri: era Vediha, dizendo que minha querida Rayiha tinha falecido. Tomei dois drinques com o estômago vazio antes de entrar no ônibus em Beyşehir, e então senti que éramos amaldiçoados, que eu ia me afogar em desespero, pois foi assim que minhas filhas perderam a mãe. Pelo menos chorar dá um certo alívio.

VEDIHA. Meu querido anjo Rayiha, que descanse em paz, mentiu para mim e para Mevlut. A mim, disse que não queria o bebê, o que não era verdade. E a Mevlut, que era uma menina, o que ela não podia saber. Mas nossa tristeza é tão grande que não consigo pensar em ninguém que tenha energia para tocar nesse assunto neste momento.

SÜLEYMAN. Temia que Mevlut pensasse que eu não havia ficado abalado. Na verdade, logo que o vi tão perdido e desolado, comecei a chorar. Quando chorei, Mevlut se pôs a chorar, e minha mãe também. Então percebi que estava chorando não porque Rayiha morrera, mas porque todo mundo estava chorando. Quando éramos pequenos, quando Korkut via um homem chorando, dizia "Pare de choramingar feito mulherzinha", mas é claro que dessa vez ele teve de ficar na dele. Ele me encontrou vendo TV sozinho no quarto de hóspedes. "Chore tanto quanto quiser", ele disse, "mas algum dia Mevlut vai encontrar uma maneira de ser feliz novamente, você vai ver."

KORKUT. Fui ao hospital com Süleyman para pegar o corpo de Rayiha. Eles nos disseram: "O melhor lugar para lavar o corpo é a casa de banhos da mesquita de Barbaros em Beşiktaş, eles têm gente especializada em lidar com cadáveres femininos, com esponjas e sabonetes adequados, as melhores mortalhas e toalhas e também água de rosas. Mas recomendamos já chegar distribuindo gorjetas". Fomos lá e ficamos no pátio fumando enquanto esperávamos. Mevlut nos acompanhou à administração do cemitério. Mas como esquecera de levar a carteira de identidade, tivemos de voltar para Tarlabaşı. Em casa, sem encontrar a carteira, caiu na cama com um acesso de choro, depois tornou a procurar e achou. Voltamos ao cemitério. Estava um trânsito...

TIA SAFIYE. Eu estava preparando *halvas*, do tipo especial que fazemos quando alguém morre. Minhas lágrimas caíam na panela e desapareciam entre os pequenos torrões de farinha e açúcar, e a cada lágrima que desaparecia, eu sentia como se mais uma lembrança tivesse se apagado. Será que íamos ficar sem gás de cozinha? Será que eu devia pôr um pouco mais de carne no cozido de legumes? Toda vez que as pessoas se cansavam de chorar, vinham à cozinha, levantavam a tampa de uma panela para olhar em silêncio o que havia dentro. Como se chorar por muito tempo implicasse ir à cozinha ver o que estava sendo preparado.

SAMIHA. Fatma e Fevziye, pobrezinhas, passaram a noite na minha casa. Vediha, que também estava aqui, disse: "Tragam-nas para nossa casa". Foi assim que voltei à casa da família Aktaş em Duttepe pela primeira vez desde que fugi, onze anos atrás, para não ter de casar com Süleyman. "Tenha cuidado com Süleyman!", disse Ferhat, mas Süleyman nem estava por lá. E pensar que onze anos atrás todo mundo — inclusive eu — achava que eu ia me casar com ele! Estava curiosa para ver o quarto em que eu e meu pai ficávamos: agora ele parecia menor, mas ainda cheirava a cera de abelha. Eles construíram mais dois andares na casa. Toda essa situação me deixa muito incomodada, mas no momento todos estamos pensando em Rayiha. Recomecei a chorar. As pessoas não podem se indispor com quem está chorando, tampouco lhe fazer perguntas.

TIA SAFIYE. As filhas de Mevlut, e Vediha também, vinham à cozinha toda vez que cansavam de chorar, para espiar as panelas e a geladeira, como se estivessem vendo TV. Mais tarde Samiha também veio. Sempre senti simpatia por essa jovem. Não tinha nada contra ela, embora ela tivesse seduzido Süleyman com sua beleza para depois lhe dar o fora.

VEDIHA. Graças a Deus as mulheres não têm permissão para ir a funerais. Acho que não suportaria. Depois que os homens saíram, as mulheres se puseram a chorar. Quando um lado da sala parava, o outro recomeçava. Não esperei a volta dos homens — na verdade, nem esperei que anoitecesse —, fui direto para a cozinha e trouxe o pudim. A choradeira parou. Enquanto comiam, Fatma e Fevziye olhavam Turan e Bozkurt brincando com a bola de futebol no quintal. Logo que a sobremesa acabou, as lágrimas tornaram a correr, mas a gente só chora muito enquanto tem forças para continuar.

HADJI HAMIT VURAL. A jovem esposa do sobrinho Aktaş já deixou este mundo e foi ao encontro do criador. O pátio da mesquita estava apinhado de velhos vendedores de boza de Konya. A maioria dessas pessoas me vendeu terrenos baldios de que se apossaram nas décadas de 1960 e 1970. Agora todos gostariam de ter esperado um pouco mais para ganhar mais dinheiro na venda. Reclamam que Hadji Hamit tomou sua terra por quase nada. Não há um deles que diga: "Sou grato a Hadji Hamit, um dia cercamos alguns terrenos públicos nesta montanha desolada, e mesmo sem termos direitos legais sobre eles, Hadji Hamit os comprou de nós por uma carrada de dinheiro. Se eles tivessem dado mesmo uma mínima fração desse dinheiro para o fundo de manutenção da mesquita, eu não precisaria tirar do meu bolso para consertar as calhas, substituir as folhas de chumbo do domo e instalar uma sala adequada para as aulas do Alcorão. Mas não importa, já estou acostumado a essa gente, ainda sorrio para eles com afeto e fico feliz em oferecer minha mão a quem deseje beijá-la com respeito. O marido da falecida estava num estado lamentável. Perguntei o que esse Mevlut andara fazendo desde que parara de vender boza, e o que ouvi me deixou triste. Os homens são tão diferentes quanto os dedos de uma mão. Alguns ficam ricos, outros se tornam sábios; uns vão para o inferno, outros vão para o céu. Alguém me lembrou que fui ao casamento dele anos atrás e dei um relógio ao noivo. Vi que alguém tinha jogado caixas vazias junto aos degraus que levam ao pátio da mesquita e disse: "Será que a mesquita agora virou um depósito?". Na verdade, vai ser preciso cuidar disso. A multidão começou a se aglomerar quando o imã chegou. Nosso Sagrado Profeta Maomé, que a paz esteja com ele, certa vez disse que "é melhor ficar na fileira de trás durante as orações fúnebres". Gosto de ver os membros da congregação voltarem o rosto para a direita, depois para a esquerda, e é por isso que não perco orações fúnebres. Ó Senhor, por favor, mande essa mulher para o céu se ela tiver sido uma pessoa boa e, por favor, dê-lhe o perdão se ela tiver sido uma pecadora — como era mesmo o nome dela? O imã o disse ainda há pouco. Que coisa mais franzina essa Rayiha deve ter sido em vida, o caixão se apoiou no meu ombro por um instante e me pareceu leve como uma pena.

SÜLEYMAN. Korkut me disse para ficar de olho no pobre Mevlut, por isso permaneci o tempo todo ao lado dele. Quando estavam jogando terra na cova, ele quase caiu se eu não o tivesse agarrado por trás. A certa altura perdeu as forças e não conseguiu mais se manter de pé. Ajudei-o a sentar em outra lápide. Ele ficou absolutamente imóvel até que o caixão de Rayiha foi enterrado e todos foram embora.

Se dependesse dele, Mevlut nunca teria saído do lugar onde Süleyman o encontrou no cemitério. Ele sentia que Rayiha precisava de sua ajuda. Havia gente demais, e ele tinha esquecido algumas orações, mas tinha certeza de que, tão logo as pessoas tivessem ido embora, as palavras retornariam e ele poderia dar a Rayiha aquilo de que ela precisava. Mevlut sabia que recitar orações durante o enterro dos mortos e a ascensão de suas almas lhes daria conforto. A visão daquelas lápides, dos ciprestes ao fundo, das árvores e ervas daninhas, e o modo como a luz vinha do céu lembraram-lhe o desenho que encontrara no *Caminho Justo*. A semelhança fez com que ele se sentisse como se já tivesse vivido aquele momento. Já tivera aquela sensação antes, quando vendia boza à noite, e sempre considerara aquilo uma agradável peça que seus pensamentos lhe pregavam.

A mente de Mevlut reagia à morte de Rayiha de três maneiras diferentes, que às vezes ele sentia como algo ilusório, às vezes como realidade:

A tendência mais persistente era a recusa em acreditar que Rayiha falecera. Apesar de sua mulher ter morrido em seus braços, a mente de Mevlut muitas vezes se entregava a fantasias em que isso não havia acontecido. Rayiha estava no outro quarto e acabara de dizer alguma coisa, embora ele não tivesse ouvido; ela saíra para fazer uma caminhada; a vida continuava em seu ritmo normal.

A segunda reação era raiva de tudo e de todos. Ele tinha raiva do taxista que demorara a caminho do hospital, dos funcionários públicos que levaram tempo demais para emitir a nova carteira de identidade de Rayiha, do vereador, dos médicos, daqueles que o abandonaram, das pessoas que aumentavam o custo de vida, dos terroristas e dos políticos. Mais do que de todos os demais, Mevlut sentia raiva de Rayiha: por tê-lo deixado sozinho; por não ter dado à luz Mevlidhan; por ter se recusado a ser mãe.

Sua terceira reação era ajudar Rayiha em sua jornada para o além. Ele queria pelo menos ser-lhe útil no outro mundo. Rayiha estava tão sozinha agora... no fundo do túmulo. Se Mevlut levasse as filhas ao cemitério e recitasse algumas preces, isso aliviaria sua dor. Mevlut começava a rezar ao pé do túmulo, mas todas as palavras se misturavam (de resto, ele não sabia o significado da maioria delas), pulava algumas, mas se consolava com a ideia de que o que importa era a intenção de quem rezava.

Nos primeiros meses, Mevlut e as meninas, depois de visitar o túmulo de Rayiha, iam a Duttepe para visitar a família Aktaş. A tia Safiye e Vediha serviam comida às órfãs e davam-lhes chocolates e biscoitos que, por aqueles dias, nunca faltavam naquela casa, e as quatro ficavam juntas vendo filmes na TV.

Em duas dessas visitas, Samiha esteve presente. Agora ela não temia mais Süleyman, e Mevlut entendeu por que ela voltava àquela casa da qual fugira havia tantos anos para ficar com Ferhat: Samiha suportava a tensão porque queria ver as sobrinhas, para as consolar e também para encontrar consolo nelas.

Elas estavam em Duttepe quando Vediha disse a Mevlut que se ele planejava ir com as meninas à aldeia, em Beyşehir, naquele verão, ela desejava acompanhá-los. A velha escola de Cennetpınar, ela explicou, fora transformada numa hospedaria, e Korkut fazia doações para a associação para o desenvolvimento da aldeia. Era a primeira vez que Mevlut ouvia falar na associação, embora ela viesse a ter um papel muito importante em seu futuro. Ele ponderou que, se viajasse, pelo menos não gastaria muito.

No ônibus para Beyşehir, acompanhado de Fatma e Fevziye, Mevlut considerou a possibilidade de não voltar nunca mais a Istambul. Ao cabo, porém, de três dias, ele entendeu que a ideia de permanecer na aldeia não passara de mera fantasia sem sentido causada pela dor da perda de Rayiha. A aldeia era um fim de mundo, onde eles não podiam ser mais que meros visitantes. Ele quis voltar para a cidade. Sua vida, sua fúria, sua felicidade, Rayiha... tudo girava em torno de Istambul.

Por algum tempo, o afeto e o carinho da avó e das tias distraíram as meninas de sua tristeza, mas elas logo se cansaram dos divertimentos que a aldeia, ainda muito pobre, podia lhes oferecer. E logo começaram a se sentir incomodadas com as atenções e os gracejos dos meninos. À noite, no quarto da avó, onde dormiam, conversavam com ela, ouviam histórias do lugar, as desavenças antigas, as rixas e rivalidades ainda em curso entre tais e tais pessoas — tudo isso as divertia, mas também as assustava, e então se lembravam de que tinham perdido a mãe. Lá, Mevlut se deu conta de que, no fundo, sempre se ressentira por sua mãe não ter se mudado para Istambul, deixando-o sozinho com o pai na cidade. Se ela e suas irmãs tivessem ido para Istambul, talvez Rayiha nunca chegasse ao ponto de não ver saída senão livrar-se do bebê por conta própria.

Mas era reconfortante ouvir sua mãe dizer "Meu pobre Mevlut" e ser beijado e abraçado como quando era criança. Esses momentos de ternura exacerbada o faziam querer fugir para algum canto, mas por fim sempre arranjava um pretexto para voltar para ela. A afeição dela parecia associar-se a uma angústia que não se devia apenas à morte de Rayiha, mas também às dificuldades de Mevlut em Istambul e sua contínua necessidade da ajuda dos primos. Diferentemente do pai, em vinte e cinco anos Mevlut nunca pôde mandar dinheiro para a mãe, e isso o envergonhava.

Ao longo de todo aquele verão, Mevlut sentiu mais prazer na companhia do sogro — que visitava em Gümüşdere três vezes por semana, com as filhas — que na companhia de sua mãe e irmãs. Sempre que chegavam à hora do almoço, Abdurrahman Efêndi passava a Mevlut um pouco de *rakı* num copo inquebrável, cuidando para que Fatma e Fevziye não notassem; quando elas brincavam num dos muitos quintais dos arredores, ele contava ao genro histórias alegóricas e cheias de referências à vida de ambos: ambos perderam as esposas ainda jovens, antes de terem tempo de dar à luz um filho homem. Ambos iriam dedicar o resto de suas vidas às filhas. Ambos sabiam que, sempre que olhassem para uma delas, iriam se lembrar da mãe delas com tristeza.

Durante os últimos dias da viagem, Mevlut levou as meninas à aldeia da família materna com mais frequência. Quando seguiam pelo caminho arborizado entre colinas nuas, os três gostavam de parar de vez em quando para admirar a paisagem lá embaixo, as silhuetas das cidadezinhas ao longe e as mesquitas com seus minaretes. Por longos e silenciosos minutos, eles contemplavam manchas verdes no solo rochoso, campos amarelos iluminados pelos raios de sol que atravessavam as nuvens, a estreita faixa do lago ao longe e os cemitérios com seus muitos ciprestes. Em algum lugar bem distante, devia haver cães latindo. No ônibus que tomaram de volta a Istambul, Mevlut percebeu que as paisagens da aldeia sempre o fariam se lembrar de Rayiha.

7. Uma história do consumo de eletricidade

Süleyman se vê em apuros

FERHAT. Passei o verão de 1995 nas ruas e trancado no edifício dos Arquivos da Elétrica Sete Colinas em busca de pistas que me permitissem localizar Selvihan, meu amor elétrico. Perdi a conta de quantos cigarros fumei e das xícaras de chá que tomei, com aqueles dois guarda-livros obstinados naquela sala com prateleiras abarrotadas de fichários presos por aros de metal e protegidos com cadeados, e todos aqueles envelopes amarelados e pastas recheados de maços de papel encardidos de até oitenta anos. Embora a Elétrica Sete Colinas tivesse mudado de nome algumas vezes, seus arquivos empoeirados continham a história completa da produção e distribuição de energia elétrica em Istambul, iniciada em 1914 com a usina de Silahtar. Os dois funcionários veteranos estavam convencidos de que somente estudando essa história e tomando conhecimento de todos os truques que as pessoas inventaram ao longo dos anos para burlar o governo, e o pleno conhecimento dos meandros do consumo e cobrança da eletricidade, um inspetor poderia conseguir que os cidadãos pagassem suas contas.

Em meados daquele verão, percebemos que os novos proprietários da Elétrica Sete Colinas, oriundos da Anatólia Central, talvez não fossem da mesma opinião. Eles estavam tentando vender os arquivos a negociantes que compravam aparas de papel a quilo — se não conseguissem, mandariam incinerar toda a papelada. "Vão ter de nos queimar junto!", exclamou o funcionário mais velho ao ouvir esses boatos, e o outro acrescentou, num acesso de raiva, que, se houvesse coisa pior do que o capitalismo, com certeza eram aqueles novos-ricos grosseirões da Anatólia. Mais adiante chegaram à conclusão de que seria melhor se eu conseguisse convencer os novos proprietários de que os arquivos eram um instrumento crucial e indispensável para a cobrança das contas de luz; talvez isso salvasse da destruição aquele tesouro da inventividade humana.

Começamos pelos arquivos mais velhos, papéis grossos, brancos e malcheirosos, datados de antes da fundação da República e da troca da escrita árabe pelo alfabeto latino em 1928, em que se liam anotações manuscritas em turco otomano e em francês. Passamos para os arquivos da década de 1930, que registravam os novos bairros conectados à rede e aqueles nos quais o consumo era maior, e a essa altura minha dupla de historiadores me informou que naquela época Istambul ainda tinha uma população não muçulmana bem grande. Examinavam as folhas amareladas de registros com cem, quinhentas, novecentas páginas nas quais antigos funcionários tinham tomado notas detalhadas sobre famílias por eles visitadas e os criativos estratagemas fraudulentos que haviam descoberto, e então me explicavam como o sistema introduzido na década de 1950 atribuíra a cada inspetor a supervisão de um conjunto de bairros, e como os governantes otomanos agiam, vigiando a vida das pessoas, como se fossem policiais.

Esses documentos desgastados e rasgados eram organizados por cores: branco para casas de família, roxo para lojas, vermelho para fábricas. Os roxos e os vermelhos eram os piores transgressores, mas, se "o jovem inspetor Ferhat" examinasse mais detidamente aquelas seções de "esclarecimentos" em cada folha a fim de tomar consciência dos heroicos esforços dos inspetores do antigo governo para registrar o que tinham visto, iria notar que, depois da década de 1970, os bairros mais pobres — Zeytinburnu, Taşlıtarla, Duttepe e arredores — tinham se tornado campo fértil para a proliferação de novos roubos de eletricidade. Os empregados do Departamento de Energia Elétrica preencheram aqueles campos de "esclarecimento" — que em versões posteriores receberam a rubrica "comentários" — com seus insights sobre os clientes, os medidores de consumo inspecionados e os vários esquemas de roubo de eletricidade que eles descobriram, todos registrados numa grande variedade de caligrafias agora indecifráveis, grafadas com canetas de tinta roxa e canetas esferográficas que só funcionavam quando a ponta era umedecida com a língua. Minha intuição me fazia crer que todo aquele conhecimento estava me levando para mais perto de Selvihan.

Anotações do tipo "geladeira nova" ou "constatou-se a existência de um novo fogão elétrico" ajudavam os inspetores a estimar o consumo, em quilowatts-horas, de uma casa num determinado período. Os dois funcionários achavam que, com base naquelas anotações, podia-se saber com precisão a data em que determinada casa adquirira uma geladeira, um ferro elétrico, uma máquina de lavar, um fogão ou qualquer outro aparelho doméstico. Outras observações — "Voltou para a aldeia", "Ausentes por dois meses para assistir a um casamento", "Foram para a casa de veraneio", "Dois hóspedes vindos de sua cidade natal" — davam conta dos movimentos de entrada e saída que podiam afetar o consumo. Mas sempre que encontrava o registro de consumo de um clube noturno, um restaurante de kebab, um bar de música tradicional turca pertencente a Sami de Sürmene, eu me concentrava neles, descartando outros esclarecimentos. Então os dois veteranos chamavam a minha atenção para anotações ainda mais intrigantes: "Enfie a conta no prego acima da maçaneta"; "Acompanhe a parede próxima ao chafariz do bairro — o medidor fica atrás da figueira"; "Homem alto de óculos é louco. Mantenha distância"; "Cuidado com o cão do jardim. O nome dele é Conde. Se chamado pelo nome, ele não ataca"; "As luzes do andar superior do clube noturno têm um segundo conjunto de fios que passam por fora do edifício".

Na opinião dos meus guias, quem escreveu aquele último comentário, fosse quem fosse, era um herói, alma valente realmente dedicada ao trabalho. Quando descobriam um clube noturno ou uma casa de jogo clandestina (ouvi falar que Sami de Sürmene também estava envolvido nesse tipo de atividade ilegal) que roubava eletricidade, a maioria dos inspetores evitava registrar isso em termos oficiais; assim, quando lhes ofereciam dinheiro para fingir que não tinham visto nada, não teriam de dividir a propina com seus superiores. Toda vez que eu me deparava com esse tipo de informação, saía em campo para uma visita de surpresa ao café, restaurante ou clube noturno a que pertencesse o medidor de consumo, imaginando o tempo todo quão perto eu estava de cair sobre Sürmene e resgatar minha amada Selvihan de suas garras.

* * *

MAHINUR MERYEM. Tinha quase quarenta anos quando engravidei de Süleyman. Com essa idade, uma mulher sozinha deve pensar no futuro e em como vai viver o resto da vida. Ficamos juntos por dez anos. Como fui ingênua em acreditar em todas as mentiras e desculpas dele, mas acho que meu corpo sabia muito mais das minhas necessidades do que eu.

Como previa, Süleyman reagiu mal. A princípio me acusou de inventar a gravidez para obrigá-lo a se casar comigo. Mas certo dia, quando tomamos um porre, ele percebeu que eu realmente estava grávida e se assustou. Ficou de cara cheia e discutimos, mas percebi que estava contente. Depois disso, brigávamos toda vez que ele vinha me visitar, embora eu tentasse acalmá-lo. Suas ameaças e seu alcoolismo, porém, só pioravam. Ele até ameaçou não apoiar mais minha carreira de cantora.

"Esqueça a música, eu seria capaz de morrer por esse bebê", eu lhe dizia.

Essas palavras o apaziguavam e faziam me tratar com mais delicadeza. Mas mesmo quando ele não se mostrava gentil, nós nos entregávamos a um sexo selvagem, noite após noite, depois de cada briga.

"Como pode fazer amor desse jeito e depois ir embora?", eu lhe perguntava.

Süleyman abaixava a cabeça sem saber o que dizer. Às vezes, porém, quando estava de saída, ele dizia que, se eu continuasse a aborrecê-lo, ele sumiria.

"Então nos despedimos aqui", eu respondia, fechando a porta com lágrimas nos olhos. Ele passou a vir me ver todos os dias da semana; enquanto isso, o bebê não parava de crescer. Isso não o impediu de tentar me esbofetear umas duas vezes.

"Vá em frente, Süleyman, me surre", eu disse. "Talvez você consiga se livrar de mim, do mesmo modo como se livraram da Rayiha."

Às vezes Süleyman parecia tão desesperado que me dava pena. Ficava sentado — QUIETA e EDUCADAMENTE — afligindo-se com a vida como um comerciante cuja frota naufragara, e bebendo *rakı* como se fosse água, e então eu lhe dizia o quanto seríamos felizes, que ao olhar para sua alma eu via um diamante não lapidado, e como era raro encontrar a proximidade e compreensão que havia entre nós.

"Você vem sendo oprimido por seu irmão há muito tempo, se pudesse se afastar dele, você se tornaria um novo homem. Não temos nada a temer de ninguém."

Essa história toda nos levava a discutir se eu iria começar a cobrir a cabeça com o véu. "Vou pensar sobre isso", eu respondia. "Mas há coisas que posso fazer e coisas que simplesmente não posso."

"O mesmo se dá comigo", respondia Süleyman, desanimado. "Então, me diga o que acha que pode fazer."

"Às vezes as mulheres concordam com um casamento religioso, além do civil, apenas para poupar o marido de aborrecimento… Posso fazer isso. Mas primeiro sua família tem de ir à casa dos meus pais, em Üsküdar, pedir minha mão formalmente."

No outono de 1995, Mevlut voltou para Istambul e retomou seu trabalho de vigia na agência de publicidade. O Noivo — que entendeu perfeitamente que Mevlut precisava mesmo voltar à aldeia depois da morte da esposa — confiou-lhe todos os encargos que em sua ausência haviam sido entregues ao porteiro. Mevlut viu que, nos três meses em que esteve fora, a gangue de Kemal expandira seu território, alterara seus limites valendo-se de dois vasos e algumas pedras soltas do meio-fio. E, o que era pior, agora se dirigiam a Mevlut num tom mais agressivo. Mas ele não se importava. Depois da morte de Rayiha, tinha raiva de tudo e de todos, mas, sabe-se lá por quê, não conseguia sentir raiva daquele jovem de Zonguldak, que passara a usar um blazer azul-marinho.

Ele continuava vendendo boza à noite, e o que lhe sobrava de energia era dedicado às filhas. Mas suas preocupações nunca iam além de umas questões básicas: "Fizeram os deveres de casa?"; "Estão com fome?"; "Estão bem?". Estava ciente de que agora elas passavam ainda mais tempo na casa da tia Samiha e que não queriam lhe falar sobre essas visitas. Então, quando a campainha tocou certa manhã, depois que Fatma e Fevziye tinham ido à escola, ele abriu a porta, se deparou com Ferhat, e por um instante pensou que o amigo queria conversar sobre suas filhas.

"Você não pode morar neste bairro, a menos que tenha uma arma de fogo", disse Ferhat. "Drogas, prostitutas, travestis, todo tipo de quadrilha… Temos de procurar uma nova residência para você e as meninas…"

"Somos felizes aqui, este é o lar de Rayiha."

Ferhat disse que tinha um assunto importante para tratar e levou Mevlut a um dos novos cafés da praça Taksim. Contemplaram a multidão que fluía para Beyoğlu e conversaram por um bom tempo. Finalmente Mevlut entendeu que o amigo lhe oferecia um emprego em que ele trabalharia como ajudante de inspetor da companhia elétrica.

"Bem, qual a sua posição pessoal a respeito disso?", perguntou Mevlut.

"Neste caso, o que estou dizendo e o que sinto pessoalmente são a mesma coisa", disse Ferhat. "Esse emprego vai te fazer feliz, e às meninas também, e até Rayiha, preocupada como deve estar lá no céu. Você vai ganhar um bom dinheiro."

Na verdade, o salário que Mevlut receberia não era muito alto, mas trabalhando como ajudante de Ferhat, cobrando contas atrasadas, ele ganharia mais do que como vigia do estacionamento. Mas ele suspeitava que para chegar ao "bom dinheiro" de que falara Ferhat era preciso embolsar uma parte do que conseguisse receber dos usuários.

"Os novos proprietários sabem muito bem que alguns empregados tiram vantagem sempre que podem", disse Ferhat. "Bem, leve seu diploma, comprovante de endereço, carteira de identidade e seis fotos tipo passaporte, e já pode começar dentro de três dias. No começo, vamos dar umas voltas juntos para eu lhe ensinar tudo. Você é um homem honesto e íntegro, por isso queremos que trabalhe conosco."

"Que Deus o recompense por suas boas ações", disse Mevlut e, mais tarde, zanzando pelo estacionamento, refletiu que Ferhat não notara o sarcasmo de suas palavras. Três dias depois, ligou para o número que Ferhat lhe dera.

"Pela primeira vez na vida você tomou a decisão certa", disse Ferhat.

Dois dias depois, os dois se encontraram no ponto de ônibus de Kurtuluş. Mevlut vestira seu melhor blazer e uma calça impecável. Ferhat trouxe uma bolsa que pertencera a um dos dois velhos funcionários. "Você vai precisar de uma dessas pastas de inspetor", ele disse. "Elas assustam as pessoas."

Entraram numa rua na periferia de Kurtuluş. Mevlut ainda ia àquele bairro algumas vezes para vender boza. À noite, lâmpadas de neon e a luz dos aparelhos de TV davam à rua um ar mais moderno, mas de manhã tinha o aspecto vulgar de vinte e cinco anos atrás, quando ele cursava o colegial. Passaram a manhã toda no bairro, inspecionando mais de duzentos e cinquenta medidores de consumo.

A primeira coisa que faziam ao entrar num prédio era verificar os medidores alocados no pavimento do porteiro. "O número 7 tem um montão de contas não pagas; receberam duas advertências nos últimos cinco meses e mesmo assim não pagaram, mas veja: o medidor não para um segundo", dizia Ferhat num tom professoral. Ele tirava o caderno da bolsa e o folheava. "O número 6 apresentou uma queixa de duas contas excessivas mais ou menos por essa época, no ano passado. Até agora não foi tomada nenhuma providência. Ao que parece, não cortaram a luz. E no entanto o medidor deles está completamente parado. Bem... vamos dar uma olhada."

Eles subiram ao terceiro andar, em meio ao cheiro de mofo, cebola, óleo de cozinha, e tocaram a campainha do número 7. Antes que alguém tivesse tempo de chegar à porta, Ferhat gritou: "Luz!", como um inquisidor. Um inspetor de eletricidade punha toda a casa em pânico. Havia algo na atitude de Ferhat que lhe permitia invadir a privacidade de uma família, ainda que seu propósito fosse recriminador. Mevlut reconhecia aquelas nuances, que aprendera ao longo dos anos em que vendeu iogurte de porta em porta. Não teria sido apenas a honestidade dele que levou Ferhat a procurá-lo, mas também sua experiência em transitar na vida íntima dos lares — em especial, a habilidade de conversar com as mulheres sem que elas se sentissem constrangidas.

A porta de uma residência com contas atrasadas tanto poderia se abrir como permanecer fechada. Nesse caso, Mevlut tentava escutar algum som vindo do interior. Se os passos que tinham ouvido logo depois de soar a campainha tivessem parado de repente quando gritaram "Luz!", isso significava que havia alguém dentro de casa que não queria pagar as contas. Em geral a porta se abria, e eles se viam diante de uma mãe, uma tia de meia-idade tentando amarrar o lenço na cabeça, uma mulher com uma criança nos braços, um avô espectral, um sujeito folgado e enfurecido, uma dona de casa com luvas de lavar louça ou uma senhora idosa que mal conseguia enxergar.

"Luz!", repetia Ferhat em tom oficial. "Vocês têm contas atrasadas!"

Alguns diziam imediatamente: "Volte amanhã, inspetor, estou sem dinheiro", ou "Hoje não temos um tostão!". Outros respondiam "Que quer dizer com isso, filho, nós pagamos nossas contas no banco todo mês". Havia também os que diziam "Nós pagamos ontem". "Nós mandamos nosso porteiro ao banco com o dinheiro todo mês."

"Não sei de nada disso, mas aqui diz que vocês têm contas em atraso", dizia Ferhat. "Agora é tudo automatizado, o computador faz tudo. Temos ordens de cortar a luz se vocês se recusarem a pagar."

Ferhat lançava um olhar a Mevlut, tão orgulhoso de exibir sua autoridade quanto de lhe mostrar os segredos do ofício e lhe dar uma rápida visão de suas oportunidades. Às vezes se afastava de maneira misteriosa sem dizer nada, deixando que os moradores tratassem com Mevlut. Em poucas horas ele já aprendera a reconhecer aqueles olhares preocupados que diziam: "E agora? Será que ele vai mesmo cortar a luz?".

Se resolvesse ser indulgente, Ferhat dava a notícia ao inadimplente. "Dessa vez passa, mas lembrem-se: agora tudo está privatizado, vocês não vão se safar!", ele dizia. Ou "Quando eu cortar a luz, vocês vão ter de pagar uma taxa extra de religação, por isso é melhor que também pensem nisso". Às vezes seu veredicto era: "Não vou cortar a luz hoje, pois vejo que há uma mulher grávida na casa, mas esta é a última vez!". "Se não pretendem pagar a conta de luz, pelo menos procurem não gastar tanto!", ele recomendava, ao que a pessoa à porta respondia "Deus o abençoe!". Às vezes Ferhat apontava para o nariz escorrendo de um menino e dizia: "Dessa vez não vou cortar a luz por causa dele. Da próxima vez, porém, com ou sem criança, não serei tão generoso".

Vez por outra, um menino abria a porta e dizia que não tinha ninguém. Algumas crianças ficavam nervosas, outras se mostravam descaradas como adultos, já tendo incorporado a ideia de que mentir bem era uma forma de inteligência. Tendo ouvido sons vindos de dentro da casa antes de tocar a campainha, Ferhat sabia quando a criança estava mentindo, mas muitas vezes fingia acreditar para poupá-la do constrangimento.

"Tudo bem, garoto", ele dizia, como um tio bondoso. "Quando seus pais voltarem, diga que vocês têm contas atrasadas. Agora me diga: como você se chama?"

"Talat!"

"Você é um bom menino! Agora feche a porta para que o diabo não o carregue."

Mas tudo isso foi uma encenação que Ferhat apresentou no primeiro dia, para fazer o trabalho parecer mais fácil e mais agradável. Eles às vezes topavam com bêbados que lhes diziam: "Nossa única dívida é para com Deus, inspetor"; ou com pessoas que gritavam: "O governo agora se dedica à agiotagem, vocês estão nos depenando, seus canalhas"; octogenários com dentaduras que diziam: "Essas propinas que vocês cobram vão lançá-los nas profundezas do inferno", e batiam a porta na cara deles; e desocupados espertinhos que lhes perguntavam: "Como vou saber se vocês são mesmo da empresa de eletricidade?", mas Ferhat nunca mordia a isca e nem ao menos piscava ante essa cascata de mentiras: "Minha mãe está no leito de morte"; "Nosso pai está fazendo o serviço militar!"; "Nós acabamos de mudar para cá, essas dívidas são dos antigos inquilinos". Quando os dois saíam do edifício, ele explicava cuidadosamente a Mevlut a verdade que havia por trás das desculpas que tinham acabado de ouvir: a cada semana, o homem que gritara "Vocês estão nos depenando!" acusava de extorsão uma diferente equipe de inspetores. O velho com dentadura nem ao menos tinha religião, Ferhat já o vira inúmeras vezes no bar da praça de Kurtuluş...

"Não estamos aqui para atormentar as pessoas, mas para fazê-las pagar pelo que usaram", disse Ferhat mais tarde. "Não se ganha nada deixando sem luz um punhado de homens, mulheres e crianças que não têm condições de pagar. O trabalho é descobrir quem de fato não pode pagar, quem poderia pagar alguma conta e quem poderia pagar tudo mas fica inventando desculpas, quem é desonesto e quem está falando a verdade. Os patrões me autorizaram a agir como um juiz — minha função é fazer as avaliações necessárias. A sua também, é claro... Entende?"

"Sim", disse Mevlut.

"Agora, meu caro, há duas coisas absolutamente proibidas: se você não foi verificar o medidor pessoalmente, não deve inventar um número, anotá-lo e fingir que mediu. Se te pegam, você está perdido. A outra coisa — embora eu saiba que você é a última pessoa a precisar desse aviso — é que não podemos nem sonhar em assediar ou lançar olhares cobiçosos para as mulheres. A companhia tem uma reputação a zelar, eles não hesitariam em te despedir... Bom... agora que tal irmos ao Clube Primavera para comemorar o novo emprego?"

"Hoje à noite eu vou vender boza."

"Esta noite também? Mas você vai ganhar um monte de dinheiro."

"Eu vou vender boza todas as noites", disse Mevlut.

Ferhat inclinou-se para a frente e sorriu, como a dizer que entendia.

8. Mevlut nos bairros mais distantes
Os cães latem para os forasteiros

TIO HASAN. Quando descobri que Süleyman engravidou uma mulher mais velha — nada menos que uma cantora — e agora ia casar com ela, eu não disse nada. Já estávamos muito tristes com a infelicidade de Mevlut. Quando vejo as desgraças que acontecem às pessoas à minha volta, digo a Safiye como me sinto feliz por nunca ter desejado nada além de minha pequena mercearia. Ficar em minha loja dobrando jornais todos os dias para servir de sacolas é o bastante para que me sinta feliz.

VEDIHA. Talvez tenha sido melhor assim, pensei. Do contrário, quem sabe se Süleyman chegaria a casar algum dia? Só eu e Korkut o acompanhamos até a casa em Üsküdar para pedir ao pai da srta. Melahat a mão dela em casamento. Süleyman estava alinhadíssimo. Fiquei admirada, pois quando íamos juntos visitar outras jovens ele nunca havia se empenhado tanto. Ele beijou a mão do futuro sogro — um funcionário público aposentado — com respeito sincero. Süleyman deve amar Melahat de verdade. Eu não saberia dizer por quê, mas gostaria muito de saber. Quando enfim ela apareceu, pareceu-nos muito digna e muito distinta, uma mulher de quarenta anos nos servindo café como uma adolescente recebendo seu pretendente. Agradou-

-me ver que ela não encarou aquilo tudo como brincadeira, mostrou-se amável e respeitosa. Ela também tomou uma xícara de café. Depois fez passar à nossa roda um maço de Samsuns. Ela ofereceu um ao pai — com quem acabara de fazer as pazes, como nos disse Süleyman —, pegou um para si mesma e soprou a fumaça no meio da salinha. Ficamos em silêncio. Naquele instante, vi que, longe de se sentir envergonhado por se ver obrigado a se casar com aquela mulher a quem engravidara, Süleyman se orgulhava dela. Quando a fumaça do cigarro da srta. Melahat revoluteou na sala como uma névoa azul, Süleyman se mostrou tão vaidoso como se ele próprio tivesse soprado fumaça na cara de Korkut, e fiquei desconcertada.

KORKUT. Naturalmente, eles não estavam em condições de impor nenhuma condição. Tratava-se de gente humilde e bem-intencionada, de poucos recursos. Infelizmente, porém, pouco sabiam de religião. O povo de Duttepe adora fofocar. Achamos que era melhor evitar Mecidiyeköy e realizar a cerimônia em algum lugar distante, por isso contratamos a realização de um casamento no simples mas apresentável salão em Aksaray. Depois do casamento, eu propus: "Vamos tomar uns drinques à tarde, só eu e você, encontro de irmão com irmão, conversa de homem para homem", e fomos a um restaurante em Kumkapı. "Süleyman", eu disse depois da segunda rodada, "na qualidade de irmão, vou lhe fazer uma pergunta muito importante. Nós gostamos dessa dama. Mas a honra de um homem está acima de tudo. Você tem certeza de que a srta. Melahat se mostrará compatível com seu estilo de vida?"

"Não se preocupe", ele se apressou em responder, mas em seguida perguntou: "O que você quer dizer exatamente com a palavra honra?".

FERHAT. Enquanto eles estavam às voltas com o casamento de Süleyman, fui ao Clube Luz do Sol em missão de reconhecimento, fingindo ser um cliente qualquer. Essa é mais uma vantagem do trabalho: você tomava uns drinques enquanto procurava algum indício de fraude, os truques, e ainda olhava na cara daqueles sujeitos que não faziam a menor ideia de que estavam prestes a receber o troco. As senhoras ocupavam seus lugares, e nós nos acomodamos. À mesa, Demir de Dersim, dois empreiteiros, um ex-militante de esquerda e um jovem inspetor que trabalhava duro como eu.

Cada clube noturno daquele tipo tinha o próprio cheiro, uma mistura de carne frita, *rakı*, mofo, perfume, mau hálito e, devido aos muitos anos sem que se abrisse uma só janela, esses odores fermentavam feito vinho e impregnavam os tapetes e as cortinas. As pessoas terminavam por se acostumar, a ponto de sentir falta desse cheiro. E quando o percebiam de leve em certa noite, depois de longo tempo de ausência, o coração palpitava como quando estamos apaixonados. Naquela noite ouvíamos compungidos Lady Blue, a voz aveludada da música turca tradicional. Víamos a dupla de comediantes Ali e Veli imitar os últimos comerciais da TV e vários políticos, e a dançarina do ventre Mesrure, que é "famosa também na Europa". Ouviram-se muitas músicas antigas, e por trás de cada letra e de cada nota estava Selvihan.

Dois dias depois reencontrei Mevlut para dar sequência ao treinamento. "Nossa primeira lição hoje é bastante teórica", eu disse. "Está vendo aquele restaurante? Já estive lá antes, vamos dar uma olhada nele. Não se preocupe, nada de *rakı*, afinal, estamos a trabalho. Nada que possa aborrecer seus amigos do *Caminho Justo*."

"Eu não leio esse jornal", ele disse logo que nos sentamos no restaurante meio vazio. "Apenas recortei aquela matéria sobre a Cunhados e aquele desenho."

"Preste atenção, Mevlut", eu disse. "O segredo desse trabalho é decifrar as pessoas... Você deve ficar sempre alerta para que ninguém jogue areia em seus olhos. Essas pessoas que se põem a choramingar 'Oh, é o inspetor!'. É tudo encenação, estão testando... É preciso aprender a perceber isso. Você também precisa saber como recuar e bancar o cara legal, caso seja necessário. Em outros casos, se for preciso, tem de mostrar irritação e ter coragem de cortar a luz de algumas pobres viúvas... Você precisa agir *como se fosse* um dos orgulhosos funcionários públicos turcos, absolutamente incorruptíveis. Embora, é claro, eu não seja um funcionário público nem nunca venha a ser. O dinheiro que você recolhe não é uma propina, mas sim o que cabe a você e à Elétrica Sete Colinas. Vou lhe mostrar as manhas do ofício. Existem caras que, com montes de dólares debaixo do colchão e milhões no banco, recebendo juros, no exato instante em que veem um inspetor à sua porta, não sabem de onde virá sua próxima refeição. Por fim, eles começam a acreditar nas desgraças que inventam e, pode acreditar, choram mais do que você chorou a perda de sua mulher. E terminam por te convencer também, vencem pelo cansaço. Enquanto você tenta decifrar o que há nos olhos deles, procurando a verdade no rosto de seus filhos, eles observam a maneira como você anda e fala, perscrutam a sua alma e tentam decidir se devem pagar e, se assim for, quanto e, se não, que desculpa devem dar para se livrar de você. Agora, esses edifícios de três e quatro andares das ruas transversais são, em sua maioria, ocupados por pequenos funcionários, ambulantes, garçons, caixeiros e universitários; e, ao contrário dos edifícios maiores, eles não têm porteiro em tempo integral. Em geral, proprietários e inquilinos discordam quanto ao modo de dividir os custos do diesel ou do carvão e a temperatura ideal do boiler, e por causa disso o aquecimento central costuma ser desligado. Eles tentam se manter aquecidos o melhor que podem, arriscando uma gambiarra para usar o aquecedor elétrico sem custos. Você tem de avaliar caso a caso, sem arredar pé. Se, ao verem essa sua cara de garoto, imaginarem que você pode se compadecer e cortar a luz deles, não vão lhe dar um centavo. Talvez pensem que, com a inflação tão alta, é melhor esperar e deixar o dinheiro rendendo juros por mais algum tempo. Mas não dê a impressão de ser orgulhoso demais para aceitar uns trocados que alguma velha senhora venha a lhe oferecer. Por outro lado, não os deixe pensar que você se contenta com qualquer soma ridícula. Está entendendo? Agora me diga uma coisa: como funciona o aquecimento deste restaurante?"

"Funciona muito bem", disse Mevlut.

"Não é isso que estou perguntando. De onde vem o aquecimento? O restaurante tem estufas ou aquecedores?"

"Aquecedores!"

"Vamos verificar, está bem?", disse eu.

Mevlut tocou os tubos do aquecedor ao lado dele e notou que não estavam muito quentes. "Então isso significa que deve haver uma estufa em algum lugar", ele disse.

"Ótimo. Agora, onde ela está? Você está vendo alguma em algum lugar? Não. Isso porque eles usam estufas elétricas e as escondem porque estão ligadas diretamente à rede elétrica, sem passar pelo medidor de consumo. Além disso, ligam o aquecedor na potência mínima, mas só para que ninguém note o que está acontecendo. Logo ao chegar aqui, vi que os medidores têm um ritmo muito lento. Isso significa que deve haver outras salas, fogões e geladeiras neste edifício, todos usando gambiarra."

"O que vamos fazer?", perguntou Mevlut como uma criança inocente.

Encontrei o número do medidor do restaurante no caderno roxo e o mostrei a Mevlut. "Leia os comentários."

"'Medidor perto da porta...'", ele leu. "'O cabo para a máquina de sorvete...'"

"Certo, então este estabelecimento vende sorvete no verão. Mais da metade das máquinas de sorvete de Istambul durante o verão não estão conectadas a nenhum medidor. Ao que parece, o funcionário honesto que esteve aqui a última vez desconfiou de algo, mas os técnicos não encontraram nenhuma ilegalidade. Ou talvez tenham encontrado, mas o sujeito corpulento do caixa lhes deu uma nota de dez mil liras para calarem o bico. Alguns locais mostram tal habilidade na escolha do ponto de conexão que pensam que nunca serão descobertos. Por isso, quando você entra, eles nem ao menos lhe concedem o favor de dizer olá."

Chamei um garçom: "Ei, amigo, o aquecedor não está funcionando, estamos com um pouco de frio".

"Vou falar com o gerente", disse o garçom.

"Ele pode ou não estar envolvido", eu disse a Mevlut. "Ponha-se no lugar do gerente. Se o garçom sabe que eles estão roubando eletricidade, ele pode denunciá-los. Com isso fica muito difícil demiti-lo ou mesmo censurá-lo por fazer corpo mole ou embolsar todas as gorjetas. É por isso que é melhor chamar um eletricista especializado em circuitos que fraudam medidores, quando o local estiver vazio. Esses caras são capazes de maquiar uma gambiarra com tanta habilidade que você simplesmente tem de tirar o chapéu. No final, nosso trabalho é como uma partida de xadrez. Eles têm a esperteza de esconder a fraude, você tem de ser mais esperto para descobri-la."

"Mandei ligar os aquecedores, desculpem nossa falha", disse o gerente, entrando na sala atrás de seu barrigão.

"Ele nem mesmo disse 'radiador'", sussurrou Mevlut. "O que fazemos agora? Vamos cortar a luz deles?"

"Não, meu amigo. Segunda lição: você detecta o truque e toma nota mentalmente. Então espera o momento certo para voltar e tomar o dinheiro deles. Hoje estamos sem nenhuma pressa."

"Você é esperto feito uma raposa, não é, Ferhat?"

"Mesmo assim preciso de um cordeiro como você, preciso da sua gentileza e da sua honestidade", eu disse, para encorajá-lo. "Sua sinceridade e sua inocência são grandes recursos para esta companhia — na verdade, para o mundo."

"Tudo bem, mas acho que não dou conta desses gerentes e criminosos de alto nível", disse Mevlut. "Prefiro atuar somente nas *gecekondu*, nos bairros mais pobres."

Mevlut passou o inverno e a primavera de 1996 vasculhando cadernos de registro e aprendendo ao lado de Ferhat, mas também se aventurando sozinho duas ou três vezes por semana nos bairros pobres e nas transversais do centro, munido de medições antigas, à caça de ligações clandestinas. O centro da cidade estava caindo aos pedaços: os velhos edifícios onde morou quando trabalhava como garçom em Beyoğlu cerca de vinte anos atrás, agora deteriorados e abandonados, tinham se tornado redutos de gambiarras. Ferhat disse a Mevlut que mantivesse distância daquele tipo de lugar — não só para garantir sua segurança, mas também porque sabia que seu amigo nunca seria capaz de extrair nenhum dinheiro ali. Por isso Mevlut terminou indo parar em Kurtuluş, Feriköy, Beşiktaş, Şişli, Mecidiyeköy e, às vezes, mais além, do outro lado do Chifre de Ouro, em Çarşamba, Karagümrük e Edirnekapı — as ruas e cercanias onde ficava o Sagrado Guia —, cobrando de famílias e de donas de casa como um daqueles educados funcionários públicos de outrora.

Trabalhando como vendedor de boza, ele se acostumou a aceitar pequenos agrados além do pagamento — um par de meias, algum dinheiro extra de quem lhe dizia "Fique com o troco!", e isso nunca lhe pesou na consciência nem lhe feriu o orgulho. Da mesma forma, uma gorjeta por não cortar a luz lhe parecia uma recompensa justa por um serviço que ele estava prestando, e ele não tinha escrúpulo em embolsar o dinheiro. Conhecia bem aqueles bairros e a sua gente. (Ninguém, porém, o reconhecia: jamais associariam o vendedor de boza, que em outros tempos percorria aquelas ruas uma vez por semana no inverno, ao inspetor que vinha bater à porta deles. Talvez aquela gente boa que comprava boza à noite fosse diferente da gente ruim que roubava eletricidade.) Parecia que os vira-latas sempre rosnavam para Mevlut nos bairros próximos ao centro. Ele encurtou a duração de suas rondas noturnas para vender boza.

Ele não podia fazer cobranças em Kültepe ou Duttepe, onde era conhecido, mas pegava seus cadernos de registro e seguia para as outras colinas que também viveram o mesmo processo de gentrificação: Kuştepe, Harmantepe, Gültepe e Oktepe. Eles já não podiam ser chamados de "bairros pobres". Os edifícios térreos de tijolos ocos que outrora cobriam aquelas colinas tinham sido todos demolidos nos últimos vinte e cinco anos, e agora toda aquela área era considerada parte da cidade, como Zeytinburnu, Gaziosmanpaşa e Ümraniye. Cada bairro tinha seu próprio centro — em geral o ponto de ônibus onde as pessoas utilizavam a primeira linha regular para a cidade, uns vinte e cinco anos atrás, e que agora estava flanqueado por uma mesquita, uma nova estátua de Atatürk e um parquinho enlameado. Certamente era ali que começava a rua principal do bairro, uma via comprida que parecia se esticar até o fim do mundo, com edifícios de concreto de cinco ou seis andares de ambos os lados. No térreo dos edifícios havia um número razoável de tendas de kebab, mercearias, bancos. Também ali havia famílias, mães, crianças, avós e merceeiros que usavam eletricidade de graça (se bem que, na verdade, Mevlut não conseguiu localizar muitas ligações clandestinas), e seu comportamento não era diferente do que se podia ver em qualquer bairro comum do centro de Istambul: os mesmos truques, as mesmas mentiras, a mesma inocência básica... Eles talvez tenham se mostrado mais apreensivos com a presença de Mevlut, mas também foram muito mais calorosos que em todos os outros lugares.

Os cemitérios antigos que se viam nas partes mais velhas da cidade, repletos de lápides desmoronadas, estranhas e misteriosas, encimadas por todo tipo de emblema e turbante esculpido, não existiam nesses bairros novos. Os cemitérios mais modernos, desprovidos de ciprestes e de qualquer tipo de vegetação, eram construídos longe dos bairros novos, rodeados de muros de concreto, como fábricas, bases militares e hospitais. Na falta de cemitérios, os vira-latas que perseguiam Mevlut naquelas inspeções matinais passavam a noite no parquinho sujo em frente à estátua de Atatürk.

Mevlut sempre se aproximava dos bairros mais novos e mais pobres da cidade com as melhores intenções, mas descobriu que os cães mais agressivos viviam todos ali. Vivia horas de aflição nessas áreas, a maioria com medidores e registros recém-instalados. Muitas vezes ele nunca ouvira falar do nome do bairro, e para chegar lá às vezes fazia uma viagem de ônibus de duas horas a partir do centro. Mevlut fechava os olhos para as ligações clandestinas — que nem ao menos eram disfarçadas — aos grandes cabos de energia elétrica, e ignorava os circuitos mal-acabados que forneciam energia à barraca de kebab defronte ao ponto de ônibus. Percebia que cada bairro tinha seus líderes e chefes, e que ele estava sendo observado. Meu trabalho é apenas verificar os medidores oficiais, ele gostaria de dizer em seu tom de voz mais decidido, preciso e efetivo. Não há nada a temer. Mas os cães o atacaram, e Mevlut ficou com medo.

Aquelas residências e jardins mais novos da periferia haviam sido construídos com materiais melhores que os dos bairros pobres de sua infância. Tijolos ocos foram substituídos por outros de alta qualidade, a sucata deu lugar ao plástico, as calhas e os canos eram de PVC. As casas viviam ganhando puxadinhos, exatamente como acontecia com as *gecekondu*, e com isso o medidor de eletricidade ficava perdido numa sala em algum lugar, e para verificar o consumo ou cortar a luz era preciso bater à porta. Essa era a deixa para que os vira-latas das cercanias começassem a rodear o inspetor. Em alguns bairros, havia um cabo elétrico afixado a uma estaca, a um bloco de concreto ou mesmo a um grande plátano na pracinha local, e às vezes era ali que se encontravam os medidores de eletricidade, e não dentro das casas. Esses dispositivos elétricos, que não eram muito diferentes daqueles chafarizes da era otomana que forneciam água, também ficavam sob a contínua vigilância de bandos de dois ou três vira-latas.

Certo dia, no pórtico de uma casa com jardim, Mevlut foi atacado por um cachorro. Verificou o nome do animal nas anotações de seu predecessor e o chamou pelo nome, mas Pretinho não lhe deu atenção: latiu e o obrigou a bater em retirada. Um mês depois, Mevlut só conseguiu escapar de um raivoso cão de guarda porque a corrente dele não era muito comprida. Toda vez que era atacado, ele sempre pensava em Rayiha. Aquelas coisas só estavam acontecendo porque ela não estava mais com ele.

Em outra ocasião, no mesmo bairro, Mevlut procurava um lugar para sentar com sua bolsa no colo enquanto esperava o ônibus, quando um cão se aproximou latindo. Um segundo e um terceiro vieram também. Eles eram cor de lama. Mevlut viu um cachorro ao longe, tão indistinto quanto uma lembrança remota. Todos se puseram a latir ao mesmo tempo. Será que conseguiria espantá-los com sua bolsa? Ele nunca tivera tanto medo de cachorros em sua vida.

Numa noite de terça-feira, Mevlut foi à casa do Sagrado Guia em Çarşamba. O Sagrado Guia estava muito mais animado que de costume, sem o costumeiro séquito de pupilos. Quando percebeu que o Guia estava atento a ele, Mevlut lhe contou como surgiu seu medo de cachorros, vinte e sete anos antes. Em 1969, mais ou menos à época em que começou a trabalhar como ambulante, para curar aquele medo seu pai o levou à casa de um guru, nas transversais de Kasımpaşa. O guru tinha barba branca e uma barriga enorme e, comparado ao Guia, era muito mais retrógrado e menos refinado. Ele lhe deu uns pirulitos e disse que os cães são criaturas surdas, estúpidas e cegas. Então abriu as mãos como para rezar, dizendo a Mevlut que fizesse o mesmo, e, em sua salinha aquecida por uma estufa, fez Mevlut repetir nove vezes as seguintes palavras: "SUMMOON, BUKMOON, OOMYOON FE HOOM LAH YARJOON".

Quando fosse atacado por vira-latas, Mevlut tinha de deixar de lado o medo e repetir essas palavras três vezes. Era a primeira coisa que se devia fazer ao ficar com medo de cães, de espíritos maléficos e do diabo: era preciso banir o pensamento. "Não fique com medo, apenas finja que não os viu", seu pai lhe dizia quando notava o nervosismo de Mevlut diante dos cães das ruas escuras onde vendiam boza. "Depressa, filho, as palavras!", ele sussurrava. Mas, mesmo quando fazia o máximo esforço para se concentrar, as palavras não lhe vinham e o pai se enfurecia com ele.

Quando terminou seu relato, Mevlut perguntou ao Sagrado Guia, com toda a cautela, se uma pessoa podia mesmo se ver livre do medo pela força de vontade. Até aquela altura, a experiência dele era que o esforço para esquecer algo só intensificava a presença da coisa em sua mente. (Na juventude, por exemplo, quanto mais tentava tirar Neriman da cabeça, mais ele queria segui--la — mas, naturalmente, ele não contou isso ao Sagrado Guia.) Querer esquecer alguma coisa, ter A INTENÇÃO DE ESQUECER alguma coisa, com certeza não era um modo eficiente de esquecer. Na verdade, aquilo que você pretende esquecer tende a se arraigar ainda mais em sua mente. Essas eram as questões sobre as quais ele nunca tivera a chance de consultar o guru de Kasımpaşa, e agora, vinte e sete anos depois, estava contente de constatar que tivera a coragem de apresentá-las ao Sagrado Guia em seu centro espiritual em Çarşamba.

"A capacidade de esquecer depende da PUREZA do CORAÇÃO do crente, da SINCERIDADE de seus DESÍGNIOS e de sua FORÇA DE VONTADE", disse o Sagrado Guia. Ele gostara da pergunta e a prestigiara com uma resposta à altura das "palestras".

Sentindo-se encorajado, Mevlut contou-lhe, cheio de culpa, que em criança, em certa noite nevosa e enluarada em que as ruas tinham um brilho puro e branco como uma tela de cinema, ele vira um bando de cães se precipitar para pegar um gato debaixo de um carro. Ele e seu agora finado pai seguiram em frente em silêncio, fingindo não terem visto nada nem ouvido os gemidos agonizantes do gato. Desde aquele episódio, a cidade aumentara dez vezes de tamanho. Embora tivesse esquecido todas as orações e as palavras que devia dizer, fazia vinte e cinco anos que Mevlut não tinha nem um pouco de medo de cachorros. Nos últimos dois anos, porém, ele voltara a temê-los. Os cães sabiam, e era por isso que latiam para ele e tentavam acuá-lo. O que ele devia fazer?

"O QUE IMPORTA NÃO SÃO ORAÇÕES OU PALAVRAS, MAS O DESÍGNIO DE SEU CORAÇÃO", disse o Sagrado Guia. "Vendedor de boza, você andou fazendo alguma coisa recentemente que pode ter perturbado a vida das pessoas?"

"Não", disse Mevlut. Não contou que começara a trabalhar na companhia de eletricidade.

"Talvez você tenha feito isso sem se dar conta", disse o Sagrado Guia. "Os cães captam quando o sujeito não é dos nossos, é um forasteiro. Trata-se de um dom que receberam de Deus. É por isso que as pessoas que querem imitar os europeus sempre têm medo de cães. Mahmud II trucidou os janízaros, a coluna dorsal do Império otomano, e com isso permitiu que o Ocidente nos esmagasse; ele também chacinou os vira-latas de Istambul e expulsou para Hayırsızada, a Ilha Desgraçada, os que não conseguiu matar. O povo de Istambul fez uma petição para trazer os cães de volta. Durante o armistício que se seguiu à Primeira Guerra Mundial, quando a cidade estava sob ocupação estrangeira, os vira-latas foram massacrados mais uma vez para o alívio dos ingleses e dos franceses. Mas o povo de Istambul insistiu em pedir os cães de volta. Com essa reserva de experiência que trazem no sangue, nossos cães têm agora uma percepção aguda de quem são seus amigos e seus inimigos.

9. Arruinar um clube noturno
É justo?

FERHAT. Não se preocupem com Mevlut: passados seis meses, ele já se habilitara como inspetor de consumo de eletricidade. E também ganhava um bom salário naquele inverno de 1997. Quanto? Nem ele sabia. Toda noite me dava um relatório completo de quanto arrecadara naquele dia, do jeito que fazia com o pai quando os dois vendiam iogurte juntos. À noite vendia sua boza, e procurava se manter longe dos problemas.

Na verdade, quem andava buscando confusão era eu. Pelas minhas pesquisas, Selvihan continuava com Sami de Sürmene, o que tornava cada vez mais remota minha esperança de encontrá-la e me deixava cada vez mais desesperado. Muitas vezes eu passava a noite inteira procurando pistas dela nos arquivos e pela cidade, mas pelo menos ia para casa — ainda que já bem perto do amanhecer.

Certa noite, eu estava no Clube Luar com alguns amigos quando um dos donos veio à nossa mesa. Esses clubes de música ao vivo consomem muitíssima eletricidade, por isso os gerentes procuram manter boas relações com o inspetor local. Sempre que vou a esses lugares, posso contar com bons descontos e a cortesia de tira-gostos como frutas secas e camarões fritos. Uma boate que se preze sempre conta com uma mistura de corruptos, burocratas e mafiosos, dos quais se espera que fiquem quietos em seu canto, sem mandar flores para as garotas ou pedir alguma canção. Naquela noite, porém, nossa mesa se tornou o centro das atenções, porque o braço direito do proprietário, um certo sr. Bigode (ostentava uma penugem acima do lábio superior), ficou convidando as cantoras para nossa mesa e insistindo que lhe pedíssemos nossas canções favoritas.

No fim da noite, esse sr. Bigode me perguntou se podíamos nos encontrar num café em Taksim em alguma daquelas manhãs; imaginei fosse assunto de sempre, ou seja, queria se certificar de que eu não notara as gambiarras no local, ou quem sabe outra coisa que estivessem fazendo sem autorização. Errei. Ele chegou com uma pauta muito mais quente e mais séria: ele queria "arruinar" o Clube Luz do Sol.

Estava em ação uma nova casta de gângsteres especializados em arruinar bares, boates e até restaurantes de alto nível. Eles tiravam partido das dificuldades que a privatização impusera à prática da gambiarra, sólida havia oitenta anos. Com a ajuda desses sujeitos, o proprietário de uma boate podia se mancomunar com inspetores da empresa de eletricidade para causar um apagão na boate concorrente, obrigando-a a pagar uma conta altíssima para ter a luz religada, pois o valor das multas subia duas vezes mais que a inflação. Se tudo funcionasse conforme o plano, o concorrente fecharia por algumas semanas e, se não pudesse quitar a dívida, iria à falência. Nos últimos seis meses, soube que muitos bares e boates de Beyoğlu, dois hotéis de Aksaray e Taksim (a gambiarra também grassa em pequenos hotéis) e uma grande casa de kebab da avenida İstiklal tinham sido liquidados dessa maneira.

Mas os negócios de maior porte tinham contatos na polícia e na procuradoria de Justiça, e também podiam contar com a proteção de bandos da máfia. Mesmo que algum inspetor meticuloso e com princípios revelasse suas gambiarras, cortasse a luz e selasse o medidor de consumo, esses mandachuvas não dariam a mínima; eles simplesmente reconectavam suas linhas com a próprias mãos, no mesmo ponto em que estavam antes. Até providenciavam que, na calada da noite, o bravo inspetor virasse picadinho. Para acabar com um desses figurões, um concorrente precisaria contar com o promotor público, a máfia e a polícia para que, uma vez acionado o plano, pudesse ter a garantia de que o estrago seria permanente. Naquele dia, o sr. Bigode revelou que o desmanche do Luz do Sol era parte de um esquema mais amplo dos curdos de Cirze que apoiavam o Clube Luar: eles estavam a fim de pegar Sami de Sürmene.

Perguntei por que haviam me escolhido para uma operação de tal magnitude.

"Nossos homens nos disseram que você já anda de olho em Sami de Sürmene", disse o sr. Bigode. "Viram você fuçando o Clube Luz do Sol..."

"Cezmi de Cizre está de olho, então", eu disse. "Mas é um troço perigoso. Vou ter de pensar no assunto."

"Não se preocupe. Não foram só os políticos que se tornaram civilizados nos dias de hoje, as gangues de Beyoğlu também se civilizaram. Eles já não ficam atirando uns nos outros na rua por pequenos desentendimentos."

SAMIHA. "Isso não pode continuar", eu disse a Ferhat na manhã seguinte. "Você fica fora até o amanhecer, e na única hora em que consigo vê-lo, você está dormindo. Se continuar assim, vou embora."

"Não, por favor! Eu morreria! É por você que faço isso! Você é a razão de minha vida", ele disse. "Nós atravessamos o inferno, eu e você, mas agora finalmente quase atingimos nosso objetivo. Só tenho de fazer esta última grande tarefa. Assim que ela acabar, compro não uma, mas duas grandes fazendas no sul."

Como de costume, eu acreditava nele, mas só até certo ponto — daí para a frente eu fingia acreditar. Rayiha morreu há dois anos, como o tempo voou! Agora sou um ano mais velha do que ela era então, e ainda não tenho filhos nem um marido de verdade. A certa altura não consegui guardar tudo comigo e desabafei com Vediha.

"Antes de mais nada, Samiha, Ferhat é um bom marido!", ela disse. "Muitos homens são mal-humorados, teimosos, grosseirões. Ferhat não. Quase todos são sovinas, sobretudo quanto aos gastos da esposa. Mas vejo nessa bela casa que vocês puseram uma boa grana. E mais: a maioria dos maridos bate na mulher e você nunca me disse nada desse naipe. No fundo, ele ama você. Seria loucura deixá-lo. Você não pode largar uma casa e um marido assim. E para onde você iria? Ora, vamos ao cinema."

Minha irmã pode saber de tudo, mas com certeza não consegue perceber que uma pessoa deve ter autonomia.

Quando toquei no assunto com Ferhat de novo e disse que ia mesmo deixá-lo, ele riu: "Talvez eu esteja prestes a destruir Sami de Sürmene e seu império, e é só isso que você tem a me dizer?".

A coisa mais desconcertante, porém, foi saber que pelo visto Mevlut andou implicando com as filhas por virem me visitar: "Por que vão sempre à casa de sua tia?". Não vou dizer qual das meninas delatou o pai. Mas descobri que ele não gosta que elas venham aqui e aprendam a se maquiar, passar batom e se vestir.

"Ele devia se envergonhar de si mesmo!", disse Vediha. "Continua cismado com aquelas cartas estúpidas. Fale com Ferhat, afinal ele agora é o chefe de Mevlut, não?"

Eu não disse nada a Ferhat. Uma vez tomada a minha decisão, examinei cada detalhe, muitas e muitas vezes. E então comecei a esperar.

FERHAT. Há duas maneiras de acabar com uma boate importante, um restaurante caro ou um pequeno hotel: 1) você se insinua no estabelecimento, descobre onde estão as gambiarras, a pretexto de mostrar aos proprietários maneiras ainda mais novas e mais inteligentes de efetuá-las. Então faz um pacto com seus inimigos e planeja uma visita de surpresa; 2) você descobre o eletricista que fez as gambiarras e tenta arrancar informações dele: em que paredes estão os cabos, se este ou aquele circuito é de verdade ou mera falsificação etc. A segunda maneira é sem dúvida mais perigosa, porque o eletricista em questão (normalmente ex-funcionário público) é capaz de achar que pode se dar melhor se for direto à fonte e falar do sujeito que se mostra tão interessado em sua fiação elétrica. Onde existe um monte de dinheiro a ser ganho, existe também um bocado de sangue a ser derramado. Não se pode fabricar nem tijolos nem telhas sem eletricidade, não é mesmo?

Os dois velhos funcionários públicos da Elétrica Sete Colinas me avisaram dos perigos que eu talvez fosse enfrentar. Disseram que as leituras do consumo do Clube Luz do Sol e também de muitas casas, cafés e escritórios daquela região estavam todas a cargo de um inspetor mais velho, um sujeito rigoroso conhecido como Almirante. Esse homem mostrou toda a sua força com as novas multas que podia aplicar às pessoas, e seu trabalho chamou a atenção dos dois funcionários. Do escritório dos inspetores, obtivemos as mais recentes leituras de consumo do Luz do Sol, feitas pelo Almirante. Com base nessas leituras e nas mais antigas, os dois veteranos se empenharam em estudar os métodos usados pelo Luz do Sol para roubar eletricidade ao longo dos quarenta anos de funcionamento. Onde eles esconderam seus cabos? Como eles fraudaram o medidor? Será que podíamos confiar nas anotações que encontramos? Eu me agarrava a cada uma de suas palavras.

"Não vai ser preciso muito empenho para dar cabo desse local. Que Alá nos ajude!", disse um dos funcionários, exaltado. Estavam tão animados que quase ignoravam a minha presença. As rivalidades entre clubes noturnos costumavam ser sangrentas: quando concorrentes e suas gangues declaravam guerra, eles raptavam as cantoras e dançarinas do ventre uns dos outros, mantinham-nas em cativeiro e por vezes atiravam em seus joelhos. Outra estratégia consistia em as gangues irem a uma boate rival como se fosse clientes comuns, e então os homens pediam delicadamente uma canção e armavam uma briga se o pedido não fosse atendido. Com contatos na imprensa, podia-se dar um jeito para noticiar essas brigas, que muitas vezes terminavam em morte, e logo os clientes não iram mais àquele clube; com isso os proprietários do clube no ostracismo mandavam seus próprios arruaceiros ao estabelecimento rival para dar o troco, e assim por diante, com mais tiroteios e banhos de sangue. Eu adorava essas histórias dos velhos funcionários.

Depois de examinar a situação por mais uma semana, encontrei-me novamente com os proprietários do Luar e disse que poderia lhes fornecer os meios necessários.

"Excelente. Não diga a mais ninguém", disse o sr. Bigode. "Nós temos um plano. Onde você mora? Nossos rapazes vão à sua casa para explicar tudo. É sempre mais seguro conversar em casa, não?"

Quando ele falou "casa", meu primeiro pensamento foi Samiha. Quis correr para ela e contar que estávamos perto de encerrar tudo. Entraria de repente e diria: "Vamos acabar com o Clube Luz do Sol". Ela ia ficar muito feliz: não apenas enfim ficaríamos ricos, mas também daríamos uma lição àqueles exploradores. Mas quando cheguei já era muito tarde, e caí no sono no sofá. Quando acordei, Samiha tinha ido embora.

O Sagrado Guia não ensinara a Mevlut palavras mágicas para espantar os cães. Será que havia algo verdadeiro em sua afirmação de que eles hostilizavam os forasteiros? Se esse fosse mesmo o motivo pelo qual latiam para as pessoas, nunca teriam latido para Mevlut, que nem nos bairros mais novos e mais remotos se sentira um estranho quando andava entre os edifícios de concreto da cidade, mercearias, varais com roupas estendidas, cartazes anunciando cursinhos e bancos, pontos de ônibus, conversando com velhos que sempre queriam pagar suas contas num outro dia e meninos com ranho escorrendo do nariz. Na verdade, os cães passaram a rosnar um pouco mais baixo desde a última visita de Mevlut ao Sagrado Guia, em fevereiro de 1997. Ele sentia que havia dois motivos para essa bem-vinda mudança.

Primeiro: os vira-latas começaram a perder a força nesses bairros distantes, onde não havia cemitérios antigos como o da ilustração do *Caminho Justo* que Mevlut recortara. Durante o dia, eles não tinham onde se esconder enquanto esperavam a noite. Além disso, as autoridades municipais puseram nesses bairros enormes e pesados latões de lixo com rodas, semelhantes a vagonetes de minas. Os cães não tinham força suficiente para virar essas pequenas fortalezas para procurar comida.

O outro motivo pelo qual Mevlut agora sentia menos medo de cães tinha a ver com sua maior complacência para com as pobres almas que viviam naqueles bairros carentes e não podiam pagar suas contas. Naqueles lugares Mevlut não agia como um burocrata poderoso e ganancioso resolvido a erradicar até a última gambiarra. Se numa casa na periferia ele descobria uns poucos fios conectados a um cabo de alta voltagem ali perto, ele lançava olhares significativos (às vezes até fazendo perguntas ardilosas), deixando claro — fosse ao velho aposentado, a uma curda de meia-idade que fugira da guerra, a algum pai desempregado e irritadiço ou a uma mãe raivosa — que ele sabia muito bem o que eles estavam fazendo. Mas quando eles se punham a negar, fingindo sinceridade, ele, por sua vez, fingia acreditar em cada palavra. Com isso eles achavam que haviam passado a perna no inspetor e se punham a negar todas as outras fraudes que ele notara: não havia nenhuma fraude no medidor de consumo; não se pusera nenhuma cunha para impedir que o medidor funcionasse normalmente; aquela casa não era do tipo em que as pessoas violavam os mostradores dos medidores para que se registrasse um consumo mais baixo que o real. Mas, quando confrontado com essas negativas adicionais, Mevlut deixava bem claro que não acreditava em nada daquilo. E assim ele conseguia se infiltrar nas áreas mais rústicas e isoladas, identificar os mais flagrantes exemplos de desvio e sair com uma boa soma de dinheiro para entregar a Ferhat no fim do dia — tudo isso sem enfurecer os moradores da região nem os vira-latas, sempre alertas para a presença de um intruso hostil. "Mevlut, você de certo modo conseguiu fazer uma ponte entre o que o povo pensa em privado e o que diz em público", Ferhat comentou certo dia em que Mevlut lhe contou que estava começando a lidar bem com os vira-latas. "Você decifrou o mistério da nação. Agora tenho um favor a lhe pedir, mas ele tem a ver com minha vida particular, não com minha vida pública."

Ferhat lhe contou que Samiha abandonara a casa deles e fora morar com Vediha e a família Aktaş. Na verdade, Mevlut estava mais bem informado: o sogro de ambos, Abdurrahman, que não conseguia disfarçar a alegria com a notícia de que Samiha deixara o marido, pegou o primeiro ônibus na aldeia para vir para perto da filha e apoiá-la naquele momento difícil. Mas Mevlut ficou quieto.

"Eu também cometi erros", disse Ferhat. "Mas tudo isso vai mudar. Vou levá-la ao cinema. Mas primeiro ela tem de voltar para casa. É evidente que não podemos permitir que você fale com Samiha diretamente. Mas Vediha pode falar com ela."

Nos dias seguintes, Mevlut muitas vezes se perguntou por que não seria conveniente que ele falasse com Samiha. Mas naquela ocasião não fez objeções.

"Vediha é uma mulher inteligente", disse Ferhat. "De todos da família Aktaş e Karataş, ela é a mais inteligente. Ela pode convencer Samiha. Vá e diga a ela que..."

Ferhat falou a Mevlut de um grande plano de que estava participando. Contudo, por precaução, não deu o nome do lugar, da gangue nem das pessoas envolvidas. Ele queria que Mevlut passasse tudo para Vediha, para que esta contasse a Samiha. Na verdade, ele estava negligenciando a esposa por dedicar-se demais ao trabalho, alegou.

"Ah, e Samiha também estava aborrecida com outra coisa", disse Ferhat. "Ela soube que você não quer que Fatma e Fevziye venham à nossa casa para passar a tarde com a tia. É verdade?"

"Imagine", mentiu Mevlut.

"Bem, de todo modo, diga a Samiha que não consigo viver sem ela", disse Ferhat, com certa altivez.

Mevlut não se deixou convencer e refletiu, com tristeza, que naquela conversa eles só haviam partilhado opiniões que expressavam publicamente. Vinte e seis anos atrás, haviam se aproximado quando vendiam a raspadinha da sorte, e acreditavam que podiam revelar seus pensamentos um para o outro.

Agora, os dois amigos se despediram como dois inspetores ao término de uma reunião de trabalho. Aquela haveria de ser a última vez que os dois se viam.

VEDIHA. Com todo o tempo e esforço que despendi desde que entrei nesta família pelo casamento, vinte anos atrás — mediando disputas, tapando buracos, remendando cercas —, é justo que me considerem responsável por tudo de ruim que acontece? Depois de ter falado tantas vezes a Samiha: "Faça o que fizer, não deixe sua casa nem seu marido", é justo que eu seja recriminada quando minha irmã resolve arrumar as malas e vir morar conosco? Depois de passar quatro anos vasculhando Istambul em busca de uma garota decente para Süleyman, tenho culpa se ele termina se casando com uma cantora velhusca? Se meu pobre pai resolve vir para ficar com as filhas e passa mais de um mês no terceiro andar com Samiha, será que mereço os olhares atravessados do meu sogro e do meu marido? Quando Süleyman nem se dá mais ao trabalho de vir visitar os pais, é justo que diga "Samiha está aqui" como desculpa e ponha a mim e à minha pobre irmã numa posição tão incômoda? Eu sempre disse "Vamos mudar para Şişli, agora temos bastante dinheiro", e Korkut me ignorava — é justo que Süleyman e sua mulher vão morar lá, só para nos fazer desfeita? Na verdade, é justo que Süleyman e a esposa não tenham convidado a mim nem a Korkut para visitar a casa deles? Está certo Melahat comentar em tom de desprezo que as ruas de Duttepe não são pavimentadas e que o bairro não tem nem ao menos uma cabeleireira? Ou então, quando se põe a ler minha sorte e fala: "Os homens fizeram gato e sapato de você em toda a sua vida, não foi?", como se ela fosse muito melhor do que eu? Acaso é certo que uma mulher que acaba de ser mãe confie tanto na babá que esqueça totalmente o bebê no outro quarto e passe três horas tagarelando com os convidados, bebendo e cantando? Está certo que minha pobre irmã e eu não tenhamos permissão para ir ao cinema em Şişli? Ou que Korkut me proíba terminantemente de sair de casa e, quando permite, me proíba de sair do bairro? É justo eu levar almoço todos os dias, nos últimos vinte anos, para meu sogro em sua loja? Que eu me apresse para garantir que sua comida não esfrie, para no fim ele dizer "Isso de novo?" ou "Que diabo é isso?", independentemente de eu ter preparado seu cozido preferido de carne com feijão ou tentado algo diferente com quiabo? É justo Korkut dizer a Samiha o que ela pode e não pode fazer e lhe dar ordens, como se ela fosse sua esposa, só porque ela mora conosco? Ou que Korkut me dê bronca na frente de sua mãe e de seu pai? Ou que me fale em tom de superioridade na frente dos filhos? É justo que todos venham me contar seus problemas e sempre me deem as costas, dizendo "Você não entende"? É justo que eu nunca fique com o controle remoto quando estamos vendo tv à noite? É admissível que Bozkurt e Turan se mostrem tão grosseiros comigo quanto o pai? Ou que praguejem como marujos na frente da mãe? É certo que o pai os estrague tanto? Quando estamos vendo tv, é certo eles dizerem "Um lanchinho, mãe!" a cada cinco minutos, sem ao menos olhar para mim? Depois de tudo o que sua mãe faz para eles, é justo que eles nunca se deem ao trabalho de dizer obrigado? Seria errado reagir quando eles respondem "Sim, claro, como quiser, mãe" ou "Você pirou?" a tudo o que eu digo? É natural que eles tenham no quarto todas aquelas revistas nojentas? É certo o pai deles chegar em casa tão tarde toda noite? Ou contratar uma loira magricela e mal-humorada com a cara rebocada de maquiagem e lhe dar toda a atenção porque ela "tem talento para negócios"? Os meninos deviam torcer o nariz para todas as comidas que preparo? É certo eles pedirem batatas fritas todos os dias, ainda que seus rostos estejam cobertos de espinhas? Tudo bem eles fazerem as lições de casa enquanto veem tv? Depois de eu passar horas preparando bolinhos, só porque os amo muito, é certo que eles simplesmente os devorem sem dizer nada, exceto "Tem pouca carne"? E que eles derramem coca-cola no ouvido do avô, quando ele dorme na frente da tv? É certo imitarem o pai, chamando todas as pessoas de quem não gostam de "bicha" ou de "judeu"? Quando digo "Tragam uns pães da loja de seu avô", é certo que eles sempre discutam se é a vez de Turan ou de Bozkurt de cumprir essa tarefa? Toda vez que lhes peço alguma coisa, é razoável que eles digam "Tenho de fazer lição de casa", embora na verdade eles nunca façam as tarefas? É justo que eles me respondam "O quarto é meu, eu faço o que eu quiser!" toda vez que lhes digo para terem cuidado com alguma coisa? Quando, uma vez na vida, resolvemos pegar o carro e ir a algum lugar com toda a família, é aceitável que eles digam

"Temos um jogo de futebol no bairro"? É certo eles se referirem ao tio Mevlut como "o vendedor de boza" e se mostrarem tão hostis a suas filhas o tempo todo, embora elas se sintam tão encantadas com eles? E que dizer da atitude deles, quando assumem o tom de voz do pai e me dizem "Você fala que está fazendo dieta e depois se empanturra de massas o dia inteiro"? Ou que zombem de mim quando assisto às novelas à tarde? Tem cabimento eles dizerem "Temos aulas particulares para nos preparar para o vestibular", mas em vez disso vão ao cinema? Quando eles perdem o ano na escola, têm razão em pôr a culpa no professor, em vez de admitir as próprias deficiências? É certo eles saírem de carro sem carta de motorista? Quando veem Samiha sozinha em Şişli, devem contar ao pai logo que ele chega em casa à noite? É certo Korkut me dizer "Você vai fazer como lhe digo, senão…" na frente deles? Ou então me apertar o pulso com tanta força a ponto de doer e machucar? É certo eles atirarem em gaivotas e pombos com a espingarda de ar comprimido? Eles não podem me ajudar a tirar a mesa nem uma vez depois do jantar? Depois de todas as vezes que lhes disse quão importante é fazer as lições de casa, tem cabimento o pai lhes contar mais uma vez aquela história de que bateu no professor de química de cara de jumento diante de toda a classe? Quando eles têm provas, não deviam estudar em vez de preparar colas? É certo minha sogra dizer "Você não é nenhum anjo, Vediha!" toda vez que me queixo de uma dessas coisas? Depois de tanto falarem em Deus, na nação e em moralidade, é certo que todos eles só pensem em como ganhar mais dinheiro?

10. Mevlut na delegacia de polícia
Passei toda a minha vida nessas ruas

FERHAT. Como a maioria dos restaurantes, cafés e hotéis que fraudam a eletricidade, o Luz do Sol praticava inúmeras "tramoias escancaradas". Eram ligações menores, feitas com o único propósito de dar aos inspetores alguma coisa em suas batidas (a maioria das quais, de todo modo, eram combinadas), passando ao largo das gambiarras mais alentadas. O sr. Bigode percebia que eu ansiava por conhecer os bastidores e os porões onde se reuniam as cantoras e as recepcionistas, para flagrar o filão principal da falcatrua, e ele me recomendou cuidado: mesmo com o promotor público e a polícia do nosso lado, não era preciso ser nenhum gênio para imaginar que Sami de Sürmene iria lutar com armas e dentes para salvar seu prestígio. Não seria improvável que alguém levasse um tiro ou fosse morto na operação. Melhor que eu não mostrasse minha cara por ali. E também não deveria confiar no Almirante. Como já fora inspetor do clube por um bom tempo, ele poderia estar fazendo jogo duplo.

Parei de ir lá. Samiha já não me esperava e eu sentia falta do cheiro das boates, e assim passei a ir a outros clubes. Certa noite topei com o Almirante no Penumbra. Sentamos a uma das mesas reservadas. O Penumbra pode ser assustador: decoração sinistra, banheiros estranhamente ruidosos, leões de chácara ameaçadores. Naquela noite, o experiente inspetor Almirante se mostrou muito gentil e amistoso com seu colega mais jovem. E me pegou de surpresa quando se pôs a elogiar Sami de Sürmene, um sujeito legal e decente, ele disse.

"Se você o conhecesse, se acompanhasse de perto sua vida familiar e soubesse o que ele deseja para Beyoğlu e para todo o país, não acreditaria em todas as mentiras que correm sobre ele; na verdade, nunca mais pensaria mal dele", ele disse.

"Não tenho nada contra o sr. Sami nem contra ninguém", respondi.

Tive a impressão de que o que acabara de dizer chegaria aos ouvidos de Selvihan. E comecei a entornar muitos copos, uma vez que o comentário sobre a "vida familiar" de Sami de Sürmene me deixou abalado. Por que Samiha não punha mais fé em nossa vida a dois? Será que não tinha recebido a mensagem que eu mandara por Mevlut, pedindo-lhe para voltar para casa? "Uma pessoa NUNCA devia revelar suas verdadeiras aspirações na vida", disse o Almirante. NÃO SE ENVOLVA COM ESSE CLUBE NEM COM GUERRA DE GANGUES, NÃO PARTICIPE DE NENHUMA BATIDA. Não sei por quê, me ocorreu que Mevlut nunca se envolve em coisa nenhuma. Estava pensando em como somos amigos e me perguntando por que Samiha não voltava para casa, coisas desse tipo, quando notei que o Almirante chamava todos os garçons pelo nome. E falava com eles aos cochichos. Por favor, não esconda nada de mim, assim também não vou esconder nada de você. O QUE DÁ SENTIDO À VIDA NA CIDADE SÃO AS COISAS QUE A GENTE ESCONDE. Eu nasci nesta cidade, passei toda a minha vida nessas ruas.

A certa altura, percebi que o inspetor Almirante se fora. Tínhamos discutido sobre o Fenerbahçe, aventando as razões de sua eventual derrota no campeonato deste ano. Sempre chega uma hora em que a boate começa a se esvaziar até que, ao fundo, só se ouve a música de uma fita cassete. Nesta cidade de dez milhões de almas, você se sente um dos poucos privilegiados que ainda não está dormindo e se deleita com a própria solidão. Na saída, você dá de cara com alguém igualzinho a você e pensa: Eu não me importaria de conversar mais um pouco, tenho tantas histórias para contar... Ei, amigo, você tem fogo? Olhe, tome um cigarro. Você não fuma Samsuns? Não gosto de cigarros americanos, eles fazem a gente tossir e provocam câncer. E logo me vejo andando pela cidade deserta em companhia desse homem, pensando que, se o visse de novo no dia seguinte, provavelmente nem o reconheceria. De manhã, as calçadas da frente de todas as lojas, cafés e restaurantes ao longo dessas ruas estarão cheias de garrafas quebradas na noite anterior por pessoas como eu, e todo tipo de lixo e sujeira, e os lojistas que têm de limpá-las nos xingarão enquanto passam a vassoura. Olhe, eu só quero mesmo uma conversa verdadeira, um amigo com quem possa me abrir completamente. Você se importa que eu fale com você? Tenho trabalhado a vida inteira, mas uma coisa a que não dei muita atenção foi ao que estava acontecendo em meu lar. O que foi isso? Eu disse LAR. É importante. Não, me deixe terminar... Você tem razão, meu amigo, mas não vamos encontrar nenhum local que ainda esteja aberto a esta hora, nem mesmo aqui por perto. Não, a esta altura devem estar todos fechados, mas tudo bem, vamos tentar, quem sou eu para desapontá-lo? A cidade é mais bonita à noite, sabe? As pessoas da noite sempre dizem a verdade. O quê? Não tenha medo, os cães não vão morder. Você não é de Istambul? Você disse Selvihan? Não, nunca ouvi falar, deve ser a última boate que fecha antes das orações da manhã: vamos para lá, se você quiser, podemos cantar alguma das velhas canções da nossa terrinha. Aliás, de onde você é? Oh, não, este clube também está fechado. Passei a vida toda nessas ruas. Nem em Cihangir há algum lugar onde se possa beber a esta hora. Logo eles vão acabar com todos os bordéis e travestis. Não, esse também vai estar fechado. Esse cara às vezes lhe lança uns olhares assassinos: se meus amigos o vissem, diriam: Ferhat, onde você encontra gente como essa? Desculpe por perguntar, mas você é casado? Bem, não vá me levar a mal... Todo mundo tem direito à vida privada... Você diz que é da costa do mar Negro, mas você tem algum navio? A certa altura da noite, todo mundo tende a começar as frases com "Desculpe" ou "Não me leve a mal". Mas por que então as pessoas não param de dizer coisas que possam ser levadas a mal? Por que você haveria de fumar cigarros americanos em vez dos nossos maravilhosos Samsuns? Bem, cá estamos, meu apartamento fica no segundo andar. Minha mulher me deixou. Decidi dormir no sofá até ela voltar para casa. Escute, tenho *rakı* na geladeira, vamos tomar outro copo e dar a noite por encerrada. Tenho de acordar cedo para encontrar alguns funcionários públicos e ler tudo sobre os acontecimentos do passado. Não me entenda mal; ultimamente, me sinto feliz. Passei a vida inteira nesta cidade e não consigo deixá-la.

* * *

Agora que estava conseguindo chegar sem apuros ao fim do mês, Mevlut passara a sair à noite muito mais tarde do que de costume — bem depois do fim do noticiário — e a voltar antes das onze. Ganhava bem como inspetor de consumo e, pela primeira vez em vinte e cinco anos, a subsistência já não era tão difícil. O número dos velhos fregueses aos quais ele levava boza duas ou três vezes por semana havia diminuído. Mevlut e as filhas riam na frente da TV enquanto comiam o que elas tinham preparado para o jantar, e se quando ele voltasse elas ainda estivessem acordadas, sentava-se e via TV com elas um pouco mais.

Mevlut prestava contas a Ferhat de cada centavo que tinha recebido em suas incursões. Ferhat, que havia pouco tempo começara a zombar do amigo toda vez que conversava com ele, perguntou-lhe um dia:

"Mevlut, o que você faria se ganhasse na loteria?"

"Eu ia simplesmente ficar em casa com minhas filhas vendo TV, nada mais!", respondeu Mevlut sorrindo.

Ferhat lhe lançou um olhar com um misto de espanto e menosprezo, como a dizer "Como você pode ser assim?". Um olhar que, ao longo de sua existência, Mevlut recebera de canalhas e vigaristas. Mas Ferhat nunca fora um deles, Ferhat o entendia. Magoou-o ver o amigo olhando para ele daquele jeito, quando antes mostrara muito respeito por sua honestidade.

Às vezes, quando vendia boza em bairros distantes, Mevlut pensava que, como tantos, Ferhat suspeitava que havia "uma coisa estranha" em sua persistência com a boza. Será que Samiha também pensava assim? Bem, ela terminou por deixar Ferhat, e nenhuma mulher abandonara Mevlut.

Certa noite de novembro, ao chegar em casa ele viu um carro de polícia estacionado na entrada, e logo pensou em Ferhat. Não imaginou que tivessem vindo procurá-lo. Quando entrou no edifício e viu o policial na escada, a porta de seu apartamento aberta e o medo estampado no rosto de suas filhas, nem lhe passou pela cabeça que estivessem atrás dele — aquilo devia estar relacionado a algum esquema em que Ferhat estivesse envolvido.

"Só queremos ouvir o depoimento de seu pai esta noite", disse o policial, tentando consolar as jovens, aos prantos quando o pai saiu.

Mevlut sabia que, em qualquer caso que envolvesse drogas, política ou um homicídio comum, essas palavras de consolo eram enganosas. Pessoas levadas para um mero interrogatório poderiam desaparecer por anos. A delegacia ficava a cinco minutos dali — por que mandariam uma viatura se fosse um interrogatório corriqueiro?

Quando o carro mergulhou na noite, Mevlut repetiu consigo mesmo, vezes sem conta, que era inocente. Mas e Ferhat? Mevlut havia colaborado com ele, e talvez isso pudesse significar que ele *fosse culpado* — pelo menos em suas intenções. Foi tomado por um nauseabundo sentimento de arrependimento.

Quando chegaram à delegacia, ficou evidente que seu depoimento não seria colhido de imediato. Ainda que já estivesse prevenido, Mevlut se despontou. Foi jogado numa cela espaçosa, parcialmente iluminada por uma lâmpada no corredor. Na escuridão do fundo, ele vislumbrou outros dois homens. Um dormia e o outro, bêbado, parecia reclamar baixinho. A exemplo do primeiro homem, Mevlut se encolheu no chão frio num canto e encostou o ouvido no ombro para não ouvir a voz do segundo homem.

A lembrança de Fatma e de Fevziye assustadas e lacrimosas ao vê-lo sair de casa o abateu. Só lhe restava mergulhar no próprio desespero até cair no sono, exatamente como fazia quando era criança. O que diria Rayiha se visse o marido naquele instante? "Eu não lhe disse para ficar longe de Ferhat?", era isso que ela diria. Ele se lembrou de como ela prendia o cabelo para trás, como uma menina, de seus acessos de raiva e do sorriso malicioso que lhe dava toda vez que achava uma maneira mais inteligente e mais simples de fazer as coisas na cozinha. E como eles riam! Se Rayiha estivesse viva, Mevlut estaria menos apreensivo quanto ao que ia acontecer. Eles com certeza iriam espancá-lo durante o interrogatório na manhã seguinte, talvez lhe chicoteassem os pés ou lhe aplicassem choques elétricos. Ferhat tinha cansado de lhe falar sobre a crueldade da polícia. Agora ele estava à mercê dela. Tudo vai se resolver, ele pensou, tentando se acalmar. No serviço militar ele temera ser espancado, mas no final tudo deu certo. Passou a noite acordado. Quando ouviu o chamado para as orações matinais, entendeu o privilégio que era ser livre para sair às ruas e mergulhar no turbilhão da vida da cidade.

Quando o encaminharam para o interrogatório, Mevlut se sentiu mal, tamanha a exaustão e a preocupação. Como reagiria se chicoteassem seus pés para arrancar informações? Seus amigos esquerdistas haviam lhe falado de inúmeros homens que morreram resistindo heroicamente a todo tipo de tortura — gostaria de seguir o exemplo deles, mas que segredo estaria ele escondendo? Ferhat devia ter usado seu nome em algum rolo. Ter se envolvido naquela confusão de eletricidade fora um grande erro.

"Pensa que está em casa?", disse um homem à paisana. "Sente-se só quando eu mandar."

"Desculpe... Eu não quis fazer nada errado."

"Nós é que decidimos se você fez algo errado ou não, mas antes vamos ver se está disposto a dizer a verdade."

"Eu direi toda a verdade", disse Mevlut, num tom sincero e decidido. Ele sentiu que eles ficaram impressionados.

Perguntaram-lhe o que fizera duas noites antes. Ele disse que fora vender boza, como fazia toda noite, e informou as ruas por onde passara, os bairros em que estivera, os apartamentos em que entrara e os respectivos horários.

A certa altura, o interrogatório pareceu menos duro. Mevlut olhou pela porta aberta e viu Süleyman passar escoltado por um guarda. O que ele fazia ali? Antes que tivesse tempo de organizar seus pensamentos, o investigador, observando seu rosto para captar sua reação, disse que Ferhat fora morto duas noites antes. Perguntaram sobre as atividades de Ferhat como inspetor da companhia de eletricidade. Mevlut não disse nada que pudesse comprometer Ferhat ou Süleyman. Seu amigo estava morto.

"Havia uma rixa entre esse Süleyman Aktaş e Ferhat Yılmaz, não é?", eles não paravam de repetir. Mevlut explicou que tudo aquilo era coisa do passado. Süleyman estava casado e muito feliz, tinha um filho, nunca faria uma coisa dessas. Disseram que a mulher de Ferhat o deixara e fora se refugiar na casa de Süleyman. Mevlut disse que Süleyman não tinha nada a ver com aquilo, e que, de todo modo, ele, Mevlut, nunca mais frequentara aquela casa. Soubera de tudo por Vediha. Defendeu o tempo todo a inocência de seus dois amigos. Quem teria matado Ferhat? Ele suspeitava de alguém? Não, não suspeitava. Alimentava algum rancor contra Ferhat? Teria havido entre eles alguma desavença por causa de dinheiro ou de mulheres? Não, não houve nada disso. Suspeitava que Ferhat iria ser assassinado? Não, não suspeitava.

Às vezes os policiais se esqueciam de que ele estava ali e se punham a falar de outras coisas, conversavam com algum colega que abrira a porta ou zombavam uns dos outros por causa dos resultados do futebol. Mevlut interpretava tudo aquilo como um indício de que sua situação não era muito grave.

A certa altura pensou ter ouvido alguém dizer: "Três homens atrás de uma mesma mulher!". Todos riram, como se nada daquilo tivesse a ver com Mevlut. Será que Süleyman havia falado das cartas? Entrou em desespero.

Quando o mandaram de volta à cela, a culpa que sentira se transformou em pânico: eles decerto o espancariam até que lhes contasse tudo sobre as cartas e dissesse que Süleyman o enganara. Por um instante, sentiu tanta vergonha que teve vontade de morrer. Mas logo achou que estava exagerando. Sim, era verdade que os três se apaixonaram por Samiha. E se Mevlut dissesse à polícia que as cartas eram dirigidas a Rayiha, eles provavelmente ririam na cara dele e prosseguiriam.

À tarde, quando repassava todas aquelas explicações, eles o soltaram. Lá fora, começou a lamentar a sorte de Ferhat. Uma parte importante da sua vida e de suas lembranças havia se apagado. Mas a ânsia de ir para casa e abraçar as filhas era tão forte que, quando subiu no ônibus para Taksim, estava eufórico.

As jovens não estavam em casa, e aquele vazio o deprimiu. Fatma e Fevziye tinham saído sem lavar a louça. Ele sentiu uma melancolia crescente ao ver os utensílios para boza que ele usava havia trinta anos, o pé de manjericão de Rayiha no peitoril da janela e as baratas cascudas que em apenas dois dias criaram coragem para zanzar por ali como se a casa fosse delas. Era como se a sala tivesse se transformado em outro cômodo da noite para o dia, e tudo que nela havia tivesse se alterado ligeiramente.

Saiu correndo: tinha certeza de que as filhas estavam com as tias. E todos o recriminariam por ter estado tão próximo de Ferhat. O que diria ao dar os pêsames a Samiha? Era nisso que pensava enquanto olhava pela janela do ônibus que ia para Mecidiyeköy.

A casa dos Aktaş estava tão cheia como costumava ocorrer depois das orações das festas: Süleyman tinha sido solto quase ao mesmo tempo que Mevlut. Houve um momento em que Mevlut se viu sentado diante da esposa de Süleyman, Melahat, mas ambos estavam olhando para a TV e não trocaram palavra. As pessoas eram muito duras com aquela mulher, que afinal de contas parecia inofensiva. Mevlut só queria pegar suas filhas e levá-las de volta a Tarlabaşı, onde não haveria ninguém para culpá-lo, ninguém para criticá-lo. Até o alívio daquela gente com a libertação de Süleyman lhe parecia uma censura. Graças a Deus aquela casa tinha quatro andares e três aparelhos de TV sempre ligados. Mevlut não saiu do térreo, e com isso não chegou a ver uma Samiha lacrimosa nem a lhe dar os pêsames. Agora ela também ficara viúva. Talvez pressentisse que Ferhat teria esse fim e fora inteligente o bastante para deixá-lo antes.

Os parentes alevitas de Ferhat, seus colegas da companhia de eletricidade e alguns velhos amigos de Beyoğlu compareceram ao funeral, mas Samiha não foi. Quando saíram do cemitério, Mevlut e Mohini não sabiam o que fazer. Um céu cinza cobria Istambul. Nenhum dos dois gostava de beber. Terminaram indo ao cinema, depois Mevlut foi direto para casa para esperar as filhas.

Não comentou sobre o funeral de Ferhat. Suas filhas agiam como se achassem que aquele tio engraçado fora morto por ter feito algo errado, e nada perguntaram. O que Samiha teria dito a elas, que tipo de coisas ela lhes ensinara? Toda vez que olhava para as meninas, Mevlut se preocupava com o futuro delas e queria que julgassem Ferhat do mesmo modo que a família Aktaş. Sabia que o amigo não gostaria disso, e sentiu-se mal. Mas as opiniões particulares de Mevlut sobre o assunto eram irrelevantes comparadas com a necessidade de zelar pelo futuro das filhas. Agora que Ferhat estava morto, as únicas pessoas com quem podia contar em sua luta para sobreviver em Istambul eram Korkut e Süleyman.

Desde o começo, Mevlut disse a Korkut exatamente o que dissera à polícia: desconhecia as maquinações de alto risco em toda aquela história de eletricidade. De qualquer modo, aquele emprego não lhe convinha mais, ele iria se demitir. Tinha uma pequena reserva em dinheiro. Quando chegou ao edifício da Elétrica Sete Colinas, descobriu que já fora despedido. Em vista do saqueio que se seguira à privatização, os novos proprietários estavam empenhados em evitar críticas e o vazamento de qualquer irregularidade. Mevlut franziu o cenho quando ouviu alguns inspetores falarem de Ferhat como alguém que tinha sujado a reputação de todos os inspetores. Se outro inspetor tivesse sido morto ou espancado ao tentar localizar gambiarras, esses mesmos homens iriam se referir a ele como um herói que havia honrado a profissão.

Durante meses não se soube a razão nem as circunstâncias do assassinato de Ferhat. A princípio, a polícia insinuou que havia algum motivo sexual, mas até Korkut e Süleyman se indignaram com essa hipótese. O assassino não forçara a entrada no apartamento de Ferhat, portanto era alguém conhecido dele — e eles chegaram a beber um copo de *rakı*. Tomaram o depoimento de Samiha e pareceram acreditar que se separara do marido recentemente e estava morando com sua irmã e com o marido desta; ela não foi considerada suspeita, tanto que a polícia a levou à casa para ver se haviam roubado alguma coisa. Dois assaltantes que atuavam em Çukurcuma e Cihangir foram presos e ligeiramente maltratados. Os detalhes da investigação mudavam a cada dia, e Mevlut só podia tomar conhecimento deles por meio dos contatos políticos de Korkut.

Agora a população de Istambul era de nove milhões de pessoas, e crimes por motivo passional, embriaguez ou acessos de fúria já não eram noticiados nos jornais, a menos que envolvessem uma mulher seminua ou uma celebridade. O assassinato de Ferhat nem ao menos foi notícia. Os magnatas da imprensa que passaram a receber parte dos lucros desde a privatização da empresa de eletricidade tampouco permitiam que se divulgasse algo negativo. Seis meses depois, um jornal mensal para os quais militantes de esquerda, velhos amigos de Ferhat, contribuíam publicou uma matéria que ninguém leu sobre a máfia da eletricidade, com uma lista de nomes da qual constava "Ferhat Yılmaz". Segundo o autor, Ferhat era um inspetor bem-intencionado que fora colhido pelo fogo cruzado das quadrilhas que se batiam para tirar o maior proveito dos negócios escusos no setor de eletricidade.

Mevlut nunca tinha ouvido falar daquele jornal, até que, dois meses depois da edição com a matéria sobre Ferhat, Süleyman lhe levou um exemplar e ficou observando sua expressão ao ler a matéria. E seu primo nunca mais tocou no assunto. Acabara de ter um segundo filho, a empresa de construção estava bem, ele estava feliz com sua vida.

"Você sabe o quanto gostamos de você, não é?", disse Süleyman. "Fatma e Fevziye nos disseram que você não conseguiu encontrar um emprego adequado."

"Eu estou muito bem, graças a Deus", Mevlut respondeu. "Não entendo por que as meninas se queixam."

Nos oito meses que se seguiram à morte de Ferhat, fez-se a partilha da herança. Com a ajuda de um advogado que a família Aktaş contratara, Samiha entrou na posse de dois pequenos apartamentos nas cercanias de Çukurcuma e Tophane, que seu marido se apressara em comprar a preço baixo com o dinheiro que economizara quando trabalhava como inspetor. Os minúsculos, mal divididos e sórdidos apartamentos foram recuperados e pintados pela empresa de construção da família Vural e depois alugados. Mevlut se mantinha informado de tudo o que ocorria em Duttepe por meio de Fatma e Fevziye, que iam visitar as tias todo fim de semana, dormiam lá aos sábados e contavam tudo ao pai, desde o que comiam até os filmes a que iam assistir, os jogos de cartas de que as tias gostavam, as brigas entre Korkut e Vediha. Depois dessas visitas, Fatma e Fevziye voltavam para casa ansiosas por mostrar os novos pulôveres, jeans e bolsas que tinham ganhado. Samiha pagava as aulas noturnas que Fatma estava frequentando para prestar o vestibular para turismo e dava às sobrinhas alguns trocados. A determinação da garota sempre levava Mevlut às lágrimas.

"Você sabe o quanto Korkut se interessa por política", disse-lhe Süleyman. "Tenho certeza de que um dia ele vai ser recompensado por tudo o que fez por este país. Nós saímos da aldeia, mas agora estamos criando uma associação e reunindo todas as pessoas que vieram de Beyşehir para Istambul, para que no futuro possamos contar com o apoio delas. Algumas outras pessoas abastadas de Duttepe, Kültepe, Nohut e Yören também estão se unindo a essa empreitada."

"Eu não entendo de política", disse Mevlut.

"Mevlut, já temos quarenta anos, somos capazes de entender tudo", disse Süleyman. "Aliás, isso nada tem a ver com política. Vamos apenas organizar alguns eventos, já promovemos algumas pequenas excursões e almoços coletivos. Também vamos ter uma sede. Você só iria fazer chá o dia inteiro, como se estivesse dirigindo um café, e conversar com o pessoal da aldeia. Levantamos um dinheiro para alugar um espaço em Mecidiyeköy. Você ficaria encarregado de abri-lo toda manhã e fechá-lo à noite. E vai ganhar *no mínimo* três vezes mais do que um pobre ambulante. Korkut vai lhe dar essa garantia. Além disso, vai poder ir embora às seis e terá tempo de vender sua boza à noite. Veja, pensamos nisso também."

"Dê-me alguns dias para pensar."

"Não, você tem de decidir agora", disse Süleyman, mas ele se compadeceu quando viu o olhar pensativo de Mevlut.

Mevlut preferiria um trabalho mais próximo das ruas, da multidão e de Beyoğlu. Gracejar com os fregueses, tocar campainhas, andar para cima e para baixo pelas intermináveis ruas: essas eram as coisas que ele conhecia e amava, e não ficar enfiado num recinto fechado. Mas tinha a amarga consciência do quanto dependia da ajuda de seus primos. Àquela altura ele gastara o dinheiro que economizara no tempo em que trabalhava como inspetor. O emprego na companhia de eletricidade também lhe custara alguns de seus fregueses de boza, pois não conseguia trabalhar tanto à noite. Certas noites temia que nenhuma cortina se abriria, nenhum freguês lhe pediria para subir até seu apartamento. À noite, sentia a opressão do concreto, a dureza e os horrores da cidade. Os cães já não constituíam uma ameaça. Aqueles latões de lixo com rodinhas agora estavam em todo o centro, em todos os lugares de que Mevlut gostava — Beyoğlu, Şişli, Cihangir etc. — cercados por um novo tipo de gente pobre que fuçava seu conteúdo. Aquelas ruas — depois dos vinte e nove anos que ele passou vagando por elas — tinham se tornado parte de sua alma, mas estavam mudando muito depressa. Havia palavras e letras demais, pessoas demais, barulho demais. Mevlut percebia um interesse crescente pelo passado, mas não esperava que isso favorecesse o negócio de boza. Havia também novos ambulantes, com perfil mais duro e raivoso, sempre tentando enganar as pessoas, gritando e vendendo mais barato para sabotar o trabalho dos outros… Esses recém-chegados eram tão grosseiros quanto vorazes. A velha geração fora engolida no tumulto da cidade…

Foi por isso que Mevlut gostou da ideia de manter contato com a gente de sua cidade natal e resolveu aceitar o emprego, que lhe permitira vender sua boza à noite. As pequenas instalações da associação ficavam no térreo. Na entrada, um vendedor de castanhas torradas oferecia sua mercadoria. Nos primeiros meses, Mevlut observou-o pela janela, aprendeu as manhas daquele negócio e percebeu as coisas que o sujeito fazia de errado. Às vezes arranjava uma desculpa para sair e conversar com ele ("O porteiro está?" ou "Há algum vidraceiro aqui por perto?"). Vez por outra deixava o homem guardar sua banca de castanhas torradas dentro do edifício (prática que logo seria proibida), e os dois iam juntos à mesquita para as orações da sexta-feira.

11. O que nossos corações desejam e o que nossas palavras expressam
Fatma continua seus estudos

Logo Mevlut alcançou um equilíbrio satisfatório entre o emprego fácil na associação e suas perambulações noturnas. Com frequência conseguia sair antes das seis e passava a bola para quem quer que fosse cuidar do evento noturno. Muitas pessoas tinham as chaves da sede. Às vezes todo o contingente de migrantes de cidades como Göçük ou Nohut reservava o espaço para a noite inteira, e Mevlut corria para casa (e quando voltava na manhã seguinte encontrava o salão e a cozinha na maior sujeira e desordem). Depois de jantar cedo com as filhas e verificar se Fatma — que no ano seguinte terminaria o colegial — estava se aplicando para entrar na faculdade (sim, com certeza ela estudava), ele saía animado para vender boza.

Ao longo de todo o outono de 1998, Mevlut fez várias visitas ao Sagrado Guia. Um grande grupo novo, mais ávido e assertivo, se reunia ao redor dele. Mevlut não gostou muito dos novos seguidores, e percebeu que o sentimento era recíproco: eles achavam sua presença inconveniente. Fiéis barbudos, empregados de baixo escalão que nunca usavam gravata, sectários e acólitos de vários tipos dirigiam-se ao sábio em número cada vez maior, de modo que agora Mevlut quase nunca tinha chance de falar com ele em particular. Acometido de várias doenças que o deixavam permanentemente exausto, o ancião já não dava aulas de caligrafia, e por isso os antigos tagarelas pararam de ir — pelo menos eles davam um pouco de vitalidade e animação ao ambiente. O guia ficava sentado junto à janela, rodeado de pessoas que esperavam a vez de falar, balançando a cabeça depois de uma ou outra declaração (sobre sua saúde? sobre os últimos acontecimentos políticos ou sobre algo que Mevlut desconhecia?) em sua ânsia de expressar sincero pesar. Agora, toda vez que entrava no refúgio do sábio, Mevlut também exibia um olhar pesaroso e falava aos sussurros. Suas primeiras visitas haviam sido muito diferentes: "Olhem quem está aqui, o vendedor de boza com rosto de anjo", diziam-lhe naquele tempo. "É o gerente Mevlut!", brincavam; e alguém sempre comentava a intensidade da emoção em sua voz quando ele gritava lá embaixo. Agora as pessoas simplesmente bebiam (de graça) sem nem ao menos se dar conta de que quem lhes oferecia era um *vendedor* de boza.

Certa noite ele conseguiu chamar a atenção do Sagrado Guia e trocou algumas palavras com ele, ainda que não tenha considerado a interlocução das mais animadoras. Mesmo assim, exultou ao notar a inveja e o ressentimento de todos os demais. A conversa daquela noite foi a mais significativa das "palestras" com o Sagrado Guia, mas também a mais desoladora.

Naquela noite, Mevlut estava considerando que a visita não ia render nada em especial, quando o Sagrado Guia, que até então pregava em voz baixa aos fiéis que o rodeavam, voltou-se para o público amontoado na sala espaçosa e perguntou: "Quem está usando um relógio de pulso com pulseira de couro e quem está com um de pulseira de plástico?". Ele gostava de desafiar os discípulos com perguntas, enigmas e charadas. Como de costume, eles respondiam ordenadamente à pergunta, quando o Guia discerniu Mevlut no meio grupo:

"Ah, é o nosso vendedor de boza com o nome abençoado!", disse, chamando-o para perto de si.

Quando Mevlut se inclinou para beijar-lhe a mão — coberta de manchas escuras que a cada visita pareciam crescer em dimensão e número —, o homem ao lado do sábio ancião se levantou para lhe ceder o lugar. Mevlut sentou e o guia o olhou nos olhos, inclinando-se de modo a ficar mais próximo do que Mevlut esperava. O velho lhe perguntou como estava, usando algumas de suas frases arcaicas. As palavras que pronunciou eram tão belas quanto as mostras de caligrafia penduradas nas paredes.

No mesmo instante Mevlut pensou em Samiha e amaldiçoou o diabo por pregar-lhe peças quando era observado. Há muito vinha matutando sobre as palavras que empregaria para contar ao Sagrado Guia a respeito das cartas que escrevera para Rayiha, quando na verdade era Samiha que tinha em mente. Meditara tantos anos sobre aquela questão intrincada que agora sabia quais argumentos evocar. Primeiro falaria da ideia de intenção no islã. Então pediria ao Sagrado Guia que explicasse a sutil distinção entre as intenções particulares e públicas. Ali estava sua oportunidade de analisar a sensação de estranheza da sua vida da perspectiva do mais santo dos homens — talvez o que aprendesse naquela noite enfim o livrasse das dúvidas que ainda lhe pesavam na alma.

Mas a conversa tomou um rumo completamente diferente. Antes que Mevlut pudesse dizer alguma coisa, o Sagrado Guia lhe fez outra pergunta:

"Você tem feito suas orações diárias?"

O Sagrado Guia costumava reservar essa questão aos visitantes mais frívolos, que buscavam atenção exagerada, aos tagarelas e aos novatos. Nunca a fizera a Mevlut. Talvez porque soubesse que ele não passava de um pobre vendedor de boza.

Mevlut já sabia como responder, porque ouvira outras respostas antes: o interrogado deveria fazer um relato sincero de quantas vezes orara e dera esmolas nos últimos dias, e ao mesmo tempo reconhecer não ter cumprido todos os deveres religiosos. Então o Sagrado Guia lhe perdoaria as faltas e ofereceria algumas palavras de conforto: "O que importa é que suas intenções sejam boas". Mas o diabo deve ter feito das suas outra vez, ou quem sabe Mevlut entendeu que toda a verdade não iria se revelar tão facilmente — de todo modo, só conseguiu balbuciar algumas palavras. Ele disse que o que importava aos olhos de Deus era o que ia no coração, repetindo assim as palavras que tantas vezes ouvira do Sagrado Guia. No momento, porém, em que elas saíram de sua boca, sentiu que, ditas por ele, eram descabidas.

"Não importa se seu coração pretende orar, o mais importante é orar de verdade", disse o Sagrado Guia. Seu tom era brando, mas quem o conhecia sabia que aquele era seu modo de recriminar alguém.

O rosto de menino de Mevlut enrubesceu.

"É verdade que todo ato é julgado pela intenção que está por trás dele", continuou o Sagrado Guia. "A IMPORTÂNCIA DE UM CONTRATO ESTÁ NAQUILO QUE ELE SIGNIFICA E NO PROPÓSITO QUE BUSCA."

Mevlut ficou imóvel, de olhos baixos. "A CHAVE É A EMOÇÃO, NÃO A AÇÃO", disse o Sagrado Guia. Estaria ele *zombando* porque Mevlut estava sem ação? Algumas pessoas riram. Mevlut disse que participara das orações do meio-dia naquela semana, o que não era verdade. E ele tinha certeza de que todos sabiam disso.

Talvez por causa do evidente embaraço de Mevlut, o Sagrado Guia elevou o tom da pregação. "As intenções vêm de duas formas", ele disse: "AQUILO QUE NOSSO CORAÇÃO TENCIONA E O QUE NOSSAS PALAVRAS PRETENDEM DAR A ENTENDER". Mevlut ouviu com atenção essas palavras e se esforçou para memorizá-las. Os intentos do coração eram cruciais. Na verdade, como o Sagrado Guia sempre dizia, eles eram fundamentais para a total compreensão do islã. (Se o propósito do nosso coração é o que mais importa, isso significava que o mais importante, no caso das cartas de Mevlut, era que elas haviam sido escritas tendo em mente Samiha?) Mas nossa fé ensina que as intenções por trás das palavras também têm de ser verdadeiras. Nosso Sagrado Profeta expressou suas intenções também com palavras. A escola hanafi de ensino sunita devia ter considerado que bastava a pureza das intenções do coração, mas como o sagrado Ibn Zerhani (Mevlut agora não tinha certeza se o nome era aquele mesmo) declarara certa vez, no que diz respeito à vida na cidade, O QUE NOSSAS PALAVRAS VISAM EXPRIMIR REFLETIRÁ AS INTENÇÕES DO NOSSO CORAÇÃO.

Ou teria o sagrado Ibn Zerhani na verdade dito que elas "deviam" refletir uma à outra? Mevlut na verdade não escutara direito aquela parte, porque naquele momento um carro começou a buzinar. O Sagrado Guia se calou. Voltou-se para Mevlut, fitando-lhe diretamente a alma: ele viu seu embaraço, sua reverência pelo professor e seu desejo de sair da sala o mais rápido possível. "UM HOMEM QUE NÃO TEM INTENÇÃO DE ORAR NUNCA HAVERÁ DE OUVIR O CHAMADO PARA A ORAÇÃO. NÓS SÓ OUVIMOS O QUE QUEREMOS OUVIR E SÓ VEMOS O QUE QUEREMOS VER", ele disse. Dirigira-se à plateia com uma expressão tranquila, e mais uma vez algumas pessoas riram.

Mevlut haveria de passar dias refletindo, desanimado, sobre aquelas palavras. A quem o Sagrado Guia se referia ao falar de "um homem que não tem intenção de orar"? Seria a Mevlut, que não orava o bastante e ainda mentia quanto a isso? A algum homem rico e pouco educado que buzinava o carro no meio da noite? Ou às multidões perversas que sempre pretendiam fazer uma coisa e terminavam fazendo exatamente o contrário? E de que as pessoas da sala riam?

Reflexões sobre as intenções do coração e das nossas palavras continuavam a pesar na mente de Mevlut. Ele percebia que a distinção correspondia à teoria de Ferhat sobre a diferença entre opinião pública e privada, mas pensar sobre "intenções" dava a todo o problema uma dimensão mais humana. E o paralelo entre coração e palavras lhe parecia mais significativo que o da opinião privada e pública — talvez também porque fosse mais sério.

Certa tarde, Mevlut estava na entrada da associação olhando o vendedor de castanhas e conversando com um velho ambulante de iogurte aposentado, que tinha algumas propriedades em seu nome, quando o velho disse de repente: "Veremos o que a sorte nos guarda — KISMET". Essa palavra ficou dando voltas na cabeça de Mevlut como um slogan de outdoor. A sorte.

Ela estava escondida em algum canto da sua mente, a palavra sorte, junto com suas lembranças de Ferhat, a raspadinha da sorte, mas agora ela ressurgia, fazendo-lhe companhia em suas andanças. As folhas das árvores balançavam e falavam com ele. Agora tudo fazia sentido: KISMET era a força que fazia a ponte entre o que o coração pretendia e o que as palavras exprimiam. Uma pessoa podia querer uma coisa e falar outra, e seu destino, sua *Kısmet*, sua sorte, era o que podia fazer a união das duas. Até a gaivota lá no alto, mirando o monte de lixo, tinha alçado voo com a única intenção — expressa com aqueles guinchos — de fazer isso. Se, porém, os desejos enraizados em seu coração e expressos em suas súplicas seriam realizados, isso dependeria de uma série de fatores que eram governados pela KISMET — a velocidade do vento, a sorte e o momento, por exemplo. A felicidade que encontrara com Rayiha fora uma dádiva da KISMET, e ele devia respeitar e ter sempre isso em mente. Embora as palavras do Sagrado Guia o tivessem perturbado, ele estava contente por ter ido visitá-lo.

Nos dois anos seguintes, Mevlut se perguntava aflito se sua filha mais velha conseguiria concluir o colegial e entrar na faculdade. Não podia ajudar Fatma em seus estudos, não lhe era possível verificar se ela fazia os deveres corretamente. Não obstante, ele seguia os progressos com seu coração, e toda vez que a via mergulhar num silêncio pesado, folhear com apatia os livros e fazer cara feia para as tarefas, andar de um lado para outro com raiva ou simplesmente ficar quieta olhando pela janela, ele se lembrava de suas ansiedades de aluno do colegial. Mas a filha estava ancorada de forma muito mais firme no mundo da cidade. Ela era, ele descobriu, sensível e bonita.

Quando a irmã não estava por perto, Mevlut gostava de levar Fatma para comprar livros e material escolar, ou até mesmo conversar diante de um manjar-branco entre as mesas concorridas de uma famosa confeitaria da cidade. Diferentemente de outras garotas, Fatma nunca se mostrava insolente, ranzinza nem descuidada em relação ao pai. Mevlut raras vezes a repreendia — não que ela fizesse por merecer. Às vezes percebia certa raiva por trás de sua determinação e confiança. Eles sempre gracejavam, e Mevlut zombava da forma como a filha apertava os olhos quando lia, lavava as mãos mil vezes por dia e jogava tudo de cambulhada em sua mochila, mas ele nunca levava a brincadeira longe demais. Ele a respeitava de verdade.

Toda vez que via a mochila bagunçada da filha, Mevlut percebia que ela havia desenvolvido, muito mais do que ele próprio, um laço muito mais forte e profundo com a cidade, seu povo e suas instituições, e que ela devia conversar sobre tudo e com todas as pessoas que Mevlut encontrara apenas como ambulante. Havia muita coisa naquela bolsa: documentos, pedaços de papel, grampos de cabelo, livros, blocos de notas, ingressos, goma de mascar, chocolates... Às vezes a mochila exalava um perfume que Mevlut nunca sentira antes. Não era o cheiro dos livros dela — às vezes ele os pegava e os cheirava na frente dela, com ar um tanto sério —, contudo, era um cheiro que lembrava livros. Lembrava também biscoitos, o chiclete que a filha mascava quando o pai não estava por perto, certo odor artificial de baunilha que ele não sabia identificar muito bem — a combinação o fazia ter a impressão de que ela poderia sem nenhuma dificuldade começar a viver uma vida completamente diferente, se assim o desejasse. Mevlut queria muito que Fatma concluísse o colegial e entrasse na faculdade, mas vez por outra se perguntava com quem ela haveria de se casar. Não gostava muito de pensar naquilo; ele sentia que sua filha iria bater asas de casa, deixando alegremente para trás a vida que ali levava.

Nas primeiras semanas de 1999, às vezes Mevlut dizia à filha: "Posso buscar você depois das aulas do cursinho". Algumas aulas terminavam na hora que Mevlut encerrava seu trabalho na sede da associação em Mecidiyeköy, mas Fatma nunca aceitou a gentileza. Não que ficasse na rua, enrolando, e chegasse em casa tarde. Mevlut conhecia muito bem seu horário, ela não fazia isso. Fatma e Fevziye preparavam o jantar dele toda noite nas mesmas panelas e frigideiras que a mãe usara durante anos.

Naquele ano, Fatma e Fevziye insistiram para que o pai instalasse um telefone. Os preços tinham baixado, todo mundo tinha uma linha telefônica. Três meses depois da requisição, o telefone já era instalado. Mevlut protelava, preocupado com a despesa extra e receoso de que as filhas passassem o dia inteiro penduradas no aparelho. O que ele mais temia era a perspectiva de Samiha ligar todo dia dizendo-lhes o que fazer. Quando as filhas falavam que "iam para Duttepe", Mevlut sabia que muitas vezes elas iam para Şişli e passavam o dia no cinema, em confeitarias, batendo perna em centros comerciais com Samiha. Às vezes Vediha as acompanhava, mas não dizia a Korkut.

Mevlut nem tentou vender sorvete no verão de 1999. Um sorveteiro tradicional, com um carrinho de três rodas, dificilmente conseguia andar por Şişli e pelo centro, que dizer vender alguma coisa. Agora ele só podia mirar os bairros mais antigos, onde crianças jogavam futebol na rua nas tardes de verão; as crescentes responsabilidades de Mevlut na associação de migrantes, porém, o ocupavam naquele período.

Numa noite de junho, depois que Fatma concluiu com sucesso o segundo ano do colegial, Süleyman foi sozinho à sede e convidou Mevlut para ir a um novo café, em Osmanbey. Lá chegando, pediu-lhe que fizesse uma coisa que deixou nosso protagonista muitíssimo incomodado.

SÜLEYMAN. Bozkurt só concluiu o colegial aos dezenove anos. E isso só foi possível porque Korkut morreu com uma grana para matriculá-lo num desses colégios particulares em que você praticamente compra o diploma. Ele não tinha se saído bem no vestibular daquele ano (nem no do ano anterior) para entrar numa universidade decente, e agora estava perdendo o rumo. Parece que batera o carro duas vezes e chegara a passar uma noite na cadeia depois de uma briga decorrente de bebedeiras. Então, quando ele tinha vinte e um anos, seu pai resolveu mandá-lo para o serviço militar. Bozkurt se revoltou e parou de se alimentar direito. Disse à mãe que estava apaixonado por Fatma. Mas ele não lhes pediu que arranjassem um casamento nem nada do tipo. Quando Fatma e Fevziye foram a Duttepe naquela primavera, tiveram outra altercação com Bozkurt e Turan. As jovens se sentiram ofendidas, e a partir de então não voltaram mais. (Mevlut não sabia disso.) Bozkurt ficou desolado por não mais poder ver Fatma. Então Korkut disse: "Vamos promover o noivado dos nossos jovens antes de Bozkurt ir para o serviço militar, do contrário a coisa vai por água abaixo". Korkut contou esses planos a Vediha, mas não dissemos uma palavra a Samiha. Nós dois falamos com Bozkurt. "Vou me casar com ela", ele respondeu, desviando o olhar. Agora cabe a mim conciliar as duas partes.

"Fatma ainda está na escola", disse Mevlut. "Nós nem sequer sabemos se ela gosta dele. Será que ela ao menos vai me dar ouvidos?"

"Em toda minha vida, só fui espancado pela polícia uma vez, Mevlut", eu disse. "E foi por culpa sua." E não acrescentei mais nada.

Mevlut achou significativo Süleyman não ter mencionado a ajuda que a família Aktaş lhe dera ao longo dos anos, evocando apenas o episódio depois da morte de Ferhat. Durante o período que ambos passaram na cadeia, ele não sabia por que motivo a polícia havia espancado apenas Süleyman e o deixara em paz. Ainda sorria toda vez que pensava no caso. Malgrado toda sua influência política, Korkut não pôde evitar que batessem em Süleyman.

Quanto ele devia à família Aktaş? Havia a considerar, afinal de contas, todas aquelas velhas disputas relacionadas com terrenos e títulos de propriedade. Esperou muito tempo antes de tocar no assunto com Fatma. Mas continuava pensando naquilo, espantado que sua filha já tivesse idade para casar e que Korkut e Süleyman tivessem julgado conveniente fazer aquele pedido. O pai dele e o tio haviam casado com duas irmãs; na geração seguinte, primos fizeram o mesmo e casaram também com irmãs. Se, na terceira geração, casassem de novo uns com os outros, os filhos estariam condenados a nascer idiotas, gagos e zarolhos.

O maior problema, porém, era a perspectiva de uma solidão iminente. Naquelas noites de verão, Mevlut via TV com as filhas por horas e, depois que elas iam dormir, saía para suas caminhadas. As sombras projetadas pelas folhas à luz dos postes, as paredes intermináveis, o neon das vitrines e as palavras dos outdoors falavam com ele.

Certa noite em que Fevziye havia saído para umas compras na mercearia, Mevlut e Fatma assistiam TV sozinhos quando a conversa derivou para a casa de Duttepe. "Por que não foram mais visitar as tias?", Mevlut perguntou.

"Nós ainda nos vemos bastante", disse Fatma. "Mas já não vamos tanto à casa delas. Só quando Bozkurt e Turan não estão por lá. Não suporto aqueles dois."

"Por quê? Eles dizem o que para vocês?"

"Oh, umas baboseiras... Bozkurt é um cretino!"

"Soube que ele ficou muito perturbado com a briga de vocês. Parou de comer e diz que..."

"Pai, ele está louco", disse Fatma, interrompendo Mevlut para que ele mudasse de assunto.

Mevlut viu o ódio nos olhos da filha. "Então você não devia mais se dar ao trabalho de ir a Duttepe", ele disse, pondo-se alegremente ao lado de sua filha.

Nunca mais tocaram no assunto. Mevlut não sabia como comunicar formalmente essa negativa sem ferir sensibilidades, por isso não procurou Süleyman. Mas, numa abafada noite em meados de agosto, seu primo foi à sede da associação. Mevlut estava ocupado, servindo um sorvete industrializado que acabara de comprar numa mercearia para um trio da aldeia de İmrenler que tentava organizar um cruzeiro no Bósforo.

"Minha filha diz que não está interessada", disse Mevlut assim que ficaram a sós. "De todo modo, Fatma continua seus estudos — não posso tirá-la da escola, não é? Ela está se saindo muito melhor do que Bozkurt", ele acrescentou, tomado pelo desejo de esfregar aquilo na cara de Korkut e Süleyman.

"Eu lhe disse que ele vai fazer o serviço militar, não?", disse Süleyman. "Bem, deixa pra lá... Se bem que você podia ter dito algo. Se eu não tivesse vindo e perguntado, você nem ao menos teria se dado ao trabalho de nos dar uma resposta."

"Achei que devia esperar, caso Fatma mudasse de ideia."

Mevlut percebia que Süleyman não estava irritado; na verdade, parecia bastante compreensivo em relação a Fatma, mas estava preocupado com o que Korkut haveria de dizer. Mevlut também se incomodou com isso por algum tempo, mas não queria que Fatma casasse antes de terminar a faculdade. Agora, pai e filha teriam pelo menos mais cinco ou seis venturosos anos de convivência. Sempre que conversava com ela, Mevlut estava convencido de que falava com alguém em cuja inteligência podia confiar, como sempre confiara na de Rayiha.

Dali a cinco dias, depois da meia-noite ele foi despertado por um tremor que balançava a cama, o quarto, tudo. O solo fazia ruídos assustadores, copos e cinzeiros quebravam, as janelas do vizinho ruíam, havia gritos por toda parte. As filhas pularam na sua cama e se agarraram a ele. O terremoto durou muito mais do que Mevlut esperava. Quando parou, faltava luz e Fevziye estava chorando.

"Peguem um par de roupas e vamos para fora de casa", disse Mevlut.

Todo mundo tinha acordado e saíra para as ruas escuras. O bairro inteiro parecia falar ao mesmo tempo, no escuro. Bêbados reclamavam, muita gente chorava e alguns sujeitos enraivecidos berravam. Mevlut e as filhas tinham se vestido, mas outras famílias correram com a roupa que tinham no corpo, ou seja, pijama e camisola, alguns de chinelo ou descalços. As pessoas com roupa de dormir tentavam entrar em casa para pegar roupas adequadas, algum dinheiro e trancar a porta, mas logo voltavam quando ocorria outro tremor.

Ao ver a enorme e ruidosa multidão apinhada nas calçadas e nas ruas, Mevlut e as filhas se deram conta de quanta gente se espremia num daqueles apartamentos dos prédios de dois e três andares de Tarlabaşı. Abalados com o impacto, os três caminharam pelo bairro por uma hora, entre avôs de pijama, senhoras de camisolas e crianças de shorts e sandália. Já de madrugada, perceberam que os abalos, cada vez mais fracos e escarsos, não destruiriam a casa deles, por isso foram dormir. Uma semana depois, alguns canais de TV e jornais sensacionalistas anunciaram outro terremoto que iria arrasar a cidade inteira, e muita gente resolveu passar a noite na praça Taksim, nas ruas e nos parques. Mevlut e as filhas foram observar toda aquela gente assustada e ávida de emoções, mas conforme foi ficando tarde eles seguiram para casa e dormiram tranquilamente pelo resto da noite.

SÜLEYMAN. Quando ocorreu o terremoto, estávamos em nosso apartamento no sétimo andar, em Şişli. Tudo tremeu por um bom tempo, o armário da cozinha desabou. Peguei Melahat e as crianças e descemos as escadas, orientando-nos com fósforos na escuridão. Durante uma hora atravessamos um mar de gente até a casa em Duttepe.

* * *

KORKUT. A casa se esticava e bamboleava feito uma mola. Na escuridão que se seguiu, Bozkurt voltou para buscar roupas de cama e colchões para todo mundo. Estávamos acampados no jardim, ajeitando nossas camas quando... Süleyman chegou com a esposa e filhos. "Seu prédio em Şişli é novinho em folha, de concreto, deve ser muito mais resistente que nossa casa de trinta anos. Por que vieram?", perguntei. "Não sei", disse Süleyman. De manhã, nossa casa estava torta, com o terceiro e o quarto andar inclinados para a rua como uma daquelas velhas casas de madeira com balcões.

VEDIHA. Duas noites depois eu estava servindo o jantar quando a mesa começou a tremer e os meninos gritaram "Terremoto!". Consegui me precipitar para fora e chegar ao jardim, e quase rolei escada abaixo. Mas então notei que não tinha havido nada: era só Bozkurt e Turan sacudindo a mesa para me pregar uma peça. Eles me olhavam pela janela e riam. Ri também. "Agora, ouçam bem, se fizerem isso novamente levam uma bofetada, daquelas que seu pai lhes dá. Estou pouco ligando para a idade de vocês", eu disse. Três dias depois, Bozkurt me pregou a mesma peça e caí de novo — mas aí lhe dei o tabefe prometido. Agora ele não quer falar mais comigo. Ele sofre de um amor não correspondido e logo vai partir para o serviço militar. Estou preocupada com ele.

SAMIHA. Quando Süleyman apareceu na noite do terremoto rebocando a mulher e os filhos, eu me dei conta de quanto o odiava. Subi para meu quarto no terceiro andar, agora encurvado, e só desci quando ele e sua prole mal-educada foram embora. Passaram duas noites no jardim armando confusão, até que voltaram para Şişli. Tornaram a vir algumas vezes em setembro — "Vai haver outro terremoto esta noite!" — para dormir no jardim, e naqueles dias nem me dei ao trabalho de descer.

A última de Süleyman, que me deixou furiosa, foi atender ao pedido de Korkut e pedir a mão de Fatma em nome de Bozkurt. Eles não me disseram nada, já supondo que eu tentaria impedi-los. Estupidez não justifica maldade. Percebi que deviam ter feito alguma bobagem quando notei que Fatma e Fevziye só vinham quando Bozkurt não estava. Por fim Vediha me contou tudo. Tive orgulho da recusa de Fatma. Eu deixava as meninas num cursinho todo sábado e domingo, e à noite íamos ao cinema com Vediha.

Naquele inverno fiz de tudo para Fatma se sair bem no vestibular. É claro que Vediha se ressentia por ela ter rejeitado seu filho no momento em que ele estava prestes a entrar no Exército; quanto mais tentava disfarçar seus sentimentos, mais evidentes eles vinham à tona. Então passei a me encontrar com as meninas em confeitarias, cafeterias e no McDonald's. Íamos a centros comerciais, ficávamos passeando, olhando as vitrines sem comprar nada, em silêncio, sentindo que algo de novo logo iria acontecer em nossas vidas. Quando nos cansávamos, dizíamos: "Vamos ver só mais um andar e depois descer para comer kebab".

Fatma e Fevziye passaram o Ano-Novo de 2000 vendo TV e esperando que o pai voltasse de sua ronda noturna. Mevlut chegou em casa às onze e se juntou a elas; comeram galinha assada com batatas. Em geral elas nunca me falavam do pai, mas Fatma acabou por me contar o que fizeram naquela noite.

Fatma prestou vestibular no começo de junho. Fiquei esperando na porta. Mães, pais e irmãos estavam sentados numa comprida mureta baixa que havia na frente das colunas que flanqueavam a entrada daquele velho edifício. Fiquei olhando em direção ao Palácio Dolmabahçe e fumei um cigarro. Quando Fatma saiu, ela parecia tão cansada como todos os outros, mas otimista.

Mevlut sentiu orgulho quando a filha concluiu o colegial sem ficar de recuperação e passou no vestibular para a faculdade de turismo. Alguns pais colocavam no quadro de avisos da sede as fotografias da formatura dos filhos. Mevlut pensou em fazer o mesmo, mas ninguém afixara fotos de uma escola feminina. Não obstante, a notícia do sucesso de sua filha logo se espalhou entre os antigos vendedores de iogurte e os moradores de Beyşehir que tinham contato com a associação de migrantes. Süleyman foi cumprimentar Mevlut, dizendo que o maior bem de um homem nesta cidade era um filho com instrução.

No primeiro dia de aula, por volta de fins de setembro, Mevlut levou a filha até a entrada da universidade. Aquela era a primeira escola de turismo de Istambul: lá se estudava tanto gerenciamento e economia da indústria de turismo como os aspectos mais práticos relativos ao atendimento de clientes. A escola, um braço da Universidade de Istambul, ficava em Laleli, numa antiga hospedaria que fora reformada. Mevlut sonhava vender boza naqueles bairros antigos e bonitos. Certa vez, voltando da casa do Sagrado Guia, ele andou durante uma hora de Çarşamba até a escola da filha. Aquelas regiões da cidade ainda eram tranquilas à noite.

Em janeiro de 2001, quatro meses depois do início das aulas, Fatma falou de um rapaz com quem vinha se encontrando. Também cursava turismo, era dois anos mais velho e sua família era de Esmirna. As intenções dele eram sérias. (Mevlut sentiu o coração parar por um instante.) Ambos queriam a mesma coisa na vida: concluir um curso universitário e começar a trabalhar na indústria de turismo.

Como é que sua filha chegara àquela etapa da vida tão depressa? Mas, pensando bem, ela iria casar mais tarde que as outras jovens da família. "Você está ficando para trás. Na sua idade, sua mãe e suas tias já tinham dois filhos cada uma!", disse Mevlut, ainda que sofresse ao fazer essa provocação.

"É por isso que vou me casar imediatamente", disse Fatma. Em sua resposta, Mevlut viu a determinação da filha de sair de casa o mais cedo possível.

Em fevereiro, os pais dele vieram de Esmirna a Istambul para pedir a mão de Fatma. Mevlut reservou uma noite para a festa de noivado no salão da associação, tomando emprestadas algumas cadeiras extras do café que ficava do outro lado da rua. Afora Korkut e os filhos, todos os conhecidos de Duttepe compareceram. Mevlut sabia que nenhuma daquelas pessoas, inclusive Samiha, iria ao casamento em Esmirna no começo do verão. Era a primeira vez que Samiha ia à associação. À diferença das outras mulheres, seu véu e seu casaco não eram desbotados, mas novos, azul-escuros e bastante folgados. Mevlut se perguntou se ela ainda queria usar o véu. Fatma nem sempre usava, e tinha de tirá-lo toda vez que ia à universidade. Mevlut não saberia dizer se ela gostava disso ou não, era uma coisa que tinha a ver com as colegas de faculdade.

Nenhuma das mulheres que vieram de Esmirna usavam véu. Nos dias que precederam o noivado, Mevlut percebeu o quanto sua filha desejava fazer parte daquela família. Em casa, Fatma abraçava-o, beijava-o e lamentava estar prestes a deixar a casa em que passara a infância. Minutos depois, porém, Mevlut a surpreendia mergulhada em devaneios sobre os pequenos prazeres de sua nova vida com o marido. Foi assim que Mevlut veio a saber que sua filha e seu futuro genro tinham pedido transferência para a faculdade de turismo da Universidade de Esmirna. Dois meses depois receberam o comunicado de que o pedido fora aceito. Assim, em exatos três meses, ficou decidido que depois do casamento, no começo do verão, Fatma e Burhan (pois esse era o nome sem graça do futuro genro de Mevlut, um sujeito espigado como se tivesse engolido um cabo de vassoura, que sempre exibia um semblante perfeitamente inexpressivo) iriam se mudar para um apartamento em Esmirna pertencente à família dele.

Da família de Fatma em Istambul, apenas Mevlut e Fevziye foram ao casamento em Esmirna. Mevlut gostou da cidade, era uma versão menor e mais calorosa de Istambul, com palmeiras. Todos os bairros pobres se concentravam no centro, nas colinas. No casamento, ele viu Fatma abraçando o marido contra si enquanto dançavam — como nos filmes — e se sentiu constrangido, mas também comovido. No ônibus de volta, Mevlut e Fevziye não trocaram palavra. Sentir a cabeça da filha caçula pousada sobre seu ombro enquanto ela dormia, e também o cheiro de seu cabelo, alegrou Mevlut. Em apenas seis meses, sua filha mais velha, a garota a quem ele tratara com carinho durante todos aqueles anos, e que sonhava manter ao seu lado pelo resto da vida, agora estava bem longe do seu alcance.

12. Fevziye foge
Quero que os dois me beijem a mão

    Mevlut e Fevziye passaram o dia 11 de setembro grudados na TV, vendo aviões se chocarem contra aquelas torres dos Estados Unidos, que caíam numa nuvem de fogo e de fumaça, como cenas de cinema. Salvo por um calmo comentário de Mevlut — "Agora os americanos vão querer se vingar!" —, eles nunca mais tocaram nesse assunto.
    Os dois ficaram mais próximos depois que Fatma casou e mudou. Fevziye era falante, contava piadas e imitava as pessoas, e também gostava de divertir o pai com suas histórias disparatadas. Herdara da mãe o dom de ver o lado divertido e absurdo de tudo. Imitava os ruídos sibilantes que o vizinho emitia quando falava, uma porta se abrindo ou seu pai praguejando e bufando quando subia as escadas. Quando dormia, encolhia-se na forma de S, exatamente como a mãe costumava fazer.
    Certa noite, ao chegar em casa, cinco dias depois do desabamento das Torres Gêmeas, Mevlut encontrou a TV desligada, a mesa de jantar sem comida, e nem sinal de Fevziye. Não lhe ocorreu que ela pudesse ter fugido, simplesmente imaginou, enfurecido, que a garota de dezessete anos ainda estivesse lá fora, no escuro, sem fazer nada de útil. Fevziye fora reprovada em matemática e inglês no penúltimo ano do colegial. Durante todo o verão, Mevlut não a viu nem uma vez estudando. Enquanto olhava a rua pela janela, esperando a filha, sua raiva se transformou em desassossego.

Com uma pontada no coração, notou que a mochila de Fevziye e muitas de suas roupas e outros pertences não estavam onde costumavam ficar. Perguntava-se se era o caso de ir a Duttepe interrogar a família Aktaş, quando a campainha tocou, dando-lhe a fugaz esperança de que pudesse ser Fevziye.

Era Süleyman. Chegou dizendo que Fevziye fugira com um rapaz "adequado", de uma boa família, cujo pai possuía três táxis, que alugava. O pai do rapaz havia ligado à tarde, e Süleyman fora se encontrar com eles. Talvez teriam ligado para Mevlut, se ele tivesse telefone. De todo modo, Fevziye estava bem.

"Se estava bem, por que fugiu?", disse Mevlut. "Para chatear o pai e se desgraçar?"

"Por que você fugiu com Rayiha?", disse Süleyman. "Abdurrahman Pescoço-Torto teria consentido no casamento se você tivesse pedido a mão dela."

Ao ouvir essas palavras, Mevlut desconfiou que a fuga de Fevziye podia ser uma forma de emulação. O pai e a mãe haviam feito a mesma coisa, não? "Abdurrahman Pescoço-Torto nunca me deixaria casar com sua filha", ele disse, orgulhoso, lembrando da fuga com Rayiha. "Não vou aceitar esse chofer de táxi. Fevziye prometeu que iria concluir o colegial e cursar uma faculdade."

"Ela foi reprovada nos dois exames de recuperação", disse Süleyman. "Perdeu o ano. Provavelmente estava com medo de lhe contar. Mas segundo Vediha você dizia à pobre garota que nunca a perdoaria se não concluísse o colegial. E vivia pressionando a menina para cursar uma faculdade, como a irmã."

Quando percebeu que seus assuntos particulares foram discutidos não apenas entre os Aktaş, mas também com gente desconhecida — um chofer de táxi e sua família —, e que ele tinha a fama de ser um pai irascível e autoritário, Mevlut se indignou.

"Fevziye não é minha filha", ele disse, fungando, mas logo se arrependeu. Antes mesmo que Süleyman saísse, Mevlut se viu dominado pelo desamparo que todo pai cuja filha tenha fugido está fadado a sentir: se não a perdoasse nem fingisse gostar do noivo e aprová-lo (um chofer? nunca teria imaginado!), logo correria a notícia de que a garota fugira para morar com um homem com quem não estava casada, e a honra de Mevlut ficaria conspurcada. Mas, se se apressasse a perdoar o canalha que roubara sua filha, então todos iriam dizer que ele compactuara com a fuga ou então levara um bom dinheiro para permitir que ela se casasse com o sujeito. Ele sabia que, se não quisesse passar o resto da vida sozinho e mal-humorado — como seu pai —, não tinha escolha senão adotar a segunda opção.

"Süleyman, não posso viver sem minhas filhas. Vou perdoar Fevziye. Mas primeiro ela terá de vir aqui com o homem com quem pretende se casar. Quero que os dois beijem minha mão e demonstrem respeito. É verdade que fugi com Rayiha, mas em seguida procurei meu sogro para pedir a mão dela."

"Tenho certeza de que seu genro motorista de táxi o respeitará tanto como você respeitou o Pescoço-Torto", disse Süleyman, com um sorriso de desdém.

Mevlut não percebeu que Süleyman zombava dele. Estava confuso, temia a solidão, precisava ser consolado. "Houve um tempo em que existia algo chamado respeito!", ele se ouviu dizer, e Süleyman riu disso também.

O segundo genro de Mevlut se chamava Erhan. Parecia uma pessoa bastante comum (baixote e de testa estreita), e Mevlut não conseguia entender o que a filha, que era uma flor — a menina que ele tratara com tanto carinho por tantos anos —, podia ter visto naquele sujeito. Ele deve ser muito ladino e muito esperto, pensou, sentindo-se desapontado por sua filha não perceber nada disso.

Não obstante, ele aprovou a maneira como Erhan se inclinou até o chão e beijou-lhe a mão à guisa de desculpa.

"Fevziye deve concluir o colegial, não deve abandonar a escola", disse Mevlut. "Do contrário não os abençoarei."

"Nós também pensamos assim", disse Erhan. Mas durante a conversa ficou clara a impossibilidade de Fevziye frequentar a escola e esconder seu casamento.

Mevlut sabia que o motivo de sua ansiedade não se devia à interrupção dos estudos da filha, mas que ele logo estaria sozinho em casa e, em termos mais gerais, no mundo. Sua angústia não era por ter fracassado em dar à filha uma educação adequada, mas pela sensação de que estava sendo abandonado.

Quando ficaram a sós, Mevlut se pôs a recriminar a filha. "Por que fugiu? Acha que eu iria me opor se pedissem sua mão como gente civilizada?"

Pelo modo como Fevziye desviou o olhar, Mevlut teve certeza de que ela estava pensando: Sim, é claro que você diria não!

"Estávamos tão felizes aqui, pai e filha", ele disse. "Não me sobrou nenhuma."

Fevziye o abraçou, Mevlut se esforçou em conter as lágrimas. Ninguém mais estaria à espera dele quando voltasse para casa. Quando sonhasse estar correndo em meio a uma floresta sombria de ciprestes, perseguido por cães, e acordasse banhado de suor, já não teria o som da respiração das filhas para consolá-lo.

O medo da solidão o levou a fazer uma dura negociação. Num momento de entusiasmo partilhado, fez o futuro genro jurar sobre sua honra que Fevziye iria concluir não apenas o colegial, mas também a faculdade. Fevziye passou aquela noite em casa com Mevlut. Ele estava satisfeito porque ela recuperara o juízo antes que toda aquela história saísse do controle, embora ele não conseguisse deixar de mencionar de vez em quando que ela o magoara muito ao fugir de casa.

"Você também fugiu com mamãe!", exclamou Fevziye.

"Sua mãe nunca faria o que você fez", argumentou Mevlut.

"Ela faria, sim", disse Fevziye.

A resposta determinada da filha o agradou, mas ele a tomou como mais uma prova de que ela procurara imitar a mãe. Nas festas religiosas, ou toda vez que Fatma e o insignificante de seu marido vinham de Esmirna visitá-los, todos iam ao túmulo de Rayiha. Se a visita terminava se revelando mais melancólica do que de costume, no caminho de volta Mevlut fazia um relato longo e embelezado de sua fuga com Rayiha, de como tinham planejado os mínimos detalhes, como se conheceram e trocaram os primeiros olhares num casamento e que ele nunca haveria de esquecer o modo como ela o encarara naquela noite.

No dia seguinte, o taxista Erhan e seu pai — que era um motorista aposentado — vieram devolver a mala de Fevziye. Tão logo Mevlut viu o pai do noivo, o sr. Sadullah, que era dez anos mais velho que ele, percebeu que gostaria daquele homem muito mais do que gostara do filho dele. O sr. Sadullah também era viúvo. A mulher morrera de um ataque do coração três anos atrás. (Para melhor descrever esses acontecimentos, o sr. Sadullah sentou à única mesa na casa de um único cômodo de Mevlut e encenou a forma como ela deixara cair a colher a meio caminho da tigela de sopa, e morreu com a cabeça apoiada na mesa.)

O sr. Sadullah era de Düzce. Seu pai, que chegara a Istambul durante a Segunda Guerra Mundial, trabalhou para um armênio que fazia sapatos na

Colina Gedikpaşa, e depois se tornou sócio do proprietário. Quando o estabelecimento foi saqueado durante as manifestações anticristãs de 6 e 7 de setembro de 1995, o armênio abandonou Istambul e passou a loja para o pai do sr. Sadullah, que continuou a explorar o negócio sozinho. Mas seu filho "tunante" e "indolente" resistira à insistência e às surras do pai e, em vez de aprender a fazer sapatos, tornou-se "o melhor motorista de Istambul". O sr. Sadullah deu uma piscada marota para Mevlut ao explicar que, naquela época, ser motorista, quando os táxis e micro-ônibus eram modelos americanos, era provavelmente a trabalho mais glamoroso do mundo, e com isso Mevlut entendeu que aquele jovem baixinho e esperto, com a cabeça em forma de tigela virada, o tal que fugira com sua filha, tinha herdado do pai o gosto pela boa vida.

Mevlut foi para a sua casa de pedra, de três andares, que construíra em Kadırga, para acertar os detalhes da cerimônia. Entabulou uma estreita amizade com o sr. Sadullah, que depois do casamento só iria se fortalecer. E Melvut, quarentão, finalmente aprendeu a apreciar as conversas que costumam ter os amigos durante o jantar, degustando um copo de *rakı* — ainda que ele próprio não fosse muito de beber.

O sr. Sadullah era dono de três táxis, que alugava para seis motoristas que se revezavam em turnos de doze horas. Ainda mais do que das marcas e modelos de seus carros (dois Murats turcos, um de 1996 e outro de 1998, e um Dodge de 1958, que o próprio sr. Sadullah guiava de tempos em tempos só por diversão, mantendo-o em perfeitas condições), ele gostava de falar dos preços cada vez mais abusivos de uma licença de táxi em Istambul. Seu filho Erhan se encarregava de um dos táxis e controlava os taxímetros e odômetros dos outros. O sr. Sadullah sorria enquanto explicava que na verdade seu filho não controlava os motoristas, que eram desonestos (surripiavam parte da arrecadação), ou azarados (envolviam-se em acidentes o tempo todo), ou desrespeitosos (chegavam atrasados e se mostravam grosseiros), ou então completos idiotas. Mas, vendo que não valia a pena discutir com aquelas pessoas por uns centavos a mais, o sr. Sadullah deixava todos esses aborrecimentos ao filho. Mevlut examinou o quarto do sótão onde Erhan e Fevziye iam viver quando se casassem, e depois de ter vistoriado todas as coisas, dos armários novos ao enxoval e à cama de casal ("Erhan não esteve aqui no período em que sua filha dormiu neste quarto quando fugiu de casa", garantiu-lhe o sr. Sadullah), expressou sua satisfação.

Mevlut gostou quando o sr. Sadullah lhe mostrou todos os ambientes em que sua vida se desenrolou, relembrando e contando velhos casos naquela sua maneira encantadora que ficava ainda mais saborosa quando não o interrompiam. Mevlut logo aprendeu a exata localização da Escola Vale em Cankurtaran (um edifício da era otomana muito mais antigo que a Escola Secundária Masculina Atatürk), onde os internos batiam nos não internos como o sr. Sadullah; a sapataria que seu pai levara à falência em dez anos (no lugar dela agora havia um café como o Binbom) e a encantadora casa de chá do outro lado do parque. Ele mal podia acreditar que trezentos anos atrás não havia parque ali, apenas água onde fundeavam centenas de galeões otomanos esperando pela guerra. (Havia imagens daquelas galeras nas paredes internas da casa de chá.) Mevlut começou a sentir que passara a infância e juventude rodeado por aqueles velhos chafarizes quebrados, casas de banho abandonadas e conventos sufis sujos e empoeirados construídos por líderes otomanos de barba e turbante — quer dizer... Se seu pai não tivesse vindo de Cennetpınar para Kültepe, mas diretamente para um daqueles bairros, na outra margem do Chifre de Ouro; se ele tivesse se instalado na parte antiga de Istambul como muitos migrantes de sorte vindos da zona rural da Anatólia — ele teria se tornado uma pessoa completamente diferente, e o mesmo se daria com suas filhas. Chegou a sentir certo remorso, como se ter ido morar em Kültepe tivesse sido uma decisão sua. Mas ele não conhecia ninguém que nos anos 1960 e 1970 tivesse migrado de Cennetpınar para um daqueles bairros. Quando começou a notar quão mais rica Istambul se tornava, pensou que poderia vender mais boza se tentasse ir a algumas das transversais daqueles bairros históricos.

Logo o sr. Sadullah convidou de novo Mevlut para jantar. Como Mevlut não tinha muito tempo livre entre o trabalho na associação e as andanças para vender boza, o sr. Sadullah, disposto a cultivar aquela amizade, ofereceu-se para pegá-lo na associação com seu Dodge. Guardou a vara e os vasilhames no porta-malas — assim, quando terminassem o jantar, ele poderia deixar Mevlut num ponto que lhe fosse conveniente para seu negócio. Os consogros se tornaram ainda mais próximos depois daquele jantar, durante o qual discutiram todos os detalhes da celebração do casamento, que já estava próximo.

O lado do noivo se encarregaria de pagar as despesas. Por isso, quando ele foi informado de que a festa não seria num salão nupcial, mas num luxuoso subsolo de um hotel em Aksaray, Mevlut não se opôs. Não obstante, ficou perturbado ao saber que seriam servidas bebidas alcoólicas. Não queria que nada nesse casamento pudesse incomodar a gente de Duttepe, sobretudo a família Aktaş.

O sr. Sadullah o tranquilizou: os convidados trariam suas garrafas de *rakı* e as guardariam na cozinha; quem desejasse beber teria de se dirigir a um garçom. E os copos de *rakı* gelado seriam preparados no piso superior e trazidos para baixo com muita discrição. É claro que seus próprios convidados — os taxistas amigos do filho, os moradores do bairro, o time de futebol de Kadırga e sua diretoria — não armariam nenhum fuzuê se não houvesse *rakı*; se, porém, houvesse, com certeza ficariam mais satisfeitos. Aliás, a maioria deles apoiava o Partido Republicano do Povo.

"Eu também apoio", disse Mevlut, solidário, mas sem muita convicção.

O hotel em Aksaray era um edifício novo. Quando estavam cavando para os alicerces, os empreiteiros encontraram vestígios de uma pequena igreja bizantina, e como uma descoberta arqueológica teria interrompido os trabalhos, ele teve de subornar funcionários municipais para garantir que ninguém desse com a língua nos dentes sobre a existência daquelas ruínas. Para que as consideráveis propinas não lhe tolhessem os lucros, mandaram cavar um subsolo extra. Na noite do casamento, Mevlut contou vinte e duas mesas na sala, que logo ficaram completamente ocupadas e mergulhadas em nuvens de fumaça de cigarros. Havia seis mesas só para homens. Aquela parte do salão nupcial estava ocupada pelos amigos do noivo e outros taxistas. A maioria dos jovens taxistas eram solteiros. E mesmo os casados trataram de deixar a esposa e as crianças na parte do salão reservada às famílias e foram se juntar aos amigos nas mesas dos solteiros, onde achavam que seria mais divertido. Pelo número de garçons que zanzavam com bandejas de *rakı* com gelo, Mevlut fazia uma ideia do quanto aquela gente tinha bebido. Mas os convidados bebiam abertamente mesmo nas mesas mistas, onde algumas pessoas, como um velho irascível em particular, perderam a paciência com os garçons e resolveram tomar uma atitude, subindo até a cozinha no piso de cima para se servir de bebida.

Mevlut e Fevziye haviam cogitado sobre quem, da família Aktaş, compareceria à festa. Bozkurt estava longe, no serviço militar, e de qualquer modo não iria, portanto não corriam o risco de ele encher a cara e aprontar uma cena. Korkut, cujo filho fora recusado por Fatma, decerto inventaria uma desculpa para não ir ou, se fosse, sairia cedo dizendo "Estavam bebendo demais, e isso me deixou incomodado", e assim estragaria a festa de todo mundo. Mas Fevziye, a quem Samiha contava tudo o que se passava na família, disse que os ânimos por lá não eram tão negativos. Na verdade, se não se devia temer Bozkurt ou Korkut, o perigo estava na própria Samiha, furiosa com Korkut e Süleyman.

Graças a Deus, Abdurrahman Pescoço-Torto viera da aldeia, e Fatma e seu marido, o sujeito que parecia ter engolido um cabo de vassoura, vieram de Esmirna. Fevziye havia combinado que dividiriam um táxi com Samiha. Mevlut passou a primeira parte da recepção preocupado com a demora do táxi, todos os convidados de Duttepe já haviam chegado, com presentes. Só uma das cinco grandes mesas reservadas para a família da noiva estava cheia (sua vizinha Reyhan e o marido estavam muito elegantes). Mevlut subiu até a cozinha para tomar um copo de *rakı*, lá onde ninguém poderia vê-lo, e ficou por um tempo na entrada, esperando ansioso a chegada deles.

Quando voltou ao salão nupcial, viu que a quinta mesa agora estava cheia. Quando teriam chegado? Ele tornou a sentar ao lado do sr. Sadullah, à mesa do noivo, e continuou a observar a família Aktaş. Süleyman trouxera os dois filhos, um com três, outro com cinco anos; Melahat estava muito elegante; Abdurrahman, de terno e gravata, podia ser confundido com um funcionário público aposentado. Toda vez que seus olhos batiam no vulto lilás na mesa, ele estremecia e desviava o olhar.

SAMIHA. Minha querida Fevziye, em seu belo vestido de casamento, sentou-se junto ao marido no meio do salão, e eu não conseguia tirar os olhos dela, parecia que sua alegria e excitação eram minhas também. Que maravilha é ser jovem e feliz. Também fiquei muito contente ao ouvir que minha querida Fatma, sentada ao meu lado, estava feliz com o marido em Esmirna, a família dele os apoiava, ambos estavam indo muito bem na faculdade de turismo, tinham passado as férias de verão num hotel em Kuşadası e o inglês deles estava melhorando. Era ótimo vê-los sorrindo o tempo todo. Quando minha querida Rayiha faleceu, chorei dias e dias, não apenas por ter perdido minha amada irmã, mas também pelas doces meninas que ficaram órfãs em tão tenra idade. Passei a prestar atenção ao que elas comiam, às roupas que usavam, aos seus amigos no bairro e tudo mais, exatamente como se fossem minhas filhas; tornei-me uma mãe para essas meninas infelizes, embora à distância. Medroso que é, Mevlut não queria que eu fosse à casa deles, temendo boatos e receando que Ferhat levasse a mal — isso feriu meus sentimentos e arrefeceu meu entusiasmo, mas nunca desisti. Quando desviei os olhos de Fevziye e me voltei de novo para Fatma e ela disse: "Você está parecendo uma rainha com esse vestido lilás, tia!", pensei que fosse chorar. Levantei e andei na direção contrária à da mesa de Mevlut e subi até o andar de cima. Na porta da cozinha, disse a um dos garçons "Meu pai ainda está esperando seu drinque". Recebi imediatamente um copo de *rakı* com gelo e, aproximando-me da janela, virei o copo e logo tratei de descer para meu lugar, entre meu pai e Fatma.

ABDURRAHMAN EFÊNDI. Vediha veio à nossa mesa, disse a seu sogro, o merceeiro Hasan — que não pronunciara uma palavra durante toda a noite —, "Você deve estar ficando entediado, pai", e o levou pelo braço à mesa de seus filhos. Que fique claro: o que mais me magoa é que, mesmo quando seu verdadeiro pai está aqui, minha querida Vediha chama este homem sem graça e distante de "querido pai" só porque se casou com aquele filho dele. Fui me acomodar à mesa do homem encarregado das festividades e propus um enigma a todos: "Vocês sabem o que o sr. Sadullah, o sr. Mevlut e eu temos em comum?". Seria a venda de iogurte?, disse um. Nossa juventude? O gosto por *rakı*?... Até que eu disse: "Nossas mulheres morreram jovens e nos deixaram sozinhos no mundo", e debulhei-me em lágrimas.

SAMIHA. Vediha e Süleyman conduziram meu pai de volta à nossa mesa, mas Mevlut não o acudiu. Continuou sentado, me olhando. Será que não poderia ao menos ter tomado o braço do pai de sua falecida esposa e sussurrado algumas palavras de consolo? Mas, se ele se aproximasse, um centímetro que fosse, da minha mesa, as pessoas iriam fofocar, lembrar de que ele na verdade escrevera aquelas cartas para mim e voltariam a comentar aquilo tudo... Aposto que era isso que ele temia. Oh, Mevlut, seu covarde. Ele fica olhando para mim e finge que não. Mas eu olhei diretamente para ele, do jeito que o encarei no casamento de Korkut, vinte e três anos atrás, como se quisesse aprisioná-lo com o feitiço dos meus olhos. Olhei-o para roubar-lhe o coração como um bandido, para deixá-lo enfeitiçado com a força do meu olhar. Olhei-o para que ele pudesse ver seu reflexo no espelho de meu coração.

"Minha querida Samiha, você está perdendo tempo olhando para lá", disse meu pai, àquela altura totalmente bêbado. "Um homem que escreve cartas para uma garota e depois casa com a irmã dela não presta para ninguém."

"Não estou olhando naquela direção", eu disse, embora continuasse a olhar. Notei que, de vez em quando, Mevlut também me olhava, e foi assim até o fim da noite.

13. Mevlut sozinho
Vocês foram feitos um para o outro

    Sozinho na casa em que vivera durante anos com a esposa e as filhas, Mevlut começou a se sentir esgotado, como se estivesse enfermo — até levantar da cama de manhã lhe parecia um sacrifício. No passado, mesmo nos dias mais sombrios, sempre fora capaz de contar com seu otimismo irrefreável — que alguns consideravam "ingenuidade" — e com o talento para descobrir o caminho mais fácil e menos aflitivo para enfrentar uma situação. Por isso, ele tomava aquela indisposição como sinal de um problema maior, e, embora tivesse apenas quarenta e cinco anos, começou a temer a morte.
    Quando estava na sede da associação ou no café do bairro, conversando com um ou outro conhecido, ele conseguia esquecer o medo da solidão. (Desde que ficou sozinho, passou a se mostrar mais gentil e mais tolerante com todas as pessoas que encontrava.) Mas quando andava na rua à noite sentia medo.
    Agora que Rayiha morrera e suas filhas estavam casadas, as ruas de Istambul pareciam mais compridas do que nunca, verdadeiros poços escuros sem fundo. Às vezes, em algum bairro distante, tarde da noite, tocando sua sineta, gritando "Boza" e seguindo em frente, a súbita percepção de que nunca estivera naquela rua nem naquele bairro despertava-lhe uma lembrança terrível ou lhe inspirava a sensação que costumava ter, quando criança e ra-

paz, toda vez que ia a algum lugar ao qual não deveria ter ido (e quando os cães latiam): a sensação de que seria pego e castigado, o que ele interpretava como um sinal de que, no fundo, ele era uma pessoa má. Certas noites, a cidade parecia mais misteriosa e ameaçadora, e Mevlut não sabia se essa impressão era causada porque ninguém o esperava em casa ou porque aquelas novas ruas tinham se enchido de sinais e símbolos que ele não reconhecia: seus medos eram exacerbados pelo silêncio dos novos muros de concreto, pela insistente presença de uma multidão de cartazes estranhos, sempre diferentes, e pela forma como uma rua de repente podia fazer uma curva inesperada justo quando parecia que ia acabar, e então se prolongava indefinidamente como se quisesse zombar dele. Quando andava numa rua tranquila onde nenhuma cortina se mexia e nenhuma janela se abria, às vezes sentia — embora soubesse, em termos racionais, que não era verdade — como se já tivesse passado por ali, num tempo tão antigo como o dos contos de fadas. Ao deleitar-se com a sensação de viver o presente como se fosse uma lembrança, ele gritava "Boo-zaa" e sentia que gritava para seu passado. Às vezes o medo de cães voltava, reanimado por sua imaginação ou pelo latido de um cão parado ao lado da parede de uma mesquita, e de repente ele se dava conta de que estava completamente sozinho no mundo. (Era reconfortante, nesses momentos, pensar em Samiha e em seu vestido lilás.) Certa noite via, numa rua deserta, uma dupla de homens altos e magros passar por ele, ignorando a sua presença, e tinha a sensação de que as palavras que acabara de ouvi-los dizer (sobre fechaduras, cadeados e responsabilidades) eram a chave de alguma mensagem destinada a ele — só para descobrir, duas noites depois, que os dois homens baixinhos e gordos andando numa rua estreita de um bairro completamente diferente estavam dizendo as mesmas palavras.

Era como se as paredes velhas e musgosas da cidade, os antigos chafarizes cobertos de belos caracteres e as casas de madeira adernando e apodrecendo a ponto de se apoiarem umas nas outras tivessem sido incendiados e reduzidos a pó, e as novas ruas, casas de concreto, lojas iluminadas a neon e blocos de apartamentos que os substituíram tivessem sido construídos para parecer ainda mais velhos, mais intimidadores e indecifráveis que os locais de outrora. A cidade já não era mais um lar imenso e acolhedor, mas um espaço impiedoso no qual quem podia acrescentava mais concreto, mais ruas, pátios, paredes, calçadas e lojas.

A cidade crescia inexoravelmente, ninguém o esperava em casa para além das ruas escuras, e Mevlut sentia, como nunca, necessidade de Deus. Começou a fazer sua oração do meio-dia na mesquita de Şişli, na de Duttepe, se fosse pelo trajeto mais longo, ou em qualquer outra que encontrasse no caminho. Deleitava-se com o silêncio que reinava nesses lugares, o burburinho da cidade filtrado no interior, a luz que se derramava formando desenhos rendados ao longo da borda inferior da cúpula. E com a oportunidade de ficar, por meia hora, em comunhão com anciãos que cortaram os laços com o mundo, ou com outros homens como ele — que simplesmente não tinham mais ninguém. Tudo isso o fazia sentir como se tivesse encontrado o remédio para sua solidão. À noite, essas emoções levavam-no a lugares em que não haveria de pôr os pés se ainda fosse um homem feliz, como pátios vazios de mesquitas ou cemitérios perdidos nas franjas dos bairros, onde podia sentar à borda de uma lápide e fumar um cigarro. Então lia as palavras gravadas nos túmulos de pessoas que tinham deixado este mundo havia muito tempo, admirava com reverência lápides antigas cobertas de caracteres árabes e encimadas por turbantes esculpidos na pedra. Começou a murmurar com mais frequência o nome de Deus, muitas vezes para si mesmo, e vez por outra rogava-Lhe que o livrasse de uma vida de solidão.

Às vezes pensava nos outros conhecidos seus que também haviam perdido a esposa e se viram sozinhos aos quarenta e cinco anos, mas que casaram outra vez, com a ajuda da família e dos amigos. Na associação dos migrantes, Mevlut conhecera Vahap, um homem da aldeia de İmrenler que tinha uma loja de suprimentos para encanadores em Şişli. Quando a esposa e seu filho único morreram num acidente de ônibus a caminho de um casamento na aldeia, os parentes de Vahap logo lhe arranjaram um casamento com uma mulher do lugar. Quando a esposa Hamdi de Gümüşdere faleceu no parto do primeiro filho, ele quase morreu de tristeza, mas o tio e os demais membros da família lhe arranjaram um casamento com uma mulher sociável e descontraída que aos poucos o trouxe de volta à vida.

Mas ninguém se dispôs a ajudar Mevlut, ninguém sugeriu alguma mulher que tivesse enviuvado ainda jovem (também era importante que essa mulher ainda não tivesse filhos). Acontece que a família de Mevlut achava que o par ideal para ele era Samiha. "Como você, ela também está só", disse-lhe certa vez Korkut. Ou talvez fosse ele próprio — como às vezes se dava conta — que quisesse acreditar que era essa a voz geral. Mevlut também considerava Samiha seu par ideal, e sempre se pegava perdido em devaneios, lembrando de como, no casamento de Fevziye, Samiha, em seu vestido lilás, olhara para ele do outro lado do salão. No entanto, ele havia se proibido de ao menos pensar na possibilidade de casar de novo: o desejo de se aproximar de Samiha, ou simplesmente trocar olhares com ela, como ocorrera no casamento de sua filha — que dizer casar com ela! —, seria um enorme desrespeito à memória de Rayiha. Às vezes julgava que os outros também pensassem assim, e talvez por isso achassem difícil e inconveniente falar com ele sobre Samiha.

Por algum tempo acreditou que a solução seria tirar Samiha da cabeça (de todo modo, não penso nela tantas vezes, dizia consigo mesmo) e pensar em alguma outra mulher. Korkut e os demais fundadores e gestores da associação de migrantes tinham decidido proibir jogos como *rummikub* e de baralho, na esperança de evitar que, como ocorrera com a maioria das outras associações similares, a deles também se tornasse mais um café, no qual as mulheres não se sentiam à vontade para acompanhar os maridos. Um expediente para atrair mais mulheres e famílias era organizar noites de *mantı*, uma espécie de ravióli com molho de iogurte. As mulheres se juntavam nas casas umas das outras para preparar a massa e iam ao evento com o marido, seus irmãos e filhos. Nessas noites, Mevlut ficava mais do que nunca ocupado com sua função de servir chá. Uma viúva de Erenler foi a uma daquelas noitadas, acompanhada da irmã e do cunhado — ela era alta, esbelta e parecia muito saudável. Mevlut olhou para ela várias vezes. Outra que lhe chamou a atenção foi uma jovem de uma família de İmrenler, na casa dos trinta anos, que largara o marido na Alemanha e voltara para Istambul — seus volumosos cabelos negros pareciam prestes a saltar de sob o véu. Enquanto tomava uma xícara de chá, ela cravou em Mevlut seus olhos negros como carvão. Teria aprendido na Alemanha aquele modo de olhar? Todas aquelas mulheres pareciam fitar o rosto de menino de Mevlut de forma diferente, mais franca e natural, do que fizera Samiha tantos anos atrás no casamento de Korkut ou, mais recentemente, no de Fevziye. Uma viúva alegre, sacudida e rechonchuda de Gümüşdere conversara animadamente com ele durante toda a noite de um desses encontros e também num piquenique. Mevlut admirou sua autoconfiança e o modo como ficara à parte, sorrindo, enquanto os outros convivas dançavam no encerramento do piquenique.

Embora não se consumisse álcool, nem mesmo às escondidas, parecia haver um estado coletivo de euforia ao fim desses jantares e piqueniques, com homens e mulheres dançando juntos ao som das tão apreciadas canções populares de Beyşehir. Segundo Süleyman, era por isso que Korkut não deixava que Vediha participasse desses eventos. E, sem a companhia da irmã, tampouco Samiha podia ir.

Pouco a pouco os membros da associação se dividiram entre simpatizantes do Partido Republicano do Povo, de um lado, e, de outro, os mais conservadores. Outras questões também eram discutidas, como em que medida esposas e famílias deviam ser estimuladas a participar de atividades; qual cantor deveria ser contratado para os eventos; o que fazer com desempregados que jogavam cartas na sede; a conveniência de se organizar sessões noturnas de leitura do Alcorão ou conceder bolsas de estudo a jovens brilhantes do interior que passassem no vestibular. Os debates por vezes continuavam depois das reuniões, ou de um jogo de futebol ou uma excursão, e os homens mais entusiasmados acabavam tomando uns copos no bar próximo à sede. Certa noite, um grupo saía para beber quando Süleyman, passando o braço nos ombros de Mevlut, disse: "Vamos com eles".

O bar ao qual se dirigiam, Mevlut notou, era o mesmo que, anos antes, Süleyman escolhera para falar com Abdurrahman sobre sua paixão não correspondida. Os homens comeram queijo branco, melão e fígado frito, beberam *rakı* e discutiram as atividades da associação e a vida de seus conhecidos da aldeia. (Fulano se isolara em casa; outro só pensava em jogar; um terceiro ia de hospital em hospital, desesperado, tentando buscar ajuda para o filho inválido.)

A conversa logo derivou para a política. Os bebedores de *rakı* tanto podiam acusar Mevlut de simpatizar com o islamismo, como acusá-lo do contrário: "Faz tempo que você não vai às orações da sexta-feira". Mevlut nunca reagia a essas provocações. Quando Süleyman anunciou alegremente que "membros do Parlamento e candidatos à eleição vão visitar a associação", Mevlut se mostrou contente, mas, ao contrário dos demais, não perguntou quem seriam os visitantes nem a que partido pertenciam. A certa altura passaram a discutir se os islamitas iam dominar o país ou se não havia motivo para se preocupar com isso. Alguns até afirmavam que o Exército iria dar um golpe e derrubar o governo. Aquilo era igual aos debates que a TV exibia com frequência.

Ao final da refeição, Mevlut já tinha começado a divagar. Süleyman, que ficara sentado diante dele, passou para a cadeira vazia a seu lado e começou a lhe falar dos filhos, mas tão baixinho que ninguém ao redor conseguia ouvi-lo. O filho mais velho, Hasan, que estava com seis anos, acabara de entrar no curso primário. O outro, Kâzım, de quatro anos, já lia gibis de Lucky Luke, pois o irmão o ensinara a ler em casa. O jeito meio misterioso de Süleyman, que excluía todas as outras pessoas à mesa, incomodou Mevlut. Talvez ele sussurrasse apenas para resguardar a felicidade da sua vida familiar, mas para muitas pessoas as circunstâncias da morte de Ferhat permaneciam nebulosas. Mesmo já tendo se passado cinco anos, Mevlut sabia — mesmo em seu íntimo — que o assunto ainda não se encerrara. Quando viam os dois primos cochichando daquela maneira, as pessoas poderiam pensar que Mevlut conspirara com Süleyman.

"Tenho uma coisa importante para lhe falar. Mas você não pode me interromper", disse Süleyman.

"Tudo bem."

"Vi montes de mulheres, cujos maridos morreram prematuramente em brigas de rua ou acidentes de carro, que se casaram para não ficar sozinhas. Se elas não têm filhos e ainda são jovens e atraentes, terão muitos pretendentes. Bem, conheço uma mulher — acho que você já sabe quem seja — que é exatamente assim: bonita, inteligente e jovem. Uma mulher que sabe o que quer e tem muito caráter. Ela já anda pensando em alguém e só tem olhos para ele."

Mevlut gostou da ideia de que Samiha esperava por ele — pelo menos na versão de Süleyman. Agora não havia ninguém à mesa de jantar. Mevlut pediu outro copo.

"O homem que essa mulher tem em mente é um jovem viúvo também, que perdeu a mulher num infausto acidente", continuou Süleyman. "Ele é honesto, confiável, de semblante suave e muito equilibrado." Mevlut estava gostando daquele elogio. "Ele tem duas filhas do primeiro casamento, mas está completamente sozinho porque ambas se casaram e se foram."

Mevlut não sabia se devia interromper e dizer: "Você está falando de mim e de Samiha!", por isso Süleyman tirou vantagem ao vê-lo desacorçoado. "Na verdade, ele já esteve apaixonado pela mulher. Por anos ele lhe escreveu falando dos olhos dela…"

"Então por que não se casaram?", perguntou Mevlut.

"Isso não importa... Há um mal-entendido. Mas agora, vinte anos depois, eles poderiam formar um belo casal."

"Por que eles não se casam *agora*?", disse Mevlut, recusando-se a entregar o jogo.

"É exatamente isso o que todo mundo se pergunta... Eles se conhecem há muitos anos, ele escreveu à jovem todas aquelas cartas de amor..."

"Vou lhe contar o que de fato aconteceu, e então você saberá por que eles não se casaram", disse Mevlut. "O homem não escreveu as cartas para a mulher de que você está falando, mas para a irmã mais velha dela. Ele fugiu com ela, eles se casaram e foram felizes."

"Ora, Mevlut, por que está reagindo assim?"

"Assim como?"

"Nossa família e toda Duttepe sabe que você escreveu aquelas cartas pensando em Samiha, e não em Rayiha."

"Bah!", fez Mevlut, com um muxoxo. "Você andou espalhando essas mentiras durante anos, tentando criar caso entre mim e Ferhat, e com isso causou a infelicidade de Rayiha. A pobrezinha acreditou..."

"Então, qual é a verdade?"

"A verdade é que..." Por um instante, Mevlut voltou a 1978, ao casamento de Korkut. "A verdade é que eu vi uma garota no casamento. Eu me apaixonei por seus olhos. Escrevi-lhe cartas durante três anos. Toda vez que eu escrevia para ela, punha seu nome no alto da carta."

"Sim, você viu a garota de olhos bonitos... Mas então você nem sabia o nome dela", disse Süleyman, irritando-se. "Por isso eu lhe disse o nome errado."

"Mas você é meu primo, é meu amigo... Por que haveria de fazer isso comigo?"

"Não achei que fosse uma coisa terrível. Quando éramos jovens, não pregávamos peças um no outro o tempo todo?"

"Quer dizer então que não passou de um trote..."

"Não", disse Süleyman. "Vou ser franco: eu também achava que Rayiha era melhor para você e que o faria mais feliz."

"E enquanto a segunda filha não se casasse, eles não entregariam a terceira a ninguém", disse Mevlut. "Você queria Samiha para si."

"É verdade, eu o enganei", disse Süleyman. "Peço perdão. Passaram vinte anos e estou tentando reparar meu erro."

"E por que eu deveria acreditar em você?"

"Ora...", disse Süleyman, com ares de injustiçado. "Desta vez, nada de brincadeiras e nada de mentiras."

"Mas por que eu haveria de confiar em você?"

"Por quê? Porque, quando você queria que eu intercedesse por aquela garota, você tentou me entregar aquele documento que o *muhtar* lhe deu, referente à propriedade de sua casa em Kültepe, aquele que equivalia a um título de propriedade, e eu me recusei a recebê-lo, lembra-se?"

"Sim", disse Mevlut.

"Talvez você me culpe... pelo que aconteceu a Ferhat." Ele não conseguia dizer a palavra "morto". "Mas está enganado... Eu tinha raiva de Ferhat, muita raiva... Mas era só isso. Desejar o pior para alguém, sentir isso no coração é uma coisa, mas chegar a matá-lo ou encomendar sua morte é outra."

"Qual crime você acha pior?", perguntou Mevlut. "No dia do Juízo Final, o Senhor vai nos julgar por nossas intenções ou por nossas ações?"

"Por ambas", disse Süleyman, sem pensar muito no assunto. Mas, ao ver o olhar grave de Mevlut, acrescentou: "Eu posso ter tido maus pensamentos, mas, na prática, nunca fiz nada ruim na vida. Tem muita gente que começa com boas intenções e termina fazendo o mal. Espero que você entenda que o procurei com a melhor das intenções. Sou feliz com Melahat. Quero que você seja feliz com Samiha. Quando a gente é feliz, quer que os outros também sejam. E há ainda o outro lado. Vocês foram feitos um para o outro. Qualquer um que veja de fora sua situação com Samiha haverá de dizer: 'Alguém devia promover a união desses dois!'. Pense no seguinte: você conhece duas pessoas que poderiam ser felizes para sempre. Deixar de ajudá-las a se unir seria um pecado. Estou tentando fazer uma boa ação".

"Eu escrevi aquelas cartas para Rayiha", disse Mevlut resolutamente.

"Se é o que você diz...", respondeu Süleyman.

14. Bairros novos, velhos conhecidos
É igual a isto aqui?

Depois do casamento de Fevziye, uma vez por semana o sr. Sadullah pegava seu Dodge e levava Mevlut a um desses bairros novos e em franco desenvolvimento, que ambos desejavam explorar. Chegando lá, Mevlut retirava do porta-malas seus apetrechos e esquadrinhava as ruas desconhecidas, enquanto o sr. Sadullah vagava pelo bairro e, na maior pachorra, fumava em algum café até Mevlut terminar suas andanças. Às vezes buscava Mevlut em sua casa em Tarlabaşı ou na sede em Mecidiyeköy e iam para a sua casa em Kadırga, para que jantassem juntos e apreciassem a comida de Fevziye. (Mevlut agora tomava vez por outra um copo de *rakı*.) Quando o noticiário da noite estava terminando, Mevlut se aventurava com sua boza na velha Istambul, nas cercanias de Kadırga, Sultanahmet, Kumkapı e Aksaray. O sr. Sadullah conduzia Mevlut não apenas aos bairros situados além dos muros da cidade velha, mas também aos bairros históricos — como Edirnekapı, Balat, Fatih e Karagümrük —, e em três dessas ocasiões Mevlut passou no centro espiritual de Çarşamba para distribuir boza de graça. Ao perceber, porém, que não teria oportunidade de se aproximar do Sagrado Guia, apressou-se em sair e foi ao encontro do sr. Sadullah no café ali perto, sem nada dizer a ele sobre o homem de cabelos brancos e sua escola.

O sr. Sadullah era um velho apreciador de *rakı*, e duas ou três vezes por semana esperava Mevlut com uma mesa cheia de salgadinhos; ele nada tinha contra as tradições sagradas ou a religião, mas, se Mevlut lhe contasse que ia a um centro espiritual e se encontrava regularmente com um guia, o sr. Sadullah poderia desconfiar que ele nutrisse simpatias islamitas e começaria a se sentir incomodado — ou, ainda pior, temeroso. Mevlut receava que o sr. Sadullah ficasse magoado — como acontecera com Ferhat — ao saber que, a despeito de sua amizade florescente e da crescente confiança com que podiam discutir todos os assuntos, Mevlut ainda sentia necessidade de consultar aquele ancião sobre sua vida íntima e suas dúvidas espirituais.

Mevlut notava que sua amizade com o sr. Sadullah era semelhante à que tivera com Ferhat na juventude. Ele gostava de lhe contar coisas que lhe aconteciam na associação, o que ouvia nos noticiários e o que via na TV. E quando o amigo o levava para jantar na casa dele e em seguida o conduzia, em seu Dodge, aos bairros mais afastados, Mevlut sabia que ele o fazia por amizade, curiosidade e desejo de ajudar.

Os bairros extramuros eram chamados de "parte externa da cidade" à época em que Mevlut se mudou para Istambul. Agora, passados trinta e três anos, eles tinham todos o mesmo aspecto: eram coalhados de edifícios altos e feios de seis a oito andares, com janelas enormes, e também de transversais tortuosas, canteiros de obras, outdoors maiores do que os que se viam no centro da cidade, cafés cheios de homens vendo TV, latões de lixo em formato de troles que deixavam o lixo fora do alcance de vira-latas famintos, e assim todos os cantos da cidade pareciam idênticos, com passarelas para pedestres ladeadas por gradis de metal, praças e cemitérios sem árvores, e avenidas — todas iguais e anódinas — onde nunca ninguém comprava boza. Todo bairro tinha sua estátua de Atatürk e uma mesquita no alto da praça principal, toda avenida tinha uma agência do Akbank e do İş Bank, lojas de roupas, uma loja de eletrodomésticos Arçelik, outra que vendia frutos secos, um supermercado Migros, uma movelaria, uma confeitaria, uma farmácia, uma banca de jornais, um restaurante e uma pequena galeria com inúmeras joalherias, vidraçarias, papelarias, lojas de roupas íntimas, casas de câmbio, fotocopiadoras. Mevlut gostava de descobrir as peculiaridades de cada bairro pelos olhos do sr. Sadullah. "Esta região é cheia de gente de Sivas e Elazığ", ele dizia quando voltavam para casa. "O anel viário acabou com este lugarzinho triste, não vale a pena voltar aqui", dizia. "Você viu o imenso e magnífico plátano da rua de trás e a agradável casa de chá que há na frente?", comentava. "Alguns jovens me fizeram parar, queriam saber quem eu era, essa visita já foi o bastante", falava Mevlut. "Aqui tem tantos carros que não sobra lugar para as pessoas", acrescentava. "Parece que toda esta região é dominada por alguma seita religiosa, embora eu não saiba qual — compraram boza de você?", perguntava o sr. Sadullah.

As pessoas raramente compravam. E, se compravam, os moradores desses novos bairros fora da cidade o faziam porque se admiravam de ver alguém vendendo aquele troço de que só tinham ouvido falar de passagem (se é que tinham), porque seus filhos ficavam curiosos ou porque não viam nenhum mal em experimentar. Se voltasse à mesma rua uma semana depois, ninguém o abordaria. Mas a cidade estava crescendo num ritmo tão acelerado, expandia-se e enriquecia com tal determinação que mesmo essas parcas vendas satisfaziam Mevlut, que agora só precisava sustentar a si mesmo.

Por sugestão de Mevlut, certa noite o sr. Sadullah o levou ao bairro de Ghaazi. Mevlut foi à casa onde Ferhat e Samiha passaram os primeiros dez anos de sua vida de casados e que ele visitara uma vez, havia oito anos, com Rayiha e suas filhas. O terreno que Ferhat demarcara com pedras fosforescentes continuava vazio. Depois da morte de Ferhat, tudo passara a ser propriedade de Samiha. Reinava um grande silêncio. Mevlut não gritou "Boo-zaa". Por ali ninguém compraria.

Certa noite eles estavam em outro bairro distante quando alguém de um dos andares inferiores de um edifício alto (de catorze andares!) chamou-o e lhe pediu que subisse. Um homem, a esposa e seus dois filhos de óculos observaram atentamente Mevlut encher quatro copos de boza na cozinha. Observaram-no jogar grão-de-bico torrado e canela. Os dois meninos se apressaram a tomar um gole.

Quando Mevlut já estava de saída, a senhora tirou uma garrafa de plástico da geladeira. "É igual a isto aqui?", ela perguntou.

Aquela era a primeira vez que Mevlut via uma garrafa de boza comercializada por uma empresa grande. Seis meses antes, um velho ambulante prestes a se aposentar lhe havia contado que uma das antigas fábricas de boza que estavam à beira da falência fora comprada por um fabricante de biscoitos que pretendia engarrafar a bebida e distribuí-la por meio de uma rede de mercearias, mas Mevlut nem considerou tal possibilidade. "Ninguém iria comprar boza numa mercearia", ele retrucou, assim como fizera seu pai, trinta anos antes: "Ninguém iria comprar iogurte numa mercearia", e logo depois se viu sem trabalho. Mevlut não se conteve: "Posso experimentar?".

A mãe das crianças pôs um pouco da boza engarrafada num copo. Sob os olhos de toda a família, Mevlut tomou um gole e fez uma careta. "Não é boa", ele disse, sorrindo. "Já azedou, não presta mais. Vocês não deviam comprar isso."

"Mas é feito numa fábrica, por máquinas", disse o menino mais velho, de óculos. "Você prepara a sua boza em casa, com as próprias mãos?"

Mevlut não respondeu. Ficou tão perturbado que no caminho de volta nem comentou com o sr. Sadullah.

"Qual é o problema, mestre?", disse o sr. Sadullah. Seu "mestre" era sempre irônico (Mevlut sabia disso), mas às vezes ele usava o vocativo com genuíno respeito pelo talento e pela persistência de Mevlut (e então Mevlut fingia não ter notado).

"Não importa, essa gente não sabe o que faz. Aliás, ouvi dizer que amanhã vai chover", disse Mevlut, mudando de assunto. O sr. Sadullah podia discorrer com graça e de forma instrutiva mesmo sobre questões meteorológicas. Mevlut gostava de ouvi-lo e punha-se a divagar no banco da frente do Dodge, contemplando centenas, milhares de luzes brilhando nos carros e nas janelas; as profundezas da noite negra e aveludada de Istambul; os minaretes tingidos de luzes de neon. Mevlut costumava dar duro, andando na lama e sob a chuva, de um lado para outro, por aquelas mesmas ruas, e agora eles deslizavam velozes, sem o menor esforço. Também a vida passava da mesma maneira, acelerando nas veredas do tempo e do destino.

Mevlut sabia que as horas que estava na casa do sr. Sadullah eram as melhores de toda a semana. Ele não queria levar problemas e complicações daquela outra vida para a casa em Kadırga. Observava que o bebê no ventre de Fevziye crescia a cada semana, tal como acontecera com os bebês que Rayiha gestara. Ficou muito surpreso quando soube que seria um menino — a despeito da confirmação do exame de ultrassom, Mevlut tinha certeza de que teria uma neta e se perguntava se o nome de Rayiha seria adequado. Durante todo o verão, depois do nascimento do bebê, em maio de 2002, ele passou muitas horas brincando com o pequeno İbrahim (nome do avô paterno de Mevlut, o fabricante de sapatos), ajudando a filha a trocar as fraldas (sempre olhava o minúsculo pênis do neto com grande orgulho) e fazer a comidinha do bebê.

Ele queria que Fevziye fosse feliz (ela era muito parecida com Rayiha). Incomodava-o ver quando pediam a ela que preparasse a mesa para uma noitada de bebidas (pois dera à luz havia pouco) e ela o fazia sem reclamar, sempre de olho no bebê no outro cômodo. Mas no passado não se esperava de Rayiha o mesmo? E ela sempre dava um jeito de fazer. Fevziye saíra da casa do pai e se mudara para a casa do sr. Sadullah para acabar fazendo as mesmas coisas que fazia antes. Mas pelo menos aquela casa também era de Mevlut. O sr. Sadullah sempre repetia.

Certo dia eles estavam a sós, e Mevlut, vendo a filha olhar pensativa a ameixeira do quintal da casa vizinha, disse: "São gente boa... Você é feliz, minha filha?".

Um velho relógio tiquetaqueava na parede. Fevziye limitou-se a sorrir, como se seu pai tivesse feito uma afirmação e não uma pergunta.

Na visita seguinte à casa em Kadırga, Mevlut teve a mesma sensação de proximidade e compreensão entre ambos. Queria perguntar mais sobre a felicidade dela, mas então uma frase completamente diferente lhe saiu da boca.

"Eu me sinto tão, tão sozinho", disse.

"Tia Samiha também está sozinha", disse Fevziye.

Mevlut contou sobre a visita de Süleyman e a longa conversa que tiveram. Nunca lhe havia falado das cartas (teriam sido elas dirigidas à mãe dela ou à sua tia?), mas de todo modo ele estava certo de que Samiha contara tudo às meninas. (O que teriam pensado ao saber que o pai na verdade cortejava a tia delas?) Mevlut ficou aliviado porque Fevziye não insistiu nos detalhes de como Süleyman o enganara, tantos anos atrás. Como de tempos em tempos a filha precisava ir até o aposento vizinho para ver İbrahim, Mevlut levou um bom tempo para contar a história toda.

"Afinal, o que você disse a Süleyman?", perguntou Fevziye.

"Que escrevi as cartas para sua mãe", respondeu Mevlut. "Mas andei pensando sobre isso e agora me pergunto se sua tia não teria ficado incomodada."

"Não, pai, ela nunca ficaria zangada com você por dizer a verdade. Ela entende."

"Bem, de todo modo, se você a vir...", disse Mevlut. "Diga-lhe que seu pai lhe pede desculpas."

"Pode deixar...", disse Fevziye com uma expressão que dava a entender que aquilo não era uma mera questão de desculpas.

Samiha perdoara Fevziye por ter fugido sem consultá-la antes. Mevlut sabia que ela às vezes ia a Kadırga para ver o bebê. Pai e filha não voltaram a tocar no assunto naquele dia, nem na visita seguinte de Mevlut, três dias depois. A presteza com que Fevziye se dispusera a servir de mediadora encheu-o de esperança, mas ele não queria forçar demais as coisas e terminar cometendo algum erro.

Mevlut também estava feliz na associação de migrantes. Gostava de reencontrar vendedores de iogurte e outros ambulantes de sua geração, e também os ex-colegas de escola. Mesmo as pessoas de aldeias mais pobres, de que Mevlut pouco ouvia falar (Nohut, Yören, Çiftekavaklar), a uns seis quilômetros de Cennetpınar, começavam a aparecer, desejosos de afixar anúncios de suas aldeias nos quadros de avisos, com a permissão de Mevlut. (Era sua função ordenar nos quadros os horários das empresas de ônibus, os anúncios de circuncisão e de casamentos, as fotografias das aldeias.) Um maior número de pessoas fazia reservas para cerimônias em que se tatuavam com hena as mãos e os pés da noiva, para festinhas de noivado (a sede da associação era pequena para festas de casamento), para encontros ao redor de um prato de *manti*, para a leitura do Alcorão e para o jantar de quebra do jejum no Ramadã. Sob a liderança de alguns homens abastados de Göçük, outros começaram a se envolver mais nas atividades da associação e a pagar pontualmente as mensalidades.

Os membros mais ricos eram os legendários Irmãos Concreto, Abdullah e Nurullah, de İmrenler. Embora não aparecessem muito, faziam grandes doações em dinheiro. Korkut contou que conseguiram mandar os filhos estudar nos Estados Unidos. A maior parte do dinheiro ganho com o fornecimento de iogurte para cafés e restaurantes de Beyoğlu foi investida em terrenos, e agora estavam podres de ricos.

Entre outros que investiram o dinheiro do iogurte na compra de terras, havia duas famílias de Çiftekavaklar que aprenderam tudo sobre o negócio da construção simplesmente edificando as próprias casas, às quais pouco a pouco foram acrescentando novos andares, até que bem depressa fizeram fortuna erguendo casas para novos migrantes, que eles conheciam da aldeia, em terrenos que haviam cercado em Duttepe, Kültepe e muitos outros. Muitos migrantes de outras aldeias dos arredores chegaram a Istambul e começaram a trabalhar como simples operários nessas construções, e terminaram por se tornar pedreiros assentadores, construtores autorizados, porteiros e vigias. Alguns colegas de Mevlut que abandonaram a escola para trabalhar como aprendizes agora eram mecânicos e mestres ferreiros. Não eram ricos, mas estavam bem de vida, melhor do que ele. A maior prioridade deles era dar aos filhos uma boa educação.

Mais da metade das pessoas que moravam em Duttepe quando Mevlut era criança tinham se mudado para bairros distantes e raramente apareciam na associação; às vezes, quando conseguiam carona, iam assistir às partidas de futebol ou participar dos piqueniques. (O menino que Mevlut costumava ver percorrendo as ruas com o pai dono de ferro-velho era de Höyük e continuava muito pobre, e Mevlut ainda não sabia seu nome.) Alguns envelheceram prematuramente, ganharam peso, ficaram inchados e encurvados, perderam os cabelos, e suas fisionomias tinham se transformado de tal modo que Mevlut não os reconhecia, e então eles se apresentavam, meio embaraçados. Ele sabia que aquelas pessoas, em sua maioria, não eram mais ricas do que ele, mas percebia que eram mais felizes — suas mulheres ainda estavam vivas. Se ao menos pudesse casar novamente, quem sabe viesse a ser mais feliz do que eles.

Em sua visita seguinte a Kadırga, assim que viu a filha, Mevlut notou que ela tinha uma notícia para lhe dar. Fevziye encontrara a tia. Samiha não sabia que Süleyman procurara Mevlut três semanas antes. Por isso, quando ela lhe disse que seu pai pedia desculpas, a tia não tinha ideia do que se tratava. Tão logo ela entendeu, ficou irritada com Mevlut e com Fevziye. Samiha nunca haveria de pedir ajuda a Süleyman, e aquele assunto nem lhe tinha passado pela cabeça antes.

Mevlut viu preocupação e ansiedade no rosto da filha, a mediadora. "Cometemos um erro", ele disse, com um suspiro.

"Sim", ela aquiesceu.

Eles passaram muito tempo sem tocar no assunto. Quando estava tentando imaginar o que fazer em seguida, Mevlut começou a admitir para si mesmo que "lar" era outra questão premente. Assim como se sentia sozinho na casa de Tarlabaşı, sentia-se um estranho no bairro em que vivera nos últimos vinte e quatro anos. As ruas estavam se transformando num território desconhecido, ele sabia que seu futuro não estava em Tarlabaşı.

Na década de 1980, quando a avenida Tarlabaşı estava sendo aberta, Mevlut ouvira falar desse bairro — de ruas tortuosas e estreitas, edifícios centenários de tijolos prestes a vir abaixo — como um lugar de importância histórica e potencialmente de grande valor, mas nunca acreditou. À época, apenas um punhado de arquitetos e estudantes de esquerda diziam essas coisas, em protesto contra a abertura da nova estrada de seis pistas. Mas os políticos e empreiteiros logo assumiram esse ponto de vista: Tarlabaşı era uma joia preciosa que devia ser preservada. Correu o boato de que hotéis, centros comerciais e arranha-céus iam ser construídos na área.

Mevlut sempre achou que aquele bairro não era adequado para ele, mas nos últimos anos esse sentimento se intensificou. Depois do casamento das filhas, ele se vira apartado do universo feminino do bairro. Os velhos carpinteiros, ferreiros, mecânicos e lojistas treinados pelos armênios e pelos gregos tinham ido embora, da mesma forma que os trabalhadores prontos a aceitar o que fosse para sobreviver, e agora os sírios também tinham saído, substituídos por traficantes de drogas, imigrantes que ocupavam apartamentos abandonados, gente sem teto, bandidos e proxenetas. Sempre que ia para outro canto da cidade, as pessoas lhe perguntavam como ele podia viver em Tarlabaşı. "Os delinquentes estão todos na parte alta, do lado de Beyoğlu", ele dizia. Uma noite um jovem bem vestido o parou e lhe perguntou nervosa e freneticamente: "Tio, o senhor tem doce?". Todo mundo sabia que "doce" era gíria para "drogas". Agora, com um rápido olhar Mevlut identificava os traficantes que procuravam sua rua para se esquivar das batidas da polícia, que escondiam seus produtos sob as calotas dos automóveis para não serem flagrados de posse deles. E sempre reconhecia os travestis musculosos e de peruca que trabalhavam nos bordéis próximos a Beyoğlu.

Em Tarlabaşı e Beyoğlu, esse tipo de negócio extremamente lucrativo que é a droga sempre estivera nas mãos do crime organizado, mas agora surgiam gangues com elementos provindos de Mardin e Diyarbakır que se matavam pelo controle do mercado. Mevlut desconfiava que Ferhat fora vítima de uma dessas disputas. Certa vez ele vira Cezmi de Cizre, o mais famoso desses mafiosos e bandidos, atravessando o bairro numa espécie de procissão de vitória, rodeado de capangas e de uma barulhenta multidão de crianças aterrorizadas.

Todos aqueles recém-chegados que penduravam cuecas e camisas entre os edifícios, transformando o bairro numa grande lavanderia, faziam Mevlut sentir que já não pertencia àquele lugar. Nunca vira tantas barracas em Tarlabaşı, e ele não gostava daqueles novos vendedores. Também desconfiava que aqueles tipos meio delinquentes — pretensos "proprietários" (que mudavam a cada cinco ou seis anos) — podiam desaparecer da noite para o dia, deixando o controle do prédio nas mãos de corretores imobiliários, especuladores, empreiteiros ansiosos por construir hotéis, ou entregando para outra gangue, como acontecera em outras localidades nos dois últimos anos. Ou faziam isso ou logo se veriam incapazes de dar conta dos aumentos dos aluguéis. Depois de ser ignorado por tantos anos, o bairro inteiro parecia ter se tornado um ímã para toda a miséria e o apetite destrutivo que a cidade podia reunir. Havia uma família iraniana que se instalara num apartamento do segundo andar, dois edifícios adiante do seu; eles alugaram o imóvel para ter onde ficar enquanto esperavam que o consulado americano lhes desse os vistos de que precisavam para emigrar definitivamente para os Estados Unidos. Quando todo mundo entrou em pânico e correu para as ruas na noite do terremoto, três anos antes, Mevlut se espantou ao ver que quase vinte pessoas moravam no minúsculo apartamento dos iranianos. Agora já estava se acostumando à ideia de que Tarlabaşı era uma espécie de escala temporária num sem-fim de trajetos mais longos.

Se saísse dali, para onde iria? Pensou muito sobre o assunto, apoiando-se tanto na lógica quanto em seus sonhos e impressões. Se alugasse um apartamento em Kadırga, bairro em que morava o sr. Sadullah, ficaria mais perto de Fevziye e não ia se sentir sozinho o tempo todo. Será que Samiha se disporia a morar num lugar como aquele? De todo modo, ninguém pediu a ela que fosse. Além disso, os aluguéis eram altos demais e ficava muito longe de seu emprego, em Mecidiyeköy. E um local mais perto do trabalho? A solução era, naturalmente, a casa em Kültepe, onde ele passara a infância com o pai. Pela primeira vez pensou em recorrer a Süleyman para ajudá-lo a tirar o inquilino da casa. De vez em quando ele se imaginava vivendo lá com Samiha.

Foi então que aconteceu uma coisa que deixou Mevlut tão feliz que ele se sentiu encorajado a procurar Samiha.

Quando criança, Mevlut pouco jogara futebol — na verdade, não gostava desse esporte e tampouco jogava bem. Quando chutava, a bola raramente ia para onde ele mirava, e ele nunca era escolhido para participar de time nenhum. Em seus primeiros anos em Istambul, nunca tivera tempo, nem vontade, nem um segundo par de sapatos de que precisaria para se juntar aos jovens que jogavam nas ruas e em terrenos baldios, e só assistia às partidas na TV porque todo mundo via. Por isso, quando foi às finais do torneio da associação dos migrantes — que Korkut achava fundamental para unir todas as aldeias —, só o fez porque todo mundo estaria lá.

Havia arquibancadas para espectadores de ambos os lados do campo cercado por um alambrado. Ele se sentiu tão contente como se tivesse ido a um casamento onde estariam todos os seus amigos, mas ainda assim sentou-se a um canto afastado.

A disputa era entre as aldeias de Gümüşdere e Çiftekavaklar. Os jovens desta última estavam levando o jogo muito a sério, e ainda que alguns jogadores estivessem de calças, pelo menos as camisetas eram da mesma cor. A maioria dos jogadores da equipe de Gümüşdere, composta de adultos, vestia roupas caseiras. Mevlut reconheceu um vendedor de iogurte corcunda e pançudo, aposentado, da geração de seu pai (toda vez que ele chutava, metade da multidão das arquibancadas ria e aplaudia), e seu filho, que parecia disposto a exibir suas habilidades; Mevlut já os tinha visto nas ruas de Duttepe e em todos os casamentos a que eles compareceram (de Korkut, de Süleyman e de muitos outros amigos, e também dos filhos e netos destes). Assim como Mevlut, o filho do homem também viera para Istambul trinta e cinco anos antes, para vender iogurte e continuar os estudos (ele conseguira concluir o colegial); agora tinha duas pequenas caminhonetes, com as quais distribuía azeitonas e queijo para mercearias, e dois filhos e duas filhas que aplaudiam o pai das arquibancadas, e uma mulher de cabelo oxigenado sob o véu, que se levantava o tempo todo no meio do jogo e levava um pano ao marido para ele enxugar o suor da testa (e possuía também, como Mevlut viu depois da partida, um Murat último modelo, em que cabiam os seis).

Não foi difícil para Mevlut entender por que esses campos com grama artificial, iluminados à noite por refletores, tinham se multiplicado como cogumelos em toda a cidade, surgindo em cada terreno baldio, estacionamento de carros ou terreno sem dono: alguns aplausos talvez fossem forçados, mas não havia dúvida de que aqueles jogos eram muito apreciados. A multidão gostava de fingir que estava num jogo de futebol de verdade, como os que passavam na TV. Exatamente como na TV, toda vez que um jogador cometia uma falta, eles gritavam para o juiz pedindo que o expulsasse ou marcasse pênalti contra o time dele. As pessoas gritavam e se abraçavam a cada gol, e a equipe que marcara passava um bom tempo em comemorações teatrais, iguais às que os times de verdade faziam. Durante todo o jogo, as arquibancadas incentivavam e gritavam os nomes de seus ídolos.

Mevlut, também concentrado na partida, de repente se surpreendeu ao ouvir seu nome: aquelas pessoas todas viram o homem que gerenciava a sede da associação e lhes servia chá, e começaram a bater palmas e a cantar: "Mevlut… Mevlut… Mevlut…". Ele se levantou para agradecer com alguns gestos desajeitados e fez uma pequena mesura como vira jogadores de futebol de verdade fazerem na TV. "Vivaaa!", a multidão gritou. Os gritos de "Mevlut!" continuaram um pouco mais. O aplauso foi ensurdecedor. Ele se sentou emocionado, à beira das lágrimas.

15. Mevlut e Samiha
Eu escrevi as cartas para você

Mevlut se sentiu alegre e otimista ao perceber sua popularidade na associação, durante a partida de futebol. Quando foi visitar Fevziye, mostrou-se mais determinado.

"Eu deveria ir a Duttepe para falar com sua tia pessoalmente. Tenho de lhe pedir desculpas por tê-la magoado por causa da estupidez de Süleyman. Mas não posso fazer isso na casa do meu tio. Ela nunca sai de casa?"

Fevziye lhe disse que às vezes ela ia às lojas em Duttepe por volta do meio-dia.

"Será que estamos agindo corretamente?", disse Mevlut. "Devo falar com ela? Você quer que eu fale?"

"Sim, fale, vai ser bom."

"Não seria um desrespeito à memória de sua mãe, não é?"

"Pai, você não pode continuar sozinho", disse Fevziye.

Mevlut começou a frequentar Duttepe, indo à mesquita de Hadji Hamit Vural para fazer suas orações do meio-dia. Salvo às sextas-feiras, havia bem poucos jovens. Em geral viam-se homens da geração de seu pai — ambulantes aposentados, mestres de obras, mecânicos —, que chegavam bem antes do meio-dia e depois iam juntos ao café que ficava na galeria sob a mesquita. Alguns tinham barba, andavam com bengala e usavam gorros verdes. Mevlut só escolhera aquela mesquita para ter a chance de, depois das orações, se deparar com Samiha em alguma loja. Não conseguia rezar com o coração, sua mente estava atenta aos sussurros daqueles anciãos, ao silêncio no ambiente, ao mau estado dos tapetes. O que significava um fiel tão confiante no poder e na graça de Deus, e tão necessitado de buscar consolo n'Ele, não conseguir nem orar com sinceridade? Se alguém não era sincero consigo mesmo na presença de Deus, apesar da pureza de coração e de intenções, o que deveria fazer? Ele pensou em colocar essas perguntas ao Sagrado Guia e chegou a imaginar as respostas que decerto ouviria.

"Deus sabe quem você é realmente", o Sagrado Guia responderia, diante de todos. "Como você sabe que Ele sabe, você deseja ser o mesmo, tanto por dentro quanto por fora."

Depois das orações, ele se punha a vagar pela praça onde, trinta anos antes, haviam surgido os primeiros cafés do bairro, um brechó, uma mercearia e um ponto de ônibus. Aquela área não diferia em nada de todas as outras da cidade. Era concreto por toda parte, outdoors, bancos e casas de kebab. Àquela altura, Mevlut já fora a Duttepe três vezes e ainda não cruzara com Samiha. Já estava pensando em como dizer isso a Fevziye, quando certo dia a viu diante da padaria da família Vural.

Ele parou, deu meia-volta e correu à galeria sob a mesquita. Não, ele estava enganado. Aquela mulher não era para ele.

Mevlut se dirigiu ao café no fim da galeria, onde todo mundo estava vendo TV, e foi embora tão depressa quanto entrou. Se subisse as escadas, saísse pela porta de trás e atravessasse o pátio, chegaria à associação sem que Samiha o visse.

Uma profunda tristeza o invadiu. Será que passaria o resto da vida sozinho? De todo modo, ele não queria voltar. Então subiu as escadas para ir embora.

Quando entrou no pátio da mesquita de Hamit Vural, viu-se face a face com Samiha. Por um instante, eles apenas se entreolharam, a meio metro um do outro, como no casamento de Korkut. Aqueles olhos eram os mesmos que Mevlut vira naquela ocasião e para os quais escrevera as cartas, a razão pela qual ele estudara todos aqueles manuais e dicionários. Ele se sentia próximo da imagem de Samiha, mas, encontrando-se com ela pessoalmente, ela parecia uma desconhecida.

"Mevlut, por que não vem nos visitar quando está por aqui, ou pelo menos nos informa que está por perto?", ela disse, atrevida.

"Da próxima vez eu vou", respondeu Mevlut. "Escute, vá à Confeitaria Palace amanhã ao meio-dia."

"Por quê?"

"Não podemos conversar aqui, diante de todos... as pessoas comentam, não?"

"Entendo."

Eles se despediram meio sem jeito, a uma boa distância, mas o semblante de ambos traía a satisfação por terem conseguido marcar um encontro. Na medida em que Mevlut não dissesse nada inapropriado, nem fizesse nada inadequado, o encontro correria bem. Ele já vira muitos casais casados conversando enquanto comiam na confeitaria. Pensariam que eles eram marido e mulher. Não havia com que se preocupar.

Ainda assim, ele não conseguiu dormir à noite. Samiha continuava bonita, mesmo agora aos trinta e seis anos, mas Mevlut sentia como se não a conhecesse. Ele tinha tido pouco contato com a cunhada ao longo da vida — salvo por algumas visitas ocasionais, os olhares que eles trocaram pelo espelho da Cunhados (onde Mevlut sempre ficava de costas para ela) e seus encontros em casamentos e festas religiosas — e sabia que nunca mais ficaria tão próximo de alguém como ficara de Rayiha. Ele e Rayiha viveram como unha e carne por treze anos. Mesmo quando estavam longe um do outro, continuavam juntos. Esse tipo de intimidade só é possível numa paixão juvenil. Então, por que encontrar Samiha no dia seguinte?

De manhã ele se barbeou com cuidado. Vestiu sua camisa branca mais nova e seu melhor casaco. Às quinze para o meio-dia entrou na confeitaria, um grande salão situado na praça Şişli, logo depois do ponto de ônibus, perto do conjunto de prédios que abrigava a mesquita, a prefeitura de Şişli e o Palácio da Justiça. Além de galinha desfiada ao molho branco e sobremesas, eles serviam café da manhã e ovos fritos, sopa de lentilhas, massas com recheio de queijo, arroz com tomates e, mais importante, kebabs. Os moradores de Kültepe, Duttepe e das cercanias — homens, mulheres e crianças — entravam lá enquanto esperavam o ônibus, ou então faziam o que tinham de fazer em Şişli e ficavam por lá, batendo papo, contemplando a fotografia de Atatürk na parede ou a própria imagem refletida no espelho. Como a multidão da hora do almoço ainda não tinha chegado, Mevlut conseguiu uma mesa de canto, como queria. De onde estava tinha uma perfeita visão do recinto — a correria dos garçons, os movimentos do caixa —, e ele começou a ficar nervoso ante a perspectiva de ver Samiha cruzar a porta.

De repente Mevlut a viu diante dele. Ele corou e derrubou a garrafa de água, mas conseguiu controlar a situação e só algumas gotas derramaram. Os dois riram e pediram kebab com arroz.

Eles nunca haviam se sentado um diante do outro de maneira tão formal. Pela primeira vez Mevlut poderia olhar diretamente nos olhos de Samiha por quanto tempo quisesse. Ela tirou um cigarro da bolsa, acendeu-o e soprou a fumaça para a direita. Ele a imaginava fumando e talvez bebendo em seu quarto, mas não num restaurante e na companhia de um homem. Ele sentiu a cabeça rodar, e ao mesmo tempo pensou se aquilo poderia envenenar o relacionamento deles. Rayiha nunca faria uma coisa dessas.

Mevlut falou sobre a visita de Süleyman, sobre o recado que lhe enviou por intermédio de Fevziye, depois se desculpou pelo mal-entendido. Mais uma vez o primo metera o nariz onde não era chamado, causando problemas com suas asneiras...

"Não foi bem assim", disse Samiha. Ela falou que Süleyman era estúpido e mal-intencionado, chegou a mencionar o assassinato de Ferhat. Mevlut entendia o ódio dela, ele disse, mas talvez já fosse a hora de deixar tudo isso para trás.

Esse comentário irritou Samiha ainda mais. Enquanto comia, de vez em quando ela descansava os talheres para acender um cigarro. Mevlut nunca imaginou que ela fosse tão irritável e nervosa. Então compreendeu que ela ficaria feliz se eles se unissem para dar o troco a Süleyman.

"Você não me reconheceu ao me ver no final da sua festa de casamento, ou apenas fingiu?", perguntou Samiha.

"Eu fingi para que Rayiha não ficasse transtornada", disse Mevlut, evocando o casamento de vinte anos antes. Ele não sabia ao certo se Samiha tinha acreditado naquela mentira ou não. Ficaram em silêncio por algum tempo, comendo e ouvindo o burburinho da confeitaria que se enchia.

Samiha perguntou: "Você escreveu as cartas para mim ou para minha irmã?"

"Eu escrevi as cartas para você", disse Mevlut.

Ele pensou ter notado um lampejo de satisfação no rosto dela. Ficaram calados por um bom tempo. Samiha continuava tensa, mas Mevlut percebeu que já tinham avançado bastante naquele encontro e dito tudo o que precisavam dizer, e pôs-se a falar vagamente sobre envelhecimento, solidão e a importância de ter alguém na vida.

Samiha ouvia com atenção, mas de repente o interrompeu. "Você escreveu as cartas para mim, mas durante anos você disse a todo mundo: 'Eu as escrevi para Rayiha'. Todos fingiam acreditar nisso, embora soubessem que as cartas eram dirigidas a mim. Agora eles vão fingir acreditar quando você disser que as escreveu para mim."

"Eu as escrevi para você", disse Mevlut. "Nós nos vimos no casamento de Korkut. Escrevi a você sobre seus olhos ao longo de três anos. Süleyman me enganou, e foi por isso que botei o nome de Rayiha, e não o seu. Mas então eu fui feliz com Rayiha, você sabe disso. Agora nós dois também podemos ser felizes juntos."

"Pouco me importa o que as pessoas pensem... Mas eu gostaria de ouvir você dizer mais uma vez, com toda sinceridade, que escreveu as cartas para mim", disse Samiha. "Senão não me caso com você."

"Eu escrevi as cartas para você, e as escrevi com amor", disse Mevlut. Mesmo quando dizia essas palavras, ele pensou em como era difícil falar a verdade e ao mesmo tempo parecer sincero.

16. Lar

Estávamos fazendo as coisas com cuidado

SAMIHA. A casa era uma *gecekondu* velha. Mevlut não fizera nenhuma benfeitoria desde que, em criança, lá morara com o pai. Ele me falou disso longamente durante nosso segundo encontro, na mesma confeitaria. Quando falava da casa, que eu ainda não conhecia, ele a chamava de "lar", igual seu pai.

Foi nesse segundo encontro na confeitaria que resolvemos nos casar e morar na casa de Mevlut em Kültepe. Para mim teria sido difícil despejar os inquilinos de Çukurcuma e, além disso, precisávamos do dinheiro do aluguel. De repente, tudo parecia girar em torno da casa. De vez em quando ele me dizia palavras ternas, mas vocês não precisam saber disso em detalhes. Ambos amávamos muito Rayiha. Nós estávamos fazendo as coisas com cuidado e sem pressa.

Enquanto não tivéssemos de pagar aluguel, a renda mensal das duas casas de Çukurcuma que herdei de Ferhat seria mais do que suficiente para nosso sustento. Mevlut também tinha sua renda. Esse foi outro ponto que discutimos, dessa vez diante de um prato de arroz com galinha. Ele estava tranquilo e decidido, embora vez por outra se mostrasse tímido. Mas eu não via isso como um defeito; ao contrário, gostava.

Fevziye foi a primeira a saber que tínhamos nos visto. O marido dela e o sr. Sadullah souberam antes da família Aktaş; o sr. Sadullah nos levou, a mim, Mevlut e Fevziye, com İbrahim no colo, a um passeio ao longo do Bósforo. Na volta, algumas pessoas pensaram que éramos lotação e fizeram sinais para nós da calçada ou pularam na frente do carro para nos fazer parar. A cada vez, Mevlut gritava alegremente do banco da frente: "Não está vendo que está lotado?".

Mevlut queria ligar para Süleyman imediatamente e lhe pedir que tirasse o inquilino de sua casa de Kültepe, mas, como eu mesma queria dar a notícia aos nossos parentes de Duttepe, pedi-lhe que esperasse. Vediha ficou muito satisfeita — minha querida irmã me deu um abraço forte e me beijou. Mas logo depois me deixou com raiva ao dizer que todo mundo esperava que isso acontecesse. Preferiria casar com Mevlut contra o desejo de todo mundo, e não por ser o desejo de todos.

Ele queria visitar a família Aktaş e dar a notícia pessoalmente aos primos. Eu disse que a visita poderia parecer solene, uma espécie de cerimonial, e que Süleyman e Korkut poderiam achar que estávamos pedindo a permissão deles, e isso iria me irritar.

"E daí?", disse Mevlut ao ouvir minhas preocupações. "Que eles pensem o que quiserem. Nós cuidamos apenas da nossa vida."

Mevlut ligou para Süleyman e lhe deu a notícia, mas ele já a ouvira de Vediha. O inquilino idoso de Rize que morava na casa de Mevlut se recusou a sair de imediato. Süleyman falou com um advogado que lhe disse que, se quisessem resolver o caso na Justiça, poderiam se passar anos até que conseguissem tirar, de uma casa sem título de propriedade, um inquilino que morava sem contrato de locação. Então o filho mais velho da família Vural mandou um de seus homens — conhecido por seus métodos cruéis e implacáveis — falar com o inquilino, e assim o velho assinou um documento se comprometendo a sair dentro de três meses. Ao ouvir que o casamento ocorreria três meses depois do que planejara, Mevlut se mostrou impaciente mas aliviado. Tudo estava indo depressa demais. Ele temia que a coisa toda pudesse parecer desonrosa, e às vezes se pegava pensando que, quando soubessem de seu casamento, as pessoas diriam "Pobre Rayiha", com um ar de reprovação. E as fofocas fatalmente não se limitariam a reprová-lo: remontariam à velha história, quase esquecida depois da morte de Rayiha: "O homem escreveu para a irmã mais nova, mas terminou casando com a mais velha".

Quando Samiha, em tom ponderado e resoluto, falou em casar imediatamente, Mevlut entendeu que eles não iriam a cafés, ao cinema e nem mesmo almoçar num restaurante decente antes da cerimônia. E só quando percebeu seu desapontamento foi que se deu conta de que andara alimentando aquelas fantasias em algum canto da mente. Ao mesmo tempo, todas as negociações relativas ao casamento, as precauções que tinham de tomar para evitar as fofocas, sua insegurança em relação às atitudes que se esperavam dele, a incerteza de quanto poderia gastar e que mentiras podia dizer sem ser flagrado, tudo isso era tão exaustivo que Mevlut começou a achar que casamentos arranjados eram uma verdadeira bênção.

Ele só via Samiha a cada duas semanas, quando ela ia à casa do sr. Sadullah à tarde. Os dois não conversavam muito. Apesar dos esforços de sua filha para aproximá-los, ele percebia que não teria familiaridade com Samiha enquanto não se casassem.

Em setembro de 2002, o inquilino desocupou a casa de Kültepe e Mevlut se alegrou com a oportunidade de se aproximar de Samiha. Ela tomou a estrada estreita e tortuosa de Duttepe para Kültepe, e dali eles foram ver a casa onde ele passara a infância.

A *gecekondu* de um cômodo, que ele lhe descrevera com tanto carinho em seu encontro na confeitaria, era praticamente uma ruína. O chão de terra batida, como trinta anos antes. A privada anexa, um buraco no chão. O barulho dos caminhões que trafegavam no anel viário à noite. Um fogão elétrico ao lado do velho fogão à lenha. (Mevlut não localizou a gambiarra, mas sabia, por sua experiência em bairros como Kültepe, que alguém só compraria um fogão elétrico se pudesse desviar a eletricidade.) A mesa bamba com a perna curta na qual se sentava quando criança temendo demônios, o estrado de madeira. As panelas em que fazia sopa trinta anos antes, a cafeteira. Exatamente como ele e seu pai, os inquilinos não haviam comprado nada para a casa em todos aqueles anos.

Não obstante, o mundo em volta da casa mudara por completo. A colina, outrora ocupada só em parte, estava agora coberta de edifícios de concreto de três e quatro andares. As ruas de terra — algumas das quais eram novas em 1969 — estavam todas asfaltadas. Algumas das *gecekondu* antigas tinham sido substituídas por edifícios de escritórios, de muitos andares, para advogados, contadores ou arquitetos. Em todos os telhados, antenas parabólicas e cartazes publicitários que alteravam o panorama que Mevlut tinha ao levantar os olhos de suas tarefas escolares do ginásio para olhar pela janela, embora os choupos e os minaretes da mesquita de Hadji Hamit continuassem exatamente os mesmos.

Mevlut usou as últimas economias para ladrilhar o piso de sua *gecekondu* (também ele passara a usar o termo), reformar o telhado e a privada e pintar as paredes. Às vezes Süleyman mandava uma caminhonete da sua empresa para ajudar nessas obras, mas Mevlut não disse nada a Samiha. Ele estava ansioso para se entender com todo mundo e não queria que ninguém desaprovasse seu casamento.

Mevlut achou estranho que Fatma, sua filha que morava em Esmirna, não tivesse se comunicado com ele durante todo o verão, nem aparecera em Istambul uma vez que fosse, mas procurava não pensar no assunto. Quando conversavam sobre os preparativos do casamento, porém, Fevziye não conseguiu mais esconder a verdade: Fatma era contra o casamento do pai com a tia. Ela não viria à cerimônia em Istambul, tampouco falaria ao telefone com o pai e a tia Samiha.

Quando o verão ficou mais quente, Abdurrahman Pescoço-Torto deu um pulo em Istambul e Mevlut foi visitá-lo em Duttepe, onde ele se hospedara no terceiro andar, que também ficara torto devido ao terremoto. Mevlut queria pedir permissão para casar com Samiha e beijar a mão dele, exatamente como fizera vinte anos antes, quando foi à aldeia pedir a mão de Rayiha. Quem sabe Abdurrahman Pescoço-Torto e Samiha, pai e filha, se dispusessem a ir a Esmirna para convencer Fatma a ir ao casamento... Mas Fatma se recusou a receber a visita deles, e Mevlut ficou tão aborrecido que lhe deu vontade de renegá-la. Afinal de contas, ela dera as costas à família.

Ao fim e ao cabo, porém, Mevlut não conseguiu guardar ressentimento contra a filha, porque parte dele concordava com ela. E ele percebia que Samiha também se sentia culpada. Depois de tudo o que fizera para que Fatma entrasse na faculdade, depois de todas as atenções que dispensara à sobrinha após a morte da mãe, Samiha sentia-se tão magoada quanto Mevlut. Ainda assim, quando Mevlut disse: "Vamos nos casar longe de todo mundo", Samiha propôs exatamente o contrário.

"Vamos nos casar perto de Duttepe, vamos deixar que eles venham e vejam com os próprios olhos... Vamos deixar que falem o quanto quiserem...", disse Samiha. "Assim, se cansam mais depressa."

Mevlut admirou a ponderação de Samiha e sua corajosa decisão de usar um vestido branco aos trinta e seis anos de idade. Resolveram se casar na sede da associação, pois ficava perto de Duttepe, facilitando a todos. O recinto não era muito espaçoso, por isso os convidados chegaram, tomaram suas limonadas (e *rakı* que Mevlut providenciou para ser servido às escondidas), deram seus presentes sem se demorar muito na associação quente, úmida e apinhada de gente.

Samiha alugou às suas expensas um vestido branco, que encontrou com Vediha numa loja em Şişli. Durante a festa, Mevlut ficou pensando como ela era estonteante: qualquer homem que se visse diante de tal beldade com certeza lhe escreveria cartas de amor por três anos.

Àquela altura, Süleyman sabia que sua presença incomodava Samiha, e nem ele nem os demais membros da família Aktaş se demoraram muito no casamento. Süleyman estava bêbado quando resolveu ir embora, e chamou Mevlut a um canto.

"Não se esqueça de que arranjei seus dois casamentos, meu amigo", disse ele. "Mas não sei ao certo se fiz bem."

"Fez muitíssimo bem", disse Mevlut.

Depois do casamento, a noiva e o noivo, Fevziye, seu marido e Abdurrahman se aboletaram no Dodge do sr. Sadullah e foram a um restaurante em Büyükdere que servia bebidas alcoólicas. Nem Mevlut nem Samiha, que estava muito feliz em seu vestido de noiva, beberam nada. Quando chegaram em casa, foram para a cama e fizeram amor com as luzes apagadas. Mevlut sempre soube que sexo com Samiha nunca seria desajeitado nem difícil. Os dois estavam mais felizes do que poderiam ter imaginado.

Nos meses que se seguiram, Mevlut olhava pela janela de sua *gecekondu* e, enquanto sua mulher dormia, contemplava pensativamente a mesquita de Hadji Hamit e todas as outras colinas cobertas de blocos de apartamentos, tentando não pensar em Rayiha. Naqueles primeiros tempos de casamento, havia momentos em que ele sentia já ter vivido aquilo antes. Ele não sabia ao certo, porém, se a ilusão era por estar recém-casado depois de tantos anos, ou se tinha algo a ver com o retorno à casa de sua infância.

PARTE VI

QUARTA-FEIRA, 15 DE ABRIL DE 2009

Nada de bom pode resultar de uma negociação feita com a família num dia de chuva.

Paxá Byron, *Desculpas e ironias*

O edifício de doze andares
Você tem direito ao que foi conquistado na cidade

"Lembre-se, você jurou, nada menos que sessenta e dois por cento", disse Samiha ao ver o marido sair de casa. "Não se deixe intimidar por eles."

"Por que eu haveria de me deixar intimidar?", disse Mevlut.

"E também não acredite em Süleyman nem perca a calma. Você está com o título de propriedade?"

"Estou com os documentos do *muhtar*", disse Mevlut, já descendo a colina. O céu estava carregado de nuvens cinzentas. Todos iam se reunir na mercearia do tio Hasan em Duttepe para examinar a situação e partir para a última rodada de negociações. A Vural Holdings, grande empresa construtora da família Vural, estava tirando vantagem de uma série de medidas de reforma urbana para edificar dezesseis grandes blocos de apartamentos no bairro. Eles planejavam construir um edifício de doze andares na área atualmente ocupada pela casa de um cômodo que Mevlut herdara do pai, a mesma em que estava vivendo com Samiha nos últimos sete anos. Assim, Mevlut, como muitos outros, precisava chegar a um acordo com a família Vural. Ficou, porém, retardando e batendo pé em relação aos detalhes finais, e agora Korkut e Süleyman estavam com raiva dele.

Mevlut não assinara o contrato — continuava a morar com Samiha na casa onde passara a infância, ainda que alguns apartamentos a serem construídos no terreno já tivessem sido vendidos. Às vezes Mevlut ia ao quintal e apontava o céu lá no alto, espantando-se com a atitude ridícula daquela gente abastada que pagara adiantado à família Vural por apartamentos que um dia seriam seus "lá em cima". Mas Samiha não achava graça. Mevlut sempre se impressionava pelo realismo de sua segunda mulher.

A maquete do futuro edifício estava exposta nos escritórios da Vural Holdings, no centro comercial, entre Duttepe e Kültepe. Uma mulher loira, de salto alto, expunha aos visitantes as diferentes opções de apartamentos e materiais a serem usados nos banheiros e cozinhas, em seguida fazia uma pausa para discorrer sobre todas as unidades voltadas para o sul, acima do sexto andar, com vista para o Bósforo. Até a ideia de que o Bósforo podia ser visto seis andares acima do quintal de sua casa de quarenta anos bastava para deixar Mevlut estonteado. Antes de sua negociação final com a família Aktaş, ele foi dar uma última olhada na maquete.

Logo que correu a notícia, em 2006, de que Duttepe e Kültepe, assim como outros bairros de Istambul, tinham sido escolhidos para um grande projeto de revitalização e desenvolvimento urbano, e que o governo estava estimulando a construção de edifícios de muitos andares na região, os moradores locais ficaram alvoroçados. Até então, a lei permitia edifícios de três ou quatro andares naquelas colinas; agora, era possível construir edifícios de até doze andares. As pessoas sentiam como se estivessem ganhando montes de dinheiro. A decisão fora tomada em Ancara, mas todos sabiam que a família de Hadji Hamit Vural estava por trás de tudo aquilo, com suas relações estreitas com o Partido da Justiça e do Desenvolvimento (o AKP), além da posse de vastas extensões de terra em Duttepe e Kültepe. Em decorrência disso, o AKP, que estava no governo e já era muito popular naquela área, ganhou ainda mais votos ali. A princípio, mesmo os cínicos que reclamavam de tudo nada disseram.

Os primeiros sinais de descontentamento vieram dos inquilinos da região. Quando correu a notícia de que seria permitido construir edifícios de até doze andares, os aluguéis e o preço dos terrenos subiram vertiginosamente, de tal modo que as pessoas que, nas condições de então, mal conseguiam arcar com as despesas mensais (como o ex-inquilino de Mevlut de Rize), começaram pouco a pouco a deixar as colinas. Esses inquilinos de longa data sentiam exatamente o que Mevlut sentiu quando foi obrigado a se mudar de

Tarlabaşı: não havia futuro para eles naquele lugar onde edifícios altos e vistosos seriam ocupados por gente rica...

A nova lei estipulava que o espaço em que cada edifício de doze andares seria construído deveria ser composto da combinação de lotes pertencentes a sessenta proprietários de casas. No intervalo de um ano, o município indicara e anunciara a localização desses lugares, que dividia Duttepe e Kültepe em áreas distintas. Vizinhos de longa data, que de repente descobriram que um dia estariam morando no mesmo edifício de muitos andares, começaram a se reunir nas casas uns dos outros e, entre chá e cigarros, discutiam a situação e escolhiam, entre seus pares, um representante que tivesse habilidade para negociar com o governo e os empreiteiros — e logo começaram a surgir as primeiras discordâncias. Por insistência de Samiha, Mevlut participou de três dessas reuniões. Junto com os outros homens, logo foi informado sobre o conceito de "renda fundiária" em economia, e como aplicá-lo. Certa vez, ele levantou a mão e contou tudo que seu falecido pai fizera e como lutara para construir a casa em que Mevlut morava. Mas tinha dificuldade em acompanhar as discussões sobre porcentagens e cotas, e encontrava alívio daquela situação incômoda vendendo boza à noite nas ruas desertas.

Segundo a nova lei, os proprietários de terra que quisessem um apartamento num dos novos edifícios, primeiro tinham de vender seus lotes ao empreiteiro. Outras grandes empresas turcas tentaram participar do empreendimento, mas a companhia de Hadji Hamit Vural, que se jactava de ter excelentes relações não apenas com o governo de Ancara, mas também com os bairros, naturalmente levou a melhor. Assim, os proprietários das velhas *gecekondu* da região passaram a visitar os escritórios da Vural Holdings, no centro comercial, para examinar a maquete exposta na vitrine, imaginar o que podiam esperar de seus futuros apartamentos e negociar com o filho mais novo de Hadji Hamit Vural.

Na maioria dos outros edifícios altos espalhados por toda Istambul, a propriedade era dividida meio a meio entre o empreendedor e os proprietários de casas. Se o grupo dos moradores locais conseguia encontrar um representante competente que atuasse em harmonia, às vezes podia aumentar sua cota para cinquenta e cinco por cento, ou até sessenta por cento. Isso, porém, era raro, e o mais habitual era os antigos vizinhos de *gecekondu* perderem suas vantagens coletivas disputando sobre questões como porcentagens e datas de entrega. Mevlut ouviu de Süleyman, que sempre contava essas coisas com um sorriso de entendido, que alguns representantes recebiam propinas de empreiteiros. Em sua qualidade de proprietários de terras e sócios da Vural Holdings, Korkut e Süleyman estavam sempre por dentro das últimas conversas, disputas e negociações.

A maioria das velhas *gecekondu* já se convertera em edifícios de três ou quatro andares, e seus proprietários podiam negociar em condições vantajosas com o Estado e o empreiteiro, desde que possuíssem um título de propriedade oficial. Mas aqueles como Mevlut, cujo direito de propriedade era representado apenas por um documento de quarenta anos atrás emitido pelo *muhtar*, e cujas casas tinham apenas um cômodo (que eram a maioria em Kültepe), tendiam a ceder se os empreiteiros os ameaçassem: "O governo pode dar um jeito de tomá-la de você, sabe...".

Outro tema controverso era o custo de acomodações temporárias: quando demoliam velhas *gecekondu*, os empreiteiros eram obrigados a arcar com as despesas de acomodação dos desabrigados até que as novas casas estivessem prontas. Alguns teriam assinado contratos estipulando acomodações temporárias por dois anos, e terminavam na rua quando os empreiteiros não construíam as novas casas no prazo. Com tais boatos correndo por toda Istambul, muitos proprietários locais concluíram que provavelmente era mais seguro entrar num acordo com empreiteiros só depois que todos os demais o tivessem feito. Outros protelavam — adiando projetos importantes — na suposição de que ganhariam mais se assinassem por último.

Korkut os detestava e os chamava de "obstrucionistas". Para ele, havia aproveitadores estorvando a vida e o ganha-pão de outras pessoas, para fazer um negócio mais vantajoso ou conseguir mais apartamentos do que aqueles a que tinham direito. Mevlut ouvira histórias dos chamados obstrucionistas que haviam conseguido seis — às vezes até sete — apartamentos nos edifícios de dezesseis ou dezessete andares, enquanto todos os demais receberam apenas dois ou três. Esses negociadores intransigentes normalmente pensavam em vender suas novas unidades logo que tomassem posse delas, quando então se mudariam para outra cidade ou bairro, pois sabiam que não apenas o governo e seus empreiteiros ficariam furiosos com eles pelos atrasos, mas também os amigos e vizinhos, ansiosos por mudar para suas novas residências o mais rápido possível. Mevlut sabia que em Oktepe, Zeytinburnu e Fikirtepe esses obstrucionistas e seus vizinhos tinham saído no tapa, às vezes até a facadas. Dizia-se também que os empreiteiros incitavam essas disputas por baixo do pano. Mevlut se inteirou de toda essa história quando, na última reunião de negociações, Korkut disse: "Você não é melhor do que os obstrucionistas, Mevlut!".

Naquele dia, os escritórios da Vural Holdings no centro comercial estavam vazios. Mevlut participara de muitas reuniões lá, organizadas por proprietários de imóveis ou por empreiteiros. Junto com Samiha, olhara as maquetes de brilho duvidoso, com sacadas de formas estranhas, tentando imaginar o pequeno apartamento do lado norte a que tinha direito. O escritório exibia outras fotografias de edifícios altos que a família Vural tinha construído em Istambul, alguns em colaboração com a holding de Hadji Hamit, uns quarenta anos antes, época de seus primeiros projetos. Era por volta do meio-dia, e estavam vazios mesmo os espaços junto aos meios-fios, onde os potenciais compradores dos bairros melhores da cidade em geral estacionavam os carros nos fins de semana, Depois de ficar algum tempo olhando as vitrines na galeria sob a mesquita de Hadji Hamit Vural, Mevlut começou a subir as ruas estreitas e tortuosas de Duttepe para não chegar atrasado à reunião na mercearia do tio Hasan.

Logo além das primeiras casas ao pé da colina havia um trecho de rua plano, onde outrora havia uma série de alojamentos de madeira malcheirosos para os operários de Hadji Hamit. Quando criança, Mevlut olhava pelas portas abertas e avistava as silhuetas de jovens trabalhadores exaustos e adormecidos, enterrados em seus catres dentro de quartos escuros e bolorentos. Nos três últimos anos, a taxa de desocupação subiu à medida que os inquilinos partiam, contando que, de qualquer modo, todo o bairro logo seria demolido. As estruturas agora abandonadas davam à região um aspecto decadente e feio. Mevlut olhou para o céu que escurecia lá adiante e se entristeceu. Enquanto subia a colina, sentia como se estivesse entrando diretamente no céu.

Por que não fora capaz de dizer não quando Samiha insistiu em sessenta e dois por cento? Como fazer a família Aktaş concordar com isso? Em sua última rodada de negociações, na sede da associação, Korkut batera pé em cinquenta e cinco por cento e, frustrados, concordaram em adiar a decisão e tentar mais uma vez. Mas Mevlut passou semanas sem ouvir notícias dos primos. Tudo isso o deixava ansioso, mas gostou que Korkut o considerasse um obstrucionista — talvez significasse que no final ele haveria de ganhar mais do que todos os demais. Desde a reunião na sede, porém, Duttepe e Kültepe tinham sido classificadas como zonas sujeitas a abalos sísmicos, e Mevlut — como muitos outros em Kültepe — começou a desconfiar de que se tratava de uma trama orquestrada pela família Vural. Depois do terremoto de 1999, ficou estabelecido por lei que qualquer edifício considerado estruturalmente inseguro podia ser demolido com o consentimento de pelo menos dois terços dos proprietários. Agora, tanto o governo quanto os empreiteiros estavam usando essa medida para pressionar os donos de pequenas propriedades alocadas no caminho de edifícios de apartamentos maiores e mais altos. Com a vigência da lei do abalo sísmico, a situação dos obstrucionistas ficara ainda mais difícil, e Mevlut não conseguia imaginar como pediria os sessenta e dois por cento em que Samiha insistira quando ele estava saindo de casa.

Fazia sete anos que ele casara, e se sentia feliz. Haviam se tornado bons amigos, mas não era uma amizade que girava em torno de tudo o que é brilhante e maravilhoso no mundo — baseava-se em trabalho duro compartilhado, em sua luta comum para superar dificuldades e enfrentar a banalidade do dia a dia. Quando passou a conhecer Samiha um pouco mais, Mevlut descobriu uma mulher obstinada e resoluta, decidida a levar uma vida boa, e ele gostava dessa sua faceta. Mas nem sempre ela sabia para onde canalizar essa força interior, e talvez por isso ficava o tempo todo tentando controlar Mevlut muito mais do que ele poderia suportar — muitas vezes estipulando o que ele deveria fazer.

Mevlut ficaria satisfeito em fechar o acordo com a família Vural por cinquenta e cinco por cento: isso lhe daria três apartamentos nos andares mais baixos do edifício de doze andares, sem vista para o Bósforo. Como sua mãe e suas irmãs também eram herdeiras legítimas, sua cota na verdade seria de pouco menos de um apartamento. Mevlut ficaria satisfeito em entrar num acordo com a família Vural. Com os aluguéis dos apartamentos de Ferhat de Çukurcuma, compensariam a diferença em cinco anos (mas, se conseguissem sessenta e dois por cento, resolveriam tudo em três anos). De qualquer modo, no final das contas os dois teriam a propriedade em comum de um apartamento. Ele passara meses discutindo cifras com Samiha. Agora, depois de quarenta anos em Istambul, com um lugar que poderia chamar de seu (ou metade seu) praticamente à mão, Mevlut não queria ver suas esperanças dissipadas, por isso, enquanto se dirigia à mercearia do tio Hasan, com sua colorida variedade de caixas, jornais e garrafas, ele quase tremia de medo.

Seus olhos levaram algum tempo para se acostumar à penumbra do interior da loja.

"Mevlut, tente falar com meu pai", disse Süleyman. "Ele está nos deixando malucos, quem sabe lhe dê ouvidos."

O tio Hasan estava sentado à cadeira da caixa registradora, como vinha fazendo havia trinta e cinco anos. Estava bastante velho, mas ainda mantinha o corpo empertigado. Mevlut ficou impressionado como ele era parecido com seu pai; em criança, não se dava conta disso. Abraçou o tio e beijou-lhe as faces, manchadas e com uma barba rala.

O que fazia Süleyman implicar com o pai, enquanto Korkut ria, era a insistência dele em embrulhar as compras em cestinhas feitas de jornais velhos. Nas décadas de 1950 e 1960, todos os merceeiros de Istambul faziam isso, mas agora só o tio Hasan usava seu tempo livre para dobrar jornais velhos trazidos de casa ou encontrados em algum outro lugar, e toda vez que os filhos protestavam, ele se limitava a dizer: "Isto não prejudica ninguém". Mevlut fez o que sempre fazia quando ia lá: sentou-se diante do tio e se pôs a dobrar jornais com ele.

Süleyman disse que o bairro estava mudando, os fregueses não queriam ir a um mercadinho que embrulhava as compras com jornais velhos e sujos.

"Então que deixem de vir", disse o tio Hasan. "Aliás, isto aqui não é um mercadinho, é uma *mercearia*." Ele se voltou para Mevlut e piscou.

Süleyman insistiu que aquilo não fazia sentido — na verdade, ele estava jogando dinheiro fora: um quilo de sacolas plásticas era muito mais barato do que um quilo de jornais velhos. Preocupado com a conversa sobre porcentagens, Mevlut se alegrava com aquela discussão: uma cizânia espontânea no campo familiar só podia ajudar. Quando o tio Hasan disse: "Dinheiro não é só o que importa na vida, filho!", Mevlut o apoiou, acrescentando que nem tudo que dava dinheiro era necessariamente uma coisa boa.

"Qual é, pai, Mevlut ainda continua tentando vender boza", disse Süleyman. "Você não pode fazer negócios com essa mentalidade."

"Mevlut tem mais respeito pelo tio do que vocês", disse o tio Hassan. "Vejam, ele está dobrando jornais e fazendo algo útil, ao contrário de vocês dois."

"Vamos ver essa história de respeito quando ele nos disser o que resolveu. E então, Mevlut? O que tem a dizer?", perguntou Korkut.

Mevlut ficou nervoso, mas todos se distraíram quando um menino entrou na mercearia e pediu: "Quero pão, tio Hasan". O velho merceeiro, agora com mais de oitenta anos, pegou um pão no armário de madeira e o pôs no balcão. O menino de dez anos não gostou, o pão não estava bem tostado. "Toque apenas se for comprar", disse o tio Hasan, e foi pegar um mais tostado.

Nesse meio-tempo, Mevlut tinha tido uma ideia e saiu da loja. Estava com um celular que Samiha lhe comprara seis meses antes. Só o levava consigo para atender alguma ligação de Samiha; ele mesmo nunca usava. Agora, ia ligar para a mulher e lhe dizer que sessenta e dois por cento era demais e que deviam reduzir essa exigência, do contrário a coisa não iria dar certo.

Mas Samiha não atendeu. Começou a chover, e Mevlut viu que o menino tinha ido embora, então voltou, sentou diante do tio Hasan e tornou a dobrar os jornais com o mesmo empenho de antes.

Süleyman e Korkut estavam fazendo um relato devastador de todos os obstrucionistas que lhes causaram problemas no último minuto, depois de tudo acertado, dos aproveitadores que mudavam de ideia e exigiam nova negociação, e dos canalhas que tinham pedido propina às escondidas aos empreiteiros para convencer os vizinhos a assinar um acordo. Mevlut sabia que, tão logo saísse, eles falariam dele com a mesma verve. Surpreendeu-se ao constatar, pelas perguntas que Hasan fazia aos filhos, que ele estava, de sua base na mercearia, acompanhando atentamente todas as negociações e os vários contratos de construção. Até então, Mevlut sempre imaginara que o tio não tivesse ideia do que acontecia fora daquelas quatro paredes (onde passava longas horas mais por prazer do que por dinheiro).

Um rosto num dos jornais que ele estava dobrando chamou a atenção de Mevlut. Na manchete se lia MESTRE CALÍGRAFO MORRE. Com uma pontada no coração, leu que o Sagrado Guia tinha morrido, e seu coração se encheu de tristeza. Outra fotografia, esta do Sagrado Guia ainda jovem, trazia a legenda: "Os trabalhos de nosso último grande calígrafo estão expostos em museus de toda a Europa". Mevlut visitara o centro espiritual seis meses antes. Rodeado por legiões de admiradores, o homem estava praticamente inacessível, e fora impossível escutar, quanto mais entender, alguma coisa do que ele dizia. Nos últimos dez anos, as ruas em volta da casa em Çarşamba tinham se enchido de devotos de muitas seitas diferentes, todos com túnicas coloridas, nas mais diversas tonalidades. Era o mesmo traje religioso tradicional que se usava no Irã e na Arábia Saudita. O islamismo político daquela gente começara a enervar Mevlut, e então ele parou de ir lá de uma vez por todas. Agora lamentava não ter visto o Sagrado Guia uma última vez. Mevlut se escondeu atrás do jornal e pensou no Guia.

"Você pode dobrar jornais com meu pai em outra ocasião, Mevlut", disse Korkut. "Vamos selar esse acordo, da forma como combinamos. Temos outras coisas a fazer. Todo mundo anda dizendo: 'Por que seu primo ainda não assinou?'. Não demos a você e a Samiha tudo o que vocês pediram?"

"Não queremos ficar nos alojamentos de Hadji Hamit depois que demolirem nossa casa."

"Ótimo. Vamos pôr uma cláusula no contrato estipulando que vocês vão receber mil, duzentos e cinquenta liras por mês durante três anos. Vocês podem ir morar onde quiserem."

Aquilo era um bom dinheiro. Sentindo-se encorajado, Mevlut saiu-se com esta: "Queremos também uma cota de sessenta e dois por cento".

"Sessenta e dois por cento? De onde veio isso?" (Mevlut gostaria muito de dizer: "Foi Samiha, ela não aceita não como resposta!") "Da última vez que conversamos, nós lhe dissemos que cinquenta e cinco por cento é impossível!"

"Isso é o que achamos justo", disse Mevlut, ele próprio surpreso com seu tom resoluto.

"Não vai ser assim", disse Korkut. "Também temos nossa honra a zelar. Não vamos permitir que você nos roube em plena luz do dia. Que vergonha! Espero que você se dê conta do que está fazendo. Está vendo em que tipo de homem nosso primo se transformou, pai?"

"Acalme-se, filho", disse o tio Hasan. "Mevlut é uma pessoa sensível."

"Então ele vai pegar esses cinquenta por cento e fechamos o negócio agora mesmo. Se ele não assinar o contrato, todos vão comentar que a família Aktaş ainda não conseguiu nem que o próprio primo assine. Você sabe que eles se reúnem nas casas uns dos outros todas as noites para confabular. Agora nosso astuto sr. Mevlut está usando isso para nos chantagear. Essa é sua decisão final, Mevlut?"

"É minha decisão final", ele respondeu.

"Certo. Vamos embora, Süleyman."

"Espere", disse Süleyman. "Mevlut, pense um pouco nisso: agora que o bairro está oficialmente numa zona sujeita a terremotos, um empreiteiro que tem dois terços dos donos de propriedades do seu lado não vai abrir exceções para ninguém. Vão simplesmente pôr as pessoas para fora de suas casas. Eles só vão pagar o que está inscrito no título de propriedade ou conforme os termos que você declarou para efeito da cobrança do imposto. Você nem ao menos tem um título de propriedade. Você só tem o documento do *muhtar*. Ora, tenho certeza de que você sabe que, se olhar ao pé dessa folha de papel — aquela que tentou me dar na noite em que se embebedou enquanto escrevia cartas de amor para Rayiha —, verá o nome do meu pai embaixo do nome do seu pai. Se isso for parar nos tribunais, daqui a dez anos você não terá direito nem à metade do que estamos lhe oferecendo agora. Portanto, reflita."

"Isso não são modos de falar com as pessoas, filho", disse o tio Hasan.

"Minha resposta é a mesma", disse Mevlut.

"Vamos embora, Süleyman", disse Korkut. Eles se precipitaram para fora da mercearia, o irmão mais novo seguindo o mais velho, que se meteu debaixo da chuva.

"Meus rapazes podem estar na casa dos cinquenta anos, mas continuam com o mesmo sangue quente de sempre", disse o tio Hasan. "Mas esse tipo de discussão não é certo. Logo eles voltarão. Talvez então você possa pedir um pouco menos..."

Mevlut não conseguia coragem para dizer "Vou fazer isso". Ele estaria disposto a fechar o acordo em cinquenta e cinco por cento, se Korkut e Süleyman tivessem sido menos grosseiros. Samiha insistia em sessenta e dois por cento por pura teimosia. Só de pensar numa disputa de dez anos na Justiça que o deixaria de mãos vazias, ele se sentia mal. Ele olhava e tornava a olhar o jornal velho em sua mão.

A notícia da morte do Sagrado Guia fora publicada quatro meses antes. Mevlut leu a pequena nota mais uma vez. O jornal nem mencionava o centro espiritual nem seu papel de líder de uma seita, embora essas coisas tivessem sido tão importantes em sua vida quanto o fato de ser mestre calígrafo.

O que devia fazer agora? Se fosse embora, as coisas só piorariam, seria ainda mais difícil acertar alguma cifra mais tarde. Talvez fosse esse o desejo de Korkut: no tribunal, ele iria argumentar: "O nome de nosso pai está no documento do intendente municipal, portanto ele também tem direito sobre a terra" (tendo o cuidado, naturalmente, de ignorar que se apropriaram do terreno em Duttepe, ficaram com ele durante todos esses anos e venderam o outro lote de Kültepe), deixando Mevlut de mãos abanando. Como não sabia de que forma contaria a Samiha o que ocorrera, ficou calado, dobrando jornais. Mulheres que queriam comprar arroz, sabão e biscoitos, e crianças que queriam chiclete e chocolates, entravam e saíam da mercearia o tempo todo.

O tio Hasan ainda anotava as compras dos fregueses que pagavam no final do mês. Mas, como sua vista não era muito boa, ele pedia que eles mesmos registrassem o que tinham comprado. Ele pediu a Mevlut para verificar se o freguês que acabara de sair tinha anotado a soma correta. Quando percebeu que os filhos não iriam voltar para remediar a situação, tentou consolar Mevlut: "Seu pai e eu éramos irmãos tão unidos, tão bons amigos...", disse ele. "Nós cercamos o terreno de Kültepe e o de Duttepe juntos, construímos nossas casas juntos com nossas próprias mãos. Nós dissemos ao *muhtar* que colocasse os nomes de nós dois nos documentos, para que nunca nos separássemos. Naquela época, seu pai e eu vendíamos iogurte juntos, comíamos juntos, íamos às orações da sexta-feira juntos, sentávamos no parque e fumávamos juntos... Você trouxe o documento do *muhtar*?"

Mevlut pôs o papel de quarenta anos, amarrotado e amolgado, sobre o balcão.

"De todo modo terminamos por nos separar. Por quê? Porque ele não trouxe sua mãe e suas irmãs da aldeia para Istambul. Vocês dois deram duro sozinhos, você e seu pai, que Deus dê descanso à sua alma. Você merece aqueles apartamentos mais que qualquer outro. Suas irmãs não vieram trabalhar em Istambul. O certo seria você ficar com os três apartamentos que o empreiteiro está lhe oferecendo. Tenho alguns daqueles formulários antigos. O *muhtar* era meu amigo, e também tenho o selo dele. Eu o guardo há trinta e cinco anos. Vamos rasgar esse troço velho. Vamos nós mesmos fazer um novo. Vamos pôr seu nome nele, e selá-lo. Assim, você e Samiha vão ter a posse total de um apartamento."

Mevlut entendeu que aquilo implicava aumentar sua cota às expensas de sua mãe e de suas irmãs, por isso recusou.

"Não se apresse em decidir. Foi você quem trabalhou pesado aqui em Istambul. Você tem direito ao que foi conquistado na cidade."

O telefone tocou em seu bolso, e Mevlut saiu da mercearia, na chuva.

"Vi que você ligou, qual é o problema?", perguntou Samiha. "A coisa não está indo bem", respondeu Mevlut. "Não se deixe intimidar", disse Samiha.

Mevlut desligou, exasperado, e voltou para a loja. "Vou embora, tio!", ele disse.

"Como queira", respondeu o tio Hasan enquanto dobrava jornais. "Aconteça o que acontecer, o que o Senhor decidir sempre haverá de prevalecer."

Mevlut gostaria muito mais que seu tio tivesse dito: "Espere um pouco mais, os rapazes terminarão por se acalmar". Ele ficou irritado com o velho e também com Samiha por tê-lo colocado naquela situação. Estava com raiva também de Korkut, de Süleyman e da família Vural, mas era sobretudo consigo que estava aborrecido. Se tivesse dito sim ao tio Hasan ainda há pouco, teria finalmente conseguido a casa que merecia. No pé em que as coisas se encontravam, agora já não tinha certeza de nada.

Enquanto andava na chuva ao longo da sinuosa estrada asfaltada (antes uma rua de terra enlameada), passando pelo mercado de alimentos (onde antes havia um ferro-velho) e descendo os degraus (que antes não existiam) rumo à grande estrada para Kültepe, Mevlut pensou em Rayiha, como fazia tantas vezes todos os dias. Ele também passara a sonhar com ela com mais frequência. Eram sonhos dolorosos e difíceis. Neles sempre havia rios transbordantes, incêndios e escuridão a separá-los. Então todas essas coisas sombrias se transformavam numa espécie de selva, tão feia quanto os blocos de apartamentos que se erguiam à sua direita. Mevlut percebia que havia cães vagando entre as árvores naquela selva, mas o túmulo de Rayiha também se encontrava lá, e enquanto ele avançava em direção a ela, enfrentando seu medo de cães, de repente iria perceber, com um frêmito de prazer, que na verdade sua amada estava atrás dele, olhando por ele, e então acordava feliz, mas também estranhamente angustiado.

Se estivesse esperando por ele em casa, ela haveria de encontrar as palavras certas para amenizar suas preocupações. Mas, quando Samiha punha alguma coisa na cabeça, não via mais nada, e isso só fazia Mevlut ficar mais ansioso. Mas agora Mevlut só se sentia em paz quando estava fora de casa, à noite, vendendo boza.

Os jardins de algumas casas vazias estavam cheios de cartazes onde se lia PROPRIEDADE DA VURAL HOLDINGS. Os aclives ao longo da via principal que subia para Kültepe não tinham nada disso quando Mevlut se mudou para Istambul. Seu pai costumava mandá-lo lá para recolher papel velho, madeira e galhos secos para o fogão. Agora, a estrada era flanqueada dos dois lados por horríveis *gecekondu*, com seis a sete andares. Antes, tinham no máximo dois ou três. Ao longo dos anos, porém, os proprietários haviam acrescentado tantos pavimentos ilegais (sobrecarregando as fundações já fracas) que não era mais rentável demolir todas elas e substituí-las por novos edifícios altos. Os proprietários nada tinham a ganhar com a nova lei que permitia a construção de prédios de doze andares, e os empreiteiros nem tentavam negociar com eles. Certa vez Korkut disse a Mevlut que aquelas construções horríveis, com cada um dos andares diferente do que ficava embaixo, davam uma má impressão de Duttepe e de Kültepe, diminuindo o valor dos novos apartamentos a serem construídos e degradando a imagem do bairro; só esperavam que um outro grande terremoto os destruísse a todos.

Desde o terremoto de 1999, Mevlut — como todos os habitantes de Istambul — às vezes se pegava pensando no "grande", aquele que os especialistas diziam ser iminente e que destruiria toda a cidade. Nesses momentos, ele se dava conta de que aquela cidade onde passara quarenta anos de sua vida, onde passara por milhares e milhares de portas, vindo a conhecer o interior das casas das pessoas, era não menos efêmera que a vida que lá vivera e as lembranças que guardara. Os novos edifícios que estavam substituindo as *gecekondu* de sua geração também desapareceriam, com todos os seus moradores. Às vezes ele antevia o dia em que todas as pessoas e todos os edifícios iriam desaparecer, e sentia como se não valesse a pena fazer nada contra isso, que talvez devesse também abandonar as esperanças que algum dia tivera na vida.

Durante os dias felizes de seu casamento com Rayiha, porém, ele sempre achara que Istambul nunca iria mudar, que com todo o seu trabalho duro nas ruas um dia haveria de conquistar um lugar seu e aprenderia a se adaptar à cidade. Em certa medida, tudo isso acontecera. Mas então milhões de outras pessoas como ele acorreram a Istambul nos últimos quarenta anos, agarrando o que aparecesse pela frente, e a cidade se transformou. A população era de apenas três milhões quando Mevlut para lá se mudou; agora diziam que havia treze milhões de pessoas vivendo na cidade.

A chuva escorria por sua nuca. Mevlut, que tinha cinquenta e dois anos, procurou um lugar para se abrigar e deixar que as batidas de seu coração desacelerassem. Ele não tinha nenhum problema no coração, mas ultimamente andava fumando demais. À direita ele viu uma clareira que muitas vezes fora usada para festas de casamento e circuncisão e para as sessões de verão do Cine Derya; agora a haviam transformado num campo de futebol com grama artificial, cercado por um alambrado. Mevlut organizara torneios de futebol, que se realizaram ali, para a associação de migrantes. Sob os beirais gotejantes dos escritórios do campo, ele acendeu um cigarro e ficou olhando a chuva cair sobre a relva de plástico.

Sua vida ainda transcorria num crescendo de ansiedades. Mevlut chegara à idade em que gostaria de ficar de papo pro ar, mas não se sentia seguro o bastante para fazer isso. A sensação de carência e de inadaptação que sentira quando mudou para a cidade aumentou depois da morte de Rayiha, e em especial nos últimos cinco anos. Como Samiha iria reagir? Ele desejava apenas uma casa onde pudesse passar o resto da vida confortavelmente, um lugar de onde ninguém nunca pudesse expulsá-lo. Seria bom se Samiha tentasse consolá-lo de seu fracasso, mas Mevlut sabia que, tão logo chegasse em casa e lhe desse a notícia, ele é que terminaria tendo de a consolar. Resolveu lhe contar somente os aspectos positivos da negociação. Pelo menos seria assim que ele ia começar a discutir o assunto.

A rede de esgotos de Kültepe não tinha condições de absorver toda a água que descia pelas ladeiras. Mevlut deduziu que o centro comercial estava inundado ao ouvir o barulho das buzinas dos carros no engarrafamento.

Quando chegou em casa, estava encharcado. O modo como Samiha olhou para ele lhe deu nos nervos, por isso exagerou um pouco nos pontos positivos da negociação. "Tudo está indo bem", disse. "Eles vão nos dar mil, duzentos e cinquenta liras por mês para que a gente possa morar onde quiser."

"Eu sei que tudo está indo por água abaixo, Mevlut. Por que está mentindo para mim?", disse Samiha.

Vediha ligara para Samiha e contara que Korkut estava muito magoado e furioso, que tudo estava acabado e que eles iam romper definitivamente com Mevlut.

"E você contou pra ela que, quando eu estava de saída, me fez jurar que não aceitaria nada menos que sessenta e dois por cento?"

"Agora você está lamentando?", disse Samiha, levantando uma única sobrancelha, num gesto de desdém. "Acha que Süleyman e Korkut iriam ser mais generosos se você simplesmente cedesse às exigências deles?"

"Venho fazendo isso a vida toda", disse Mevlut. O silêncio de Samiha lhe deu coragem para continuar. "Se eu resistir a eles agora, posso perder o apartamento. Você assume essa responsabilidade? Ligue para sua irmã, tente ajeitar as coisas, diga que eles me assustaram e que me arrependo do que disse."

"Não vou fazer isso."

"Então eu mesmo ligo para Vediha", disse Mevlut, mas não tirou o celular do bolso. E se sentiu como se estivesse sozinho. Sabia que naquele dia não podia tomar nenhuma decisão importante sem o apoio de Samiha. Ele trocou as roupas molhadas, olhando para a paisagem como costumava fazer, em criança, enquanto fazia os deveres de casa. Ao lado do velho edifício cor de laranja da Escola Secundária Masculina Atatürk, no pátio onde Mevlut gostava de correr e onde tinha aulas de educação física, havia um edifício tão alto que ele mal conseguia reconhecer a escola onde estudara.

Samiha atendeu o celular, disse "Nós estamos aqui" e desligou. Olhou para Mevlut. "Vediha está vindo. Disse para você não ir a lugar nenhum e esperar aqui."

Samiha tinha certeza de que Vediha estava vindo para dizer que Mevlut havia cometido um erro, que ele devia pedir um pouco menos; ela insistiu com o marido para que não cedesse.

"Vediha é uma boa pessoa. Ela não iria nos recomendar nada que fosse nos prejudicar", disse Mevlut.

"Eu não confiaria tanto", disse Samiha. "Ela vai tomar o partido de Süleyman contra você. Não foi sempre assim?"

Aquilo era uma referência velada às cartas? Se assim fosse, aquela seria a primeira vez nos sete anos que viveram juntos que Mevlut ouvia uma referência desagradável sobre o assunto. Eles ficaram escutando a chuva em silêncio.

Bateram à porta com força. Era Vediha, que entrou se queixando de que estava "completamente encharcada", embora estivesse com uma sombrinha roxa enorme e, na verdade, apenas os pés estivessem molhados. Samiha foi buscar meias e chinelos para a irmã, e Vediha pôs uma folha de papel na mesa.

"Mevlut, assine isso e vamos resolver o caso de uma vez por todas. Você pediu mais do que lhe é de direito, não sabe o que tive de fazer para acalmar os ânimos…"

Mevlut tinha visto outros contratos escritos nos mesmos termos, e ele não sabia ao certo para onde olhar: quando viu que estava escrito sessenta e dois por cento, ficou exultante, mas disfarçou as próprias emoções. "Não vou assinar se não me derem aquilo a que tenho direito", disse ele.

"Oh, Mevlut, você ainda não aprendeu que nesta cidade só importam os lucros e não os direitos", disse Vediha, sorrindo. "Em dez anos o que você ganhou será seu por direito. Agora assine. Você vai receber tudo o que pediu, por isso não reclame."

"Só assine depois que tivermos lido", disse Samiha, mas, quando viu Mevlut apontando os sessenta e dois por cento, também ficou aliviada. "O que aconteceu?", ela perguntou à irmã.

Mevlut pegou a caneta e assinou o contrato. Vediha pegou o celular e contou a Korkut. Feito isso, ela deu a Samiha as tortas recheadas que tinha trazido, e enquanto tomavam o chá que Samiha preparara e esperavam que a chuva parasse, ela lhe contou tudo, deleitando-se com cada passagem de seu relato: Korkut e Süleyman tinham ficado furiosos com Mevlut. Apesar dos rogos de Vediha, ao que parecia o caso ia terminar na Justiça, Mevlut ia perder tudo, mas então o velho Hadji Hamit Vural soube do que estava acontecendo e ligou para Korkut.

"O sonho de Hadji Hamit é construir um edifício muito maior, uma grande torre em Duttepe perto de nossa velha casa", disse Vediha. "Então ele disse a Korkut: 'Dê a seu primo o quanto ele quiser'. Ele não pode fechar nenhum contrato relativo à torre enquanto não tiver resolvido a questão desses blocos de doze andares."

"Vamos esperar que não haja nenhum truque", disse Samiha.

Algum tempo depois, Samiha mostrou o contrato a um advogado, que confirmou que estava tudo em ordem. Eles se mudaram para um apartamento próximo à sede da associação onde Mevlut trabalhava, em Mecidiyeköy. Mas os pensamentos de Mevlut ainda estavam na casa que eles tinham deixado para trás em Kültepe. Ele foi lá algumas vezes para ver se a casa fora arrombada por vagabundos ou assaltantes, mas lá não havia nada para roubar. Ele vendera tudo a preço de banana, das maçanetas à pia da cozinha.

Em fins daquele verão, os tratores da Vural Holdings começaram a demolir casas em Kültepe, e todo dia Mevlut ia lá para observar. No primeiro dia houve uma manifestação a favor do governo, com a presença de jornalistas e do prefeito, que fez um pronunciamento solene. Mas nos dias subsequentes, tórridos, nenhuma das pessoas que viram suas casas desaparecerem numa nuvem de pó aplaudiu como o fizeram no dia da cerimônia inaugural (nem mesmo quem tinha conseguido acordos mais vantajosos com a Vural Holdings). Mevlut viu gente chorar, rir, desviar a vista ou brigar enquanto suas casas eram demolidas. Quando chegou a vez da casa de Mevlut, de apenas um cômodo, ele sentiu uma dor no coração. Rememorou sua infância, a comida que comera, os deveres de casa que tinha feito, o cheiro das coisas, o ronco do pai, centenas de milhares de lembranças, todas despedaçadas com um simples golpe da pá do trator.

PARTE VII

QUINTA-FEIRA, 25 DE OUTUBRO DE 2012

[...] de uma cidade a história
Depressa muda mais que um coração infiel.
Baudelaire, "O cisne"*

Só posso meditar caminhando; assim que paro, não penso mais, e minha cabeça só anda com os pés.
Jean-Jacques Rousseau, Confissões

* Tradução de Ivan Junqueira (Rio de Janeiro, Nova Fronteira, 2006).

A forma de uma cidade
Só posso meditar caminhando

Agora todos moravam no mesmo imóvel de doze andares e sessenta e oito apartamentos em Kültepe. O apartamento de Mevlut e Samiha, no primeiro andar, era o único da fachada norte, o único que não tinha vista. O tio Hasan e a tia Safiye moravam no térreo; Korkut e Vediha, no nono; Süleyman e Melahat, no último andar. Às vezes eles esbarravam uns nos outros na entrada, onde o porteiro, que fumava sem parar, dava bronca nos meninos que jogavam futebol na rua, ou então no elevador, onde, depois de sorrisos e piadinhas, cada um agia como se fosse absolutamente normal que todos estivessem morando juntos num edifício de doze andares. Na verdade, porém, todos se sentiam pouco à vontade com a situação.

Embora se sentisse feliz em termos gerais, Süleyman achava sua situação meio humilhante. Ele queria um apartamento de cobertura, com vista para a cidade, no arranha-céu de trinta andares que Hadji Hamit Vural construíra com toda dedicação em Duttepe nos últimos anos de sua vida — e não ali, no bloco D. O nonagenário Hadji Hamit Vural aprovava a ideia: "Claro que seu irmão e seu pai também devem vir morar na minha torre!", mas depois de sua morte súbita, dois anos antes (a cujo funeral compareceu o ministro das Obras Públicas e Habitação), os diretores da Vural Holdings concluíram que não havia lugar para Süleyman e Korkut no edifício. Os irmãos iriam passar todo o ano de 2010 tentando entender onde haviam errado, e finalmente chegaram a duas explicações. A primeira tinha a ver com uma reunião de fim de ano de funcionários quando Korkut, queixando-se dos imensos gastos com propinas para os funcionários do governo em troca de alvarás de construção, perguntara afoitamente: "Será que não podemos conseguir por menos?". Os filhos de Hamit, eles pensavam, se ofenderam, interpretando: "Vocês não estão subornando nenhum ministro, estão embolsando o dinheiro", embora Korkut não quisesse dizer nada disso. A segunda explicação atribuía tudo à participação de Korkut na tentativa de golpe em Baku, um episódio que desde então tinha sido ventilado exaustivamente, o que lhe valeu a reputação de alguém que organizava golpes militares. Tal reputação podia ser apreciada pelos governos nacionalistas e conservadores anteriores, mas não era bem-vista pelo atual regime islâmico.

Na verdade, como viriam a descobrir mais tarde, o motivo para serem excluídos da torre foi porque o pai deles dissera à administração da Vural Holdings: "Só abro mão de minha casa se todos formos viver sob o mesmo teto". Convencer o tio Hasan e a tia Safiye a deixar sua casa de quarenta anos, de quatro andares, fora um verdadeiro desafio para Korkut e Süleyman. Eles só obtiveram sucesso ao lhes mostrar como o terremoto inclinara os andares superiores da velha casa.

Na manhã da Festa do Sacrifício de 2012, Mevlut não conseguiu ver nem Korkut nem seus filhos na multidão reunida para orar na mesquita de Hadji Hamit Vural. Quando moravam em colinas diferentes, os primos sempre davam um jeito de se encontrar e, depois das orações, abrindo caminho em meio à multidão e andando juntos sobre os tapetes, iam beijar a mão de Hadji Hamit Vural.

Agora todos tinham celulares, mas ninguém ligara para Mevlut, por isso, mesmo em meio àquele oceano de homens que se esparramavam no pátio da mesquita rumo à rua e à praça, ele se sentiu completamente só. Avistou alguns rostos de Duttepe e de Kültepe, gente que conhecera em seus anos de ginásio e colegial, e também alguns proprietários de lojas e carros que eram seus vizinhos no bloco D, mas, quando conseguia se fazer notar e cumprimentá-los, as pessoas era tão hostis, grosseiras e impacientes que ele sentia como se tivesse ido orar num bairro desconhecido. Será que aqueles jovens sabiam que Hadji Hamit Vural — a quem o pregador mencionara só após enumerar quatro ou cinco nomes depois de citar o próprio Atatürk —, aquele homem "cujo trabalho incansável construiu esta bela nação e nos deu a chance de viver como vivemos", será que eles sabiam que aquele homem comparecera ao casamento de Rayiha e Mevlut muitos anos atrás e presenteara o noivo com um relógio de pulso?

Quando Mevlut voltou da mesquita, Samiha não estava em casa. Decerto subira ao nono andar para visitar Vediha. Abdurrahman Pescoço-Torto viera a Istambul para os festejos religiosos e passara a semana anterior com Vediha. Havia muitos quartos vagos no apartamento (todos do lado que não dispunha de vista), e até então Korkut e o sogro tinham conseguido se evitar, ao passo que Vediha e Samiha passavam a maior parte do dia vendo TV com o pai. Süleyman certamente tinha posto a família no carro de manhã bem cedo, aproveitando o feriado para visitar o sogro em Üsküdar. Foi isso que Mevlut imaginou quando não viu o Ford Mondeo de Süleyman.

O apartamento de Mevlut dava para o estacionamento, o que lhe permitia entrever um pouco da vida dos vizinhos — casais aposentados, jovens batalhadores um tanto rudes, cônjuges cujos empregos ele não conseguia imaginar, netos de antigos vendedores de iogurte (jovens com formação universitária), crianças de todas as idades jogando futebol o tempo todo entre os carros estacionados. Os filhos de Süleyman, Hasan, de dezesseis anos, e Kâzım, de catorze, eram os mais desordeiros. Quando a bola saltava para fora do estacionamento e rolava colina abaixo, aqueles preguiçosos não se davam ao trabalho de ir buscá-la. Em vez disso, se punham a gritar "Bola! Bola! Bola!", esperando que alguém que viesse subindo a colina a levasse para eles; isso enfurecia Mevlut, que passara a vida inteira andando para conseguir seu sustento.

Não obstante, desde que morava naquele apartamento, havia oito meses, Mevlut nunca abrira a janela para ralhar com os meninos que jogavam futebol. Seis dias por semana, ele saía de casa às dez e meia da manhã e ia à associação de migrantes em Mecidiyeköy. Na maior parte das noites, de meados de outubro a meados de abril, vendia boza em bairros como Şişli, Nişantaşı e Gümüşsuyu, visitando os velhos e abonados edifícios de quatro e cinco andares. Mevlut cortara todos os laços com seu antigo bairro de Tarlabaşı: agora fazia parte de uma zona de reurbanização criada para estimular a construção de hotéis sofisticados, grandes centros comerciais e atrações turísticas; quase todas as casas gregas centenárias estavam desocupadas.

Enquanto preparava seu chá matinal, Mevlut viu um carneiro ser sacrificado no estacionamento (embora não conseguisse enxergar os carneiros de Süleyman) e se pôs a folhear *Colóquios*, o livro póstumo do Sagrado Guia. Soubera dessa obra — a contracapa trazia uma bela fotografia do Sagrado Guia ainda jovem — seis meses antes, numa edição do *Caminho Justo* que vira na vitrine de uma mercearia, e desde então cuidou para não perder nenhum dos vinte cupons que davam direito a um exemplar. Mevlut acreditava ser em parte responsável pelo capítulo "Os desígnios de nosso coração e nossas palavras". Ele abriu o livro nessas páginas e as estudou atentamente.

No passado, uma vez encerradas as orações, Mevlut, seu pai, seu tio e primos sempre voltavam para Duttepe juntos, rindo e conversando, e faziam o desjejum com tortas e chá preparados pela tia Safiye. Agora que todos moravam em apartamentos separados, já não havia nenhum lugar onde pudessem se encontrar eventualmente como faziam na sala contígua à cozinha da velha casa. A tia Safiye tentava manter vivo o espírito daquela época convidando toda a família para almoçar, mas Süleyman ia visitar a família de Melahat, e seus filhos — que, uma vez embolsados os trocados do feriado, normalmente se cansavam dos avós — também não compareciam.

Ao ver que Korkut tampouco apareceu na manhã do feriado, a tia Safiye desandou a fazer um longo discurso sobre os empreiteiros e políticos gananciosos que, segundo ela, eram os responsáveis por todos aqueles males e que levaram seus queridos rapazes para o mau caminho. "Devo ter dito mil vezes: 'Esperem que a gente morra antes de demolirem a casa, e então vocês podem construir todas as torres que quiserem', mas eles não me deram ouvidos. Eles diziam: 'Isto aqui vai desabar no próximo terremoto, mãe, você vai ficar muito bem acomodada nos novos apartamentos com todas as comodidades', por isso acabei por desistir. A gente não quer se sentir como se estivesse podando as asas deles. Mas nunca concordei com nada disso. 'Você vai ter árvores e jardins em seu quintal', eles juraram. 'Vai poder estender o braço pela janela e colher ameixas e amoras diretamente dos galhos.' Bem, não temos nem ameixas nem amoras, nem pintos nem galinhas, nem terra nem jardim. Não podemos viver sem nossas folhas, bichos e grama, meu filho. Foi por isso que Hasan caiu doente. Aqui não temos nem gatos nem cachorros, com toda essa área construída. Mesmo em feriados como hoje, as únicas pessoas que batem à nossa porta são crianças pedindo trocados, e ninguém mais, nem mesmo para jantar. Minha querida casa na outra colina, meu lar durante quarenta anos, foi demolida, e em seu lugar puseram aquela torre enorme, e a única coisa que posso fazer é tentar conter o choro quando olho para ela, meu querido Mevlut. Eu preparei sua galinha. Tome, pegue mais batatas, eu sei que você as aprecia."

Samiha não perdia uma oportunidade de lhes contar todas as histórias das pessoas que ficaram muito infelizes depois que se mudaram para os edifícios altos e feios que substituíram as velhas *gecekondu*. Dava gosto humilhar Korkut e Süleyman diante da mãe deles, pela forma como caíram nos braços da família Vural, com seus projetos de espigões apoiados pelo governo. Ela falou sobre todas as famílias que deixaram para trás os jardins e as casas que construíram e em que moraram durante quarenta anos (exatamente como os Aktaş), sobre todas as dificuldades que tiveram de enfrentar depois de terem concordado em se mudar para os novos edifícios, fosse por causa de dinheiro, fosse porque haviam sido obrigados — pela falta de título de propriedade válido, ou porque o bairro fazia parte da zona sujeita a abalos sísmicos. Falou das donas de casa que ficaram tão deprimidas que terminaram no hospital; das pessoas largadas na rua porque a construção estava atrasada; daqueles que não conseguiam pagar as dívidas ao empreiteiro; daqueles a quem coube, no sorteio, um apartamento muito precário, e agora se arrependiam de ter aceitado negociar; e de todos que perderam suas árvores e jardins. Ela criticou a demolição da velha fábrica de bebidas alcoólicas, do estádio de futebol e do edifício da administração municipal (que antes eram estábulos), e o corte de todas as amoreiras. Mas não contou que costumava se encontrar com Ferhat debaixo das mesmas amoreiras trinta anos atrás.

"Mas, Samiha, os pobres não querem mais viver em barracos sujos e gelados, só com uma estufa para mantê-los aquecidos — querem um lugar limpo, moderno e confortável para chamar de lar!", disse Vediha, defendendo o marido e Süleyman. Mevlut não se surpreendeu: as duas irmãs se encontravam pelo menos duas vezes por dia para conversar no apartamento de uma ou de outra, e Vediha com frequência dizia que estava muito feliz em morar no bloco D. Agora que se mudara para um apartamento com o marido, estava livre de cozinhar para a família inteira todos os dias e ficar enchendo suas xícaras de chá, não era mais responsável por remendar roupas e cuidar para que todos tomassem seus comprimidos — não se via forçada a bancar a "criada de todo mundo", como às vezes dizia, ressentida. (Mevlut achava que era por ter se livrado dessas tarefas que ela ganhara tanto peso nos últimos anos.) De tempos em tempos ela se sentia sozinha, com os dois filhos casados e Korkut sempre chegando tarde em casa, mas não se queixava de morar no edifício. Quando não estava batendo papo com Samiha, ia a Şişli visitar os netos. Depois de muito esforço, muitas buscas e tentativas frustradas, conseguiu que Bozkurt se casasse com a filha de um encanador que viera de Gümüşdere para Istambul. Essa nora, que completara o ginásio, era afável e encantadoramente loquaz, e quando saía para fazer alguma coisa fora de casa, deixava as duas filhas, às quais dera à luz em rápida sucessão, com a avó. Àquela altura, o filho de Turan tinha um ano, e vez por outra todos se reuniam na casa dele em Şişli. Quando Vediha ia a Şişli visitar os netos, Samiha às vezes a acompanhava.

A certa altura Mevlut começou a se incomodar com a relação de Abdurrahman Pescoço-Torto com as filhas. Seria ciúme daquela intimidade? Ou seria porque Samiha ria ao contar ao marido algum comentário mordaz que Pescoço-Torto deixara escapar quando estava bêbado? ("Para mim é um grande mistério que, em toda Istambul, não apenas uma, mas duas filhas minhas não encontraram ninguém de quem tivessem gostado mais do que Mevlut", dissera ele certa vez.) Ou quem sabe seu eterno sogro, agora na casa dos oitenta anos, começara a tomar *rakı* ao meio-dia todos os dias, e agora induzia Vediha ao mesmo hábito, já tendo levado Samiha por esse caminho?

Além das tortas de sempre, a tia Safiye também fizera batatas fritas para os netos, que não apareceram, por isso Vediha comia tudo sozinha. Mevlut tinha quase certeza de que Abdurrahman Efêndi já havia tomado o drinque do meio-dia no nono andar, pouco antes de descer para almoçar, e se perguntava se Vediha também tinha bebido um pouco. Quando saiu para ir à associação desejar a todos um bom feriado, imaginou Samiha tomando mais um drinque com o pai no nono andar. Enquanto trocava cumprimentos com os companheiros migrantes de Beyşehir e enxotava os meninos que batiam à porta pedindo trocados do feriado ("Isto é um escritório!"), Mevlut imaginava Samiha em casa bebericando seu *rakı* e esperando por ele.

Desde o segundo ano de casamento, Mevlut e Samiha entregavam-se a um pequeno jogo. Para quem ele escrevera as cartas? Nos primeiros dias, discutiam o assunto tão extensamente que chegavam a uma espécie de entendimento: depois do primeiro encontro na Confeitaria Palace, Mevlut admitira que escrevera as cartas para Samiha. Sua visão particular e sua visão pública do assunto se harmonizavam perfeitamente. Ele vira Samiha no casamento de Korkut e se encantara com seus olhos. Mas alguém o enganou, e ele terminou casando com Rayiha, do que jamais se lamentara, pois fora felicíssimo. Mevlut nunca quis renegar os felizes anos de convivência com a primeira esposa nem afrontar sua memória, e Samiha entendia.

A discordância, porém, surgia sempre que Samiha tomava um copo de *rakı*, abria uma das cartas e perguntava o que ele teria querido dizer ao comparar os olhos dela com "bandidos que barravam seu caminho" ou alguma frase desse tipo. Samiha achava que tal pergunta não violava o pacto deles, uma vez que Mevlut confessara que se referia a ela, e portanto saberia explicar o que escrevera. Até aí Mevlut concordava, mas se recusava a entrar no estado de espírito em que se encontrava àquela época.

Samiha então dizia: "Você não precisa entrar nesse estado de espírito novamente, mas pelo menos me diga o que sentia ao escrever essas coisas para mim".

Mevlut bebericava seu *rakı* e tentava explicar à esposa, com a maior sinceridade, como ele se sentia, aos vinte e três anos, escrevendo aquela carta, mas a certa altura ele não conseguia continuar. Um dia, Samiha perdeu a paciência com as reticências de Mevlut e disse: "Você não quer me dizer o que sentia naquela época".

"Não sou mais a pessoa que era quando escrevi as cartas", Mevlut respondeu.

Depois de um silêncio, logo ficou claro que o que transformara Mevlut numa pessoa diferente não fora meramente a passagem do tempo e as mechas de cabelos grisalhos, mas também o amor que sentira por Rayiha. Samiha entendeu que não conseguiria forçar Mevlut a fazer declarações românticas. Ante a resignação da esposa, Mevlut começou a se sentir culpado. Assim tivera início o joguinho que eles faziam até hoje, aqueles diálogos jocosos que haviam se transformado numa espécie de ritual amistoso. A certa altura da conversa, um dos dois lia algumas frases daquelas cartas desbotadas de trinta anos atrás, e Mevlut explicava por que e como as escrevera.

O cerne da questão era que Mevlut nunca se mostrava muito romântico quando lhe dava essas explicações, e era capaz de falar do jovem que escrevera as cartas como se se tratasse de uma pessoa qualquer. Dessa maneira, eles conseguiam explorar o assunto de forma a satisfazer o orgulho de Samiha — ele de fato se apaixonara por ela quando jovem — sem desrespeitar a memória de Rayiha. Ele lia os trechos das cartas com bom humor e interesse verdadeiro, pois afinal se tratava dos anos mais intensos e estimulantes de sua vida, que o ajudavam a descobrir novos aspectos do passado partilhado com Samiha.

Quando, naquele dia, ele voltou da associação à noitinha, encontrou Samiha bebendo chá à mesa de jantar. Tinha diante de si uma das cartas de Mevlut. Ele concluiu que ela percebera que havia tomado muito *raki* e agora estava no chá, o que o alegrou.

Por que Mevlut comparara os olhos de Samiha a um narciso numa das cartas que escrevera da base militar de Kars? Foi por essa época que o paxá Turgut o tomou sob sua proteção. Mevlut confessou que recebera ajuda e orientação de um professor de literatura do colegial que também estava no serviço militar. Na literatura otomana tradicional, os narcisos representavam o olho: naquela época as mulheres costumavam se cobrir ainda mais, e como os homens só podiam ver os olhos delas, tanto a literatura da corte como a popular se concentravam neles. Mevlut se punha a contar à esposa tudo o que aprendera com o professor, acrescentando alguns pensamentos seus, tão novos quanto intrincados. Quando estamos fascinados por um par de olhos e um rosto tão lindo, deixamos de ser nós mesmos; na verdade, a gente nem sequer sabe o que está fazendo. "Naquela época, eu não era eu mesmo", admitiu Mevlut.

"Mas nada disso está na carta", disse Samiha.

Presa do fulgor daquelas lembranças juvenis, Mevlut rememorou a importância daquela carta em especial. Por um instante, ele estava não apenas lembrando do jovem apaixonado que escrevera as cartas, mas também visualizando a bela garota a quem as endereçara. Quando escrevia, o rosto de Samiha só lhe aparecera uma vez, numa silhueta. Enquanto remontava ao passado, porém, ele conseguia ver a imagem de uma jovem mulher, quase uma criança, cujos traços delicados agora se lhe apresentavam com excepcional nitidez. Essa garota, cuja imagem bastava para acelerar o coração de Mevlut, não era Samiha, mas Rayiha.

Temendo que a esposa percebesse que estava pensando na irmã, Mevlut alinhavou alguns comentários sobre a linguagem do coração e o papel das INTENÇÕES e acidentes do destino — da KISMET — em nossas vidas. Quando

Samiha lia sobre os "olhares misteriosos" e "olhos encantadores", Mevlut às vezes se lembrava que essas palavras tinham inspirado os motivos que Rayiha bordara nas cortinas de enxovais de noivas. Samiha sabia das conversas de Mevlut com o falecido Sagrado Guia, e às vezes argumentava que seu primeiro encontro com Mevlut fora uma questão não apenas de destino, mas também de intenção. Esse era um tema que ela sempre abordava ao falar das cartas. Quando começou a anoitecer no dia da Festa do Sacrifício, Samiha elaborou um novo e convincente final.

Samiha disse que o primeiro encontro deles não se dera no casamento de Korkut, no verão de 1978, mas seis anos antes, no verão de 1972, depois da recuperação de inglês de Mevlut no último ano do ginásio (Mevlut nunca lhe falara sobre a srta. Nazlı). Naquele verão, Mevlut andava de Cennetpınar a Gümüşdere, todos os dias, e depois fazia o caminho de volta para ter aulas particulares com o filho de um homem que emigrara para a Alemanha com a família. Quando os dois rapazes — Mevlut e o filho do homem — liam livros didáticos de inglês debaixo de um plátano naquelas tardes estivais, Rayiha e Samiha os observavam de longe: era estranho ver alguém lendo na aldeia. Já naquela época, Samiha notou que sua irmã mais velha estava interessada em Mevlut, o garoto que lia sob o plátano. Muitos anos depois, quando soube por Vediha que Mevlut andara escrevendo cartas para sua irmã, Samiha não disse a Rayiha que na verdade as cartas falavam sobre os olhos dela própria.

"Por que você não disse a verdade a Rayiha?", perguntou Mevlut, cauteloso.

Toda vez que ouvia Samiha dizer que desde o começo soubera que na verdade as cartas eram para ela, Mevlut se sentia incomodado. Acreditava que Samiha estava falando a verdade. E isso significava que, ainda que Mevlut tivesse posto seu nome no início da carta em vez do de Rayiha, ela não responderia, porque de modo algum correspondia aos sentimentos dele. Samiha apresentava essa versão, tão dolorosa aos ouvidos de Mevlut, sobretudo nos momentos em que sentia que o marido não a amava tanto quanto amara Rayiha. Era como se dissesse: "Você pode me amar menos agora, mas, naquela época, era eu que o amava menos". O silêncio entre eles se prolongou por um bom tempo.

"Por que eu não disse a ela?", disse Samiha por fim. "Porque eu queria sinceramente que minha irmã se casasse com você e fosse feliz, como todo mundo queria."

"Então você fez bem", disse Mevlut. "Rayiha foi feliz comigo."

A conversa tomou um rumo inquietante, e marido e mulher se calaram, embora nenhum dos dois saísse da mesa. De onde estavam sentados, viam e ouviam os carros entrando e saindo do estacionamento ao anoitecer, e crianças jogando futebol no canto vazio próximo aos latões de lixo.

"Estaremos melhor em Çukurcuma", disse Samiha.

"Espero que sim", disse Mevlut.

Eles resolveram sair do bloco D e de Kültepe e mudar-se para um dos apartamentos de Çukurcuma, que Samiha herdara de Ferhat, mas dos quais não falara ainda a ninguém. Durante anos, o dinheiro do aluguel daqueles apartamentos fora destinado ao pagamento do apartamento em que eles agora moravam. Quitada a dívida, os dois se tornaram proprietários do imóvel e Samiha expressou o desejo de sair do bloco D. Mevlut sabia que o que a incomodava não era o aspecto sombrio do apartamento: ela queria ficar bem longe da família Aktaş.

Mevlut imaginou que não seria difícil morar em Çukurcuma. Ir de Taksim a Mecidiyeköy agora ficara fácil graças ao metrô. Além disso, ele podia vender boza à noite em Cihangir. As pessoas que moravam nos velhos edifícios daqueles bairros ainda ouviriam e chamariam um vendedor de boza que por lá passasse.

Estava totalmente escuro lá fora quando Mevlut avistou os faróis do carro de Süleyman entrando no estacionamento. Sem dizer palavra, eles ficaram observando Melahat, os dois filhos e Süleyman conversando, depois discutindo quando saíram do carro com suas mochilas e entraram no edifício.

"Mevlut e Samiha não estão em casa", disse Süleyman, olhando para a janela escura enquanto entravam.

"Não se preocupe, eles vão voltar", disse Melahat.

Süleyman convidara toda a família para jantar. A princípio Samiha hesitara, mas Mevlut a convenceu a ir: "Como, de todo modo, mudaremos daqui, melhor não ferir os sentimentos de ninguém". A cada dia ele estava tendo mais cuidado para que a esposa não fizesse nada que azedasse suas relações com a família Aktaş, Fevziye e o sr. Sadullah. Quanto mais envelhecia, mais temia ficar sozinho na cidade.

Mevlut já estava em Istambul havia quarenta e três anos. Nos primeiros trinta e cinco, cada ano que passava parecia estreitar seus laços com a cidade. Nos últimos tempos, porém, ele se sentia cada vez mais alheio. Seria por causa da incontida maré humana que só crescia, os milhões de novas pessoas que acorriam a Istambul, as novas casas, arranha-céus e centros comerciais que vinham de par com elas? Ele começou a ver a demolição de edifícios que estavam em construção quando de sua mudança para Istambul em 1969, e não apenas das casas desmanteladas em bairros pobres, mas até bons edifícios em Taksim e Şişli, que lá estavam havia mais de quarenta anos. Era como se os moradores daqueles velhos edifícios tivessem esgotado o prazo de viver na cidade. Como todas aquelas pessoas desapareciam com os prédios que haviam construído, outras se mudavam para os novos edifícios — mais altos, mais assustadores e com mais concreto do que nunca. Sempre que ele olhava aquelas novas torres de trinta e quarenta andares, Mevlut sentia que nada tinha a ver com as pessoas que nelas moravam.

Ao mesmo tempo, gostava de olhar os altos edifícios que haviam brotado em toda a cidade, e não apenas nas colinas distantes. Quando via uma torre nova pela primeira vez, não fazia um gesto de repulsa, como seus clientes ricos que zombavam de tudo o que era moderno, mas se enchia de um fascínio repleto de admiração. Que aspecto teria o mundo contemplado do alto de um edifício tão elevado? Esse era outro motivo pelo qual Mevlut queria ir logo ao jantar de Süleyman: assim poderia apreciar a magnífica vista que se descortinava daquele apartamento.

Mas, devido à teimosia de Samiha, eles chegaram ao apartamento de cobertura depois de todos os demais. Mevlut sentara numa cadeira que dava não para a vista, mas para um armário envidraçado que uma caminhonete entregara a Melahat três meses antes. As crianças já tinham comido e se retirado. À exceção de Korkut e Vediha, Süleyman e Melahat, só se encontrava à mesa Abdurrahman Efêndi, que não dizia uma palavra. Tia Safiye não viera, a pretexto da doença do tio Hasan. Korkut e Süleyman haviam levado o pai a inúmeros especialistas tentando descobrir o que ele tinha, e ele continuava fazendo mais exames. Àquela altura, o tio estava farto de médicos; ele não queria ser examinado nem sair da cama nem do quarto. Detestava o edifício de doze andares em que morava; para começar, como não queria que fosse construído, quando saía, não queria ir a hospitais, apenas à mercearia, que era o foco de seus pensamentos e preocupações. Mevlut achava que se podia usar o terreno que ficava atrás da loja, que estava exatamente como quarenta anos antes, para construir um edifício de oito andares com cinco apartamentos em cada andar. (O próprio tio Hasan cercara o terreno quarenta e cinco anos antes.)

Eles ficaram assistindo ao noticiário na TV (o presidente viera à mesquita Süleymaniye em Istambul para as orações do feriado religioso) e conversaram durante a refeição. Mesmo que o tio Hasan estivesse alguns andares abaixo, ainda não se pusera a garrafa de *rakı* na mesa. Por isso Korkut e Süleyman de vez em quando iam encher seus copos na cozinha.

Mevlut também queria beber um pouco de *rakı*. Ele não era como as pessoas que rezam e bebem mais à medida que envelhecem — ele continuava a beber pouco. Mas as coisas que Samiha dissera logo antes, na cozinha de seu apartamento, o tinham magoado, e ele sabia que se sentiria melhor depois de uns goles.

Sempre atenciosa, Melahat o acompanhou à cozinha. "O *rakı* está na geladeira", ela disse. Samiha entrou depois deles, parecendo um tanto embaraçada. "Eu também quero um pouco…", disse ela, rindo.

"Não use esse copo, pegue este. Quer um pouco mais de gelo, Mevlut?", disse Melahat, e, como sempre, ele se pegou admirando sua gentileza e solicitude. Dentro da geladeira, Mevlut viu uma tigela verde de plástico cheia de carne vermelha brilhante.

"Süleyman teve a boa ideia de mandar matar dois carneiros", disse Melahat. "Nós distribuímos a carne para os pobres, mas ainda sobrou muita. Nem cabe na geladeira. Pusemos uma tigela na geladeira de Vediha e uma na da minha sogra, e ainda tem outra na sacada. Vocês não se importam de guardá-la na geladeira de vocês por algum tempo?"

Süleyman comprara os dois carneiros três semanas antes e os amarrara num canto do estacionamento próximo à janela de Mevlut, e embora a princípio tivesse cuidado deles e lhes dado feno, logo os esqueceu, da mesma forma que Mevlut. Às vezes uma bola perdida atingia um dos animais e os carneiros davam marradas, levantavam uma nuvem de poeira, e os meninos riam. Certa vez, antes que terminassem em bacias de plástico para serem distribuídos entre os pobres e nas quatro geladeiras, Mevlut foi ao estacionamento e olhou um deles diretamente nos olhos, lembrando-se com tristeza dos vinte mil carneiros que estavam no fundo do Bósforo.

"Claro", disse Samiha. O *rakı* a abrandara, mas Mevlut tinha certeza, pela expressão de seu rosto, de que ela não gostara nem um pouco daquela ideia.

"Carne crua tem um cheiro horrível", disse Melahat. "Süleyman ia distribuí-la no escritório, mas... vocês têm ideia de quem precisaria da carne aqui no bairro?"

Mevlut pensou seriamente no assunto: no extremo oposto de Kültepe e nas outras colinas em volta, um novo tipo de gente desconhecida se mudara para as velhas *gecekondu* que vagavam quando a perspectiva de novos edifícios fizera com que vários proprietários processassem uns aos outros ou o Estado com base nos documentos emitidos pelo *muhtar*. Mas os mais novos indigentes em geral moravam nos mais distantes confins de Istambul, para além do segundo anel viário que rodeava a cidade, onde nem mesmo Mevlut havia posto os pés. Aquelas pessoas vinham ao centro com sacos enormes e fuçavam as latas de lixo. A cidade crescera e se espalhara tanto que era impossível ir e voltar a esses bairros num dia, de carro, quanto mais a pé. O que espantava Mevlut mais ainda eram os estranhos novos edifícios que começaram a se erguer naqueles bairros como fantasmas, tão altos que deles se podia ver a margem oposta do Bósforo. Mevlut adorava ver aqueles espigões de longe.

A princípio, da sala de jantar, ele não conseguiu ter uma visão do panorama como gostaria, porque ficou ouvindo a história que Süleyman contou: dois meses antes, os apartamentos no bloco que pertenceram às irmãs e à mãe de Mevlut foram vendidos, e os respectivos maridos de suas irmãs, ambos na casa dos sessenta anos de idade, que raramente saíam da aldeia, vieram a Istambul na ocasião e ficaram durante cinco dias no térreo com a tia Safiye, que era tia materna de suas mulheres e esposa de seu tio paterno. Süleyman os levara para passear em seu Ford pela cidade, e agora ele tinha mil histórias para contar, zombando do fascínio deles pelos arranha-céus, pontes, mesquitas históricas e centros comerciais. O mais interessante dessas histórias era que esses velhos tios — que, como todo mundo, não queriam impostos — levaram o pagamento de seus apartamentos em bolsas cheias de dólares, em vez de irem ao banco, e nunca deixavam as bolsas fora de suas vistas durante toda a viagem. Süleyman se levantou da mesa e imitou os dois velhos vergados sob as bolsas pesadas de dinheiro ao entrarem no ônibus que os levaria para casa. Ele disse: "Oh, Mevlut, o que faríamos sem você?", e quando todos se voltaram para ele e sorriram, Mevlut ficou de mau humor.

Algo no sorriso deles indicava que consideravam Mevlut tão ingênuo e infantil quanto os dois velhos cunhados. Não que ainda o vissem como um sujeito interiorano; achavam graça que ele fora honesto o bastante para recusar a oportunidade de forjar um documento e ficar com os três apartamentos. Os maridos de suas irmãs eram conscienciosos (eles até levaram a Mevlut o título de propriedade de sua parte de um pequeno terreno na aldeia que ele herdara do pai), não se deixariam enganar muito facilmente. Mevlut refletiu com tristeza que, se tivesse aceitado a sugestão do tio Hasan três anos atrás e refeito o documento do *muhtar*, àquela época teria o apartamento quitado e poderia ter parado de trabalhar quando já passara dos cinquenta anos.

Mevlut ficou pensativo por um tempo. Tentava esquecer que Samiha o havia magoado: comparada às esposas gordas, desarrumadas e velhas, a sua ainda estava bonita, animada e cheia de vida. Todos iriam a Kadırga no dia seguinte ver os netos dele. Ele se reconciliara com Fatma. Sua vida era melhor que a de todos os demais. Ele devia estar feliz. E estava, não estava? Quando Melahat trouxe o doce de pistache, ele de repente se pôs de pé. "Eu também quero dar uma olhada nessa paisagem", disse, virando a cadeira para o outro lado.

"Bem, se é que você consegue ver alguma coisa além da torre", disse Korkut.

"Oh, nós o colocamos na cadeira errada", disse Süleyman.

Mevlut pegou sua cadeira e foi se sentar na sacada. Sentiu uma tontura momentânea, tanto por causa da altura como pela vasta extensão da paisagem que descortinava. A torre de que Korkut falara era a de trinta andares que Hadji Hamit Vural construíra nos últimos cinco anos de sua vida, trabalhando dia e noite, como o fizera quando da construção da mesquita de Duttepe, e sem poupar nenhum recurso para que fosse a mais alta possível. Infelizmente, ela nunca haveria de ser um dos edifícios mais altos de Istambul, como ele gostaria. Mas, como a maioria dos arranha-céus da cidade, lia-se na fachada a palavra "TOWER", com letras enormes, escrita em inglês, embora lá não residisse nenhum britânico ou americano que a justificasse.

Era a terceira vez que fora àquela varanda para ver a paisagem. Em suas duas visitas anteriores, ele não notara o quanto a HADJI HAMIT VURAL TOWER estorvava a visão de Süleyman. A Vural Holdings teve o cuidado de vender todos os apartamentos dos novos edifícios de doze andares de Kültepe antes de iniciar a construção da torre Hadji Hamit em Duttepe, que tirou a visão dos apartamentos de Kültepe.

Mevlut notou que estava olhando para a cidade do mesmo ponto de vista que olhara quando seu pai o levou ao alto da colina, logo que ele chegou a Kültepe. Daquele lugar, quarenta anos antes, viam-se fábricas por toda parte, e todas as outras colinas, que rapidamente se enchiam de novos bairros pobres, do sopé até o cume. Agora Mevlut só via um oceano de blocos de apartamentos de alturas diversas. As colinas das cercanias, outrora claramente distinguíveis por suas torres de transmissão de energia elétrica, agora estavam submersas, perdidas sob milhares de edifícios, da mesma forma como os antigos riachos que corriam pela cidade haviam sido esquecidos, bem como seus nomes, tão logo foram asfaltados e cobertos por estradas. Mevlut mal conseguia evocar uma vaga imagem de cada colina — "Ali deve ser Oktepe, e ali, imagino, os minaretes da mesquita de Harmantepe" —, e isso só depois de muito pensar e de muita atenção.

O que ele tinha diante de si era uma vasta muralha de janelas. A cidade — poderosa, indomada, assustadoramente real — continuava a parecer impenetrável, mesmo para ele. As centenas de milhares de janelas alinhadas ao longo da muralha eram como muitos olhos que o observavam. Ao amanhecer eram escuras, depois iam mudando de cor ao longo do dia, à noite tinham um brilho que parecia transformar o céu noturno numa espécie de dia. Quando criança, ele sempre gostava de contemplar de longe as luzes da cidade. Nelas havia alguma coisa de mágico. Mas nunca vira Istambul de tão alto. Era ao mesmo tempo assustador e fascinante. Istambul ainda conseguia fazê-lo recuar, mas mesmo agora, aos cinquenta e cinco anos, continuava sentindo o desejo de se lançar no meio daquela floresta de edifícios que pareciam encará-lo.

Quem, porém, olhasse o panorama da cidade por algum tempo logo poderia notar o movimento ao pé de cada edifício, os sinais de atividade nas várias colinas. As indústrias farmacêuticas e de lâmpadas e outras fábricas que existiam quarenta anos atrás haviam sido extirpadas e substituídas por aquele monte de torres assustadoras. Para além da cortina de concreto formada por todos aqueles novos edifícios altos, ainda era possível distinguir traços da velha Istambul, da mesma forma como podiam ser distinguidos quando Mevlut foi àquele lugar pela primeira vez. Aqui e ali, altas e reluzentes torres haviam se multiplicado, mesmo naqueles bairros. Mas o que o perturbava era o mar de arranha-céus e edifícios elevados, mesmo muito além daqueles limites. Alguns ficavam tão distantes que Mevlut não saberia dizer se estavam no lado asiático da cidade ou não.

Cada um desses edifícios brilhava como a mesquita Süleymaniye e, à noite, seu fulgor formava um halo sobre a cidade, de um tom dourado de mel ou amarelo-mostarda. Nas noites em que as nuvens ficavam a baixa altura, elas refletiam uma luz cor de limão, como se estranhas lâmpadas as iluminassem do alto. Em meio àquela confusão de luzes era difícil distinguir o Bósforo, a menos que os faróis de um navio ou as luzes de navegação de aviões tremeluzissem brevemente ao longe. Mevlut percebia que a luz e a escuridão dentro de sua mente eram parecidas com a paisagem noturna da cidade. Talvez por isso ele saíra às ruas para vender boza à noite ao longo dos últimos quarenta anos, ainda que pouco ganhasse com isso.

Foi assim que Mevlut veio a entender a verdade que parte dele sempre soubera: andar pela cidade à noite o fazia sentir como se estivesse andando dentro da própria mente. Era por isso que, toda vez que conversava com os muros, cartazes de propaganda, sombras e formas estranhas e misteriosas que ele não conseguia distinguir bem à noite, sempre sentia como se estivesse falando consigo mesmo.

"O que é que você está olhando?", perguntou Süleyman, vindo também para a varanda. "Está procurando um ponto em especial?"

"Estou só olhando."

"É bonito, não? Mas eu soube que você vai nos trocar por Çukurcuma."

Quando voltou para dentro, viu que Samiha tomara o pai pelo braço e o estava conduzindo para a porta. Nos últimos anos, a senilidade entortara ainda mais seu pescoço, e ele já não falava muito. Ficava sentado calado com as filhas, como uma criança bem-comportada, depois de tomar alguns copos. Mevlut ficou surpreso ao saber que o sogro ainda conseguia pegar o ônibus na aldeia e vir sozinho para Istambul.

"Meu pai não está se sentindo muito bem, a gente precisa ir agora", disse Samiha.

"Eu vou também", disse Mevlut.

Sua mulher e seu sogro já tinham saído.

"Então, Mevlut, soube que você vai nos abandonar", disse Korkut.

"Todos desejam boza numa noite fria de feriado religioso", disse Mevlut.

"Não estou me referindo a esta noite. Falava da sua mudança para Çukurcuma." Como Mevlut não respondeu, Korkut disse: "Você está mesmo decidido a ir embora e nos deixar?".

"Ah, estou sim", disse Mevlut.

No elevador, com a insistente música de fundo, o aspecto cansado e apático do sogro entristeceu Mevlut, mas ele estava ainda mais perturbado com Samiha. Entrou em seu apartamento, pegou os utensílios de boza sem lhe dizer uma palavra e dirigiu-se às ruas, com muita alegria e disposição.

Meia hora depois, chegava às transversais de Feriköy, esperançoso de que elas lhe dissessem coisas maravilhosas naquela noite. Samiha o magoara profundamente lembrando-o de que houve um tempo em que ela não o amava. Em momentos como aquele, quando ele se sentia angustiado e todos os fracassos e deficiências de sua vida emergiam dentro dele como uma onda de tristeza, seus pensamentos voltavam-se imediatamente para Rayiha.

"Boozaa", gritava ele para as ruas vazias.

Nos últimos tempos, quando sonhava com ela, o problema que tinha a resolver era sempre o mesmo: Rayiha estava esperando por ele numa velha e suntuosa mansão de madeira, mas, por mais que desse voltas e por mais portas que abrisse, não achava a porta da casa onde ela estava, e simplesmente continuava andando em círculos. Percebia que a rua pela qual acabara de passar havia mudado, e se quisesse achar a porta que estava procurando teria de andar por uma outra rua, e assim recomeçava sua longa e interminável jornada. Em certas noites, quando estava vendendo boza em alguma via distante, não conseguia saber ao certo se aquilo era uma cena daquele sonho ou se ele estava de fato naquela rua naquele momento.

"Boo-zaa."

Desde a infância e a adolescência Mevlut entendera que as coisas enigmáticas que percebia quando andava na rua eram criações de sua mente. Naquela época, ele sonhara todas aquelas coisas de forma consciente. Nos últimos anos, porém, sentiu que havia uma outra força que introduzia aqueles pensamentos e sonhos em sua mente. Mevlut deixara de perceber qualquer diferença entre suas fantasias e as coisas que ele via na rua à noite: era como se elas fossem recortes do mesmo tecido. Era uma sensação agradável, intensificada pelo copo de *rakı* que tomara havia pouco na casa de Süleyman.

A ideia de que Rayiha o esperava numa mansão de madeira em algum lugar ao longo de seu caminho podia ser uma invenção de sua mente, mas também podia ser verdade. O olho que o observava lá do alto, mesmo quando percorria as ruas mais distantes de Istambul nos últimos quarenta anos, podia na verdade estar lá, ou talvez fosse simplesmente uma fantasia momentânea em que Mevlut terminara por acreditar para sempre. Poderia ser fruto de sua imaginação a semelhança que vira entre os distantes arranha-céus que avistara da varanda de Süleyman e as lápides da ilustração do *Caminho Justo* — da mesma forma que, para ele, o tempo começara a passar mais rápido desde o dia em que um homem e seu filho roubaram-lhe o relógio de pulso dezoito anos antes...

Mevlut sabia que toda vez que gritava "Boo-zaa" suas emoções se transmitiam para as pessoas das casas pelas quais transitava, mas ao mesmo tempo se dava conta de que aquilo não passava de uma fantasia sedutora. Podia ser verdade que existia outro reino escondido dentro deste e que talvez lhe fosse possível andar por ele e adentrá-lo, desde que permitisse que seu outro eu secreto emergisse. Por enquanto, ele se recusava a escolher entre os dois reinos. Suas convicções públicas eram corretas, assim como as de seu íntimo; as intenções de seu coração e as intenções de suas palavras eram igualmente importantes... Isso significava que todas as palavras que lhe vieram dos cartazes de propaganda, dos pôsteres, dos jornais expostos em mercearias e das mensagens escritas nos muros podiam muito bem estar dizendo a verdade o tempo todo. Durante quarenta anos a cidade lhe enviara aqueles símbolos. Ele sentia necessidade de responder às coisas que ela lhe dissera, exatamente como fazia quando era criança. Agora era sua vez de falar. O que ele gostaria de dizer à cidade?

Mevlut ainda não conseguia resolver esse dilema, embora já tivesse decidido divulgá-lo como um slogan político. Talvez essa mensagem — que ele pretendia escrever nos muros da cidade como o fizera na juventude — devesse versar não sobre suas opiniões públicas, mas sobre seu mundo privado. Ou talvez devesse ser fiel a ambos: a mais essencial de todas as verdades.

"Boo-zaa..."

"Vendedor de boza, vendedor de boza, espere..."

Uma janela se abriu, e Mevlut sorriu, surpreso: uma cesta dos velhos tempos estava descendo rapidamente diante dele.

"Vendedor de boza, você sabe como usar a cesta?"

"Claro."

Mevlut verteu um pouco de boza numa tigela de vidro dentro da cesta, pegou o dinheiro do pagamento e logo tratou de seguir caminho, ainda tentando imaginar que pensamento ele iria partilhar com a cidade.

Nos últimos anos, ele temia a velhice, a morte e o esquecimento. Nunca prejudicara ninguém intencionalmente e sempre procurara ser uma pessoa boa; desde que não sucumbisse a um instante de fraqueza entre o momento presente e o dia de sua morte, ele acreditava que iria para o céu. Recentemente, porém, um temor de que tivesse desperdiçado sua vida — que ele nunca sentira em sua juventude — começara a roer-lhe a alma, apesar de todos os anos que ainda tinha pela frente com Samiha. Ele não sabia ao certo o que poderia dizer à cidade sobre esse assunto.

Ele estava andando ao longo do muro em volta do cemitério de Feriköy. No passado, a sensação estranha o levaria a entrar, ainda que tivesse medo de gente morta e de cemitérios. Atualmente tinha menos medo de cemitérios e de esqueletos, mas ainda hesitava em entrar num desses cemitérios históricos, porque eles o faziam pensar na própria morte. Mas um impulso infantil o fez espiar, por cima de uma parte do muro um pouco mais baixa, o interior de um deles, onde ele viu um movimento que o assustou.

Um cachorro preto, seguido de perto por outro, rumava para o fundo do cemitério. Mevlut deu meia-volta e se pôs a andar rapidamente na direção oposta. Não havia nada a temer. Era feriado, as ruas estavam cheias de gente bem-intencionada e bem-vestida, sorrindo-lhe à sua passagem. Um homem mais ou menos de sua idade abriu uma janela, gritou por ele e desceu com um cântaro vazio no qual Mevlut verteu dois litros de boza, o que o animou e o fez se esquecer dos cachorros.

Dez minutos depois, porém, duas ruas adiante, os cães encurralaram Mevlut. Quando ele os viu, percebeu que dois outros do bando estavam atrás dele, e que não poderia recuar e fugir. Seu coração disparou, e ele não conseguiu se lembrar das orações que o guru consultado por seu pai lhe ensinara, nem do conselho que o Sagrado Guia lhe dera.

Quando Mevlut passou por eles na ponta dos pés, porém, os cães não lhes mostraram os dentes nem rosnaram, tampouco se mostraram hostis. Nenhum veio cheirá-lo. Na verdade, eles o ignoraram. Mevlut ficou profundamente aliviado, sabendo que aquilo era um bom sinal. E sentiu necessidade de um amigo com quem conversar. Os cães agora gostavam dele.

Três ruas, um bairro e muitos fregueses ávidos, esperançosos e bondosos depois, Mevlut descobriu espantado que quase não lhe sobrava boza, quando uma terceira janela se abriu e um homem chamou: "Vendedor de boza, suba até aqui".

Dois minutos depois, Mevlut estava na porta do apartamento, com seus jarros de boza, no terceiro andar do velho edifício sem elevador. Os moradores o fizeram entrar. Havia aquela densa umidade que se forma quando as pessoas mantêm as janelas quase sempre fechadas e as estufas e aquecedores em baixa graduação, e ele sentiu também um forte cheiro de *rakı*. Não se tratava, porém, de uma mesa de bêbados falastrões, mas de uma família e amigos curtindo uma festa. Ele viu tias amorosas, pais sérios, mães comunicativas, avôs, avós e muitas crianças. Os pais estavam à mesa conversando, as crianças corriam em volta, escondendo-se embaixo dela e gritando umas para as outras. A alegria daquela gente agradou Mevlut. Seres humanos foram feitos para ser felizes, honestos e sinceros. Ele viu toda aquela atmosfera calorosa à luz cor de laranja da sala de estar e verteu cinco litros de sua melhor boza, sob os olhares curiosos de muitas crianças. Uma mulher afável, mais ou menos de sua idade, entrou na cozinha, vinda da sala. Estava de batom e sem véu, e tinha olhos muito grandes.

"Vendedor de boza, que bom que você subiu até aqui", ela disse. "Foi bom ouvir a sua voz vinda da rua. Eu a senti no fundo do coração. É maravilhoso que você esteja vendendo boza. Fico feliz que você não tenha pensado consigo mesmo: 'Quem haveria de comprá-la, afinal de contas?', e desistido."

Quando estava de saída, já à porta, diminuiu o passo. "Eu nunca pensaria isso", ele falou. "Eu vendo boza porque é isso que gosto de fazer."

"Não desista, vendedor de boza. Nem pense que não adianta tentar em meio a todas essas torres e todo esse concreto."

"Eu vou vender boza até o dia do fim do mundo", disse Mevlut.

A mulher lhe deu muito mais dinheiro do que ele cobrava por cinco litros. Ela fez um gesto indicando que não queria troco, que aquilo era um presente da Festa do Sacrifício. Mevlut saiu em silêncio, desceu as escadas e parou diante da entrada principal para jogar a vara sobre os ombros e pegar seus jarros.

"Boo-zaa", gritou ele quando voltou à rua. Enquanto se dirigia ao Chifre de Ouro, por uma rua que parecia estar descendo para o mundo do esquecimento, ele se lembrou do panorama que descortinara do apartamento de Süleyman. Agora sabia o que queria dizer a Istambul e escrever nas paredes. Era sua opinião tanto pública quanto privada — era tanto o que seu coração desejava como o que suas palavras sempre queriam expressar. Ele disse consigo mesmo:

"Eu amei Rayiha mais do que tudo neste mundo."

2008-2014

Índice de personagens

Todos os números de página escritos em **negrito** referem-se às narrativas em primeira pessoa.

Abdülvahap, 101

Abdurrahman Efêndi: vendedor de boza aposentado. Pai de Vediha, Rayiha e Samiha; sogro de Mevlut. Muda para Istambul e volta para a aldeia, **55-6**; sua esposa, filho e filhas, 104; sua busca por um marido para Vediha, **152**; com Korkut, **154-6**, 209, **238-9**, 264, **269-70**, 290; com Süleyman, **265-6**, **333**; no bairro de Ghaazi, **334-8**, 430; no casamento de Fevziye, **499**

Ahmet de Ancara. No Exército, 194-5

Ali, 128

Almirante. Arruinando um clube noturno, 459, 466-7

(tio) Asım, 307

Atiye: mãe de Mevlut, que permaneceu na aldeia. Escrevendo cartas, 56; na aldeia, 435

bibliotecária Aysel (colegial), 102

Bozkurt: filho mais velho de Korkut e Vediha. Seu nascimento, 206, 209, 211; quando Samiha foge, 261-2, 331, 487, 558

Burhan, 490

capitão Tahsin: proprietário do Café Binbom, 362; suas precauções contra as trapaças de seus empregados, 363; sua luta com os empregados, 378

Cegueta da mercearia, 55, 57

Cegueta Kerim: professor de educação física e de religião, 86, 194

Cezmi de Cizre: gângster de Beyoğlu, 458, 516

Corpulenta Melahat: professora de biologia, 91, 96, 138

Doninha: empregado do Café Binbom, 368-9

Emre de Antália (Emre Şaşmaz). No Exército, 194-5

Erhan, 493-5

Esqueleto: vice-diretor., 68, 87, 89, 96-7, **98-9**; sobre vendedores ambulantes, 100; sobre diplomas escolares, 105, 138, 146

Fatma: filha mais velha de Mevlut. Seu nascimento, 256; seu primeiro dia na escola, 361-2; sua amizade com o pai, 421, 436, 481-2; desentende-se com Bozkurt, 484; na universidade, 489; seu casamento, 490, 528

(sr.) Fazıl: diretor de escola. A cerimônia do hasteamento da bandeira, 87; sobre os pobres e os ricos, 88

Fehmi: professor de física, 138

Ferhat: filho de uma família curda alevita de Bingöl estabelecida em Istambul. O melhor amigo de Mevlut. Seu primeiro encontro com Mevlut, 100; suas cartas para jovens europeias, 101, **109**, 114; colando cartazes, 128-9, **133**; tumultos em funeral, 136; os ataques contra os alevitas, 141, **142**; a guerra entre Duttepe e Kültepe, 143-4; prisões, torturas e a partida dos alevitas de Kültepe, 146, **177**; seu emprego no restaurante, 177-8, **180-1, 183-4**; as primeiras cartas de amor, 185-8, **243**; Samiha, 261-2, **290, 294, 296-7**; a época em que foi garçom, **302-6**; trabalhando como inspetor de consumo de eletricidade, **346, 387**; com Mevlut, 384-6, 391-3, **398**; a privatização da distribuição de eletricidade, **398-401**; ele conhece Selvihan, **407-8**; entre os arquivos do consumo de eletricidade, **410-1, 437-9, 456**; sobre opiniões públicas e privadas, 413; a Loja de Boza dos Cunhados, 423; trabalhando com Mevlut como inspetor de medidores, 442-5, **448-50**; o Clube Luz do Sol, **456-7, 459, 466-7**; sua morte, 471

Fevzi: professor exibido, 71, 93, 168

Fevziye: filha mais nova de Mevlut. A escolha de seu nome, 269; seu nascimento, 270; sua amizade com o pai, 421-2, 491; visitas ao túmulo de Rayiha, 435-6, 483, 494; fuga com Erhan, 491-3; o casamento deles, 497-500; Samiha, 513, 520

Gordo Muharrem: empregado do Café Binbom, 375, 378

Hadi de Gümüşhane, 303

Hadji Hamit Vural: ex-merceeiro de Rize; empreiteiro que atuava em Duttepe, Kültepe e cercanias, empreendedor e magnata da construção. Seu início no negócio de mercearia e construção, 116; trazendo trabalhadores solteiros da aldeia, 117; a mesquita de Duttepe, 118; um alojamento para seus empregados, 151-2; sobre o amor, 156; o casamento de Mevlut, 243; no funeral de Rayiha, **432-3**; dando a Mevlut a cota que ele exige, 548; a Torre, 553, 566

Hamdi de Gümüşdere, 503

Hamdi, o vendedor de aves: lojista de Beyoğlu, 332, 366

Hasan: o filho mais velho de Süleyman, 506, 555

(tio) Hasan: o irmão mais velho de Mustafa Efêndi; tio de Mevlut; pai de Korkut e Süleyman. A casa de Duttepe, 58; a mercearia, 69, **153**; o terreno em Kültepe, 159; sobre Mahinur, **446**; sacos de papel, 539; os documentos do intendente municipal, 543

Haydar, 291, 295

Hidayet, o Boxeador, 168-70
Hızır: vendedor de sorvetes, 233-5

İbrahim: filho de Fevziye e Erhan; neto de Mevlut, 512
Irmãos Concreto, Abdullah e Nurullah, 107, 327, 514

Kadri Karlıovali (Kadri, o curdo): gerente de restaurante, 178, 189
Kâzım: filho mais novo de Süleyman. Seu nascimento, 474, 506, 555
Kemal de Zonguldak: manobrista, 427-8
    Korkut: primo mais velho de Mevlut; irmão mais velho de Süleyman; marido de Vediha; pai de Bozkurt e Turan. Seu velho casaco escolar, 70; quando ele bate num professor, 70-1; pregando cartazes, 131-3; apaixona-se por Vediha, 153-4; com Abdurrahman Pescoço-Torto, 154-5; apaziguador, 239, 265; no Azerbaidjão, 403-5, 431; com Mahinur, 447, 487, 536; pergunta infeliz, 553

Mahinur Meryem: cantora amante e depois esposa de Süleyman; seu verdadeiro nome é Melahat. Sua carreira musical, 315; com Süleyman, 316-7; grávida, 440-1; em que se pede sua mão em casamento, 446-7; em sua nova residência, 564
Mohini: amigo de Mevlut no ginásio e no Exército; cabeleireiro. Seu cabelo comprido é cortado, 97; leite do Unicef, 98; seu trabalho como cabeleireiro no serviço militar, 199; no casamento de Mevlut, 245, 473
Mustafa Efêndi: pai de Mevlut. Vendedor de boza e de iogurte, 56-7; seu sobrenome, 58; vai para Istambul com Mevlut, 59-60; a história do bairro, 66; leva Mevlut a um guru em Kasımpaşa, 68; em Istambul com Hasan, 72; terreno baldio e casas sem alvará de construção, 74-5; os segredos do ofício de vendedor ambulante, 77-8, **79**; seu medo do Estado, 81; os segredos da cidade, 82-3; vasilhames de vidro, **149**; espanca o filho, 176; sua morte e funeral, 203

(sra.) Nalan (dona de casa), 297-8
(srta.) Nazlı: professora de inglês do ginásio., 92-3, 95; em 12 de março, 96
Nazmi de Nazilli. No exército, 195
Nazmi, o laz: chefão do bairro, 291-3
Necati: um vizinho em Tarlabaşı, 323
Nedim (do píer da balsa), 250
Neriman. Sendo seguida, 119-21, 148; o momento, anos depois, em que Mevlut julga tê-la visto de novo, 345
Noivo: filho de um médico, e amigo de Mevlut no ginásio, 90-1, 425-8, 441

paxá Turgut: comandante da base do Exército em Kars, 199-200, 202, 207, 560
porteiro Ercan, 407-8, 411

Ramsés: professor de história do colegial, 92, 97, 101
Rasim: gerente de restaurante, 94
Rayiha: esposa de Mevlut; filha do meio de Abdurrahman Efêndi; mãe de Fatma e de Fevziye. Foge com Mevlut, 22; vai para Istambul com Mevlut, 27-9, 56, **104**, **155**; cartas de amor, 185-8, 196, 198, 205-6, 209; nas ruas de Istambul, 222-4, 226; seu casamento com Mevlut, 228; a primeira vez em que fazem sexo, **230**, **232**, **236**; a cerimônia pré-nupcial com hena, 242; preparando arroz e boza para Mevlut vender, **250-2**; o nascimento de Fatma, 256; mater-

577

nidade, e construindo um lar, 257-8, 269; o nascimento de Fevziye, 270, 283, 323; cartas, 329-3, 338-9; visitando Mevlut no Café Binbom, 365-6, 370-2, 384; ciúme, 391, 395, 405-7, 409, 412, 414, 415-6; sua morte, 429

Reyhan: vizinha e amiga de Rayiha, 322-3, 332, 343, 359, 366, 371, 415, 498

(sr.) Sadullah: ex-sapateiro e motorista aposentado. Sua vida de motorista e seus táxis, 494-5; em Kadırga, 496; explorando Istambul com Mevlut, 509-11

Safiye Aktaş: esposa do tio de Mevlut e sua tia; esposa de Hasan Aktaş, 70, 114, 133-4, 153, 405, 431-2, 556

Sagrado Guia: mestre de uma sociedade secreta; mestre calígrafo. Seu primeiro encontro com Mevlut, 354-5; Mevlidhan, 358, 364-5; sobre o medo de cachorros, 454-5; sobre oração e intenções, 479-80, 540, 542, 556

Şakir: fotógrafo de clube noturno, 256

Sami de Sürmene: gângster de Beyoğlu., 408; sua influência em Istambul e sua família na aldeia, 439, 467

Samiha: a filha mais nova e mais bonita de Abdurrahman Efêndi., 56, 104, 154; no casamento de Vediha, 170-1, 241; seu primeiro encontro com Mevlut, 245; na caminhonete de Süleyman, 254-5, 258; fugindo com Ferhat, 260-1, 263; com Ferhat, 285-8; no bairro de Ghaazi, 289; seu casamento, 295-6; trabalhando como doméstica, 297-301, 338-40; na loja de boza, 388-9; com as filhas de Mevlut, 431-2, 435, 458, 474, 483, 487-8; deixando Ferhat, 460; no casamento de Fevziye, 498-500, 521; na Confeitaria Palace, 523, 525-6; casando-se, 527-9; tornando-se proprietária de imóvel, 538, 546-7, 557; a brincadeira com as cartas, 558-61

Selvihan: a misteriosa amada de Ferhat. Seu primeiro encontro com Ferhat, 407-8

Süleyman: primo de Mevlut; irmão mais novo de Korkut., 20-4, 54, 58; mostra a Mevlut Kültepe e arredores, 69, 71, 75, 112, 122, 130, 133, 156-7, 165, 168-9; sobre Samiha e Rayiha, 173, 204; os documentos do intendente municipal, 210; ajudando Mevlut a fugir, 213-5, 221; no casamento de Mevlut, 245-6, 261-3, 265, 270; em Kabataş e Tarlabaşı, 274-7; no Restaurante Canopy, 277-82, 307-12, 330-1, 333-4, 358; indispondo-se com Samiha, 396, 398-9, 401-2, 430; no funeral de Rayiha, 433-4; na delegacia de polícia, 471; associação de migrantes, 475; pedindo a Mevlut a mão de Fatma para Bozkurt, 483, 486; fazendo as pazes entre Mevlut e Fevziye, 492; sobre Mevlut e Samiha, 505-8, 565-6

(tio) Tahir de Torul: gerente de restaurante. Discute com Mevlut sobre o preço do iogurte, 107

Tarık: amigo de Korkut do serviço secreto, 139; no Azerbaidjão, 404

Turan: filho mais novo de Korkut e Vediha. Seu nascimento, 206, 209, 211; quando Samiha foge, 261-2, 464; quando ele se casa e tem um filho, 558

Vahit: empregado do Café Binbom., 368; vendo TV, 369; confissões e ameaças, 376

Vediha: filha mais velha de Abdurrahman Efêndi; esposa de Korkut Aktaş; mãe de

Bozkurt e Turan., **56**, **104**, **154**; seu casamento, 167-73, 206; quando Samiha foge, **259-62**; procurando uma esposa para Süleyman, **308-15**; sobre a gravidez, **417-8**, **430**, **432**; sobre Mahinur, **446-7**, **458**; É justo?, **463-5**; o contrato, 546-8; sua vida de casada com Korkut, 557

Zeliha: doméstica amiga de Samiha, 291, 295-6; no apartamento da sra. Nalan, 298

Cronologia

1954	Migrantes das aldeias do distrito de Beyşehir começam a chegar a Istambul em grande número para procurar emprego e vender iogurte.
6-7 DE SETEMBRO DE 1955	Não muçulmanos de Istambul sofrem ataques; lojas são saqueadas e igrejas são vandalizadas.
1957	Mevlut Karataş nasceu Mevlut Aktaş, na aldeia Cennetpınar do distrito de Beyşehir, na província de Konya.
27 DE MAIO DE 1960	Golpe militar.
17 DE SETEMBRO DE 1961	Ex-primeiro-ministro Adnan Menderes é executado.
1963	Os irmãos Hasan e Mustafa Aktaş deixam sua aldeia para procurar trabalho em Istambul.
1964	Em decorrência das lutas entre turcos e gregos no Chipre, milhares de gregos que viviam em Istambul são expulsos da cidade pelo governo turco. Muitas casas em Tarlabaşı ficam vazias.

1965	Os irmãos Hasan e Mustafa mudam-se para a casa de um cômodo que construíram em Kültepe, sem alvará. O filho mais velho de Hasan, Korkut, vai morar com o pai e o tio em Istambul. Com a ajuda de Korkut, Hasan e Mustafa cercam dois terrenos em Duttepe e Kültepe.
1965	Começa a construção da mesquita de Duttepe.
1965	Correm boatos de uma iminente anistia para edificações clandestinas, e as pessoas se apressam a construir mais edifícios e casas sem a devida autorização. O Partido da Justiça, conservador, liderado por Süleyman Demirel, ganha as eleições gerais.
1966	Abdurrahman Pescoço-Torto para de vender iogurte e volta definitivamente para sua aldeia de Gümüşdere.
1968	O filho caçula de Hasan Aktaş, Süleyman, vai morar com o pai, o irmão e o tio em Istambul.
DEZEMBRO DE 1968	Hasan, Korkut e Süleyman deixam a casa em que moravam com Mustafa e mudam-se para a casa que tinham acabado de construir em Duttepe, sem alvará, no terreno cercado em 1965. A esposa de Hasan Aktaş, Safiye, vai morar com os demais membros da família em Istambul.
VERÃO DE 1969	Mustafa Aktaş vai para Beyşehir e muda o próprio nome e o de sua família para Karataş.
VERÃO DE 1969	Abertura do Derya, o primeiro cinema ao ar livre de Duttepe.
FINS DO VERÃO DE 1969	Quando seu pai volta para Istambul, Mevlut Karataş acompanha-o para trabalhar e continuar seus estudos.
12 DE MARÇO DE 1971	O ultimato dos generais do Exército ao presidente e ao Parlamento eleito da República da Turquia força a renúncia do governo.
ABRIL DE 1971	Mevlut conhece Ferhat.

1972	No Cine Elyazar, Mevlut assiste pela primeira vez a um filme pornográfico.
30 DE OUTUBRO DE 1973	Abertura da primeira ponte sobre o Bósforo, também conhecida como ponte Atatürk.
JANEIRO DE 1974	Inauguração da mesquita de Duttepe no dia da Festa do Sacrifício.
MARÇO DE 1974	Mevlut começa a seguir uma mulher que ele chama de Neriman.
20 DE JULHO DE 1974	O Exército turco desembarca no Chipre e ocupa a parte norte da ilha.
MEADOS DÉCADA DE 1970	Grandes empresas começam a distribuir iogurte em vasilhames de vidro e de plástico, prática que se difunde rapidamente.
MARÇO DE 1977	Mevlut cola cartazes políticos nos muros.
ABRIL DE 1977	Trava-se uma batalha entre militantes de esquerda e de direita em Duttepe e Kültepe.
1º DE MAIO DE 1977	Trinta e quatro pessoas são mortas na praça Taksim em eventos relacionados à comemoração ao Dia Internacional do Trabalhador.
MAIO DE 1978	Hasan Aktaş vende a Hadji Hamit Vural o terreno que ele cercou em 1965 com seu irmão Mustafa.
VERÃO DE 1978	Mevlut passa a usar bigode.
AGOSTO DE 1978	Casamento de Korkut e Vediha.
OUTUBRO DE 1978	Mevlut muda-se da casa do pai. Ele vai morar em Tarlabaşı com Ferhat, e os dois trabalham juntos como garçons no Restaurante Karlıova.
19-26 DE DEZEMBRO DE 1978	Cento e cinquenta alevitas são mortos no massacre de Ma-

583

	raş, organizado por militantes sunitas, pelos serviços secretos do governo e por grupos paramilitares ultranacionalistas.
1979	Celâl Salik, colunista do jornal *Milliyet*, é assassinado. O aiatolá Khomeini lidera a Revolução Islâmica no Irã.
FINS DE 1979	Nasce Bozkurt, primeiro filho de Korkut e Vediha.
PRIMAVERA DE 1980	Mevlut vai cumprir os vinte meses de serviço militar obrigatório.
12 DE SETEMBRO DE 1980	O Exército promove um golpe militar quando Mevlut está na brigada de tanques na pequena cidade setentrional de Kars, na fronteira soviética.
FINS DE 1980	Nasce Turan, segundo filho de Korkut e Vediha.
JANEIRO DE 1981	Morre Mustafa Karataş, pai de Mevlut. Mevlut volta a Istambul para o funeral e aluga a casa do pai em Kültepe.
17 DE MARÇO DE 1982	Terminado o serviço militar, Mevlut volta para Istambul e se muda para um apartamento alugado em Tarlabaşı.
2 DE ABRIL-14 DE JUNHO DE 1982	Guerra das Malvinas entre o Reino Unido e a Argentina.
17 DE JUNHO DE 1982	Mevlut vai à aldeia de Gümüşdere e foge com Rayiha, filha de Abdurrahman Pescoço-Torto.
VERÃO DE 1982	Mevlut vende sorvetes pela primeira vez.
SETEMBRO DE 1982	Casamento de Mevlut e Rayiha.
OUTUBRO DE 1982	Mevlut começa a vender arroz cozido com galinha.
NOVEMBRO DE 1982	O resultado de um referendo apoia a Constituição de 1982, e o líder do golpe de 1980, Kenan Evren, torna-se presidente da República.
ABRIL DE 1983	Nasce Fatma, primeira filha de Mevlut e Rayiha.

ABRIL DE 1983	Autoriza-se a realização do aborto até dez semanas depois da concepção. Mulheres casadas que querem abortar devem apresentar uma prova do consentimento do marido.
PRINCÍPIOS DE 1984	Samiha foge com Ferhat.
AGOSTO DE 1984	Nasce Fevziye, segunda filha de Mevlut e Rayiha.
26 DE ABRIL DE 1986	Depois do acidente nuclear de Tchernóbil, nuvens com resíduos nucleares chegam à Turquia.
1986-8	Constrói-se a nova avenida Tarlabaşı.
FEVEREIRO DE 1987	Incêndio do Teatro Glória.
18 DE JUNHO DE 1988	Tentativa de assassinato do primeiro-ministro Turgut Özal.
3 DE JULHO DE 1988	Abertura da segunda ponte sobre o Bósforo, a ponte Fatih Sultan Mehmet, cujo nome homenageia o sultão otomano Mehmed, o Conquistador.
PRINCÍPIOS DE 1989	Mevlut perde seu carrinho de arroz para a polícia municipal. Por essa época, ele conhece o Sagrado Guia. Ferhat começa a trabalhar como inspetor de medidores de consumo no Departamento de Energia Elétrica.
4 DE JUNHO DE 1989	Manifestações de protesto na praça da Paz Celestial, em Beijing.
SETEMBRO DE 1989	Mevlut começa a trabalhar como gerente do Café Binbom em Taksim.
9 DE NOVEMBRO DE 1989	Queda do Muro de Berlim.
1990-5	A desintegração da Iugoslávia inicia um período de guerra civil nos Bálcãs.
1991	Privatizam-se a produção e distribuição de eletricidade na Turquia.
17 DE JANEIRO-28 DE FEVEREIRO DE 1991	A primeira Guerra do Golfo.

14 DE NOVEMBRO DE 1991	No Bósforo, um navio do Líbano colide com um navio das Filipinas e naufraga com os vinte mil carneiros que estava transportando.
25 DE DEZEMBRO DE 1991	A União Soviética se desagrega.
24 DE JANEIRO DE 1993	O jornalista e colunista radical Uğur Mumcu é morto por uma bomba colocada dentro de seu carro.
2 DE JULHO DE 1993	Trinta e cinco intelectuais liberais seculares são mortos quando ativistas políticos islamitas incendeiam o Hotel Madımak, em Sivas.
1994-5	O partido separatista dos trabalhadores do Curdistão (PKK) e o Exército turco travam uma guerra. Incendeiam-se aldeias e muitos curdos se estabelecem em Istambul.
PRINCÍPIOS DE 1994	Ferhat conhece Selvihan.
FEVEREIRO DE 1994	Mevlut perde seu emprego no Café Binbom.
27 DE MARÇO DE 1994	Recep Tayyip Erdoğan ganha a eleição e se torna prefeito de Istambul.
30 DE MARÇO DE 1994	Mevlut é assaltado por um homem e seu filho quando está vendendo boza à noite.
ABRIL DE 1994	Mevlut e Ferhat abrem a Loja de Boza dos Cunhados.
FEVEREIRO DE 1995	Rayiha engravida pela terceira vez.
MARÇO DE 1995	Korkut envolve-se numa tentativa de golpe da Turquia contra o presidente da República do Azerbaidjão, Heydar Aliyev.
12-16 DE MARÇO DE 1995	Tumultos nos redutos alevitas dos bairros de Ghaazi e Ümraniye de Istambul provocam a morte de doze pessoas em Ghaazi e cinco pessoas em Ümraniye.
PRINCÍPIOS DE ABRIL DE 1995	A Loja de Boza dos Cunhados fecha suas portas.

MEADOS DE ABRIL DE 1995	Mevlut começa a trabalhar como vigia num estacionamento.
MAIO DE 1995	Rayiha morre tentando provocar um aborto.
FINS DE 1995	Por sugestão de Ferhat, Mevlut começa a trabalhar como inspetor de consumo de eletricidade.
PRINCÍPIOS DE 1996	Süleyman se casa com Mahinur Meryem. Eles têm seu primeiro filho, Hasan.
NOVEMBRO DE 1997	Ferhat é assassinado.
1998	Nasce Kâzım, segundo filho de Süleyman.
JUNHO DE 1998	Mevlut começa a trabalhar na associação de migrantes de Beyşehir.
FEVEREIRO DE 1999	Tendo travado uma guerra de guerrilhas contra o governo nacional durante quinze anos, o líder curdo Abdullah Öcalan, que ficou escondido na Síria por muitos anos, foi capturado pelas forças turcas.
VERÃO DE 1999	Süleyman pede a Mevlut permissão para que Bozkurt se case com Fatma.
17 DE AGOSTO DE 1999	Um terremoto no mar de Mármara, próximo a Istambul, mata 17 480 pessoas.
FINS DE SETEMBRO DE 2000	A filha mais velha de Mevlut, Fatma, entra na universidade.
JUNHO DE 2001	Fatma conhece Burhan na universidade. Logo eles se casam e mudam-se para Esmirna.
11 DE SETEMBRO DE 2001	As Torres Gêmeas de Nova York desabam sob um ataque da Al-Qaeda.
SETEMBRO DE 2001	Fevziye, filha caçula de Mevlut, foge com Erhan, um taxista de Kadırga.

FINS DE 2001	Realiza-se a cerimônia de casamento de Fevziye e Erhan num hotel em Aksaray.
2002	Mevlut vê boza engarrafada pela primeira vez.
MAIO DE 2002	Nasce İbrahim, filho de Fevziye e neto de Mevlut.
OUTONO DE 2002	Mevlut e Samiha casam-se.
3 DE NOVEMBRO DE 2002	O Partido da Justiça e do Desenvolvimento (AKP) de Recep Tayyip Erdoğan ganha as eleições gerais e forma um governo.
MARÇO DE 2003	Suspende-se o veto político a Recep Tayyip Erdoğan, e ele se torna primeiro-ministro.
20 DE MARÇO DE 2003	Invasão do Iraque.
28 DE MARÇO DE 2004	O AKP ganha as eleições municipais na Turquia.
7 DE JULHO DE 2005	Cinquenta e seis pessoas morrem em decorrência de uma série de ataques em estações de metrô e de ônibus urbanos em Londres, organizados pela Al-Qaeda.
19 DE JANEIRO DE 2007	O jornalista armênio Hrant Dink, que condena o genocídio contra os armênios, é morto a tiros.
22 DE JULHO DE 2007	O AKP ganha as eleições gerais.
29 DE MARÇO DE 2009	O AKP vence novamente as eleições municipais (ganhando terreno em Duttepe e Kültepe).
ABRIL DE 2009	Mevlut vende a casa de seu pai para comprar um apartamento.
17 DE DEZEMBRO DE 2010	Um vendedor ambulante incendeia o próprio corpo na Tunísia, gerando uma série de protestos e revoluções conhecidos como "Primavera Árabe".
MARÇO DE 2011 E DEPOIS	Centenas de milhares de refugiados sírios fogem para a Turquia.

12 DE JUNHO DE 2011	O AKP ganha as eleições gerais.
MARÇO DE 2012	As famílias Karataş e Aktaş mudam-se para seus novos apartamentos.

ESTA OBRA FOI COMPOSTA EM ELECTRA PELO ACQUA ESTÚDIO E IMPRESSA PELA LIS GRÁFICA EM OFSETE SOBRE PAPEL PÓLEN SOFT DA SUZANO PAPEL E CELULOSE PARA A EDITORA SCHWARCZ EM MARÇO DE 2017

A marca FSC® é a garantia de que a madeira utilizada na fabricação do papel deste livro provém de florestas que foram gerenciadas de maneira ambientalmente correta, socialmente justa e economicamente viável, além de outras fontes de origem controlada.